Michael Peinkofer
Der Schwur der Orks

Zu diesem Buch

Der zweite Roman um die wildesten Geschöpfe der Fantasy! Die Ork-Brüder Balbok und Rammar werden in ihrer Heimat als Helden verehrt. Bei Unmengen Bru-Mill und Blutbier genießen die Orks ein faules Dasein voller Reichtum und Überfluss. Doch dann wird in der Modermark ein Mensch gefangen. Er gibt sich als Botschafter zu erkennen: Zum ersten Mal seit Anbeginn der Zeit bitten die Menschen das verfeindete Volk der Orks um Hilfe. Denn jenseits der friedlichen Reiche bereitet ein finsteres Geschöpf, das über unermessliche Macht verfügt, einen vernichtenden Feldzug vor. Balbok und Rammar brechen zu ihrer gefährlichsten Mission auf. Gemeinsam mit einer zwielichtigen Schar von Gnomen, Orks, Zwergen und Barbaren müssen sie sich einem Gegner stellen, der über eine teuflische Waffe verfügt: übermächtigen Hass auf alles Lebendige in der Welt ...

Michael Peinkofer, 1969 geboren, studierte Germanistik, Geschichte und Kommunikationswissenschaften und arbeitete als Redakteur bei der Filmzeitschrift »Moviestar«. Mit seinen Bestsellern um die »Orks« avancierte er zu einem der erfolgreichsten Fantasy-Autoren Deutschlands. Zuletzt erschien der erste Band seiner neuen Serie um »Die Zauberer«. Weiteres zum Autor: www.michael-peinkofer.de

Michael Peinkofer

DER SCHWUR DER ORKS

ROMAN

Piper München Zürich

Entdecke die Welt der Piper Fantasy:

Piper-Fantasy.de

Von Michael Peinkofer liegen bei Piper vor:
Die Zauberer
Die Rückkehr der Orks
Der Schwur der Orks
Das Gesetz der Orks
Unter dem Erlmond. Land der Mythen 1
Die Flamme der Sylfen. Land der Mythen 2

Ungekürzte Taschenbuchausgabe
Januar 2010
© 2006 Piper Verlag GmbH, München
Umschlagkonzeption: semper smile, München
Umschlaggestaltung: Guter Punkt, München | www.guter-punkt.de
Umschlagabbildung: Keel / Agentur Luserke
Autorenfoto: Helmut Henkensiefken
Karte: Daniel Ernle
Satz: C. Schaber Datentechnik, Wels
Papier: Munken Print von Arctic Paper Munkedals AB, Schweden
Druck und Bindung: CPI – Clausen & Bosse, Leck
Printed in Germany ISBN 978-3-492-26712-0

Das große Abenteuer der Orks geht weiter – und wieder möchte ich an dieser Stelle kurz jene Menschen erwähnen, die in der einen oder anderen Form dazu beigetragen haben, die ungleichen Brüder Balbok und Rammar auf die nächste Etappe ihrer abenteuerlichen Reise zu schicken.

Mein Dank geht an das wackere Fantasy-Lektorat des Piper Verlags, namentlich vertreten durch Carsten Polzin und Friedel Wahren; an Illustrator Daniel Ernle dafür, dass er Erdwelt so trefflich nach Osten erweitert hat; an meinen Lektor Peter Thannisch dafür, dass die Zusammenarbeit mit ihm stets ein Vergnügen und er Balboks und Rammars größter Fan ist; und schließlich an meinen Agenten Peter Molden, der mir beim Abenteuer, ein Autor zu sein, kampferprobt zur Seite steht. Nicht unerwähnt lassen möchte ich auch Wolfgang, meinen Freund und Zahnarzt, sowie Harry, unseren Ork in spe. Bedanken möchte ich mich außerdem bei meiner Familie, die mir Halt gibt und Inspiration.

Und nicht zuletzt natürlich bei den treuen Lesern, die mich in den vergangenen Monaten wiederholt gefragt haben, wann und wo es mit Balboks und Rammars Abenteuern weitergeht.

Die Antwort ist hier.
Jetzt …

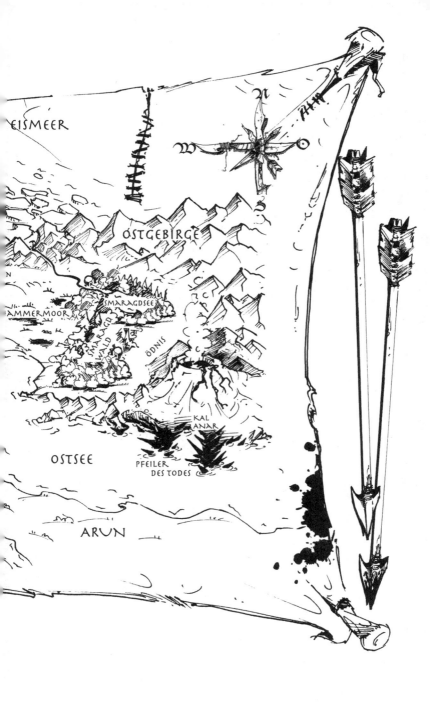

INHALT

Prolog   11

BUCH 1
KUNNART ANN OUR
(GEFAHR IM OSTEN)

1. DA KOUN-KINISH'HAI   23
2. SGOL'HAI UR'KURSOSH   33
3. OLK OIGNASH   45
4. TULL ANN TIRGAS-LAN   61
5. AN-DA FEUSACHG'HAI-SHROUK   87
6. KULACH-KNUM   107
7. ARTUM-TUDOK!   127
8. KRUTOR'HAI UR'DORASH   143
9. TRURK   169
10. OINSOCHG ANN IODASHU   177
11. GOSGOSH'HAI UR'ORUUN   189
12. SOCHGOUD'HAI ANN DORASH   199
13. ANKLUAS   209
14. KOMHORRA UR'SUL'HAI-COUL   221
15. OR KUL UR'OUASH   241

BUCH 2
MOROR UR'KAL ANAR
(DER HERRSCHER VON KAL ANAR)

1.	SAMASHOR UR'OUASH'HAI	261
2.	KUNNART'HAI UR'KOLL	283
3.	TULL UR'BUNAIS	299
4.	AN MUNTIR, AN GURK	335
5.	DURKASH UR'ARTUM'HAI SHUB	347
6.	OINSOCHG UR'DOUK-KROK'HAI	359
7.	KAL ANAR	367
8.	ANN KOMHARRASH UR'SNAGOR	391
9.	SNAGOR-TUR	419
10.	SLICHGE'HAI ORDASHOULASH	433
11.	ANN HUAM'HAI UR'NAMHAL	449
12.	NAMHAL NOKD	461
13.	SUL UR'SNAGOR	473
14.	TORMA UR'OLK	483
15.	BLAR TOSASH'DOK	491
16.	SABAL GOU BAS	505
17.	BUUNN UR'LIOSG	515
18.	RABHASH UR'ALANNAH	525
	Epilog	533

APPENDIX A	537
APPENDIX B	553

PROLOG

Weiter.
   Immer weiter.
   Ohne Rast und ohne Ziel.
   Einfach nur einen Fuß vor den anderen setzen – wie lange er das bereits tat, wusste er nicht.

Eines jedoch wusste er genau: dass jene Zeiten, in denen er als Fürst von edler Herkunft Reichtum und hohes Ansehen genossen hatte, unwiderruflich vorbei waren.

Ein Blick auf seine zerbrechlich wirkende Gestalt genügte, um dies zu bestätigen: Seine einstmals noble Kleidung hing in Fetzen, seine Stiefel aus feinstem Leder waren abgetragen und zerschlissen, seine früher so vornehm blasse Haut war zerkratzt und wund. Und als Loreto, Fürst von Tirgas Dun, sein Elend erneut betrauerte, kehrte die Erinnerung zurück zu jenem Augenblick, als über sein Schicksal entschieden worden war.

»Loreto«, hatte Ulian gesagt, Vorsitzender und Sprecher des Hohen Rates der Elfen, seit der Weise Aylonwyr nach den Fernen Gestaden aufgebrochen war, »du hast Schande über dich und dein Volk gebracht. Nicht nur uns hast du verraten, sondern auch deine Ahnen und alle Elfen, die jemals auf Erden gewandelt sind. Daher wird deine Strafe hart sein: Auf immer wirst du aus Tirgas Dun verbannt. Das Feuer des Lebens und das Wasser der Unsterblichkeit seien dir verwehrt – die Fernen Gestade wirst du niemals sehen ...«

Die Worte hallten in Loretos Bewusstsein nach wie der Kehrvers eines Tavernenschlagers, der sich in seine Gehörgänge verirrt hatte und nicht wieder hinausfand. In seiner Erinnerung sah er die uralten und dennoch jugendlich wirkenden Züge Ulians, während er diese Worte gesprochen hatte, und der Ausdruck in seinen Augen schien Loreto Beweis dafür, dass der Vorsitzende des Elfenrates innerlich triumphierte, als er das Urteil verkündet hatte. Mehr als das – es hatte sogar den Anschein gehabt, als hätte es ihm diebische Freude bereitet, einen der größten und trefflichsten Söhne des Elfengeschlechts in die Verbannung zu schicken wie einen hergelaufenen Verbrecher.

»Wer hat wen verraten?«, fragte Loreto zum ungezählten Mal und erschrak über den brüchigen, krächzenden Klang seiner Stimme, die nichts mehr von der samtenen Weichheit von einst hatte.

Für einen Augenblick war der verbannte Elfenfürst unaufmerksam. Einer seiner Füße, müde vom langen Marsch, blieb an einer Wurzel hängen, und Loreto stürzte. Er schlug der Länge nach hin und stieß sich das Kinn an einem Stein, der aus dem Waldboden ragte. Er berührte es mit der Hand, besah sich die Fingerspitzen und stellte fest, dass er blutete. Das Blut erinnerte ihn an seine Sterblichkeit und daran, dass er nun niemals die Fernen Gestade sehen und dort ein Leben in immerwährender Harmonie und Freude verbringen durfte – dabei war es gerade das gewesen, was er sich am meisten gewünscht hatte.

So sehr, dass er bereit gewesen war, alles andere dafür zu opfern. Selbst seine Liebe zu Alannah, der Hohepriesterin von Shakara. Aber das Schicksal hatte es anders gewollt …

»Kurz vor deiner Abreise nach den Fernen Gestaden«, hörte er Ulian in seiner Erinnerung weiterreden, »hatte dir der Hohe Rat der Elfen einen Auftrag erteilt – einen Auftrag, den zu erfüllen du feierlich geschworen hast, Loreto.

Du solltest die verbotene Stadt Tirgas Lan vor Eindringlingen schützen, denn Alannah, die Priesterin von Shakara und Hüterin des Geheimnisses von Tirgas Lan, war von zwei Unholden entführt worden, und Wir, der Hohe Rat, hatten allen Grund zu der Annahme, dass sie sich mit ihnen verbündet hatte. Wie sich jedoch herausstellte, war alles noch viel schlimmer: Eine Intrige war gesponnen, deren Ziele und Konsequenzen von apokalyptischen Ausmaßen waren. Der Dunkelelf war zurückgekehrt, und das Heer des Bösen war in die alte Elfenstadt Tirgas Lan eingefallen. Doch statt dich dem Feind tapfer zu stellen und Tirgas Lan zurückzuerobern, hast du deiner Armee den Rückzug befohlen und bist feige geflohen.«

»Das ist nicht wahr!«, hatte Loreto entschieden widersprochen. »Bei meiner Ehre, ich schwöre, dass ich den Kriegern befahl, den Kampf mit den Orks und den anderen Dunkelmächten zu suchen.«

»Aber erst, als die Schlacht bereits entschieden war und du dich der Elfenkrone bemächtigen wolltest. Widerrechtlich hast du versucht, sie dir anzueignen, nachdem sich Farawyns Prophezeiung bereits erfüllt hatte.«

»Ja, aber erfüllt an einem *Menschen*!«, rief Loreto laut, ungeachtet der Tatsache, dass ihn Ulian nicht mehr hören konnten und nur die Bäume Zeugen seiner Verteidigungsrede wurden. »Ich wollte nicht wahrhaben, dass sich die Weissagung Farawyns auf einen … einen *Menschen* bezieht, noch dazu auf einen nichtswürdigen Kopfgeldjäger, der seinen Lebensunterhalt damit verdiente, andere Kreaturen ihrer Skalpe zu berauben, während ich, Loreto, die Zierde des Elfengeschlechts, leer ausgehen sollte! Das konnte nicht, das durfte nicht sein! Und es *kann* und *darf* auch nicht sein! Ich bin König, nicht er! Warum nur wollt ihr das nicht begreifen? Seht ihr denn nicht, was hier vor sich geht? Versteht ihr mich denn nicht …?«

Seine Stimme überschlug sich, Tränen des Zorns und der Verzweiflung traten ihm in die Augen wie so viele Male zuvor. Doch niemand hörte sein Flehen; ringsum war nichts als dichter Wald, der Loretos Rufe gleichgültig schluckte. Eine Straße oder einen Pfad gab es nicht. Aus der Elfenstadt verstoßen, war Loreto einfach nur immer weitergelaufen. Die Richtung war ihm egal gewesen, und jedes Mal, wenn er auf eine Siedlung gestoßen war, hatte er sich sofort wieder verkrochen in die Einsamkeit der Wälder und Berge. Er brauchte keine Gesellschaft, schon gar nicht die der Menschen. Und die der Orks, die einen nicht unwesentlichen Teil der Schuld an seinem Schicksal trugen, am allerwenigsten.

Seine ziellose Flucht hatte zur Folge, dass er inzwischen keine Ahnung mehr hatte, wo er sich befand, doch das scherte ihn nicht. Er irrte immer nur weiter, gejagt von grenzenloser Wut, die ebenso wenig wusste wie er selbst, wohin sie sich richten sollte, und von seinem eigenen verletzten Stolz.

Anfangs hatte sich Loreto gewünscht, ein Troll würde auftauchen und sein elendes Dasein mit einem Hieb seiner mächtigen Keule beenden – doch wenn es dann tatsächlich im Unterholz knackte und krachte, war er rasch in eine andere Richtung geflohen. Er hatte verloren – das ließ sich nicht bestreiten. Man hatte ihm alles genommen, was ihm je etwas bedeutet hatte – auch das war eine Tatsache. Aber das bedeutete nicht, dass er nicht irgendwann zurückkehren würde. Zurückkehren, um sich zu holen, was ihm zustand, und sich an jenen zu rächen, die ihm all dies angetan hatten: an dem Menschen Corwyn, der sich widerrechtlich der Krone bemächtigt hatte, an der Elfin Alannah, die einst seine Geliebte gewesen war und ihn schmählich verraten hatte, und an zwei widerwärtigen Orks, die seine Pläne hinterlistig durchkreuzt hatten.

An ihre Namen erinnerte sich Loreto nicht mehr, aber ihr Aussehen hatte sich unauslöschlich in sein Bewusstsein gebrannt; unter Tausenden hätte er den Dicken und den Hageren erkannt. Die Vorstellung, sie eines Tages zu finden und sich an ihnen zu rächen, erfüllte ihn mit einer geradezu unheimlichen Kraft, die noch von Tag zu Tag zu wachsen schien. Zu seiner anfänglichen Wut hatte sich schon bald abgrundtiefer Hass gesellt – etwas, das einem Elfen nicht zustand und von dem Loreto früher angenommen hatte, dass er nicht fähig wäre, etwas Derartiges zu empfinden. Inzwischen wusste er es besser, und mit jedem Schritt, den er auf feuchten, modrigen Waldboden setzte, mit jedem Sturz, bei dem er sich blutig schlug, mit jedem Atemzug, bei dem er den bitteren Odem der Verbannung schmeckte, wuchs dieser Hass.

Während er immer weiterirrte, malte sich Loreto in den blutigsten Farben aus, was er mit den Orks anstellen würde, sollte er ihrer habhaft werden. Er würde sie demütigen, sie foltern und quälen – jeden Schmerz und jede Erniedrigung, die er ihretwegen hatte erleiden müssen, würde er ihnen mit Zins und Zinseszins zurückzahlen.

Und nicht nur ihnen.

Auch auf Corwyn brannte unbändiger Hass in Loretos schmaler Brust. Und auf Alannah, seine abtrünnige Geliebte, die lieber mit einem Menschen gemeinsame Sache machte, als zu ihm zu stehen. Und natürlich auch auf all die anderen Elfen, die ihn verstoßen hatten und seinen legitimen Anspruch auf die Krone leugneten. Sollten sie ruhig nach den Fernen Gestaden reisen – wenigstens war er sie dann los und brauchte auf sie keine Rücksichten mehr zu nehmen. »Ich bin König, damit ihr es wisst!«, schrie er empor zu den dunklen Baumkronen. »Ich und niemand sonst! Ich bin der rechtmäßige Erbe Tirgas Lans!«

Kalter Schweiß perlte auf seiner Stirn, seine Augen hatten einen fiebrigen Glanz angenommen. Der anstrengende Marsch und das monatelange Exil hatten Spuren hinterlassen: Wunden, die tiefer waren als jene oberflächlichen Kratzer, die die bleiche Haut des Elfen überzogen. Auch Loretos Verstand hatte Schaden genommen, und mit jedem Auflodern unbändigen Hasses, mit jedem Zornesausbruch, mit jedem keifenden Geschrei wurde der Faden dünner, der das Bewusstsein des Elfen vor dem Absturz in dunkle Tiefen bewahrte.

So war es um Loreto bestellt, als er plötzlich zu seiner Linken ein Geräusch vernahm.

Der Verstand des verstoßenen Fürsten mochte gelitten haben, seine Sinne jedoch waren durch die Zeit der Verbannung sogar geschärft worden. Schlagartig verharrte er, um mit spitzen Ohren zu lauschen.

Das Geräusch wiederholte sich – ein markiges Knacken, gefolgt von einem Schlurfen, das geradezu unheimlich klang.

Ein Waldtroll?

Trotz seines Zustands war Loreto klar, dass die Begegnung mit einem Troll das Ende seiner Rachepläne bedeuten würde. Wie so viele Male zuvor versuchte er also, sich leise davonzustehlen, aber das Knirschen und Knacken blieb dicht hinter ihm.

Bei Farawyns geistlosem Geschwätz, dachte der Elf fiebernd, was ist das? Was verfolgt mich durch das Unterholz …?

Mit hektischen Blicken versuchte er, das Dickicht zu durchdringen – vergeblich. Im schummrigen Halbdunkel war nichts zu erkennen, auch der geschärfte Elfenblick half ihm nicht. Loreto bewegte sich schneller, bahnte sich einen Weg durch Farne und Sträucher, die ihm wieder Hände und Gesicht zerkratzten. Zunächst schien ihm der Verfolger – wer oder was es auch immer war – auf den Fersen zu bleiben.

16

Gehetzt schaute Loreto über die Schulter zurück, konnte jedoch noch immer nichts ausmachen. Dann verstummte das Geräusch, so plötzlich wie es aufgeklungen war.

»Wer oder was auch immer du bist«, zischte Loreto, »du hast Glück, dass du den Weg des Elfenkönigs nicht kreuzt. Mit einem einzigen Schlag, einem einzigen Blick könnte ich dich vernichten. Unsagbar großes Glück hast du …«

Es blieb still im Unterholz, und nachdem er noch einen Moment gewartet hatte, ging Loreto schließlich weiter. Schon bald setzte die Dämmerung ein, und durch das dichte Blätterdach drang nur noch wenig Licht. Über den Wipfeln der Bäume war ein sich blutrot verfärbender Himmel zu sehen, ein schlechtes Omen von Alters her.

»Blut wird fließen heute Nacht«, war Loreto überzeugt und kicherte albern. Dann schaute er sich nach einem Lagerplatz für die Nacht um. Baumkronen hatten sich während seiner Monate währenden Wanderung als nächtliche Ruhestätte bewährt, aber auch hohle Stämme oder felsige Überhänge, die Schutz vor Wind und Wetter boten. Zwischen einigen dicken, abgestorbenen Wurzeln fand der verstoßene Elf schließlich einen Schlafplatz – und dazu noch ein willkommenes Nachtmahl in Form halb verfaulter, von Maden durchsetzter Pilze, die er in seinem Wahn für ein königliches Festmahl hielt. Gierig schlang er sie in sich hinein, worauf ihn Übelkeit befiel. Stöhnend wollte er sich auf dem feuchten Moos zur Ruhe betten – als er erneut jenes alarmierende Knirschen vernahm, das ihn vorhin verfolgt hatte.

»Was ist da los?«, zischte Loreto und fuhr herum. »Wer erlaubt sich, die Ruhe des Königs zu stö…?«

Er verstummte mitten im Wort, als sich das Unterholz teilte und *etwas* daraus hervorkam, so grotesk und unbegreiflich, dass selbst Loreto in seinem Wahn begriff, dass es etwas Derartiges eigentlich nicht geben durfte.

Der verstoßene Elfenfürst verharrte, war wie versteinert,

denn die abartige Kreatur ängstigte ihn geradezu zu Tode. Blutunterlaufene Augen starrten auf ihn herab, aber in ihren Blicken war eine seltsame Gleichgültigkeit – die träge Ruhe eines Wesens, das unsagbar alt war und bereits alles gesehen hatte. Womöglich durchstreifte es schon seit den Anfängen der Welt diese Wälder, nur hatte es noch niemand zu sehen bekommen, weil es sich fernhielt vom sinnlosen Streben der Sterblichen – genau wie Loreto.

Die Erkenntnis traf den verstoßenen Elfenfürsten wie der Schlag eines Zwergenhammers: So unterschiedlich er und diese Kreatur rein äußerlich auch waren – in gewisser Hinsicht waren sie einander sehr ähnlich.

Loreto hatte das Gefühl, die Kreatur zu verstehen, deren ungeheurer Körper sich aus dem Dickicht wälzte. Er spürte, dass sie etwas gemein hatten und dass es kein Zufall war, der sie an diesem Ort zu dieser Stunde zusammengeführt hatte.

Er streckte seine Hand aus, berührte die Kreatur, die vieläugig auf ihn herabstarrte …

Und im diesem Moment fühlte er den Hass!

Wie ein Sturm brandete er über ihn hinweg – Hass in einer Reinheit, wie er ihn nie zuvor verspürt hatte. Sein eigener Zorn und sein Durst nach Rache verloren sich darin wie eine einzelne Flamme in einer lodernden Feuersbrunst. Loreto hatte das Gefühl, sich aufzulösen und eins zu werden mit der abscheulichen Kreatur, und obwohl er sein Leben lang nur an sich selbst gedacht und seinem eigenen Vorteil gedient hatte, störte er sich nicht daran. Er war überzeugt, die Erfüllung gefunden zu haben, gerade so, als hätte er nach langer Fahrt das Ufer der Fernen Gestade erreicht …

In diesem Moment klappte unterhalb der starrenden Augen ein Schlund auf, mit mörderischen Zähnen versehen, der einen Elfen mit einem einzigen Zuschnappen verschlingen konnte.

In dem Augenblick, da Loreto in das weit geöffnete Maul

der Kreatur blickte, riss der dünne Faden, der seinen Verstand noch über dem Abgrund des Wahnsinns gehalten hatte.

Der Elfenfürst schrie wie von Sinnen, während der dunkle Schlund auf ihn zustürzte, sich über ihn stülpte und ihn mit Haut und Haaren verschlang…

An einem anderen, weit entfernten Ort schreckte Alannah, Königin von Tirgas Lan, aus dem Schlaf.

Sie brauchte einige Augenblicke, um sich im Halbdunkel ihres Schlafgemachs zurechtzufinden. Ihr Atem ging heftig, kalter Schweiß stand ihr auf der hohen Stirn. Erst als sie neben sich die vertraute Gestalt ihres Gatten Corwyn erblickte, der tief und fest schlief und dessen Brustkorb sich in regelmäßigen Atemzügen hob und senkte, beruhigte sie sich ein wenig.

Wieder hatte sie diesen Traum gehabt, der sie schon seit einiger Zeit verfolgte und der über sie kam, Nacht für Nacht, sobald sie die Augen schloss.

Loreto …

Der Gedanke an ihren ehemaligen Geliebten, den abtrünnigen Elfenfürsten, betrübte Alannah, und sie fragte sich, was jener Traum zu bedeuten hatte. Zu lange war sie die Hüterin der Geheimnisse ihres Volkes gewesen, zu sehr wurde sie von ihren Erfahrungen geprägt, zu umfangreich war ihr Wissen um die Vergangenheit, als dass sie nicht gewusst hätte, dass Träume bisweilen mehr waren als bloßer Zufall.

Lichtfeuer im Dunkel der Geschichte – so hatte Farawyn der Seher sie einst genannt. Wenn seine Worte stimmten – so wie *alles* gestimmt hatte, was er niedergeschrieben hatte –, standen Erdwelt dunkle Zeiten bevor.

Alannah schaute Corwyn an, der neben ihr lag, und bedachte den König von Tirgas Lan mit einem liebevollen, fast bedauernden Blick.

Sie würde handeln müssen …

BUCH 1

KUNNART ANN OUR
(GEFAHR IM OSTEN)

1.

DA KOUN-KINISH'HAI

Langeweile.

Dies war das Wort, das ihren Zustand am treffendsten beschrieb.

Eingesperrt zwischen steinernen Wänden, schienen ihre Tage endlos zu sein, erfüllt von Fressen und Saufen, von wüsten Gelagen, die ihren Sinn vor langer Zeit verloren hatten.

Zeit …

An diesem Ort der Welt bedeutete sie nichts, plätscherte so belanglos dahin wie das Blut aus der durchschnittenen Kehle eines Gnomen.

Bisweilen, wenn sie erwachten, hatten sie das Gefühl, den Schlag ihrer Herzen nicht mehr zu hören, weil ihre Schädel vom vielen Blutbier so laut dröhnten, als würden tausend verrückte Zwerge darin auf tausend Ambosse hämmern. Sie stellten sich dann vor, dass Kuruls dunkle Grube sie längst verschlungen hätte und dass ihre Taten zu Sagen geworden wären.

Die Sache war nur – sie würden nicht in Kuruls Grube stürzen, jedenfalls vorerst nicht. Schon deshalb nicht, weil sie ihr Leben nicht mehr riskieren mussten. Ihr großes Abenteuer hatte vor mehr als zwölf Monden ein glückliches Ende gefunden, und wenn überhaupt, dann würden sie an Verfettung sterben. Oder am Blutbier, das ihre Sinne so benebelte, dass sie nicht mehr zurückfanden nach *sochgal*. Oder sie würden sich bei einem der ausgiebigen Gelage so über-

23

fressen, dass kein noch so breiter Gürtel mehr reichte, ihre prall gefüllten Mägen am Platzen zu hindern; dann würde es einen dumpfen Knall geben, und von Balbok und Rammar, den Häuptlingen des *bolboug*, würde nichts übrig bleiben als faltige, ledrige, mit Geschwüren übersäte Haut, geborstene Rippen und eine Menge matschiger Innereien.

Keine sehr erbauliche Aussicht.

Zu Beginn ihrer Regentschaft hatte es Rammar genossen, auf dem mit Wargenfell bezogenen Thron in der größten und dunkelsten Höhle des Dorfes zu sitzen, umgeben von Unmengen Gold und Edelsteinen, die sein Bruder und er »erbeutet« hatten. Ein Mensch hätte es vielleicht anders ausgedrückt und von »gestohlen« gesprochen; jedenfalls hatten sie es sich mit List und Raffinesse *verdient*!

Das Dasein eines Ork-Häuptlings bestand im Wesentlichen darin, Kriegstruppen auszusenden und darauf zu warten, dass sie zurückkehrten. In der Zwischenzeit war es üblich, seinen Launen freien Lauf zu lassen und sich nach Lust und Laune mit Leckereien aller Art vollzustopfen – von frisch gefüllten Blutegeln, gesottenem Gnomenfleisch und Trollgehacktem bis hin zum *bru-mill*, dem traditionellen Leib- und Magengericht der Orks. Dazu setzte es fassweise Blutbier, altgelagert und in großen Schädelkrügen kredenzt. Rammars ohnehin schon fetter Wanst hatte sich auf Grund dieser Lebensweise noch mehr geweitet, sodass ihm zuletzt kein Kettenhemd mehr passte und er sich mit einem Harnisch aus Leder begnügen musste, unter dem seine Leibesfülle allerdings mehr als üppig hervorquoll.

Die kleinen Schweinsäuglein in Rammars klobigem Schädel, der halslos auf seinem fetten Körper zu sitzen schien, hatten ihren listigen Glanz verloren. Ihr Blick war müde geworden, hatte sich sattgesehen am erbeuteten/gestohlenen/verdienten Gold, und Gaumen und Magen waren abgestumpft hinsichtlich der Spezereien, die die Küche der Orks hergab. Der fette Häuptling sehnte sich nach einer Abwechslung – auch wenn er das im Leben nicht zugegeben hätte.

»Was sagst du dazu, Faulhirn?«, wandte er sich an seinen Bruder. Der fläzte sich ebenfalls auf einem mit Wargenfell bezogenen Thron, der allerdings etwas niedriger war als der Rammars und auch nicht das Original, auf dem bis vor einem Jahr noch Häuptling Graishak seinen stinkenden *asar* platziert hatte. Aber der Umstand, dass Balbok seinen Bruder um Haupteslängen überragte, machte den Größenunterschied ihrer hoheitlichen Sitzgelegenheiten wieder wett. Balbok war außerdem nicht nur größer, sondern trotz der Völlerei der zurückliegenden Monate auch immer noch ungleich schlanker als Rammar.

»Was soll ich sagen, Rammar?«, fragte Balbok zurück, auf dessen Stirn eine verbeulte, mit Edelsteinen geschmückte goldene Krone schwankte. Sein schmales Gesicht wirkte länger als sonst, und auch in seinen Blicken spiegelte sich unverhohlen Langeweile.

»Ist das nicht ein Leben?«, sagte Rammar, seinen eigenen Zweifeln zum Trotz. »Wir sitzen den ganzen Tag auf unseren *asar'hai* und erteilen Befehle. Wenn wir Durst oder Hunger haben, brauchen wir nur nach Blutbier oder *bru-mill* zu schreien. Und wenn wir Blähungen haben, furzen und rülpsen wir munter drauflos. Was kann es Schöneres geben für einen Ork aus echtem Tod und Horn?«

»Ich weiß nicht, Rammar«, entgegnete Balbok nachdenklich. »In letzter Zeit muss ich ziemlich viel Blutbier trinken, ehe ich einen ordentlichen Rausch kriege, und der *bru-mill* hat auch schon mal heftiger im Rachen gebrannt. Ja, und wenn ich ganz ehrlich sein soll – das Rülpsen und Furzen hat mir früher mehr Freude gemacht.«

»Was redest du denn da?« Rammar schaute ihn verständnislos an. »Hast du den Verstand verloren, du elender *umbal*?

Hast du dir das einzige bisschen Grips, das du hattest, weggesoffen?«

»*Douk*«, sagte Balbok und senkte ein wenig schuldbewusst den Blick. »Aber wenn ich dir die Wahrheit sagen soll, Rammar …«

»Nein, sollst du nicht!«, blaffte der andere. »Orks sagen nicht die Wahrheit – sie lügen und betrügen. Die Wahrheit interessiert mich einen feuchten *shnorsh* – erst recht, wenn sie aus deinem hässlichen Maul kommt!«

Balbok war unter jedem der scheltenden Worte seines Bruders ein wenig mehr zusammengezuckt, bis sein Kopf fast so unmittelbar auf den Schultern zu sitzen schien wie der von Rammar. Da eine gewisse Beharrlichkeit jedoch schon immer zu Balboks hervorstechendsten Eigenschaften gehörte, brachte er seinen Satz dennoch zu Ende: »… langweile ich mich ein bisschen«, gestand er leise, fast flüsternd.

»Du tust – *was*?«

»Ich langweile mich«, wiederholte Balbok, diesmal lauter und deutlicher. »Wir waren lange nicht mehr draußen, um Trolle zu jagen und Gnomen zu massakrieren.«

»Aus gutem Grund.« Rammar nickte. »Hast du vergessen, wie gefährlich so was ist? Trolle pflegen mit Orks kein Federlesens zu machen und sie mit ihren Keulen zu erschlagen. Und Gnomen schießen mit vergifteten Pfeilen und finden es spaßig, unsereins zu fressen.«

»So wie wir sie.« Balbok grinste breit. »Das macht die Sache ja so interessant.«

»Interessant?« Rammar schüttelte den Kopf. »Was soll interessant daran sein.«

»Na ja …« Balbok schob die Krone nach vorn und kratzte sich nachdenklich am spärlich behaarten Hinterkopf. »Mal fressen wir sie, mal fressen sie uns. So ist es immer gewesen.«

»Aber jetzt nicht mehr.« Rammar hob belehrend einen Krallenfinger. »Das haben wir hinter uns. Durch den Wald

26

zu rennen und die Grünblütigen zu jagen, überlassen wir jetzt anderen. Bei all den tapferen Taten, die wir begangen haben, brauchen wir uns damit nicht mehr abzumühen.«

»Ich weiß«, seufzte Balbok.

»Schau dich nur um. Schau dir nur all das Gold und die Edelsteine an. Das Zeug ist nicht von selbst zu uns gekommen – wir haben hart dafür gekämpft. Gegen Gnomen, Trolle, Elfen, Eisbarbaren und was weiß ich noch alles. Und am Ende haben wir diesem verdammten Kopfgeldjäger und seiner Elfenfreundin sogar noch dabei geholfen, ein ganzes verdammtes Königreich zu erobern.«

»Ich weiß«, sagte Balbok noch einmal. Die Wehmut in seiner Stimme war unüberhörbar.

»Verdammt, was ist nur los mit dir?«, wetterte Rammar. »Wir brauchen uns nichts mehr zu beweisen. Triumphierend und mit einem Berg Schätze sind wir ins *bolboug* zurückgekehrt. Da wir den Verräter Graishak besiegt hatten, stand uns der Häuptlingsthron zu, und weil ich von Natur aus großzügig bin, habe ich zugestimmt, dass du als mein Bruder mit mir zusammen herrschen darfst.«

»Das ist so nicht ganz wahr«, widersprach Balbok. »*Ich* war es, der Graishak erschlagen hat, das weißt du genau.«

»Ach ja?« Rammar starrte seinen Bruder finster an und reckte das Kinn mit den Hauern angriffslustig vor. »Und wieso sitze *ich* dann hier, wenn es so gewesen ist, du elender *umbal*?«

»Weil ich nach unserer Rückkehr ins *bolboug* behauptet habe, dass wir es beide gewesen sind, deshalb«, erklärte Balbok offenherzig. »Wir haben darauf verzichtet, den Namen unseres Vorgängers anzunehmen, weil der ein stinkender Verräter war, der mit Gnomen gemeinsame Sache machte, und herrschen seitdem gemeinsam über den *bolboug* – das weißt du doch.«

Rammars breite Stirn schlug Falten. Ob er diesen kleinen, aber entscheidenden Unterschied tatsächlich vergessen oder bewusst unter den Tisch hatte fallen lassen, war seinem Mie-

nenspiel nicht anzusehen.«Von mir aus«, schnaubte er.
»Tatsache ist, dass wir gesiegt haben und dieses ganze Zeug nicht hier wäre«, – er deutete auf die goldenen, mit Diamanten und anderem Geschmeide gefüllten Vasen und Gefäße aus Edelmetallen, die ziemlich verbeult waren, da die beiden Brüder mit ihrem Reichtum im wahrsten Sinne des Wortes um sich zu werfen pflegten –, »wenn wir beide nicht außerordentlichen Mut und Tapferkeit bewiesen hätten.«

»*Korr*«, stimmte Balbok zu.

»Was sollte uns also dazu bewegen, wieder wie früher durchs Unterholz zu kriechen und unsere *asar'hai* auf der sinnlosen Jagd nach Gnomen zu riskieren? Das liegt unter unserer Häuptlingswürde.«

»Leider«, seufzte Balbok so leise, dass sein Bruder ihn nicht verstehen konnte.

»Unsere Aufgabe ist es, hier zu sitzen und darauf zu warten, dass die Kriegshorden zurückkehren. Wir nehmen uns von der Beute, was uns gefällt, und wenn es einen der Anführer erwischt hat, dann schrumpfen wir seinen Kopf zu Kuruls Ehren. Das ist alles.«

»Ich weiß.« Balbok seufzte erneut.

»Weißt du nicht mehr? Es hat eine Zeit gegeben, da konnten wir nur davon träumen, in dieser Höhle zu sitzen und von früh bis spät zu saufen und zu fressen – und nun, da all das für uns Wirklichkeit geworden ist, werde ich es mir von dir gewiss nicht mies machen lassen, du elender *umbal*!«
Rammar war aufgebracht ... nein, geradezu wütend darüber, dass sein Bruder auszusprechen wagte, was er selbst sich zu denken verboten hatte. Er blickte sich in der Höhle um und beschwerte sich: »Verdammt, warum ist es hier so still? Wo ist der Barde? Sofort den Sänger her, oder ich verfalle augenblicklich in *saobh*!«

Ob es Rammars Autorität war oder die Befürchtung, er könnte tatsächlich in jenen berüchtigten Zustand der Raserei verfallen, aus dem ein Ork für gewöhnlich nur dann herausfand, wenn er entweder selbst ums Leben kam oder jemanden erschlug – jedenfalls eilte einer der *faihok'hai*, der besten und stärksten Krieger des Stammes, die die Leibgarde der Häuptlinge stellten, herbei, lauschte dem Wunsch Rammars, verbeugte sich beflissen und verschwand wieder, und tatsächlich tauchte kurz darauf ein ziemlich zerlumpt aussehender Ork in der Höhle auf, dessen haarloser Schädel von zahlreichen Blessuren übersät war und der in seinen Händen eine goldene Leier hielt.

»Da bist du ja«, knurrte Rammar übellaunig. »Los, spiel etwas, um mich zu erheitern. Stimme den Ruhmesgesang von Rammar dem Rasenden an – sofort!«

»*K-korr*«, bestätigte der Ork-Barde eingeschüchtert, und schon im nächsten Moment begann er, das Instrument zu bearbeiten, das allerdings nicht für die Klauen eines Orks, sondern für die filigranen Hände eines Elfen gefertigt war. Und da der »Barde« auch nicht unbedingt viel von Musik verstand – Rammar hatte ihn in Ermangelung eines echten Sängers kurzerhand dazu ernannt –, waren die Töne, die er der Leier entlockte, entsprechend schräg. Zum ungezählten Mal trug er krächzend das Lied vor, das von den großen Taten Rammars kündete und das dieser selbst verfasst hatte – in fortgeschrittenem Blutbierrausch …

Tief in der Modermark, da lebt ein Krieger tapfer und groß.
Rammar ist sein Name, der Rasende wird er genannt.
Gefürchtet wird er von Gnomen und von Trollen,
von Menschen, Elfen und auch von Zwergen.
Rot ist sein Speer vom Blut der Feinde
oder schwarz oder grün, je nachdem.
Tapfer kämpfte er gegen die Gnomen,
als diese das Haupt von Girgas raubten.
Rammar und sein Bruder, Balbok der Brutale,

folgten den Grünblütigen bis zu ihrer Festung,
wo sie Rurak den Zauberer trafen, den geifernden,
der ihnen …

Der Barde brach jäh ab, als eine goldene Vase quer durch die Höhle flog und ihn am Schädel traf. Die Edelsteine, mit denen sie gefüllt gewesen war, spritzten nach allen Seiten davon, der Ork ließ die Leier sinken, taumelte zurück und hatte Mühe, sich auf den Beinen zu halten.

»Wie oft muss ich dir noch sagen, dass ich diese Zeile geändert habe?«, fauchte Rammar, der die Vase geworfen hatte. »Es muss heißen ›den geifernden, den stinkenden, den verschlagenen‹. Alles andere wäre viel zu gut für dieses Stinkmaul von einem Zauberer. Hast du das endlich kapiert?«

»J-ja, großer Rammar«, antwortete der »Barde«, der sich bemühte, Haltung zu bewahren. Er hob die Leier, nahm erneut Aufstellung und setzte seine Darbietung fort.

… wo sie Rurak den Zauberer trafen,
den geifernden, den stinkenden, den verschlagenen,
der ihnen einen Handel vorschlug:
zu tauschen die Karte von Shakara
gegen den Schädel von Girgas.
Unerschrocken brach Rammar auf,
kämpfte siegreich gegen Ghule und Barbaren
und durchquerte Torgas Eingeweide.
Im ewigen Eis traf er auf Elfen und musste erfahren,
dass Rurak, der geifernde, der stinkende, der verschlagene,
ihn hereingelegt hatte und es die Karte von Shakara
gar nicht wirklich gab, sondern dass …

Erneut wurde der Sänger in seinem Vortrag gestört – diesmal allerdings nicht von Rammar, sondern von dem Tumult, der plötzlich draußen vor der Häuptlingshöhle losbrach.

Aufgeregtes Geschrei war zu hören, Flüche und wüste Beschimpfungen, dazu noch das angriffslustige Gebrüll der *faihok'hai*. Etwas musste passiert sein …

»Was ist da los?«, rief Rammar verärgert und wollte sich wütend erheben – seine immense Leibesfülle allerdings hielt seinen *asar* auf dem Thron, als wäre er dort festgewachsen. »Wer wagt es, den Gesang meines Barden zu stören? Haben diese verdammten *umbal'hai* denn gar keinen Sinn für Kunst?«

Die Antwort gab einer der Leibwächter, der aufgeregt in die Höhle gelaufen kam. »Große Häuptlinge«, sagte er und verbeugte sich, »es gibt Neuigkeiten.«

»Welcher Art?«, verlangte Rammar zu wissen.

»Kursa und sein Kriegstrupp sind zurückgekehrt. Sie haben einen Gefangenen bei sich.«

»Einen Gefangenen?« Rammar hob die Brauen. »Seit wann machen Orks Gefangene?«

»Was ist es denn?«, erkundigte sich Balbok, dem die Abwechslung gefiel. »Ein Gnom? Ein Troll?«

»Ein Mensch«, erwiderte der Wächter, was beide ziemlich überraschte – denn dass sich ein *achgosh-bonn*, ein Milchgesicht, in die Modermark verirrte, kam in letzter Zeit nur noch sehr selten vor. Zu selten für Balboks Geschmack, der Menschenfleisch für eine wahre Delikatesse hielt.

Rammar teilte diese Leidenschaft nicht. Anders als die meisten Orks konnte er Menschenfleisch nichts abgewinnen – er verabscheute es sogar. Doch das war ein Geheimnis der beiden Brüder, das niemand anderen etwas anging. Schließlich wollte Rammar nicht, dass man ihn hinter seinem Rücken als *lus-irk*, als Gemüsefresser, verspottete …

»Bringt den Menschen rein!«, verlangte er mit herrischer Stimme, und der *faihok* verschwand augenblicklich, um den Befehl auszuführen.

»Ist das nicht aufregend?«, fragte Balbok und rutschte erwartungsvoll auf seinem Thron hin und her. »Endlich ist mal wieder was los im *bolboug*.«

Rammar schüttelte missmutig das Haupt. »Das Auftauchen eines Milchgesichts in der Modermark hat noch selten etwas Gutes bedeutet.«

Balboks einfältige Züge dehnten sich zu einem breiten Grinsen. »Genau das meine ich ...«

2.

SGOL'HAI UR'KURSOSH

Der Mensch, den Kursas Kriegstrupp aufgegriffen hatte, sah ziemlich lädiert aus.

Kursa und seine Leute waren anscheinend nicht gerade sanft mit ihm umgesprungen. Seine Kleidung hing in Fetzen, ebenso wie der Umhang, den er um die Schultern trug. Seine Hände hatte man ihm auf den Rücken gefesselt, und er war geknebelt. Sein Gesicht war blutig und verschwollen, und da auch der Knebel voller Blut war, war anzunehmen, dass ihm auch der ein oder andere Zahn ausgeschlagen worden war; offenbar hatte er mächtig Prügel bezogen. Aber selbst in unversehrtem Zustand wäre seine Visage an Hässlichkeit kaum zu übertreffen gewesen. Rammar hatte ganz vergessen, wie abscheulich diese Milchgesichter aussahen, und ihm graute, als er in das bärtige bleiche Gesicht mit den blauen Augen schaute.

»Wo hast du ihn aufgegriffen, Kursa?«, wollte er vom Anführer des Kriegstrupps wissen, der die Beute persönlich in die Häuptlingshöhle geschleppt (oder vielmehr getreten) hatte, begleitet von einigen *faihok'hai*, Kriegern der Leibgarde der beiden Häuptlinge, die nun abwartend im Hintergrund standen und aufpassten.

»An den westlichen Hängen des Schwarzgebirges«, antwortete Kursa; er war ein kräftiger Ork mit graugrüner Haut, dessen Eckzähne weit vorstanden.

»So wie der *achgosh-bonn* aussieht, hattet ihr nicht viel Mühe

33

mit ihm«, stellte Rammar fest, der den Menschen gelangweilt musterte. »Der Kerl ist ja ganz dürr und völlig abgemagert.«

»Es scheint, als habe er sich schon länger im Gebirge herumgetrieben.« Kursa lachte rau. »Hat wohl den Verstand verloren.«

»Was bringt dich darauf?«

»Nun, als er uns sah, schien er sich darüber zu freuen. Er faselte davon, dass er uns gesucht habe.«

»So? Und was hast du daraufhin getan?«

»Was für eine Frage, Häuptling – ich hab ihm eins aufs Maul gehauen.« Erneut lachte Kursa, und Balbok fiel in sein Gelächter ein.

Anders als Rammar, den eine dunkle Ahnung beschlich. »Was hat der Mensch dann gesagt?«

»Nichts mehr«, antwortete Kursa. »Wir haben ihn gefesselt und ihm einen Knebel in die Schnauze gestopft. Dann haben wir ihn geradewegs ins *bolboug* gebracht.«

»Geradewegs?«

»Na ja – der Kerl hatte ein Pferd, und das haben wir zuvor noch gefressen. Schließlich ist es ja verboten, sich an Menschen zu vergreifen und sie …«

»Es ist verboten?« Eine Mischung aus Unglauben und Entsetzen schwang in Balboks Worten mit. »Seit wann?«

»Seit ich es befohlen habe«, antwortete Rammar unwirsch. »Diese Milchgesichter verbreiten einen fürchterlichen Gestank, wenn sie gekocht werden. Außerdem wird der Geschmack von Menschenfleisch weit überschätzt.«

»Das ist ungerecht«, eiferte sich Balbok. »Nur weil du kein Menschenfleisch …«

»*Kriok!*«, fuhr Rammar ihn an. »Ich will nichts mehr hören. Holt den Folterknecht, dann werden wir das Milchgesicht aufs Rad flechten und einer hübschen Befragung unterziehen. Wollen doch sehen, ob er uns nicht verrät, was er …«

Er unterbrach sich, als der Gefangene plötzlich hektische

Laute ausstieß, die durch den Knebel allerdings völlig unverständlich waren.

»Was hat er?«, wollte Rammar wissen.

»Ich glaube, er will freiwillig reden«, antwortete Kursa.

»Wie schade.« Rammars Mundwinkel fielen enttäuscht nach unten. »Von mir aus, dann lass ihn reden, Kursa. Aber mach rasch, verdammt. Oder soll ich dich an seiner Stelle foltern lassen?«

Dieses Angebot begeisterte Kursa ganz und gar nicht, und so war der Gefangene im Nu von dem Fetzen befreit, den ihm seine Häscher in den Schlund gestopft hatten. Kaum war der Knebel entfernt, stellten Rammar und Balbok zu ihrer Überraschung fest, dass der Mensch fließend Orkisch sprach, wenn auch mit unverkennbar menschischem Akzent.

»*Achgosh douk!*«, entbot er ihnen seinen Gruß, wie es sich unter Orks gehörte.

»*Achgosh douk kudashd*«, erwiderte Rammar, um in der Menschensprache fortzufahren: »Auch ich mag deine Visage nicht, Milchgesicht, das kannst du mir glauben.«

»Seid Ihr Rammar der Rasende?«, erkundigte sich der Mensch zur erneuten Verblüffung des dicken Häuptlings.

Rammar nickte. »Der bin ich.«

»Dann müsst Ihr Balbok sein«, folgerte der Mensch und schaute den Hageren an. »Balbok der Brutale, der Große, der Tapfere, dessen Namen man auch bei uns Menschen mit Respekt und Hochachtung …«

»Balbok reicht völlig«, schnaubte Rammar genervt. »Was soll das Theater? Wer bist du, Mensch? Wieso sprichst du unsere Sprache? Und woher kennst du unsere Namen?«

»Jeder Mensch im Königreich kennt Eure Namen, großer Rammar.«

»In welchem Königreich?«

»Im Reich von Tirgas Lan natürlich, großer Rammar«, antwortete der Bote, als wäre dies das Selbstverständlichste der Welt. Schlimmer noch, er schien nicht mal Angst vor den Orks zu haben. »Das Reich von König Corwyn, das aus den Klauen des Bösen zu befreien Ihr geholfen habt.«

Corwyn!

Bei der Erwähnung dieses Namens verschluckte sich Rammar an seinem eigenen Geifer. Er hustete, dass es sich anhörte, als wollte der *bru-mill*, den er zum Frühstück verschlungen hatte, wieder zu seinem kurzen Hals hinaus. Balbok reagierte weniger heftig, aber auch bei ihm weckte die Nennung des Namens allerhand Erinnerungen. Erinnerungen an eine Zeit, die undenklich lang zurückzuliegen schien – und an ein großes Abenteuer.

Nicht nur, dass Corwyn ein Mensch war, er war damals auch Kopfgeldjäger gewesen, ein übler Bursche, der im Scharfgebirge Orks gejagt hatte. Nur tote Orks waren in seinen Augen gute Orks gewesen – bis zu jenem Tag, an dem er Balbok und Rammar begegnet war.

Corwyn hatte ihnen aufgelauert und sie um ihre Beute gebracht: die Elfenpriesterin Alannah. Das hatten ihm die Orks übel vermerkt. Dass sich die Elfenkrone am Ende ausgerechnet auf seinen Dickschädel niederlassen würde, hatte zu diesem Zeitpunkt ja noch niemand ahnen können. Um einen gemeinsamen, noch bedrohlicheren Feind zu bekämpfen, hatten sich die Orks und Corwyn verbündet – allerdings war dieses Bündnis in jenem Augenblick erloschen, als Balbok und Rammar die königliche Schatzkammer geplündert hatten und aus Tirgas Lan getürmt waren.

Jedenfalls hatten sie bisher gedacht, dass das Bündnis nicht mehr existierte.

Anders als Corwyn, wie es schien …

»Mein König hat mich zu Euch gesandt«, fuhr der Mensch fort. »Lange bin ich durch die Schluchten des Schwarzgebirges geirrt auf der Suche nach Eurem *bolboug*. Es zu finden, war nicht einfach.«

»Das wundert mich nicht«, bemerkte Rammar trocken – alle Orks pflegten ihr Heimatdorf als *bolboug* zu bezeichnen, insofern machte es wenig Sinn, nach dem Weg zu fragen. Ganz abgesehen davon, dass Auskunft suchende Reisende bei den Orks im Kessel zu landen pflegten …

»Umso glücklicher bin ich, Euch endlich gefunden zu haben«, verkündete der Bote.

Nun wurde es auch Balbok zu bunt – eine schlimmere Beleidigung konnte es aus dem Mund eines Menschen kaum geben. Empört fragte er: »Du bist *glücklich*, uns gefunden zu haben?«

»Wohl wahr, denn nun kann ich endlich meinen Auftrag erfüllen und Euch die Nachricht überbringen, die mir mein Herr und König für Euch mitgegeben hat.« Der Bote brachte trotz seiner malträtierten Visage ein Lächeln zustande, und nun sah man, dass ihm tatsächlich zwei Vorderzähne fehlten.

»Ich will aber nichts hören!«, rief Rammar so laut und aufgebracht, dass sogar die *faihok'hai* zusammenzuckten, die Kursa und den Menschen in die Häuptlingshöhle gebracht hatten. Ob er nun Kopfgeldjäger war oder König – dieser Mensch namens Corwyn bedeutete nichts als Ärger. Rammar hatte keine Lust, seinetwegen erneut in Schwierigkeiten zu geraten, und er hatte das untrügliche Gefühl, dass sein beschauliches Leben ein jähes Ende finden würde, sobald der Bote Corwyns Botschaft vortrug.

»Stopft ihm das Maul, am besten mit einer Zwiebel!«, wies er seine Leibgarde daher an. »Anschließend steckt ihn in einen Kessel und lasst ihn zu Kuruls Ehren als Hauptgang zubereiten.«

»Aber Rammar!« Balbok war sichtlich verwirrt. »Du selbst hast doch gesagt, dass wir kein Menschenfleisch mehr zubereiten dürfen.«

»Aber jetzt sage ich etwas anderes«, schnauzte Rammar

ihn an. »Was ist schon dabei? Ein Häuptling wird seine Meinung doch mal ändern dürfen, oder nicht? Also heizt gefälligst den Kessel an und stopft den dämlichen Menschen hinein!«

»Mmh … einverstanden«, meinte Balbok, der sich in Erwartung des bevorstehenden Festfressens schon die Klauen rieb. »Bis es so weit ist, kann er uns ja noch sagen, was Corwyn von uns will.«

»*Nein!*«, ächzte Rammar entsetzt – aber es war schon zu spät, denn auf ein Nicken Balboks hin begann der Bote erneut zu sprechen.

»Mein Herr und meine Herrin, König Corwyn und Königin Alannah von Tirgas Lan, entbieten Euch ihren Gruß. Sie hoffen, dass es Euch im zurückliegenden Jahr wohl ergangen ist und Ihr Euch erfreuen konntet an den Schätzen, die Euch überlassen wurden …«

»Die uns *überlassen* wurden?« Rammar glaubte, ihn nicht richtig verstanden zu haben. Vielleicht war sein Menschlich doch nicht so gut, wie er dachte. »Wir haben die Schätze *geraubt*, dass das klar ist! So wie es sich für richtige Orks gehört!«

»Wie Ihr meint.« Der Bote verbeugte sich ehrfürchtig, bevor er fortfuhr. »Der König und die Königin hoffen jedenfalls, dass der Transport des Schatzes auf dem goldenen Streitwagen nicht zu beschwerlich war – gern hätten sie Euch geeignetere Transportmittel zur Verfügung gestellt, aber Ihr habt Tirgas Lan seinerzeit sehr überstürzt verlassen …«

»Die wissen von der Sache mit dem Streitwagen?« Balbok sandte seinem Bruder einen verblüfften Blick, dann schauten beide hinüber zur anderen Seite der Höhle, wo der gestohlene Wagen stand, auf dem sie damals das Gold ins *bolboug* gebracht hatten. Da Rammar sich bisweilen von den *faihok'hai* damit durchs Dorf ziehen ließ, hatten Achse und Räder ein wenig gelitten …

»Jedoch«, sprach der Bote weiter, »sind die Zeiten in Tirgas Lan nicht so glücklich, wie sie es sein sollten. Zwar hat König Corwyn die Nachfolge der Elfenkönige angetreten, jedoch weigern sich einige Machthaber beharrlich, seinen Herrschaftsanspruch anzuerkennen.«

»Sag bloß«, brummte Rammar.

»Der Elfenrat von Tirgas Dun hat die Rechtmäßigkeit seiner Regentschaft bestätigt, worauf sich nicht nur die Zwergenfürsten, sondern auch die von Menschen bewohnten Städte Sundaril und Andaril dem neuen König unterwarfen. Im Osten jedoch, wo die Reiche der Menschen liegen, gibt es Potentaten, die König Corwyn nicht als ihren Herrn anerkennen wollen und gar zum Krieg gegen Tirgas Lan rüsten.«

»Ist ja interessant«, sagte Rammar gelangweilt und gähnte herzhaft. »Aber warum erzählst du uns das alles? Was geht uns das an?«

»König Corwyn und Königin Alannah sandten mich zu Euch, um Eure Hilfe im Kampf gegen die Feinde Tirgas Lans zu erbitten.«

»Was?« Rammar starrte den königlichen Boten erstaunt an. »Ich höre wohl nicht recht.« Er schüttelte heftig das Haupt. »Was bildet sich dieser einäugige Bastard ein?«

»König Corwyn weiß, dass Ihr keine sehr hohe Meinung von ihm habt«, räumte der Bote ein. »Aber er erinnert Euch daran, dass er Euch das Leben schenkte und …«

»Und was?«, rief Rammar erzürnt. »Auch wir haben ihm den Hals gerettet. Damit sind wir quitt.«

»… und dass Ihr und er Verbündete wart im Kampf gegen den finsteren Margok«, fuhr der Bote fort. »Sich auf dieses alte Bündnis berufend, bittet der König von Tirgas Lan um Eure Unterstützung. Das ist eine große Ehre für Euch.«

»Mir kommen die Tränen«, knurrte Rammar.

Balbok hingegen schien wirklich beeindruckt. »Mein böser Ork«, meinte er. »Ist das nicht nett von Corwyn? Statt den Kampf gegen seine Feinde allein zu führen und all den Ruhm und die Beute selber einzusacken, denkt er an seine alten *karal'hai*.«

»Was ist los mit dir? Hast du den Verstand verloren?«, maulte Rammar. »Menschen und Orks sind keine Freunde, noch nie gewesen. Und dieser elende Corwyn ruft uns nicht deshalb zu Hilfe, weil er uns einen Gefallen tun will, sondern weil er uns braucht!«

»Ist doch egal.« Balbok grinste breit. »Zumindest werden wir Gelegenheit bekommen, unsere *saparak'hai* mal wieder in Blut zu tauchen. Und da es gegen Menschen geht, wird es auch mehr als genug zu essen geben und …«

»Du und dein Magen!«, unterbrach ihn Rammar. »Könntest du zur Abwechslung auch mal mit einem anderen Körperteil denken? Mit deinem Hirn zum Beispiel? Nenn mir einen guten Grund, weshalb wir dem Hilferuf dieses elenden Tunichtguts folgen sollten. Hast du vergessen, wie viel Ärger er uns eingebrockt hat?«

»*Korr*, eine Menge Ärger«, stimmte Balbok zu, »aber auch eine Menge Beute – und einen Haufen Spaß. Weißt du nicht mehr, wie wir gegen den Dragnadh kämpften?«

»Und ob«, versicherte Rammar verdrießlich – in seiner Erinnerung allerdings war die Konfrontation mit dem untoten Drachen keineswegs spaßig gewesen; sein Bruder und er wären dabei immerhin fast draufgegangen. Andererseits hatte Balbok nicht unrecht – immer nur im *bolboug* zu sitzen und von früh bis spät zu fressen und zu saufen wurde auf längere Sicht ein wenig eintönig. Aber Rammar war nicht der Typ Ork, der sich zu irgendetwas drängen ließ, weder von einem hergelaufenen Menschen noch von seinem depperten Bruder …

»Lass uns nach Tirgas Lan gehen!«, rief Balbok begeistert. »Das wird großartig! Wir treten als Söldner in Cor-

wyns Dienste, hauen seinen Feinden eins aufs Maul und sind
schon bald wieder zurück, mit jeder Menge Beute und genug
Menschenfleisch, um sämtliche Vorratshöhlen damit zu fül-
len!«

»Und was habe *ich* davon?«, fragte Rammar.

»Vielleicht«, machte der Bote sich vorsichtig bemerkbar,
»sollte ich die Botschaft erst zu Ende bringen ...«

»Das war noch nicht alles?« Rammar hob eine seiner bor-
stigen Brauen.

»Nicht ganz. Im Gegenzug für Eure Hilfe garantiert König Corwyn, die Grenzen der Modermark anzuerkennen
und diese auf ewig festzulegen.«

»Was bedeutet das?«, wollte Balbok wissen.

»Das bedeutet, dass Tirgas Lan den Fluss und das Schwarz-
gebirge als seine westliche Grenze anerkennt«, führte der
Bote aus. »Die Orks brauchen also niemals zu fürchten, dass
König Corwyn zum Krieg gegen sie rüstet, solange sie in der
Modermark bleiben.«

»Das *garantiert* uns Corwyn also?« Rammar schnaubte.
»Ist das nicht großzügig von Seiner Majestät, Balbok? Als Gegenleistung dafür, dass wir für ihn den *asar* riskieren, schenkt
uns dieser Halsabschneider das Gebiet, das uns ohnehin
schon gehört!«

»Mein böser Ork«, staunte Balbok.

»Weißt du was, Bote? Du kannst zurückkehren zu deinem
König und ihm sagen, dass er sich seine Garantien sonst wo
hin stecken kann. Aber vorher werden wir dich noch um einige deiner Gliedmaßen erleichtern. Zum Reden brauchst
du sicherlich keine Arme und Beine.«

»Königin Alannah hat vorausgesehen, dass Ihr so reagieren würdet«, entgegnete der Bote unbeeindruckt. »Sie lässt
Euch daher Folgendes ausrichten: Nie zuvor ist Menschen
durch Orks eine größere Wohltat widerfahren als durch
Euch, die Ihr geholfen habt, Tirgas Lan vom Bösen zu be-

freien. Auch eine noch so grässliche Bluttat wird den Ruhm, den Ihr Euch dadurch bei den Menschen erworben habt, nicht schmälern können.«

»*Das* lässt die Königin uns sagen?«, blaffte Rammar erbost.

»Wort für Wort.«

»Verdammt noch mal! Bei Kuruls Flamme! Bei Torgas stinkenden Eingeweiden und Girgas' verschwundenem Schädel! Das ist doch die Höhe! So eine Unverschämtheit!«

»Wieso?«, fragte Balbok.

»Närrischer *umbal*, begreifst du denn nicht, was dieses elende Weibsstück uns damit zu verstehen gibt?«

»Äh …« Balbok überlegte kurz. »Nein«, gestand er dann.

»Indem wir ihr und Corwyn geholfen haben, haben wir unseren schlechten Ruf verspielt. Diese elenden Menschen denken jetzt, sie hätten es mit einer Horde netter Orks zu tun. Wissen sie denn nicht, dass wir die wildesten, grässlichsten und blutrünstigsten Kreaturen von ganz Erdwelt sind?« Um seine Worte zu unterstreichen, fletschte er die Zähne und verfiel in Furcht erregendes Gebrüll.

»Genau«, stimmte Balbok zu und ließ ein markiges Knurren vernehmen.

»Das können wir nicht auf uns sitzen lassen. Wir werden nach Tirgas Lan gehen und diesem Schnösel auf dem Thron sagen, was wir von ihm halten!«, verkündete Rammar wütend und völlig außer sich. »Dann werden wir ihm zum Schein helfen, und wenn er es am wenigsten erwartet, werden wir uns gegen ihn wenden und ihm zeigen, wozu Orks aus echtem Tod und Horn fähig sind. Auf diese Weise werden wir unseren schlechten Ruf wiederherstellen, und auch ohne die großzügige Garantie des Königs wird es keinem Menschen mehr einfallen, seine neugierige Nase über den Grat des Schwarzgebirges zu stecken. Hast du kapiert, was ich meine?«

»Ich denke schon.« Balbok nickte. »Es gibt jede Menge Keilereien und Menschenfleisch.«

»So ungefähr«, bestätigte Rammar, dann wandte er sich wieder dem Boten zu. »Also, *achgosh-bonn*, du hast es gehört – wir werden dem Ruf deines Königs folgen.«

»Nichts anderes habe ich erwartet«, erwiderte der Bote mit einer Selbstverständlichkeit, die Rammar noch mehr verärgerte.

»Aber vorher«, kündigte er deshalb an, »werden mein Bruder und ich noch ein großes Gelage geben, um unseren Abschied aus dem Dorf zu feiern. Aus diesem Anlass werden wir dich nach allen Regeln der Kunst massakrieren, dir den Wanst mit Zwiebeln und Knoblauch stopfen und dich uns zu Ehren als Hauptgang servieren lassen.«

»Ihr wollt mich ... *auffressen?*«, fragte der Bote.

»*Korr.*«

»Mit Verlaub, werte Orks, das solltet Ihr nicht.«

»So? Und warum nicht?«

»Weil Königin Alannah auch das vorausgesehen und Vorsorge getroffen hat.«

»Inwiefern?«

»Ich bin Euer Passierschein«, eröffnete der Bote.

»Du bist – *was?*«

»Auf dem Weg nach Tirgas Lan müsst Ihr an mehreren Grenzposten vorbei. Und Ihr werdet doch hoffentlich nicht annehmen, dass man zwei Orks so mir nichts dir nichts in die Hauptstadt marschieren lässt. Es sei denn, sie haben jemanden dabei, der für sie bürgt und die Losungen kennt.«

»Die Losungen? Was denn für Losungen?«

»Bei jedem Posten muss man eine bestimmte Losung nennen, um passieren zu können«, antwortete der königliche Bote und tippte sich gegen die Stirn. »Und hier drin sind sie sicher aufbewahrt. Wenn Ihr mir also etwas antut, werdet Ihr es nie bis nach Tirgas Lan schaffen.«

»Wir könnten dich foltern, bis du uns die Losungen verrätst«, schlug Rammar vor.

»Aber es sind eine Menge Losungen«, erklärte der Bote, »und man braucht für jeden Posten genau die richtige; nennt man die falsche Losung, ist's vorbei. Glaubt Ihr, die genaue Reihenfolge behalten zu können, mal vorausgesetzt, ich würde Euch unter der Folter die richtigen Losungen nennen und auch nicht belügen, damit Ihr in Euren Untergang lauft?«

»Verdammt«, knurrte Rammar fassungslos. »Woher hat das elende Weibsbild nur diese Ideen?«

»Ich fürchte also, Ihr habt keine andere Wahl, als mich am Leben zu lassen und mit nach Tirgas Lan zu nehmen«, sagte der königliche Bote.

»Was soll das heißen?« Balbok schaute Rammar aus großen Augen an, und Enttäuschung lag in seinem Blick. »Dass wir ihn nicht massakrieren dürfen? Dass wir ihm nicht den Wanst mit Zwiebeln und Knoblauch stopfen lassen, und dass wir ihn nicht zu unseren Ehren serviert bekommen?«

»Genau das«, knurrte Rammar zähneknirschend, und er sah all seine Befürchtungen bestätigt: Der Kopfgeldjäger und seine Elfenfreundin brachten tatsächlich nichts als Ärger.

»*Snorsh*«, sagte Balbok leise.

3.

OLK OIGNASH

Das Gelage anlässlich ihres Abschieds fiel kleiner aus, als Balbok es sich gewünscht hätte – als Hauptgang wurde in Ermangelung des Boten ein großer Kessel *bru-mill* serviert, mit gestopften Gnomendärmen, Trollaugen und allem, was sonst noch hineingehörte. Dazu floss Blutbier in Strömen, sodass so mancher Ork am nächsten Morgen nicht mehr aus seinem Rausch erwachte. Auch Rammar und Balbok dröhnte der Schädel, als sie die Augen aufschlugen, aber immerhin waren sie nicht in Kuruls dunkle Grube gestürzt, an deren Rand man im Zuge eines Blutbierrauschs gefährlich nahe wandelte.

Nachdem sie noch einmal ihre Höhle aufgesucht hatten, um sich von ihrem Gold zu verabschieden, gingen sie in die Waffenkammer, und erstmals seit dem letzten Blutmond griffen die beiden wieder zu Axt und Speer.

Um in Tirgas Lan möglichst viel Eindruck zu schinden, entschloss sich Rammar, zu seiner ledernen Rüstung einen goldenen Helm mit Nasen- und Wangenschutz zu tragen, Balbok hingegen entschied sich für ein schlichteres Modell aus Eisen und schnappte sich eine klobige Ork-Axt als Waffe, während Rammars Wahl auf einen *saparak* fiel, dem traditionellen, mit Widerhaken versehenen Kampfspeer der Orks. Balbok, der ein guter Bogenschütze war, nahm zusätzlich einen Bogen und einen mit Pfeilen gefüllten Köcher mit, und Rammar schob sich einen aus Tirgas Lan stammenden Elfendolch mit goldenem Griff in seinen Gürtel, mehr der Wirkung auf etwaige Bewunderer halber als um sich damit zu verteidigen. Sein Leben bei einem Kampf zu riskieren, das hatte der feiste Ork nicht vor; das war, würden sie unterwegs in Bedrängnis geraten, die Aufgabe der *faihok'hai*, die Balbok und ihn nach Tirgas Lan begleiteten.

Gegen Mittag, als sich fahles Sonnenlicht durch die Wolken über der Modermark kämpfte und in die Schlucht des *bolboug* fiel, brachen Balbok und Rammar auf. Es war ein triumphaler Abschied, der sich grundlegend von dem unterschied, den die Brüder vor einem Jahr erlebt hatten. Damals waren sie in Schimpf und Schande aus dem Dorf gejagt worden, und die Orkkinder hatten ihnen von den hölzernen Stegen, die die Höhlen zu beiden Seiten der Schlucht miteinander verbanden, auf den Kopf gepinkelt.

Diesmal waren die Stege überfüllt mit Orks, die grunzend ihre Begeisterung zum Ausdruck brachten über Rammar und Balbok, die den *bolboug* verließen, um in der Fremde Kriegsruhm zu erlangen und Beute zu machen. Die Standarte stolz vor sich hertragend – einen klobigen, bunt bemalten Trollschädel, der auf einer langen Stange steckte –, eskortierten die *faihok'hai* ihre beiden Häuptlinge. Nicht weniger als zwölf ihrer besten Krieger hatten Rammar und Balbok dafür ausgewählt, sie zu begleiten. In der Mitte der *faihok'hai* schritten sie mit dem königlichen Boten, zufrieden grinsend und mit hoch erhobener Schnauze. Und als er das begeisterte Grölen ihrer Untertanen durch die Schlucht hallen hörte, da war auch Rammar überzeugt, die richtige Entscheidung getroffen zu haben.

Vorerst jedenfalls …

Sie verließen die Schlucht über den Felsweg, vorbei an den Posten, die dort Wache hielten. Als sie die Höhlen hinter sich hatten, verebbte schließlich der Jubel, und der faulige Gestank des *bolboug* verlor sich in der Ferne.

»Nun kann man es nicht mehr leugnen«, seufzte Rammar, »wir haben unsere Heimat verlassen. Ungewissheit und tausend Gefahren harren unser.«

»*Korr*«, stimmte Balbok zu, während es in seinen Augen abenteuerlustig funkelte.

Der königliche Bote, den Corwyn und Alannah geschickt hatten, marschierte direkt hinter ihnen. Da Kursas Leute sein Pferd gefressen hatten, musste er wie die Orks zu Fuß reisen, und es zeigte sich bald, dass er mit dem Marschtempo der *faihok'hai* nicht mithalten konnte. Rammar verspottete ihn deshalb – nur um zu verbergen, dass er selbst auch nicht schneller konnte. Die zusätzlichen Pfunde, die er als Häuptling angesetzt hatte, rächten sich bei dem anstrengenden Fußmarsch, und er nahm sich vor, in Zukunft weniger zu fressen.

Entsprechend kam der Trupp nur langsam voran; einen ganzen Tag lang marschierten die Orks durch das Dickicht des Dämmerwalds, ohne dass sie die Gipfel des Schwarzgebirges zu sehen bekamen. Erst gegen Abend, als die Sonne weit im Westen über der Modersee versank, zeigten sie sich als ferne Zacken, die sich scharf vor dem rot gefärbten Himmel abhoben.

Im Gedenken an den Proviant, den die *faihok'hai* mitführten – neben einem Fass Blutbier hatten sie auch gepökelten Trollschinken und Gnomenkutteln dabei – beschloss Rammar, die Sache mit dem Abnehmen um einen Tag zu verschieben. Hungern, sagte er sich, konnte er auch morgen noch.

Die Häuptlinge machten es sich also an dem Feuer bequem, das ihre Leibgarde für sie entzündete, und ließen sich reichlich Fleisch reichen und Bier einschenken. Der Bote aus Tirgas Lan, der zwischen ihnen eingekeilt saß und wie ein Zwerg zwischen zwei Riesen wirkte, hielt sich bei den Leckereien der Ork-Küche merklich zurück, was Rammar mit weiterem Hohn quittierte.

47

Irgendwann – der Mond war aufgegangen und schimmerte totenbleich durch die Wolken – stellte sich bei den Brüdern eine gewisse Sättigung ein. Mit dem Vorsatz, den Rest der Mahlzeit gleich nach dem Aufwachen als Frühstück zu sich zu nehmen, legten sie sich aufs Ohr. Während sich Balbok mit dem nackten Boden begnügte, bettete sich Rammar auf ein weiches Wargenfell, das seine Leibgarde für ihn mitschleppte. Kaum hatte er die Augen zugemacht, schnarchte er auch schon wie ein ganzer Zug betrunkener Zwerge. Auch Balbok hatte die Augen geschlossen, aber anders als sein Bruder schlief er nicht.

Und das rettete ihm das Leben …

Es war lange nach Mitternacht, das Feuer war fast heruntergebrannt, und das leise Knurren, mit dem sich die *faihok'hai* miteinander unterhalten hatten, war verstummt. Zu hören war nur noch das ferne Heulen der Warge und die unheimlichen Schreie anderer Kreaturen der Nacht – und Rammars lautes Schnarchen.

Ansonsten war alles still, und genau diese Stille war es, die Balboks natürliches Misstrauen weckte.

Der hagere Ork rührte sich nicht, hatte die Augen geschlossen, dafür aber die Ohren gespitzt. Von den *faihok'hai* war tatsächlich kein Laut mehr zu vernehmen. Wo, bei Torgas Eingeweiden, waren sie auf einmal hin?

Balbok wagte es nicht, die Augen zu öffnen, aber er lauschte mit all seinen Sinnen – und dann reagierte er!

Plötzlich wälzte er sich zur Seite – keinen Augenblick zu früh! Auch wenn seine Reflexe während der vergangenen Monde ein wenig eingerostet waren, sie waren noch immer vorhanden und auch noch immer schnell genug, um ihm das Leben zu retten.

Wo er eben noch gelegen hatte, steckte auf einmal ein *saparak* im weichen Boden. Es war der Kampfspeer eines *faihok*, und der hünenhafte Krieger stand direkt neben Balboks Nachtlager. Sofort riss er den *saparak* aus dem Boden und stieß ein zweites Mal zu.

Balbok warf sich abermals herum, und wieder verfehlte ihn der Speer nur um Haaresbreite.

»Rammar!«, schrie Balbok aus Leibeskräften – aber die einzige Antwort, die er erhielt, war lautes Schnarchen; berauscht vom vielen Blutbier schlief der feiste Ork einfach weiter. Nur die Tatsache, dass er sich im Schlaf herumwälzte, bewahrte ihn vor dem Tod – denn ein weiterer *saparak* durchbohrte unmittelbar neben ihm das Wargenfell, auf das er seine Leibesmassen gebettet hatte.

»*Shnorsh!*«, stieß Balbok hervor, und während er sich erneut herumwarf, packte er den Stiel der Axt, die aus Gewohnheit griffbereit neben seinem Schlafplatz lag – und trieb ihr Schneideblatt tief in den Unterleib des *faihok*, der es auf sein Leben abgesehen hatte.

»Verdammt, Rammar!«, schrie Balbok, während der Attentäter mit einem schmerzerfüllten Ächzen auf die Knie sackte und die Eingeweide aus seinem aufklaffenden Bauch quollen. »Wach endlich auf, Bruder!«

»Hm …?« Der dicke Ork brabbelte etwas im Schlaf, schlug jedoch nicht die Augen auf, sondern ließ ein Schmatzen hören und schnarchte dann weiter.

Mit einer Verwünschung auf den Lippen griff Balbok nach einem noch halb gefüllten Blutbierkrug und warf ihn kurzerhand ins Feuer. Die schwelende Glut entzündete das feurige Gesöff, und eine lodernde Stichflamme fauchte empor, die das ganze Lager für einen Augenblick taghell erleuchtete und die Ork-Krieger aus dem Schutz der Dunkelheit riss.

Einer stand neben dem schnarchenden Rammar, hatte den *saparak* erhoben und wollte erneut zustoßen, um dem Leben des feisten Häuptlings ein Ende zu bereiten. Die anderen *faihok'hai* standen am Rand des Lagers, die Waffen in

den Klauen, doch sie dachten nicht daran, den Meuchelmörder an seinem feigen Tun zu hindern.

Balbok fackelte nicht lange. Er sprang auf, holte mit der
Axt aus, und obwohl die klobige Waffe eigentlich nicht zum
Werfen gedacht war, schleuderte er sie durch die Luft. Sein
Ziel war der üble Halunke, der Rammars Leben wollte – ein
faihok, der sich gegen seine Häuptlinge wandte.

Balboks Strafe traf ihn augenblicklich – und zwar in Form
seiner Axt. Das schartige Schneideblatt der schweren Waffe
drang dem *faihok* durch Helm und Schädelknochen und teilte seinen Kopf fast in zwei Hälften. Der Ork ließ den *saparak*
fallen, dann kippte er wie ein gefällter Baum zu Boden.

Balbok stürzte zu ihm, um sich die Axt zurückzuholen.
Doch ehe er sie erreichte, trat ihm ein weiterer *faihok* in den
Weg – ein hoch gewachsener Kerl, der einen Schuppenpan-
zer trug und dessen Visage von unzähligen Narben übersät
war (und den Balbok stets für einen der loyalsten Leibwächter gehalten hatte). Mit seinem *saparak* griff er Balbok an.

Der schaffte es im allerletzten Moment, dem tödlichen
Stoß auszuweichen.

»Rammar!«, bellte Balbok abermals.

Nun endlich regte sich der Bruder – und das war gut so,
denn vier weitere *faihok'hai* wollten mit blanken Klingen
über ihren fetten Anführer herfallen.

Balbok handelte mit dem Mut der Verzweiflung. Als der
saparak seines Gegners abermals heranzuckte, tat er nur so, als
wollte er ausweichen. Der *faihok* änderte im letzten Augenblick die Stoßrichtung, und Balbok bekam den Schaft knapp
unterhalb der mit Widerhaken versehenen Spitze zu fassen.

In einem jähen Kraftausbruch riss er seinem verblüfften
Gegner die Waffe aus den Klauen, und noch ehe der Verräter begriff, was geschehen war, hatte Balbok den Speer
herumgedreht und die Spitze mit Wucht in die Brust des
faihok gerammt.

Im nächsten Augenblick war Balbok bei seinem Bruder, bekam den Stiel seiner Axt zu packen, die noch immer im Schädel des niedergestreckten Leibwächters steckte, und riss das Schneideblatt mit einem schmatzenden Knirschen frei, just in dem Augenblick, als die anderen vier *faihok'hai* über Rammar herfallen wollten.

»Zurück, ihr *umbal'hai*!«, schrie Balbok so laut, dass sich seine Stimme überschlug, und führte die Axt in einem weiten Bogen.

Eine Hand wurde abgetrennt und flog davon, den Griff des Schwerts, dessen Spitze auf Rammars Kehle gezielt hatte, noch umklammernd. Auf den blutenden Stumpf seines Arms starrend, brach der Meuchelmörder in heulendes Geschrei aus – das Rammar vollends aus dem Schlaf riss, bevor Balbok es mit einem wuchtigen Hieb seiner Axt verstummen ließ.

»Bei Torgas Eingeweiden!«, blaffte Rammar und schoss in die Höhe. »Könnt ihr keine Ruhe geben, ihr elenden …?«

Er verstummte, und seine Augen weiteten sich, als er vor sich einen der Ork-Krieger sah, der ihm eine Schwertklinge in den Leib rammen wollte. Dass es nicht dazu kam, lag daran, dass sich der Kopf des Angreifers plötzlich verselbständigte und davonflog. Der kopflose Torso fiel dem verblüfften Rammar geradezu in die Arme, der daraufhin das Gleichgewicht nicht mehr halten konnte und nach hinten kippte. Nur mit Mühe gelang es ihm, sich von dem Leichnam zu befreien. Was er dann sah, erfüllte ihn gleichermaßen mit Erstaunen wie mit Wut: Orks tobten um das lodernde Lagerfeuer und bekämpften sich gegenseitig.

Genauer gesagt: Es war Balbok, der sich mit drei *faihok'hai* ein mörderisches Hauen und Stechen lieferte!

»Was machst du denn, du elender *umbal*?«, fuhr Rammar seinen Bruder an. »Hast du zu viel Blutbier gesoffen? Die *faihok'hai* gehören zu uns!«

»Ach ja?«, schrie Balbok zurück und musste dem wütenden Angriff eines der Ork-Krieger ausweichen. »Warum
versuchen sie dann, uns umzubringen?«

Rammar kam nicht zu einer Antwort. Zwei weitere An-
greifer wandten sich ihm mit blankgezogenen Waffen zu.
Als der Lichtschein des Feuers ihre Gesichter traf, erkannte
Rammar die beiden.

»Pisok! Drusa! Wo habt ihr gesteckt, ihr elenden Maden?«, raunzte er die beiden Ork-Krieger an. »Kommt gefälligst her und helft uns! Eure Häuptlinge sind in Bedrängnis!«

»Und ob du in Bedrängnis bist, Fettsack!«, entgegnete
Pisok. »Doch natürlich werden wir dir helfen – nämlich dabei, in Kuruls dunkle Grube zu springen!«

Die beiden *faihok'hai* verfielen in höhnisches Gelächter,
und Rammar begriff, dass er seinen Bruder diesmal zu Unrecht einen *umbal* gescholten hatte. Ihre Leibwächter stellten sich tatsächlich gegen sie und versuchten sie umzubringen!

»W-wieso das?«, rief Rammar verblüfft. »Wa-was haben
wir euch getan? Waren wir euch nicht gute Häuptlinge?«

»Darum geht es nicht«, entgegnete Drusa. »Es gibt einfach jemanden, der uns besser entlohnt als ihr.«

»Wer ist es?«, wollte Rammar wissen. »Etwa Kursa? Ich
weiß, er ist schon lange scharf auf den Thron und ...«

Pisok und Drusa lachten nur.

»Ich zahle euch das Doppelte!«, versicherte Rammar
wimmernd. »Auch das Dreifache, wenn es sein muss!«

Erneut lachten die beiden Orks – dann griffen sie an!

»*Trurkor'hai!*«, wetterte Rammar. »Verdammte Verräter ...!«

Er wollte zurückweichen – und stolperte über die Leiche
jenes *faihok*, dem Balbok mit der Axt den Schädel gespalten
hatte.

Das rettete ihm das Leben!

Indem Rammar nach hinten kippte und auf seinen Hintern plumpste, entging er den Schwerthieben der Angreifer. Im nächsten Moment hielt der dicke Häuptling den *saparak* des toten *faihok* in den Klauen, der neben seinem Lager im Boden gesteckt hatte, und ihm war, als umklammerte er seine eigene Vergangenheit: Die Erinnerung an zahlreiche überstandene Abenteuer und Gefahren kehrte schlagartig zurück, gab ihm Selbstvertrauen, und kraftvoll stieß er mit dem Speer zu.

Der großmäulige Pisok bekam den *saparak* in den weit aufgerissenen Schlund. So heftig hatte Rammar zugestoßen, dass die Speerspitze durch den Schädelknochen schlug, und Pisok sank auf die Knie, gurgelte mit Blut und Gehirn und kippte dann zur Seite hin um.

Sein Kumpan Drusa verfiel daraufhin in lautes Gebrüll und stürzte sich auf Rammar, das Schwert in der Hand. Der hatte sich inzwischen aufgerappelt, warf sich nach vorn und mit seiner ganzen Körpermasse gegen den verräterischen *faihok*, wodurch er dessen Angriff stoppte und ihn aus dem Gleichgewicht brachte – und Drusa taumelte zurück, geradewegs in das lodernde Blutbierfeuer!

Die Fetzen, die er als Kleidung unter seiner ledernen Rüstung trug, fingen sofort Feuer, zumal sie mit Blutbier besudelt waren. Als lebende Fackel rannte der Ork kreischend davon.

Rammar war durch den Aufprall wieder zu Boden geworfen worden und wollte sich gerade erneut aufraffen, als ihm eine helfende Klaue hingehalten wurde.

Sie gehörte keinem anderen als Balbok!

»Alles in Ordnung?«, erkundigte sich der hagere Ork, dessen grimmig-einfältige Züge blutbesudelt waren.

»So eine Frage kann auch nur ein zu groß geratener Blödkopf wie du stellen!«, maulte Rammar, während er sich schwerfällig auf die Beine ziehen ließ. »Nichts ist in Ordnung, gar nichts! Unsere Leibwache hat uns verraten, weil irgendein Stinkmaul sie bestochen hat – geht das nicht in deinen Dummschädel?«

»Doch, ich glaube schon«, sagte Balbok völlig naiv. »Eins frage ich mich allerdings ...«

»Was denn?«

»Ich frage mich, wo der Rest der *faihok'hai* geblieben ist. Ein Dutzend Krieger haben uns begleitet, das wären zwölf. Zehn haben wir erschlagen ...«

»Fängst du schon wieder mit der verdammten Rechnerei an?«, beschwerte sich Rammar, der dies für bloße Angeberei hielt.

»Zwei sind also noch übrig«, verkündete Balbok, der seine Krallenfinger beim Zählen zur Hilfe genommen hatte. »Fragt sich nur, wohin sie sich verkrochen haben.«

»*Korr*«, bestätigte Rammar und blickte sich misstrauisch um. »Und weißt du, wer seltsamerweise auch verschwunden ist?«

»Wer?«

»Der Mensch. Dieser verdammte Bote, den Corwyn uns geschickt hat und ohne den wir noch immer zu Hause in unserer gemütlichen Höhle wären. Womöglich steckt er hinter all dem Ärger und ...«

Ein dünnes Hüsteln erregte die Aufmerksamkeit der beiden Orks. Beide fuhren herum, die Waffen kampfbereit erhoben – aber es war nur der königliche Bote, der hinter einem Felsen hervorkam, das zuvor so milchig-blasse Gesicht rot vor Scham.

»I-ich bin hier«, sagte er leise.

»Was machst du hinter dem Stein?«, wollte Rammar wissen.

Der Mensch zögerte mit der Antwort, dann gestand er zerknirscht: »Als ich merkte, dass es gefährlich wurde, zog ich es vor, mich zu verbergen.«

»Du hast dich verkrochen?« Rammar lachte grollend auf. »Das sieht euch Menschenpack ähnlich! Einem Ork käme es niemals in den Sinn, vor einem Kampf zu fliehen und sich feige hinter einem Felsen zu verstecken. Niemals, hörst du?«

»Ich wollte Euch beim Kampf nicht stören, große Häuptlinge«, erklärte der Bote beflissen. »Außerdem seid Ihr ohne meine Hilfe sehr gut zurechtgekommen, oder nicht?«

»Das will ich meinen – allerdings ...« Plötzlich hielt ihm Rammar die Spitze seines *saparak* an die Kehle und blitzte ihn misstrauisch an. »Ich frage mich, warum die *faihok'hai* dir nicht einfach die Kehle durchgeschnitten haben. Sowas wie dich fressen sie normalerweise zum Frühstück.«

»Ich habe einfach so getan, als würde ich schlafen«, erklärte der Bote und schluckte nervös. »Offen gestanden hinderte mich Euer beißender Geruch daran, Schlaf zu finden.«

»Wieso?« Balbok hob den Arm und schnupperte unter seiner Achsel. »Was stimmt nicht mit unserem Geruch?«

»Unwichtig – weiter!«, verlangte Rammar. »Was geschah dann?«

»Ich merkte, dass Eure Leibgarde etwas im Schilde führte, und sah, wie Eure Krieger immer wieder verstohlen zu Euch hinüberschauten. Und als sie schließlich zu ihren Waffen griffen, da hielt ich es für besser, zu verschwinden. Und genau das sollten wir jetzt alle drei tun, denke ich.«

»*Korr.*« Balbok nickte. »Wir sollten zurückkehren ins *bolboug* und sehen, was dort los ist. Ich denke, jemand hat es auf unseren Thron und auf den Goldschatz abgesehen. Also werden wir umkehren und ...«

»Mit Verlaub, tapferer Balbok, das wäre nicht ratsam«, unterbrach ihn der Bote hastig.

»Nein?«, fragte Rammar erstaunt und drückte dem Boten die Speerspitze noch ein wenig fester gegen die Kehle. »Und warum nicht?«

55

»Ihr sagtet gerade, dass zwei Eurer Leibwächter fehlen«, erklärte der königliche Bote nervös. »Bestimmt sind sie ins Dorf zurückgekehrt, um die Nachricht Eures Todes zu verbreiten.«

»Ein wenig voreilig von ihnen«, brummte Rammar verdrießlich. »Hätten wenigstens so lange warten können, bis wir tatsächlich in Kuruls dunkle Grube gestürzt wären.«

»Fürwahr«, stimmte Balbok zu und nickte eifrig.

»Wie dem auch sei«, meinte der königliche Bote, »inzwischen sitzt mit großer Wahrscheinlichkeit bereits ein anderer Ork auf dem Thron, und würdet Ihr Euch dort blicken lassen, würde er den ganzen Stamm gegen Euch hetzen.«

»Das stimmt«, sagte Rammar beklommen und ließ den Speer endlich sinken.

»Trotzdem«, beharrte Balbok. »Wir müssen unseren Thron zurückerobern. Oder willst du diese *mashlu* auf dir sitzen lassen?«

»Natürlich nicht«, maulte Rammar, und plötzlich hatte der Bote die Speerspitze wieder an der Kehle – eine völlig unbewusste Drohgebärde des feisten Orks, denn er sprach nicht mit dem Menschen, sondern zu seinem Bruder. »Aber wir machen diesen Verrat nicht dadurch ungeschehen, dass wir uns massakrieren lassen. Du kennst doch die Regeln: Wenn ein neuer Häuptling auf dem Thron sitzt, hält ihm der Stamm die Treue …«

»… so lange bis ein anderer kommt und ihm den Kopf vor die Füße legt«, vervollständigte Balbok grimmig und befühlte das Blatt seiner Axt. »Und genau dazu habe ich größte Lust.«

»Glaubst du, ich nicht?«, schnaubte Rammar, wenngleich ihm die Vorstellung eines weiteren Kampfes gegen die *faihok'hai* ganz und gar nicht gefiel.

»Das alles ist sehr tapfer von Euch«, sagte der Bote nervös und schob die Spitze von Rammars *saparak* vorsichtig mit zwei Fingern von seinem Kehlkopf, »aber auch ziemlich … dumm.«

»Hmm«, schnaubte Rammar. »Dumm sagst du?«

Der königliche Bote trat erschrocken einen Schritt zurück, als der fette Ork wieder gefährlich mit seinem *saparak* herumzufuchteln begann. »Äh … nun, ich meine …«

»Was meinst du, Mensch?«, grollte Rammar und fixierte den königlichen Boten aus blutunterlaufenen Augen. »Was schlägst du vor, he?«

»Zuerst solltet Ihr in Ruhe nachdenken: Eure Leute haben sich gegen Euch gewandt, Ihr habt all Euren Besitz verloren und seid ganz auf Euch gestellt. In einer solchen Lage ist's doch unklug, eine erneute Konfrontation zu suchen. Klüger wär's, sich an jemanden zu wenden, der Euch in Freundschaft und Treue verbunden ist und Euch helfen kann.«

Rammar und Balbok überlegten kurz. »So jemanden gibt es nicht«, stellten sie dann übereinstimmend fest.

»Ihr vergesst König Corwyn und Königin Alannah«, erinnerte der königliche Bote. »Sie haben Euch um Hilfe gebeten – helft Ihr ihnen, ihre Feinde zu bezwingen, werden sie sicher auch Euch zum Sieg verhelfen.«

»Glaubst du?«, fragte Balbok.

»Ich bin davon überzeugt.«

»Na ja …« Balbok kratzte sich nachdenklich an der Schläfe. »Vielleicht hat der Mensch nicht unrecht, Rammar. Vielleicht sollten wir einfach weiter nach Tirgas Lan gehen …«

»… und darauf hoffen, dass uns ein ehemaliger Kopfgeldjäger und eine verdammte Elfenbraut dabei helfen, unseren Thron zurückzuerobern?«, schnappte Rammar. Diese Aussicht gefiel ihm ganz und gar nicht, zumal er auf diese Weise seinen Plan, Corwyn nur zum Schein zu helfen und so seinen schlechten Ruf wiederherzustellen, vergessen konnte; wenn sie wollten, dass der König ihnen beistand, würden sie Corwyn wohl oder übel tatsächlich unterstützen müssen …

»So ein verdammter *shnorsh*!«, fuhr Rammar seinen hageren Bruder an. »Das alles ist nur deine Schuld. Hättest du nicht ständig darüber lamentiert, wie langweilig dir sei und dass du neue Abenteuer erleben wolltest, hätten wir den *bolboug* nie verlassen!«

»Es tut mir leid …«

»Wie oft muss ich dir noch sagen, dass sich ein echter Ork nicht entschuldigt?«, maulte Rammar noch lauter. »Er erträgt allenfalls die gerechte Bestrafung, wie man es von ihm erwarten kann, verstanden?«

»Ja, Rammar. Entschuldige.« Balbok nickte niedergeschlagen. »Und was machen wir jetzt?«

Rammar legte die dunkle Stirn in Falten und schien nachzudenken – in Wirklichkeit hatte er seinen Entschluss längst gefasst. Nur mit Mühe und viel Glück hatten sie die Meuterei der *faihok'hai* überlebt. Zurück zum *bolboug* zu marschieren und den Rest der Krieger zum Kampf herauszufordern, wäre einem Selbstmord gleichgekommen. Da waren ihre Aussichten, am Leben zu bleiben, wesentlich höher, wenn sie sich nach Tirgas Lan wandten. Auch wenn es der Art eines Orks mehr entsprochen hätte, umzukehren und den Pfad der Rache zu beschreiten – Rammar zog den Weg nach Osten vor …

»Wir gehen nach Tirgas Lan«, entschied er für seinen Bruder mit. »Wir können uns ja mal anhören, was Corwyn von uns will, dann sehen wir weiter.«

»Und wenn das alles erledigt ist, gehen wir zurück ins *bolboug*«, beharrte Balbok, »und treten diejenigen in den *asar*, die uns so übel mitgespielt haben, richtig?«

»Darauf kannst du einen lassen, Bruder«, versicherte Rammar grimmig, und für einen kurzen Augenblick waren sie sich einig wie selten. »Mensch«, wandte er sich dann an den königlichen Boten, während im Osten bereits der neue Tag heraufdämmerte und die schroffen Spitzen des Scharfgebirges mit geheimnisvollem Leuchten umgab, »führe uns zu deinem König.«

»Euer Wunsch ist mir Befehl«, erklärte der königliche Bote und verbeugte sich beflissen, und nachdem die Orks ihre wenige Habe eingesammelt und ein karges Frühstück eingenommen hatten, brachen sie auf.

Sie ahnten nicht, dass sie beobachtet wurden – von jemandem, dem es ganz und gar nicht gefallen wollte, dass der Meuchelmord der Leibwächter fehlgeschlagen war …

4.

TULL ANN TIRGAS-LAN

Die weitere Reise nach Tirgas Lan brachte keine Abenteuer und Gefahren mehr, was Balbok höchst bedauerlich fand. Denn beim Kampf gegen die *faihok'hai* hatte der hagere Ork seit langer Zeit wieder Blut geleckt und festgestellt, wie sehr ihm das gefehlt hatte.

Der Kampf, das Geschrei, die Hitze des Gefechts – all das erfreute sein schlichtes Gemüt. Lange hatte Balbok keinen solchen Spaß mehr gehabt, und hätte sein Bruder nicht den Missmutigen gespielt, hätte auch er zugegeben, dass das Gemetzel im Wald eine wahre Freude gewesen war – jedenfalls war es ein größerer Spaß gewesen, als auf dem Thron im *bolboug* zu sitzen und mit goldenen Vasen um sich zu werfen.

Seit Monden hatte sich Balbok nicht mehr derart lebendig gefühlt, und das, obwohl sie so nah am Rand von Kuruls dunkler Grube gewandelt waren. Genau dieses Gefühl hatte Balbok in letzter Zeit so schmerzlich vermisst.

In einem mehrere Tage dauernden Marsch, bei dem Rammar einige überzählige Pfunde verlor, gelangten die Orks und ihr menschlicher Führer auf die Ostflanke des Schwarzgebirges. Sie folgten dem Grenzfluss und überquerten ihn an der Großen Furt, wo sich im Ersten Krieg die Heere der Orks und der Menschen vereint hatten.

Dort trafen sie zum ersten Mal auf Grenzposten.

Corwyns Bote nannte den Wachen – schwer bewaffneten, hünenhaften Kriegern aus dem östlichen Hügelland – die

61

entsprechende Losung, worauf man die Orks zwar unter misstrauischen Blicken, aber unbehelligt passieren ließ. Danach ging es weiter nach Süden, an den Ausläufern der Ebene von Scaria entlang, die die Orks als karges, unfruchtbares Land in Erinnerung hatten. Seit Rammars und Balboks großem Abenteuer hatte sich dort allerdings einiges verändert.

Nachdem der Fluch von Tirgas Lan erloschen und der Wald von Trowna nicht länger Hort einer dunklen, unheimlichen Macht war, war das Leben nach Scaria zurückgekehrt. Büsche und gelbgrünes Gras bedeckten die Ebene, Vögel zogen in Schwärmen darüber hinweg. Vereinzelt gab es auch schon Ansiedlungen – Kolonisten aus den östlichen Grenzstädten, die nach Westen gekommen waren, um hier ihr Glück zu suchen und sich als Bauern, Handwerker oder Wirte niederzulassen.

»Noch ist das alles hier wildes, ungezähmtes Land«, erklärte der Bote, »aber wenn Erdwelt erst unter einer Herrschaft vereint ist, werden Straßen die Städte und größeren Siedlungen des Reiches miteinander verbinden. Dann wird eine Zeit des friedlichen Miteinanders anbrechen. Handel und Zivilisation werden erblühen, und es wird fast so sein wie zur Zeit der Elfenkönige.«

»Ach«, sagte Balbok unbeeindruckt, »wie langweilig …«

Der Rest der Reise verlief ohne Zwischenfälle, abgesehen von einer wüsten Keilerei in einem Wirtshaus am Westrand von Trowna. Ein wohlhabender Reisender aus Andaril hielt Rammar irrtümlich für einen Höhlentroll und wollte ihn mieten, um sein Gepäck zu tragen. Die Schlägerei, die sich daraus ergab, brachte dem Reisenden zwei gebrochene Arme ein, und er konnte noch von Glück sagen, dass König Corwyns Bote mäßigend auf die Ork-Brüder einwirkte.

Durch den Wald von Trowna, der nichts mehr mit jenem dunklen, bedrohlichen Urwald gemein hatte, durch den sich die Orks noch vor einem Jahr gekämpft hatten, und über die

Straßen des alten Elfenreichs, die unter Flechten und Moos wieder zu Tage getreten waren und gesäumt wurden von grünenden Hainen und farbenfrohen Blüten, die betörenden Duft verströmten – jedenfalls für die Nase eines Menschen –, gelangten sie endlich nach Tirgas Lan.

Auch die ehemalige Elfenstadt hatte sich verändert.

Die Mauern und Türme, die sich unvermittelt aus dem üppigen Grün der Bäume erhoben, lagen im hellen Sonnenlicht. Marmor und Alabaster erstrahlten in altem Glanz, nichts erinnerte mehr an die allgegenwärtige Schwärze, die damals die Stadt überzogen hatte.

Außerhalb der Mauern waren Zelte und Hütten errichtet. Nachdem sich die Kunde, dass ein neuer König in Tirgas Lan eingezogen sei, wie ein Lauffeuer in Erdwelt verbreitet hatte, waren viele Menschen gekommen, Flüchtlinge aus dem Osten zumeist, die die beständigen Kriege der dortigen Potentaten satt hatten und die sich nach Frieden sehnten. So große Anziehung übte die alte Königsstadt aus, dass immer mehr von ihnen kamen und die Mauern Tirgas Lans schon nicht mehr ausreichten, um sie zu fassen.

Wohin Rammar und Balbok auch schauten, sahen sie Menschen, die voller Hoffnung waren. Es ließ sich nicht leugnen, dass aus der einstmals verschollenen Elfenstadt das geworden war, was man ein blühendes Zentrum nannte.

Entsprechend verhasst war die Stadt den Orks.

»Ehrlich, Rammar«, raunte Balbok seinem Bruder zu, während sie das große Haupttor passierten, »vorher hat es mir hier besser gefallen. Die Mauern waren schwarz und brüchig, und an allen Ecken und Enden stank es nach Fäulnis und Verwesung. Aber jetzt …«

»Du hast recht«, stimmte ihm Rammar griesgrämig zu. »Seit diese elenden Menschen hier das Sagen haben, hat die Stadt ihr gewisses Etwas verloren. Wie langweilig diese Milchgesichter doch sind.«

63

Wie so viele Male zuvor, wenn sie Wachtposten passierten, nannte der Bote die entsprechende Losung. Auch diesmal war es so, aber zu Rammars und Balboks Entsetzen zeigte sich in den Gesichtszügen der Wachen kein Misstrauen, sondern unverhohlene Bewunderung, als sie die beiden Orks erblickten.

»Sind sie das?«, hörte Rammar einen von ihnen seinem Kameraden zuraunen.

»Bestimmt«, erwiderte der andere. »Der eine groß und hager, der andere klein und stark. Dies sind Balbok und Rammar, die Retter der Krone ...«

Die Retter der Krone!

Rammar spuckte aus und bedachte die Wachen mit einem hasslodernden Blick, dann marschierten sie weiter, die Hauptstraße von Tirgas Lan entlang und auf die große Zitadelle zu, die vor nicht allzu langer Zeit noch Schauplatz eines dramatischen Kampfes zwischen Licht und Finsternis gewesen war. Schade nur, dass die beiden Orks dabei auf der falschen Seite gestanden hatten, nämlich auf der des Lichts.

Wieder in Tirgas Lan zu sein, weckte Erinnerungen, und es kam den beiden Brüdern vor, als hätten sie der ehemaligen Elfenstadt eben erst den Rücken gekehrt. Natürlich, so belebt waren die Straßen und Gassen zuvor nicht gewesen; sie quollen schier über vor Menschen verschiedenster Herkunft und unterschiedlichster Kleidung, und sie schienen aus sämtlichen Himmelsrichtungen in die Königsstadt zu strömen. Hier priesen Kaufleute mit lauter Stimme ihre Waren an, dort saßen Gäste vor einer Taverne; hier wurde ein Markt abgehalten, dort boten Töpfer und Tischler ihre Dienste feil.

»Sag mal, Rammar«, knurrte Balbok, »hast du gewusst, dass sich die Milchgesichter farblich unterscheiden?«

»Nein«, entgegnete Rammar verdrießlich.

»Nicht nur ihre Skalpe und das Fell in ihren Gesichtern sind mal dunkel und mal hell ...«, murmelte Balbok.

»Mal davon abgesehen, dass viele von ihnen gar kein Fell im Gesicht haben«, ergänzte Rammar, »und ein paar von ihnen haben offenbar bereits ihren Skalp verloren, marschieren aber trotzdem noch quicklebendig herum.«

»… auch die Farbe ihrer Haut ist sehr unterschiedlich«, fuhr Balbok fort, »mal blutleer und blass, dann schmutzig, dann wieder völlig verkohlt oder krankhaft gelb.«

Rammar seufzte. »Wir können sie nicht einmal mehr Milchgesichter schimpfen …«

Sie näherten sich der Zitadelle mit der großen Kuppel, die sich weithin sichtbar aus dem Häusermeer der Stadt erhob. Tirgas Lan war gleichermaßen Stadt wie Festung, in uralter Zeit dazu errichtet, Zentrum eines riesigen Reiches zu sein, das ganz *sochgal* beherrscht hatte. Im Laufe der Zeit jedoch und im Zuge zweier Kriege war dieses Reich allmählich zerfallen, woran die Orks nicht unerheblichen Anteil gehabt hatten. Rammar wäre es lieber gewesen, die Menschen hätten sich *daran* erinnert als an die unrühmliche Rolle, die sein Bruder und er bei der Befreiung Tirgas Lans gespielt hatten.

Auch die Wachen am Tor der Zitadelle hatten jene unausgesprochene Bewunderung in den Visagen, für die Rammar ihnen am liebsten selbige zertrümmert hätte. Konnte es eine größere Demütigung geben für einen Ork, als dass Menschen bewundernd zu ihm aufblickten? Natürlich hätte Rammar es auch nicht gern gesehen, hätten die Wachen auf Balbok und ihn herabgeschaut. Furcht war die einzig angemessene Empfindung, die ein Mensch einem Ork gegenüber verspüren sollte.

»Was ist?«, blaffte Rammar die Posten an. »Wollt ihr nicht wenigstens *versuchen*, uns die Waffen abzunehmen?«

»Nicht nötig«, sagte der königliche Bote beschwichtigend. »Von guten Freunden hat weder Tirgas Lan noch sein König etwas zu befürchten.«

»Von guten Freunden?«, maulte Rammar. »Wer, bei Torgas stinkenden Eingeweiden, hat behauptet, dass wir Freunde sind? Ich stopfe dir deine Freundschaft gleich in den Schlund, du hässliches Milchgesicht ...«

Die große Eingangshalle hatte nichts mehr von der alten Düsternis und wurde von den Bannern all jener Städte gesäumt, die sich dem neuen Reich angeschlossen hatten. Sie zu durchschreiten, glich für die beiden Orks einem Spießrutenlauf: Wachen in grünen Waffenröcken und silbernen Kettenhemden, den Farben Tirgas Lans, präsentierten grüßend ihre Waffen, als die Orks an ihnen vorbeischritten.

Dass Corwyns Bote das Zeremoniell genoss, konnte Rammar noch verstehen; Menschen fanden – so wie Elfen und Zwerge – zuweilen Gefallen an derlei Gehampel. Aber dass Balbok dabei grinste wie ein frisch kastrierter Wiesentroll, konnte er einfach nicht fassen.

»Hör auf, deine Visage so dämlich zu verziehen, *umbal*!«, zischte Rammar seinem Bruder zu. »Dieses Menschenpack verspottet uns, und du fühlst dich auch noch geschmeichelt?«

»*Douk*«, verneinte Balbok entschieden.

»Warum grinst du dann?«

»Weil ich gerade an unseren letzten Besuch hier denken musste. Weißt du noch? An dieser Stelle habe ich Graishaks Schädel mit einem orkgroßen Kerzenständer bearbeitet ...«

Ja, Balbok hatte recht. Rammar hätte den Schauplatz ihres schicksalhaften Kampfes nicht wiedererkannt, hätte Balbok ihn nicht darauf aufmerksam gemacht. Der Gang lag nicht mehr in schummriger Dunkelheit – helles Sonnenlicht strahlte durch die hohen Fenster an der einen Seite. Aber es war unleugbar auf diesem Korridor gewesen, wo sie auf den Verräter getroffen und mit ihm die Klingen gekreuzt hatten – und noch manches andere.

Der Gang führte zum großen Saal unter der Kuppel – dort residierten der König und die Königin, genau wie vor tausend Jahren.

Rammar zuckte zusammen und stieß einen wüsten Fluch aus, als schmetternde Fanfaren erklangen. Seine Nackenborsten sträubten sich unter dem blechernen, scheppernden Klang.

»*Shnorsh!*«, maulte er. »Diese Milchgesichter haben von Musik noch weniger Ahnung als unser verdammter Barde!«

Durch die weit geöffnete Pforte betraten die drei Neuankömmlinge den Thronsaal – die beiden Brüder und der Bote, der sie laut ankündigte: »Königliche Hoheiten! Ihr habt mich ausgesandt, um jene zu finden, die Euch in der Stunde höchster Not beistanden, als es um das Schicksal dieser Stadt und der ganzen Welt ging. Berge habe ich erklommen, Täler habe ich durchwandert, Flüsse und Seen überquert, um Euren Auftrag auszuführen. Bis tief in die Modermark bin ich vorgedrungen, und dort habe ich sie gefunden. Eure Hoheiten, hier sind sie – die beiden mutigen, heldenhaften Ork-Krieger Balbok und Rammar!«

Tosender Beifall brandete auf, der von allen Seiten auf die Orks einstürzte. Balbok und Rammar zückten instinktiv ihre Waffen und verfielen in lautes Kriegsgeschrei. Augenblicklich verstummte der Applaus, und im nächsten Moment waren Balbok und Rammar von Wachen umringt, die ihnen mit Hellebarden drohten.

Die Orks tauschten einen missmutigen Blick, sahen angesichts der erdrückenden Übermacht jedoch ein, dass sie wohl etwas überreagiert hatten, und ließen die Waffen sinken. Daraufhin hoben die Wächter die Hellebarden wieder und öffneten ihren Kordon. Indem sie zurückwichen, schufen sie einen Weg zur Mitte des Saales, wo ein kreisrundes Loch im marmornen Boden klaffte. Wie Rammar und Balbok wussten, führte dieser Schacht zur Schatzkammer von Tirgas Lan, aus der sie damals den vollgeladenen Streitwagen hatten mitgehen lassen – mit Einverständnis des königlichen Paares, wie sie nachträglich erfahren hatten …

Auf der gegenüberliegenden Seite des Schachts, auf einem steinernen Podest, standen zwei mit reichen Schnitzereien und dem Wappen Tirgas Lans verzierte Throne – und auf den Thronen saßen zwei alte Bekannte.

»Sieh an«, raunte Rammar seinem Bruder zu. »Da sind ja die Herrschaften des Hauses ...«

Unter den Augen des gesamten Hofstaats, der sich wohl gerade zu einer Versammlung eingefunden hatte, durchmaßen die Orks die Halle mit großen Schritten. Dabei gab sich Rammar alle Mühe, einen möglichst grimmigen Eindruck zu machen – schließlich war er nicht irgendein hergelaufener Unhold, sondern ein Häuptling der Modermark. Den goldenen Helm auf dem Kopf, stolzierte er an den vornehm gekleideten Fürsten und ihren Damen vorbei, die lange Kleider trugen und ihre kleinen blassen Nasen rümpften, als die Orks sie passierten; der strenge Geruch, der die Brüder begleitete, war ihnen offenbar unangenehm.

Endlich erreichten Balbok und Rammar das Königspaar. Der Bote, der ihnen vorangeschritten war, verbeugte sich tief und brachte seine Ehrerbietung dar. Rammar sah dazu keinen Anlass, und als auch Balbok eine Verbeugung andeuten wollte, versetzte ihm sein Bruder einen so harten Rippenstoß, dass der Hagere einen erstickten Schmerzenslaut ausstieß.

Sicher, man hatte sich eine Weile nicht gesehen, und wenn Rammar ehrlich zu sich selbst war, musste er eingestehen, dass es in seinem finsteren Inneren einen kleinen Teil gab, der sich über das Wiedersehen freute. Allerdings hätte er sich lieber die Zunge herausgerissen, als dies offen zuzugeben. Er kannte die beiden zur Genüge, die dort vor ihnen saßen, und obwohl sich viel verändert hatte, sah er in ihnen immer noch einen heruntergekommenen Kopfgeldjäger und ein hochnäsiges Elfenweib ...

»Guten Tag, Balbok«, begrüßte Alannah den hageren der

beiden Orks, und ein freudiges Lächeln legte sich auf ihre vornehm blassen Züge. »Ich danke dir und deinem Bruder, dass ihr unserem Ruf gefolgt seid. Es ist schön, euch wiederzusehen.«

»Und ich danke dir, Königin«, erwiderte Balbok in der Sprache der Menschen, denn im Orkischen gab es kein Wort, mit dem sich Dank ausdrücken ließ, und zu Rammars größter Verärgerung verbeugte er sich nun doch.

»Dämlicher Schwachkopf! Verdammter *umbal*!«, raunte Rammar ihm zu. »Du brauchst vor ihr nicht zu buckeln. Du bist selbst ein Häuptling, vergiss das nicht.«

»Nicht mehr …«, brachte der Bote flüsternd in Erinnerung.

»Schnauze!«, knurrte Rammar ihn an.

»Mir ist bewusst, dass ihr beide aus freien Stücken hergekommen seid«, ergriff Corwyn das Wort, dessen Stimme Rammar weniger sonor und Respekt gebietend in Erinnerung hatte. »Dafür stehe ich in eurer Schuld.«

»Genau so ist es, Kopfgeldjä-*äh-äh* … König«, verbesserte sich Rammar schnell. »Vergiss das nicht gleich wieder, *korr*?«

»*Korr*«, bestätigte Corwyn und grinste – und wären da nicht der samtene, mit goldenen Borten verzierte Rock und die Elfenkrone auf seiner Stirn gewesen, Rammar hätte geschworen, es noch immer mit demselben schlitzohrigen Schurken zu tun zu haben, der Balbok und ihn beinahe skalpiert hätte. Die markanten, wettergegerbten Züge, das verwegene Grinsen, die Klappe über dem rechten Auge – all das passte mehr zu jenem Kopfgeldjäger als zu dem Regenten eines Weltreichs.

Ganz anders verhielt es sich mit Alannah. Ihre Erscheinung hatte schon etwas Hoheitliches gehabt, lange bevor Corwyn sie zu seiner Gemahlin gemacht hatte. Als Hohepriesterin hatte sie im Eistempel von Shakara das Geheimnis der Elfen bewahrt. Anmut und Würde schienen ihr in die Wiege gelegt zu sein, wie so vielen Vertretern ihrer Rasse. Und genau das war es, was Orks an Elfen nicht ausstehen konnten (auch wenn beide Rassen, wie Rammar und Balbok hatten erfahren müssen, dieselben Wurzeln hatten und voneinander abstammten – schlimmer noch: Die Orks waren Abkömmlinge dieser überheblichen Besserwisser). Alannahs zerbrechlich wirkende Gestalt und ihre sanften Züge mit den hohen Wangenknochen und den spitzen Ohren täuschten leicht darüber hinweg, dass sie ausgesprochen zäh und hart im Nehmen war. Und dazu listig wie eine Schlange, wie Rammar und Balbok damals zu spüren bekommen hatten.

»Wollt ihr beiden uns die Ehre erweisen, heute Abend beim Bankett unsere Gäste zu sein?«, erkundigte sich Corwyn.

»Korr«, antwortete Balbok, bevor Rammar etwas erwidern konnte, »wenn's was Anständiges zu futtern gibt! Der Magen hängt mir nämlich bis zu den Knien.«

»Umbal!«, rügte ihn Rammar und fletschte die Zähne. »Hast du vergessen, was für ungenießbares Zeug Menschen fressen?« Und völlig außer Acht lassend, dass er selbst Menschenfleisch verabscheute, fügte er hinzu: »Ich glaube kaum, dass Corwyns Gastfreundschaft so weit geht, seinesgleichen mit Knoblauch und Zwiebeln stopfen zu lassen, nur um uns angemessen zu verköstigen.« Er lachte grollend, worauf einige der Höflinge furchtsam zusammenzuckten oder gar einen Schritt zurückwichen.

»Das stimmt«, entgegnete Alannah, »aber wir haben den königlichen Leibkoch angewiesen, einen *bru-mill* zuzubereiten – so nennt ihr doch euren berühmten Eintopf, oder nicht?«

»Es gibt *bru-mill*?« Balbok warf den Kopf in den Nacken und schnüffelte laut, ob er sein Leibgericht schon riechen konnte.

»Da bin ich aber sehr gespannt«, meinte Rammar, der die Begeisterung seines Bruders augenscheinlich nicht teilte, obwohl ihm, ausgehungert wie er war, der Gedanke an einen *bru-mill* den Geifer im Maul zusammenlaufen ließ.

»Es wäre uns ein Vergnügen, euch als unsere Gäste zu bewirten«, versicherte Alannah mit jenem Lächeln, das auf den ersten Blick so freundlich wirkte, nach Rammars Erfahrung jedoch selten Gutes verhieß. »Wir werden beisammensitzen und über die guten alten Zeiten plaudern.«

»*Korr*«, stimmte Rammar zu. »Und danach werdet ihr beiden uns endlich sagen, was ihr von uns wollt ...«

Es war kein *bru-mill*, wie Orks ihn zubereiteten – der königliche Leibkoch hatte frisches Trollfett hinzugegeben statt ranziges, das in der Ork-Küche bevorzugt Verwendung fand. Dennoch mussten Balbok und Rammar eingestehen, dass der Eintopf einigermaßen schmeckte – wenn man berücksichtigte, dass ein *achgosh-bonn* ihn zubereitet hatte. Ein Ork-Häuptling hätte *seinen* Leibkoch dafür erschlagen und dessen Innereien dem *bru-mill* hinzugefügt.

In weitem Rund um die Öffnung zur Schatzkammer waren lange Tafeln aufgestellt, an denen König und Königin mit ihrem gesamten Hofstaat Platz genommen hatten und natürlich auch die Ehrengäste: die beiden Orks Balbok und Rammar. Immer wieder versuchten diese während des Mahls einen begehrlichen Blick in die Tiefe zu werfen, wo noch immer Unmengen von Silber, Gold und Edelsteinen funkelten.

Tänzerinnen traten auf, und Barden gaben ihre Sangeskünste zum Besten. Balbok bekam kaum etwas davon mit, denn er war ganz darauf konzentriert, seinen Teller mit dem *bru-mill* immer wieder in Windeseile zu leeren und bei der Dienerschaft Nachschub zu fordern. Rammar hingegen fand, dass die Sänger grottenschlecht waren. Er erwog, eines der von ihm selbst verfassten Lieder vorzutragen, entschied sich dann aber dagegen. Bestimmt wussten die Menschen die Kunst eines Orks nicht zu schätzen; ihnen die Saga von Rammar dem Rasenden vorzutragen, hieße Goldklumpen vor die Trolle zu werfen.*

Nachdem das Bankett beendet und das grässliche Geschrei der Barden verstummt war, verließen die Höflinge nach und nach den Thronsaal; ein Hofschranze nach dem anderen erhob sich, verbeugte sich tief und empfahl sich für die Nacht.

»Was soll das denn?«, wandte sich Balbok schmatzend an Rammar. »Warum gehen die denn schon alle? Die Fresserei hat doch noch nicht mal richtig angefangen!«

»Nicht jeder ist so ein Gierschlund wie du«, konterte sein dicker Bruder.

»Aus diesen Milchgesichtern werde ich einfach nicht schlau«, lamentierte Balbok. »Da reden sie großspurig von einem Festmahl, und dann verziehen sie sich gleich nach der Vorspeise.«

»Normalerweise würde ich dir recht geben«, erwiderte Rammar, der sich aufmerksam umschaute, »aber in diesem Fall kann ich mir den Grund denken, warum die Milchgesichter den Saal schon verlassen.«

»So? Und was ist das für ein Grund?«

»Sieh dir Corwyn an. Er schaut immer wieder zu uns herüber – jedenfalls mit dem einen Auge, das er noch hat. Ich wette, er kann es kaum erwarten, mit uns zu sprechen.«

»Meinst du?«

»Was immer es ist, weswegen er uns gerufen hat, er scheint ziemlich in der *shnorsh* zu sitzen. Ein Mensch braucht einen guten Grund dafür, dass er einen Ork zur Hilfe ruft, das kannst du mir glauben.«

---

* orkische Redensart

»Hm«, machte Balbok und widmete sich wieder seinem *bru-mill* – da der Verwendungszweck eines Löffels dem Ork völlig schleierhaft war, schlürfte er den Eintopf direkt aus dem Teller, wobei er ziemlich unappetitliche Laute von sich gab; Rammar musste jedes Mal breit grinsen, wenn einer der Höflinge deshalb angewidert herüberschaute.

Es dauerte nicht lange, da hatte sich der Thronsaal fast gänzlich geleert, und nur noch Balbok und Rammar saßen auf der einen und Corwyn und Alannah auf der gegenüberliegenden Seite der der kreisrunden Tafel.

»Es ist lange her, nicht wahr?«, fragte Corwyn in die Stille, die einzig von Balboks Schlürfen unterbrochen wurde.

»So lange nun auch wieder nicht«, antwortete Rammar. »Ich jedenfalls kann mich noch ganz gut erinnern.«

»Genau wie ich«, sagte Alannah und nickte. »Und in dieser Erinnerung sehe ich uns gemeinsam im Kampf gegen das Böse, das Tirgas Lan in seinen Klauen hielt.«

»*Douk.*« Rammar schüttelte entschieden den Kopf. »Vielleicht habt *ihr* gegen das Böse gekämpft, das mag sein, aber Balbok und ich haben nur das getan, was jeder andere Ork an unserer Stelle getan hätte: Wir haben jeden erschlagen, der dumm genug war, sich uns in den Weg zu stellen, haben ein paar Verräter massakriert, die uns einen Schatz streitig machen wollten und die sich mit elenden Gnomen verbrüdert hatten, und haben versucht, einen möglichst guten Schnitt bei der ganzen Sache zu machen.«

»Und ganz nebenbei seid ihr zu Helden geworden«, fügte Alannah hinzu.

Der feiste Ork zuckte wie unter einem Peitschenhieb zusammen. »Was habt ihr Spitzohren und Milchgesichter nur immer mit eurem Heldentum?«, knurrte er aggressiv. »Was, bitte sehr, soll denn so toll daran sein, sich für andere einzusetzen oder gar noch für sie ins Gras zu beißen?«

»Alles«, antwortete Alannah.

»Nichts«, widersprach Rammar. »Auch wir Orks haben Helden, zu denen wir aufschauen, aber die haben sich nicht so dämlich angestellt wie eure. Gulz der Schlächter beispielsweise wurde berühmt, weil er ein ganzes Heer von Feinden aufschlitzen und mit Zwiebeln und Knoblauch stopfen ließ. Und Hirul der Kopflose hat seinen Namen nicht von ungefähr – er kämpfte selbst dann noch weiter, nachdem ihm ein Troll das Haupt von den Schultern gerissen hatte. Und Koruk der Giftpisser wird so genannt, weil er …«

»Es reicht.« Alannah hob abwehrend die Hände. »Mir ist klar, was du meinst. Unsere Vorstellungen von Heldentum und großen Taten mögen nicht übereinstimmen, dennoch könnt ihr nicht bestreiten, dass ihr euren Teil zur Befreiung Tirgas Lans beigetragen habt, ob das nun in eurer Absicht lag oder nicht. Ihr habt tapfer gekämpft und euch als gute Verbündete erwiesen – und aus diesem Grund haben wir euch hergebeten.«

»Aha«, schnaubte Rammar. »Jetzt kommen wir langsam zur Sache. Was ist los? Wofür braucht ihr unsere Hilfe?«

Corwyn runzelte die Stirn. Die Antwort schien ihn, wie Rammar zufrieden feststellte, einige Überwindung zu kosten, und er sprach erst, nachdem ihm Alannah einen auffordernden Blick zugeworfen hatte. »Wie würdet ihr ein Feuer löschen?«, erkundigte er sich schließlich.

»Ein Feuer? Mit Wasser natürlich! Seid ihr Menschen schon derart verblödet, dass ihr einen Ork rufen müsst, um Antwort auf eine derart banale Frage zu erhalten?«

»Wasser ist eine Möglichkeit, aber es gibt noch andere«, erwiderte Corwyn, die Beleidigung überhörend. »Die Völker des Ostens beispielsweise pflegen Steppenbrände zu bekämpfen, indem sie ein Gegenfeuer legen und den Flammen dadurch die Nahrung nehmen. Die beiden Brände bewegen sich aufeinander zu und verzehren sich schließlich gegenseitig.«

»Was du nicht sagst«, knurrte Rammar – davon hatte er noch nie gehört. Orks waren ohnehin nicht besonders interessiert am Bekämpfen von Bränden, sondern viel eher daran, sie zu legen. Wenn in der Modermark ein Feuer ausbrach, dann freuten sich alle über das Werk der Zerstörung. Nur einem ausgesprochenen *umbal* wäre es in den Sinn gekommen, die Flammen löschen zu wollen. »Und warum erzählst du uns das alles?«

»Wie viel hat mein Bote euch bereits berichtet?«, fragte Corwyn.

»Genug, um zu wissen, dass du in Schwierigkeiten steckst«, entgegnete Rammar unumwunden, während sein Bruder weiterhin schmatzte und schlürfte. Inzwischen hatte Balbok den Teller weggeworfen und sich den Kessel bringen lassen, den er wie einen riesigen Becher angesetzt hatte und aus dem er in gierigen Schlucken trank.

»Schwierigkeiten – in der Tat.« Corwyn nickte. Dann erhob er sich, durchmaß die Halle mit bedächtigen Schritten und begann mit seiner Erzählung: »Zu Beginn war es leicht. Die Kunde, dass die Elfenkrone einen Menschen zum König von Tirgas Lan erwählt hatte, der eine Elfin zu seiner Gemahlin nahm, verbreitete sich rasch, und viele kamen, um ihm ihre Gunst zu erweisen, und nicht wenige von ihnen blieben auch. Innerhalb weniger Monate wurde Tirgas Lan, die so lange eine Geisterstadt war, zum Zentrum der Welt und zur neuen Hoffnung. Die Zwergenfürsten und viele der Herzogtümer in den nordöstlichen Hügellanden haben mich als König anerkannt und sich dem neuen Reich angeschlossen, zum Wohle Erdwelts und zum Segen all ihrer Bewohner.«

»Aber nicht alle«, riet Rammar.

Corwyn schüttelte den Kopf. Er war inzwischen stehen geblieben. »Anfangs waren es nur wenige, die meine Regentschaft nicht akzeptieren wollten. Ich hätte sie nicht weiter beachtet, hätten sie nicht ihre Nachbarn angegriffen, die sich unter den Schutz von Tirgas Lan gestellt hatten. Also kam es zum Krieg ...«

»Was ist daran neu? In den Ostlanden schlagen sich die Menschen gegenseitig die Schädel ein, so weit man zurückdenken kann. Die Zwerge liefern ihnen Waffen, Orks verdingen sich in ihren Heeren als Söldner. So ist es immer gewesen, und so wird es auch immer sein. Alle sind damit zufrieden, warum also etwas dran ändern?«

»Längst nicht alle sind damit zufrieden«, widersprach Corwyn. »Du vergisst den hohen Preis, den der Krieg fordert. Frauen werden zu Witwen und Kinder zu Waisen. Und Männer, die als mutige Kämpfer in die Schlacht ziehen, kehren – wenn überhaupt – verkrüppelt zurück.«

Rammar verstand nicht, was Corwyn so schlimm daran fand, und zuckte mit den breiten Schultern. »Ja und?«

»Das muss ein Ende haben«, sagte Corwyn entschieden.

»Hä?«, machte Rammar verständnislos. »Warum das denn?«

»Du hast recht mit dem, was du sagtest«, fuhr Corwyn fort, ohne auf Rammars Frage einzugehen. »Der Krieg gehört zu den Ostlanden wie die Sonne zum Tag. Jahrzehntelang haben sich die Menschen dort gegenseitig bekämpft im Streit um die Vorherrschaft. Aber damit soll es nun vorbei sein. Der König ist nach Tirgas Lan zurückgekehrt, genau wie Farawyn es weisgesagt hat, und mit ihm auch Gesetz und Ordnung. Nur gibt es eine Macht, die sich gegen die Prophezeiung und gegen Tirgas Lan stellt.«

»*Eine* Macht?«, hakte Rammar nach. »Ich dachte, es wären mehrere, die sich deiner Herrschaft widersetzten ...«

»Mit den Clanlords des Nordostens werden wir fertig«, erklärte Alannah. »Sie agieren auf eigene Faust und oft genug ohne Verstand. Jemand anderes – oder *etwas* anderes – bereitet uns wesentlich größere Sorge.«

»Und das wäre?«

»Im fernen Südosten, in der Stadt Kal Anar, scheint es einen neuen Herrscher zu geben. Wir wissen nicht genau, was dort vor sich geht, aber wie es aussieht, rüstet man dort zum Krieg gegen Tirgas Lan.«

»Woher wisst ihr das?«

»Wir folgern es aus den wenigen Nachrichten, die von dort zu uns dringen. Es sind sogar weniger Nachrichten als Gerüchte. Zuverlässige Berichte erhalten wir schon längst nicht mehr, denn die Spione, die wir aussandten, kehrten nur teilweise zurück.«

»Teilweise?« Balbok, der seine Mahlzeit inzwischen beendet hatte – nicht so sehr, weil er genug gehabt hätte vom *bru-mill*, sondern einfach deshalb, weil der Kessel leer war – hob eine Braue. »Was bedeutet das?«

»Das bedeutet, dass nur ihre Köpfe zurückgeschickt wurden, der Rest blieb in Kal Anar«, antwortete Corwyn im harten Tonfall. »Der Feind kennt keine Gnade.«

»Na ja, das mit den Köpfen ist ja nichts Besonderes«, war Rammars Meinung. »Du erwartest also wahrscheinlich, dass wir dich unterstützen gegen wer auch immer in Kal Asar das Sagen hat.«

»Es heißt Kal Anar«, verbesserte Corwyn, »und ihr sollt nicht *mir* helfen, sondern Tirgas Lan.«

»Wo ist der Unterschied?«

»Es geht hier nicht um mich«, erklärte Corwyn. »Nur die Krone auf meinem Kopf ist es, was zählt. In den ersten Monaten meiner Regentschaft habe ich kaum eine Nacht geschlafen, sondern mich im Bett hin und her gewälzt und mich immer wieder gefragt, warum sie sich ausgerechnet auf mein Haupt niedergelassen hat.«

»Das würde ich auch gern wissen«, sagte Balbok und seufzte.

»Ich konnte nicht begreifen«, fuhr Corwyn fort, »warum

77

ausgerechnet mir diese Ehre und diese hohe Verantwortung zuteil wurden, doch Alannah machte mir klar, dass es nicht darauf ankommt, auf wessen Haupt die Königskrone sitzt, sondern darauf, dass ihr Träger das Richtige tut. Diese Krone zierte einst die Häupter von Elfenkönigen, die ganz Erdwelt regierten, in Frieden und Eintracht – und das ist es, was auch ich will. Ihr habt recht, wenn ihr sagt, Krieg wäre in den Ostlanden an der Tagesordnung. Doch jetzt ist die Gelegenheit gekommen, dieses sinnlose Blutvergießen zu beenden. Die Einheit des Reiches ist in greifbarer Nähe. Aber wenn es uns nicht gelingt, die Flammen des Krieges einzudämmen, wird sich dieses verderbliche Feuer immer weiter ausbreiten und unsere Vision verschlingen, bevor sie Wirklichkeit werden kann.«

»Ich verstehe.« Rammar nickte, ein breites Grinsen im Gesicht. »Deswegen das ganze Gequatsche von wegen Feuer und so. Du willst, dass *wir* dein Gegenfeuer sind.«

»Rohe Gewalt, um rohe Gewalt zu bekämpfen«, bestätigte Alannah. »Das Gesetz der Kräftegleichheit.«

»Von Gesetzen verstehe ich nicht viel«, antwortete Balbok und fügte nicht ohne Stolz hinzu: »Aber ich kann zählen. Und ich verstehe nicht, was zwei Orks gegen eine ganze Stadt ausrichten sollen. Noch dazu, wenn man dort ein ganzes Heer aufstellt, um es gegen Tirgas Lan zu schicken.«

»Siehst du?« Rammar grinste den ehemaligen Kopfgeldjäger an. »Sogar mein dämlicher Bruder hat begriffen, dass dein Plan Schwachsinn ist. Ein *kro-truuark* nennen wir Orks so etwas – ein Unternehmen, von dem niemand lebend zurückkehrt.«

»Ihr wärt nicht allein«, widersprach Corwyn. »Ein Kommandotrupp würde unter eurem Befehl stehen.«

»Befehl? Kommandotrupp?« In Rammars Schweinsäuglein blitzte es begehrlich – über andere zu bestimmen, ihnen zu sagen, was sie zu tun hatten und was gefälligst nicht, war

78

schon eher nach seinem Geschmack. Allerdings hatte die
Sache noch immer einen Haken. Nicht nur, dass das Unternehmen höchst riskant und gefährlich war – Rammar hatte
auch den Eindruck, dass Corwyn ihm noch nicht alles gesagt
hatte …

»Das klingt nicht schlecht«, äußerte er deshalb. »Trotzdem, etwas stimmt nicht an dieser Sache, das kann ich fühlen. Du magst jetzt eine Krone tragen, aber darunter bist du
noch immer dasselbe Schlitzohr wie damals, Corwyn.«

»Du hast recht«, gab Alannah unumwunden zu. »Eine
wichtige Information hat mein Gemahl dir vorenthalten.«

Der dicke Ork schnitt eine Grimasse. »Warum bin ich
nicht überrascht?«

»Und was für eine Information ist das?«, wollte Balbok
wissen.

Corwyn sandte seiner Königin einen warnenden Blick,
aber die Elfin war offenbar dazu entschlossen, den Orks die
ganze Wahrheit zu offenbaren. »Kal Anar«, eröffnete sie,
»ist nicht *irgendeine* Stadt. Heutzutage ist sie eine Siedlung
der Menschen, aber früher lebten dort Elfen – und einer von
ihnen erlangte später traurige Berühmtheit. Kal Anar war
die Heimat von Margok!«

»Von Margok?«, fragte Balbok.

»Sprechen wir von *dem* Margok?«, fragte Rammar.

Alannah nickte. »Ja, von *dem* Margok.«

»Von dem Dunkelelfen?« Furcht schwang auf einmal in
Balboks Stimme mit. »Von demjenigen, der die Orks geschaffen hat? Der den Körper Ruraks übernahm und auf
diese Weise nach *sochgal* zurückkehren wollte?«

»Genau der«, bestätigte Corwyn.

»Aber … aber Margok wurde vernichtet!«, rief Balbok.
»Der Dragnadh hat ihn gefressen. Ich habe selbst gesehen,
wie er …«

»Habt keine Sorge – Margok ist tot«, versicherte Alannah. »Dennoch ist nicht auszuschließen, dass jene dunkle Macht, die in Kal Anar regiert …« Sie verstummte, suchte nach den richtigen Worten und sprach den Satz dann zu Ende: »… in einer gewissen Verbindung mit ihm steht.«

»Einer gewissen Verbindung? Verdammtes Elfengeschwätz!«, ereiferte sich Rammar. »Was hat das zu bedeuten?«

»Genau das sollt ihr herausfinden«, erklärte Corwyn.

»Bis heute wissen wir nicht, was es war, das Margok zum Dunkelelfen werden ließ – damals, vor langer Zeit«, fügte Alannah hinzu. »Möglicherweise liegen die Wurzeln des Übels in Kal Anar, ohne dass jemand je auf den Gedanken kam, dort danach zu suchen. Die Streiter des Lichts waren so sehr damit beschäftigt, Margok zu bekämpfen, dass ihnen dies gar nicht in den Sinn kam. Aber nun regt sich etwas in Kal Anar – etwas sehr Altes und Böses … Ich kann es fühlen, aber ich kann es nicht genau bestimmen. Was wir brauchen, sind Informationen – und nur ihr könnt sie uns beschaffen, meine Freunde.«

»Vielleicht«, räumte Rammar ein. »Aber mit Margoks böser Macht will ich's nicht noch einmal zu tun kriegen. Du etwa, Balbok?«

»Na ja, ich …«

»Balbok hat auch die Schnauze voll davon, für euch den Schädel hinzuhalten«, fiel Rammar ihm kurzerhand ins Wort. »Du kannst reden, was du willst, Elfenweib. Und du auch, Kopfgeldjäger. Unsere Antwort lautet Nein.«

»Ist das dein letztes Wort?«, fragte Alannah.

Rammar nickte grimmig. »Worauf du einen lassen kannst.«

»Und was ist mit dem *bolboug*?«

»Was soll damit sein?«

»Unser Bote hat uns berichtet, dass es nicht allzu gut um euren Häuptlingsstand bestellt ist«, erklärte Corwyn. »Angeblich gab es eine Meuterei unter den *faihok'hai*, und man hat euch als Führer des *holboug* abgesetzt.«

»*Korr*«, bestätigte Balbok, noch ehe Rammar etwas anderes behaupten konnte.

»Und wollt ihr euch das gefallen lassen?«, fragte der ehemalige Kopfgeldjäger. »Sollen die Verräter in den Reihen der Orks triumphieren?«

»Bestimmt nicht«, blaffte Rammar, »da kannst du ganz sicher sein!«

»Ihr wollt euch also an ihnen rächen?«

Rammar fletschte die gelben Zähne. »Genau das.«

»Und wie wollt ihr das anstellen? Zwei Orks gegen ein ganzes Dorf – das stelle ich mir ziemlich schwierig vor.«

»Das geht dich nichts an!«, blaffte Rammar ihn an. »Ich habe dich nicht gebeten, dir unseretwegen den Schädel zu zerbrechen.«

»Was, wenn ich euch helfen würde? Als Gegenleistung dafür, dass ihr nach Kal Anar geht?«

»Klar würdest du uns helfen«, tönte Rammar mit vor Sarkasmus triefender Stimme. »Indem du ein Menschenheer auf die andere Seite des Schwarzgebirges schickst, den *holboug* befreist und dabei ganz nebenbei noch die Modermark deinem Reich einverleibst. Glaubst du, ich weiß nicht, wie so was läuft? Ich mag fett und blöde sein, aber ich bin nicht blöde und fett. Ich merke genau, worauf du es abgesehen hast.«

»Du missverstehst meine Absichten«, beteuerte Corwyn. »Das Angebot, das ich dir durch meinen Boten überbringen ließ, nämlich die Grenzen der Modermark zu garantieren, gilt auch weiterhin. Aber ich könnte euch helfen, indem ich euch Gold aus dem Schatz von Tirgas Lan gebe. Reichtum genug, um ein Heer von Ork-Söldnern aufzustellen, sodass ihr den *holboug* selbst zurückerobern könnt.«

»Gold aus dem Schatz von Tirgas Lan?« Aus Balboks fieb-

81

rigen Blicken sprach unverhohlene Gier. Der Gedanke an all die schönen glitzernden und funkelnden Sachen, die dort unten im Schatzgewölbe lagerten und die sie bei ihrem letzten Besuch hatten zurücklassen müssen, ließ sein Orkherz höher schlagen.

Auch Rammar bekam große Augen, und Speichel tropfte ihm von der wulstigen Unterlippe. »Das … das würdest du für uns tun?«, fragte er.

»Es wäre die angemessene Belohnung für einen Dienst von unschätzbarem Wert«, meinte Alannah.

»Und worin genau besteht dieser Dienst?«

»Ganz einfach: Ihr geht nach Kal Anar und schaut euch dort um. Versucht, möglichst viel an Informationen zu sammeln und die Stärke des Feindes auszukundschaften. Und wenn möglich, bringt in Erfahrung, welche dunkle Macht in Kal Anar ihr Unwesen treibt.«

»Das ist alles?«, fragte Balbok ungläubig.

»Das ist alles«, behauptete Alannah.

»Und wenn wir den Urheber des ganzen Durcheinanders zufällig vor den *saparak* bekommen?«

»Euer Auftrag besteht vor allem darin, euch ein Bild von der Lage zu machen«, erklärte Corwyn. »Aber wenn ihr das Problem gleich aus der Welt schaffen könnt, solltet ihr euch keinen Zwang antun.«

»Einen Augenblick«, ging Rammar dazwischen und strafte seinen vorlauten Bruder mit einem scharfen Blick, dann wandte er sich wieder Seiner Majestät König Corwyn zu. »Wenn wir das Problem für dich endgültig beseitigen sollen, dann kostet dich das ein bisschen mehr als nur ein paar Pötte Gold und Edelsteine.«

»Was wollt ihr dafür haben?«

»Den ganzen Elfenschatz!«, eröffnete Rammar unumwunden.

»Ausgeschlossen«, lehnte Corwyn kategorisch ab.

»In diesem Fall, fürchte ich, könnt ihr beide die Sache vergessen«, sagte Rammar. »Schickt jemand anderen nach Kal Asar oder wie das Kaff heißt und lasst euch von *ihm* erzählen, was dort gebacken ist. Und wenn er zurückkehrt, bereitet euch schon mal auf einen langen und sinnlosen Krieg vor, der viele unschuldige Milchgesichter das Leben kosten wird.« Damit erhob er sich. »Komm, Balbok, wir gehen.«

»Aber Rammar, vielleicht haben sie noch *bru-mill* in der Küche und …«

»Wir gehen!«, wiederholte der feiste Ork so energisch, dass sein Bruder nicht mehr zu widersprechen wagte. Mit gesenktem Kopf stand auch er auf und watschelte hinter Rammar her, der erhobenen Hauptes und stolzen Schrittes auf die große Pforte der Halle zuging.

Doch Rammar ließ sich dabei Zeit. Er hatte es nicht eilig, den Thronsaal zu verlassen. Und er wollte Corwyn und Alannah Gelegenheit geben, ihre Meinung zu ändern. Er ahnte, dass sie in seinem Rücken einen hastigen Blick tauschten und angestrengt überlegten, was zu tun war. Er hatte alles auf eine Karte gesetzt, wie die Milchgesichter zu sagen pflegten, und war überzeugt, damit auch durchzukommen.

Ziemlich überzeugt sogar.

Je näher die Orks allerdings der Pforte kamen, desto mehr verlangsamte Rammar seine Schritte. Er wollte nichts überstürzen, dem Menschen und der Elfin Zeit geben, die richtige Entscheidung zu treffen.

Und wenn sie es nicht taten?

Es waren nur noch wenige Schritte bis zur Pforte. Wenn er sie erst erreicht hatte, gab es kein Zurück mehr.

Hatte er den Bogen überspannt? Hätte er nehmen sollen, was man ihm angeboten hatte, und ansonsten seine vorlaute Schnauze halten?

Der Ork bereute seine Worte fast, und er legte sich bereits ein paar Argumente zurecht, die es ihm ermöglichen würden, seine Meinung zu ändern, ohne wie ein jämmerlicher *goultor* dazustehen. Er stand unmittelbar vor der Pforte, hob die Krallenhände, um sie aufzustoßen ...

»Einen Augenblick!«, rief Corwyn.

Rammar fiel ein ganzer Steinschlag vom schwarzen Herzen. »Was ist?«, fragte er hoffnungsfroh und fuhr herum, um sogleich noch verdrießlich hinzuzufügen: »Es ist spät. Ich bin müde und will schlafen!«

»Wir sind einverstanden«, eröffnete Alannah. »Im Auftrag Tirgas Lans geht ihr nach Kal Anar. Kehrt ihr mit nützlichen Informationen zurück, erhaltet ihr dafür genug Gold, um damit ein Söldnerheer aufstellen zu können und euren *bolboug* zurückzuerobern. Gelingt es euch zudem, die Bedrohung zu beseitigen, gehört euch der gesamte Elfenschatz.«

»Und daran ist keine weitere Bedingung geknüpft?«, fragte Rammar scharfsinnig.

»Nur eine einzige«, erwiderte Corwyn. »Ihr müsst euch feierlich verpflichten, das Gold nicht gegen Tirgas Lan zu verwenden und die Grenzen des Reiches unangetastet zu lassen. Andernfalls wäre nichts gewonnen.«

Rammar zögert einen Augenblick. »Klar verpflichten wir uns dazu«, versicherte er schließlich. »Sogar feierlich, wenn es sein muss, nicht wahr, Balbok?«

»*Korr.*« Der Hagere grinste. »Die haben ja gar keine Ahnung, *wie* feierlich wir Orks sein können.«

»Vor allem, wenn es darum geht, sich einen ganzen Schatz unter den Nagel zu reißen.« Rammar grinste breit. »Aber eigentlich gehört der Elfenschatz ja ohnehin uns. Schließlich sind wir die letzten Nachkommen des Elfengeschlechts, die noch in *sochgal* weilen, oder?«

Alannah presste die Lippen fest zusammen und erwiderte nichts darauf. Obwohl Rammars letzte Worte voller Spott und Hohn gewesen waren, entbehrten sie nicht einer gewissen

Logik. Alannah selbst war streng genommen keine Elfin mehr, nachdem sie der Unsterblichkeit entsagt und einen Menschen zum Mann genommen hatte, und da die Orks durch die dunkle Magie des Frevlers Margok einst aus den Elfen hervorgegangen waren, hatte Rammar – *gewissermaßen* – recht.

Natürlich hatte der feiste Ork nicht vor, sich an die Absprache mit Corwyn zu halten, wie feierlich auch immer sein Wort ausfallen mochte. Nach Meinung der Orks gibt es Versprechen nur aus einem einzigen Grund: nämlich um sie zu brechen. Nicht, dass Orks keine Ehre hätten, aber sie stellen sich eben etwas völlig anderes darunter vor als die Menschen. Einen Feind zu hintergehen, ihn mit List und Tücke in Sicherheit zu wiegen, um ihm dann in den Rücken zu fallen – *das* ist für einen Ork äußerst ehrenhaft und gilt unter ihnen sogar als besonders schlau und raffiniert. Und Rammar hielt sich sogar für einen ganz besonders ehrenhaften, schlauen und raffinierten Ork. In Windeseile hatte er einen Plan geschmiedet, wie er nicht nur den Elfenschatz in seinen Besitz und den *bolboug* zurückerobern, sondern ganz nebenbei auch noch König von Tirgas Lan werden konnte.

Zuerst würden Balbok und er sich in die fremde Stadt begeben und sich anschauen, was dort vor sich ging. Dann würde Rammar seinen Bruder vorschicken, um den unheimlichen Feind zu vernichten, wer immer das auch sein mochte. Anschließend würde er selbst im Triumphzug nach Tirgas Lan zurückkehren, wo er die Belohnung kassieren und die Menschen ihn einmal mehr als ihren Retter feiern würden – so lange bis er mit dem Gold ein Söldnerheer aufgestellt hatte, um damit die Königsstadt zu überrennen. Wenn er erst Feuer vom Himmel regnen ließ und seine Ork-Söldner jeden Menschen innerhalb der Stadt erschlugen, würde sicherlich niemand mehr an seinem bösen Willen zweifeln, und sein schlechter Ruf und seine Ehre wären wiederhergestellt …

Ein hinterhältiges Grinsen huschte für einen kurzen Moment über Rammars Züge. Alles entwickelte sich, wie er es sich nur wünschen konnte, und für einen Augenblick war er in solcher Hochstimmung, dass man meinen mochte, nichts und niemand könnte ihm die gute Laune mehr verderben. Allerdings währte dieser Augenblick nicht allzu lange ...

»Dann sind wir uns also einig«, fasste Corwyn zusammen. »Ihr tretet in meinem Auftrag die Reise nach Kal Anar an – bei der euch übrigens ein alter Bekannter als euer Führer begleiten wird.«

»Ein alter Bekannter?« Rammar horchte auf. »Wer?«

»Jemand, an den ihr euch bestimmt gut erinnern werdet. Die geheimen Routen in die Ostlande kennt er wie kaum ein anderer, da er sie lange Zeit dazu benutzte, verbotene Waren zu transportieren. Inzwischen ist er jedoch geläutert – jetzt arbeitet er für die Krone und hat seinem Dasein als Schmuggler abgeschworen.«

»Als Schmuggler?«, fragte Rammar, während ihn eine unheilvolle Ahnung beschlich. Es konnte doch nicht sein, dass ...

Oder doch?

Balbok neben ihm warf den Kopf in den Nacken und begann zu schnüffeln, und Rammar wusste nur zu gut, was sein Bruder zu erschnuppern versuchte – den widerlichen Gestank eines Zwergs.

»Ihr vermutet richtig«, erklärte Alannah mit einem amüsierten Lächeln. »Der wackere Kämpfer, der euch nach Kal Anar führen wird, ist Orthmar von Bruchstein ...«

5.

AN-DA FEUSACHG'HAI-SHROUK

Rammars Laune war in ungeahnte Tiefen gesackt – und sie verschlechterte sich noch, als der Ork am nächsten Tag mehr über die Bedingungen erfuhr, unter denen Balbok und er das Todesunternehmen antreten sollten.

Dass ein Zwerg, ein elender Hutzelbart, die Mission begleiten sollte, war an sich schon schlimm genug. Aber dass sich Corwyn und Alannah erdreisteten, ausgerechnet Orthmar von Bruchstein, den verschlagensten und hinterhältigsten aller *feusachg'hai-shrouk*, den Orks als Führer mitzugeben, das war wie ein Schlag ins Gesicht.

Orthmar war der Anführer jener Zwerge gewesen, die damals ebenfalls nach Tirgas Lan gesucht hatten – natürlich nur, um sich den Schatz der Elfen unter den Nagel zu reißen. Dazu hatte er vor nichts zurückgeschreckt, und hätte er sich in der Schlacht um die verschollene Stadt nicht als so tapferer Kämpfer erwiesen, hätte man ihn wohl um einen Kopf kürzer gemacht, und das wäre dann selbst für einen Zwerg zu kurz. Im Nachhinein konnte Rammar dieses Versäumnis nur bedauern, als er in das faltige, von wucherndem Haar- und Bartgestrüpp umrahmte Gesicht des Zwergs blickte, aus dem ihn ein winziges Augenpaar feindselig anblitzte.

Weder die Orks noch der Zwerg brachten ein Wort des Grußes hervor, als sie einander gegenübertraten. Jedem war anzusehen, dass er am liebsten nach der Waffe gegriffen und den anderen kurzerhand erschlagen hätte.

»Vorzustellen brauche ich euch einander ja wohl nicht mehr«, meinte Corwyn. »Ihr kennt euch gut genug.«

»Allerdings«, antwortete Rammar mit grummelnder Stimme, während sie einander weiterhin misstrauisch taxierten.

»Ich kann nicht glauben, dass Ihr sie gerufen habt, Hoheit«, knurrte Orthmar, der nicht mehr eine abgewetzte Lederrüstung und Kettenhemd trug wie damals, sondern einen seidenen Rock und einen weiten Umhang, der ihn als Angehörigen des Hofstaats kennzeichnete. »Wir brauchen keine Unholde, um unsere Feinde zu besiegen.«

»Und ich kann nicht glauben, dass du hier bist«, versetzte Balbok verdrießlich. »Das letzte Mal, als ich dich sah, hat man dich aus Tirgas Lan fortgejagt.«

»Viel hat sich seither geändert«, erklärte Alannah. »Die Zwergenfürsten haben Corwyns Herrschaft anerkannt, und Orthmar ist ihr Botschafter hier in Tirgas Lan. Dass er sich freiwillig für diese Mission gemeldet hat, geht weit über seine eigentlichen Aufgaben hinaus, und wir sind ihm sehr dankbar dafür.«

»Er hat sich freiwillig gemeldet?«, schnappte Rammar. »Wieso das?«

»Ganz einfach, Unhold«, giftete Orthmar. »Weil diese Mission von großer Wichtigkeit ist und sie ohne meine Hilfe kaum Aussicht auf Erfolg hätte.«

»Was du nicht sagst.« Rammar grinste Orthmar bissig an. »Wer hat dir denn diesen *shnorsh* eingeredet?«

»Ohne mich habt ihr keine Chance, unbehelligt ins Feindesland zu gelangen«, gab sich der Zwerg überzeugt. »Vergesst nicht, dass ich jahrelang als Schmuggler tätig war. Ich kenne in den Ostlanden jeden versteckten Winkel, und ich weiß um die geheimen Stollen und Gänge, die meine Vorfahren einst angelegt haben. Schon einmal habt ihr sie benutzt, wisst ihr noch?«

»Natürlich weiß ich das noch«, zischte Rammar. »Ich bin

ja kein *umbal*. Aber wer sagt uns, dass du uns nicht in die Irre
führst? Dass du uns nicht im nächstbesten Stollen zurücklassen
wirst, womöglich mit einer Spitzhacke im Schädel oder
eingeschlossen von Felsen, die du selber losgeschlagen hast?«

»Was einmal war, ist vergessen«, sagte Alannah beschwichtigend.
»Orthmar hat Corwyn die Treue geschworen, so wie
es auch seine Fürsten taten. Er ist ein ergebener Untertan
der Krone und verdient unser Vertrauen.«

»Der und treu ergeben?«, rief Balbok. »Da lachen ja die
Gnomen.«

»Hüte deine Zunge, du langes Elend!«, knurrte Orthmar,
der seinen Kopf weit in den Nacken legen musste, um den
Ork anzuschauen. »Sonst könnte es sein, dass ich dir die
Beine abhacke, um dich auf handliche Größe zu stutzen.«

»Auch du solltest dich mäßigen, Orthmar!«, rief Corwyn
den Zwerg zur Vernunft. »Der unbekannte Feind, der im
Osten zum Krieg rüstet, bedroht uns alle gleichermaßen. Wir
müssen zusammenstehen und unsere alten Feindschaften beilegen,
sonst hat er gewonnen, noch ehe die erste Schlacht geschlagen
wurde.«

»Na schön«, brummte der Zwerg, während er die Orks
weiterhin mit finsteren Blicken bedachte. »Keiner soll sagen,
es hätte an Orthmar von Bruchstein gelegen. Ich bin bereit
zu vergessen, wenn die Unholde es auch sind.«

»Nun?«, wandte sich Corwyn daraufhin an Balbok und
Rammar.

»Was soll ich sagen?« Rammar schaute Corwyn mürrisch
an. »Es gefällt mir nicht, dass du ausgerechnet unseren alten
Feind zu unserem Führer bestellt hast. Aber wenn er uns bei
unserer Mission von Nutzen sein kann, soll er uns meinetwegen
begleiten. Doch wehe …«

»Ihr könnt euch voll und ganz auf ihn verlassen«, versicherte
Alannah. »Nicht wahr, Orthmar?«

»Natürlich, meine Königin«, erwiderte der Zwerg beflis

sen und verbeugte sich. »Meine ganze Loyalität gehört nun Euch, das wisst Ihr. Und auch, wenn ich für Unholde nichts übrig habe, vertraue ich auf Eure Entscheidung und darauf, dass diese beiden hier zu ihrem Wort stehen.«

Rammar lachte meckernd auf und wandte sich wieder an Corwyn. »Und dieses Gesäusel glaubst du, König Kopfgeldjäger?«

»Warum sollte ich ihm nicht glauben?«

»Bei Torgas Eingeweiden – als ich dich gestern sah, da hatte ich das Gefühl, es hätte sich nichts verändert. Dass du noch immer derselbe bist wie damals, auch wenn du jetzt diese Krone trägst. Aber jetzt glaube ich, dass ich mich getäuscht habe. Corwyn den Kopfgeldjäger gibt es nicht mehr – denn er hätte niemals einem Zwerg vertraut, der ihn noch vor nicht allzu langer Zeit meucheln lassen wollte.«

»Du hast recht, Rammar«, gab Corwyn unumwunden zu. »Den Kopfgeldjäger gibt es nicht mehr, nur noch den König. Und der versucht, stets das Gute in einem jeden Wesen zu sehen. Die Zeiten haben sich geändert, Rammar.«

»Nein, haben sie nicht«, widersprach der Ork. »Ihr Menschen glaubt nur immer, dass sie das tun. Deswegen begeht ihr die gleichen Fehler wieder und immer wieder.«

»Wie dem auch sei, Rammar, es ist entschieden«, stellte Corwyn klar, als wollte er nicht zugeben, dass auch ihn Zweifel plagten hinsichtlich Orthmars Loyalität.

»Eines haben wir noch nicht geklärt«, wandte sich Orthmar von Bruchstein an den König.

»Und das wäre?«

»Wer den Oberbefehl führt bei dieser Mission«, erklärte der Zwerg. »Da ich den Trupp führen werde, ist es nur recht und billig, wenn ich auch …«

»Schlag dir das aus deinem haarigen Schädel, Hutzelbart!«, fuhr Balbok ihn an. »Corwyn hat Rammar und mir den Oberbefehl übertragen!«

»Rammar und dir?« Orthmar lachte auf. »Wohl eher Rammar allein, denn du begnügst dich ja damit, zu allem zu nicken, was dein fetter Bruder sagt. Ich aber kann mir nicht vorstellen, unter seinem Befehl zu dienen.«

»Dann, Zwerg, wirst du zu Hause bleiben müssen«, versetzte Rammar genüsslich, »denn König Kopfgeldjäger hat in dieser Sache bereits entschieden.«

»Hoheit«, wandte sich Orthmar daraufhin flehend an Corwyn, »das kann unmöglich Euer Ernst sein.

»Es ist mein Ernst«, bekräftigte der König, »und es bleibt dir nichts anderes übrig, als meine Entscheidung zu akzeptieren, wenn du mir dienen und an diesem Unternehmen teilhaben willst. Nur, wenn wir unsere alten Feindschaften vergessen und bereit sind, gegen unsere neuen Feinde gemeinsam zu kämpfen, können wir erfolgreich sein.«

Orthmar von Bruchstein gab sich erstaunlich schnell geschlagen. »Dann ernennt mich wenigstens zum Stellvertreter der beiden!« Der Zwerg schien nur noch wenig mit jenem Schmuggler gemein zu haben, der damals alles unternommen hatte, um den Elfenschatz in seinen Besitz zu bringen. »Falls ihnen etwas zustößt oder sie sich entschließen sollten, die Mission nicht bis zum Ende durchzuführen – immerhin sind und bleiben sie Orks, Sire –, so werde ich das Kommando übernehmen und in Eurem Sinne tun, was zu tun ich vermag. Auf diese Weise werde ich Euch und allen anderen beweisen, dass ich ein treuer Untertan von Tirgas Lan geworden bin.«

Alannah und Corwyn tauschten einen Blick, ehe der König antwortete: »Also gut, Orthmar, so soll es sein. Rammar und Balbok führen den Befehl, aber du bist ihr Stellvertreter.«

»Was heißt das schon?«, knurrte Rammar und funkelte den Zwerg feindselig an. »Du wirst keine Gelegenheit bekommen, den Anführer zu spielen, darauf kannst du dich verlassen.«

»Abwarten«, zischte Orthmar.

»Nachdem wir das geklärt hätten«, meinte Alannah, »werden wir euch nun die übrigen Mitglieder des Kommandotrupps vorstellen. Kommt mit.«

»Wohin?«, wollte Balbok wissen.

»Dumme Frage – zur Kaserne natürlich«, blaffte Rammar. »Sie werden uns ihre größten und stärksten Krieger mit auf den Weg geben, das versteht sich ja wohl von selbst.«

»Ich fürchte, da irrst du dich, mein Freund«, dämpfte Corwyn die Euphorie des Orks.

»Was – was soll das heißen, ich irre mich?« Rammar watschelte hinter ihm her. »Und nenn mich verdammt noch mal nicht deinen Freund!«

»Nun, ich dachte, da ihr in meinen Diensten steht …«

»Wir haben einen Handel, das ist alles«, erklärte Rammar. »Orks haben keine Freunde – unter Menschen schon gar nicht, vergiss das nicht.«

»Natürlich, wie du meinst.«

»Also, wohin gehen wir?«

»In den Kerker«, antwortete Alannah knapp, die Rammar folgte, Balbok und Orthmar an ihrer Seite.

»In den Kerker?« Rammars Blick verriet eine gewisse Panik. »A-aber wieso das denn? H-haben wir einen Fehler gemacht? Haber wir etwas Verbotenes getan? Ich da-dachte, wir wären alte Verbündete und …«

»Beruhige dich«, beschwichtigte ihn Corwyn. »Ich habe nicht vor, euch in den Kerker zu werfen. Aber dort werden wir jene treffen, die euch auf eurer Mission begleiten werden.«

»Folterknechte?«, fragte Balbok interessiert – vielleicht ergab sich ja die Möglichkeit zum Erfahrungsaustausch.

»Nein – Häftlinge.«

»Häftlinge?« Nicht nur die Orks, auch Orthmar von Bruchstein machte große Augen.

»Gesetzlose, die in Tirgas Lans Kerkerzellen eingesperrt wurden«, erläuterte Alannah. »Sie werden euch auf eurer Mission begleiten – im Gegenzug versprach man ihnen dafür den Erlass ihrer Strafe.«

»Verstehe«, knurrte Rammar. »Der Auftrag ist so gefährlich, dass ihr dafür keine eigenen Leute riskieren wollt, sondern ein paar Selbstmordkandidaten aus dem Kerker nehmt.«

»Keineswegs«, widersprach Alannah mit einem wissenden Lächeln. »Die Erfahrung des vergangenen Jahres hat gezeigt, dass niemand so verbissen kämpft wie jemand, dem es um die eigene Freiheit geht.«

Durch mehrere Korridore, die von grün gewandeten Wächtern gesäumt wurden, erreichten sie schließlich eine Treppe, die sich steil in die Tiefe wand. Zwei Fackelträger gingen ihnen voraus in die Dunkelheit. Je weiter sie hinabstiegen, desto kühler wurde es und desto durchdringender wurde auch der modrige Geruch, der ihnen entgegenschlug. Endlich erreichten sie das Ende der Treppe und standen in einem niedrigen Gang. Der Schein der Fackeln spiegelte sich in den Wasserlachen am Boden.

»Nicht schlecht«, sagte Balbok anerkennend. »Ihr Milchgesichter wisst ja doch, wie eine gemütliche Behausung auszusehen hat ...«

Sie passierten den Gang und gelangten in ein von Fackeln beleuchtetes Gewölbe. Ein grob gezimmerter Tisch und ein dazugehöriger Hocker bildeten die einzigen Einrichtungsgegenstände. In Halterungen steckten brennende Fackeln an den Wänden. Ein Wachmann, der eben noch auf dem Hocker gekauert hatte, sprang auf, als die Besucher eintraten. An seiner Seite, an einem breiten Gürtel, hing ein riesiger Schlüsselbund, und mit klirrendem Rasseln schlugen die großen Schlüssel gegeneinander, als der Wächter aufsprang.

»Mein König!«, rief er beflissen und verbeugte sich. »Ich habe Euch bereits erwartet.«

»Sind die Gefangenen so weit?«, erkundigte sich Corwyn.

»Gewiss, mein König«, antwortete der Wachmann, ein Menschlein, das Rammar – da war er sich sicher – einfach umgepustet hätte, hätte man ihn in eine dieser Kerkerzellen gesperrt und hätte sich die Gelegenheit zur Flucht ergeben. Vielleicht sollte er mit König Kopfgeldjäger einmal über die sichere Bewachung von Gefangenen reden. Am sichersten war es – das hatte sich im Krieg gegen die Gnomen gezeigt –, ihnen beide Füße abzuhacken; das erschwerte eine Flucht ungemein.

»Dann holt sie her!«, befahl König Corwyn.

»Sofort, mein König.«

Der Wärter verbeugte sich noch einmal, dann verschwand er den schmalen Gang hinab, der sich an das Gewölbe anschloss und an dem die Türen zu den einzelnen Zellen lagen. Man hörte Klirren und Rasseln, und nach einer Weile kehrte der Wärter mit einer Reihe von Gestalten zurück, die selbst in Balboks und Rammars Augen wenig vertrauenswürdig wirkten.

Es waren zwei Menschen, ein Zwerg und – zu Rammars und Balboks größtem Missfallen – ein Gnom, mit Eisenspangen um die Fußgelenke und an einer Kette miteinander verbunden.

»Sind sie das?«, erkundigte sich Corwyn.

»Ja, mein König.« Der Wärter nickte. »Dieser hier« – er deutete auf den ersten Menschen, einen bärtigen Hünen mit loderndem Blick, der mit schmutzigen Fellen bekleidet war – »ist Gurn, ein Barbar aus dem hohen Norden – ein Eisbarbar, der in die Überfälle im Grenzland verwickelt war. Acht unserer Leute hat er mit bloßer Faust erschlagen, ehe man ihn überwältigen konnte.«

Corwyn, der selbst alles andere als klein geraten war,

musste den Kopf in den Nacken legen, um Gurn ins Gesicht zu schauen. »Man hat dir gesagt, worum es geht?«

Der Barbar nickte.

»Wenn du gut kämpfst und dazu beiträgst, dass die Mission ein Erfolg wird, bist du ein freier Mann und kannst gehen, wohin du willst. Bist du damit einverstanden?«

Gurn sandte ihm einen undeutbaren Blick und ließ ein markiges Grunzen vernehmen, das Corwyn als Zustimmung nahm.

Der andere Mensch in der Reihe war das krasse Gegenstück des Barbaren, klein und schmächtig, mit kahlem Schädel und verschlagenem Blick. »Wie ist dein Name?«

»Nestor von Taik – zu Euren Diensten.« Der Schmächtige verbeugte sich wie ein Höfling oder Lakai. Rammar war diese menschliche Unterwürfigkeit einfach zuwider.

»Er ist ein mehrfacher Auftragsmörder«, erklärte der Wärter. »Hat seine Klingen an den vermietet, der am besten dafür bezahlte – bis er eines Tages geschnappt wurde.«

»Ein Versehen«, beteuerte Nestor mit unschuldigem Blick, wobei er Alannah ein Lächeln schenkte. »Die Schönheit einer Frau blendete mich …«

»Er hat in ihrem Auftrag ihren Ehemann erstochen und sich dann gleich noch auf ihr Lager gelegt«, übersetzte der Wärter. »Dort fanden ihn die Wachen, als sie kurz darauf eintrafen.«

»Und du hast dich freiwillig für diese Mission gemeldet?«, fragte Corwyn zweifelnd nach.

»So ist es, mein König.«

»Warum?«

»Nun …« Nestor grinste breit. »Weil die Aussicht zu überleben, und ist sie noch so gering, stets besser ist als der sichere Strick des Henkers, nicht wahr?«

Rammar konnte erkennen, wie es in Corwyns Miene zuckte. Es schien dem König ganz und gar nicht zu gefallen,

Diebes- und Mordgesindel zu begnadigen, aber eine andere
Möglichkeit sah er offenbar nicht. Das ließ erahnen, wie
verzweifelt Corwyn in Wirklichkeit war. So verzweifelt, dass
er sogar den Königsschatz herzugeben bereit war …

Der Nächste in der Reihe war der Zwerg, ein kleiner Kerl
mit Armen, die so dick waren wie seine Beine, und mit
einem Gesicht wie zersprungenes Gestein. Wie's schien, saß
er schon eine ganze Weile im Kerker, denn sein rotes Haar
und sein Bart waren völlig verwildert, und sein Rock war
schmutzig und zerschlissen.

»Kibli der Zwerg«, stellte ihn der Wächter vor, »ein
Schmuggler und Menschenhändler, der Flüchtlinge aus dem
Osten nach Sundaril schleuste – Frauen zumeist, die er dann
in seinen Freudenhäusern für sich arbeiten ließ. Er wurde
geschnappt, als er in Tirgas Lan ein weiteres Bordell eröff-
nen wollte.«

»Leider«, kommentierte der Zwerg, ohne eine Miene zu
verziehen.

»Bereust du deine Vergehen?«, fragte Alannah.

»Welche Vergehen? Das alles ist ein schreckliches Missverständnis. Diese armen Frauen hatten in ihrer Heimat keine Zukunft mehr, ich jedoch gab ihnen ein Dach über dem
Kopf und zu essen und zu trinken.«

»Du vergreifst dich an den Schwachen und Hilflosen,
statt deine Klinge mit gleichstarken Gegnern zu kreuzen
und auf ehrliche Weise zu rauben und zu plündern!«, empörte sich Balbok. »Du bist ein *muk*!«

»Ein was?«, fragte Kibli. »Was bedeutet das?«

»Es bedeutet ›Schwein‹«, übersetzte Rammar.

»Verdammte Orkfresse!«, brauste Kibli auf. »Willst du
mich beleidigen?«

»Immerhin hat er recht«, pflichtete Orthmar von Bruchstein zur großen Überraschung den beiden Orks bei. »Wer
sich an wehrlosen Frauen vergreift, der ist tatsächlich ein

Schwein, sei er nun dem Äußeren nach ein Zwerg oder sonst etwas. Du tust gut daran, an dieser Mission teilzunehmen, Kibli, denn auf diese Weise erhältst du Gelegenheit, deine Ehre wiederherzustellen.«

»Ich werde dir zeigen, wie groß meine Ehre ist, Bruder«, versicherte der andere grimmig. »Verlass dich drauf.«

»Und wen haben wir hier?«, fragte Corwyn und wandte sich dem letzten Gefangenen zu, dessen Haut so grün war wie die eines Froschs. Lidlose schwarze Augen starrten aus dem knochigen Gesicht, das statt einer Nase nur zwei Löcher aufwies und an den Seiten zwei spitze Ohren hatte.

»Einen Gnom«, erklärte der Wärter überflüssigerweise. »Er gehörte zu einer Horde, die marodierend durch die Ebene von Scaria streifte. Seinen Namen kennen wir nicht, weil niemand aus dem Kauderwelsch schlau wird, das er spricht. Er hingegen scheint uns sehr gut zu verstehen, und er hat deutlich gemacht, dass er an der Mission teilnehmen will.«

»Wie das, wenn er unsere Sprache nicht spricht?«, wollte Alannah wissen.

»Indem er kurzerhand dem Häftling, der zuvor für das Unternehmen vorgesehen war, die Kehle durchbiss.«

Rammar konnte nicht länger an sich halten. »Verdammt, was soll das?«, platzte es aus ihm heraus. »Reicht es nicht, dass wir uns in Begleitung von Milchgesichtern und Zwergen auf diese gefährliche Mission begeben müssen? Muss auch noch ausgerechnet ein Gnom dabei sein? Die Grüngesichter sind die Erzfeinde aller Orks!«

»Dessen sind wir uns bewusst«, antwortete Alannah. »Doch vergesst nicht, was Corwyn euch im Thronsaal sagte: Nur, wenn die alten Feindschaften beigelegt werden und alle zusammenstehen, kann derjenige besiegt werden, der sich fern im Osten gegen uns erhebt.«

»Wer sagt das?«, blaffte der dicke Ork.

Alannah hielt Rammars bohrendem Blick stand, zögerte jedoch mit der Antwort.

»Alles, was zählt«, kam Corwyn ihr zur Hilfe, »ist das Gelingen der Mission. Wir müssen erfahren, was jener geheimnisvolle Feind im Schilde führt. Was sind seine Pläne? Wie groß ist seine Macht? Wie stark ist das Heer, das er gegen uns ins Feld führen kann? Nur mit verlässlichen Informationen wird es uns gelingen, die Bedrohung abzuwenden und zu siegen.«

»Oder mit einer verlässlichen Axt«, sagte Balbok trocken.

»Ich weiß zu schätzen, dass ihr versuchen wollt, das Problem auf eure Art zu lösen«, erwiderte Corwyn. »Als König muss ich jedoch Vorsorge treffen, dass meinem Reich auch dann kein Unheil widerfährt, sollte euer Vorhaben scheitern. Aus diesem Grund stelle ich euch diese Gefährten zur Seite.«

»Gefährten?« Rammar ließ einen geringschätzigen Blick über die Gefangenen schweifen. »Das sind keine Gefährten, das ist ein elender Sauhaufen. Eine Horde volltrunkener Orks wäre besser.«

»Das bezweifle ich«, entgegnete Corwyn. »Jeder von denen, die du hier siehst, hat sein Leben verwirkt, hat Verbrechen begangen, auf die nach den alten Gesetzen der Tod als Bestrafung steht. Aber das Gesetz sieht auch vor, dass jemand, der sich in besonderer Weise um das Reich und seine Untertanen verdient macht, von der Todesstrafe verschont wird und begnadigt werden darf.« Der König wandte sich den Gefangenen zu.

»Begleitet die Orks auf ihrer Mission. Folgt ihren Befehlen und dient ihnen treu. Kämpft tapfer und tragt dazu bei, dass sie ihren Auftrag erfüllen können, und ich schenke jedem von euch die Freiheit. Seid ihr damit einverstanden?«

Die Gefangenen reagierten auf unterschiedliche Weise. Während der Eisbarbar wiederum nur ein Knurren vernehmen ließ, verbeugte sich Nestor unterwürfig. Der Zwerg schlug sich mit der Faust vor die Brust, und der Gnom fletschte die gelben Zähne, als könnte er es kaum erwarten, sie ins Fleisch eines Feindes des Reichs zu graben.

Ob es Abenteuerlust, Blutdurst oder der Drang nach Freiheit war, der die Gefangenen antrieb, wusste Rammar nicht zu sagen. Aber der Ork verspürte einmal mehr dieses hässliche Ziehen in seiner Magengegend, das sich immer dann bemerkbar machte, wenn ihn der Hunger überfiel oder wenn sich Schwierigkeiten anbahnten. Und Hunger hatte er ganz gewiss nicht mehr nach der halben Sau, die er zum Frühstück verspeist hatte, roh und mit Haut und Borsten …

»Dann ist es beschlossen«, sagte Alannah und nickte Corwyn aufmunternd zu. Hinter dessen gekrönter Stirn schienen sich nicht weniger Sorgen zu verbergen als in Rammars klobigem Schädel.

»Bleibt nur noch eins zu klären«, wandte der dicke Ork dann auch ein. »Könnt ihr mir verraten, wie ein bunter Haufen aus Orks, Zwergen, Menschen und einem verdammten Gnom es schaffen soll, unbemerkt ans Ziel zu gelangen? Wir werden auffallen wie *dark malash'hai*.«

»Nicht, wenn ihr euch verkleidet«, wandte Alannah ein.

»Wir sollen uns … *verkleiden?*« Rammar reckte empört die Schnauze vor. »Das kommt nicht in Frage! Orks treiben keinen Mummenschanz!«

»*Korr*«, stimmte Balbok zu, der zwar nicht wusste, wovon die Rede war, aber eine ebenso verbissene Miene zeigte wie sein Bruder.

»Es wird euch nichts anderes übrig bleiben, wenn ihr ungesehen das Feindesland erreichen wollt«, sagte Orthmar von Bruchstein nicht ohne eine gewisse Schadenfreude in der Stimme. »Zumal wenn wir die verborgenen Gänge und Stollen meines Volkes benutzen wollen.«

»Ach ja?«, murrte Rammar unwillig. »Als was sollen wir uns denn verkleiden, Faulhirn? Als Zwerge vielleicht?«

»Genau das«, antwortete Corwyn an Orthmars Stelle.

»Wa-wa-was?«, stammelte Rammar, dann schaute er zuerst Corwyn, dann Alannah und schließlich von Bruchstein fassungslos an.

»Du hast richtig gehört«, bestätigte der Zwerg. »Wenn wir die Pfade der Schmuggler benutzen wollen, müsst ihr so tun, als wärt ihr wackere Zwergensöhne.«

»Das ... das ist unerhört!«, stieß Rammar hervor und schnappte empört nach Luft. Schon allerlei Beleidigungen hatte er über sich ergehen lassen müssen, seit sie in Tirgas Lan angekommen waren, aber das übertraf nun wirklich alles. Von einem Ork zu verlangen, sich als Zwerg auszugeben, war ungefähr so, als wenn man einen mutigen Krieger zwang, in Frauenkleider zu schlüpfen.

Es war eine Schande!

Eine riesige, ungeheuerliche, unverschämte, noch nie da gewesene, alles in den Schatten stellende und vermutlich nicht einmal durch Ströme von Blut wieder auszumerzende Schande, die ...

»Kann mir mal jemand verraten, wie ich als Zwerg durchgehen soll?«, erkundigte sich Balbok, ehe Rammar seiner maßlosen Entrüstung freien Lauf lassen konnte.

Aller Augen richteten sich auf den Ork, der wie immer nach vorn gebeugt dastand und trotzdem alle Anwesenden überragte. Es stimmte: Ihn zum Zwerg zu machen, würde nicht ganz einfach sein ...

»Wir werden sehen«, meinte Orthmar, wobei ein schadenfrohes Grinsen durch seinen Bart blitzte. »Das Beste wird sein, wenn wir deine elend langen Beine mit einer Axt auf ein vernünftiges Maß kürzen. Dann siehst du wenigstens halbwegs passabel aus.«

»Gute Idee, Zwerg«, konterte Rammar. »Und was wir bei ihm abschneiden, das setzen wir bei dir unten dran, damit du im Kampf keine Leiter mehr brauchst.«

»Hört auf damit!«, wies Alannah sie tadelnd zurecht. »Wenn ihr eure Meinungsverschiedenheiten nicht allmählich beilegt, ist eure Mission gescheitert, noch ehe sie begonnen hat.«

»Aber es stimmt doch, Königin«, wandte Balbok ein. »Wie soll ein *famhor* wie ich als Hutzelbart durchgehen? Das kann nicht gut gehen.«

»Seid unbesorgt«, beschwichtigte die Elfin. »Ihr werdet Kettenhemden tragen und die Röcke und Mützen des Zwergenvolks. Für den Rest werde ich mit einem Blendzauber sorgen.«

»Elfenmagie – auch das noch!« Rammar fand aus dem Maulen nicht mehr heraus. »Ich wusste, dass uns dieser Auftrag nichts als Ärger einbringen wird. Vom ersten Augenblick an habe ich es gewusst!«

»Ärger«, räumte Corwyn ein, »und mehr Gold und Edelsteine, als du es dir je zu träumen gewagt hättest. Aber bitte – wenn du nicht willst, werde ich eben Orthmar das Kommando übertragen. Ich bin sicher, er wird es zu schätzen wissen und sein Bestes geben, um ...«

»Ist ja schon gut.« Rammar hob abwehrend die Klauen. »Ich habe verstanden.«

»Dann werdet ihr euch verkleiden?«

Die beiden Orks tauschten missmutige Blicke.

»Wenn es unbedingt sein muss«, knurrte Rammar.

»Aber keine Zipfelmützen«, fügte Balbok hinzu.

»So sei es. Wir werden weite Umhänge mit Kapuzen für euch schneidern lassen.«

Orthmar von Bruchstein verzog das faltige Gesicht zu einem spöttischen Grinsen. »Auf einem so hässlichen Schädel zu sitzen wäre ohnehin eine Beleidigung für jede ehrbare Zwergenmütze.«

»Aber dir die Zähne einzuschlagen wäre eine Befriedigung für meine ehrbare Faust«, konterte Balbok und hob drohend die geballte Rechte.

»Ich sehe, ihr versteht euch«, stellte Corwyn fest, und in seiner Stimme klang eine widersprüchliche Mischung aus Hoffnung und Resignation. »Und nun kommt, es gibt noch viel zu tun. Die Zeit drängt. Je eher ihr aufbrecht, desto besser …«

Corwyn stand am Fenster des königlichen Gemachs. Lauer Nachtwind strich über die Mauern und Dächer der Stadt und wehte dem König ins Gesicht, Mondlicht tauchte die Baumwipfel von Trowna in silbernen Schein. Unendlich weit schien sich der Wald in alle Himmelsrichtungen zu erstrecken. Nachdenklich hatte Corwyn den Blick hinauf zu den Sternen gerichtet, deren Glanz sich in seinem verbliebenen Auge spiegelte.

Früher, wenn er allein und unter freiem Himmel übernachtet hatte, hatte er oft die Sterne betrachtet, hatte die Bilder studiert, zu denen sie sich gruppierten, und darüber nachgesonnen, welchen Einfluss sie wohl auf das Leben der Sterblichen haben mochten. In letzter Zeit jedoch war er kaum mehr dazu gekommen; seine Pflichten als König hielten ihn von derlei Müßiggang ab. Fand er doch einmal Zeit dazu, musste er jedes Mal feststellen, dass die Sternbilder von Tirgas Lan aus weniger deutlich zu erkennen waren als von den Hängen des Nordwalls oder den Gipfeln des Scharfgebirges aus. Die zahllosen Lichter der Stadt – Fackeln und Öllaternen, die die Straßen und Gassen beleuchteten, aber auch die Feuer der Wachen auf den Türmen – sorgten dafür, dass die Sterne weniger hell und greifbar schienen als dort, wo er sich früher als Kopfgeldjäger herumgetrieben hatte.

Sie wirkten blass und unscheinbar, wie so vieles andere in seinem Leben, seit er den Thron der Elfenstadt bestiegen hatte. Denn die Krone brachte ihrem Träger nicht nur Privilegien, sondern vor allem Pflichten und Verantwortung.

Bisweilen empfand er sie sogar als schwere Bürde. Er war König eines Reichs, das in kleine Fürstentümer zerfallen und bis zum letzten Mann zerstritten gewesen war. Erdwelt zu einen war eine große Aufgabe, vielleicht zu groß für ihn. Und zum ungezählten Mal fragte er sich, weshalb die Krone damals ausgerechnet auf seinem Haupt gelandet war – zumal er noch nicht einmal zum Volk der Elfen gehörte!

Plötzlich wusste Corwyn, dass er nicht mehr allein war. Nicht, weil er etwas gehört hätte, sondern weil er Alannahs beruhigende Präsenz fühlen konnte.

»Weißt du, dass ich sie beneide?«, sagte er, ohne seinen Blick von den Sternen zu wenden.

»Wen?«, fragte sie zurück.

»Balbok und Rammar. Die beiden sind ihre Verantwortung als Häuptlinge los. Ihre eigenen Leute haben sich gegen sie erhoben und sie fortgejagt. Nun sind sie frei und können tun und lassen, was ihnen beliebt.«

»Und?« Alannah trat auf ihn zu und umarmte ihn von hinten, wobei sich ihre schlanken Arme um seine breite Brust schlossen. »Wünschst du dir, ebenfalls aus deinem Amt verjagt zu werden?«

»Manchmal«, gab er zu. »Dann könnte ich selbst nach Kal Anar gehen und bräuchte mich nicht feige zu verstecken, während gedungene Söldner und überführte Schwerverbrecher für mich die Kastanien aus dem Feuer holen.«

»Das macht dir zu schaffen, nicht wahr?« Sie schmiegte ihre Wage zärtlich gegen seinen breiten Rücken.

»Ich hätte selbst gehen sollen, Alannah. Es ist nicht recht, dass andere ihr Leben für mich wagen.«

»Sie tun es nicht für dich, sondern für ihre Freiheit«, rief ihm die Elfin mit leiser Stimme in Erinnerung, »und es geht dabei nicht um *dein* Wohl, sondern um das des Reiches. Du kannst nicht nach Kal Anar gehen, Corwyn. Du bist der König. Du bist der Auserwählte, von dem die Prophezeiung sprach. Du und niemand sonst kann Erdwelt einen und den Völkern wieder Frieden bringen.«

»Glaubst du das wirklich?« Er wandte sich halb zu ihr um.

»Ich bin überzeugt davon.« Sie lächelte ihn an.

»Und wenn ich falsch entschieden habe? Wie richtig kann es sein, das Schicksal des Reichs in die Hände von Orks und Verbrechern zu legen?«

»Wir müssen Feuer mit Feuer bekämpfen, wie es in der Prophezeiung geschrieben steht. Es heißt, nur ein Bündnis aus Feinden kann das Reich retten. Bis vor kurzem glaubte ich, diese Worte Farawyns hätten sich auf uns damals bezogen und auf die Befreiung von Tirgas Lan. Die beiden Orks, Loreto, Orthmar von Bruchstein, selbst du und ich – wir alle waren damals Feinde und Gegenspieler, die sich jedoch schließlich gegen einen einzigen Feind stellten … Doch ich bin inzwischen zu der Überzeugung gelangt, dass sich diese Weissagung Farawyns auf die Zeit des neuen Reiches bezieht, auf die Bedrohung, die fern im Osten entstanden ist.«

»Aber ich weiß nicht, ob ich ihnen trauen kann …«

»Das musst du auch nicht«, sagte Alannah mit mildem Lächeln. »Vertraue der Prophezeiung. Schon einmal hat sie sich als wahr erwiesen, und sie wird es wieder tun. Wenn jemand Aussicht auf Erfolg hat, dann sind es Balbok und Rammar. Aus irgendeinem Grund hat das Schicksal sie zu Höherem berufen als den Rest ihrer sonderbaren Art. Doch solange wir diesen Grund nicht kennen, bleibt uns nur, uns auf Farawyns Weisheit zu verlassen. Mach dir keine Sorgen deshalb.«

»Du kennst mich gut.« Corwyn rang sich ebenfalls ein Lächeln ab. »So gut, dass es mir manchmal fast Angst macht. Aber die Orks sind nicht der einzige Grund, der mir Anlass zur Sorge gibt.«

»Was noch?«

»Ich weiß es nicht.« Er schüttelte den Kopf, und sein

eines Auge blickte düster vor sich hin. »Etwas stimmt nicht. Als ob ich etwas übersehen hätte. Etwas Wichtiges, von dem unser aller Überleben abhängen kann …«

»Das glaubst du nur, weil du es nicht gewohnt bist, Befehle zu erteilen und andere an deiner Stelle handeln zu lassen«, vermutete Alannah. »Noch vor nicht allzu langer Zeit warst du selbst ein Mann des Schwertes, und der Gedanke, zur Untätigkeit verdammt zu sein, während andere für Tirgas Lan kämpfen, macht dir schwer zu schaffen.«

»Wahrscheinlich hast du recht …«

»Du wirst sehen, es kommt alles in Ordnung. Gräme dich nicht, mein Geliebter.« Indem sie sich auf die Zehenspitzen stellte, hauchte sie einen blütenzarten Kuss auf seine Lippen, so süß wie junger Honig. »Hast du nichts Besseres zu tun in einer sternklaren Nacht, als am Fenster zu stehen und zu grübeln?«, fragte sie ihn verführerisch.

»Ist das Grübeln nicht eine elfische Eigenheit?«, fragte er dagegen. »Warum grübelst du nicht mit mir?«

»Weil es etwas gibt, das ich jetzt unendlich lieber täte«, erwiderte sie und küsste ihn noch einmal, während sie ihren grazilen Körper verlangend gegen seinen drängte.

»Alannah«, flüsterte er mit rauer Stimme, während er bereits fühlte, wie Sorge und Anspannung von ihm abfielen, »was würde ich nur ohne dich tun?«

Die Elfin lächelte ebenso zauberhaft wie hintergründig. »Orks jagen«, sagte sie leise und zog ihn weg von Fenster.

Sie ahnten nicht, dass sich hoch über der Stadt dunkle Schwingen ausgebreitet hatten und hasserfüllte Augen auf sie hinabstarrten …

6. KULACH-KNUM

Die Abreise aus Tirgas Lan fand in aller Heimlichkeit statt. Bei Nacht, um kein Aufsehen zu erregen, verließ ein Zug von sieben Zwergen die Zitadelle – gedrungene Gestalten mit Mützen auf den Köpfen oder Umhänge tragend, deren Kapuzen sie sich tief in die Gesichter gezogen hatten.

Die Rucksäcke, die sie unter ihren Umhängen trugen und die neben ihrem Proviant auch einige nützliche Gegenstände enthielten, sorgten dafür, dass sie auf den ersten Blick tatsächlich wie gedrungene Söhne des Zwergenreichs wirkten, die gebeugt gingen unter der Last der schweren Arbeit unter Tage. Doch dies und der Elfenzauber, den Königin Alannah gewirkt hatte, täuschten: In Wirklichkeit waren es nur *zwei* Zwerge, die in der eigentümlichen Karawane marschierten – der Rest der Truppe bestand aus Gestalten, die mit einem Zwerg ungefähr so viel gemein hatten wie ein großer Blom mit einem Fliegenpilz. Zwei der Gefährten war diese Maskerade zudem mehr als peinlich – Rammar und Balbok hatten die Gesichter angewidert verzogen und grummelten unaufhörlich in ihre falschen Bärte.

»Verdammt«, knurrte Rammar zum ungezählten Mal, »wie kann uns dieser elenden Kopfgeldjäger nur eine solche Schmach zufügen?«

»Vielleicht findet er so was lustig«, brummte Balbok.

»Ich sollte ihm den Kopf von den Schultern reißen und

eine Weile damit Ball spielen«, gab Rammar verdrießlich zurück. »*Das* wäre lustig …«

Der Abschied vom Königspaar war nur kurz gewesen. Immerhin waren Corwyn und Alannah zur Pforte gekommen und hatten der Truppe persönlich Glück gewünscht. Und natürlich hatte die Elfin wieder einige kluge Ratschläge zum Besten gegeben: Sie sollten zusammenarbeiten »zum Zwecke eines höheren Ziels« – so hatte sie sich ausgedrückt. Doch was für höhere Ziele konnte es für einen Ork geben als seine Klinge in Blut zu tauchen, sich die Taschen vollzustopfen und nach Herzenslust zu fressen und zu saufen?

Auch Corwyn hatte sie noch einmal an die Wichtigkeit ihrer Mission erinnert und gesagt, das Schicksal von ganz Erdwelt würde in ihren Händen beziehungsweise Klauen liegen. »Erzähl mir zur Abwechslung mal was Neues«, hatte Rammar daraufhin knurrend geantwortet, dann waren sie aufgebrochen.

Es ging über die alte Elfenstraße, die Tirgas Lan mit dem Norden des Reichs verband, an den südöstlichen Ausläufern des Scharfgebirges vorbei und zu den einstigen Grenzstädten Sundaril und Andaril. Ohne den schwerfälligen Rammar wäre der Trupp schneller vorangekommen; zu Fuß war der fette Ork noch nie sehr flink gewesen, und obendrein verging ihm schon bald die Lust am Marschieren.

»Wieso müssen wir eigentlich die ganze Strecke laufen?«, murrte er, während er lustlos einen Fuß vor den anderen setzte. »Das ist eines Häuptlings unwürdig.«

»Wie mir zu Ohren kam, seid ihr keine Häuptlinge mehr«, versetzte Orthmar von Bruchstein gehässig. »Außerdem wüsste ich nicht, wie wir sonst von der Stelle kommen sollten. Soll ich dich etwa tragen?«

»Es wäre nicht das erste Mal«, meinte Balbok grinsend und in Anspielung auf ihre allererste Begegnung – damals hatten sein Bruder und er sich in Transportkisten versteckt, die Orthmar und seine Schmugglerbande durch einen geheimen Stollen auf die andere Seite des Nordwalls gebracht hatten.

»Warum haben wir kein Schiff genommen?«, blaffte Rammar. »Diese Stadt, Kal Asar, liegt schließlich an der Küste, richtig?«

»Das stimmt«, antwortete Orthmar. »Aber es heißt Kal Anar und nicht Asar.«

»Ist doch egal. Jedenfalls würde ich gern wissen, warum wir uns hier die *kas'hai* breit latschen, statt mit einem verdammten Schiff über die Ostsee zu setzen.«

»Aus drei Gründen«, erklärte der Zwerg. »Erstens: Auf offener See wären wir leicht zu entdecken und anzugreifen. Zweitens: Mit Ausnahme des Hafens von Kal Anar, der stark befestigt und gut bewacht ist, kann man nirgends an der Küste anlegen; sie ist von Riffen und Klippen gesäumt, die die Seeleute ›Pfeiler des Todes‹ nennen. Wer sich dort nicht genau auskennt, ist verloren.«

»*Korr*«, knurrte Rammar verdrießlich, den das schon hinreichend überzeugte.

»Nur aus reiner Neugier«, fragte Balbok, »was ist der dritte Grund?«

»Nun, unser Plan sieht vor, die verborgenen Stollen meiner Zwergenbrüder zu benutzen, um ins Land des Feindes zu gelangen.«

»Und?«

»Unter der Ostsee gibt es keine Stollen«, entgegnete Orthmar achselzuckend, und dieses Argument leuchtete sogar Balbok ein.

Die Diskussion war damit beendet, und sie marschierten weiter. Bis zum Einbrechen der Nacht wurde nur noch das Notwendigste gesprochen.

Gurn der Eisbarbar, der am Ende der Kolonne marschierte, begnügte sich damit, finster dreinzublicken, auf seinem Rücken die Scheide mit dem klobigen Zweihänder, den er sich als Waffe für diese Mission ausgesucht hatte.

Kibli der Zwerg, der vor ihm ging und mit einer Axt bewaffnet war, murrte wie Rammar und Balbok unentwegt in seinen (bei ihm echten) Bart; ebenso wie die beiden Orks nahm er nur widerwillig an diesem Unternehmen teil. Aber er hatte keine Wahl, wollte er wieder ein freier Zwerg sein und in die Heimat zurückkehren können, deren Fürsten König Corwyn die Treue geschworen hatten.

Nestor von Taik schließlich hatte seit ihrer Abreise aus Tirgas Lan ein schmieriges Grinsen im Gesicht. In dem breiten Gürtel unter seinem Umhang steckten zahlreiche Wurfklingen – der gedungene Mörder wusste damit meisterlich umzugehen.

Vor ihm marschierte Balbok, dann kam Rammar; dieser hatte darauf bestanden, am Anfang des Zuges zu gehen – nicht so sehr, weil er der Anführer war oder besonders mutig gewesen wäre, sondern weil er auf diese Weise das Marschtempo vorgeben konnte und nicht hinter den anderen herhecheln musste, wie es früher oft der Fall gewesen war, als er einer von vielen Orks in Girgas' Haufen gewesen war.

Orthmar von Bruchstein war der Gruppe stets ein Stück voraus. Mal ging er direkt vor Rammar her, dann verschwand er wieder und sondierte das Terrain, um schon kurz darauf wieder zurückzukehren. Meist hatte er dann ein wissendes Lächeln im Gesicht, für das ihm Rammar am liebsten die Zähne eingeschlagen hätte.

Die erste Nacht verbrachten sie in einem Unterstand am Rand der Straße; hier roch es zwar nicht nach Fäulnis und Moder, und es gab auch kein Wargenfell, auf das man das müde Haupt hätte betten können, aber immerhin bot das grob gezimmerte Dach Schutz vor dem Regen, der kurz nach Sonnenuntergang einsetzte.

Schweigend hockten die sieben Gefährten in dem Unterstand, der normalerweise Kurierreitern und Händlern Schutz vor Wind und Regen bot. Ihre Umhänge hatten sie eng um die Schultern gezogen, weil es empfindlich kalt geworden war, und alle blickten missmutig vor sich hin. Während sich Nestor und die Orks über ihren Proviant hermachten, schärfte Gurn mit gleichmütiger Miene die Klinge seines Zweihänders, und Kibli der Zwerg gab sich alle Mühe, ein Feuer zu entfachen.

»Zwecklos«, sagte Rammar schmatzend. »Da könntest du genauso gut versuchen, einem Warg den Schwanz anzuzünden.«

»Keine Sorge, das wird schon«, war Kibli überzeugt, während er weiterhin mit der Zunderbüchse hantierte.

»*Douk*, das klappt nicht«, widersprach Rammar. »Das Holz ist nass, und bei dem Wind schaffst du es niemals, eine Flamme …«

Er verschluckte die letzten Worte, als es in dem Häufchen Blätter und trockenen Grases plötzlich leise knisterte. Rauch kringelte empor, und im nächsten Moment züngelte eine kleine Flamme auf. Mit einem triumphierenden Grinsen griff Kibli nach dem Holz, das er gesammelt hatte – aber wie Rammar vorausgesagt hatte, waren die Zweige zu feucht und drohten das kleine Feuer zu ersticken.

»Ha!«, machte Rammar, und der Gnom, der ganz am Rand saß, brach in wieherndes Gelächter aus.

»Rasch!«, zischte Kibli. »Wir brauchen etwas, das brennt.«

»Werfen wir doch unsere Mützen ins Feuer«, schlug Nestor vor. »Ich kann das blöde Ding nicht ausstehen.«

»*Korr*«, stimmte Rammar zu, »und die dämlichen falschen Bärte gleich mit.«

»Das würde ich euch nicht raten«, mahnte Orthmar. »Ohne Tarnung würde man euch allzu rasch erkennen, und dann säßen eure Schädel nicht mehr lange auf euren Schultern.«

Sowohl Rammar als auch Nestor gefiel diese Aussicht ganz und gar nicht, also behielten sie Mütze und Kapuze auf und die falschen Bärte an, während Kibli mit wachsender Verzweiflung auf das kleine Feuer starrte, das qualmend zu erlöschen drohte.

Plötzlich schwirrte etwas durch die Luft, das die Form eines großen Fladens hatte. Es flog über die Köpfe der Gefährten hinweg und landete mitten in der Feuerstelle. Funken stoben nach allen Seiten, Qualm wölkte auf.

»W-was war das?«, rief Kibli erschrocken. »Wer wagt es, mein Feuerchen …?«

Er unterbrach sich, als er sah, dass sein »Feuerchen« von dem Fladen keineswegs erstickt worden war, sondern ihn im Gegenteil gierig als Nahrung nahm. Schon leckten die Flammen ringsum darüber hinweg, und im nächsten Moment hatte sich das jämmerliche kleine Flämmchen in ein ansehnliches Lagerfeuer verwandelt.

Staunend blickten die Gefährten in die Richtung, aus der das eigentümliche Gebilde geflogen gekommen war. Balbok stand dort, seinen Rucksack in den Klauen und ein breites Grinsen im Gesicht.

»Getrockneter Orkdung«, erklärte er stolz. »Nichts brennt besser.«

Während der Gnom erneut draufloswieherte, verfielen die anderen Mitglieder des Trupps in spontanen Beifall – sehr zu Rammars Missfallen. Während der dicke Ork schon den ganzen Tag den Anführer zu spielen versuchte und dabei nur recht durchwachsenen Erfolg verzeichnet hatte, verschaffte sich sein dämlicher Bruder Respekt und Anerkennung, indem er seinen *shnorsh* ins Feuer warf! Einmal mehr musste sich Rammar eingestehen, dass Menschen und Zwerge überaus eigenartige Kreaturen waren – Orks allerdings pflegten bisweilen sogar noch eigenartiger zu sein …

Mit Befremden beobachtete Rammar, wie Balbok, der sich am Feuer niedergelassen hatte, in seinem falschen Zwergenbart herumfummelte. Hin und wieder schien er dabei fündig zu werden, und ein Grinsen zeigte sich dann jedes Mal auf seinen einfältigen Zügen.

»Verdammt«, schnauzte Rammar ihn an, »kannst du das dämliche Ding nicht mal nachts ablegen?«

»*Douk*«, erwiderte Balbok, der so vertieft war in das, was er tat, dass er nicht einmal aufblickte.

»Was, bei Kuruls dunkler Grube, machst du da?«, verlangte Rammar zu wissen.

»Ich suche und finde«, erwiderte sein Bruder rätselhaft.

»Was suchst und findest du?«

»Zecken, Flöhe, Fliegen – einfach alles, was sich tagsüber in meinen Bart verfangen hat.« Balbok blickte auf und ließ eine ganze Klaue des Gesammelten in seinem Mund verschwinden.

»Du frisst Zecken, Flöhe und Fliegen?«, fragte Rammar.

»Und ob«, knusperte Balbok begeistert. »Schmecken nicht mal schlecht, weißt du.«

Rammar verdrehte die Augen. Seine einzige Antwort war ein Stöhnen, mit dem er sich zur Ruhe legte und sich herumdrehte, um möglichst nichts mehr hören und sehen zu müssen.

Abwechselnd übernahmen sie die Wache. Das heißt: Alle bis auf Rammar übernahmen eine Schicht, denn der zog es vor, am Feuer zu liegen und die Nacht durchzuratzen.

Ein ausgeruhter Anführer, so sagte er sich, war schließlich unverzichtbar für das Gelingen der Mission …

Am nächsten Morgen, nach einem kargen Frühstück aus den Proviantbeuteln, das Balbok wiederum mit Vorräten aus seinem in mancher Hinsicht lebendigen Zwergenbart ergänzte, setzten sie den Marsch fort. Immer weiter wanderten die ungleichen Gefährten auf der Elfenstraße nach Norden, und immer, wenn sie Händlern oder Reisenden begegneten, die Richtung Süden nach Tirgas Lan wollten, senkten sie die Häupter und zogen sich die Mützen und Kapuzen tiefer in die Gesichter. Doch wahrscheinlich lag es eher an dem Elfenzauber, den Alannah gewirkt hatte, dass nicht einer, dem sie unterwegs begegneten, auch nur einen Funken Verdacht schöpfte. Man betrachtete sie als Zwerge, und das war wichtig. Denn wenn sie das Reich von Tirgas Lan erst verlassen hatten und sich ins Feindesland begaben, würde ihre Tarnung überlebenswichtig sein.

Am Abend des zweiten Tages lichtete sich das Grün der Bäume, und der Trupp erreichte den Rand des Waldes von Trowna. Im Licht der Dämmerung konnten sie im Westen die Ebene von Scaria erkennen, während sich im Nordosten die Ausläufer der Hügellande erhoben. Dazwischen zeichnete sich das Scharfgebirge als ferne gezackte Linie ab, das angestammte Gebiet der Zwerge.

»Brauchst gar nicht so sehnsüchtig nach Norden zu gaffen«, versetzte Rammar genüsslich, als er Orthmars wehmütigen Blick bemerkte. »Unser Weg führt nach Osten, klar?«

»Das stimmt«, entgegnete der ehemalige Schmuggler. »Und dennoch werden wir unsere Schritte zunächst in Richtung auf das Scharfgebirge lenken. Denn dort befindet sich der Eingang zu einem geheimen Stollen, den wir nehmen werden.«

»Und dafür sollen wir einen solchen Umweg in Kauf nehmen?« Rammar schüttelte den Kopf. »Hast du einen Trollfurz im Hirn?«

»Ich bin euer Führer«, stellte der Zwerg klar.

»Na und? Ich bin euer *An*führer«, konterte Rammar,

114

»und ich sage, dass ich keine Lust habe, zuerst meilenweit nach Norden zu latschen, nur um in einem von euren verlausten Stollen den ganzen Weg wieder zurückzulegen.«

»Aber Rammar, der Stollen bietet uns Schutz«, gab Balbok zu bedenken.

»Schutz? Wovor?« Rammar sandte ihm einen verärgerten Blick. »Streng dein bisschen Verstand doch mal an, Faulhirn. Wovor sollten wir uns in Acht nehmen? Noch befinden wir uns in Corwyns Reich, und der Zauber der Elfin bewahrt uns vor Entdeckung. Ich weiß nicht, wie sie es geschafft hat, aber selbst dich langes Elend scheint jeder für einen Zwerg zu halten.«

»Dennoch«, beharrte Orthmar, »dein Bruder hat recht. Wir sollten Vorsicht walten lassen. Wie es heißt, hat der Herrscher von Kal Anar Spione ausgesandt, die überall im Land unterwegs sind.«

»Spione?« Rammar horchte auf.

»Natürlich. Hätten dein einfältiger Bruder und du zugehört, als König Corwyn uns die Lage erklärte, anstatt euch mit *brunhild* vollzustopfen …«

»*Bru-mill*«, verbesserte Balbok.

»… wüsstet ihr, wovon ich spreche«, fuhr Orthmar unbeirrt fort. »Die Spione des Bösen lauern überall, und diesen hinterlistigen Agenten und Meuchelmördern ist es auch zuzuschreiben, dass bislang jeder Versuch, die Stärke des Feindes auszukundschaften, kläglich fehlschlug.«

»Und wenn schon.« Rammar schüttelte unwillig den Kopf. »Sollten uns diese Spione sehen, werden sie uns für Zwerge halten. Und es ist ja nicht weiter ungewöhnlich, dass sich deinesgleichen so weit südlich herumtreiben, oder?«

»Das nicht, aber …«

»Damit ist es entschieden«, blaffte Rammar und warf einen aggressiven Blick in die Runde. »Wir nehmen den kürzesten Weg nach Osten. Oder ist jemand anderer Ansicht?«

Niemand widersprach: Während Balbok betreten zu Boden schaute wie immer, wenn sein Bruder ihn gescholten hatte, starrte Gurn nur dumpf vor sich hin und sagte kein Wort. In Nestors blassen Zügen zuckte es, aber auch er wagte es nicht, sich zu äußern. Kibli war wie meist damit beschäftigt, Unverständliches in seinen Bart zu murmeln. Und der Gnom kicherte nur – er fand das alles offenbar sehr spaßig.

»Na also«, knurrte Rammar zufrieden. »Dann lagern wir hier an der Straße und setzen unseren Marsch bei Sonnenaufgang fort.«

»Das wäre nicht klug«, wandte Orthmar erneut ein.

»Fängst du schon wieder an?«, schrie Rammar. »Ihr bärtigen kleinen Kerle habt die Weisheit wohl mit Löffeln gefressen, was?«

»Das nicht, aber in Anbetracht der Spione sollten wir bei Nacht marschieren, wenn wir schon keinen Stollen benutzen.«

»Willst du damit sagen, wir sollten noch weiterlatschen? Jetzt? Nachdem wir uns den ganzen Tag die *kas'hai* wund gelaufen haben?«

»Es wäre ratsam«, war Orthmar überzeugt. »Die Spione des Feindes sind überall, angeblich sogar in der Luft ...«

»Verdammt, ich will nichts mehr hören von Spionen!«, rief Rammar und fuchtelte drohend mit dem *saparak*. »Noch ein Wort davon, und ich spieße dich auf, hast du verstanden? Schau her, ich verlasse jetzt das Unterholz und trete unter freien Himmel! Ich bin jetzt völlig schutzlos, siehst du? Wo sind denn deine Spione, hä? Zeig sie mir doch, du zottelbärtiger kleiner Wichtigtuer ...«

Rammar sprang von einem Bein aufs andere auf der Wiese umher und gebärdete sich wie ein liebestoller Oger. Seine Gefährten schauten ihm zu, in ihren Blicken eine Mischung aus Verwunderung und Betroffenheit – die zu blan-

116

kem Entsetzen wurde, als sich etwas finster und drohend aus dem orangeroten Abendhimmel senkte. Ein dunkler Schatten fiel über Rammar, dazu erklang ein grässlicher Schrei, so laut und durchdringend, dass selbst einem Unhold davon das Blut in den Adern gefrieren konnte.

»Was war das?«, fragte Rammar verwirrt und schaute Balbok und die anderen erstaunt an. Sie stierten auf etwas, das über Rammar in der Luft hängen musste und seinen dunklen Schatten auf ihn warf. Dabei standen sie so unbewegt, als wären sie zu Götzenbildern erstarrt. »Verdammt«, flüsterte Rammar ihnen zu, »warum rührt ihr euch nicht mehr …?«

Er erhielt keine Antwort – und indem er seinen ganzen Mut zusammennahm, überwand er sich, um ebenfalls nach oben zu schauen.

Was er sah, raubte ihm seinen fauligen Atem.

Es war ein *snagor* – und auch wieder nicht.

Denn nur die untere Hälfte der Kreatur, die bedrohlich über ihm am glühenden Himmel hing und mit den Flügeln schlug, glich einer Schlange – der Rest sah aus wie ein Vogel, dessen schwarzes Gefieder in der Körpermitte in schuppige Schlangenhaut überging. Der Kopf mit den glühenden Augen hatte einen scharfen Hakenschnabel und der Schlangenleib ein gefährlich anmutendes Zackenmuster. Die Flügel der Kreatur hingegen sahen aus wie die einer Fledermaus, nur dass sie mit einer Spannweite von drei oder vier Orklängen riesengroß waren.

Mit den ledrigen Schwingen schlagend, schwebte das Ungeheuer, dessen Schwanzende sich unentwegt ringelte, über Rammar. Der Vogelschnabel öffnete sich zu einem weiteren grässlichen Schrei, und als Rammar in die rot glühenden Augen blickte, packte ihn Furcht und Panik, und der Ork hatte das Gefühl, als würde sein Innerstes erstarren. Doch nicht nur die Angst lähmte ihn, er konnte sich

117

tatsächlich nicht mehr bewegen. Gehetzt starrte er auf seine Klauen, sah, wie sie die Farbe verloren und grau wurden – und ihm nächsten Moment begriff er.

Balbok und die anderen bewegten sich nicht, weil der Blick des *uchl-bhuurz* sie zu Stein hatte werden lassen!

Die Kreatur über ihm riss wieder den Schnabel auf, und eine gespaltene Zunge kam zum Vorschein. Rammar stand da und starrte empor zu dem Monstrum, konnte seinen Blick nicht von ihm wenden.

Plötzlich schoss die untere, sich ständig ringelnde Körperhälfte der Kreatur auf den Ork zu und legte sich um seinen Hals.

»Hilfehhh …!«

Der Schrei des dicken Ork ging in heiseres Krächzen über, als sich der Schlangenschwanz zuzog wie die Schlinge eines Henkers. Rammars ohnehin schon dunkelgraues Gesicht wurde noch dunkler, und die Schlangenkreatur schlug noch heftiger mit den Flügeln, denn sie wollte sich mit ihrer Beute in die Lüfte schwingen – dass es ihr nicht gelang, lag an Rammars beträchtlicher Leibesfülle und dem daraus resultierenden Körpergewicht. Hektisch und kraftvoll zugleich schlug das Ungeheuer mit den Flügeln, um Rammar vom Boden fortzureißen, aber der dicke Ork erwies sich als zu schwer.

»Rammar! Verdammt!«

Balbok begann sich wieder zu regen – und erfasste die Situation mit einem Blick. Die Starre ließ von ihm ab, und er stürmte los, die Axt in beiden Klauen erhoben, während das Ungeheuer sich weiterhin vergeblich mit Rammar abmühte.

Dann war Balbok heran, und mit einem durchdringenden orkischen Kriegsschrei schwang er die Axt. Das Blatt erwischte einen der Flügel, und die ledrige Haut riss wie Papier, worauf die Kreatur einen heiseren Schrei ausstieß.

Balbok hieb ein zweites Mal auf das Monstrum ein – diesmal hatte er es auf den Schlangenkörper abgesehen. Das Axtblatt schnitt durch Schuppen und Fleisch und brachte der Kreatur eine klaffende Wunde bei.

Daraufhin gab das Ungeheuer seine Beute frei. Wie ein Stein fiel Rammar zu Boden und blieb nach Atem ringend liegen, während sich das Untier Balbok zuwandte und rasend vor Wut über ihn herfiel.

Der hagere Ork blickte in den tödlichen Schlund, der sich über ihm öffnete. Erneut schwang er die Axt, diesmal in einem seitlichen Bogen, um dem Ungeheuer den Hakenschnabel zu stutzen. Tatsächlich erwischte er dessen untere Hälfte und zertrümmerte ihn.

Die Bestie zuckte zurück, und Balbok, der einen johlenden Siegesschrei ausstieß, war für einen Moment unaufmerksam. Das rächte sich, denn der Ork wurde vom Schwanz des Tiers getroffen, der wie eine Peitsche ausschlug und ihn mit ganzer Wucht erwischte.

Balbok kam zu Fall, richtete sich jedoch sofort wieder auf. Da schoss der scheußliche Schlangenschwanz erneut heran und peitschte in seinen Rücken, sodass Balbok aufschrie vor Schmerz. Fast zeitgleich schnappte das Untier mit dem, was von seinem Schnabel geblieben war, zu, und nur deshalb, weil ihn der Schlag in den Rücken zur Seite geworfen hatte, entging Balbok der mörderischen Attacke. Die Axt noch in den Klauen, schlug er zu Boden – und zum dritten Mal traf ihn der Schwanz der Kreatur.

Benommen blieb Balbok liegen, war nicht mehr in der Lage, sich auf die Beine zu raffen oder die Axt zur Verteidigung zu heben. Einen Augenblick lang schien es, als wollte der Schlangenvogel seinen Triumph auskosten. Sein gefiederter Schädel verharrte über dem Ork, den er mit hassglühenden Augen betrachtete.

»R-Rammar!«, stieß Balbok in seiner Not hervor, aber von seinem Bruder war weit und breit nichts zu sehen.

Drohend schwebte das Haupt der Bestie über ihm, und Balbok schloss mit dem Leben ab. Gefasst sah er seinem Ende entgegen – als plötzlich Blut und eine gallertartige Flüssigkeit dem Ork entgegenspritzte!

Dort, wo eben noch das Auge der Kreatur gewesen war, steckte ein Wurfmesser im Schädel des Monstrums.

Der Kopf des Ungeheuers zuckte zurück – woraufhin blitzender, mindestens fünf *knum'hai* langer Stahl mit vernichtender Wucht in die Kehle des Tieres schnitt. Es war der Zweihänder Gurns des Eisbarbaren.

Der Hieb war mit derartiger Kraft geführt, dass er dem Schlangenvogel glatt den Kopf abschlug. Das Haupt flog davon, den halb zertrümmerten Schnabel weit aufgerissen.

Ein Sturzbach von Blut ergoss sich aus dem verstümmelten Körper, der noch immer mit den Flügeln schlug, allerdings nicht mehr kontrolliert und wuchtig wie zuvor, sondern in wilder Panik und mit versiegender Kraft.

Schließlich erlahmte das Schlagen der Flügel. Die Bestie schlug auf den Boden, der lange Schweif zuckte noch einmal, dann lag die Kreatur still.

Balbok kam schwerfällig wieder hoch und sah seine Gefährten, die auf den Kadaver des Untiers starrten – Gurn mit fiebrig glänzenden Augen, den Beidhänder mit der blutbesudelten Klinge noch in den Händen, und Nestor, in dessen Gürtel ein Wurfmesser fehlte, mit einem breiten Grinsen im Gesicht.

»Verdammt!«, hörten sie plötzlich jemanden zetern. »Kommt mir vielleicht mal jemand von euch elenden *umbal'hai* zur Hilfe …?«

Es war unverkennbar Rammars Stimme. Erleichtert darüber, dass sein Bruder offenbar keinen größeren Schaden genommen hatte, schaute sich Balbok nach ihm um – und fand ihn einige Schritte abseits im hohen Gras am Boden liegend. Zwar hatte die Starre inzwischen auch bei Rammar nachgelassen, jedoch hatte er auf Grund seiner Leibesfülle noch Probleme, auf die Beine zu kommen. Wie ein Käfer lag er auf dem Rücken, mit zappelnden Armen und strampelnden Beinen, was recht drollig aussah. Der Gnom brach in gackerndes Gelächter aus, während sich Balbok lieber beeilte, seinem Bruder aufzuhelfen. Kaum hatte er ihn auf die Beine gezogen, war dieser wieder ganz der Alte.

»Ha!«, rief er aus, packte das Haupt der Schlangenkreatur, das unweit von ihm am Boden gelegen hatte, und hielt es triumphierend empor. »Habt ihr das gesehen? Rammar der Rasende im Kampf gegen das grässliche Untier! Ich habe dem Monstrum mutig ins Auge geschaut und ihm getrotzt!«

»Na ja«, wandte Balbok leise ein, »eigentlich waren's die beiden Menschen, die dem Viech den Garaus gemacht haben, und nicht du ...«

Rammar schnappte entgeistert nach Luft. Er ließ das Schlangenhaupt achtlos fallen, und seine Augen verengten sich zu schmalen Schlitzen. »Willst du mich einen Lügner nennen? Willst du bestreiten, dass ich es war, der von der Kreatur angegriffen wurde?«

»Das nicht, aber ...«

»Dann halts Maul!«, versetzte der dicke Ork und wechselte schleunigst das Thema, indem er sagte: »Und jetzt will ich, bei Torgas stinkenden Eingeweiden, wissen, woher dieses elende *uchl-bhuurz* gekommen ist!«

»Das was?«, fragte Nestor.

»Das Ungeheuer«, übersetzte Balbok.

»Keine Ahnung.« Der Attentäter aus der fernen Stadt Taik schüttelte den Kopf. »In meinem Beruf bin ich ja schon weit herumgekommen, denn allzu oft musste ich einen Ort Hals über Kopf verlassen, aber einer fliegenden Schlange bin ich noch nie begegnet. Nur gut, dass sie sich wenigstens töten ließ.«

Gurn grunzte zustimmend.

121

»Auch ich habe solch eine Kreatur noch nie gesehen«, erklärte Kibli. »Halb Vogel, halb Schlange, mit einem Blick, der einen erstarren und zu Stein werden lässt.«

»Niemand von uns hat so etwas je gesehen«, sagte Orthmar. »Es ist ein Basilisk.«

»*Shnorsh!*«, maulte Rammar. »Basilisken gibt es längst nicht mehr. Kurul hat sie verschlungen, lange bevor das Zeitalter der Sterblichen begann.«

»Unsinn!« Kibli schüttelte entschieden den Kopf. »Es war der Urhammer der Zwerge, der das Schlangengezücht zermalmte, als er die Welt formte.«

»Jedes Volk hat seine eigene Vorstellung davon, wie Erdwelt entstand«, räumte Orthmar ein, »dennoch haben wir es hier unleugbar mit einer Kreatur zu tun, die eigentlich nicht mehr existieren dürfte. Und ich denke, es ist ziemlich klar, woher sie gekommen ist – aus Kal Anar.«

»Was willst du damit sagen?«, fauchte Rammar.

»Was ich auch vorhin schon sagte und was du dummer Dickschädel mir nicht glauben wolltest – dass der Feind überall ist und dass er im ganzen Land Spione hat. Diese Kreatur aus grauer Vorzeit« – er stieß mit dem Fuß gegen den Kadaver, worauf sich das Schwanzende noch einmal ringelte und der Gnom ein entsetztes Kreischen ausstieß – »stand in seinen Diensten.«

Rammar betrachtete den Zwerg grimmig. »Und woher willst du das wissen?«

»Du weißt wohl nicht sehr viel über Kal Anar, was?« In Orthmars kleinen Äuglein blitzte es listig. »Dann will ich dir mal was erzählen, Ork: Die Zivilisation und Kultur Kal Anars unterscheidet sich von der Tirgas Lans grundlegend. Die Menschen dort sind von gedrungener Postur, ihre Haut ist gelblich, und sie haben kleine Nasen und schmale Augen. Und der Basilisk« – er deutete auf den Torso – »ist ihr Wappentier.«

»Im Ernst?«, fragte Balbok.

»Nicht doch, ich treibe Scherze«, entgegnete der Zwerg bissig – worauf der Gnom einmal mehr wiehernd zu lachen begann.

»Du behauptest also, der Herrscher von Kal Asar hätte diese Kreatur auf uns gehetzt«, stellte Rammar fest.

»Anar«, verbesserte Orthmar. »Mit allem anderen hast du recht. Viele Geschichten, die noch aus der Zeit vor dem Ersten Krieg stammen, ranken sich um die Basilisken. In manchen davon wird behauptet, dass einige von ihnen durch dunklen Zauber überlebt und die Zeitalter überdauert haben.«

»Dunkler Zauber«, knurrte Balbok und machte ein angewidertes Gesicht – Magie aller Art war den Orks zutiefst verhasst.

»Unsinn!«, widersprach Gurn mit grollender Stimme. »Das doch nur sein Märchen.« Es war das erste Mal, dass er überhaupt etwas sagte.

»Vielleicht«, räumte Orthmar ein, »vielleicht aber auch nicht.«

»Gibt es noch mehr von diesen Schlangendingern?«, erkundigte sich Rammar schaudernd.

»Anzunehmen«, meinte der Zwerg.

»Dann müssen wir davon ausgehen, dass uns unser Feind aus der Luft beobachten kann«, folgerte Rammar und blickte misstrauisch zum Himmel. Der rote Schein der Dämmerung hatte sich inzwischen in ein düsteres Purpur gewandelt, das immer dunkler wurde. »Er kann uns sehen und weiß zu jedem Zeitpunkt, wo wir uns gerade befinden.«

»So ist es«, vermutete Orthmar.

»Dann müssen wir uns unverzüglich nach Norden begeben«, entschied Rammar. »Wir nutzen den Schutz der Dunkelheit, um den nächstgelegenen Zwergenstollen zu erreichen. Wenn wir die geheimen Stollen und unterirdischen Gänge des Zwergenvolks nutzen, können uns diese fliegenden Biester nicht sehen.«

»Wie du befiehlst, erhabener Anführer.« Das Grinsen in Orthmar von Bruchsteins Gesicht war trotz seines dichten Barts nicht zu übersehen. »Ein hervorragender Einfall, wirklich.«

»Aber Rammar«, wandte Balbok ein, »sagtest du nicht vorhin, dass du zu müde wärst, um weiterzumarschieren?«

»Na und?«, schnauzte sein Bruder ihn an. »Inzwischen habe ich mich ausgeruht, und jetzt sage ich was anderes. Hat jemand ein Problem damit? Ist jemand zu erschöpft, um seinen *asar* weiterzuschleppen? Dann nur frei heraus damit – ich werde ihm schon Beine machen!«

Er funkelte angriffslustig in die Runde, und niemand widersprach – nicht deshalb, weil der dicke Ork ihnen so einen Respekt einflößte, sondern weil sie schon genug wertvolle Zeit verloren hatten und es noch ein weiter Weg bis zum Scharfgebirge war.

»Dann bewegt euch gefälligst!«, trieb Rammar seine Gefährten unnötigerweise an, während er einen furchtsamen Blick empor zum nachtschwarzen Himmel warf. »Schwingt die Hufe, ihr müdes Pack, ehe ich mich vergesse! Mach nicht so ein Gesicht, Barbar! Grins nicht so dämlich, Gnom! Und ihr, Zwerge, seht euch vor, dass ihr mit uns Schritt haltet! Wir werden nicht langsamer marschieren, nur weil einer von euch nicht mitkommt.«

»Natürlich nicht«, bemerkte Balbok halblaut, worauf Rammar erst recht aus dem Häuschen geriet.

»Was hast du gesagt?«

»Nichts«, behaupte Balbok. »Nur, dass wir alle deine Klugheit bewundern.«

»Lass die Schmeicheleien – du weißt genau, dass das bei mir nicht zieht. Und jetzt los, Schmalhirn, oder muss ich dir erst in den *asar* treten? Ich bin hier der Anführer, das solltet ihr niemals vergessen!«

»Ja«, flüsterte jemand, »es fragt sich nur, für wie lange noch …«

Es war Orthmar von Bruchstein, der diese Worte sprach, aber der Einzige, der sie hörte, war der Gnom, der daraufhin einmal mehr in meckerndes Gelächter verfiel, das plärrend in die anbrechende Dunkelheit hallte.

7.

ARTUM-TUDOK!

Sie marschierten die ganze Nacht hindurch – genau wie Rammar es befohlen und Orthmar von Bruchstein es zuvor geraten hatte. Der Zwerg, der an der Spitze des Trupps marschierte, dicht gefolgt von dem dicken Ork, dessen Keuchen und Stöhnen ihm in den Ohren klang, war schlechter Laune.

Orthmar durfte gar nicht daran denken, dass er einst ein stolzer Zwergensohn gewesen war, ein Abkömmling von Orthwins Haus und Lehrling einer der besten Waffenschmieden des Scharfgebirges. In einer anderen Welt, zu einer anderen Zeit, hätte er ein wohlhabender und mächtiger Zwerg sein können, eine Zier seiner Rasse, von allen bewundert und umworben.

Doch was war aus ihm geworden?

Seine Ausbildung in der legendären Schule von Anuil, in der die besten und größten Schmiede des Zwergenreichs ausgebildet wurden, war völlig für den Ork gewesen,* weil niemand mehr Äxte und Schwerter aus den Zwergenschmieden kaufen wollte, seit billige Imitate aus den Ostreichen auf den Markt drängten. So hatte wirtschaftliche Not Orthmar gezwungen, das Handwerk seiner Väter niederzulegen und sich als Schmuggler zu verdingen. Zwar war er nicht erfolglos gewesen in diesem Metier, jedoch hatte er sich dann irgendwann mit den falschen Gegnern

---
* zwergische Redensart

angelegt – nämlich mit zwei Orks namens Balbok und Rammar.

Und ausgerechnet diese beiden waren ein zweites Mal ganz unverhofft in sein Leben getreten und drohten erneut, alles zunichte zu machen, was er mühevoll geplant hatte.

Als ob es nicht schwer genug gewesen wäre, sich nach dem, was während des Kampfes um Tirgas Lan und danach vorgefallen war, bei Alannah und Corwyn einzuschmeicheln. Als ob er nicht schon genug Schmach und Unbill hätte erleiden müssen! Auf einmal hatten sich die Orks zurückgemeldet und waren plötzlich wieder da – wie eine verdorbene Speise, die man ahnungslos verzehrte und kurz darauf wieder hervorwürgte. Aber Orthmar gab sich nicht so schnell geschlagen; er würde die beiden Orks schon wieder loswerden.

»He, Zwerg!«, maulte Rammar ihn plötzlich von hinten an. »Wie weit ist es noch?«

»Noch ein Stück«, erwiderte Orthmar, sich zur Ruhe zwingend.

»Das hast du auch schon gesagt, als der Mond noch vier Klauen hoch stand. Wo ist nun dein elender Stollen?«

»Keine Sorge«, versicherte Orthmar, »wir werden ihn rechtzeitig vor Tagesanbruch erreichen.«

»Das will ich hoffen, Zwerg – in deinem eigenen Interesse. Denn andernfalls stopfe ich dir deinen Bart in den Schlund, dass du daran erstickst – hast du verstanden?«

»Natürlich«, erwiderte Orthmar, während sich alles in ihm empörte. Wie er diesen fetten, dreisten Ork verabscheute!

Orthmar hasste einfach alles an ihm: sein Gebaren, seine großtuerische Art, den bestialischen Gestank, der ihn und seinen Bruder allenthalben umgab wie eine Wolke fauliger Sumpfdämpfe. Zwerge pflegten nach Metall und Erdreich zu riechen, gelegentlich auch nach Kautabak und Bier. Aber der Mief der Unholde war mit nichts zu vergleichen, was Orthmars Knollennase kannte.

Was fanden der König und die Königin nur an ihnen?

Obwohl Orthmar alles daran gesetzt hatte, es ihnen auszureden, waren Corwyn und Alannah nicht davon abzubringen gewesen, die Orks in Sachen Kal Anar zur Hilfe zu rufen. Mit allen Mitteln hatte Orthmar es versucht: mit Argumenten, mit Flehen und Bitten und zuletzt sogar mit diplomatischem Druck durch die Zwergenfürsten – vergeblich. Die beiden waren felsenfest davon überzeugt, dass nur zwei Orks nach Kal Anar gehen und den Auftrag erledigen konnten, so als hätte ihnen jemand dazu geraten.

Aber wer?

Orthmar durchschaute nicht, was in Tirgas Lan vor sich ging. Die Elfin war ihm schon immer ein Rätsel gewesen, und der Kopfgeldjäger konnte sich in Samt und Seide hüllen, wie er wollte, er blieb doch immer nur ein Mensch, und ein höchst verschlagener noch dazu. Was auch immer Alannah und ihn dazu bewogen hatte, die Orks um ihre Unterstützung zu bitten, es war ein Fehler gewesen – ein Fehler, den Orthmar so rasch wie möglich würde gutmachen müssen.

Er konnte es kaum erwarten, die beiden Unholde loszuwerden. Nicht nur, dass sie ihm auf die Nerven gingen mit ihrem albernen Geschwätz – sie waren auch seinen Plänen im Weg. Und Orthmar von Bruchstein mochte es nicht, wenn jemand seine Pläne störte oder sie gar durchkreuzte. Schon andere und wesentlich mächtigere Gegner als zwei hergelaufene Orks hatten das versucht und dafür mit dem Leben bezahlt.

Noch lange waren sie nicht in Kal Anar, und des Orthwins Sohn hatte das unbestimmte Gefühl, dass Rammar und Balbok das Ziel auch nie erreichen würden. Die Reise war lang und voller Gefahren. Allzu leicht konnte eine davon den

Orks zum Verhängnis werden, und dann würde auch der König von Tirgas Lan ihnen nicht mehr beistehen können. Einmal hatten die Unholde Orthmars Pläne zunichte gemacht und ihn um die Früchte all seiner Bemühungen gebracht – ein zweites Mal würde ihnen das nicht gelingen

Dafür hatte der Zwerg vorgesorgt ...

Es war ein wahrer Gewaltmarsch, den die ungleichen Gefährten und insbesondere Rammar nur deswegen bis zum Morgengrauen durchhielten, weil die Erinnerung an den Basilisken ihnen noch immer höchst lebendig vor Augen stand.

Als im Osten der neue Tag heraufdämmerte und lange Schatten über die Ebene von Scaria warf, erreichten sie die Furt über den Nordfluss, auf dessen anderer Seite sich die ersten Ausläufer des Scharfgebirges befanden. Kaum hatten die Gefährten den Fluss überquert, erhob sich vor ihnen schroffer Fels, zwischen dem sich ein schmaler Pfad in engen Windungen emporwand, und je höher es ging, desto steiler wurden die steinernen Wände, die den Pfad säumten; schon bald konnten die Gefährten über sich nur noch einen gezackten Strich Himmel ausmachen, während Orthmar sie immer weiter hinaufführte.

Der Zwerg schien den Weg genau zu kennen. Durch enge Schluchten und über Pfade, die nur das geübte Auge noch finden vermochte, lotste er den Trupp durch die südlichen Ausläufer des Zwergenreichs. Östlich davon erhoben sich die Hügel des Hochlands; dort lagen die Städte Andaril und Sundaril, die einst die Grenze gebildet hatten zwischen dem Machtgebiet der Zwerge und jenem der Menschen.

Balbok hatte sich nie besonders für diese Dinge interessiert. Für Geschichte vermochten sich die Orks nicht zu begeistern, auch nicht für Politik und Diplomatie. Viel zu reden und dabei wenig zu sagen entsprach nicht dem Wesen eines Orks, ebenso wenig wie die Kunst, das eine zu sagen und dabei etwas ganz anderes zu meinen. Orks pflegten ihre Ansichten frei heraus zu äußern – wer damit Probleme hatte, dem brachen sie die Knochen, und gut war die Sache.

Wenn Menschen gegeneinander Kriege führten, dann redeten sie gern von abstrakten Dingen wie Freiheit und Gerechtigkeit, was wohl daran lag, dass sie irgendeinen moralischen Grund brauchten, um einander die Kehlen aufzuschlitzen. Orks waren da weitaus unkomplizierter, fand Balbok. In der Modermark war schlechte Laune Grund genug, jemandem an die Gurgel zu gehen; wenn einem danach war, seine Klinge in Blut zu tauchen, musste man nicht erst einen Anlass dafür suchen.

Balbok hatte auch festgestellt, dass Menschen häufig von Frieden redeten, wenn sie einen Krieg von Zaun brechen wollten – wobei sie dann ebenso erbarmungslos aufeinander einschlugen wie die Orks, wenn die ein wenig Spaß haben wollten.

Die Milchgesichter waren eine seltsame Rasse, die Balbok wohl niemals ganz verstehen würde. Er spielte mit dem Gedanken, Nestor von Taik, der vor ihm in der Kolonne marschierte, mit der Axt zu erschlagen, nur um zu sehen, was dann geschehen würde. Vielleicht würde Gurn seinen Artgenossen rächen wollen und über Balbok herfallen. Nun, nach der eintönigen Latscherei des Tages würde ein kleines Gemetzel eine willkommene Abwechslung sein. Zwar hatten ihm die beiden Milchgesichter das Leben gerettet, aber das war kein Grund, sie nicht umzubringen.

Vielleicht würde sein Bruder Rammar den Spaß nicht verstehen, überlegte Balbok. Der hatte ja manchmal eine seltsame Art von Humor. Vielleicht würde er sich beschweren, dass Balbok einen ihrer Gefährten erschlagen hatte, und wieder loszetern. Deshalb entschloss sich Balbok, dem Menschen vor ihm den Schädel nicht mit der Schneide der Axt zu spalten, sondern selbigen mit dem flachen Axtblatt zu zertrümmern. Wenn Rammar das nicht lustig fand und losschimpfte, konnte er immer noch behaupten, die Axt wäre ihm ausgerutscht und hätte Nestor zufällig den Kopf zerschmettert.

Ja, das war eine prima Idee!

Noch einen kurzen Augenblick zögerte er, dann gab er der Versuchung nach. Er hob die Axt, die er über der Schulter getragen hatte, und ließ sie mit dem flachen Blatt nach unten klatschen, um seinem Vordermann den Schädel einzuschlagen. Da Nestor keinen Helm, sondern nur eine Filzmütze trug, würde das flache Axtblatt sein Menschenhaupt zermatschen und …

»Aua! Hast du jetzt völlig den Verstand verloren, du nichtsnutziger *umbal*?«

Ein heiser keifendes Organ, das keineswegs das des mageren Nestor war, sondern das seines Bruders Rammar, brachte Balbok wieder zu Besinnung. Erschrocken schnappte er nach Luft und riss die Augen auf – und begriff, dass er beim Marschieren eingeschlafen war und geträumt hatte. In Wirklichkeit war es nicht Nestor, der in der Kolonne vor ihm ging, sondern Rammar. Den Hieb mit dem flachen Axtblatt allerdings hatte Balbok nicht geträumt …

»Du hirnloser Madenfresser! Du lausige Erscheinung!«, wetterte Rammar, dessen Kapuze von dem Hieb völlig geplättet war. »Was fällt dir ein?«

»Verzeih, Rammar, ich bin eingeschlafen.«

»Wie oft soll ich dir noch sagen, dass sich ein Ork nicht entschuldigt? Warum nur musste mich Kurul mit einem Bruder wie dir …? Du bist *eingeschlafen*?«, unterbrach sich Rammar selbst, als ihm klar wurde, was sein Bruder gerade gesagt hatte.

Balbok nickte betreten.

»Du kannst schlafen, während du marschierst?«, fragte Rammar fassungslos nach.

Balbok nickte erneut.

»Wie lange geht das schon so?«

»Ich weiß nicht.« Der Hagere zuckte mit den Schultern. »Ich war müde, also tat ich es.«

»Ich war müde, also tat ich es«, äffte Rammar den Tonfall seines Bruders nach. Es war der pure Neid, der ihn so in Rage versetzte, denn er selbst hatte die ganze Nacht über kein Auge zugetan und war zum Umfallen müde. »Was fällt dir ein? Habe ich dir etwa erlaubt, während des Marschierens zu ratzen?«

»*D-douk.*«

»Du kannst von Glück sagen, dass so ein Orkschädel einiges aushält – andernfalls läge ich jetzt mit zerschmettertem Haupt am Boden!«

Über die Züge einiger der Umstehenden huschte ein flüchtiger Ausdruck des Bedauerns, was Rammar allerdings nicht mitbekam. Er war ganz darauf konzentriert, seinen Bruder zu schelten, der tatsächlich ziemlich geknickt schien.

»Halt gefälligst die Augen offen, du verdammter *umbal*«, herrschte Rammar ihn so laut an, dass es von den fast senkrecht aufragenden Wänden der Schlucht widerhallte, »sonst werde ich dir …«

»Still!«, sagte plötzlich jemand.

Es war Gurn der Eisbarbar, der diese Worte hervorgestoßen hatte.

Aller Blicke richteten sich auf ihn, während er den Kopf in den Nacken legte und die Augen zu schmalen Schlitzen verengte. Zudem schien er angestrengt zu lauschen.

»Hast du was gehört?«, erkundigte sich Rammar.

Der Barbar nickte und ließ ein leises Knurren vernehmen. »Gehört – und gesehen …«

»Was? Wo?«

»Schatten – dort oben!«, lautete die knappe Antwort.

Gurn deutete empor zum oberen Rand der schmalen

133

Schlucht, durch die sie gerade marschierten. Sie bildete eine gezackte Linie, als hätten die Kiefer eines riesigen Ungeheuers sie in den Stein gefressen. Die Felswände links und rechts waren so glatt und senkrecht, dass niemand sie erklimmen konnte. Der schmale Strich Himmel über dem Trupp war dicht bewölkt und düster.

Ein eisiger Wind fegte in die schmale Kluft und ließ die Gefährten schaudern. Fast ängstlich starrten sie hinauf zum Rand der Schlucht, konnten jedoch keine Gefahr entdecken.

»Da ist nichts«, gab sich Orthmar überzeugt. »Du musst dich irren, Barbar.«

»Kein Irrtum, Zwerg.« Gurn schüttelte den Kopf.

»Vielleicht waren es ein paar Krähen, die du gesehen hast. Oder ein Adler oder ein Falke oder …«

»Schluss damit!«, beendete Rammar die Diskussion. »Ich will nichts hören von irgendwelchen Schatten. Schauen wir lieber zu, dass wir den verdammten Zwergenstollen erreichen. Als ob wir nicht schon genug Ärger am Hacken hätten!«

Der Gnom lachte wiehernd, während sich Gurns ohnehin nicht eben freundliche Züge noch mehr verfinsterten.

»Schatten«, beharrte er, bevor er sich wieder in Bewegung setzte und weitermarschierte.

Die übrigen Mitglieder des Trupps folgten seinem Beispiel, um Rammars Zorn nicht noch mehr zu erregen – nicht, weil sie ihn fürchteten, sondern weil Rammar ihnen gehörig auf die Nerven ging.

Kibli murmelte wieder leise vor sich hin. Rammar bemerkte es, und da er gerade so richtig in Fahrt war, nahm er sich den Zwerg gleich einmal vor.

»Kannst du nicht das Maul halten wie alle anderen?«, fuhr er ihn an. »Was brabbelst du da die ganze Zeit in deinen Bart?«

Erschrocken blickte der Zwerg auf. »Namen«, antwortete er ein wenig eingeschüchtert.

»Namen? Was für Namen?«

»Was für Namen wohl?«, stichelte Nestor, der hinter dem Zwerg ging und über dessen Mütze hinweggrinste. »Die Namen seiner Mädchen natürlich.«

»Sie bringen mir Glück«, behauptete Kibli versonnen. »Sie haben mich alle geliebt.«

»Moment mal«, sagte Rammar. »Hieß es nicht, du hättest die Weiber scharenweise aus dem Hochland verschleppt und in den Städten der Milchgesichter verkauft?«

»Nicht doch«, widersprach der Zwerg, und ein Grinsen zeigte sich in seinem struppigen Bart. »Sie sind alle freiwillig mit mir gegangen.«

»Aber dann hast du sie gezwungen, ihre Körper zu verkaufen«, sagte Rammar.

»Auch das haben sie aus freien Stücken getan«, versicherte der Zwerg. »Aus Liebe zu mir.«

»Weißt du«, meinte Balbok, »wir Orks verstehen nicht viel von dieser Sache, die ihr Zwerge und Milchgesichter Liebe nennt – aber wenn du so was mit einer Orkin machen würdest, würde sie dir das Herz aus deiner schäbigen kleinen Brust reißen und es auffressen, während es noch schlägt.«

»Und zwar aus reiner Liebe«, fügte Rammar trocken hinzu und schickte seinem Bruder ein breites Grinsen – der Hieb auf den Kopf und der Streit von vorhin waren damit vergessen.

Kiblis Gesicht wurde ein paar Nuancen blasser, das Grinsen verschwand wieder hinter seinem Bart, als hätte man einen Vorhang zugezogen.

Rammar wollte noch etwas hinzufügen, kam aber nicht mehr dazu, denn plötzlich war ein dumpfes Rumpeln zu hören, das von nirgendwo und von überall zugleich zu kommen schien – und im nächsten Augenblick stürzten Felsbrocken auf den Trupp herab!

»Ein Steinschlag!«, rief jemand.

135

»Vorwärts!«, befahl Rammar laut.

»Zurück!«, schrie Balbok aus Leibeskräften.

Polternd und krachend schlugen die Gesteinsbrocken neben den Wanderern auf den Grund der Schlucht. Für eine Flucht war es bereits zu spät. Instinktiv riss Rammar seine kurzen Arme schützend über den Kopf, obwohl dies bei den riesigen schweren Brocken natürlich wenig nutzen würde. Infernalisches Tosen erfüllte die Schlucht, grauer Staub wallte auf, so dicht, dass man die Klaue nicht mehr vor Augen sah.

Der Ork hörte seine Gefährten entsetzt schreien und Balbok eine laute Verwünschung rufen. In dichter Folge hagelten die Felsen in die Schlucht, und Rammar zuckte zusammen, als dicht neben ihm ein großer Steinblock niederkrachte.

Dann … war es vorbei. Hier und dort klickerten noch ein paar Steinchen, und allmählich lichtete sich auch der Staub.

Hustend und fluchend raffte sich Rammar, der an die Felswand gekauert zu Boden gesunken war, wieder auf. Mit unbeholfenen Bewegungen klopfte er den Staub von seinem Umhang und aus seinem falschen Bart und schaute sich um. Er sah, wie sich auch seine Gefährten rührten, und hörte ihr leises Stöhnen.

»Balbok?«, rief Rammar besorgt. »Bist du verletzt?«

»Ich bin hier!«, kam es zurück, doch Rammar konnte nicht ausmachen, aus welcher Richtung die Antwort sein Ohr erreichte.

»Und? Noch alle Knochen beisammen?«, rief er.

»I-ich denke schon …«

»Hirnloser *umbal*!«, wetterte Rammar auf einmal. »Worauf wartest du dann noch? Komm sofort her und sieh zu, dass du mir hilfst. Wir müssen …«

Er verstummte, weil er sah, dass unter dem Felsblock, der unmittelbar neben ihm niedergegangen war, etwas hervorlugte. Es war der Zipfel einer Zwergenmütze, deren Besitzer unter dem großen Stein zermalmt worden war. An der Farbe erkannte Rammar, dass es Kiblis Mütze war – der Zwerg hatte kurz vor dem Steinschlag genau neben ihm gestanden …

»Da waren's nur noch fünf«, bemerkte Balbok trocken, der plötzlich neben Rammar aufgetaucht war.

»Sechs«, verbesserte Nestor, der sich ebenfalls zu Rammar gesellte.

»Hört mit der saudummen Zählerei auf!«, fuhr der dicke Ork die beiden an. »Nicht viel hätte gefehlt, und der Felsen hätte statt des dämlichen Zwergs mich getroffen. Wie hättet ihr dagestehen ohne mich als Anführer – könnt ihr mir das verraten?«

Sowohl Balbok als auch Nestor zogen es vor, darauf nicht zu antworten, sondern schauten sich nach ihren anderen Gefährten um. Der Gnom hatte sich auf Grund seiner schmächtigen Postur in eine Felsspalte zwängen können, wo er den Steinschlag unbeschadet überstanden hatte, während Orthmar von Bruchstein ein Stück vorausgegangen und deshalb nicht in unmittelbarer Gefahr gewesen war. Gurn der Barbar war von einem kantigen Stein an der Schläfe getroffen worden. Er blutete heftig, und an seinen rollenden Augen war zu erkennen, dass er ziemlich angeschlagen war.

Nachdem sie alle ihre Knochen sortiert und den Staub von ihrer Kleidung geklopft hatten, wurde es Zeit für eine Bestandsaufnahme, und Rammar wurde klar, dass sie mehr Glück als Verstand gehabt hatten. Zwar war die schmale Schlucht übersät von Gesteinsbrocken, aber abgesehen von wenigen leichten Blessuren hatte es nur Kibli erwischt, und dieser Verlust war zu verschmerzen. Außerdem war der Zwerg ein übler Zuhälter gewesen, und derartige Geschäfte gingen sogar einem Ork gegen den Strich.

Dennoch hatte Rammar eine Stinkwut im Bauch, denn

der Fels hatte ihn selbst nur knapp verfehlt, und ein übler Verdacht keimte in ihm auf …

»Von Bruchstein!«, herrschte er ihren Führer an. »Was, bei Torgas stinkenden Eingeweiden, war das?«

»Was soll das schon gewesen sein?«, erwiderte der Zwerg und zuckte mit den breiten Schultern. »Ein Steinschlag natürlich. Damit muss man im Gebirge rechnen.«

»So, damit muss man also rechnen!«, schnaubte Rammar. »Und warum hat es uns dann völlig unvorbereitet erwischt?«

»Weil ihr das Scharfgebirge nicht kennt und hier fremd seid«, erklärte Orthmar kaltschnäuzig.

»Mit Verlaub, der gute Kibli war hier zu Hause«, wandte Nestor ein, »aber der Steinschlag hat auch ihn ziemlich überrascht. Der Gute ist – wie heißt es so schön? – völlig platt.«

»Für einen Menschen bist du ziemlich zynisch«, lobte ihn Rammar mit breitem Grinsen.

Der Attentäter grinste zurück und erwiderte: »Liegt am Beruf.«

»Der gute Kibli stand eben zur falschen Zeit am falschen Fleck«, erklärte Orthmar unbeholfen. »Es war ein … ein Unfall.«

»Was du nicht sagst.« Rammar reckte angriffslustig die Schnauze vor. »Ich frage mich nur, warum ausgerechnet du nicht eine einzige Schramme abbekommen hast, während wir alle nur knapp an Kuruls Grube vorbeigetorkelt sind.«

»Ich hatte eben Glück«, erklärte der Zwerg und zuckte erneut mit den Schultern.

»Glück«, murmelte Rammar. »So kann man es auch nennen.«

»Was willst du damit sagen?«

»Dass will ich dir verraten, Zwerg«, sagte Rammar, und seine Stimme nahm einen gefährlichen Unterton an. »Ich will damit sagen, dass dieser Felsen hier« – er deutete auf den mächtigen, tonnenschweren Steinblock, der Kibli zum Verhängnis geworden war – »in Wahrheit *mir* gegolten hat!«

»Sei nicht albern«, entgegnete Orthmar. »Wer sollte es auf dich abgesehen haben?«

»Du zum Beispiel. Es passt dir nicht, dass Balbok und ich diesen Trupp befehligen, richtig?«

»Das stimmt«, gab der Zwerg unumwunden zu. »Aber von hier unten aus kann ich wohl keinen Steinschlag ausgelöst haben, oder?«

»Du nicht«, knurrte Rammar und nickte. »Aber der Barbar will vorhin dort oben Schatten gesehen haben, und du warst es, der so vehement dagegensprach!«

»Ich? *Du* hast ihm doch auch nicht geglaubt!«

»Vorhin nicht«, gestand Rammar. »Aber jetzt glaube ich ihm. Weißt du was, Hutzelbart? Ich denke, dass dort oben Kumpane von dir lauern. Gedungene Mörder, die den Auftrag hatten, mir dieses Ding auf den *koum* fallen zu lassen.«

»So ein Unsinn!« Das Wenige, das der prächtige Bart von Orthmars Gesicht sehen ließ, zerknitterte sich zu einem Unschuldslächeln, das allerdings nicht sehr aufrichtig wirkte. »Ich gebe zu, ich habe mich geärgert, dass König Corwyn euch und nicht mir die Befehlsgewalt über die Mission übertragen hat, aber ich würde deswegen niemanden hinterrücks umbringen oder ermorden lassen. Nicht mal einen Ork.«

»Warum nur glaube ich dir nicht?«, fragte Rammar, der den Zwerg aus zu schmalen Schlitzen verkniffenen Augen taxierte. Balbok stand an seiner Seite, die Axt in den Klauen, und blickte nicht weniger finster drein als sein dicker Bruder.

»Ich weiß nicht, warum du mir nicht glaubst«, verteidigte sich Orthmar. »Vielleicht, weil du nur das siehst, was du sehen willst.«

»Oder aber weil ich dich gut genug kenne, um zu wissen,

dass du ein hinterhältiger und mieser *bruchgor* bist! Ich habe nicht vergessen, was du meinem Bruder und mir einst antun wolltest.«

»Das ist lange her«, gab Orthmar zu bedenken.

»So lange nun auch wieder nicht. Und wie sagt ein altes Sprichwort bei uns Orks? *Anur murruchg, komhal murruchg* – einmal eine Made, immer eine Made.«

»Du nennst mich eine Made?«, brauste Orthmar auf.

Rammar fletschte angriffslustig die Zähne. »Wie sonst?«

»Das wirst du bereuen!« Der Zwerg griff zur Axt, deren kurzer Stiel in seinem breiten Gürtel steckte. »Sieht so aus, als müsste ich dir Manieren beibringen!«

»Versuch's doch!«, sprang Balbok seinem Bruder bei. »Wenn du ihm auch nur eine Borste knickst, fresse ich dich mit Haut und Bart. Ich habe schon lange kein Zwergenfleisch mehr gekostet!« Und drohend fügte er hinzu: »Ich bevorzuge es schön blutig!«

»Natürlich, ich hätte es wissen müssen – die unzertrennlichen Brüder«, spottete Orthmar, der allerdings einsah, dass er gegen die beiden Orks den Kürzeren ziehen würde. »Die ganze Zeit über streitet ihr euch wie das letzte Bettlerpack, aber wenn es hart auf hart kommt, dann haltet ihr zusammen.«

»Was sonst?«, entgegnete Rammar mit breitem Grinsen. »Schwarzes Blut ist nun mal dicker als rotes.«

»Mal schauen, ob es auch so herrlich spritzt«, konterte der Zwerg und wandte sich dann an Gurn, Nestor und den Gnom, die den Streit wortlos verfolgt hatten. »Was ist mit euch? Glaubt ihr auch, dass ich den fetten Ork umbringen wollte?«

»Ehrlich gesagt, mich kümmert das einen Dreck«, antwortete Nestor gelangweilt. »Aber ich wäre euch dankbar, wenn ihr euren Disput rasch beilegen würdet, damit wir weiterkönnen.«

»Keine Sorge«, beschwichtigte Rammar. »Die Sache wird nur einige Augenblicke in Anspruch nehmen.«

»Und dann?«, fragte Nestor.

»Haben wir ein Lästermaul weniger in unseren Reihen.«

»Aber auch einen Kämpfer weniger, wenn es hart auf hart kommt«, wandte der Attentäter ein.

»Der Kerl hat versucht, mich in Kuruls Grube zu stoßen!«, brauste Rammar erneut auf.

»Dafür gibt es keinen Beweis. Zudem ist der Zwerg der Einzige, der die geheimen Stollen kennt«, gab Nestor zu bedenken. »Ohne ihn sind wir den Basilisken ausgeliefert, das solltest du nicht vergessen.«

Die Basilisken!

In seiner Wut hatte Rammar die geflügelten Schlangen fast vergessen. Der Gedanke an sie dämpfte seinen Zorn auf den Zwerg erheblich.

»Also schön«, knurrte er, und indem er so tat, als kostete es ihn große Überwindung, ließ er seinen *saparak* sinken. »Ich lasse dich am Leben, Zwerg. Aber ich werde dich haarscharf beobachten, und wenn du auch nur einen schiefen Blick in meine Richtung wirfst, wickle ich deine Eingeweide um diesen Speer hier, hast du verstanden?«

»Völlig«, versicherte Orthmar.

»Ich werde von jetzt an genau einen Schritt hinter dir bleiben. Sollte es noch mal einen Steinschlag geben und werde ich von einem Felsblock erschlagen, dann stirbst du mit mir.«

»Bezaubernde Vorstellung.« Der Zwerg schnitt eine Grimasse unter seinem Bart. Dann ließ auch er die Waffe sinken und steckte die Axt wieder in den Gürtel.

»Was denn?«, fragte Balbok wenig begeistert. »Kein blutiges Zwergenfleisch?«

»Nicht heute«, erwiderte Rammar.

141

8.

KRUTOR'HAI UR'DORASH

Sie folgten den Felspfaden noch eine Weile, dann stießen sie tatsächlich auf den Einstieg in einen Stollen.

Wer nicht wusste, dass sich unter den dichten Flechten, die die Felswand überwucherten, ein verborgener Eingang befand, der hätte ihn nie gefunden. Unter Orthmar von Bruchsteins Führung jedoch betraten die Orks und ihre Begleiter den dunklen Gang. Aus ihren Rucksäcken holten sie in Talg getunkte Fackeln hervor, die sie entzündeten und deren flackernder Schein die Finsternis vertrieb – allerdings nur wenige Schritte weit; jenseits davon herrschte abgründige Schwärze, in der alles Mögliche lauern mochte. Dennoch wurde Rammar wieder misstrauisch, als Orthmar vollmundig ankündigte, vorausgehen zu wollen.

»Warum gerade du?«, fragte er den Zwerg.

»Weil ich den Weg kenne.«

»Der Stollen ist gerade zwei Mann breit. Viel Platz, sich zu verlaufen, ist da nicht.«

»Trotzdem würde ich gern an der Spitze marschieren, wenn du gestattest.«

»Wozu? Um uns in eine Falle zu führen?«, fragte Rammar. »Um den Stollen hinter dir einstürzen zu lassen und uns alle darunter zu begraben?«

»Du traust mir noch immer nicht«, sagte Orthmar mürrisch. »Obwohl ich mein Wort gehalten und euch unbeschadet hierher gebracht habe.«

»Ork recht«, knurrte Gurn. »Du hinter uns gehen, damit wir sicher.«

»Vielleicht ist es ja genau das, was der Zwerg will«, wandte Nestor ein. »Möglicherweise will er ja, dass wir ihn am Ende des Zuges marschieren lassen, weil etwas im Tunnel lauert, das uns mit Haut und Haaren verschlingt, sobald wir ihn betreten.«

»Unsinn!« Orthmar schüttelte den Kopf und schaute dann eindringlich von einem zum anderen. »Warum sollte ich so etwas tun?«

Balbok ließ ein unwilliges Knurren vernehmen. Er begriff nicht, wie Nestor das meinte. Orthmar bestand darauf, am Anfang des Zuges zu gehen, weil er in Wirklichkeit an dessen Ende marschieren wollte? Ein Trick sollte das sein, eine Falle? Für Balbok war das zu verworren, und es erschien ihm irgendwie auch widersinnig …

»Ich hab's«, verkündete er in einem plötzlichen Geistesblitz. »Wir könnten den Zwerg doch einfach in der Mitte teilen. Dann marschiert ein Teil von ihm am Anfang des Zuges und ein anderer am Ende, und wir sind auf jeden Fall sicher. Und außerdem gibt's nach dem Marsch noch für jeden einen anständigen Happen Zwergenfleisch zwischen die Zähne, und wir …«

Balbok hatte immer leiser und langsamer gesprochen, je mehr sich Rammars Brauen zusammenzogen. Schließlich – die Augen seines Bruders waren zu schmalen lodernden Schlitzen geworden – verstummte er ganz.

»Dich sollte man erschlagen«, brummte Rammar, »und zwar zusammen mit dem Zwerg. Wir werden es anders machen: Der Zwerg marschiert vor mir her, und sollte mir auch nur der geringste Verdacht kommen, dass er uns in eine Falle führt, spieße ich ihn auf!«

Orthmar seufzte. »Nun gut …«

»Worauf warten wir dann noch? Beweg dich gefälligst, du hinterhältiger kleiner *shnorsher*!«

Rammar stieß dem Zwerg das stumpfe Ende des *saparak* in den Rücken, worauf dieser den Stollen betrat. Der Ork folgte ihm auf dem Fuß, nach ihm kamen Gurn, Nestor und der Gnom, und den Schluss der kleinen Kolonne bildete Balbok, der die Schnauze vorgestreckt hatte und unentwegt schnupperte. Abgesehen vom sauren Duft der Tiefe konnte er jedoch nur den erdigen Schweiß derer riechen, die den Gang vor langer Zeit gegraben hatten.

Rammar, dessen Geruchssinn bei weitem nicht so ausgeprägt war wie der seines Bruders, nahm davon nichts wahr. Dennoch wurde auch er nach wenigen Schritten daran erinnert, wer die Erbauer dieses Stollens gewesen waren. Da er selbst keine Fackel trug – eine solch niedere Arbeit überließ er lieber den anderen –, konnte der dicke Ork nicht genau sehen, was auf ihn zukam. Mit angestrengt verengten Augen blickte er in das Halbdunkel und konnte plötzlich nicht mehr erkennen als abgründige Schwärze – gegen die er im nächsten Augenblick mit voller Wucht prallte.

Es knirschte dumpf, als Rammar gegen massiven Fels stieß, der ihm urplötzlich den Weg versperrte!

Der dicke Ork verfiel in böse Verwünschungen, während er seine Schnauze befühlte, um zu prüfen, ob sie gebrochen war. Im Licht der Fackeln sahen seine Begleiter, was geschehen war, und der Gnom ließ einmal mehr sein schadenfrohes Gelächter hören.

Das Gewölbe, das sie als Erstes durchquert hatten, war nicht der Stollen selbst, sondern lediglich eine Art Vorraum vor dem eigentlichen Gang. Dieser war gerade so hoch, dass ein durchschnittlicher Zwerg aufrecht darin stehen konnte, während der ahnungslose Rammar mit dem Gesicht gegen den Fels oberhalb des Stollens gelaufen war, wo geschickte Hände vor langer Zeit das bärtige Antlitz eines Zwergs eingemeißelt hatten.

Als jemand mit einer Fackel leuchtete, hatte Rammar den

145

Eindruck, dass sich der steinerne Hutzelbart über ihn lustig machte, denn in seinem Bart war eindeutig ein listiges Grinsen zu sehen. Der Ork ballte die Rechte zur Faust und drosch kurzerhand auf das Bildnis ein. Das einzige Ergebnis war jedoch, dass ihm außer seiner Schnauze auch noch die Klaue wehtat und er sich erneut in wüsten Flüchen erging.

»Was ist jetzt?«, fragte Orthmar von Bruchstein ungeduldig aus dem Stollen. »Können wir endlich losgehen?« Hätte er anständig mit der Fackel geleuchtet, wäre Rammar nicht gegen den Fels gelaufen. Wahrscheinlich hatte Orthmar dies mit Absicht getan.

»Na warte«, murmelte Rammar, »das wirst du mir noch büßen …«

Am liebsten hätte er den Zwerg für seine Frechheit an Ort und Stelle erschlagen, aber er beherrschte sich. Nestor hatte recht, wenn er sagte, dass sie von Bruchstein brauchten.

Noch.

Wenn sie ihr Ziel erst erreicht hatten und der Zwerg seine Schuldigkeit getan hatte, würde sich Rammar seiner entledigen.

Während er sich stöhnend auf alle viere niederließ und in den Stollen kroch, der gerade breit genug war für Rammars Leibesfülle, da fielen dem Ork auch schon die ersten möglichen Todesarten für Orthmar ein – eine qualvoller als die andere …

Der Marsch durch den Stollen war beschwerlich, und das nicht nur, weil der Weg weit war, sondern auch, weil ihn die meisten der Gefährten auf Klauen (beziehungsweise Händen) und Knien zurücklegen mussten.

Nur Orthmar, der dem Trupp vorausging, und der Gnom konnten den Stollen auf zwei Beinen passieren. Entsprechend zäh gestaltete sich das Vorankommen. Gurn der Eisbarbar und Balbok mussten an einigen Stellen gar bäuchlings durch die dunkle Röhre kriechen, und Rammar geriet ein paar Mal ins Schwitzen, weil er stecken blieb und die anderen ihn dann vorwärts schieben mussten, wobei ihm irgendwer – keiner wollte anschließend zugeben, wer es gewesen war – versehentlich mit der Fackel den *asar* verbrannte.

Nur einmal gab es eine Möglichkeit für Menschen und Orks, sich aufzurichten – als der Tunnel in eine Höhle mündete, die teils natürlichen Ursprungs, teils von Zwergenhand geformt war und einen Ziehbrunnen beherbergte.

Die Orks und ihre Gefährten schöpften Wasser aus der Zisterne und erfrischten sich, und Rammar beschloss, eine längere Rast einzulegen.

»Wir werden hier unser Lager aufschlagen«, verkündete er kurzerhand. »Für heute habe ich die Schnauze voll, wie ein Wurm durch die Dunkelheit zu kriechen.«

»Hier zu bleiben wäre nicht klug«, wandte Orthmar von Bruchstein ein.

»Wer hat dich denn gefragt?«

»Niemand«, gab der Zwerg zu, »aber ihr *solltet* mich fragen. Sonst beschwert ihr euch nachher wieder, ich hätte euch nicht gewarnt.«

»Gewarnt? Wovor?«

»Vor den Gefahren der Tiefe«, erklärte Orthmar. »Sinterwürmer und Höhlenegel lauern hier überall. Normalerweise saugen sie das Salz, das sie zum Leben brauchen, aus den Felsen – aber wenn sie Blut riechen, geben sie sich auch damit zufrieden.«

»Was du nicht sagst.« Rammar schnaubte laut. »Glaubst du, ich fürchte mich vor ein paar Egeln?« Er streckte die Klaue aus und ballte sie demonstrativ zur Faust. »Solches Viechzeug pflege ich zu zerquetschen – merk dir das!«

»Wie du meinst.« Orthmar zuckte mit den Schultern. »Dann bleiben wir eben hier – du bist schließlich der Anführer.«

Niemand widersprach, und so schlugen sie ihr Nachtlager auf. Auf dem nackten Steinboden der Höhle entrollten sie ihre Decken und verzehrten eine weitere Ration ihres Proviants. Sogar ein kleines Lagerfeuer konnten sie entfachen, da Balboks Vorrat an getrocknetem Orkdung noch nicht aufgebraucht war und der beständige Luftzug im Stollen dafür sorgte, dass der Rauch abzog. So konnten sie die Fackeln, die sie bei sich führten, sparen und saßen um das Feuer, das flackernde Schatten auf ihre Gesichter warf: zwei Orks, zwei Menschen, ein Zwerg und ein Gnom. Während Gurn wieder mal die Schneide seines Zweihänders schärfte, der ihm beim Kriechen durch den Gang hinderlich gewesen war, begnügten sich die anderen damit, gedankenverloren in die Flammen zu starren. Bis Nestor von Taik schließlich das Schweigen brach.

»Wie steht's?«, erkundigte er sich mit listig funkelnden Augen und zauberte unter seinem Umhang einen ledernen Becher hervor. »Sind Orks eigentlich Spieler?«

»Natürlich«, erwiderte Rammar grinsend. »Aber Menschen überleben es meist nicht, wenn wir mit ihnen spielen.«

»Das stimmt«, bestätigte Balbok und begann aufzuzählen: »Da gibt es Knochenbrechen, Kieferrenken, Magenfüllen und …«

»Und das?«, fragte Nestor und drehte den Becher um. Würfel purzelten heraus und klickerten über den Boden. »Kennt ihr das auch?«

»Klar«, versicherte Balbok. »Allerdings sehen die Dinger bei uns ein bisschen anders aus und werden aus Knochen geschnitzt.«

»Hättest du Lust auf ein Spiel?«

»Warum nicht?« Balbok nickte.

»Sei vorsichtig«, mahnte ihn sein Bruder. »Wenn ein Mensch zu Würfeln greift, will er dich betrügen.«

»Aber nicht doch.« Nestor schüttelte den Kopf. »Ihr miss-versteht meine Absichten. Nur ein kleines Wettwürfeln un-ter Freunden. Wer die höhere Zahl würfelt, gewinnt.«

»Das ist alles?«, fragte Balbok.

»Das ist alles.« Nestor steckte die Würfel in den Becher und reichte diesen dem Ork. »Du fängst an.«

Balbok nahm den Becher entgegen, und indem er eine Klaue auf die Öffnung presste, schüttelte er ihn, als wollte er die Würfel darin pulverisieren. Dann klatschte er den Becher auf den Boden und blickte Beifall heischend in die Runde, ehe er ihn anhob.

Jeder der Würfel zeigte genau ein Auge.

»Fünf«, zählte Nestor zusammen. »Jämmerlich.«

Balbok machte ein einfältiges Gesicht und warf einen Blick in den Becher, als könnte er nicht glauben, dass das schon alles gewesen war. Nestor nahm ihm das Ding aus der Hand und würfelte seinerseits – sein Wurf brachte satte dreiundzwanzig.

»Wie überraschend«, kommentierte Rammar bissig.

Nestor ging nicht darauf ein. »Tja, mein guter Ork«, meinte er. »Sieht so aus, als hätte ich gewonnen. Da wirst du wohl beizeiten deine Spielschuld einlösen müssen.«

»Spielschuld?« Balbok machte große Augen. »Was ist das?«

»Der Preis, den du zahlen musst, weil ich gegen dich ge-wonnen habe«, erklärte Nestor. »Gib mir etwas aus deinem Besitz. Aber es muss etwas Wertvolles sein. Spielschulden sind Ehrenschulden, mein Lieber.«

»A-aber ich habe nichts«, entgegnete Balbok völlig ver-wirrt, und das war nicht einmal gelogen. Denn nach der Re-volte der *faihok'hai* und der Flucht aus der Modermark war den beiden Brüdern tatsächlich nur das geblieben, was sie am Leib trugen.

»Deine Axt könntest du mir geben«, schlug Nestor vor.

»Dann hätte ich nichts mehr, um mich zu verteidigen«, wandte Balbok ein. »Außerdem ist sie viel zu schwer für dich.«

»Das ist wahr.« Nestor tat so, als würde er angestrengt nachdenken, dabei hatte für ihn der Einsatz des Spiels von vornherein festgestanden. »Wie wäre es stattdessen mit einer Blutschuld?«, fragte er unvermittelt.

»Einer Blutschuld?«

»Bei uns Menschen gibt es das ungeschriebene Gesetz, dass jemand, dessen Leben gerettet wurde, bei seinem Retter in der Schuld steht – und zwar so lange, bis er seinem Retter ebenfalls das Leben gerettet hat.«

»Ein idiotisches Gesetz«, stellte Rammar fest, noch ehe Balbok etwas erwidern konnte. »Orks würden so etwas nie tun. Das Leben eines anderen Orks zu retten, ist das dämlichste, was man tun kann – schließlich weiß man nie, ob er einem hinterher nicht den Schädel einschlägt.«

»Vielleicht«, räumte Nestor ein, »aber unter uns Menschen hat das Gesetz Gültigkeit, und da du mit einem Menschen gespielt hast, Balbok, gilt es auch für dich.«

»Echt?« Balbok musste schlucken.

»Ich habe dir gleich gesagt, dass du dich nicht mit einem Menschen einlassen sollst«, wetterte Rammar. »Dieses hinterhältige Milchgesicht stinkt fünfzig *knum'hai* gegen den Wind nach Betrug und Täuschung! Aber du musstest ja unbedingt …«

»Spielschulden sind Ehrenschulden«, beharrte Nestor. »Von nun an ist es so, als ob ich dir das Leben gerettet hätte, Balbok. Und sollte ich je in Gefahr geraten, musst du im Gegenzug mein Leben retten.«

»Schwachsinn!«, zischte Rammar und wandte sich ab.

Balbok hingegen nahm seine Spielschuld ernst. Nestor hatte ihn an der Ehre gepackt, und obwohl Orks so etwas wie Ehre dem Bekunden nach nicht kannten, wollte der hagere

Ork beweisen, dass auch seinesgleichen Anstand hatte – auch wenn Orks darunter etwas ganz anderes verstanden als Menschen …

»Genug gequatscht«, entschied Rammar. »Ich will jetzt schlafen, also haltet gefälligst die Klappe! Balbok – du hast die erste Wachschicht!«

»Ich? Wieso ausgerechnet ich?« Balbok schüttelte unwillig den Kopf. »Ich bin müde. Der Zwerg soll Wache halten.« Er deutete auf Orthmar, der schweigend am Feuer saß.

»Du willst mein Leben in die Hände eines Hutzelbarts legen, der mich zudem noch um ein Haar ermordet hätte?« Rammar bedachte seinen Bruder mit einem scharfen Blick. »Sei froh, dass Kurul dich hier unten tief in der Erde nicht finden kann, sonst würde er dich auf der Stelle mit einem Blitz erschlagen für diese Dummheit.«

»Aber ich …«

»Und wenn du nicht augenblicklich Ruhe gibst, wirst du *von mir* erschlagen!«, fügte Rammar energisch hinzu. Damit legte er sich hin und drehte sich um – und schon im nächsten Moment kündete ein lautes Schnarchen davon, dass der dicke Ork eingeschlafen war.

Die übrigen Kämpfer folgten seinem Beispiel und legten sich ebenfalls aufs Ohr. Erschöpft vom langen Marsch und den anderen Strapazen des Tages verabschiedeten auch sie sich augenblicklich ins Reich der Träume. Nur der Zwerg und der schmale Ork blieben am Feuer sitzen.

Balbok saß ihm gegenüber, mit dem Rücken zum Brunnen und die Axt quer über den Knien. Dass sie einander anstarrten und dabei kein Wort sprachen, störte den Ork nicht weiter. Er war ohnehin kein großer Redner, und sich in der Sprache der Menschen zu unterhalten, kostete ihn ziemliche Mühe. Er begann bereits damit, Wörter der beiden Sprachen durcheinanderzubringen. Wahrscheinlich, so sagte er sich, würden ihn irgendwann weder die Menschen noch die Orks verstehen …

»Müde?«, fragte ihn der Zwerg plötzlich.

Balbok zuckte mit den Schultern. »Es geht.«

»Wenn du willst, kannst du dich hinlegen und schlafen. Ich werde Wache halten.«

»*Douk*.« Balbok schüttelte den Kopf. »Rammar würde mir den *asar* aufreißen, wenn ich das täte.«

»Er braucht es ja nicht zu erfahren. Ich wecke dich, bevor er aufwacht.«

Balboks Augen verengten sich zu schmalen Schlitzen. »Sag mal«, fragte er, »für wie dämlich hältst du mich eigentlich? Ihr glaubt wohl, mit Balbok könnt ihr alles machen. Zuerst der Mensch und seine blöden Spiele, jetzt du mit deinem dämlichen Geschwätz. Aber lass dir gesagt sein, dass Balbok der Brutale nicht auf so etwas hereinfällt. Ich werde hier sitzen bleiben und Wache halten, und wenn dir das nicht passt, kannst du von mir aus …«

Er unterbrach sich, weil sich Orthmars Gesichtsausdruck während seiner Worte immer mehr verändert hatte. Die Augen des Zwergs hatten sich geweitet, sein Mund war zu einem lautlosen Schrei geöffnet.

»Mir kannst du nichts vormachen«, stellte Balbok klar. »Glaubst du, ich falle auf jeden Blödsinn herein? Lass dich von meinem Namen nicht täuschen, Zwerg – selbst ein dummer Ork ist noch tausendmal schlauer als einer von euch.«

Orthmar erwiderte nichts darauf. Stattdessen starrte er immer noch mit weit aufgerissenen Augen auf Balbok, der sich darüber schrecklich ärgerte.

»Was glotzt du denn so, *umbal*?«, fuhr er den Zwerg an. Er bediente sich nicht nur Rammars Wortwahl, sondern versuchte auch dessen Tonfall nachzuahmen, denn beides machte auf ihn selbst immer großen Eindruck. »Wenn du nicht auf der Stelle damit aufhörst, mich anzustarren, mache ich dich mit meiner Axt bekannt und …«

Orthmar reagierte nicht. Weder machte er den Mund zu, noch unterließ er sein stieres Starren, sodass Balbok sich genötigt sah, seine Ankündigung wahr zu machen. Schon wollte er sich erheben – als er spürte, wie sich etwas von hinten auf seine Schulter legte.

Etwas, das kalt war und feucht – und das sich bewegte …

Balbok erstarrte.

Ganz langsam wandte er den Kopf – und zu seinem blanken Entsetzen sah er, wie sich zwei weißliche Fühler über seine linke Schulter schoben und suchend umhertasteten. Und als wäre das noch nicht genug, folgte den Fühlern das faustgroße weißliche Haupt einer schleimigen Kreatur, die weder Augen noch Ohren hatte, dafür aber ein zähnestarrendes kreisrundes Maul.

Balbok reagierte mit den Instinkten eines Ork – seine geballte Klaue schlug zu, noch ehe er einen klaren Gedanken fassen konnte. Sie traf die Kreatur mit aller Wucht – und zermatschte sie!

Es gab ein hässlich schmatzendes Geräusch, und Balbok merkte, wie das Ding seinen Rücken hinabrutschte, den es gerade erst hinaufgekrochen war. Angewidert wandte sich der Ork um – und begriff, dass Orthmar von Bruchsteins stierer Blick keineswegs ihm gegolten hatte …

Balbok traute seinen Augen nicht.

Aus dem offenen Brunnenschacht kamen noch mehr Kreaturen gekrochen, die weder Arme noch Beine hatten und riesigen fetten Würmern glichen. Ihre Fühler zuckten unentwegt hin und her, und mit jedem Augenblick, der verstrich, quollen mehr von ihnen aus der Tiefe. Erschrocken stellte Balbok fest, dass das Ding, das er erledigt hatte, ein besonders kleines Exemplar gewesen war – die übrigen Viecher, die dort aus dem Brunnen drangen, hatten die Größe

153

eines ausgewachsenen Orks und waren schätzungsweise ebenso schwer – und sie krochen geradewegs auf die schlafenden Kameraden zu.

»*Shnorsh*, was ist das?«, rief Balbok entsetzt.

»Frag nicht so blöd!«, entgegnete Orthmar von Bruchstein mit kreischender Stimme. »Das sind Höhlenegel – und sie haben es auf unser Blut abgesehen …!«

Rammar schlief den Schlaf der Ungerechten.

Während des zurückliegenden Tages hatte er seine Untergebenen beschimpft, beleidigt und schikaniert – mit anderen Worten: Er hatte all das getan, was nach Ansicht eines Orks einen guten Anführer auszeichnete. Zufrieden mit sich selbst war er eingeschlafen, und auf Grund der überstandenen Strapazen war sein Schlaf so tief, dass er auch dann nicht erwachte, als die Stille in dem alten Gewölbe längst von lautem Geschrei vertrieben worden war.

Rammar träumte.

Der dicke Ork wähnte sich weit entfernt in der Modermark, wo er als mächtiger Häuptling nicht nur über den *bolboug* herrschte, sondern über alle Orks in *sochgal*. Entsprechend groß war die Ehrerbietung, die man ihm entgegenbrachte, insbesondere von Seiten des anderen Geschlechts.

Eine üppig gewachsene Orkin, die sich die Rüstung vom Körper gerissen hatte und nur noch ein paar mottenzerfressene Fetzen am Leib trug, machte sich gerade über ihn her. Langsam kroch sie an ihm empor, dabei leise lechzend und ihn mit lustvollen Blicken taxierend.

Rammar verdrehte die Augen und verfiel in heiseres Stöhnen, während sie sich auf ihn wälzte und mit ihrer *tounga* seinen Hals zu bearbeiten begann.

»Komm, komm nur …«

Er spürte ihr beträchtliches Gewicht, fühlte ihr hemmungsloses Verlangen. Sie befühlte sein Gesicht, und zu seiner Überraschung stellte Rammar fest, dass ihre Klaue nicht hart und schwielig war, wie es hätte sein sollen, sondern kalt und schleimig.

Er stutzte, doch schon im nächsten Moment machte sich das Weib wieder an seinem Hals zu schaffen, woraufhin sich der Ork wieder stöhnend zurückgleiten ließ und einfach nur genoss – bis ihn etwas in den Hals biss!

Dutzende kleiner Zähne durchbohrten seine Haut, gruben sich in eine Schlagader – und Rammar schreckte aus dem Schlaf.

Das Erste, was er wahrnahm, war bestialischer Gestank.

Dann registrierte er den Lärm und das Geschrei ringsum.

Und als er die Augen aufriss, sah er, dass es keineswegs eine paarungswillige Orkin war, die auf ihm lag, sondern eine wabernde, weißliche Masse, die zu Rammars Entsetzen auch noch Fühler und ein mörderisches Maul hatte, aus dem schwarzes Blut rann.

Sein Blut …

Ein gellender Schrei entrang sich seiner Kehle, und er wollte aufspringen – das Gewicht der grässlichen Kreatur jedoch hielt ihn am Boden. In heilloser Panik ballte Rammar die Fäuste und schlug auf das Ding ein, aber seine Hiebe zeigten keine Wirkung.

Dafür kam das Maul wieder heran. Rüsselförmig stülpte es sich nach außen und wollte sich erneut an seinem Blut gütlich tun.

Mit einem lauten Schrei und getrieben von der Kraft der Verzweiflung gelang es Rammar, sich herumzuwälzen, sodass er auf der Kreatur zu liegen kam, deren weiche Formen unter seinem Gewicht nachgaben. Indem er panisch umhertastete, bekam Rammar den Schaft seines *saparak* zu fassen, den er neben seiner Schlafstatt liegen hatte, und ohne lange zu überlegen, stach der Ork mit der Waffe zu.

Die Haut der Kreatur platzte, und ihre glibberigen Innereien spritzten nach allen Seiten.

Unter wüsten Verwünschungen raffte sich Rammar auf und schaute sich im flackernden Schein des Lagerfeuers um. Auch seine Gefährten hatten alle Klauen damit zu tun, sich die riesigen glitschigen Blutsauger vom Leib zu halten.

Gleich zwei von ihnen hatten sich an den Beinen Gurns festgesogen, der in wütendes Gebrüll verfallen war und mit bloßen Fäusten auf sie einschlug, nachdem sich gezeigt hatte, dass sein Zweihänder mit der langen Klinge in der niederen Höhle eher hinderlich denn nützlich war. Nestor von Taik lag am Boden und war nicht viel besser dran als Rammar vor einigen Augenblicken – ein riesiger Egel hatte sich auf ihn gewälzt, um ihn auszusaugen, aber der Mensch wehrte sich, indem er mit zweien seiner Wurfmesser auf das Tier einstach. Auch der Gnom entledigte sich eines Angreifers, indem er ihn zunächst mit dem Säbel aufschlitzte und sich danach an seinen Innereien gütlich hat – ein Anblick, der sogar einem Ork den Magen umdrehen konnte.

Auf der anderen Seite des Brunnens, wo die Schatten dichter waren, weil der Feuerschein kaum dorthin reichte, ließ Orthmar von Bruchstein seine Axt kreisen und erledigte gleich zwei Egel mit einem Schlag seiner wuchtigen Waffe. In weitem Bogen wurden die Tiere weggeschleudert und klatschten mit offenen Leibern gegen die Höhlenwand.

Den bei weitem eindrucksvollsten Anblick jedoch bot Balbok.

Inmitten eines ganzen Kordons der gierigen Blutsauger, die von allen Seiten an ihn herandrängten, stand der große Ork, in den Augen ein zorniges Leuchten. Unablässig die Axt schwingend, verwandelte er die Kreaturen, die ihn umringten, in glibberige Schleimfetzen.

»Dieser elende *umbal!*«, maulte Rammar. »Warum nur muss er immer dort sein, wo es am gefährlichsten ist?«

So heldenhaft sich Balbok auch schlug – es war abzusehen, dass er den Kampf am Ende verlieren würde. Denn für jede Kreatur, die er erschlug, krochen zwei weitere aus dem Brunnenschacht. Nach allen Seiten breiteten sie sich aus, und es schien vor ihnen kein Entrinnen mehr zu geben ...

Zwei kleinere Exemplare stürzten sich gleichzeitig auf Rammar: Das eine sog sich an seinem rechten Stiefel fest, das andere schaffte es irgendwie, seine glitschige Körpermasse aufzurichten, und Rammar schrie auf, als er das Ding auf sich zuschnellen sah. Indem er die Klauen in einem jähen Reflex hochriss, schaffte er es, zu verhindern, dass sich das Tier in seinem Gesicht festbiss. Dafür zerbiss das Biest die Schlagader an seinem Klauengelenk, worauf Rammar in noch lauteres Zetern verfiel.

Wie im Blutbierrausch sprang er umher, schüttelte Arm und Bein, um die zudringlichen Kreaturen loszuwerden, aber es wollte ihm nicht gelingen. Schließlich stach er mit dem *saparak* zu und durchbohrte den Egel, der an seinem Stiefel hing. Eine glibberige eiterähnliche Masse quoll aus dem larvenartigen Körper. Der sterbende Egel wand sich um den Schaft des Speers, der ihn durchbohrt hatte, und Rammar ließ den *saparak* los, packte mit der einen Klaue beherzt zu und riss das verbliebene Viech von seinem anderen Handgelenk, den beißenden Schmerz ignorierend. In seiner Wut warf Rammar das Tier klatschend gegen die Felswand, dann trat er auf das Biest zu und zerstampfte es, dass Schleim nach allen Seiten spritzte.

Keuchend wirbelte der Ork herum und sah im flackernden Schattenspiel des Feuers, dass immer noch mehr von den Egeln durch den Brunnenschacht in die Höhle drangen. Inzwischen hatten sich schon vier von ihnen an Gurn festgesetzt, sodass er sich kaum noch auf den Beinen halten konnte, und von Nestor und dem Gnom war nichts mehr zu sehen. Einzig Orthmar und Balbok konnten sich noch frei bewegen, aber sie hatten sich zur hinteren Höhlenwand zurückgezogen und waren praktisch eingekesselt.

Gehetzt blickte sich Rammar um. Auch auf ihn krochen schon wieder neue Blutsauger zu. Was sollte er tun?

Rammars Blick glitt hinauf zur Höhlendecke. Er sah die riesigen Tropfsteine, die von dort herabhingen und im Feuerschein lange Schatten an die Decke warfen – und mit einem Mal hatte er eine Idee. Es war kein besonders ausgefeilter Plan, nicht einmal für das Verständnis eines Orks, aber er konnte funktionieren.

Unmittelbar über dem Brunnenschacht, aus dem sich die widerlichen Viecher ergossen, hing ein ganzes Bündel Tropfsteine von der Decke. Wenn es Rammar gelang, sie zu lösen und zum Herabfallen zu bringen …

Er dachte nicht lange nach, sondern hob kurzerhand einen kopfgroßen Stein vom Boden auf und warf ihn. Der Stein flog zur Höhlendecke und traf tatsächlich die Tropfsteine – jedoch ohne Erfolg.

Rammar fluchte laut. Auf diese Weise ließen sich die Tropfsteine nicht von der Höhlendecke lösen, um die Kreaturen zu erschlagen und den Brunnenschacht zu verschließen. Er brauchte etwas Schwereres, das er …

Ein Urschrei erklang und machte Rammar auf Balbok aufmerksam, der seine klobige Axt kreisen ließ und auf diese Weise gleich mehrere der widerlichen Viecher auf einmal in Kuruls dunkle Grube beförderte.

Die Axt!, schoss es dem dicken Ork durch den Kopf. Sie war eine recht schwere Waffe, und wenn sie mit Wucht geschleudert wurde, konnte man vielleicht damit erreichen, was er mit dem Stein nicht geschafft hatte.

Aber wie sollte Rammar seinem dämlichen Bruder auf die Schnelle den Plan in seiner ganzen genialen Komplexität mitteilen? Balbok war mindestens zwanzig Schritte von ihm entfernt und noch dazu von wilder Kampfeslust erfüllt. Wahrscheinlich war es völlig zwecklos, ihm etwas erklären zu wollen, aber Rammar wollte es zumindest versuchen.

»Balbok!«, schrie er. »Dort oben! Die Tropfsteine …!«

Die Stimme des Bruders ließ Balbok, der in einem wilden Zustand von *saobh* verfallen war, aufblicken, und er sah Rammar hinauf zur Decke weisen. Balboks schlichter Verstand begriff sofort. Er packte die Waffe ganz am Ende des Schafts, holte aus und nahm auch zwei Schritte Anlauf.

Im nächsten Moment verließ die Axt Balboks Klauen.

Sich einmal überschlagend, durchschnitt die schwere Waffe pfeifend die Luft – und traf die Tropfsteine unmittelbar unterhalb der Decke.

Es gab ein hässliches Knacken und Knirschen, und im nächsten Moment lösten sich die Stalaktiten und rauschten senkrecht nach unten, geradewegs auf den Brunnen zu.

Die ersten beiden Tropfsteine, kleinere Exemplare, spießten zwei besonders fette Egel auf und beförderten sie zurück in die Tiefe. Dann folgten größere Steinpfähle, die nicht nur weitere der ekelhaften Kreaturen ins Verderben schickten, sondern die Brunnenöffnung polternd und krachend verschütteten.

Schreckliches Getöse erfüllte das Gewölbe, dichter Staub wallte auf und schien die Flammen des Lagerfeuers zu verschlucken; es wurde so düster, dass man die Klaue kaum noch vor Augen sehen konnte. Rammar schlug wahllos um sich, weil er nicht wusste, von welcher Seite ihn die Viecher als Nächstes angreifen würden. Als sich der Staub dann allmählich legte, sah er, dass sein Bruder ganze Arbeit geleistet hatte.

Die heruntergebrochenen Tropfsteine hatten die Öffnung der Zisterne verstopft, hatten nicht nur ein Dutzend Egel erschlagen, sondern sorgten auch dafür, dass keine weiteren dieser Kreaturen mehr in den Brunnenraum gelangen konnten. Nun kam es nur noch darauf an, unter den verbliebenen Biestern aufzuräumen …

Nicht nur Rammar und Balbok, auch ihre Begleiter erkannten dies. Orthmar von Bruchstein stieß einen durchdringenden Zwergenkampfschrei aus und schlug mit der Axt einen Egel entzwei, während Balbok zu dem Eisbarbaren Gurn eilte, den das Gewicht der Blutsauger zu Boden gezogen hatte. Rammar indess holte sich seinen Speer zurück und eilte Nestor von Taik zur Hilfe, der von Egeln förmlich begraben war.

Der ohnehin schon blasse Attentäter war noch um einiges bleicher geworden, da sich die Tiere an einigen Stellen durch seine Kleidung gebissen und ihn zur Ader gelassen hatten. Schreiend lag er auf dem Boden und wehrte sich nach Kräften – auch dann noch, als Rammar ihn längst von den Egeln befreit hatte.

Mit einem unwilligen Knurren packte der dicke Ork den Menschen und zog ihn auf die Beine. Obwohl ihn der Blutverlust schwächte, schaffte es Nestor, aufrecht stehen zu bleiben. Er riss sogar zwei Klingen aus seinem Gürtel und schickte die Wurfmesser auf den Weg, um die verbliebenen Egel zu dezimieren.

Diese hatten keine Chance mehr und fielen den wütenden Klingen von Orks, Menschen und Zwerg zum Opfer, bis der Boden der Höhle von stinkenden, wabernden Kadavern bedeckt war, die im flackernden Licht des Lagerfeuers scheußlich glänzten.

Schwer atmend hielten die Gefährten inne und betrachteten ihr tödliches Werk.

»Das wäre erledigt«, meinte Balbok grimmig.

»*Korr*«, stimmte Rammar zu.

»Gute Idee, das mit den Tropfsteinen«, meinte Nestor mit Blick auf den verschütteten Brunnen. »Alle Achtung, mein guter Balbok.«

»Balbok? Was heißt hier Balbok?«, wetterte Rammar. »*Ich* hatte die Idee, diesen elenden Drecksviechern den Weg zu verstopfen. *Ich* ganz allein! Oder traust du es etwa einem baumlangen *umbal* zu, einen solch genialen Plan zu schmieden?«

Nestor schüttelte nur den Kopf und ließ sich dann nieder, um sich die zahlreichen Wunden zu verbinden, aus denen er blutete. Das Speichelsekret der Egel sorgte dafür, dass der Lebenssaft nicht gerann, also musste der Attentäter etwas unternehmen, wenn er nicht verbluten wollte. Auch Rammar, Balbok und Gurn hatten Bisswunden davongetragen, allerdings bei weitem nicht so viele.

»Wo ist der Gnom?«, fragte Rammar plötzlich.

»Ich weiß nicht«, antwortete Orthmar von Bruchstein. »Vorhin habe ich ihn noch gesehen …«

Suchend schauten sich die Gefährten um, aber wohin sie auch blickten, sie sahen nichts als glitschige Kadaver. Nicht, dass es Rammar viel ausgemacht hätte, wenn die Biester den Gnom völlig ausgesaugt hätten, aber es beunruhigte ihn, nicht zu wissen, wo der grünhäutige Kerl steckte.

»Dort!«, rief Balbok plötzlich und deutete in den hintersten Winkel der Höhle.

In den dichten Schatten, wo man kaum noch die Hand vor Augen sah, hockte kein anderer als der Gnom. Und es war nicht etwa so, dass die glibberigen Biester ihn ausgelutscht hätten – sondern genau umgekehrt.

Mit unschuldigem Blick (so unschuldig, wie ein Gnom eben dreinblicken konnte) kauerte der sehnige grüne Kerl am Boden und schlabberte die Innereien eines Egels in sich hinein, den er der Länge nach aufgeschlitzt hatte. Als er die Gefährten gewahrte, beendete er seine unappetitliche Mahlzeit, gab ein helles Kichern von sich und gesellte sich zu den anderen.

»Schön«, murmelte Rammar, »wir sind also noch vollzählig.«

»Was wir nicht gerade dir zu verdanken haben«, beschwerte sich Orthmar. »Hatte ich dir nicht gesagt, dass es gefährlich ist, hier ein Nachtlager aufzuschlagen? Die Höhlenegel hätten uns beinah den Garaus gemacht.«

»Pah«, machte Rammar verächtlich. »Es ist genau, wie ich sagte – Egel pflege ich zu zerquetschen.«

»Na ja«, schränkte Balbok ein, »es kommt halt immer auf die Größe der Viecher an.«

»Wir sollten aufbrechen«, schlug Nestor vor; er hatte seine Wunden bereits versorgt, was darauf schließen ließ, dass er einige Übung darin hatte. »Vielleicht gibt es außer dem Brunnen noch einen weiteren Weg, auf dem die Biester in den Stollen gelangen können. Ich habe keine Lust, mich von denen vollends aussaugen zu lassen.«

Gurn schnaubte eine Zustimmung. Auch Balbok und Orthmar nickten, und nicht einmal Rammar hatte etwas einzuwenden. Noch immer schaudernd bei dem Gedanken, dass er einen vier Zentner schweren Höhlenegel für ein rassiges Ork-Weib gehalten hatte, befahl er den Abmarsch, und nachdem sie in aller Eile ihr Gepäck zusammengerafft hatten, zwängte sich der Trupp erneut durch den Stollen.

Was Orthmar von Bruchstein betraf, so hatte Rammars Misstrauen ein wenig nachgelassen. Für den Überfall der Blutsauger war der Zwerg gewiss nicht verantwortlich, denn immerhin hätte er dabei genauso draufgehen können wie jeder andere. Zwar blieb Rammar auch weiterhin dicht hinter ihm, aber er behielt von Bruchstein nicht mehr ganz so scharf im Auge wie am Tag zuvor.

Ein Versäumnis, das sich rächen sollte …

Je weiter sie der beschwerliche Weg führte, desto tiefer schien es hinabzugehen, und mehrmals hatten sie den Eindruck, dass die Atemluft im Stollen knapp wurde. Rammar begann dann jedes Mal laut zu keuchen, und seine Begleiter hinter ihm gerieten an den Rand einer Panik, weil sie fürchteten, der dicke Ork könnte stecken bleiben und ihnen den Weg versperren.

Aber Rammar riss sich immer wieder zusammen, schon deshalb, weil er nicht in einem Zwergenstollen sterben wollte – eine größere Schmach für einen Ork war schwerlich vorstellbar. Auf schmerzenden Knien und aufgerissenen Klauen, die blutige Spuren auf dem nackten Fels hinterließen, arbeiteten sich er und seine Begleiter voran, Stück für Stück, Meile für Meile.

Wie lange das so ging, wusste hinterher keiner mehr zu sagen, aber als ein Stück voraus endlich mattes Licht zu erkennen war, war die Erleichterung groß.

»Das Ende des Stollens«, krächzte Rammar. »Ich kann es sehen …«

»Hm-hm«, machte Balbok, der wie die anderen seine Fackel zwischen den Zähnen hielt – die falschen Bärte hatten sie längst abgenommen, da sie ihnen beim Kriechen nur hinderlich waren und im Inneren des Stollens ohnehin keinen Zweck erfüllten.

In spontaner Freude wollte er aufspringen – und stieß sich hart den Schädel. Er fühlte sich wie von einer Trollfaust niedergeschmettert, dann aber kroch der hagere Ork bäuchlings weiter, seinen Gefährten hinterher, die nacheinander das Stollenende erreichten. Einer nach dem anderen schlüpfte hinaus und ließ die Enge der Tunnelröhre hinter sich.

Balbok konnte es kaum erwarten, bis auch er an der Reihe war, denn jeder Augenblick länger in diesem engen Stollen kam ihm vor wie eine Ewigkeit.

Endlich hatte auch er es geschafft. Der hagere Ork zwängte sich durch den schmalen Ausgang nach draußen. Zunächst konnte er nichts sehen, weil ihn das Tageslicht blendete. Dafür roch er frische, von süßlichem Blütenduft durchsetzte Luft – die er ziemlich widerlich fand.

Er richtete sich zu seiner vollen Größe auf, wobei seine Knochen ein markiges Knacken von sich gaben.

»Endlich draußen«, sagte er erleichtert, und nachdem sich seine Augen allmählich an die veränderten Lichtverhältnisse gewöhnt hatten, schaute er sich um.

Wie er feststellte, befand er sich auf einer weiten, von Felsbrocken übersäten Waldlichtung. Es war Abend, von Osten zog die Nacht heran, und im Westen erinnerte ihn orangeroter Schein an die ferne Heimat. Für einen kurzen Moment dachte der Ork an die Modermark, wenn dort die Sonne blutrot im Westen versank und dabei die Modersee in Flammen setzte, und Balbok wurde ganz wehmütig ums Herz. Auf einmal fühlte er sich einsam und verlassen …

Und dann wurde ihm jäh bewusst, dass er sich nicht nur so fühlte, sondern tatsächlich allein *war*!

»Rammar?«

Balbok schaute sich gehetzt um. Von seinem Bruder und den anderen war nichts zu sehen.

»Rammar! Gurn! Nestor!«

Heiser rief er die Namen seiner Gefährten, aber die einzige Antwort, die er erhielt, war der Schrei eines Käuzchens irgendwo in den Bäumen.

Was hatte das zu bedeuten?

Balboks schmales Gesicht zerknitterte sich, und er kratzte sich nachdenklich am Kinn. Plötzlich glaubte er die Lösung zu kennen – natürlich, was sonst? Rammar und die anderen erlaubten sich einen Scherz mit ihm. Bestimmt hockten sie hinter den Felsen und amüsierten sich auf seine Kosten. Sah ihnen ähnlich. Aber diesmal würde Balbok nicht mitspielen. Er würde ihnen den Spaß gründlich vergällen.

Ein listiges Grinsen spielte um seine Züge. Er würde den Spieß einfach umdrehen und so tun, als ob er seine Gefährten nicht im Geringsten vermisste. Diesmal sollten sie es sein, die am Ende lange Gesichter machten.

Mit einem entschlossenen Nicken setzte sich Balbok in Bewegung, im festen Glauben daran, dass sich Rammar und die anderen in der Nähe versteckten und darauf warteten, dass er in Panik geriet.

Schon nach wenigen Schritten jedoch stieß er im Gras auf etwas, das seine Überzeugung ins Wanken brachte.

Es war ein glänzender Gegenstand, der den Schein der untergehenden Sonne reflektierte und deshalb Balboks Aufmerksamkeit erregte. Der Ork bückte sich und hob das Ding auf. Zu seiner Verblüffung erkannte er, dass es der Elfendolch mit goldenem Griff war, den Rammar bei sich getragen hatte.

Wieso lag das Ding hier herum? Um ihn auf eine falsche Fährte zu lenken?

Nein. Balbok schüttelte entschieden den Kopf. Rammar hielt ihn gern und oft zum Narren, aber niemals hätte er sich dafür von seinem geliebten Gold getrennt. Dass der Dolch hier lag, musste einen anderen Grund haben.

In diesem Moment witterte Balboks empfindliche Nase den charakteristischen, wenn auch in dieser Wildnis völlig unerwarteten Geruch von ...

»Menschenfleisch!«, rief Balbok und fuhr herum – um sich zwei Dutzend gepanzerter Krieger gegenüberzusehen. Sie waren ringsum hinter den Felsen versteckt gewesen. Bewaffnet waren sie mit Keulen und Schwertern, doch auch einige Armbrustschützen waren unter ihnen, deren Bolzen geradewegs auf Balbok zielten. Ihre Gesichter waren unter den geschlossenen Visieren der Helme nicht zu erkennen.

»Keine Bewegung, Unhold!«, scholl es ihm hochmütig entgegen. »Entweder, du ergibst dich, oder du bist des Todes!«

Balboks Antwort war ein wütendes Knurren. Eins war sicher – dies war kein Scherz, den sich sein Bruder ausgedacht hatte. Schon eher hatten diese hinterhältigen Milchgesichter Rammar und den anderen aufgelauert ...

Trotz der eindeutigen Übermacht und der Armbrüste, die auf ihn zielten, packte der Ork den Stiel seiner Axt mit beiden Klauen und trat den fremden Kriegern mutig entgegen. Wer sie waren oder was sie wollten, interessierte ihn nicht. Sie hatten den Fehler begangen, ihn herauszufordern, das genügte.

Der Wortführer der Menschenkrieger lachte höhnisch, als Balbok drohend Kampfhaltung annahm. Als der Ork jedoch blitzschnell seine Axt schwang und einen seiner Leute mit einem einzigen Hieb enthauptete, lachte er nicht mehr.

Mit wildem Gebrüll wollte sich der Ork auf die Übermacht seiner Gegner stürzen – da schnappte die Falle zu!

»Jetzt!«, schrie der Anführer, und die Armbrustschützen schossen ihre Bolzen ab.

Sie zuckten heran, waren jedoch viel zu hoch gezielt, um Balbok zu treffen. Der Ork wollte schon seinerseits ein höhnisches Gelächter ausstoßen – als er erkannte, dass an den Armbrustbolzen Schnüre befestigt waren, die ein Netz vor ihm in die Höhe schnellen ließen. Im nächsten Moment fiel es über ihn hinweg und auf ihn herab.

»Was …? Wie …?«

Noch ehe der Ork recht begriff, wie ihm geschah, war er in den aus Rosshaar geflochtenen Maschen gefangen. Vergeblich versuchte er, sich daraus zu befreien, doch je mehr er daran zerrte und riss, desto mehr verhedderte er sich im Netz. Hilflos sah er, wie die Menschen herankamen und ihn einkreisten. Sie warfen zu Schlingen gebundene Seile um ihn, und im nächsten Moment wurden Balbok die langen Beine unter dem Körper weggezogen.

Er stürzte und schlug hart auf. Schon waren die Menschen über ihm, und obwohl er sich wie von Sinnen gebärdete, gelang es ihnen, noch weitere Seile um ihn zu schlingen, und sie zogen diese so fest, dass er sich kaum noch rühren konnte.

»Na wartet!«, rief er in seiner eigenen Sprache, weil ihm

in der Rage die passenden Menschenwörter nicht einfallen wollten. »Dafür werdet ihr bezahlen! Grausam und blutig werdet ihr dafür bezahlen, hört ihr?«

Aber die Menschen kümmerten sich nicht um das, was er sagte, und da die Visiere vor ihre Gesichter geklappt waren, konnte er noch nicht einmal sehen, ob seine Worte *irgendeine* Wirkung hervorriefen.

»Rammar!«, rief er in seiner Not, aber er ahnte natürlich, dass seinem Bruder ein ähnliches Schicksal widerfahren war wie ihm. Offenbar hatte man ihnen aufgelauert – und das bedeutete, dass diese Menschen genau gewusst hatten, wann und wo die Orks und ihre Begleiter den Stollen verlassen würden.

Die Erkenntnis, dass Rammar offenbar recht gehabt hatte und Orthmar von Bruchstein tatsächlich ein Verräter sein musste, durchzuckte Balbok nahezu schmerzhaft.

Der Anführer der Menschen tauchte über ihm auf, klappte das Helmvisier zurück, und Balbok schaute in ein bärtiges blasses Gesicht, das in seinen Augen ungemein hässlich war.

Im nächsten Moment krachte eine Keule mit Wucht herab und erwischte Balbok an der Schläfe.

Der Ork zuckte zusammen.

Dann wurde es dunkel um ihn.

9.

TRURK

»Wacht endlich auf!«

Balbok hörte die Stimme, die seine Ohren wie durch dichten Nebel erreichte, aber er konnte sie nicht zuordnen.

»Verdammt, ihr elenden Orkfressen! Wollt ihr wohl endlich wieder zu euch kommen!«

Ein Tritt traf Balbok in den Leib, und der jähe Schmerz ließ ihn erwachen. Verblüfft sah er sich keinem anderen als Orthmar von Bruchstein gegenüber.

»Endlich!«, blaffte der Zwerg mürrisch. »Ich hatte schon gedacht, ihr wollt meinen ganzen Tag vergeuden!«

Neben Balbok regte sich stöhnend ein weiterer Ork, den Orthmar offenbar ebenfalls mit Tritten traktiert hatte. Es war Rammar, dessen Visage ziemlich malträtiert aussah.

»Verdammt, wo bin ich?«, fragte er benommen.

»Wo du bist? Ich werde dir sagen, wo du bist, Fettsack!«, schnauzte Orthmar ihn an. »Du befindest dich in Gefangenschaft – und zwar in meiner Gewalt, um genau zu sein!«

Der Zwerg brach in schallendes Gelächter aus, und die beiden Orks blickten an sich herab. Ebenso verblüfft wie erschüttert stellten sie fest, dass sie an Hand- und Fußgelenken dicke Eisenspangen trugen, die durch Ketten miteinander verbunden waren. Selbst der Zorn eines Orks vermochte sie nicht zu sprengen.

»*Trurkor*«, stieß Rammar zwischen gefletschten Hauern

hervor. »Elender Verräter! Ich wusste, dass dir nicht zu trauen ist!«

Orthmar wollte sich ausschütten vor Lachen. »Warum hast du dann eingewilligt, dass ich euch begleite?«

»Weil dieser verdammte Einfaltspinsel von Corwyn darauf bestanden hat – deshalb!«

»Nein.« Orthmar, der abrupt aufhörte zu lachen und auf einmal ernst wurde, schüttelte den Kopf. »Das war nicht der Grund, Fettsack. Du wolltest von meinem Wissen um die Geheimgänge der Zwerge profitieren, um unbeschadet nach Kal Anar zu gelangen – aber daraus wird nichts werden.«

»Was hast du mit uns vor?«, wollte Balbok wissen.

»Ich werde dafür sorgen, dass ihr beide keinen Schaden mehr anrichtet«, gab der Zwerg zur Antwort. »Unser einfältiger König mag der Ansicht sein, zwei Unholde könnten auf dieser Mission von Nutzen sein – ich dagegen bin anderer Meinung. Deshalb werde ich dafür sorgen, dass ihr beide auf Nimmerwiedersehen verschwindet, und werde selbst das Kommando über den Trupp übernehmen.«

»Du selbst?« Rammars gelbe Augen weiteten sich, und dunkle Adern wurden darin sichtbar, als der Ork den Zusammenhang begriff. »Du hast das alles von Anfang an geplant, deshalb hast du dich zu unserem Stellvertreter ernennen lassen – nur um uns bei passender Gelegenheit abzuservieren und unsere Stelle einzunehmen!«

»Wie?«, fragte Balbok verständnislos. »Was ist?« Er legte die hohe Stirn in Falten; das alles ging ihm doch etwas zu schnell …

»Ganz recht«, bestätigte Orthmar grinsend und nickte Rammar zu. »Und diese Gelegenheit ist nun gekommen. Darf ich euch einen alten Freund von mir vorstellen?«

Er wandte sich halb um und wies auf den Menschen, der hinter ihm gestanden hatte und nun vortrat. Er war den bei-

170

den Orks auf den ersten Blick unsympathisch. Der Kerl war von mittlerer Größe und trug einen grünen Umhang, der ihm im Wald wohl eine gewisse Tarnung verlieh. Die Kleidung darunter war aus feinstem Zwirn und verriet, dass der Mann zur begüterten Schicht gehörte. Dazu passten auch seine gut genährten Züge, in denen allerdings unverhohlene Gier zu lesen war. Das selbstsichere Lächeln, das er zur Schau trug, empfand Rammar als beleidigend.

Noch unsympathischer als dieser Kerl waren den Orks jedoch seine Begleiter, denn es handelte sich um jene schwer Bewaffneten, die Balbok – und vor diesem auch Rammar – am Stollenausgang in Empfang genommen hatten. Sie nahmen im Halbkreis Aufstellung. Selbst, wenn es den Orks gelungen wäre, ihre Ketten zu sprengen, gegen die Übermacht ihrer Feinde wären sie kaum angekommen.

»Darf ich vorstellen?«, fragte Orthmar und deutete auf den Mann mit dem Umhang. »Dies ist Muril Ganzwar, ein erfolgreicher Kaufmann, der in den Grenzstädten gut gehende Geschäfte betreibt. Meister Ganzwar und ich kennen uns von früher.«

»Was soll das heißen, ihr kennt euch von früher?«, stieß Rammar hervor. »Du hast für ihn geschmuggelt, das ist es, nicht?«

»Die Königin sagt, man soll die Vergangenheit ruhen lassen«, erwiderte der Zwerg mit höhnischem Grinsen. »Inzwischen habe ich ein weit einträglicheres Geschäft entdeckt als den Schmuggel. Meister Ganzwar, wenn Ihr die Freundlichkeit hättet …«

»Gewiss«, erwiderte der zwielichtige Geschäftsmann mit eigenartig singender Stimme. Er griff unter seinen Umhang und händigte dem Zwerg einen ledernen Beutel aus, der gut gefüllt war und dessen Inhalt verdächtig klimperte.

»Was ist das?«, fragte Balbok, obwohl sogar er sich die Antwort denken konnte.

»Das, meine hässlichen Freunde, ist der Preis, den Meister Ganzwar mir für euch bezahlt.«

»Für uns?« Rammar schnappte nach Luft. »Du elende Mistratte hast uns *verkauft*?«

»Für acht Silberstücke«, bestätigte Ganzwar, »und wenn ihr mich fragt, seid ihr beide ein echtes Schnäppchen. Die Menschen in Sundaril werden Schlange stehen, um zuzuschauen, wie ihr beide in der Arena um euer Leben kämpft.«

»Was werden wir?« Rammar glaubte, sich verhört zu haben.

»Ihr werdet kämpfen – in der Arena von Sundaril«, gab der Geschäftsmann mit überheblichem Grinsen zur Antwort. »Kämpft tapfer und bietet den Leuten gute Unterhaltung, dann bekommt ihr genug zu essen und führt ein nicht wirklich allzu schlechtes Leben. Zumindest bis ihr auf jemanden trefft, der besser ist als ihr.«

»Korr«, bestätigte Balbok.

»*Korr*?« Rammar warf ihm einen ungläubigen Blick von der Seite her zu. »W-was soll das heißen?«

»Na ja, klingt doch ganz vernünftig.«

»*Das* soll vernünftig klingen?«, kreischte Rammar und konnte es nicht fassen. »Hast du dein letztes bisschen Verstand verloren, du Furunkel am runzligen Hintern eines Trolls? Was für eine Sorte Ork bist du eigentlich?«

»Aber die Sache hört sich doch ganz in Ordnung an«, war Balbok überzeugt. »Wir kämpfen jeden Tag und bekommen dafür zu essen und zu trinken ...«

»Kämpfen, fressen und saufen – ich verstehe.« Rammar nickte verdrießlich. »Das ist alles, woran du denken kannst. Dass uns dieser miese Tunichtgut von einem Zwerg verraten und verschachert hat, ist dir wohl gleichgültig?«

»Nein, aber ...«

»Dass er jetzt an unserer Stelle den Trupp nach Kal Anar führen und den ganzen Ruhm und vermutlich auch die Belohnung selbst einstreichen wird, wo wir doch die Mission schon so gut wie ausgeführt haben, ist dir egal?«

»Nein, aber …«

»Dass er uns feige in die Falle gelockt hat und mit einem Menschen gemeinsame Sache macht, kümmert dich wohl auch nicht?«

»Doch«, widersprach Balbok, »aber wie es aussieht, können wir nichts dagegen unternehmen.«

»Ganz recht«, stimmte ihm Orthmar von Bruchstein zu und rieb sich triumphierend die Hände. »Meister Ganzwars Leute werden euch nach Sundaril bringen, wo ihr den Rest eurer Tage in der Arena verbringen werdet. Und grämt euch nicht, denn sehr viele Tage werden es bestimmt nicht werden.« Er lachte dröhnend in seinen Bart.

»Was ist mit den anderen?«, wollte Balbok wissen.

Orthmar lachte erneut. »Als Meister Ganzwar und seine Leute sie aus dem Hinterhalt überfielen, rief ich laut, die Angreifer wären Kopfgeldjäger, worauf diese heldenhaften, mutigen Kämpfer vor der Übermacht die Flucht ergriffen. Rammar war bereits von einem Keulenschlag betäubt, und ich blieb zurück und tat so, als wollte ich mich für den Ork opfern. Ich werde die beiden Menschen und den Gnom suchen und ihnen erzählen, dass ihr beide von den Kopfgeldjägern geschnappt wurdet, und behaupten, dass ich alles Zwergenmögliche getan hätte, euch zu befreien, aber dass es mir leider nicht möglich gewesen wäre – und schweren Herzens werde ich den Befehl über den Trupp übernehmen.«

»Verdammter *shnorsher*!«, wetterte Rammar und wand sich in seinen Ketten. »Elender Wicht! Ich werde dir deinen Bart in den Schlund stopfen und dir die Gedärme damit ausputzen, du widerwärtiger, mieser, hinterhältiger …«

»Es war mir ein Vergnügen«, sagte Orthmar, der Schelte ungeachtet, und verbeugte sich. »Habt Dank, werter Ganzwar«, fügte er in Richtung des Anführers der Menschen hin-

173

zu, und im nächsten Moment war er im Unterholz verschwunden.

»Warte nur!«, rief Rammar ihm in hilflosem Zorn hinterher. »Ich finde dich, und dann werde ich dir eigenhändig deinen steinernen kleinen *asar* aufreißen, hörst du?«

Aber der Zwerg antwortete nicht mehr – und sowohl Rammar als auch Balbok war klar, dass sie tief in der *shnorsh* saßen ...

Die düstere Grube wurde nur vom Fackelschein erhellt, der durch die runde Öffnung fiel. Auf ihrem Grund lag eine sich windende Gestalt.

Alt war sie – so alt, dass sich ein Teil von ihr an den Anbeginn der Zeit erinnern konnte, an Tage, in denen die Mächte des Kosmos miteinander im Widerstreit gelegen und um die Herrschaft dieser Welt gerungen hatten.

In Anbetracht der jüngsten Ereignisse jedoch war jene ferne Vergangenheit, von der nur noch Mythen und Legenden erzählten, bedeutungslos geworden.

Lange Zeit hatte die Kreatur geschlafen, niedergestreckt und dazu verdammt, die Jahrtausende dahinzudämmern. Doch sie war nicht wirklich bezwungen worden, und ihr Schlaf war auch nicht fest und tief gewesen. Im Gegenteil, immer wieder hatte sie sich geregt, hatte den letzten Funken Lebens, der noch in ihr war, dazu genutzt, um die Dunkelheit zu verlassen und hinauszugehen in die Welt der Sterblichen, auf der Suche nach neuer Nahrung, um sich zu stärken. Nur einmal jedoch war sie fündig geworden und auf ein Wesen gestoßen, das noch boshafter war als sie selbst und dessen Wille nur auf die Mehrung der eigenen Macht gerichtet war.

Ihm hatte die Kreatur ihre Stärke verliehen – und war bitter enttäuscht worden. Denn der Diener, so stark er auch gewesen war, hatte versagt im Kampf gegen das Licht. In zwei blutigen Kriegen hatte er sich erhoben und war zweimal geschlagen worden – und so war die Kreatur gezwungen gewesen, zurückzukehren in die Dunkelheit, verwundet und fast sterbend …

Jahrhundertelang hatte sie wieder warten müssen.

Jahrhunderte, in denen die Elfen über die Welt herrschten und das Licht die Finsternis verdrängt hatte.

Doch wo Licht war, war auch Schatten …

Vor sich hindämmernd und dem Vergehen näher als dem Sein, hatte die Kreatur eine Erschütterung im Gefüge des Kosmos wahrgenommen, die auf ein Erstarken der Dunkelheit hindeutete. Etwas, das lange geschlummert hatte, hatte sich geregt, und so erwachte auch die Kreatur aus ihrer Lethargie, um noch einmal – ein letztes Mal – hinauszuziehen in die Welt.

Und dort, an einem dunklen, verborgenen Ort, wo sie es am wenigsten erwartet hatte, war sie auf einen Geist gestoßen, dessen Denken und Streben mehr noch als das jenes anderen darauf bedacht war, zu herrschen und zu unterwerfen, zu rächen und zu zerstören.

An seiner dunklen Kraft labte sich die Kreatur und erstarkte. Dann begann sie Pläne zu schmieden – Pläne, wie sie das Licht bekämpfen und der Finsternis zum Sieg verhelfen könnte.

Ein Konflikt dämmerte herauf, in dem sich das Schicksal von Erdwelt erneut entscheiden würde. Die Kreatur war inzwischen darauf vorbereitet. Ihre Kinder waren überall und berichteten ihr – alles entwickelte sich genau so, wie sie es beabsichtigte.

Ein leises Lachen geisterte durch das Gewölbe.

Der Trupp aus Tirgas Lan war unterwegs.

Der Kampf hatte begonnen …

10.

OINSOCHG ANN IODASHU

Vier Tage waren vergangen, seit der Trupp unter der Führung von Balbok und Rammar Tirgas Lan verlassen hatte – vier Tage, in denen König Corwyn viel Zeit damit verbracht hatte, auf dem Söller zu stehen und gen Osten zu blicken, wohin er jenes Aufgebot geschickt hatte, dem gelingen sollte, was zuvor noch keinem gelungen war: Informationen über jene dunkle Macht zu beschaffen, die dort immer mehr erstarkte – und sie vielleicht sogar unschädlich zu machen.

Noch immer konnte sich Corwyn mit dem Gedanken, das Schicksal des Reiches in die Klauen zweier Orks gelegt zu haben, nicht recht anfreunden. Obwohl er selbst erfahren hatte, dass die Prophezeiungen Farawyns des Sehers ungleich mehr waren als das Geschwätz eines alten Mannes, ging sein Vertrauen in die Weissagungen nicht so weit, dass es seinen Argwohn gegenüber den Orks überwogen hätte. Am liebsten wäre er selbst aufgebrochen, um zu tun, was getan werden musste, aber sein Platz war hier in Tirgas Lan; die Macht des neuen Königs war noch nicht gefestigt genug, als dass er seinen Thron für längere Zeit hätte verlassen können. Wenn er ging, riskierte er, dass alles zerfiel, was er in den vergangenen Monaten aufgebaut und mit dem Blut seiner Soldaten erkauft hatte.

Der König schlief wenig in diesen Tagen, und wenn er es tat, plagten ihn meist Albträume, in denen er sah, wie dunkle

Schatten das Land überzogen – Schatten, die menschliche Gestalt annahmen, die Mauern der Stadt überwanden und wie Totengeister durch die Straßen wandelten. Wohin sie auch kamen, verbreiteten sie Furcht und Schrecken, und stinkender Pesthauch begleitete sie.

Unaufhaltsam schlichen, wankten und krochen sie heran, Kreaturen, die mehr tot als lebendig waren und sich dennoch bewegten, von einem dunklen, grausamen Willen erfüllt, der ihre Schritte lenkte und sie befehligte. Sie näherten sich der Zitadelle, die sich in der Mitte der Stadt erhob, schlurften auf das große Tor zu, in den Knochenhänden schartige Säbel und Schwerter.

Im Traum sah Corwyn sie heranrücken und spürte, wie eisiges Grauen ihn erfasste.

Dann ein gellender Schrei …

Jäh schreckte Corwyn aus dem Schlaf und fuhr hoch, um sich verwirrt umzuschauen. Er befand sich im königlichen Schlafgemach, durch dessen hohe, mit bunten Scheiben besetzte Fenster fahles Mondlicht fiel – aber mit den Instinkten des ehemaligen Kopfgeldjägers erkannte Corwyn sofort, dass etwas nicht stimmte.

Alannah neben ihm war ebenfalls erwacht, und auch sie schien es zu spüren. Mit zu schmalen Schlitzen verengten Augen kauerte sie im Bett und schien mit ihren spitz geformten Ohren angestrengt zu lauschen.

»D-der Schrei«, brachte Corwyn atemlos hervor. »Hast du ihn auch …?«

Mit einer Handbewegung bedeutete sie ihm zu schweigen. Ein knappes Nicken musste reichen als Antwort auf seine Frage, dann lauschte sie wieder.

»Eindringlinge befinden sich in der Zitadelle«, flüsterte sie, und der Blick, mit dem sie ihren Gemahl bedachte, verhieß drohendes Unheil.

»Eindringlinge? Was für Eindringlinge?«

»Du hast sie gesehen«, war Alannah überzeugt. »Im Traum.«

»I-im Traum? Aber … ich habe nicht …« Corwyn unterbrach sich selbst, denn er erinnerte sich, tatsächlich geträumt zu haben, und sogleich kehrten auch die schrecklichen Bilder zu ihm zurück, von den unheimlichen, schattenhaften Gestalten, die durch die Straßen und Gassen der Stadt wandelten und Angst und Schrecken verbreiteten.

»Auch ich habe von ihnen geträumt«, sagte Alannah, als könnte sie in seinen Gedanken lesen. »Es sind keine Traumgestalten, Corwyn. Sie sind wirklich. Und sie sind hier. Jetzt, in diesem Augenblick …«

Ein weiterer fürchterlicher Schrei hallte durch die Korridore der Zitadelle, wie ihn die Kehle eines Menschen unmöglich zustande bringen konnte. Corwyn sprang aus dem Bett, mit nichts anderem bekleidet als einem Lendenschurz, und hetzte zu einer Truhe, schleuderte den Deckel hoch, griff hinein und holte eine Schwertscheide hervor. Er zog die Klinge blank und schleuderte die Scheide von sich. Eigentlich hatte er gehofft, das Schwert nicht mehr führen zu müssen, aber noch schien die Zeit des Friedens, von der Farawyns Prophezeiung kündete, nicht angebrochen zu sein.

»Sei vorsichtig«, beschied ihm Alannah, deren blütenweißes Nachthemd im einfallenden Mondlicht zu leuchten schien. »Dieser Feind ist anders als jeder, mit dem du es je zu tun hattest.«

»Inwiefern?«

»Er ist bereits tot«, erwiderte die Elfin mit belegter Stimme. »Es gibt nur einen Weg, ihn zu besiegen – du musst Haupt und Körper voneinander trennen.«

»Daran soll's nicht liegen!« Ein verwegenes Grinsen huschte über die Züge des Königs, die einmal mehr den Abenteurer und Kopfgeldjäger durchblitzen ließen. Dann wandte er sich zum Gehen. »Bleib hier und verriegle die Tür!«, wies er Alannah an.

»Du scheinst vergessen zu haben, dass ich mich meiner Haut zu wehren weiß, Corwyn.« Sie lächelte, und einmal mehr ging ihm auf, wie schön sie war. Der Drang überkam ihn, sie in die Arme zu schließen und sie zum Abschied zu küssen, aber ein neuerlicher Schrei gellte durch das Gemäuer und machte ihm klar, dass er keine Zeit zu verlieren hatte. Er antwortete auf ihr Lächeln mit einem knappen Nicken, dann stürmte er auch schon durch die Tür und hinaus auf den Gang.

Die beiden Leibwächter, die vor dem königlichen Schlafgemach Wache hielten, waren aschfahl im Gesicht. Mit vor Schreck geweiteten Augen starrten sie den Korridor hinab, von wo die grässlichen Laute kamen.

»Was geht da vor sich?«, erkundigte sich Corwyn grimmig.

»Wir wissen es nicht, Sire.«

»Wurde Alarm gegeben?«

»Noch nicht, Sire.«

»Dann werden wir das augenblicklich nachholen – Eindringlinge befinden sich in der Zitadelle!«

»Eindringlinge, Sire? Aber wie …?«

»Glaubt mir einfach«, sagte Corwyn mit einer Stimme, die keinen Widerspruch duldete. »Craig?«

»Ja, Sire?«

»Alarmiere die Stadtwache! Wir brauchen jeden Mann. Jetzt gleich!«

»Zu Befehl, Sire.« Der Leibwächter nickte und eilte im Laufschritt davon.

»Bryon – du begleitest mich«, beschied Corwyn dem anderen Wächter, und gemeinsam zogen sie in die entgegengesetzte Richtung, der Quelle der unheimlichen Laute entgegen, die sich in diesem Augenblick wiederholten.

Wenn man genauer lauschte, war es weniger ein Schreien, das durch die Gänge und Gewölbe hallte, sondern vielmehr ein Stöhnen und Wimmern. Es klang, als würde es aus abgründigen Tiefen dringen, und je öfter Corwyn es hörte, desto überzeugter war er davon, dass es keine Menschen waren, die diese Laute von sich gaben. Schaudernd musste er an den Traum denken, den er gehabt hatte, an die dunklen Gestalten, die durch die Gassen der Stadt gekrochen waren, und an den Pesthauch, der ihnen gefolgt war …

Sie erreichten die große Treppe und folgten ihr hinab in die Halle – und was sie im Lichtschein der Fackeln dort vorfanden, ließ sie vor Entsetzen für Sekunden erstarren!

Es waren Mitglieder der königlichen Garde, und sie waren tot. Jemand – oder *etwas* – hatte sie ohne Erbarmen massakriert. Mit durchschnittenen Kehlen, durchbohrter Brust oder aufgeschlitzten Bäuchen lagen Menschen und Zwerge in ihrem Blut, und ihnen allen stand der Schrecken noch in die bleichen Gesichter geschrieben.

»W-wer hat das ge-getan?«, stammelte Bryon erschüttert, der viele Freunde unter den Gefallenen entdeckte. Corwyn wusste ihm keine Antwort zu geben.

Aus einem der Gänge, die in die Halle mündeten, war plötzlich lautes Geschrei zu hören – und diesmal waren es eindeutig menschliche Stimmen, die der König und sein Begleiter vernahmen.

»Bei den Götzen der Altvorderen!«

»Was ist das?«

»Wer zum – *Arrrgh!!!*«

Die Stimmen erstickten in schrillem Geschrei und dem Klirren von Waffen.

Corwyn und der Leibwächter zögerten keinen Augenblick und stürzten den Gang hinab, die Schwerter in den Händen.

Schließlich sahen sie weitere Angehörige der königlichen

Garde, die mit Klingeln und Fackeln um sich schlugen und sich erbittert gegen schaurige Gestalten zur Wehr setzten, die sie umzingelt hatten und von allen Seiten bedrängten.

Corwyn stockte der Atem, sein Begleiter gab einen entsetzten Schrei von sich – denn die Eindringlinge waren Krieger, die ihre letzte Schlacht längst geschlagen hatten, vor langer, sehr langer Zeit. Kaum mehr als Knochengerippe waren noch von ihnen übrig, von denen hier und dort noch faulige Fleischfetzen hingen – Skelette, die mit rostigen Harnischen, Beinschienen und Helmen bewehrt waren und in deren knochigen Händen schartige Schwerter, Äxte und Kriegshämmer lagen. Und obwohl sie eigentlich reglos in dunklen Grüften hätten liegen sollen, führten sie mit erschreckender Kraft ihre Klingen, drangen mit wuchtigen Hieben auf die Kämpfer der königlichen Garde ein – und Corwyn begriff, was Alannah gemeint hatte, als sie sagte, diese Gegner wären bereits tot …

Während der König und sein Gefolgsmann den Gang hinuntereilten, dem grausigen Gemetzel entgegen, sahen sie, wie zwei weitere Soldaten unter den Streichen der Angreifer fielen. Zwar gaben die erfahrenen Krieger alles, um sich ihrer Haut zu erwehren, doch wohin ihre Schwerter und Speere auch stachen, eine Wirkung blieb aus. Sie durchbohrten Brustkörbe, trennten knochige Gliedmaßen ab – die unheimlichen Angreifer jedoch ließen sich davon nicht aufhalten und hieben unnachgiebig auf die Menschen und Zwerge der königlichen Garde von Tirgas Lan ein. Woher sie kamen oder in welcher Schlacht sie einst gefallen waren, ließ sich nicht feststellen, aber es musste vor sehr, sehr langer Zeit gewesen sein …

»Die Schädel!«, rief Corwyn seinen Leuten zu in Erinnerung an das, was Alannah ihm gesagt hatte. »Ihr müsst ihnen die Schädel abschlagen …«

Im nächsten Moment erreichten Bryon und er das Kampfgeschehen, und wie um seine eigenen Worte zu belegen, ließ der König seine Klinge in weitem Rund kreisen und trennte einem der schaurigen Krieger das Haupt vom Rumpf. Der Schädel flog davon, und einen Lidschlag später brach der knochige Rumpf, auf dem er gesessen hatte, in sich zusammen.

Sofort stürzte sich Corwyn auf den nächsten Gegner, und seine Leute, die gesehen hatten, wie der unheimliche Feind zu besiegen war, folgten seinem Beispiel.

Köpfe rollten, und ein Eindringling nach dem anderen brach zusammen und rührte sich nicht mehr.

Sir Lugh, der Hauptmann der königlichen Garde, stürzte sich auf einen Untoten, dessen reich verzierte Rüstung und mit Rosshaar versehener Helm verrieten, dass sein Träger einst reich und mächtig gewesen war. Offenbar war er der Anführer der untoten Horde, doch ebenso wie seine Untergebenen war er Sklave einer dunklen Macht, die ihn und seine Mannen aus den Gräbern gezerrt hatte, um sie ihre allerletzte Schlacht schlagen zu lassen.

Beidhändig und mit aller Kraft führte Sir Lugh sein Schwert, um den grauenhaften Gegner zu enthaupten – aber dieser blockte den Hieb, indem er seine Waffe emporriss, einen fürchterlichen Kampfhammer, der besudelt war vom Blut und Gehirn derer, die er bereits erschlagen hatte.

Sir Lugh, der alle Wucht in den Schwertstreich gelegt hatte, geriet ins Wanken. Eine Hand nahm er vom Griff der Waffe und streckte den linken Arm aus, um das Gleichgewicht wiederzufinden – als er plötzlich einen scharfen Schmerz verspürte!

Einen Herzschlag später starrte er auf den blutigen Stumpf, wo einmal seine linke Hand gewesen war. Ein weiterer untoter Krieger, der im Rücken des Hauptmanns aufgetaucht war, hatte ihm mit einem Hieb seines schartigen Schwertes den Unterarm durchtrennt.

183

»Sir Lugh!«

Bryon, der mitbekommen hatte, was seinem Anführer widerfahren war, eilte diesem zu Hilfe. Den hinterhältigen Gegner, der dem Hauptmann die Hand abgeschlagen hatte, köpfte der junge Soldat mit einem einzigen Streich, konnte aber nicht verhindern, dass Sir Lugh im nächsten Augenblick vom mörderischen Kriegshammer des untoten Hünen getroffen wurde.

Mit zertrümmertem Schädel ging der wackere Hauptmann der Garde nieder.

In einem Ausbruch nackter Wut sprang Bryon vor und senkte seine Klinge in die Brust des erbarmungslosen Feindes. Der scharfe Stahl durchdrang mühelos den rostigen Harnisch, allerdings richtete die Klinge ansonsten keinen Schaden an. Zu spät dämmerte Bryon, dass er im Zorn den Rat seines Königs missachtet hatte, und verzweifelt versuchte er, sein Schwert wieder freizubekommen, aber es steckte fest im Harnisch und zwischen den Rippen des Knochenkriegers, dessen Kiefer auf einmal aufklappten.

Obwohl die Stimmbänder des Untoten seit langem vermodert waren, stieß er etwas hervor in einer Sprache, die heute niemand mehr verstand, dann holte er aus, um auch Bryon mit einem einzigen fürchterlichen Hieb dorthin zu befördern, wo er und seine Untergebenen eigentlich längst hätten sein sollen.

Diesmal jedoch war es der Hieb seiner Waffe, der abgeblockt wurde.

Mit einem heiseren Kampfschrei war kein anderer als Corwyn dazwischengefahren und hatte seinem Leibwächter das Leben gerettet. Inmitten all der Harnische und Brustpanzer wirkte der König, der nicht mehr als einen Lendenschurz am sehnigen Körper trug, seltsam fehlplatziert. Sein offenes Haar umflatterte seine kantigen Züge, die Zähne hatte er gefletscht wie ein Wolf, und sein einziges Auge starrte in feurigem Zorn, während er dem Anführer der Untoten gegenübertrat.

»Wie wär's«, fauchte er, »wenn du es mit mir versuchst?« Der Knochenkrieger ließ ein wütendes Knurren vernehmen, das auf unbegreifliche Weise in seiner fleischlosen Knochenkehle entstanden war. Ungeachtet des Schwerts, das noch immer in seinem Brustkorb steckte, sprang er zurück und fasste den Hammer mit beiden Klauen, um damit schon einen Lidschlag später auf Corwyn einzuschlagen.

Diesmal führte er das mit Blut und Hirnmasse verschmierte Mordinstrument nicht senkrecht von oben nach unten, sondern waagerecht und dicht über dem Boden. Mit den Reflexen des erfahrenen Kämpfers sprang Corwyn in die Höhe und entging so dem Hieb, der ihm die Beine zerschmettert hätte. Noch in der Luft schlug er zu und kappte dem Skelettkrieger mit einem Schwertstreich die Zierde aus Rosshaar vom Helm, bevor er auf seinen nackten Füßen landete.

Der Untote knurrte und fuhr herum. Obwohl sich über seinen Knochen keine Muskeln mehr spannten, gelang es ihm mühelos, den Hammer erneut zu heben und niederfahren zu lassen. Corwyn entging dem wuchtigen Hieb, indem er sich zur Seite fallen ließ. Blitzschnell rollte er sich über die Schulter ab und stand sofort wieder auf den Beinen.

Die Instinkte des Kämpfers mochten in den letzten Monaten in ihm geschlummert haben, aber sie waren längst nicht verloren – er duckte sich blitzschnell und spürte den tödlichen Luftzug im Nacken, als der Kriegshammer des Untoten über ihn hinwegwischte.

Corwyn warf sich nach vorn, geradewegs gegen die knochige Gestalt. Der Untote taumelte zurück, als der König mit dem ganzen Gewicht seines Körpers gegen ihn rammte, konnte sich nicht mehr auf den Beinen halten und stürzte. Klappernd schlug er auf den steinernen Boden.

Sein rostiger Harnisch barst in der Mitte entzwei, und auch das Brechen morscher Knochen war zu vernehmen. Die Bosheit des Kriegers jedoch war ungebrochen. Unter grässlichen Lauten schüttelte und wand er sich, um wieder hochzukommen – und war dadurch für einen Augenblick schutzlos.

Es mochte unter der Würde eines edelmütigen Königs sein, die momentane Schwäche eines Feindes schamlos auszunutzen, doch der ehemalige Kopfgeldjäger Corwyn hatte damit kein Problem.

Mit einem wilden Schrei schwang er die Klinge und schlug zu – und das Haupt des knöchernen Hünen rollte über den kahlen Stein davon.

Schwer atmend fuhr Corwyn herum, um sich nach dem nächsten Gegner umzuschauen. Erleichtert durfte er jedoch feststellen, dass der Kampf zu Ende war.

Von Craig, einem der beiden Leibwächter, alarmiert, waren die Soldaten der Stadtwache herbeigeeilt und hatten der königlichen Garde geholfen, die letzten Untoten zu enthaupten. Nur morsche Knochenhaufen und rostige Rüstungen waren von den untoten Kriegern geblieben. Corwyn wollte aufatmen, als er die entsetzten Züge Craigs bemerkte, der aufgeregt auf ihn zutrat.

»Sire! Sire!«

»Was ist los?«, fragte Corwyn.

»Die Königin …!«

»Was ist mit ihr?« Corwyn ahnte Böses.

»Sie … sie ist – *verschwunden!*«

»Was?«

»Verzeiht, Sire!«, sagte Corwyns Leibwächter zerknirscht. »Ich wusste nicht, was ich tun sollte! Ihr gabt mir Weisung, die Stadtwache zu alarmieren! Als ich danach auf meinen Posten zurückkehrte, fand ich die Tür des Schlafgemachs offen vor, und die Königin war …«

Corwyn hörte schon gar nicht mehr hin. Hals über Kopf hastete er den Korridor entlang bis zur Halle und danach die Stufen der großen Treppe hinauf. Seine Gedanken überschlugen sich, und obwohl er so schnell lief, wie er konnte, hatte er das Gefühl, sich kaum vom Fleck zu bewegen.

Endlich erreichte er die Tür zum königlichen Schlafgemach. Wie der Leibwächter berichtet hatte, stand sie offen. Eiskalte Luft wehte Corwyn aus dem Inneren entgegen.

»Alannah! *Alannaaah!*«

Er stürzte regelrecht in den Raum, schaute sich gehetzt um. Das Bett war leer, ebenso die beiden Sessel, aber die Tür zum Balkon stand weit offen. Kalte Nachtluft wehte herein und ließ die Vorhänge wie Leichentücher flattern.

»Nein!«, stöhnte Corwyn, eilte auf den Balkon, beugte sich über die Brüstung und blickte hinab – aber von Alannah war weit und breit nichts zu sehen.

Stoßweise atmend und mit hämmerndem Herzen fuhr Corwyn herum. Noch immer hoffte er, dass es eine andere Möglichkeit gäbe, dass sich seine Gemahlin vielleicht noch irgendwo in den Mauern der Zitadelle aufhielt, auch wenn er keine Antwort auf die Frage fand, warum sie das Schlafgemach verlassen hatte. Auch konnte er sich die offene Balkontür nicht erklären.

Die beiden Leibwächter Craig und Bryon sowie einige Soldaten der königlichen Garde stürzten ins Schlafgemach. Sie blickten gleichermaßen entsetzt wie betreten.

»Die Königin ist nirgendwo aufzufinden, Sire«, berichtete Craig atemlos.

Corwyn erwiderte nichts. Er hätte seine Trauer, seine Wut und seinen Schmerz am liebsten laut hinausgebrüllt, doch zwang er sich vor seinen Untertanen zur Ruhe.

»W-was hat das zu bedeuten, Sire?«, unterbrach Bryons bange Frage die Stille.

»Das bedeutet«, sagte der König zögernd und mit rauer

Stimme, »dass die Königin entführt wurde. Wie es aussieht, war der Angriff auf die königliche Garde nur ein Ablenkungsmanöver – und wir sind darauf reingefallen.«

»Nicht Ihr, Sire.« Craig senkte betreten den Blick, dann fiel er auf die Knie. »Wenn, dann trage *ich* Schuld an dem, was geschehen ist. Ich bin nicht rasch genug auf meinen Posten zurückgekehrt. Wäre ich hier gewesen, hätte ich vielleicht verhindern können, dass man die Königin entführte. Bitte vergebt mir …«

»Mein guter Craig.« Trotz des tiefen Schmerzes, der in seiner Brust tobte und der ihm das Herz zu zerreißen drohte, war Corwyn von der Treue seines Leibwächters geradezu gerührt. »Da ist nichts zu vergeben. Ich war es, der dich fortschickte. Nur mich allein trifft die Schuld – und jene, die meine Gemahlin entführt haben und in deren Gewalt sie sich nun befindet.«

»Wer, Sire?«, fragte Bryon flüsternd. »Wer hat das getan? Wer verfügt über die Macht, tote Krieger aus dem Grab zu rufen und sie seinem Willen zu unterwerfen?«

Corwyn holte tief Luft, wissend, dass es nur eine Antwort auf diese Frage gab.

Gemessenen Schrittes trat er zur Balkontür und blickte hinaus auf die nächtlichen Häuser und Dächer der Stadt und auf den neuen Tag, der sich fern im Osten mit blutrotem Leuchten ankündigte.

»Der unbekannte Feind«, erwiderte er mit bebender Stimme, und seine Hände ballten sich zu Fäusten, dass die Knöchel weiß hervortraten. »Kal Anar …«

11.

GOSGOSH'HAI UR'ORUUN

Gong!

Der gewölbte Metallschild, unter den sich Rammar in seiner Not verkrochen hatte, hallte unter den wüsten Hieben wieder, mit denen auf den fetten Ork eingeschlagen wurde. Jedes Mal, wenn die Keule des Gegners herabfiel, hatte Rammar das Gefühl, bis ins Mark durchgeschüttelt zu werden. Der Schild, den er mit beiden Händen verzweifelt über dem Kopf hielt, dröhnte dann wie eine Glocke, und der Ork fürchtete schon, darunter taub zu werden.

Gong!

Nur noch wie von fern drang das Grölen der Menge an Rammars spitze Ohren. Die Schaulustigen auf den Rängen der Arena schrien und lachten vor Vergnügen, tranken Bier und stopften Nüsse und Naschzeug in sich hinein, während Rammar und sein Bruder um ihr Leben kämpften.

Gong!

Der nächste Schlag war mit derart vernichtender Wucht geführt, dass Rammar herumgerissen wurde, das Gleichgewicht verlor und mit dem Gesicht voran im Sand der Arena landete, was schallendes Gelächter von den Rängen hervorrief.

An einem anderen Tag hätte sich Rammar nicht nur schrecklich darüber geärgert, sondern sich wie von Sinnen gebärdet und wäre vielleicht sogar in *saobh* verfallen – an diesem Tag aber war er schon froh, wenn ihn der nächste

Keulenschlag nicht zermalmte. Er hob die Schnauze aus dem Sand, drehte sich herum und kroch auf den Knien davon, während er sich mit dem Schild verzweifelt zu schützen versuchte. Fürchterliches Gebrüll war von oberhalb des völlig verbeulten Metalls zu vernehmen, und Rammar erheischte einen Blick daran vorbei auf riesige, stämmige Beine, die in furchtbar großen Füßen endeten. Mit beängstigender Geschwindigkeit setzten sie heran, und als die Keule erneut zuschlug, kam sie nicht von oben, sondern von der Seite.

Der Schild flog in die eine Richtung, Rammar in die andere. Der Ork überschlug sich und prallte gegen die Ummauerung des Kampfplatzes. Benommen sank er daran nieder und blieb am Fuß der Mauer liegen. Schwarzes Orkblut quoll ihm aus der Nase. Seinen Gegner sah er nur noch durch trübe Schleier – einen Bergtroll, der beinahe so breit war wie hoch und dessen graue Haut wie verwittertes Gestein aussah. Eiserne Ketten mit Gliedern so groß wie Rammars Fäuste waren um die Brust des Trolls geschlungen. Die Kettenenden waren an der Arenenmauer verankert und hinderten den Troll daran, die Ummauerung zu überspringen und sich an den Zuschauern zu vergreifen. Aber selbst mit dieser Einschränkung war der Troll noch immer ein tödlicher und bei weitem zu mächtiger Gegner.

Seinen *saparak* hatte Rammar längst verloren – mit dem Speer hätte er die Haut des Trolls auch kaum mehr als nur ritzen können. Stattdessen hatte sich der Ork unter den Schild zurückgezogen, aber auch diese Taktik würde nicht lange von Erfolg gekrönt sein.

»Geschätzte Zuschauer!«, scholl die Stimme des Arenensprechers laut und spöttisch durch das Rund. »Sollte das etwa schon das Ende dieses dramatischen Kampfes sein? Sollte unser fetter Unhold nicht länger bestehen können gegen die rohe Urgewalt des Trolls?«

»Ooooh!«, scholl es in geheucheltem Mitleid von den Rängen.

»Niemand soll behaupten, dass in der Arena von Sundaril ungleiche Kämpfe stattfänden!«, fuhr der Sprecher fort. »Wir werden dem Unhold daher eine kleine Unterstützung zuteil werden lassen. Begrüßen Sie mit mir den aufgehenden Stern in der Arena! Vor wenigen Tagen kam er zu uns als ein Unbekannter, in dieser kurzen Zeit jedoch hat er sich mit Mut und Tapferkeit in unsere Herzen gekämpft. Hohe Herren und edle Damen, heißen Sie ihn auf dem Kampfplatz willkommen. Hier ist – *Balbok der Brutale*!«

Tosender Beifall brandete ringsum auf. Eine der vergitterten Pforten zur Arena wurde geöffnet, und Rammars Bruder trat auf den Kampfplatz, gemessenen Schrittes und mit vor Stolz fast berstender Brust.

»Bal-bok! Bal-bok!«, scholl es begeistert von den Rängen, zur hellen Freude des Hageren und zu Rammars größtem Verdruss.

Acht Tage befanden sie sich bereits als Arenenkämpfer in Sundaril, weil dieser verdammte von Bruchstein sie verraten hatte – acht Tage, in denen Balbok nichts unversucht gelassen hatte, um sich das Wohlwollen der Milchgesichter zu erschleimen. Rammar fragte sich, was sein dämlicher Bruder denn getan hatte, um einen solchen Empfang zu verdienen. Gewiss, er hatte einen Oger in Stücke gehackt, mehrere Gladiatoren auseinandergenommen und ihre zuckenden Leiber in der Arena zur Freude des Publikums ausgeweidet, einen Ghul erledigt (obwohl dieser seine Gestalt gewandelt und sich als Rammar ausgegeben hatte) und eine Riesenschlange mit bloßen Händen erwürgt. Aber das rechtfertigte nicht, dass man ihn derart überschwänglich feierte – oder?

»Pfff!«, machte Rammar verächtlich und voller Eifersucht – während er gleichzeitig heilfroh war, dass ihm sein zwar ungemein einfältiger, aber nichtsdestotrotz recht nützlicher Bruder zu Hilfe kam. »Worauf wartest du, *umbal?*«, rief er ihm quer durch die Arena entgegen. »Sieh zu, dass du diesen stinkenden Fleischberg erschlägst, damit wir für heute Feierabend machen können!«

Verwirrt durch die Ankündigung des Arenensprechers und den tosenden Beifall von den Rängen war der Troll in der Mitte des Kampfplatzes stehen geblieben. Argwöhnisch starrten seine kleinen Augen aus dem Schädel, der wenig mehr war als eine hügelförmige Erhebung auf dem unförmigen Oberkörper des Monsters. Durch Rammars Zuruf wurde er auf Balbok aufmerksam, der sich noch immer im Beifall sonnte, ungeachtet des gefährlichen Gegners – und im nächsten Augenblick stürzte der Troll auf ihn zu.

»Vorsicht, *umbal!*«

Erst auf Rammars neuerlichen Ruf hin wandte Balbok seine Aufmerksamkeit von den Rängen ab, zu denen er breit hinaufgegrinst hatte, und sah den Troll heranstürmen, der ihn an Körpergröße fast um das Doppelte überragte. Der Bergtroll schwang die hölzerne Keule, dass es nur so pfiff, die Ketten um seine Brust schleppte er, als wögen sie nichts. Balbok reagierte augenblicklich. Das Grinsen verschwand aus seinen Zügen, die Einfalt blieb – aber als die Keule des Trolls krachend niederging, fand sie den Ork nicht mehr dort vor, wo er eben noch gestanden hatte.

Leichtfüßig war Balbok zur Seite gesprungen und dem mörderischen Hieb, der im Sand der Arena einen tiefen Krater hinterließ, auf diese Weise entgangen. Der Troll brüllte wütend auf, der Beifall von den Rängen schwoll noch mehr an.

»Bal-bok! Bal-bok! Bal-bok …!«

Der Ork schwang seine Axt und schlug damit nach dem Gegner, mehr, um die Distanz zu prüfen, denn um ihn wirklich anzugreifen. Der Troll antwortete darauf mit markerschütterndem Gebrüll und einem weiteren Hieb, der in die Arenenmauer krachte, dass Gesteinssplitter nach allen Seiten davonspritzten.

Balbok war dem mörderischen Angriff erneut entkommen, wenn auch nicht mehr ganz so leichtfüßig wie zuvor. Er taumelte zurück und verlor das Gleichgewicht, landete rücklings im Staub der Arena, und der Troll tauchte als riesiger drohender Berg über ihm auf. Stampfend wollte der Gigant den Ork unter seinem Tritt zermalmen, aber reaktionsschnell schwang der Ork die Axt, traf den Fuß des Trolls und hieb ihm den großen Zeh ab.

Der Troll, heulend vor Wut und Schmerz, machte einen Satz nach vorn, geradewegs über Balbok hinweg. Er wäre auch noch weiter gesprungen, hätten ihn die Ketten, die um seine Brust geschlungen und in der Arenenmauer verankert waren, nicht zurückgerissen. Er fuhr herum und fletschte die Zähne, während seine Augen wutentbrannt nach dem Gegner suchten, ihn aber nicht fanden.

Balbok hatte die Zeit nämlich genutzt, um sich aufzuraffen und in den Rücken des Trolls zu gelangen. Von dort griff er an, die Axt in hohem Bogen schwingend, um die Schneide zwischen die Schulterblätter des riesigen Fleischbergs zu senken.

Aber es kam nicht dazu.

Einem jähen Instinkt gehorchend, ließ sich der Troll nach hinten fallen, geradewegs gegen die Ummauerung. Balbok wurde davon so überrascht, dass er weder dazu kam, den Schlag auszuführen, noch sich in Sicherheit zu bringen. Der massige Körper des Trolls schleuderte ihn gegen die Mauer, wo er zwischen hartem Stein und dem nicht weniger harten Rücken des Trolls eingequetscht wurde.

Balbok hörte seine eigenen Knochen knacken und hatte plötzlich ein Brausen in den Ohren, das nichts Gutes verhieß. Ein Stöhnen entrang sich seiner Kehle, begleitet von einem Blutschwall, der ihm aus dem Mund spritzte.

»Bal-bok …?«

Die Zurufe der Zuschauer verstummten jäh, als sie ihren Helden hinter der Masse des Trolls verschwinden sahen. Unter wildem Geschrei warf sich der Bergtroll mehrmals gegen die Wand, während von seinem bedauernswerten Gegner jeweils nur ein Arm oder ein Bein zu sehen war und das Publikum zu fürchten begann, dass dies vielleicht Balboks letzter Kampf sein könnte.

Allmählich schlug die Stimmung zu seinen Ungunsten um.

»Troll! Troll! Troll!«, begannen die Ersten zu rufen, und mehr und mehr fielen auch die Übrigen in den Chor ein.

Dem Bergtroll, der die Sprache der Menschen ohnehin nicht verstand, war es reichlich egal, was dort oben gerufen wurde – ihm kam es nur darauf an, sich des Gegners zu entledigen, der ihn auf so unverschämte Weise verstümmelt hatte.

Wie ein Bär, den Flöhe quälen, wetzte er seinen Rücken an der Mauer – aber Balbok war zäher, als der Troll und selbst die Zuschauer es vermutet hatten, obwohl seine Knochen knirschten und er das Gefühl hatte, Stück für Stück zermalmt zu werden. Die Wut, die er darüber empfand, steigerte sich in einen ausgewachsenen *saobh*, der ihm für einen Augenblick überorkische Kräfte verlieh.

Indem er sich mit dem Rücken gegen die Mauer und mit den Beinen gegen den Troll stemmte, gelang es ihm, diesen ein Stück von sich wegzustoßen. Dadurch kam Balbok frei und fiel zu Boden – benommen landete er im Sand.

Ein erstauntes Raunen ging durch die Reihen der Zuschauer, und von der anderen Seite der Arena, wo Rammar in sicherem Abstand wartete, scholl ein entnervtes »Na endlich, du Schnarchsack! Ich hatte schon gedacht, du willst dich wie eine Made zerquetschen lassen!« herüber.

Der Troll fuhr wütend herum und hieb mit der Keule

nach Balbok, und der Ork, dem jeder einzelne Knochen im Leib wehtat und der keuchend nach Atem rang, hatte kaum noch die Kraft, um auszuweichen – erst im letzten Augenblick gelang es ihm, sich zur Seite zu werfen. Zwar streifte ihn der Keulenhieb noch, aber nicht heftig genug, um ihn ernstlich zu verletzen.

Schwerfällig und wankend kam Balbok auf die Beine. Seinen Helm hatte er längst verloren, Blut rann ihm aus den Mundwinkeln. Mit verschleierten Blicken sah er den Troll erneut angreifen und wusste, dass er den Kampf rasch beenden musste – oder *sein Leben* würde beendet werden …

Was die Zuschauer betraf, so hatten sie trotz Balboks unverhoffter Befreiungsaktion inzwischen einen neuen Favoriten in diesem Kampf. »Troll! Troll! Troll!«, feuerten sie den grauen Muskelberg immerzu an, der in seiner Raserei sicherlich keinen Ansporn mehr brauchte. Heulend und brüllend holte er aus, um Balbok mit einem weiteren Schlag ungespitzt in den Sand der Arena zu rammen – aber der Ork war plötzlich verschwunden.

Innerhalb von Augenblicken hatte sein einfach strukturierter Verstand einen ebenso einfachen Plan ersonnen, und Balbok setzte ihn sogleich in die Tat um. Die schwere Axt, die er kaum mehr heben konnte, hinter sich herschleifend, lief er um den Troll herum und eilte zu jener Stelle an der Mauer, wo eine der Ketten verankert war.

»*Bog-uchg!*«, rief Rammar ihm aufgebracht zu. »Elendes Weichei! Willst du jetzt etwa feige fliehen?«

Balbok war zu beschäftigt, um auf den Vorwurf des Bruders einzugehen. Stattdessen nahm er die metallene Öse ins Visier und schlug darauf ein.

»Was machst du denn, du verdammter *umbal*? Hat der Troll dir dein bisschen Hirn zermatscht?«, schrie Rammar verzweifelt. »Nicht auf die Wand sollst du eindreschen, sondern auf ihn!«

Balbok ließ sich nicht beirren. Wieder und wieder schlug er zu, während der Troll noch immer rätselte, wohin sein Gegner verschwunden war. Mit jedem Hieb der riesigen Axt spritzte mehr Mauerwerk davon und legte die Verankerung der Öse frei.

Daraufhin lief Balbok los, rannte und stolperte auf die gegenüberliegende Seite der Arena.

»Elende Hackfresse! Die Milchgesichter lachen bereits über dich!«, beschwerte sich Rammar. »Muss ich erst herüberkommen und dir zeigen, wie man mit einem lächerlichen Bergtroll fertig wird?«

In der Tat setzte sich bei den Zuschauern die Ansicht durch, der Ork hätte beim Kampf gegen den Troll zu viel auf den Kopf bekommen – entsprechend laut und schadenfroh war ihr Gelächter. Balbok störte sich nicht daran. Er war es gewohnt, als Dummkopf verspottet zu werden. So, wie er es sah, war nur derjenige dumm, der am Ende den Kürzeren zog …

Der Troll brüllte wütend auf, als er Balbok entdeckte. Mit ausgreifenden Schritten setzte er heran, dabei die Keule schwingend. Unter seinen enormen Körpermassen strafften sich die Ketten und gerieten unter Zug – und mit einem hohlen Geräusch brach die Öse, die Balbok bearbeitet hatte, aus dem Mauerwerk.

In hohem Bogen flog das lose Ende der Kette durch die Arena. Der Troll, der eine seiner lästigen Fesseln los war, nutzte seine neu gewonnene Freiheit, um sich wie irr zu gebärden und mit der Keule um sich zu schlagen. Die Anfeuerungsrufe auf den Rängen verstummten jäh, als den Zuschauern klar wurde, dass ihr Leben keinen Silbertaler mehr wert war, wenn sich der Troll ganz losriss, und hier und dort wurden panische Rufe laut.

»Keine Sorge, verehrtes Publikum!«, fühlte sich der Arenensprecher genötigt zu versichern. »Das gehört alles zu der Vorführung, die wir zu Ihrer Kurzweil inszeniert haben und ...«

Ein grimmiges Grinsen huschte über Balboks Züge, dann machte er sich auf den Weg, um den zweiten Teil seines Plans in die Tat umzusetzen. Wie ein Raubtier, das einem fliehenden Opfer nachjagt, setzte er hinter dem losen Ende der Kette her und bekam es auch zu fassen. Die Axt in der einen, die Kette in der anderen Klaue, wandte der Ork seine letzte verbliebene Kraft auf und umrundete den Troll, der noch immer hin und her stampfte und sich wie ein Berserker aufführte.

Einmal umrundete Balbok ihn mit der Kette, dann noch einmal – und schließlich zog der Ork die Schlinge zu!

Balboks Sehnen und Muskeln spannten sich bis zum Zerreißen, als er sich in das schwere Eisen stemmte. Die Kette klirrte laut, straffte sich – und im nächsten Moment waren die Beine des Trolls gefesselt.

»Achtung, Troll fällt!«, rief Balbok nach alter Sitte – dann war es auch schon geschehen.

Der Gigant wollte gerade wütend in die Höhe springen und merkte zu spät, was geschehen war. Vergeblich ruderte er noch mit den langen Armen, dann schlug er rücklings in den aufwirbelnden Staub der Arena.

Ein erleichtertes Seufzen ging durch das Rund der Tribünen, hier und dort wurden wieder Balbok-Rufe laut, leise und verhalten zunächst, dann immer lauter werdend: »Balbok! Bal-bok! Bal-bok ...!«

Der Troll wand sich am Boden und schlug dabei so wild um sich, dass er sich auch noch in den übrigen Ketten verheddere, deren Enden um seine Brust geschlungen waren. Balbok eilte zu ihm und musste sich vorsehen, nicht noch von der ziellos umherschlagenden Keule getroffen zu werden.

Das hasserfüllte, zornige Gebrüll des Trolls verstummte jäh, als ihm die herabfahrende Axt des Orks den Schädel spaltete. Hirnmasse quoll hervor – freilich in bedenklich geringer Menge – und klatschte in den Sand der Arena.

Noch einmal bäumte sich der Troll auf und schlug blindlings mit der Keule um sich, dann verdrehte er die Augen, fiel zurück und blieb reglos liegen.

»Bal-bok! Bal-bok! Bal-bok …!« Der Jubel, der aufbrandete, kannte keine Grenzen.

Normalerweise genoss es Balbok, nach dem Sieg über einen Gegner – zumal, wenn es ein so knapper Sieg gewesen war wie dieses Mal – den Beifall der Menge entgegenzunehmen und sich darin zu suhlen wie eine Sau im Schlamm. Diesmal jedoch war er dafür zu geschwächt und entkräftet. Einen Augenblick lang konnte er sich noch aufrecht halten, indem er sich auf seine blutbesudelte Axt stützte – dann kippte er um, mit einem breiten Grinsen im Gesicht und froh darüber, noch am Leben zu sein.

Ins Leere gingen die Ovationen der Menge dennoch nicht, denn ein anderer war gern bereit, sie entgegenzunehmen.

Kaum war er sicher, dass der Troll tatsächlich tot war, eilte Rammar herbei, sprang mit einem für seine Statur bemerkenswert eleganten Satz auf den leblosen Fleischberg und reckte in triumphaler Pose die Arme in die Höhe.

»Seht her, ihr Milchgesichter!«, rief er grimmig hinauf zu den Rängen. »So ergeht es jedem, der sich mit einem Ork anlegt! Merkt euch das und verbreitet es überall: Rammar der Rasende ist der Held der Arena – und er hat einen Bruder, der ihm gelegentlich zur Klaue geht!«

12.

SOCHGOUD'HAI ANN DORASH

In den acht Tagen, die seit dem Abenteuer im Tunnel und der Gefangennahme Rammars und Balboks vergangen waren, hatte das Kommando aus Tirgas Lan seinen Weg nach Osten unbeirrt fortgesetzt – unter einem neuen Anführer.

Es war nur noch ein kleiner Trupp, der unter dem Befehl Orthmar von Bruchsteins die geheimen Stollen unter den Hügellanden durchwanderte und auf diese Weise zwar auf Umwegen, aber unbehelligt das Hammermoor und die üppigen Wälder des Südostens erreichte – aber dafür, so sagte sich Orthmar, war es *sein* Kommando!

Noch immer war der Zwerg stolz darauf, wie er die Orks losgeworden war, und dabei hatte es zunächst gar nicht so ausgesehen, als wollte sein Plan gelingen. Als Gurn der Eisbarbar während des Marsches durch das Scharfgebirge verdächtige Schatten bemerkte, hatte Orthmar schon befürchtet, alles könnte vorbei sein. Denn natürlich waren es seine Leute gewesen, die sich dort oben herumgetrieben und just in dem Moment, als er sich in sicherem Abstand von den anderen befunden hatte, einen Steinschlag ausgelöst hatten. Dass dabei nicht die beiden Orks, sondern ein Zwerg draufgegangen war, war eine der kleinen Widrigkeiten, an denen sich Orthmar schon in seinen Zeiten als Schmuggler hatte gewöhnen müssen und von denen er sich nie hatte einschüchtern lassen.

Unbeirrt hatte er sich zusammen mit den Orks und den

anderen in den Stollen begeben. Dass sie dort von Höhlenegeln angegriffen worden waren, war freilich auch nicht so geplant gewesen, schließlich hatte Orthmar selbst die Begegnung mit den glibberigen Viechern nur knapp überlebt. Dass am Ausgang des Stollens Muril Ganzwars Schergen gelauert hatten, war hingegen wieder ganz nach Plan gewesen – und die Orks waren blindlings in die Falle getappt.

Rammar, der darauf bestanden hatte, den Stollen als Erster zu verlassen, war von Ganzwars Leuten in Empfang genommen und überwältigt worden, noch ehe der fette Unhold recht begriffen hatte, wie ihm geschah. Orthmar hatte die übrigen Mitglieder des Kommandos rasch fortschicken können mit der Begründung, dass Kopfgeldjäger in großer Überzahl ihnen aufgelauert hätten – nur Balbok, der als Letzter aus dem Tunnel geschlüpft war, wurde ebenfalls geschnappt, zu Orthmars heller Freude.

Mit jedem Tag, der seither verstrichen war, fühlte sich der Zwerg mehr als Anführer. Tiefe Zufriedenheit erfüllte ihn, wenn er andere herumkommandierte, wie er es als Anführer einer zwergischen Schmugglerbande getan hatte, und er kostete es weidlich aus. Bis irgendwann der Augenblick kam, in dem Nestor von Taik das Schweigen brach.

»Heda, Zwerg!«, rief er Orthmar zu, der wie immer die Führung innehatte und vorn an der Spitze des kleinen Trupps marschierte. »Wo führst du uns eigentlich hin?«

Orthmar, der seine Axt dazu benutzte, einen Pfad durch das dichte Gewirr von Schlingpflanzen und Vorhängen aus Moos zu schlagen, das sich zwischen knorrigen Bäumen und riesigen Farnen erstreckte, hielt in dieser Tätigkeit inne. Bedächtig wandte er sich um und sandte dem Menschen einen verächtlichen Blick. »Bist du schon so alt, dass du dich nicht mehr an unseren Auftrag erinnerst?«, fragte er. »Unser Ziel heißt Kal Anar.«

»Dann ist es ja gut«, meinte Nestor. »Ich wollte nur sichergehen – dieser Pfad macht nämlich nicht den Eindruck, als würde er irgendwohin führen.«

»Vertraut mir«, sagte Orthmar grinsend. »Vor langer Zeit, zwischen den Kriegen, sind Angehörige meines Volkes hier gewesen und haben die Gegend erkundet. Dabei haben sie ausführliche Landkarten angefertigt, die sich noch immer im Besitz der Zwergenfürsten befinden. In diese Karten durfte ich vor Beginn der Reise Einsicht nehmen. Ich weiß also genau, wohin ich euch führe.«

»Beruhigend, das zu wissen.« Nestor nickte. »Diese Zwerge, die einst hier waren …«

»Was ist mit ihnen?«

»Sie hatten es auf Bodenschätze abgesehen, nicht wahr? Auf Gold und Silber und Edelsteine.«

Orthmar zuckte mit den Schultern. »Was sonst?«

»Und? Haben sie etwas gefunden?«

»Nein.« Der Zwerg, dessen Bart durch die feuchte Luft und den Schweiß zu klebrigen Strähnen geworden war, schüttelte den Kopf. »Der ganze verdammte Boden hier ist wertlos. Er besteht nur aus dem, was von den Bäumen fällt und was die Viecher fallen lassen, nachdem sie gefressen haben.«

»Fäulnis und Scheiße«, drückte es Gurn der Eisbarbar weitaus krasser aus.

»So ist es. Die Expedition war damals ein finanzielles Fiasko, das einige wohlhabende Zwergenfamilien in den Ruin trieb. Gold, Silber und Edelsteine fanden sie hier nicht – nur der Name, der diesen Wäldern verliehen wurde, erinnert noch daran.«

»Die Smaragdwälder.« Nestor rümpfte die Nase und schaute sich inmitten des dichten Dickichts um, in dem sie sich befanden. »Und ich dachte, der Name käme vom Grün der Pflanzen.«

»Das denken viele, weil sie die Wahrheit nicht kennen.«

Orthmar wandte sich wieder seiner vorherigen Tätigkeit zu. Eine armdicke Liane durchtrennte er mit einem einzigen Axthieb.

»Und was ist die Wahrheit?«, erkundigte sich Nestor.

»Dass es hier nichts weiter gibt als Bäume, Pilze und wieder Bäume – und dazu zahllose Schlangen und anderes Gewürm, von den Fleisch fressenden Pflanzen ganz zu schweigen.«

»Fleisch fressende Pflanzen?« Nestor blickte sich erneut um, diesmal sichtlich beunruhigt.

»Allerdings. Am meisten jedoch müsst ihr euch vor den Echsen in Acht nehmen. Die Biester sind verdammt groß und gefräßig. Die beißen euch die Köpfe von den Schultern, noch ehe ihr sie kommen seht. Also haltet die Augen offen, verstanden?«

»Was ist mit den Orks?«

»Was für Orks?«

»Rammar und Balbok!«

»Was soll mit ihnen sein?«

»Wir hätten sie aus der Hand der Kopfgeldjäger befreien sollen«, war Nestor überzeugt, weniger aus Sorge um Balbok und Rammar, als vielmehr deshalb, weil die Orks gute und auch raffinierte Kämpfer waren, vor allem Balbok, das hatte der Kampf im Stollen deutlich gezeigt.

»Bist du verrückt geworden?« Orthmar schüttelte den Kopf. »Auf diese Unholde ist kein Verlass. Ich für meinen Teil bin froh, dass wir sie los sind – und du solltest dich glücklich schätzen, dass die Kopfgeldjäger euch nicht auch noch geschnappt haben, denn sie hätten euch wohl kaum abgenommen, dass ihr in königlichem Auftrag unterwegs seid. Wahrscheinlich hättet ihr euch inzwischen bereits in irgendeinem Steinbruch halb zu Tode geschuftet.«

Dies war in der Tat kein sehr erfreulicher Gedanke, und so widersprach Nestor nicht mehr, sondern tauschte einen undeutbaren Blick mit Gurn, der sein klobiges Schwert wie immer in der Scheide am Rücken trug, sodass der Griff über die Schulter ragte. Ihre schweren Mützen und Zwergenumhänge hatten sie längst abgelegt – in der feuchtschwülen Wärme, die immer noch zunahm, je weiter sie nach Südosten gelangten, hätten sie sich darin zu Tode geschwitzt.

Anfangs hatte Orthmar erwogen, ein Floß zu bauen und die Reise auf dem Fluss fortzusetzen, der das Land von Norden durchfloss und in den Smaragdsee mündete – in Hinblick auf die gefährlichen Strömungen und auf die Echsen, die dort lauerten, hatte er sich jedoch dagegen entschieden. Die Reise zu Fuß mochte länger dauern, dafür war sie ungleich sicherer.

Ihr Nachtlager pflegten sie auf Lichtungen aufzuschlagen; in den alten Expeditionsberichten wurde ausdrücklich davor gewarnt, auf Bäumen zu nächtigen. Auf ein Lagerfeuer verzichteten Orthmar und seine Begleiter – nicht nur aus Furcht vor Entdeckung, sondern auch, weil es weit und breit kein Holz gab, das trocken genug gewesen wäre.

Und Balbok, der sie mit jenem ganz besonderen Brennstoff versorgt hatte, den nur Orks zu verwenden pflegten, befand sich nicht mehr unter ihnen …

Es blieb ihnen also nichts, als auch an diesem Abend, als sie ihr Lager aufgeschlagen hatten, ohne Feuer auszukommen. Orthmar teilte jeweils zwei seiner Leute zum Wachdienst ein, während die anderen beiden schliefen, und so kam es, dass Gurn und der Gnom Wache hielten, während Nestor und Orthmar schon nach wenigen Augenblicken in trägen, tiefen Schlaf fielen.

Das lange Schwert neben sich in den Boden gerammt, hockte der Barbar aus dem Nordland da und schaute zu, wie sich der Dschungel verfärbte, wie das leuchtende Grün des Tages verblasste und in mattes Blau überging, das umrahmt wurde von lilaschwarzen Schatten. Schlagartig wurde es kühler, und mit der Dunkelheit, die über den Smaragdwäldern heraufzog, kamen auch die Geräusche der Nacht.

Gurn gab sich alle Mühe, das Unwohlsein zu unterdrücken, das ihn befallen hatte, denn ihm, der an die Einsamkeit und Stille der Eiswüste gewöhnt war, erschien die Vielfalt des Lebens im Dschungel ebenso verwirrend wie bedrohlich. Unentwegt regte sich etwas unter den fauligen Blättern und entlang der knorrigen Rinden der Bäume; es krabbelte, kroch und schlängelte überall um ihn herum. Dazu knackte und raschelte es unentwegt im Unterholz, und hin und wieder waren rot leuchtende Augenpaare zu sehen, die auf die Lichtung starrten, um dann sofort wieder zu verschwinden. Schreie waren zu hören und grässliches Gekreische; die Jäger der Nacht machten Jagd auf ihre Opfer, und Gurn konnte nur hoffen, dass seine Gefährten und er nicht dazugehörten.

Der Gnom ertrug es mit weitaus größerem Gleichmut – vielleicht deshalb, weil er den Bestien des Dschungels ungleich ähnlicher war als Menschen und Zwerge. Seine grüne Haut gab ihm in dieser Umgebung eine natürliche Tarnung, und weder die Hitze des Tages noch die Kälte der Nacht schienen ihm etwas auszumachen. Auch die allgegenwärtige Feuchtigkeit störte ihn nicht, im Gegenteil – in Sümpfen und modrigfeuchten Wäldern fühlte seinesgleichen sich zuhause.

Gurn war nicht wohl in Gegenwart des Grünhäutigen. Als Bewohner des Nordlands hatte er nicht viel übrig für Gnomen, Orks und anderes Gesocks; sogar die Menschen der Ostreiche waren ihm suspekt. Einzig Balbok hatte ihm gefallen – vielleicht deshalb, weil der Eisbarbar und der hagere Ork einander im Wesen nicht ganz unähnlich waren. Er bedauerte ein wenig, dass Balbok den Trupp nicht mehr begleitete. Sein dicker, unentwegt schwatzender Bruder hingegen war kein großer Verlust, aber der Hagere vermochte meisterlich mit der Axt umzugehen und hatte Mut, wofür Gurn ihm Respekt zollte.

Für den Gnom hingegen hatte der Eisbarbar nichts übrig, zumal man nie sicher sein konnte, was hinter den grünen Fratzen dieser Kerle vor sich ging.

Obwohl ringsum tiefe Finsternis herrschte, konnte Gurn den Grünhäutigen recht gut beobachten, denn die Lichtung wurde ein wenig erhellt vom Licht der Sterne, und dieser schwache Schein genügte den scharfen Augen des Barbaren.

Offenbar bemerkte der Gnom, dass er angestarrt wurde, denn er kicherte auf einmal leise und schickte Gurn einen provozierenden Blick, während sich seine grünhäutigen Züge zu einem Feixen verzerrten.

»Du nur warten«, murrte der Barbar leise, »dir Grinsen vergehen. Nur falsches Wort oder du mich anschauen mit Blick, mir nicht gefallen, dann ich dir drehen Hals um. Du verstanden, missraten Kreatur?«

Ob der Gnom ihn verstanden hatte oder nicht, war schwer zu sagen. Jedenfalls riss er das zähnestarrende Maul auf und ließ einmal mehr ein wieherndes Gelächter hören, das sich in die Geräusche des nächtlichen Dschungels mischte und von diesen kaum zu trennen war. Dazu rollte er mit den lidlosen Augen und klopfte sich vor Vergnügen auf die Schenkel. Für den Grünen, dachte Gurn, schien dieses Unternehmen ein einziger Spaß zu sein. Was daran so komisch sein sollte, konnte der Eisbarbar beim besten Willen nicht nachvollziehen – und plötzlich war es, als würde sich auch der Gnom eines Besseren besinnen.

Schlagartig brach sein Gelächter ab, und er verstummte. Mit weit aufgerissenem Maul und Augen, die fast aus den Höhlen quollen, schien er angestrengt zu lauschen.

In nächsten Moment registrierte es auch der Barbar.

Nicht, dass er tatsächlich irgendetwas gesehen oder gehört hätte – das war in der ringsum herrschenden Dunkelheit und bei der nächtlichen Geräuschkulisse des Urwalds so gut wie unmöglich. Es waren seine Instinkte, die Gurn aufmerken ließen. Jene Instinkte, die ihm in der kalten Wildnis der Eiswüste oft genug das Leben gerettet hatten.

Etwas hatte sich verändert.

Gurn vermochte es nicht zu begründen, aber er spürte, dass sie nicht mehr allein waren. Etwas – oder jemand – hatte sich ihnen genähert und beobachtete sie …

Der Barbar gab sich alle Mühe, es sich nicht anmerken zu lassen. In aller Eile überlegte er, was zu tun war. Er musste die anderen wecken, aber so, dass der oder die Angreifer keinen Verdacht schöpften. Er schaute erneut den Gnom an, der noch immer unbewegt am Boden kauerte. Seine Zunge hing weit aus dem offenen Schlund, seine Augen hatten einen glasigen Ausdruck angenommen.

Mit einem lauten Räuspern wollte sich Gurn erheben und wie beiläufig nach dem Schwert greifen, als sich auf der gegenüberliegenden Seite der Lichtung etwas regte. Für einen kurzen Moment glaubte der Barbar, im spärlichen Mondlicht eine schattenhafte Gestalt zu erkennen. Beherzt riss er das Schwert aus dem Boden und fuhr herum, um den Gnom zu warnen.

In diesem Augenblick sah er das Blut, das aus dem weit aufgerissenen Schlund des Gnomen rann, der sich noch immer kein Stück bewegt hatte und mit starren Augen dasaß.

»Verdammt, was …?«

Plötzlich sprang der Gnom auf und begann wie von Sinnen zu schreien und mit den Armen und Beinen zu schlenkern – jedenfalls sah es in dem Halbdunkel, das auf der Lichtung herrschte, zunächst so aus. Gurn brauchte einen Moment, um zu begreifen, dass sein grünhäutiger Gefährte keineswegs gesprungen, sondern nach oben gerissen worden war – von einem Speer, der in seinem Rücken steckte und an dem er kreischend zappelte.

Das Kreischen des Gnomen riss die anderen aus dem Schlaf. Nestor schreckte hoch und griff nach den Messern in seinem Gürtel, und auch Orthmar von Bruchstein wurde wach. Während der Gnom pfeifend die letzten Töne von sich gab, riss Gurn den Zweihänder aus dem Boden und wollte ins Dickicht stürmen, um sich dem unsichtbaren Feind zu stellen.

Aber der Barbar kam nicht dazu.

Ein helles Sirren drang an sein Ohr, und fast im selben Augenblick spürte er einen Stich in seinem rechten Oberschenkel. Mit einem wütenden Knurren blickte er an sich herab und sah den dünnen, bunt gefiederten Pfeil, der dort steckte.

Gurn packte den Schaft und zog den Pfeil aus seinem Schenkel, ohne mit der Wimper zu zucken – aber schon trafen ihn zwei weitere Pfeile.

Einer bohrte sich in seinen rechten Oberarm, worauf der Barbar das Schwert nicht mehr halten konnte, ein dritter traf seine linke Schulter. Mit einer Verwünschung auf den Lippen wollte Gurn auch diese Geschosse entfernen – gleichzeitig nahm er ein Rascheln und eine flüchtige Bewegung wahr.

Er fuhr herum, aber alles, was er sah, war wiederum nur ein Schatten, der geschmeidig an ihm vorbeiglitt – und im nächsten Moment wurde ihm schwarz vor Augen.

Die Pfeile – sie waren vergiftet!

Die Erkenntnis traf Gurn wie ein Hammerschlag, aber es war bereits zu spät. Er konnte das Gift, mit dem die Pfeilspitzen getränkt waren und das verderblich durch seine Adern floss, beinahe fühlen, und er merkte, wie sich sein Verstand eintrübte – er war nicht mehr in der Lage, einen klaren Gedanken zu fassen, geschweige denn, sich gegen den unsichtbaren Angreifer zu verteidigen.

Er wankte und fiel nieder.

Indem er alle verbliebene Kraft zusammennahm, bäumte er sich noch einmal gegen die Macht des Giftes auf und versuchte, sich aufzuraffen – vergeblich.

Erneut brach er zusammen und blieb auf dem feuchten Waldboden liegen. Gellende Schreie, die wie ein nächtlicher Sturmwind über die Lichtung brausten, waren das Letzte, was er hörte.

13.

ANKLUAS

Rammar hasste den Tag nach einem Kampf – dann dröhnte einem der Schädel, und man war kaum zu was anderem zu gebrauchen, als seine eigenen Wunden zu lecken.

Nicht, dass Rammars Schädel diesmal besonders gedröhnt oder er sehr viele Wunden zu lecken gehabt hätte. Aber Balbok hatte es ziemlich schlimm erwischt. Im Kampf gegen den Troll hatte sich der hagere Ork einige üble Quetschungen und Blessuren zugezogen, und zwei seiner Rippen waren angeknackst. Hinzu kam, dass er sich im Zuge des *saobh* mehrmals auf die Zunge gebissen hatte, sodass diese dick geschwollen war und er nicht mehr richtig sprechen konnte.

»Diegem verlaugtem Troll habe ich eg gegeigt, *douk*?«

»*Korr*«, stimmte Rammar missmutig zu, »das hast du. Allerdings erst, nachdem er dich ziemlich übel zugerichtet hatte. Was hast du dir nur dabei gedacht? Findest du es in Ordnung, den ganzen Tag auf der faulen Haut zu liegen, während ich die ganze Arbeit erledigen muss? Die Schwerter müssen gewetzt und geölt werden, von der Sauerei auf deiner Rüstung ganz zu schweigen ...«

»Guldigung«, drang es von dem Lager aus Stroh herüber, auf dem Balbok lag. Die Zelle, in die man die Orks gesperrt hatte und die sich in den unterirdischen Katakomben der Arena befand, war wenig mehr als ein dunkles Loch, feucht und modrig und gerade hoch genug, dass Rammar darin stehen konnte. Mit anderen Worten: Sie war unerwartet gemütlich ...

Rammar seufzte und schüttelte resignierend den Kopf. »Wie oft muss ich dir noch sagen, dass sich ein Ork nicht entschuldigt?«

»Na ja, ig dagte nur, wo ig dir dog den *agar* gerettet habe ...«

»Du willst mir den *asar* gerettet haben?«, rief Rammar aufgebracht und blitzte ihn an. »Ha, dass ich nicht lache! Ich wäre auch ohne dich mit diesem Monstrum fertig geworden, das kannst du mir glauben.«

»Egt?« Balbok starrte ihn ungläubig an.

»Egt«, bestätigte Rammar, die Sprechweise seines Bruders nachäffend. »Ich hatte einen ausgeklügelten Plan, und der wäre auch aufgegangen, wenn du dich nicht eingemischt hättest.«

»Und wie gah der Plan aug? Wolltegt du dig zum Gein erglagen laggen?« Trotz seiner Schmerzen und seiner ramponierten Visage verfiel der hagere Ork in glucksendes Gelächter.

»Sehr witzig. Warum lässt du dich nicht als Hofnarr anstellen? Möglicherweise gibt es unter den Milchgesichtern ja einen oder zwei, die dein dämliches Gequatsche komisch finden. Ich weiß nur, dass ich auch ohne dich zurechtgekommen wäre, und wenn du mir nicht glaubst, kann ich dir gern den *saparak* in den ...«

»Seid ihr Rammar und Balbok?«

Rammar unterbrach sich und fuhr herum. Ohne dass sein Bruder oder er es bemerkt hätten, war jemand an die Gittertür ihrer Zelle getreten. Sie wurde entriegelt und geöffnet, doch von dem fremden Besucher, der auf der Schwelle verharrte, konnten die Orks nur die Silhouette erkennen, die sich gegen den Fackelschein auf dem Gang abzeichnete.

»Wer will das wissen?«, schnappte Rammar nicht eben freundlich. Ungebetenen Besuch schätzte er nicht besonders, und er konnte es nicht leiden, wenn man ihn belauschte.

»*Karal*«, drang es zu seiner und Balboks Verblüffung auf Orkisch zurück.

»Das glaube ich nicht!«, schnauzte Rammar in seiner Muttersprache, seine Überraschung geschickt verbergend. »Orks haben in dieser Gegend keine Freunde, und an einem Ort wie diesem schon gar nicht.«

»Unter den Milchgesichtern sicher nicht«, gab der fremde Besucher zu und trat ein – und Rammar und Balbok erkannten staunend, dass sie es mit einem Artgenossen zu tun hatten.

Es war ein Ork – allerdings einer, der ziemlich zerfleddert und mitgenommen aussah. Sein grünbraunes Gesicht war von zahlreichen Narben übersät, von seinem linken Ohr war nur noch ein unförmiger Rest übrig. Seine Augen glommen in gelbem Argwohn, und der Gestank, den er verbreitete, war zugleich Ekel erregend und vertraut. Bekleidet war er mit einem zerschlissenen Mantel aus speckigem Leder, den nur noch zahlreiche Nieten zusammenhielten.

Mit anderen Worten: Er war ein Unhold, wie er im Buche stand.

»Deine Visage gefällt mir nicht«, entbot ihm Rammar den traditionellen Gruß.

»Auch mir gefallen eure Visagen nicht«, entgegnete der fremde Ork grinsend.

»Von welchem Stamm bist du?«

»Von welchem Stamm? Bei Torgas Eingeweiden, ist das nicht völlig gleichgültig? Müssen an diesem Ort nicht alle Söhne der Modermark zusammenstehen?«

»Göhne der Modermark?« Trotz seiner Schmerzen betrachtete Balbok den Fremden voller Staunen – für einen

Ork redete der ganz schön geschwollen daher. »Hagt du gu lange mit den Milggegichtern rumgehangen?«

»Kann man wohl sagen.« Der fremde Ork nickte. »Mein Name ist Ankluas.«

»Ich bin Rammar, den man den Rasenden nennt«, stellte sich Rammar großtuerisch vor. »Und dies ist Balbok, mein etwas einfältiger Bruder ...«

»... der allerdings mutig zu kämpfen versteht«, fügte Ankluas mit einem anerkennenden Grinsen hinzu, das seine vernarbten Züge in die Breite zog. »Ich habe deinen Kampf gegen den Troll gesehen, Balbok, und ich bewundere dich ob deiner Tapferkeit. Dieser Kampf wird lange in Erinnerung bleiben. Noch in vielen Jahren werden die Milchgesichter davon sprechen.«

Balbok verzog das Gesicht und schnaubte nur, wie es unter Orks üblich war – ein Wort des Dankes existiert bekanntlich nicht im Dialekt der Modermark.

»Was willst du hier?«, fragte Rammar, um das Thema zu wechseln – es passte ihm nicht, dass sein Bruder in seiner Gegenwart derart gelobt wurde, auch wenn Balbok es noch so sehr verdiente. »Wenn du nur gekommen bist, um Süßholz zu raspeln, dann kannst du gleich wieder verschwinden.«

»Ich wollte mich euch nur vorstellen«, entgegnete Ankluas und hob abwehrend die Klauen. Auf Streit schien er nicht aus zu sein, dennoch hatte er etwas an sich, das Rammar missfiel.

»Bigt du aug Arenenkämpfer?«, wollte Balbok wissen.

»Ich war es einst«, antwortete Ankluas und deutete unbeholfen auf den kläglichen Fleischfetzen an seinem Schädel. »Bis so ein verdammter Troll mir den halben Kopf weghaute, bevor ich ihn erledigen konnte. Seitdem habe ich Schwierigkeiten mit dem Gleichgewicht.«

»Und?«

»Ganzwar, dieser alte Orkschinder, war der Ansicht, dass er zu viel für mich bezahlt hätte, um mich in der Arena vor die Gnome gehen zu lassen. Also begnadigte er mich und ernannte mich zum Waffenknecht.«

»Du – du bist Waffenknecht?«, fragte Rammar ungläubig, noch immer Balboks Axt über den Knien, an der er lustlos herumpolierte.

»Allerdings.«

»Dann nur immer herein mit dir«, lud Rammar ihn ein und winkte ihn heran; alles Misstrauen war vergessen. »Die Axt meines Bruders muss von Trollhirn gereinigt werden, und zwar bis auf den letzten Rest. Anschließend soll sie geschliffen und geölt werden, wie es der Waffe eines Meisters der Arena zukommt, hast du verstanden?«

»Ja, aber …«

»Anschließend kümmerst du dich um unsere Speere und sorgst dafür, dass ich einen neuen Schild bekomme – mein letzter hat den Einsatz in der Arena nicht überstanden. Und wir brauchen verdammt noch mal neue Helme und Rüstungen – geht das in deinen Schädel?«

»Natürlich«, versicherte Ankluas und nickte ergeben, während er die Axt entgegennahm, die Rammar ihm reichte. »Ich werde alles zu eurer Zufriedenheit ausführen, meine Freunde. Wenn es nur das ist, was ich für euch tun kann, werde ich euch sofort wieder verlassen.«

Mit der Axt in den Klauen wandte er sich zum Gehen und hatte die Schwelle bereits überschritten, als Balbok ihm hinterherrief: »Gibt eg denn nog etwag, dag du für ung tun könntegt?«

Da Ankluas den Brüdern den Rücken zuwandte, konnten sie nicht sehen, wie ein Grinsen über seine narbigen Züge glitt. Bedächtig wandte er sich zu ihnen um.

»Nun«, meinte er und hatte wieder diesen Ausdruck im Gesicht, der Balbok nicht recht gefallen wollte – vielleicht, weil er tief in seinem Inneren Erinnerungen weckte. »Ich könnte euch beispielsweise zeigen, wie man hier rauskommt.«

»Wie man …?« In Rammars kleinen Äuglein blitzte es. Argwöhnisch blickte er sich um, als befürchtete er, sie könnten in der Enge ihrer Zelle belauscht werden. Dann trat er vor, packte Ankluas an den Aufschlägen des Mantels und zerrte ihn wieder herein. »Sag das noch mal«, forderte er flüsternd.

»Ich könnte euch zeigen, wie man hier rauskommt«, kam es ebenso flüsternd zurück.

»Schmarren!«, blaffte Rammar. »Hier kommt man nicht einfach raus. Die Ausgänge sind alle vergittert, von den Wachen, die davorstehen, ganz zu schweigen. Ich habe schon Bekanntschaft gemacht mit Ganzwars Schergen, und ich kann dir sagen, dass mit denen nicht zu spaßen ist.«

»Ich weiß«, entgegnete Ankluas unbeeindruckt.

»Und dennoch behauptest du, einen Weg nach draußen zu kennen?«

»Ich habe *das hier*«, erwiderte der Einohrige und griff in seine rechte Manteltasche. Als er seine Klaue wieder hervorzog, hielt er darin einen großen Schlüssel mit breitem, rostigem Bart.

»Was, bei Kuruls übler Laune, soll das sein?«

»Dag igt ein Glüggel«, stellte Balbok fest.

»Faulhirn, ich sehe auch, dass das ein Schlüssel ist«, fuhr Rammar ihn an. »Aber zu welchem Schloss?«

»Zu dem einer Nebentür, die aus den Katakomben führt«, erklärte Ankluas mit nahezu feierlicher Miene. »Ich entdeckte sie durch Zufall auf dem Weg zur Waffenkammer.«

»Und der Schlüssel lag einfach so herum?«, fragte Rammar misstrauisch.

»Das gerade nicht – ich musste den Besitzer überreden, ihn mir zu überlassen.«

»Überreden?«

»Na ja, du weißt schon ...«

»Du hast einen Wächter erschlagen?«

Ankluas' Antwort war ein breites Zähnefletschen.

»Bei Kuruls Zorn! Bei Torgas stinkenden Eingeweiden! Bei Ludars Donnerbalken!« Rammars Gesichtszüge wurden dunkel, wie immer, wenn er sich aufregte. »Reicht es nicht, dass ich mit der Gesellschaft *eines* Idioten geschlagen bin? Muss jetzt auch noch ein zweiter dazukommen?«

»Wieso? Was hast du?«

»Was ich habe? Ich werde dir sagen, was ich habe! Du *umbal* hast einen Wärter in Kuruls Grube geschubst. Wie lange, glaubst du, wird das unbemerkt bleiben? Und wen, meinst du, wird man als Erstes verdächtigen? Natürlich uns, die Unholde, das liegt auf der Klaue!«

»Keine Sorge«, beschwichtigte Ankluas gelassen.

»Du hast gut reden. Begreifst du nicht, wie tief wir in der *shnorsh* sitzen?«

»Es wird nichts geschehen«, war Ankluas überzeugt.

»Warum nicht?«

»Ganz einfach – weil bislang auch nichts geschehen ist.«

»Was soll das heißen?«

»Das heißt, dass ich diesen Schlüssel schon eine ganze Weile bei mir habe.«

»Wie lange?«, wollte Balbok wissen.

»Lass mich überlegen.« Ankluas' Narbenfresse zerknitterte sich nachdenklich. »So fünfzig, sechzig Monde werden's wohl sein. Ehrlich gesagt bin ich im Zählen nie sehr gut gewesen ...«

»Fünfzig, sechzig Monde?« Rammar staunte nicht schlecht. »So lange bist du schon hier?«

Ankluas nickte.

»Und die ganze Zeit über schleppst du den Schlüssel mit dir herum? Warum bist du nicht längst geflohen?«

»Ich habe immer auf eine Gelegenheit gewartet, ihn zu benutzen, aber sie ist nicht gekommen. Nun jedoch seid ihr hier, Artgenossen aus der Modermark, und zum ersten Mal habe ich das Gefühl, dass meine Flucht tatsächlich gelingen könnte, wenn ich sie mit euch wage.«

»Na ja ...« Rammar kratzte sich verlegen in seinem wulstigen Nacken. Ankluas' Worte schmeichelten ihm, noch mehr jedoch gefiel ihm die Aussicht, dem Dasein als Arenenkämpfer zu entkommen, das nur sehr beschränkte Zukunftsaussichten bot – früher oder später würde jemand kommen, der ihm in der Arena so den *asar* versohlte, dass ihm davon Hören und Sehen verging, und Rammar hatte nicht vor, so lange zu warten.

Balbok hingegen schien weniger angetan vom Vorschlag des fremden Orks. »Warum?«, erkundigte er sich argwöhnisch.

»Warum was?«, fragte Ankluas.

»Warum willgt du ung helfen? Du kenngt ung gar nigt.«

»Ihr seid Orks, oder nicht?« Ankluas lächelte schwach. »Unter all den Milchgesichtern hier ist das schon eine ganze Menge. Und ich tue das nicht aus reiner Freundschaft, das könnt ihr mir glauben. Schon sehr lange warte ich auf eine Gelegenheit wie diese, denn wie ihr kann ich es kaum erwarten, aus diesem stinkenden Gnomenloch zu entkommen.«

»Gnomenlog?« Balbok schnüffelte. »Igt dog gang gemütlig. Augerdem bin ig der Meigter der Arena ...«

»Hör nicht auf ihn«, sagte Rammar schnell. »Er war schon immer ein dämlicher Hund, und bei seinem letzten Kampf in der Arena hat er zu viel auf den Schädel gekriegt.«

»Dann seid ihr dabei?«, fragte Ankluas und blickte dabei so hoffnungsvoll, wie es die gelben Augen eines Orks zustande brachten.

»Worauf du einen lassen kannst«, versicherte Rammar und rieb sich die Klauen. »Es gibt da draußen nämlich noch eine offene Rechnung, die wir zu begleichen haben.«

»Eine offene Rechnung?«

»Allerdings. Ein Zwerg, der uns verraten und an diesen Orkschinder Ganzwar verkauft hat. Seinetwegen sind wir hier, und dafür wird er büßen, und wenn ich ihn bis ans Ende der Welt jagen muss.«

»Ein Hutzelbart also.« Ankluas machte eine Miene, die sich unmöglich deuten ließ. »Wie ist sein Name?«

»Von Bruchstein.« Es sah fast so aus, als wollte sich Rammar übergeben. »Orthmar von Bruchstein.«

Ankluas nickte bedächtig. »Sieh an.«

Rammar riss erstaunt die Augen weit auf. »Du kennst den Kerl?«

»Flüchtig. Auch ich hatte schon mit ihm zu tun, und auch ich habe ihn nicht gerade in guter Erinnerung. Wisst ihr was? Wenn ihr erlaubt, werde ich euch auf eurem Rachefeldzug begleiten. Wie heißt es so schön? Je mehr Klingen, desto mehr Blut.«

»Diesen Spruch habe ich noch nie gehört«, gestand Rammar grinsend, »aber er gefällt mir. Also abgemacht: Du hilfst uns hier raus, und im Gegenzug erlauben wir dir, an der Jagd auf den Hutzelbart teilzunehmen.«

»*Korr*«, bestätigte Ankluas mit markigem Knurren, in das auch Balbok einfiel – auch wenn das bedeutete, dass sein Dasein als umjubelter Champion der Arena damit enden würde. Doch die Aussicht, Orthmar von Bruchstein den kleinen Kragen umzudrehen, war einfach zu verlockend.

Normalerweise verlangte es die Sitte der Orks, den Racheschwur mit Blut zu besiegeln, aber Rammar entschied, dies auf später zu verschieben. Der dicke Ork hatte nichts dagegen, wenn Blut floss, es sei denn, es war sein eigenes …

»Wann geht es los?«, fragte er Ankluas, damit dieser erst gar nicht auf den Gedanken kam, dass sie sich alle drei zur Ader lassen sollten.

»Noch heute Nacht«, kündigte der Einohrige an. »Auf den Botengängen, die ich bis dahin zu erledigen habe, werde ich alles vorbereiten. Außerdem werde ich dafür sorgen, dass eure Waffen bis dahin geschärft und auch ansonsten im tadellosen Zustand sind.«

»*Korr*«, stimmte Balbok zu.

»Gute Idee«, war auch Rammars Meinung.

»Kurz nach Mitternacht werde ich zu euch kommen. Bis dahin verhaltet euch so unauffällig wie möglich, verstanden?«

»Kein Problem.« Balbok grinste einfältig. »Ig werde einfag hier gitzen und go tun, alg ob ig gang ahnunglog wäre.«

»Das dürfte dir ja nicht weiter schwerfallen«, sagte Rammar gehässig.

»Also einverstanden?«, fragte Ankluas.

»Einverstanden. Wir treffen uns nach Mitternacht.«

»*Achgosh douk, karal'hai.*«

»*Achgosh douk.*«

Ankluas ließ sie allein, jedoch nicht, ohne vorher die Zellentür zu verschließen, damit keine der Wachen misstrauisch wurde. Nachdenklich schaute Balbok, der sich auf seinem Lager halb aufgerichtet hatte, ihm hinterher.

»Und?«, fragte Rammar. »Was hältst du von ihm.«

»Weig nigt.« Balbok schob sein breites Kinn vor. »Etwag mit ihm gtimmt nigt.«

»Unsinn.« Rammar schüttelte den Kopf. »Ich kenne Ankluas' Sorte genau. Er ist ein tapferer Krieger, dem Begriffe wie Ehre und Anstand noch etwas bedeuten.«

»Aber Rammar!« Balbok blickte ihn überrascht an. »Diege Dinge haben in der Modermark nog nie etwag bedeutet.«

»Hohlkopf!«, schnarrte sein Bruder. »Du weißt genau, was ich meine. Ankluas wird uns nicht hintergehen, das kannst du mir glauben – andernfalls darfst du mir noch mal deine Axt überbraten, *korr?*«

»*Korr*«, bestätigte Balbok nickend.

14.

KOMHORRA UR'SUL'HAI-COUL

Corwyn mochte den Ort nicht besonders.

Tirgas Dun war eine Hafenstadt der Elfen, erbaut in alter Zeit, noch vor den Tagen des Ersten Krieges. Stolz erhoben sich ihre Mauern an den südlichen Gestaden Erdwelts, die hohen Türme an der nördlichen Mauer errichtet, sodass man das Land weit überblicken konnte, während die schimmernden Kuppeln an der Seeseite lagen.

Obwohl die Stadt von denselben Baumeistern geplant worden war, die auch Tirgas Lan entworfen hatten, gab es dennoch Unterschiede, die sich aus der Geschichte der beiden Städte erklärten: Anders als die Königsfeste im Herzen von Trowna war Tirgas Dun während der beiden großen Kriege niemals belagert worden oder gar in Feindeshand gefallen. In all den Jahrtausenden, die die Elfen in Erdwelt geweilt hatten, war Tirgas Dun ihre Zuflucht gewesen, das Zentrum elfischen Denkens und Wirkens. In Tirgas Dun hatten sich ihre Dichter und Sänger getroffen, um einander in ehrenhaftem Wettstreit zu begegnen, hatten sich ihre Gelehrten zum Austausch von Wissen und Erfahrung zusammengefunden, hatten sich ihre Anführer mit flammenden Reden an das Volk gewandt und hatte auch der Hohe Rat getagt, dessentwegen Corwyn die Reise nach Süden auf sich genommen hatte, denn dieser Rat trat noch immer in Tirgas Dun zusammen.

Schon einmal hatte Corwyn der Stadt Tirgas Dun einen

Besuch abgestattet – vor rund einem Jahr, nachdem die Elfenkrone ausgerechnet ihn dazu auserwählt hatte, der neue König zu sein und Erdwelt zu einen.

In einer feierlichen Zeremonie hatte der Hohe Rat der Elfen die Wahl bestätigt und Corwyn damit zum Nachfolger der großen Elfenkönige ernannt, die einst über Erdwelt geherrscht hatten. Allerdings hatte Corwyn den Eindruck gehabt, dass die Zeremonie für die Elfen nur eine lästige Pflichtübung gewesen war – nicht wenige Ratsmitglieder hatten währenddessen gelangweilt zum Ausgang geschielt und das Ende herbeigesehnt.

Es war kein Geheimnis, dass sich die Elfen nicht mehr für die Vorgänge in Erdwelt interessierten. Nachdem sie über Generationen hinweg für Frieden und Einheit gesorgt und sie in zwei langen und blutigen Kriegen verteidigt hatten, kehrten sie seit einiger Zeit dorthin zurück, woher sie einst gekommen waren. Die meisten der Schiffe, die in Tirgas Dun vor Anker gelegen hatten, waren bereits ausgelaufen – schlanke Segelschiffe und schwere Triremen, vom gleichmäßigen Schlag der Ruder über das Wasser getrieben, den Fernen Gestaden entgegen.

Schon bei Corwyns letztem Besuch in Tirgas Dun war unübersehbar gewesen, dass die Stadt der Elfen sehr bald schon ein verlassener Ort sein würde. Längst nicht mehr auf allen Türmen wehten Fahnen, viele Tore waren verschlossen und nicht mehr mit Wachtposten besetzt; die Säulenhallen, in denen einst angeregt diskutiert worden war, standen leer, und auf den Plätzen, wo einst Sänger und Dichter ihre Werke vorgetragen hatten, war das Pfeifen des Windes die einzige Melodie, die man noch zu hören bekam.

Viele Häuser standen bereits verlassen, einige davon so, als wären ihre Besucher nur für einen kurzen Moment weggegangen. Kunstvoll gearbeitete und mit Bildern aus buntem Glas versehene Fenster standen weit offen, durch die mit reichen Schnitzereien verzierte Möbel zu sehen waren und gläserne Karaffen und tönerne Krüge, die noch auf den filigran gearbeiteten Tischen standen. Weltliche Dinge waren den Elfen gleichgültig geworden; sobald sie der Ruf zur Rückkehr nach den Fernen Gestaden erreichte, ließen sie alles stehen und liegen und folgten ihm zu jener fernen Insel, die ihnen Erfüllung und ewiges Glück versprach und wo sie keiner materiellen Dinge bedurften.

Fast beneidete Corwyn sie darum, und vielleicht war es dieser Neid, der seine Abneigung gegenüber diesem Ort begründete. Vielleicht lag es aber auch daran, dass Tirgas Dun ein Ort des Niedergangs geworden war und des Verfalls. Die Elfen entsagten der Welt und zogen sich zurück.

Sollen sie, dachte Corwyn, während seine Begleiter und er die breite Hauptstraße hinabritten. *Aber noch sind sie nicht alle fort, und ich bin hier, um sie an ihre Pflicht zu erinnern ...*

Die Hafenstadt war ähnlich angelegt wie Tirgas Lan: Um ein zentrales Bauwerk, auf das die Hauptstraße zulief, gruppierte sich kreisförmig die Stadt mit ihren Häusern und Kuppeln. Mit dem Unterschied, dass sich im Zentrum von Tirgas Dun keine Zitadelle erhob, sondern ein riesiges Gebäude aus weißem Marmor, dessen gewaltige Kuppel sich strahlend und hell in den blauen Himmel wölbte und dessen Portal von prächtigen Säulen getragen wurde. In der Sprache der Elfen wurde die Zitadelle *tellumagûr* genannt – das Gebäude, in dem der Rat der Ältesten tagte.

Zur Zeit der Elfenkönige hatte der Senat nur eine beratende Funktion gehabt, später dann war ihm die Entscheidungsbefugnis übertragen worden. Dringliche Fragen über Krieg und Frieden waren unter der riesigen Kuppel erörtert worden, und lange Zeit waren von dort aus die Geschicke Erdwelts gelenkt worden – freilich ohne dass die meisten Menschen der Ostlande davon etwas gewusst oder auch nur geahnt hätten. Über Jahrhunderte hinweg war es eine der

Eigenheiten der Menschen gewesen, sich nach außen zu verschließen und nur auf sich selbst bedacht zu sein – ein Grund, weshalb die Menschen im Zweiten Krieg ein so leichtes Opfer für die Mächte des Bösen gewesen waren.

Viel hatte sich seither geändert.

Die Königskrone ruhte auf eines Menschen Haupt, und nicht mehr die Sterblichen waren es, die sich ihrer Verantwortung für die Welt entzogen, sondern die Elfen. Aber Corwyn war sicher, dass die Nachrichten, die er zu überbringen hatte, alles ändern würden.

Nicht von ungefähr hatte er keine Gesandtschaft geschickt, sondern war selbst gekommen, um den Hohen Rat über die jüngsten Ereignisse in Kenntnis zu setzen. Corwyn hatte nur seine zwei Leibwächter und eine Handvoll Krieger der königlichen Garde mitgenommen, während seine Berater und Vertrauten in Tirgas Lan geblieben waren, um an seiner statt die Regierungsgeschäfte fortzuführen.

Es gab keine Eskorte, die den König und seinen Tross zum Ratsgebäude geleitete. Auch waren die Straßen längst nicht mehr erfüllt von Leben, wie sie es noch vor einem Jahr gewesen waren. Drückendes Schweigen lag über der Stadt, verlassen und stumm lagen die Wege und Gassen. In einer seltsamen Verkehrung der Ereignisse war binnen eines Jahres aus der verborgenen Stadt Tirgas Lan ein neuer Hort des Lebens und der Hoffnung geworden, während Tirgas Dun zusehends zu einer Geisterstadt wurde.

Der Gedanke deprimierte Corwyn, aber er schob ihn beiseite. Er war nicht gekommen, um über Vergänglichkeit zu philosophieren, sondern um den Senat um Hilfe zu bitten. Dies und nichts anderes wollte er tun, und er war sicher, dass sich die Elfen seinem Ersuchen nicht verschließen würden.

An den Stufen, die hoch zum Portal der Ratskuppel führten, trafen die Besucher endlich auf einen Abkömmling des

Elfenvolks – ein dem Aussehen nach noch junger Mann, der dennoch schon viele Winter gesehen haben mochte. Er war bekleidet mit einer weiten Toga, die um seine Brust geschlungen war, in seiner Hand hielt er einen kunstvoll verzierten hölzernen Stab, den er den Menschen wie eine Waffe entgegenstreckte – und Corwyn zweifelte nicht daran, dass das Ding tatsächlich gefährlicher war, als es auf den ersten Blick erscheinen mochte.

»Halt!«, rief der Elf ihnen entgegen, dass es von den umliegenden Mauern widerhallte. »Wer seid ihr und was wollt ihr?«

»Ich bin Corwyn, König von Tirgas Lan«, stellte sich der ehemalige Kopfgeldjäger vor – allmählich kam ihm der Satz über die Lippen, ohne dass er sich dabei wie ein Betrüger vorkam. »Ich wünsche den Hohen Rat zu sprechen.«

»Der Hohe Rat ist nicht zu sprechen«, erwiderte der Elf unbeeindruckt ob des Titels, den Corwyn genannt hatte.

»Auch nicht für den König?«

»Für niemanden«, lautete die schlichte Antwort.

Aber Corwyn war nicht gewillt, sich damit abzufinden. »Verdammt noch eins!«, rief er aus, und ungeachtet jeden Protokolls, das in solchen Fällen gelten mochte, glitt er geschmeidig vom Pferd und marschierte die Stufen hinauf und auf den Kastellan zu. »Soll das heißen, dass meine Leute und ich den ganzen weiten Weg umsonst auf uns genommen haben? Dass ich für nichts und wieder nichts meinen Thron verlassen und mein Reich gefährdet habe?«

»Wir haben dich nicht gerufen, Corwyn, König von Tirgas Lan«, entgegnete der Elf, dessen entrückter Gesichtsausdruck vermuten ließ, dass auch er all seine Interessen längst den Fernen Gestaden zugewandt hatte.

Wie Corwyn das hasste …

»Nein, das habt Ihr nicht«, räumte er schnaubend ein, »aber Ulian, der Vorsitzende des Hohen Rates, hat mir einst

Beistand versichert für den Fall, dass die Krone Tirgas Lans in Gefahr gerät.«

»Und das ist geschehen?« Der Kastellan holte tief Luft und gähnte, wofür Corwyn ihn am liebsten am Kragen gepackt und heftig durchgeschüttelt hätte.

»Allerdings«, bestätigte er stattdessen, sich mühsam zur Ruhe zwingend. Er wusste, dass es unklug war, vor den Elfen die Beherrschung zu verlieren. In ihren Augen entwürdigte man damit seine Seele und verlor das Gesicht. Jemand, der sich im Ton vergriff, war für einen Elfen kein ernstzunehmender Verhandlungspartner mehr.

Der Kastellan schien einen Augenblick nachzudenken – nicht unbedingt über Corwyns Belange, sondern über alles Mögliche, das ihm gerade durch den Kopf gehen mochte. Schließlich willigte er dennoch ein, mit einem Gesichtsausdruck, der verriet, dass er den irdischen Geschehnissen keine große Bedeutung mehr beimaß.

»Gut«, erklärte er sich großmütig bereit. »Nicht, dass es noch eine große Rolle spielt, aber es sei dir gestattet, vor dem Hohen Rat der Elfen zu sprechen. Tritt ein, König von Tirgas Lan, und man wird dir Gehör schenken.«

Elfen liebten es, sich blumiger Formulierungen und theatralischer Gesten zu bedienen – so klopfte er mit dem Holzstab auf den Boden, wandte sich daraufhin um und schritt die restlichen Stufen des Säulenportals hinauf.

Corwyn bedeutete seinen Leibwächtern Bryon und Craig und zwei Hauptmännern der königlichen Garde, ihn zu begleiten. Die übrigen Soldaten sollten bei den Pferden bleiben und auf seine Rückkehr warten. Nicht, dass er den Elfen misstraute, denen er immerhin die Krone auf seinem Haupt zu verdanken hatte, aber die Gleichgültigkeit, mit denen die Erben Farawyns den menschlichen Belangen begegneten, störte Corwyn so sehr, dass er sich fast schon von dieser Haltung bedroht fühlte.

Während er die breiten Stufen hinaufstieg und die gewaltigen Säulen passierte, die das gewölbte Vordach des Ratsgebäudes trugen, fragte er sich, ob es klug gewesen war, nach Tirgas Dun zu kommen. Waren die Elfen überhaupt noch in der Lage, ihm zu helfen? Gewiss, einst waren sie einflussreich und mächtig gewesen, aber das war lange her – die Söhne Farawyns waren ein Volk im Niedergang.

Andererseits hatte Corwyn keine andere Wahl gehabt. Nicht, wenn er das Versprechen erfüllen wollte, das Alannah ihm einst abgenommen hatte.

»Wenn mir ein Feind jemals Leid zufügen sollte«, hatte sie ihm mit jener Stimme ins Ohr geflüstert, der sich weder Corwyn noch sonst ein sterblicher Mann hätte verschließen können, »so bitte mein Volk um Hilfe.«

»Sei nicht albern«, hatte Corwyn geantwortet. »Du bist die Gemahlin des Königs von Tirgas Lan. Welcher Feind würde es wagen, dir ein Leid zuzufügen?«

»Versprich es«, hatte sie ihm abverlangt – und Corwyn, mehr, um ihr den Gefallen zu tun, denn aus wirklicher Überzeugung, hatte sein Wort gegeben.

Erneut fragte sich Corwyn, ob Alannah schon damals etwas geahnt hatte. Bisweilen pflegten Elfen erstaunliche Fähigkeiten an den Tag zu legen, und auch Alannah hatte es schon wiederholt verstanden, ihn zu verblüffen. Vielleicht hatte sie tatsächlich etwas gewusst – aber warum, in aller Welt, hatte sie ihn dann nicht gewarnt?

Solche und ähnliche Fragen beschäftigten Corwyn, während er und die vier Krieger durch das Portal traten und dem Kastellan durch hohe, von riesigen Standbildern gesäumte Gänge folgten.

Wie hatte er sich nur so übertölpeln lassen können? Wie sollte ein König sein Reich verteidigen, wenn er nicht einmal in der Lage war, seine eigene Frau zu schützen?

In Selbstvorwürfe versunken, betrat Corwyn das weite

227

Rund des Ratsaals, gefolgt von seinen Mannen. Über ihnen wölbte sich die eindrucksvolle Kuppel, von der das Pochen des Stabes widerhallte, mit dessen unterem Ende der Kastellan abermals auf den marmornen Boden klopfte.

»Ihr hohen Herren, Ihr Weisen des Elfenvolks! Ich melde Euch Corwyn, den Träger der Krone und König von Tirgas Lan!«

Wieder ein Klopfen, dann verbeugte sich der Elf und trat beiseite, um Corwyn Platz zu schaffen. Forsch trat dieser vor, in der Erwartung, sich der voll besetzten Ratstafel gegenüberzusehen – aber er wurde bitter enttäuscht. Denn an dem langen halbrunden Tisch in der hinteren Hälfte der Halle saß nur ein einzelner Elf. Ein Elf zwar, der die Senatsrobe trug und in dessen jugendlich wirkenden Augen unendliche Weisheit lag, aber dennoch nur ein einziger Vertreter seines Volkes …

»Sprich, Corwyn, König von Tirgas Lan«, verlangte er, wobei ein mildes Lächeln um seine alten und zugleich jungen Züge spielte. »Der Hohe Rat ist bereit, sich dein Anliegen anzuhören.«

»Der Hohe Rat?« Corwyn kannte den Elfen an der Tafel – es war Ulian der Weise, der damals seine Krönung bestätigt hatte. »Mit Verlaub, ehrwürdiger Ulian, aber ich sehe nur ein einziges Ratsmitglied …«

»Dein Auge täuscht dich nicht«, stimmte der Elf gelassen zu. »In der Tat bin ich der Letzte, der noch geblieben ist. Der Letzte, mit dem du sprechen kannst. Der Letzte, der noch hier ist, um Entscheidungen zu treffen.«

»Dann ist es also wahr. Die meisten Elfen haben Erdwelt bereits den Rücken gekehrt.«

»Viele Schiffe haben den Hafen von Tirgas Dun verlassen, und nicht ein einziges ist zurückgekehrt«, erwiderte Ulian in der ausweichenden Art seines Volkes. »Die fernen Gestade locken mit Unsterblichkeit und vollkommener Erfüllung – nichts, was die Welt der Menschen bieten könnte, kann sich damit messen.«

»Das mag ja sein«, gestand Corwyn ein, »aber Farawyns Volk wird hier noch gebraucht.«

»Gebraucht?« Der Blick, den Ulian ihm sandte, war müde und verzagt. »Wozu? Über Generationen haben wir Elfen geholfen, das Böse zu bekämpfen, haben ein Reich des Friedens und der Gerechtigkeit errichtet. Mit welchem Ergebnis? Die Sterblichen sind noch immer selbstsüchtig und voller Hass. Alle Bestrebungen, sie zu ändern und zum Besseren zu bekehren, waren vergeblich.«

»Nicht ganz«, widersprach Corwyn. »Tirgas Lan erstrahlt schon bald in neuem Licht, und ein neuer König sitzt auf dem Elfenthron.«

Ulian lächelte nachsichtig. »Was du Licht nennst, König, ist nur ein schwacher Abglanz dessen, was Tirgas Lan einst war. Und ob ein Sterblicher stark genug sein wird, das Reich zu einen, wagen Wir zu bezweifeln.«

»Farawyn war davon überzeugt«, gab Corwyn zur Antwort.

»Farawyn. Einer von jenen, die sich opferten im Kampf für eine bessere Welt. Hätte er gewusst, dass der Dunkelelf einst zurückkehren würde …«

»Er *hat* es gewusst«, entgegnete Corwyn. »In seiner Prophezeiung hat er es vorausgesagt. Aber er glaubte auch daran, dass die Macht des Bösen für immer besiegt werden kann.«

»Dann war er ein Narr«, sagte Ulian leise, aber mit einer Überzeugung in der Stimme, die nicht zu überhören war. Für Träume und Visionen schien in der Vorstellung der Elfen kein Platz mehr zu sein. »Aber sicherlich hast du die weite Reise nicht auf dich genommen, um mit Uns über Farawyn zu philosophieren, oder?«

»Nein«, gab Corwyn zu.

»Also, was führt dich zu Uns, König von Tirgas Lan?«, fragte Ulian, und obwohl er dieses »Uns« im Pluralis Majestatis gebrauchte, da er für den Hohen Rat der Elfen und für sein Volk sprach, lag nach Corwyns Empfinden eine gehörige Portion Spott in seinen Worten, war Ulian doch der Einzige, der von dem Rat noch übrig war. »Trage dein Anliegen vor, solange noch jemand hier ist, es sich anzuhören.«

»Tirgas Lan wird bedroht!«, brachte Corwyn hervor.

»Von wem?« Ulian wirkte weder überrascht noch beunruhigt. »Von Menschen, die deinen Herrschaftsanspruch nicht anerkennen wollen? Von Zwergen, die nach Schätzen gieren? Von den finsteren Kreaturen der Modermark?«

»Weder noch.« Corwyn schüttelte den Kopf. »Fern im Osten, in der Stadt Kal Anar, ist uns eine Bedrohung erwachsen, die ihren Ursprung nicht in Erdwelt hat. Deshalb bin ich hier.«

»Im Osten? In Kal Anar, sagst du?« Zum ersten Mal zeigte sich in Ulians blassen Zügen ein Hauch von Interesse. Natürlich wusste er, welche Rolle die Stadt in der Vergangenheit gespielt hatte; natürlich kannte er die Geschichte des Dunkelelfen Margok, der sich gegen sein eigenes Volk erhoben und die Rasse der Orks gezüchtet hatte, um Erdwelt mit Zerstörung und Krieg zu überziehen. In Kal Anar hatte diese Geschichte einst ihren Anfang genommen – und erst vor einem Jahr in Tirgas Lan ihr Ende gefunden. »Bist du sicher?«

»So sicher man sein kann«, gab Corwyn zur Antwort. »Obwohl es bis vor kurzem nichts weiter gab als Gerüchte und vage Andeutungen. Nicht ein Spion, den ich aussandte, um mir Informationen über den Feind zu beschaffen, kehrte zurück.«

»Welch ein Jammer. Und was verlangst du von Uns, König von Tirgas Lan?«

»Ich bin hier, um Euch um Unterstützung gegen diesen Feind zu ersuchen«, antwortete Corwyn unumwunden, »denn ich fürchte, dass ein Reich, das noch so jung ist und ungefestigt wie das meine, dem Ansturm einer dunklen Macht nicht standhalten wird.«

»Was bringt dich auf den Gedanken, dass in Kal Anar dunkle Kräfte wirken? Gewiss, auch Wir wissen, wessen Heimat die Stadt im Osten einst war. Aber deshalb geht nicht alles, was dort geschieht, von einer dunklen Macht aus.«

»Das mag richtig sein. Jedoch hat sich vor kurzem etwas zugetragen, das mir unwiderlegbar bestätigte, dass sich der Feind, der im Verborgenen zum Krieg gegen uns rüstet, aus unheilvollen Quellen nährt.«

»Tatsächlich?«

»Vor wenigen Tagen«, führte Corwyn aus, mit Bitterkeit in der Stimme, »war die Zitadelle von Tirgas Lan Ziel eines feigen Überfalls. Ohne Vorwarnung und im Schutz der Nacht haben sich feindliche Krieger an unsere Mauern herangeschlichen und sie überwunden, und sie haben viele Zwerge und Menschen der königlichen Garde getötet. Es waren keine lebenden Wesen, die ruchlos und aus dem Hinterhalt über meine Soldaten herfielen – sondern untote Krieger, aus ihren Gräbern gerissen von dunkler Magie!«

»Untote, sagst du?« Corwyn glaubte, dass sich Ulians Blässe auf einmal verstärkt hatte, denn seine Gesichtsfarbe glich schon fast dem Weiß der Wände.

»Skelettkrieger waren es, am Leben gehalten nicht durch Blut und göttlichen Odem, sondern von bloßer Bosheit. Alannah, meiner Gemahlin, schienen Gegner wie diese nicht unbekannt, denn sie riet mir, die Knochenmänner zu enthaupten und ihrem frevlerischen Dasein auf diese Weise ein Ende zu bereiten. So gelang es uns, ihren Angriff abzuwehren, jedoch zu einem hohen Preis.«

»Was ist geschehen?«, wollte Ulian wissen. Jeder Spott und selbst die Gleichgültigkeit waren auf einmal aus seiner Stimme gewichen.

»Alannah …«, brachte Corwyn stockend hervor. »Sie … sie haben die Königin entführt.«

Unter der hohen Kuppel kehrte Stille ein, die so vollkommen war, dass man die Nadel einer Fibel hätte fallen hören. Weder Ulian noch Corwyn sprachen ein Wort, während der Letzte des Elfenrats die jüngste Enthüllung zu verarbeiten suchte.

»Also ist es wahr«, brachte er schließlich flüsternd hervor.

»Was?«, wollte Corwyn wissen.

»Was von jeher vermutet, aber nie bewiesen wurde. Was schon unsere Ahnen befürchteten …«

»Dass sich hinter Margoks Erstarken mehr verbarg als die Bosheit eines einzelnen Abtrünnigen?«, sprach Corwyn das aus, was der Elf nicht zu äußern wagte. »Dass sich eine böse Kraft seiner bemächtigt und ihn stark gemacht hat?«

Ulian nickte nur.

»Ja, es sieht so aus«, bestätigte Corwyn. »Nun werdet Ihr sicherlich auch verstehen, weshalb ich nach Tirgas Dun gekommen bin: um die Hilfe des stolzen Elfenvolks zu erbitten im Kampf gegen einen Gegner, der älter ist als alles, was wir kennen. Älter als das Menschengeschlecht und sogar noch älter als die Söhne und Töchter des Elfenstamms. Möglicherweise älter als Erdwelt selbst.«

»I-ich verstehe«, stammelte Ulian, der ganz vergaß, weiterhin im Pluralis Majestatis zu sprechen, so sehr hatten ihn Corwyns Worte erschreckt. Seine Augen blickten nicht mehr ruhig und überlegen, sondern starrten ruhelos umher, als gelte es, etwas zu finden, was längst verloren war.

»Um Gewissheit zu erlangen, was in Kal Anar vor sich geht, habe ich eine weitere Expedition losgeschickt«, erklärte Corwyn, »eine Expedition, von der ich annehme, dass ihr gelingen wird, was anderen verwehrt blieb. Aber nach den jüngsten Ereignissen kann und will ich nicht länger warten. Ein Heer muss ausgerüstet und nach Kal Anar entsandt werden, und zwar sofort! Ein vereintes Heer aus Menschen, Zwergen und Elfen, das gegen Kal Anar ziehen und das Übel dort ausrotten muss – ein für alle Mal!«

»Ein vereintes Heer aus Elfen und Menschen …«, murmelte der Elf versonnen.

»Die zivilisierten Völker Erdwelts sollten zusammenstehen«, sagte Corwyn entschieden, »denn nur, wenn wir alte Gegensätze überwinden, sind wir in der Lage, unsere Feinde zu besiegen.« Wehmut überkam ihn für einen Moment, denn dies waren nicht seine, sondern Alannahs Worte. Erneut musste er an seine Geliebte denken, von der er nur hoffen konnte, dass sie noch lebte.

Dann verdrängte er den Gedanken an sie und rief sich seine Pflichten in Erinnerung.

»Dies ist kein Kampf, den die Menschen allein austragen können«, fügte er entschieden hinzu, »denn dieser Kampf nahm seinen Anfang, als das Geschlecht der Menschen noch nicht Fuß auf diese Welt gesetzt hatte. Ein Krieg, den das Elfenvolk vor vielen Jahrhunderten geführt hat, findet nun seine Fortsetzung, und wir sollten ihn gemeinsam beenden.«

»Ich … Wir verstehen«, sagte Ulian mit tonloser Stimme. »Doch obwohl Wir dir zustimmen, können Wir dir keine Unterstützung gewähren und dir nicht …«

»Alannah«, fiel Corwyn ihm ins Wort, »hat fest daran geglaubt, dass ihre Brüder uns in einer solch dunklen Stunde beistehen würden. Deshalb nahm sie mir das Versprechen ab, hierher zu kommen und um Hilfe zu bitten, sollte dem Reich Gefahr drohen. Wenn Ihr wollt, dass ich vor Euch auf die Knie falle und Euch anbettle, werde ich auch das tun!«

Tatsächlich sank er auf die Knie, was seine Begleiter in

blankes Entsetzen stürzte. »Sire!«, rief Bryon aufgebracht. »Nicht …«

»Lass gut sein, mein Junge«, knurrte Corwyn. »Hier geht es nicht um den Stolz eines einzelnen Mannes oder eines Volkes, sondern um das Wohl einer ganzen Welt. Niemand soll sagen, ich wäre zu hochmütig gewesen, sodass mir die Unterstützung der einstigen Herren Erdwelts versagt wurde.« Und damit senkte er das Haupt wie ein Vasall vor seinem Herrn.

Ulians leichenblasses Gesicht jedoch blieb eine steinerne Maske. »Was auch immer du tust, König von Tirgas Lan«, sagte er leise, »worum auch immer du bittest und wie sehr du dich dazu erniedrigen magst – dieser Rat kann deinem Ersuchen nicht entsprechen.«

»Was?« Corwyn blickte auf. »Warum nicht.«

»Hast du dich auf dem Weg hierher nicht umgeschaut? Ist dir entgangen, wie es um diese Stadt bestellt ist? Die meisten Häuser stehen leer, die Straßen und Gassen sind verwaist. Die letzten Schiffe zu den Fernen Gestaden werden in den nächsten Tagen den Hafen verlassen, dann wird Tirgas Dun eine Geisterstadt sein. Nur noch kalter Stein wird an den Ruhm des Elfenvolks erinnern, und es wird niemand mehr hier sein, der dir und den Deinen Hilfe und Unterstützung gewähren könnte.«

»Dann holt sie zurück!«, forderte Corwyn, noch immer kniend.

»Von den Fernen Gestaden?« Ulian lachte auf, heiser und freudlos. »Wir haben den Eindruck, du überschätzt den Reiz eurer sterblichen Welt …«

»Mir ist es gleich, woher eure Krieger kommen«, stellte Corwyn klar. »Wir brauchen sie hier und jetzt und nicht an entlegenen Orten.«

»Mein Freund«, sagte Ulian und schüttelte den Kopf, »niemand, der die Fernen Gestade erblickt hat, wird jemals wieder von dort zurückkehren.«

»Nicht einmal, um eine verdiente Tochter des Elfengeschlechts zu retten?«, fragte Corwyn. »Alannah war die Hohepriesterin von Shakara. Über Jahrhunderte hat sie Eure Geheimnisse bewahrt.«

»Und sie hat ihre Sache gut gemacht«, räumte der Weise ein. »Aber als sie sich für das Leben an der Seite eines Sterblichen entschied, hörte sie auf, eine von uns zu sein. Es war ihre freie Entscheidung, und nun kann der Rat nichts mehr für sie tun.« Ulian schüttelte den Kopf. »Unser Volk hat der sterblichen Welt entsagt. Auf ihr zukünftiges Schicksal hat es keinen Einfluss mehr.«

»Aber die Menschen haben nicht die Macht der Elfen«, wandte Corwyn ein. »Wenn alle Elfen Erdwelt verlassen, wird es keinen Zauber mehr geben, der die Menschen beschützt. Die Magier der alten Zeit leben nicht mehr. Wir haben der Macht des Bösen nichts entgegenzusetzen als tapfere Herzen und blanken Stahl.«

»So mag es sein.« Ulian nickte. Es war nicht zu erkennen, was hinter seiner unbewegten Miene vor sich ging. Wenn er mit den Menschen fühlte, so vermochte er es geschickt zu verbergen.

Corwyn erhob sich, seine Züge nicht weniger steinern als die des Elfen. »Ich verstehe.« Eine Zornesfalte hatte sich auf seiner Stirn gebildet, und Unbeugsamkeit sprach aus seiner Stimme, als er sagte: »So wird Erdwelt zu Grunde gehen, weil die Elfen damals nachlässig waren und die wahren Gründe hinter Margoks Aufstieg nicht durchschauten!«

»Du sprichst wie ein Kind«, erwiderte Ulian ungerührt. »Was du mit Bitten nicht zu erreichen vermagst, willst du nun durch Trotz erzwingen. Unser Volk hat viel geopfert, um die Welt vor dem Bösen zu bewahren. Viele tapfere Helden, die noch heute in Liedern besungen werden, sind gefallen. Es steht dir nicht zu, Uns zu beschuldigen oder der Untätigkeit zu bezichtigen. Das Elfengeschlecht ist deiner Welt nichts schuldig.«

»Verzeiht«, bat Corwyn, dem klar wurde, dass er in seiner Enttäuschung zu weit gegangen war, »ich wollte nur …«

»Die Audienz ist beendet«, beschied Ulian knapp.

»Beendet?«, fragte Corwyn bestürzt. »Und es besteht keine Aussicht, dass Ihr Eure Meinung noch ändert?«

»Nein.« Ulian schüttelte entschieden den Kopf. »Geh, König Corwyn. Verlasse Tirgas Dun und kehre in dein eigenes Reich zurück. Tue dort, was du tun musst, aber zähle dabei nicht auf die Hilfe meines Volkes, denn du kannst sie nicht bekommen.«

»Ich wusste es!«, rief Corwyn aus. Wütend ballte er die Hände zu Fäusten, und für einen Moment war es nicht mehr der König, sondern der Kopfgeldjäger, der aus ihm sprach. »Ich ahnte, dass ihr Elfen uns im Stich lassen würdet, schon als ich das Tor dieser Stadt durchritt. Hätte ich Alannah nicht mein Versprechen gegeben, ich hätte hier nicht um Hilfe ersucht. Was wird Alannah denken, wenn sie erfährt, dass ihre eigenen Leute nicht bereit waren, etwas zu ihrer Rettung zu unternehmen?«

»Wie Wir schon sagten – sie gehört nicht mehr zum Geschlecht der Elfen. Die Hohepriesterin von Shakara zog es vor, bei den Sterblichen zu leben.«

»Ja«, versetzte Corwyn, »und ich verstehe immer mehr, warum sie das tat.«

»Geh!«, forderte Ulian ihn auf, energischer diesmal.

»Aber …«

Corwyn verstummte, als der Kastellan vor ihn trat, den Stab, mit dem er ihr Kommen angekündigt hatte, beidhändig erhoben. Corwyn hatte also richtig vermutet – das Ding ließ sich auch als Waffe einsetzen.

Der Abenteurer in ihm, der ungehobelte Bursche, der seine Dienste meistbietend verkauft hatte, wollte dem Kastellan den Stab entwinden und ihn niederschlagen. Aber Corwyn rief sich zur Räson, und der König in ihm gewann wieder die Oberhand. Mit einem knappen Nicken, das als Abschied genügen musste, wandte er sich um und stapfte wutentbrannt zum Ausgang, gefolgt von seinen Mannen.

Ihre Umhänge bauschten sich hinter ihnen, während sie mit raschen Schritten die Korridore durchmaßen. Durch den unbewachten Eingang stürmten sie nach draußen und die Stufen hinab, zum Fuß der Treppe, wo die Soldaten bei ihren Pferden warteten. Corwyn gewahrte ihre hoffnungsvollen Blicke.

»Und, Sire?«, erkundigte sich Rhian, ein verdienter Recke, der seit dem Tod Sir Lughs die königliche Garde befehligte. »Werden die Elfen uns beistehen?«

»Nein, das werden sie nicht«, sagte Corwyn und schwang sich aufs Pferd, dessen Zügel ein anderer Soldat gehalten hatte und ihm nun reichte.

Corwyn schalt sich selbst einen Narren. Die ganze Zeit über, seit er von der neuen Macht in Kal Anar erfahren hatte, hatte er in Tirgas Lan gesessen und wertvolle Zeit mit Warten vergeudet. Warten worauf? Dass zwei Unholde aus der Modermark die Arbeit für ihn erledigten, die er längst selbst hätte in Angriff nehmen müssen? Dass untote Feinde, wieder zum Leben erweckt durch frevlerische Magie, in sein Haus eindrangen und seine Gemahlin raubten? Dass eine fremde Macht ein Heer ausrüstete, um Erdwelt mit Krieg und Zerstörung zu überziehen?

Nein.

Ulians Worte hatten Corwyn klar gemacht, dass es nur einen gab, der ihm beistehen würde und auf dessen Hilfe er sich verlassen konnte – er selbst.

Wenn die Elfen ihn nicht unterstützen wollten, so musste er selbst sowohl Alannahs Befreiung als auch die Verteidigung seines Reiches übernehmen. Schließlich war er der

König. Die Zeit der Elfen mochte zu Ende sein – seine hingegen war eben erst angebrochen …

»Und nun, Sire?«, fragte Bryon mit bekümmertem Blick. »Was soll nun werden?«

»Wir werden zurückkehren nach Tirgas Lan und eine Heerschau einberufen«, gab Corwyn entschlossen zur Antwort.

»Eine Heerschau, Sire?«

»So ist es. Ich werde alle meine Vasallen zu den Waffen rufen, und ich werde Boten aussenden in alle Teile des Reiches und unsere Verbündeten um Unterstützung bitten: die Fürstentümer, die Clanlords, selbst die Zwerge. Mit ihrer Hilfe werde ich ein Heer unter dem Banner Tirgas Lans aufstellen – ein Heer, wie Erdwelt es seit den Tagen des Zweiten Krieges nicht gesehen hat. Und mit diesem Heer werde ich gen Osten marschieren und den Feind, der sich bislang feige verborgen hält, zum Kampf herausfordern.«

»Und … und die Königin?«

»Sei unbesorgt, mein guter Bryon«, sagte Corwyn und gab sich zuversichtlich. »Unser Feind wähnt sich in Sicherheit, weil er eine Geisel von vornehmem Geblüt in seiner Gewalt hat. Aber da irrt er. Die Elfen mögen zu schwach sein oder zu sehr auf sich selbst bedacht, um uns zu helfen – doch wir brauchen sie nicht. Wir werden aus eigener Kraft ein Heer aufstellen und die Herausgabe der Königin erzwingen. Und sollte der Feind unserem Ersuchen nicht nachkommen, werden wir ihn zerschmettern.«

»Der Feind ist mächtig, mein König«, wandte Bryon ein. »Vergesst nicht, es steht in seiner Macht, die Gefallenen aus den Gräbern zurückkehren zu lassen …«

»Und wenn schon!« Das eine Auge Corwyns blitzte in grimmiger Entschlossenheit. »Wir wissen, wie die Untoten zu besiegen sind. Was auch immer jener unbekannte Feind uns entgegenstellt, wir werden es mit kaltem Stahl und tapferem Herzen bekämpfen und besiegen.«

Daraufhin zog er sein Schwert und stieß die Klinge dem Himmel entgegen.

»Tirgas Lan oder der Tod!«, rief er laut, und daraufhin zogen auch seine Soldaten ihre Schwerter, reckten sie empor und wiederholten den Schwur: »Tirgas Lan oder der Tod!«

Dann ließen sie ihre Pferde lospreschen und trieben sie hinaus aus Tirgas Dun, ohne noch einmal zurückzuschauen.

Das Zeitalter der Elfen war zu Ende.

Jenes der Menschen hatte begonnen.

15.

OR KUL UR'OUASH

Kurz nach Mitternacht kam Ankluas zu den beiden Ork-Brüdern, um sie wie vereinbart abzuholen. Rammar wartete ungeduldig an der Zellentür, während sich Balbok noch ein wenig aufs Ohr gelegt hatte.

Nachdem Ankluas die Zellentür entriegelt und die beiden befreit hatte, schlichen sie zunächst zur Waffenkammer, wo sie sich Balboks frisch geschärfte Axt und Rammars *saparak* zurückholten. Der goldene Elfendolch war, sehr zu Rammars Verdruss, spurlos verschwunden. Auch Ankluas bewaffnete sich zur Verblüffung der Brüder mit einer langen Klinge, die für die Pranken eines Orks eigentlich viel zu schlank und elegant war, die er aber gut zu beherrschen schien.

Leise – jedenfalls so leise, wie die klobigen Füße eines Orks es vermochten – folgten die drei Flüchtlinge einer Reihe von Treppen und gelangten in den Gang, der sie in die Freiheit führen sollte – ein kaum benutzter Nebengang, der völlig unbeleuchtet war. Eine Fackel zu entzünden wagten die Orks nicht, also mussten sie sich Stück für Stück durch die Dunkelheit tasten. Dabei stieß sich Balbok auf Grund seiner Körpergröße mehrmals den Schädel.

»Ist es noch weit?«, zischte Rammar in die Finsternis. »Wenn sich mein dämlicher Bruder noch öfter den Kopf anhaut, geht sein letztes bisschen Verstand auch noch flöten.«

»Geduld«, gab Ankluas flüsternd zurück. »Wir haben es bald geschafft …«

In gebückter Haltung durch einen stollenartigen dunklen Gang zu schleichen, weckte unangenehme Erinnerungen in Rammar, aber er riss sich zusammen. Immerhin, sagte er sich, war es diesmal kein verschlagener Zwerg, der sie führte, sondern einer der ihren. Ob das allerdings einen großen Unterschied machte, musste sich erst noch zeigen.

»Da!«, ließ sich Ankluas vernehmen. »Das ist die Tür, von der ich euch erzählt habe.«

»Wo?«, fragte Rammar noch – um im nächsten Moment gegen das Türblatt aus massivem Holz zu laufen. Es krachte dumpf, und einmal mehr hielt sich der dicke Ork die schmerzende Schnauze. Den wüsten Fluch, der ihm über die wulstigen Lippen wollte, hielt er jedoch aus Angst vor Entdeckung zurück.

Ankluas griff nach dem Schlüssel, den er angeblich schon vor so langer Zeit entwendet hatte. Im Halbdunkel – durch die Ritzen der Tür drang von draußen spärliches Mondlicht – dauerte es einen Moment, bis er das Schlüsselloch gefunden hatte. Dann ein metallisches Ratschen und Klicken, und die Pforte zur Freiheit schwang mit leisem Quietschen auf.

»Seht ihr«, sagte Ankluas, »ich habe nicht zu viel versprochen.«

»*Korr*«, stimmte Balbok zu und drängte sich an den anderen vorbei – nach seinen schlechten Erfahrungen im Zwergenstollen wollte er diesmal als Erster in die Freiheit huschen. Rammar, der es nicht leiden konnte, wenn sich sein Bruder vor ihn drängte, packte ihn an der Schulte und riss ihn zurück. Eine kurze, aber handfeste Rangelei setzte daraufhin zwischen den beiden ein – bis es Ankluas zu dumm wurde und er mit geballter Klaue zuschlug.

»Was soll das?«, beschwerte sich Rammar. »Bist du verrückt geworden, mir eins aufs Maul zu hauen?«

»Wenn hier einer verrückt geworden ist, dann seid ihr

242

das! Wie Idioten führt ihr euch auf? Ist euch nicht klar, dass wir jederzeit entdeckt werden können? Noch sind wir nicht in Sicherheit!«

Ein wenig schuldbewusst schauten sich die beiden Streithähne an, jeder mit einem geschwollenen Auge. Ankluas war schließlich der Erste, der nach draußen schlich, um das Terrain zu sondieren. Nachdem er sich vergewissert hatte, dass die Luft rein war, bedeutete er den Brüdern nachzukommen. Rammar folgte zuerst, Balbok – wieder einmal – als Letzter. Hinter einem Stapel Kisten fanden sie Deckung. Von dort aus konnten sie die von blassem Mondschein beleuchtete Umgebung gut überblicken.

Sie befanden sich auf einem Hof, der auf drei Seiten von niedrigen, in Fachwerkbauweise errichteten Gebäuden umgeben war. Dem Geruch nach handelte es sich um Stallungen für die Tiere, die in der Arena zum Einsatz kamen – gleich am zweiten Tag hatte Balbok zur Freude der grölenden Menge einen wütenden Stier mit bloßen Klauen niedergerungen und ihm dann die Kehle aufgebissen.

»Das nennt man Glück«, meinte Ankluas flüsternd.

»*Korr.*« Rammar nickte. »Es sind weit und breit keine Wachen zu sehen.«

»Nicht nur das. Wir befinden uns auch in unmittelbarer Nähe des Pferdestalls.«

»Und?«

»Was wohl – wir werden uns Reittiere besorgen.«

»Bist du übergeschnappt?«, entfuhr es Rammar lauter, als es gut für sie war. »Orks reiten nicht, sie gehen zu Fuß. Grundsätzlich. Schon immer.«

»*Korr*«, bekräftigte Balbok.

Ankluas war wenig beeindruckt. »Sagtet ihr nicht, ihr hättet noch eine Rechnung mit von Bruchstein zu begleichen?«

»*Korr.*«

»Schön, dann verratet mir doch mal, wie ihr ihn ohne

Pferde einholen wollt. Wahrscheinlich ist er längst über alle Berge.«

»Eher *durch* alle Berge, der elende Zwerg«, brummte Rammar verdrießlich. »Aber zufällig wissen wir genau, wohin er will. Wir brauchen nur östliche Richtung einzuschlagen, und schon haben wir ihn.«

»Aber Rammar«, wandte Balbok ein, dessen Zungenschwellung weitgehend abgeklungen war, sodass er wieder normal sprechen konnte, »was, wenn der Hutzelbart das Ziel inzwischen schon erreicht hat? Wenn er den Typen, um den es geht, vor uns abmurkst, wird der Kopfgeldjäger *ihm* den Schatz überlassen. Hast du daran mal gedacht?«

»Verdammt«, zischte Rammar, »du hast recht.«

»Also nehmen wir die Pferde?«, fragte Ankluas.

»Meinetwegen«, knurrte Rammar. »Vorausgesetzt, du findest einen Gaul, der stark genug ist, um meine eindrucksvolle Erscheinung zu tragen.«

»Wir werden sehen«, sagte Ankluas gelassen. »Wartet hier.«

Damit schlich er davon, leiser und geschmeidiger, als man es ihm auf Grund seiner abgerissenen Erscheinung und seiner grobschlächtigen Postur zugetraut hätte. Lautlos huschte er zur Stallmauer und war schon kurz darauf mit den Schatten der Nacht verschmolzen.

»Das muss man ihm lassen«, stellte Balbok anerkennend fest, »dieser Ankluas hat echt was drauf.«

»Dieser Ankluas hat echt was drauf«, echote Rammar gehässig. »Undankbarer Hohlkopf! Nimm doch ihn zum Bruder und nicht mich, wenn du ihn so großartig findest.«

»Geht das denn?«, fragte Balbok in ehrlicher Verwunderung – und bekam dafür einen knochenharten Stoß zwischen jene Rippen, die vom Kampf gegen den Troll noch immer ziemlich lädiert waren. Balbok gab ein jämmerliches Jaulen von sich, das von irgendwo jenseits der Stallungen vom Heulen eines streunenden Hundes beantwortet wurde. Rammar gönnte sich daraufhin ein zufriedenes Grinsen, und gemeinsam warteten sie, bis Ankluas zurückkehrte.

Sehr lange dauerte das nicht.

Schon bald wurde das Tor des Stallgebäudes von innen geöffnet, und aus der Dunkelheit trat eine breitschultrige Gestalt, die drei Pferde am Zügel führte. Allerdings schienen es auf den ersten Blick nur zwei Pferde zu sein – das dritte Tier hatte kurze, stämmige Läufe und einen röhrenförmigen Körper, sodass es eher wie ein zu groß geratener Hund aussah. Jedoch waren alle drei Tiere gesattelt und gezäumt, und die Feldflaschen und Proviantsäcke waren gefüllt, wie sich die beiden Ork-Brüder später versichern konnten.

»Das ging aber schnell«, meinte Balbok. »Wie hast du es denn geschafft, die Pferde in so kurzer Zeit zu satteln?«

»Gar nicht«, gab Ankluas zurück. »Ich habe die Tiere bereits heute Vormittag gesattelt.«

»Ohne uns vorher zu fragen?« Rammar war verblüfft und wütend zugleich.

»Ich war sicher, dass ihr mir zustimmen würdet«, erklärte Ankluas mit einem unschuldigen Grinsen, das von einem Ohr bis zu jenem abgebissenen Lappen reichte, der einmal sein anderes Ohr gewesen war, und schwang sich elegant in den Sattel.

Orks waren eigentlich keine Reiter. Nicht nur, dass das unwegsame Gelände der Modermark mit seinen dichten Wäldern und schroffen Felsen fürs Pferdereiten ungeeignet war, es war das Reiten an sich, das einem Ork widerstrebte. Zwar hatte es während des Zweiten Krieges, als Orks und Menschen Verbündete gewesen waren, Versuche gegeben, eine Ork-Kavallerie aufzustellen, doch die Orks hatten sich als unfähig erwiesen, den Tieren ihren Willen aufzuzwingen, ohne dabei brutalste Gewalt anzuwenden. Das Ende vom Lied war gewesen, dass die meisten Orks ihre Pferde erschlugen und anschließend einfach auffraßen. Wenn überhaupt, ritten Orks auf Wargen oder anderen Kreaturen aus den Klüften des Westgebirges; aber auch hier hatten die Gnome es zu ungleich mehr Geschick im Umgang mit den Tieren gebracht als Rammars und Balboks Artgenossen.

Entsprechend gemischte Gefühle hatte Rammar, als er sich seinem Reittier näherte.

»Was soll das überhaupt sein?«, maulte er. »Der dämliche Gaul ist mehr breit als hoch.«

»Er passt zu deiner würdevollen Erscheinung«, versetzte Balbok grinsend, während er selbst mühelos in den Sattel seines Pferdes stieg.

Sein Bruder hatte ungleich mehr Probleme, den Rücken des Tieres zu erklimmen, was schon damit begann, dass er seinen klobigen Fuß nur mit Mühe in den Steigbügel zwängen konnte. Unter Stöhnen, Keuchen und unzähligen wüsten Verwünschungen gelang es ihm schließlich, seinen *asar* in die Höhe zu hieven und ihn in den Sattel fallen zu lassen, was das arme Tier mit einem heiseren Ächzen quittierte.

Die Pferde waren starke, ausdauernde Tiere, wie die Menschen in den Hügellanden sie ritten. Sie schnaubten unruhig, akzeptieren aber offenbar die fremden Reiter. Schon das war ungewöhnlich – gemeinhin mochten Pferde den Geruch von Orks nicht, und umgekehrt verhielt es sich genauso.

Ankluas warf Balbok und Rammar wollene Decken zu.

»Was ist das?«, fauchte Rammar, der seine mitten ins Gesicht bekommen hatte.

»Zieht sie euch über und benutzt sie als Kapuzen«, verlangte Ankluas, »damit man euch nicht auf den ersten Blick als das erkennt, was ihr seid.«

»Und du?«

»Ich mach's genauso«, versicherte Ankluas und warf sich

seinerseits eine Decke über. Rammar und Balbok taten es ihm widerstrebend gleich, und alle drei lenkten sie ihre Tiere vom Hof und auf die nächtlichen Straßen Sundarils.

Bei ihrer »Anreise« hatten sie Säcke über den Köpfen getragen und waren in einen Käfig auf einem Karren eingesperrt gewesen. Daher hatten die beiden Ork-Brüder von der Stadt der Menschen bisher kaum etwas mitbekommen, und auch in der Dunkelheit konnten sie kaum etwas davon sehen. Rammar hatte jedoch den Eindruck, dass die Städte der Menschen mit ihren steinernen Mauern, ihren Fachwerkbauten und spitzen Türmen ohnehin alle gleich aussahen. Zudem verspürte er nicht die geringste Lust, einen Augenblick länger als nur irgend nötig in Sundaril zu verweilen, wo der Tod in der Arena seine einzige Zukunftsaussicht gewesen war.

Die beiden Brüder lenkten ihre Tiere durch die Straßen, Ankluas hinterher, der den Weg genau zu kennen schien. Wie Rammar, der nie zuvor in seinem Leben auf dem Rücken eines Pferdes gesessen hatte, es fertigbrachte, sein Pferd zu dirigieren, wusste er selbst nicht. Irgendwie schien das Tier von sich aus Ankluas' Pferd hinterherzulaufen. Rammar war das nur recht. Ein eigensinniger Bruder genügte ihm vollauf, er brauchte nicht auch noch einen störrischen Gaul.

In den Straßen Sundarils war um diese späte Stunde nicht viel los. Viele der schmalen Gassen, die die Orks passierten, waren menschenleer, nur ab und zu drangen gedämpfte Stimmen aus den Tavernen: hier das Gegröle eines Betrunkenen, dort das helle Gelächter einer Kellnerin. Ansonsten war es still in den Straßen.

Rammar wusste, dass dies nicht immer so gewesen war.

Kibli und Nestor hatte ihm erzählt, dass die Grenzstädte früher geradezu berüchtigt gewesen waren für Laster und Unzucht aller Art: Glücksritter, Söldner, Schmuggler, Mörder und Diebe waren aus allen Himmelsrichtungen gekommen, um in den Tavernen und Bordellen der Stadt ihr Geld zu verprassen. Seit sich die Magistrate der beiden Städte allerdings dem neuen König von Tirgas Lan unterworfen hatten, hatte sich dies grundlegend geändert. Sundaril und Andaril waren von zwielichtigem Volk gesäubert worden, das man kurzerhand nach Tirgas Lan gebracht und dort vor Gericht gestellt hatte – auf diese Weise waren Nestor und Kibli in den Kerker der Königsburg gelangt.

»Wohin dieser verdammte Corwyn auch kommt«, murmelte Rammar, »bringt er alles durcheinander.«

Ankluas drehte sich im Sattel seines Pferdes zu ihm um und flüsterte: »Wie meinst du das?«

»Das wunderbare Chaos hier hat er über Nacht beseitigen lassen«, erklärte Rammar mit leiser Stimme. »Statt Mord und Totschlag herrschten auf einmal Recht und Ordnung, seit der Mensch König ist!«

»Und das gefällt dir nicht?«, fragte Ankluas.

Rammar nickte verdrossen. »Allerdings ist er nicht allein schuld daran«, flüsterte er. »Mehr noch als ihn vermute ich seine Königin Alannah hinter dieser elenden Spaßverderberei.«

»Dann kennst du sie?«

Wieder nickte Rammar und brummte: »Das Elfenweib hat uns beiden wiederholt bewiesen, dass es keinen Funken Humor hat.«

Ankluas bedachte Rammar mit einem undeutbaren Blick, dann wandte er sich wortlos wieder um.

Stadtwachen patrouillierten in den Straßen, um dafür zu sorgen, dass sich jeder an die Gesetze hielt, die der König erlassen hatte und die so vergnügliche Dinge wie Duelle und Prügeleien auf offener Straße bei Strafe untersagten.

Vor den Nachtwächtern mussten sich die drei Flüchtlinge vorsehen – nicht, weil sie nicht mit einem oder zwei der mit

Hellebarden bewaffneten Kerle fertig geworden wären. Aber wenn auch nur einer der Stadtwachen Alarm gab, würde man die Stadttore schließen, und der Weg nach draußen wäre ihnen versperrt.

Ein Vorteil war immerhin, dass die Stadtwachen mit ihren hellen Umhängen und den schimmernden Helmen schon von weitem auszumachen waren; wann immer sich einer von ihnen zeigte, schlug Ankluas sofort eine andere Richtung ein – aber auch er konnte nicht verhindern, dass sie an einer Straßenecke plötzlich heiser angerufen wurden: »Halt! Ihr da, erklärt euch! Wer seid ihr und was treibt ihr zu dieser späten Stunde in den Straßen der Stadt?«

Rammar, die Decke über dem Kopf, stieß eine halblaute Verwünschung aus. Aus einer dunklen Nische trat einer der Stadtwachen, die Hellebarde mit beiden Händen umklammernd.

»Erklärt euch!«, wiederholte er seine Forderung. »Und zwar augenblicklich, ehe ich euch festnehme und in den Kerker werfe! Wer seid ihr und was wollt ihr? Und schlagt gefälligst die Kapuzen zurück, damit ich eure Gesichter sehen kann!«

Das war nun etwas, das die Orks auf gar keinen Fall tun wollten. Reglos hockten sie auf ihren Pferden und warteten ab, was geschehen würde.

»Verdammt, stinkt das hier!«, ereiferte sich der Nachtwächter, als er näher kam. »Sind die Gäule schon tot und verwesen bereits?«

Rammar war klar, dass es der Geruch der Orks war, der den Menschen derart störte, und er erwog, ihm für diese Frechheit den Schädel einzuschlagen. Allerdings war das für den Augenblick wohl keine so gute Idee.

Auch Balbok wurde unruhig. Von so einem dahergelaufenen Milchgesicht beschimpft zu werden, stellte die Selbstbeherrschung des hageren Orks auf eine harte Probe.

Da aber lenkte Ankluas sein Pferd geradewegs auf den Wächter zu.

»Ihr sollt die Kapuzen zurückschlagen, hab ich gesagt!«, wiederholte der Mensch energisch. »Und steigt, verdammt noch mal, von den Gäulen, ehe ich mich vergesse und …«

Weiter kam er nicht. Mit einer Schnelligkeit, die weder Balbok noch Rammar ihm zugetraut hätten, katapultierte sich Ankluas aus dem Sattel und sprang den Wächter an wie ein hungriges Raubtier. Der Mensch kam nicht mal mehr dazu, seine Hellebarde auf den Ork zu richten. Ehe der Wächter sich's versah, landete die geballte Rechte des Orks mitten in seinem Gesicht. Die Nase des Mannes platzte auf wie eine überreife Frucht. Blut spritzte, und er fiel um wie ein nasser Sack. Einzig seine Hellebarde blieb stehen, denn die hatte Ankluas ihm aus der Hand gerissen, damit sie nicht laut scheppernd zu Boden schlug.

Sorgfältig lehnte er die unhandliche Waffe an die Mauer, dann packte er den Bewusstlosen und schleppte ihn in die Nische zurück, aus der er hervorgetreten war und wo man ihn nicht gleich sehen würde. Danach kehrte der Ork zu seinen staunenden Artgenossen zurück.

»Gut gemacht«, sagte Rammar anerkennend. »Das wird diesem unverschämten Kerl eine Lehre sein. Ich hätte ihm ja selbst Manieren beigebracht, aber …«

»Ich verstehe schon«, entgegnete Ankluas, während er wieder in den Sattel stieg.

»Warum hast du ihn nicht gleich umgebracht?«, fragte Balbok erstaunt. »Der Skalp des Milchgesichts gehört dir, damit kannst du dich brüsten.«

»*Korr*«, stimmte Rammar zu.

»Ich soll mich damit brüsten, einen *bog-uchg* umgehauen zu haben?« Ankluas schüttelte den Kopf. »Was für ein elender kleiner *shnorsher* wäre ich, würde ich das tun?«

Damit lenkte er sein Pferd an ihnen vorbei. Die beiden

Brüder wechselten unter ihren Kapuzen einen beschämten Blick – so hatten sie die Sache noch nie betrachtet. Ankluas schien in der Tat ein besonderer Ork zu sein. Sie trieben ihre Gäule wieder an und folgten ihm.

Sie ritten durch die dunkle Straße, vorbei an einer Horde Betrunkener, die singend durch die Gassen zog. Die Kerle waren so besoffen, dass sie die Orks keines Blickes würdigen. Schließlich erreichten sie das Osttor der Stadt; an dem trutzigen, von zwei hohen Türmen gesäumten Torhaus standen acht schwer bewaffnete Posten, vier auf jeder Seite.

»Was nun?«, raunte Rammar ihrem einohrigen Führer zu. »Willst du die auch umhauen?«

»Kaum«, gab Ankluas zurück.

»Zusammen schaffen wir diese Schwächlinge«, war Balbok überzeugt. »Nehmt ihr euch die beiden auf der linken Seite vor, ich übernehme den Rest.«

»Tu nicht so, als ob du wüsstest, wo links und wo rechts ist«, wies Rammar ihn zurecht. »Außerdem – hast du dir die Kerle mal angeschaut? Die sind bis an die Zähne bewaffnet und sehen nicht so aus, als ob mit ihnen gut Augäpfel essen wäre.* Wenn die uns in einen längeren Kampf verwickeln, und Verstärkung eilt herbei, ist unsere Flucht zu Ende, noch bevor sie richtig begonnen hat.«

»Da hast du recht«, stimmte Ankluas ihm zu – und dirigierte sein Pferd aus der dunklen Gasse und hinaus auf den freien Platz vor dem Tor, wo ihn die Wächter schon von weitem sehen konnten.

»Bist du übergeschnappt?«, zischte Rammar ihm hinterher. »Was machst du denn …?«

»Beim donnernden Kurul, der hat wirklich Mut«, meinte Balbok bewundernd. Seine Axt hatte er schon in der Klaue

---

* orkische Redensart

und war drauf und dran, hinter Ankluas herzureiten. »Los, wir müssen ihm beistehen!«

»Einen *shnorsh* müssen wir«, widersprach Rammar. »Wenn sich dieser *umbal* unbedingt umbringen lassen will, soll er. Wir werden so lange hier bleiben und warten.«

»Aber, beim donnernden Kurul …«

»Du kannst dir deinen donnernden Kurul sonst wo hinstecken«, unterbrach Rammar ihn barsch. »Wir bleiben hier und warten, und damit Schluss!«

Obwohl es Balbok widerstrebte zu gehorchen, hielt er sich dennoch zurück, weil er den Zorn seines Bruders ungleich mehr fürchtete, als vor Ankluas als *goultor* dazustehen. Gebannt warteten die beiden Brüder und schauten zu, wie Ankluas sich den Wachen näherte. Natürlich sahen die Milchgesichter ihn kommen, und natürlich streckten sie ihm feindselig ihre Speere und Hellebarden entgegen; der Hauptmann des Wachtrupps zückte gar sein Schwert.

»Halt! Wer bist du und was willst du? Erkläre dich …«

Rammar und Balbok hielten den Atem an, rechneten damit, dass jeden Augenblick ein wüstes Gemetzel losbrechen würde. Stattdessen geschah etwas, womit die Orks nie und nimmer gerechnet hatten: Ankluas beugte sich zu dem Hauptmann hinab und wechselte einige Worte mit ihm – und zu Rammars und Balboks größter Verblüffung begann der Mensch daraufhin schallend zu lachen.

Die Ork-Brüder wechselten einen ratlosen Blick, während sie sich fragten, ob der Mensch den Verstand verloren hatte. Als dann auch noch die übrigen Wachen in das Gelächter einfielen, waren Rammar und Balbok vollends der Ansicht, dass die Milchgesichter verrückt geworden waren.

Ohne Ankluas auch nur im Geringsten zu behelligen, ließen sie ihn zu seinen Gefährten zurückkehren – mehr noch, der Hauptmann der Wache wies seine Untergebenen an, das Fallgitter zu heben und das Tor zu öffnen, damit Ankluas und seine Gefährten die Stadt verlassen konnten. Mit einem breiten Grinsen im Gesicht forderte Ankluas die beiden Ork-Brüder auf, ihm zu folgen, worauf Rammar und Balbok zögernd ihre Gäule antrieben und dem offenen Tor entgegentrabten.

Die Wachen hatten inzwischen aufgehört zu lachen, aber es war ihnen anzusehen, dass sie sich nur mühsam beherrschten. Unter der Decke, die er sich übergeworfen hatte, hielt Balbok die Axt umklammert, und auch Rammar hatte seinen *saparak* parat für den Fall, dass die Milchgesichter sie nur täuschten und plötzlich angriffen. Aber die Wachen machten keinerlei Anstalten, sie am Verlassen der Stadt zu hindern, und so ritten die Orks unbehelligt durch Sundarils Osttor.

Offenes Hügelland, dessen Gras sich sanft im Nachtwind wiegte und vom silbrigen Mondlicht beschienen wurde, erwartete sie auf der anderen Seite des Stadttors.

Kaum hatten die Orks das Tor passiert, verloren die Wachen hinter ihnen jegliche Beherrschung und begannen erneut lauthals zu lachen, worauf Rammar sich nicht länger zurückhalten konnte.

»Verdammt!«, beschwerte er sich bei Ankluas. »Worüber lachen diese *umbal'hai*?«

»Wer weiß?« Ankluas zuckte mit den breiten Schultern.

»Wie hast du das gemacht? Ich meine, was hast du ihnen gesagt? Wieso haben sie uns so einfach durchgelassen?«

»Das ist mein Geheimnis«, erklärte Ankluas und gebrauchte dabei nicht das Wort *domhor*, das in der Sprache der Orks ein Geheimnis allgemeiner Natur kennzeichnet, sondern *sochgor*, womit er dem Fragenden zu verstehen gab, dass er es auf gar keinen Fall preisgeben würde. Wer sich weiter danach erkundigte, musste mit ernsten Folgen für Leib und Leben rechnen, und darauf war Rammar ganz und gar nicht erpicht.

Lieber trieb er sein Pferd zur Eile an, die Häuser und

Türme Andarils blieben allmählich hinter ihnen zurück, und erstmals nach Orthmar von Bruchsteins schändlichem Verrat und der Gefangennahme durch Muril Ganzwar schnupperten die Orks wieder Freiheit.

Nachdem sie eine Weile geritten waren, zügelten sie in einer Senke die Pferde.

Während Ankluas und Balbok mit dem Reiten keine Probleme zu haben schienen, kam sich Rammar schon nach den ersten Meilen wie gerädert vor. Nur mit Mühe hatte sich der dicke Ork im Sattel gehalten und es geschafft, nicht seitlich vom Gaul zu fallen. Am schlimmsten aber tat ihm der *asar* weh, der bei jedem Schritt des Pferdes hart auf den Sattel klatschte.

»Ich hätte es wissen müssen!«, maulte er drauflos. »Niemals hätte ich mich von dir dazu überreden lassen dürfen, dieses verdammte Vieh zu besteigen!«

»Hör auf, dich zu beschweren«, hielt Ankluas dagegen und grinste ihn an. »Wir haben es geschafft! Die Flucht aus Sundaril ist uns gelungen, und das habe ich nur euch zu verdanken.«

»Uns? Wieso?« Balbok machte große Augen – so wie er das sah, hatte Ankluas seinen Bruder und ihn befreit und nicht umgekehrt.

»Halts Maul, *umbal*!«, zischte Rammar. »Wenn Ankluas sagt, dass er uns seine erfolgreiche Flucht verdankt, dann wird es auch so sein. Schließlich sind wir nicht von ungefähr die ungeschlagenen Champions der Arena von Sundaril, nicht wahr?«

»*Korr*«, stimmte Ankluas zu, noch ehe Balbok etwas einwenden konnte, »und nachdem ihr euren Teil der Abmachung erfüllt habt, will ich nun meinen erfüllen und euch bei eurer Rache helfen.«

»Von Bruchstein«, knurrte Rammar voller Hass und Abscheu. »Ich will diesen miesen kleinen Verräter haben, um jeden Preis. Ich werde ihn zweiteilen, ihn zerstampfen und was weiß ich noch alles. Bezahlen soll dieser kleine *shnorsher* für das, was er uns angetan hat!«

»*Korr*«, stimmte Balbok erbittert zu.

»Und ich will euch dabei nach Kräften unterstützen«, versprach Ankluas. »Wo finden wir diesen von Bruchstein?«

»Er ist nach Osten gegangen«, antwortete Rammar, »nach Kal Asar.«

»Anar«, verbesserte Balbok.

»Mir egal«, knurrte Rammar. »Aber dort werden wir ihn finden.«

»Dann ist Kal Anar unser Ziel«, sagte Ankluas mit fester Stimme. »Kennt ihr den Weg?«

»Nicht direkt. Der Zwerg hätte ihn uns zeigen sollen.«

»Dann werde ich euch führen«, erklärte Ankluas kurzerhand. »Ich bin schon einmal in Kal Anar gewesen.«

»Wirklich?«, fragte Balbok erstaunt, und auch Rammar blickte verblüfft.

»Ist lange her.« Ankluas machte eine wegwerfende Klauenbewegung. »Damals hatte ich noch beide Ohren.«

»Und?«, wollte Balbok wissen. »Ist es weit bis Kal Anar?«

»Weit«, bestätigte Ankluas, »und ziemlich gefährlich. Zuerst führt der Weg durch das Hügelland der Menschen, dann durch das trügerische Hammermoor und schließlich durch die Gefilde der Smaragdwälder, wo es vor fremdartigen Kreaturen nur so wimmelt.«

»Wenn schon.« Rammar, der nur halb zugehört und die Sache mit den fremdartigen Kreaturen nicht richtig mitbekommen hatte, nickte grimmig. »Wenn wir mit von Bruchstein fertig sind, wird ihm mehr fehlen als nur ein Ohr, das verspreche ich euch.«

»*Korr*«, stimmte Balbok nicht weniger entschlossen zu. »Das ist der richtige Zeitpunkt.«

»Der richtige Zeitpunkt?«, wiederholte Rammar. »Wofür?«

»Für unseren Racheschwur«, brachte Balbok in Erinnerung. »Damit er gilt, muss er mit Blut besiegelt werden, das wisst ihr doch. Jetzt endlich können wir so schwören, wie es sich für Orks aus echtem Tod und Horn gehört.«

Rammar versteifte in seinem Sattel und wäre fast vom Pferd gekippt. Er verwünschte seinen dämlichen Bruder und suchte zugleich verzweifelt nach einer Ausrede, den Schwur nicht leisten zu müssen, ohne sich vor Ankluas lächerlich zu machen – doch dieser kam ihm zuvor.

»Soweit es mich betrifft, brauche ich meinen Schwur nicht mehr zu besiegeln«, sagte der Einohrige rasch. »Ich sagte, dass ich euch helfen werde, also tue ich das auch – oder zweifelst du an meinem Wort, Schmalhans?«

»*Douk*«, beeilte sich Balbok zu versichern, verwundert über die heftige Reaktion des anderen Orks. »Und was ist mit dir, Rammar? Zumindest wir beide könnten doch …«

»*Umbal!*«, fiel Rammar ihm brüsk ins Wort, dem die Vorstellung, sich eines dämlichen Schwures wegen eine Verletzung zuzufügen, überhaupt nicht gefiel. »Wir beide brauchen keinen Blutschwur zu leisten, weil in unseren Adern ohnehin der gleiche Saft fließt. Außerdem hat Ankluas völlig recht – oder zweifelst du vielleicht an *meinem* Wort?«

»*Douk*«, verneinte Balbok kleinlaut und eingeschüchtert.

»Unser Schwur gilt auch so«, war Rammar überzeugt. »Von Bruchstein wird bekommen, was er verdient. Die Rache der Orks wird ihn treffen, und dann wird sich dieser hinterlistige kleine Hutzelbart wünschen, nie in diese Welt gespuckt worden zu sein.«

»*Korr*«, bestätigten Balbok und Ankluas wie aus einem Mund, dann trieben die Orks ihre Pferde wieder an, den nächsten Hügel hinauf und nach Osten, immer tiefer hinein ins Reich der Menschen und dem fernen Kal Anar entgegen.

Weder dachten Rammar und Balbok an den Auftrag, den Corwyn ihnen erteilt hatte, noch an die Gefahren, auf die sie während ihrer Reise treffen mochten.

Ihre Gedanken kreisten nur noch um die Rache an von Bruchstein, und in ihrer blinden Wut ahnten sie nicht einmal, dass sie erneut getäuscht wurden.

BUCH 2

MOROR UR'KAL ANAR
(DER HERRSCHER VON KAL ANAR)

1.

SAMASHOR UR'OUASH'HAI

Vier Tage oder vielmehr Nächte währte der Ritt der Orks –
Nächte, in denen sie ihre Pferde durch endlos scheinendes
Hügelland lenkten. Nur vereinzelt waren Spuren von Zivilisation auszumachen. Das Ostland befand sich zwar im Besitz der
Menschen – die zahlreichen Clansführer und Adelsfürsten be-
zeichneten ihre Ländereien gern als »Reiche«, doch diese bestanden oft genug aus wenig mehr als einer Burg und einigen
Gehöften drumherum –, dennoch war das Land nur dünn besiedelt. Der größte Teil der Milchgesichter lebte in den Grenzstädten Sundaril und Andaril sowie in den Nordsiedlungen,
von denen Taik, Girnag und Suln die bedeutendsten waren.

So weit nördlich kamen die Orks auf ihrer Reise jedoch
nicht – die Weiße Wüste mit ihrer eisigen Kälte und ihren
Gefahren war Rammar und Balbok noch zu lebhaft in Erinnerung, als dass es sie dorthin gezogen hätte. Zudem war
Orthmar von Bruchstein nach Osten gezogen, und ihm allein galt ihr Interesse.

Da es nur sehr wenige Siedlungen in dieser Gegend gab,
blieben die Orks auf ihrer Reise unentdeckt. Nur von fern
bekamen sie hin und wieder ein Dorf oder eine Burg zu
sehen, und sobald sie irgendwo Menschen erblickten, verbargen sie sich – nicht weil sie die Konfrontation mit den
Milchgesichtern scheuten, sondern weil ihnen die Rache an
dem verräterischen Zwerg wichtiger war als Abwechslung
und Kurzweil auf der Reise.

So hielten sich die drei Orks abseits der Straßen, und in Erinnerung an die Begegnung mit dem Basilisken, die Rammar und Balbok ihrem neuen Gefährten in den grausigsten Farben geschildert hatten, ritten sie meist nur bei Nacht. Tagsüber hielten sie sich unter Felsvorsprüngen oder unter Bäumen verborgen, von denen es im Nordosten nur ein paar karge Exemplare gab.

Nachdem sie vier Nächte geritten waren – Rammars Hintern hatte sich inzwischen, wie er behauptete, in eine einzige harte Hornplatte verwandelt – erreichten sie den Übergang zum Hammermoor. Die Hügel des Nordostens verflachten zusehends und verloren sich in der kargen, von harten Gräsern bewachsenen Ebene, über der sich ein wolkenverhangener Morgenhimmel spannte.

»Und du bist sicher, dass wir da durchmüssen?«, erkundigte sich Rammar missmutig bei Ankluas, während er mit dem *saparak* wedelte, um ein paar lästige Fliegen zu verscheuchen.

»Allerdings. Jenseits des Hammermoors liegen die Smaragdwälder, die im Südosten bis an die Grenzen Kal Anars reichen.«

Rammar nickte grimmig. »Dorthin ist von Bruchstein gegangen. Also ist das auch unsere Richtung.«

»Hammermoor«, murmelte Balbok. »Komischer Name.«

»Er stammt von den Zwergen«, erklärte Ankluas. »Sie glauben, dass der große Urhammer am Anbeginn der Zeit Löcher in das Land geschlagen und es auf diese Weise unpassierbar gemacht hat.«

»Was für ein Schmarren!« Rammar gluckste amüsiert. »Sind die Hutzelbärte wirklich so dämlich, dass sie an so was glauben?«

»Äh … Rammar?«, meldete sich Balbok zögerlich zu Wort.

»Was willst du?«, schnauzte Rammar.

»Glauben wir Orks denn nicht, dass die Schluchten nördlich des Schwarzgebirges entstanden sind, als Kurul den Dämon Torga abgemurkst hat? Dass er Torgas Gedärme über die Felsen verstreute, wo sie sich in den Stein geätzt haben? Nennen wir die Schluchten nicht deshalb ›Torgas Eingeweide‹?«

»Das ist etwas völlig anderes!«, ereiferte sich Rammar. »Kurul hat Torga *wirklich* erschlagen und seine Innereien über das Gebirge verteilt, sodass sie sich in das Gestein fraßen! Das ist eine überlieferte *Tatsache*! Aber wer glaubt denn, dass ein blöder Hammer riesige Löcher ins Land schlagen kann? Außerdem wirst du uns Orks doch wohl nicht mit diesem niederträchtigen Zwergenpack vergleichen wollen, oder?«

»*Douk*«, versicherte Balbok schnell.

»Die Elfen haben einen anderen Namen für diese Gegend«, sagte Ankluas, als wollte er dem Hageren aus der Klemme helfen. »Sie nennen sie *talath arceif* – Land ohne Boden. Und das trifft es ziemlich genau, das könnt ihr mir glauben.«

»Wieso?«, wollte Rammar wissen.

»Weil das Hammermoor tückisch ist. Was ihr vor euch seht, mag wie fester Grund aussehen, wenn ihr jedoch die Hufe eurer Pferde darauf lenkt, werdet ihr merken, dass es in Wirklichkeit weicher Morast ist, der Ross und Reiter gnadenlos verschlingt, wenn man einen falschen Schritt tut. Schon mancher, der sich in das Hammermoor begeben hat, ist nie wieder herausgekommen.«

»*Shnorsh!*«, knurrte Rammar. »Gibt es denn keinen Weg um das verdammte Gebiet herum?«

Ankluas schüttelte den Kopf. »Im Süden grenzt das Moor an die See, im Norden an die Berge. Um es zu umgehen, müssten wir einen Umweg von mehreren Wochen in Kauf nehmen.«

»So viel Zeit haben wir nicht«, entgegnete Rammar, dem zudem die Vorstellung wenig gefiel, schon wieder über Felsen kraxeln zu müssen. »Von Bruchstein hat ohnehin schon zu viel Vorsprung. Wenn wir ihm noch mehr Zeit lassen, kommt er am Ende noch ungeschoren davon.«

»*Korr*«, stimmte Balbok zu. »Also suchen wir uns ein Versteck und warten bis zum Einbruch der Dunkelheit – dann reiten wir weiter.«

»Das Moor bei Nacht zu durchreiten, wäre eine ausgemachte Dummheit«, wandte Ankluas ein. »Schon bei Tag ist kaum festzustellen, wo sich fester Boden befindet und wo nicht.«

»Und die Schlangenvögel?«, wandte Balbok ein.

»Wir werden den Himmel im Auge behalten müssen«, meinte Ankluas schulterzuckend, und ehe noch einer der Brüder etwas erwidern konnte, lenkte er sein Tier auch schon in die trostlose Weite hinaus.

Rammar und Balbok tauschten einen etwas ratlosen Blick. Dann wollte Balbok sein Pferd wieder antraben lassen, aber Rammar hielt ihn noch zurück. »Sag mal, denkst du eigentlich immer nur an dich selbst? Ist dir nicht klar, dass ich mit großem Abstand der Schwerste von uns bin?«

»Äh – schon, aber …«

»Wenn der Boden dich und Ankluas trägt, heißt das doch noch lange nicht, dass er auch mich tragen wird«, erklärte Rammar, »und wenn ich hinter euch versinke, merkt ihr *umbal'hai* das vielleicht nicht. Also reite gefälligst hinter mir, verstanden?«

Mit einem wütenden Schnauben stieß der dicke Ork seinem Pferd die Fersen in die Flanken, worauf sich sein gedrungenes Tier in Bewegung setzte und Ankluas hinterhertrabte. Mit Argusaugen beobachtete Rammar dabei seinen Vorderork, um sein Pferd sofort zum Stehen zu bringen, falls dieser im Moor versank.

Eine endlos scheinende Weile ritten sie so: Ankluas an der Spitze, Rammar in der Mitte und Balbok einmal mehr am Ende des kleinen Zugs. Dunstschleier legten sich über das Moor, je später es wurde, und die Orks sahen ringsum nichts als trostlose graue Weite, in der hin und wieder vereinzelte Grasflecken auftauchten.

Die Strahlen der Sonne drangen nicht durch die dichte Wolkendecke, dennoch hatte Rammar das Gefühl, dass es mit jedem Augenblick, der verstrich, heißer wurde und auch feuchter. Der dicke Ork begann zu schwitzen, und je mehr er schwitzte, desto mehr Moskitos umschwirrten ihn. Unentwegt surrten sie um ihn herum, während er wütend nach ihnen drosch und sich dabei mehr als einmal selbst mit der Faust ins Gesicht schlug. Balbok und Ankluas hingegen schienen von den Biestern verschont zu bleiben, was Rammar nur noch wütender machte.

Gegen Mittag legten die Orks eine Rast ein. Proviant, den sie verzehren konnten, hatten sie kaum noch; in den Satteltaschen der Pferde aus Sundaril hatten sich einige Rationen befunden, und zusätzlich hatten sie sich über eine Kuh hergemacht, die sie einsam und unbewacht auf einer Weide entdeckt hatten (und deren Fleisch ziemlich zäh gewesen war); inzwischen waren diese Vorräte jedoch aufgezehrt, sodass den Orks der Magen bis zu den Knien hing. Immerhin fanden sie ein Wasserloch, an dem sie ihren Durst löschen konnten. Die trübe Brühe, die Balbok und Rammar geräuschvoll schlürften, schmeckte herrlich brackig und faulig.

»Was ist mit dir?«, erkundigte sich Rammar bei Ankluas. »Willst du nicht auch saufen?«

Ankluas verzog das Gesicht. »Diese Jauche?«

»Sie hält uns am Leben«, entgegnete Rammar grinsend. »Außerdem schwappt in der Brühe so einiges schmackhafte Kleinzeug, sogar ein paar leckere Fliegenlarven.«

»Schön für dich.« Der Einohrige lächelte schwach, schien

aber keinen Durst zu haben, woraufhin ihn Balbok mit einem prüfenden Blick bedachte.

»Was hast du?«, wollte Ankluas wissen.

»Nichts.« Balbok griff bedächtig nach seiner Axt. »Ich frage mich nur, ob du der bist, für den du dich ausgibst.«

»Was meinst du damit?«, fragte Ankluas schnell.

»Hör nicht auf ihn«, wiegelte Rammar ab. »Balbok hat nur ein paar schlechte Erfahrungen gemacht, das ist alles.«

»Erfahrungen? Womit?«

»Als wir vor einiger Zeit in den Nordsümpfen unterwegs waren, hatten wir es mit Ghulen zu tun, die bekanntlich ihre Gestalt verändern können«, erklärte Rammar. »Einer von ihnen hatte Balboks Aussehen angenommen, ein zweiter hatte die bodenlose Frechheit, mich nachzuäffen. Wir haben sie natürlich entlarvt und ihnen den Garaus gemacht, aber mein dämlicher Bruder glaubt jetzt offenbar, du wärst ebenfalls nicht das, was du zu sein vorgibst. Daran kannst du sehen, wie beschränkt er ist.«

Ankluas' Gesicht zeigte einen Ausdruck, den Balbok nicht richtig einzuschätzen wusste, den Rammar aber für Erstaunen hielt. Im nächsten Moment brach der Einohrige in schallendes Gelächter aus, und Rammar fiel mit ein, schadenfroh auf seinen Bruder deutend. Einen Augenblick stand Balbok unentschlossen, die Axt in den Klauen, und wusste nicht, was er tun oder sagen sollte.

»War nur Spaß«, behauptete er schließlich ein wenig hilflos und beteiligte sich an der allgemeinen Heiterkeit. Dass ihr Gelächter weithin zu hören war, daran dachten die Orks nicht – als einen Herzschlag später jedoch ein durchdringendes Kreischen über dem Moor zu hören war, verstummten sie augenblicklich.

»Was war das?«, fragte Ankluas erschrocken.

Rammar und Balbok wechselten einen furchtsamen Blick. Sie erinnerten sich noch sehr gut an diesen Schrei, der durch

Mark und Bein ging und sich selbst in den spitzen Ohren eines Ork ziemlich schrecklich anhörte.

»*Uchl-bhuurz*«, erwiderte Rammar tonlos. »Ein verdammter Basilisk …«

Auf das Schlimmste gefasst blickten die drei Orks hinauf zum grauen Himmel. Zunächst konnten sie dort nichts ausmachen, aber nachdem erneut ein durchdringender Schrei erklungen war, noch lauter und näher diesmal, schälten sich plötzlich die Formen eines riesigen bizarren Vogels aus den Wolken.

Die weiten ledrigen Flügel des Wesens glichen denen einer Fledermaus, dazwischen ringelte sich ein Körper, dessen untere Hälfte einer Schlange glich, während der schwarz gefiederte Rest wie der eines riesigen Raubvogels aussah. Der mörderische Schnabel des Ungeheuers war weit aufgerissen, sodass die gespaltene Zunge zu sehen war, die Augen der Bestie waren suchend auf den Boden gerichtet – und der geflügelte Schrecken hielt direkt auf die Orks zu!

»Verdammt!«, stieß Rammar hervor. »Das Biest wird uns jeden Augenblick entdecken! Was jetzt?«

»Wir kämpfen!«, verkündete Balbok wild entschlossen und hob die Axt.

Da erklang ein weiterer Schrei – und zum Entsetzen der Orks stieß eine zweite geflügelte Schlange aus dem dunstigen Grau der Wolken, um mit ausgebreiteten Schwingen dicht über dem Boden hinwegzugleiten. Und als wäre das noch nicht genug, tauchte im nächsten Augenblick noch ein dritter Basilisk auf, der die feuchte Luft mit wuchtigen Schlägen geißelte.

Mit ihren grässlichen Schreien schienen sich die Kreaturen zu verständigen, denn sie schwenkten auf einmal in dieselbe Richtung ein – auf die drei Orks zu!

»Es sind drei«, hauchte Rammar entsetzt, »und sie haben uns entdeckt!«

»Das glaube ich nicht«, widersprach Ankluas. »Dann würden sie ausschwärmen, um keinen von uns entkommen zu lassen!«

»Die sollen nur kommen«, knurrte Balbok. Das eine Auge hatte er zusammengekniffen, mit dem anderen taxierte er die herannahenden Kreaturen mit grimmigem Blick.

»Bist du verrückt?«, zischte Rammar. »Hast du vergessen, dass wir bei der Begegnung mit nur einem Basilisken fast draufgegangen wären? Gegen eins dieser Viecher haben wir mit Mühe und Not bestehen können – drei davon werden uns den *asar* aufreißen, das steht fest.«

»Du hast recht«, war Ankluas überzeugt. »Wir müssen verschwinden.«

»Verschwinden?«, rief Rammar. »Wohin?«

»Wir verteilen uns, machen uns in verschiedene Richtungen davon – auf diese Weise gehen wir wenigstens nicht alle drauf, wenn uns die Biester entdecken.«

Rammar verzog das Gesicht. »Schöner Trost.«

»Beschmiert euch mit Schlamm und buddelt euch darin ein, damit euch die Biester nicht sehen!«, wies der Einohrige sie an. Er klatschte sich selbst eine Klaue voll Moorerde ins Gesicht, dann fuhr er herum und huschte davon.

Rammar, dem der Gedanke überhaupt nicht gefiel, einsam und allein im Dreck zu liegen und darauf zu warten, dass er von einer der fliegenden Schlangen zerrissen und gefressen wurde, wollte etwas einwenden, aber Ankluas war bereits in den Dunstschwaden verschwunden, und als sich der dicke Ork zu seinem Bruder umwandte, war auch von diesem nichts mehr zu sehen.

»Balbok …?«

Die einzige Antwort, die Rammar erhielt, war ein erneutes Kreischen, das die Luft über dem Moor erzittern ließ, und mit einem erschrockenen Blick zum Himmel stellte er fest, dass die drei Basilisken bereits sehr nah heran waren; möglicherweise konnten sie ihn bereits sehen …

Rammar überlegte nicht mehr lange, sondern hetzte einige Schritte weit, sprang mit erstaunlicher Behändigkeit über ein paar Grasbüschel – und warf sich bäuchlings in den Schlamm. Indem er die Schnauze tief hineinsteckte und sich anschließend wie ein Schwein darin suhlte, schaffte er es im Handumdrehen, dass er kaum noch von dem feuchtbraunen Untergrund zu unterscheiden war, wäre da nicht das blinzelnde gelbe Augenpaar gewesen, das wieder furchtsam zum Himmel blickte – und das sich vor Entsetzen weitete, als die Basilisken unter grässlichem Kreischen heranflatterten.

Im ersten Moment glaubte Rammar schon, er wäre entdeckt worden. Der jähe Drang, aufzuspringen und davonzulaufen, überkam ihn, aber er hielt still und blieb reglos liegen, tat einfach so, als wäre er ein (allerdings ziemlich großer) Erdhaufen. Zudem schloss er die Augen, damit er nicht wieder in vorübergehende Starre verfiel, wenn er ins Antlitz eines der Basilisken blickte.

Dann hörte Rammar die grässlichen Schreie der Untiere direkt über sich, und er musste alle Beherrschung aufwenden, um nicht seinerseits einen kreischenden Laut auszustoßen, denn zu seinem maßlosen Entsetzen flogen die mörderischen Kreaturen in nur wenigen *knum'hai* Höhe über ihn hinweg.

Rammar glaubte, sein letztes Stündlein hätte geschlagen, und einmal mehr lief die beschämend kurze Ansammlung großer und mutiger Taten, die er in seinem Leben vollbracht hatte, vor seinem geistigen Auge ab. Er erwartete, dass sich jeden Moment der Hakenschnabel einer der Bestien in seinen Wanst graben oder sich einer der Schlangenschwänze um seinen Hals winden und ihn in die Höhe reißen würde.

Weder das eine noch das andere geschah – dafür waren plötzlich andere grässliche Laute zu hören. Zunächst ein trompetendes Wiehern, dann ein markiges Knacken und schließlich ein klatschender Aufschlag.

Die Pferde!, schoss es Rammar durch den klobigen Schädel. Die Basilisken hatten nicht ihn entdeckt, sondern die Pferde gesehen!

Jähe Hoffnung schöpfend, wagte er es sogar zu blinzeln, um zu sehen, was geschehen war.

Tatsächlich.

Jeder der Schlangenvögel hatte sich auf eines der Reittiere gestürzt, und obwohl Rammar für die Gäule nicht viel übrig hatte, drehte sich ihm fast der Magen um, als er sah, was den Tieren widerfuhr. Eines der Pferde – es war Balboks Hengst – war in die Luft gerissen und zu Boden geschmettert worden, wo es laut wiehernd mit den Hufen um sich schlug, während ihm eine der Schlangenkreaturen mit dem grässlichen Schnabel die Gedärme aus dem Bauch riss. Ankluas' Pferd wurde von dem zweiten Basilisken der Kopf abgebissen, dann stürzte sich das Ungeheuer auf Rammars stämmigen Gaul, den sich bereits die dritte Schlangenkreatur als Beute ausgesucht und seine Krallen in den Hals und in die Brust des Pferdes geschlagen hatte. Der andere Basilisk verbiss sich im Hinterteil des Pferdes, und beide schlugen wild mit den Flügeln, zerrten in entgegengesetzte Richtungen – und rissen das Pferd in der Mitte auseinander.

Rammar wurde speiübel, als er sah, wie die Innereien des Tiers in den Morast klatschten. Ein letztes heiseres Wiehern, dann kehrte tödliche Stille ein – eine Stille, die der dicke Ork beinahe als noch schlimmer und bedrohlicher empfand als das panische Wiehern und die schrecklichen Laute zuvor.

Rammar lag unbewegt im Morast und wagte kaum zu atmen. Aus dem Augenwinkel konnte er die Basilisken sehen. Zwei von ihnen waren gelandet und thronten über den dampfenden Kadavern, der dritte kreiste wieder in der Luft. Schaudernd stellte Rammar fest, dass sich keine der Schlangenkreaturen am Fleisch der Beute gütig tat. Sie hatten die

Pferde nicht gerissen, um sie zu fressen, sondern aus purer Lust am Töten. Oder vielleicht auch aus Wut darüber, dass sie nicht gefunden hatten, wonach sie eigentlich suchten. Was diese Bestien mit den drei Orks anstellen würden, wenn sie diese vor die Schnäbel bekamen, darüber wollte Rammar lieber nicht nachdenken.

Er schloss die Augen und blieb liegen, hoffend, dass die Basilisken, wenn sie schon einen der Orks entdeckten, nicht ausgerechnet ihn fanden. Ankluas aber brauchte er, wenn er aus dem Hammermoor wieder herausfinden wollte. Blieb also nur Balbok – Rammar war sicher, dass dieser dafür Verständnis aufbringen würde, wenn sein Bruder ihm unter diesen Umständen nicht zu Hilfe kam.

Wie Espenlaub zitternd lag Rammar im Morast und lauschte – aber alles blieb still.

Nicht nur die Pferde, auch die Basilisken waren nicht mehr zu hören, und als der dicke Ork nach einer endlos scheinenden Weile wieder einen Blick riskierte, stellte er fest, dass die Bestien verschwunden waren. Die Kadaver der Reittiere hatten sie zurückgelassen.

Zuerst wagte es Rammar kaum, sich zu rühren. Dann hob er zaghaft den Kopf, um sich weiter umzuschauen – von den Ungeheuern war tatsächlich nichts mehr zu sehen.

Endlich gönnte sich der Ork ein erleichtertes Seufzen, während er sich in Gedanken zu seiner Tapferkeit und seinem besonnenen Handeln beglückwünschte. Nur seiner Beherrschung und seiner Geistesgegenwart war es zu verdanken, dass die Basilisken nicht auf ihn und seine Gefährten aufmerksam gewor…

In dem Moment, als Rammar sich aufrichten wollte, merkte er, dass etwas nicht stimmte. Sein Wanst, mit dem er sich förmlich in den Boden gewühlt hatte, schien irgendwie … *festzustecken*, und so sehr sich der Ork auch mühte, er bekam ihn nicht mehr frei.

»Bei Kuruls Donner!«, wetterte er. »Was ist denn los? So viel hab ich in letzter Zeit doch gar nicht gefressen …«

Er unternahm einen neuerlichen Versuch, der allerdings nichts brachte – und nicht nur das: Auf einmal hatte Rammar das Gefühl, dass auch seine Arme und Beine irgendwie mit dem Boden verschmolzen waren. Endlich begriff er: Auf seiner wilden Flucht vor den Basilisken war er versehentlich ins Moor gesprungen, das ihn unbarmherzig zu verschlingen drohte.

Rammar gab eine Verwünschung von sich und bewegte wild Armen und Beinen. Dadurch brachte er sich jedoch nur noch mehr in Schwierigkeiten, denn mit jeder Bewegung versank er tiefer. Solange er reglos gelegen hatte, war er sozusagen obenauf geschwommen – nun jedoch kroch der Morast kalt und klamm an ihm empor.

In seiner Not hätte Rammar am liebsten laut um Hilfe gerufen, aber das wagte er nicht aus Furcht, die Basilisken könnten ihn hören und zurückkommen – und vor den Schlangenkreaturen fürchtete er sich noch mehr, als auf Nimmerwiedersehen im Moor zu versinken.

»*Shnorsh*«, knurrte Rammar leise.

Balbok hatte es gut erwischt.

Seinen orkischen Instinkten vertrauend, hatte er sich ein Stück weit in die Dunstschwaden geflüchtet und sich dann hinter einer Ansammlung hoher Grasbüschel in Deckung geworfen. Anschließend hatte er Ankluas' Ratschlag befolgt und sich mit Moorerde getarnt, die er sich ins Gesicht und über die Arme geschmiert hatte. Er war gerade noch damit fertig geworden, ehe sich die Schlangenvögel auf die Pferde gestürzt hatten.

Bäuchlings in seinem Versteck liegend, hatte Balbok zwischen den Grashalmen hindurchgespäht und alles genau beobachtet. Nachdem sie die Pferde zerfetzt und eine Riesensauerei angerichtet hatten, hatten sich die Basilisken wieder in die Lüfte geschwungen und waren im grauen Dunst verschwunden – und Balbok atmete auf. Zwar hatte er seine Axt bei sich und hätte seine Haut notfalls so teuer wie möglich verkauft, aber nachdem er bereits einmal gegen einen Basilisken gekämpft hatte, war sogar ihm ziemlich klar, wie der Kampf gegen drei dieser Biester ausgegangen wäre.

Er wartete noch einige Augenblicke, um ganz sicher zu sein, dass die Bestien wirklich fort waren, dann erhob er sich und ging dorthin zurück, wo er seine Gefährten verlassen hatte und die Kadaver der Pferde verstreut lagen. Ankluas kam ihm entgegen.

»Pfff«, machte Balbok, »das war knapp.«

»Kann man wohl sagen«, bestätigte Ankluas und nickte. »Wo ist dein Bruder?«

»Weiß nicht.« Der Hagere blickte sich um, konnte Rammar jedoch nirgends entdecken. »Wo er nur stecken mag?«

Balbok legte die Stirn in Falten und dachte nach. Er erinnerte sich gesehen zu haben, wie die Schlangen Rammars Pferd – im wahrsten Sinn des Wortes – in der Luft zerrissen hatten, aber soweit er sich entsann, hatte Rammar nicht darauf gesessen. Sein Bruder musste den Angriff der Basilisken also unbeschadet überstanden haben. Aber wo war er?

Balbok holte tief Luft, um nach Rammar zu rufen, aber Ankluas' Klaue schoss heran und versiegelte ihm den Mund. »Nein«, sagte der Einohrige beschwörend. »Die Basilisken könnten dich hören und zurückkommen. Wir müssen deinen Bruder suchen. Geh du in diese Richtung, ich werde mir die andere vornehmen.«

»Korr«, stimmte Balbok zu, und die beiden stapften los, um nach Rammar Ausschau zu halten.

Suchend blickte sich Balbok um, aber er entdeckte nichts als braune Erde und gelbe Grasbüschel. Weit und breit keine Spur von Rammar. Vorsichtig ging Balbok weiter.

»*Umbal!*«, schimpfte plötzlich eine vertraute Stimme dicht vor ihm. »Noch einen Schritt weiter, und du versinkst bis zu deinem verlausten Skalp im Dreck.«

Balbok blieb jäh stehen und blickte sich verblüfft um. Er war sicher, dass es Rammars Stimme gewesen war, die er gehört hatte – aber woher war sie gekommen?

Der hagere Ork merkte, wie sich seine Nackenborsten sträubten. Übersinnliche Dinge waren seiner Rasse gleichermaßen verdächtig wie verhasst – und eine körperlose Stimme, die zu ihm sprach, gehörte ganz sicher dazu.

»R-Rammar«, flüsterte Balbok ängstlich. »B-bist du es, Bruder?«

»Wer soll es denn sonst sein, du dämlicher Kerl?«

»A-aber wo bist du? Haben die Basilisken dich gefressen? Oder haben dich doch die Ghule geholt? Bist du ein Geist und …?«

»*Darr malash!* Das kommt davon, weil du so ein langes Elend bist! Schau gefälligst nach unten! Hier bin ich, du verdammter Schwachkopf!«

Von den Beschimpfungen seines Bruders genötigt, nahm Balbok den Boden zu seinen Füßen in Augenschein. Zunächst konnte er auch dort nichts Auffälliges entdecken – dann jedoch sah er, dass ihn aus dem feucht glänzenden Morast ein gelbes Augenpaar in unverhohlenem Ärger anblitzte. Die Augen starrten aus einem unförmigen Erdbatzen, in dem man – allerdings nur mit viel gutem Willen – Rammars Kopf erkennen konnte.

»Bruder!« Balboks Entsetzen war echt. »Wer hat dich so zugerichtet? Wenn ich den Kerl erwische, der dir hinterrücks den Kopf abgeschlagen hat …«

»Blöder Sack! Mein Kopf sitzt auf meinen Schultern!«, maulte Rammar.

»Echt?« Balboks Blick verriet Zweifel. »Aber wie kommt es dann, dass er am Boden …?«

»Ich bin ins Moor geraten und versinke, du nichtsnutziger, Maden fressender, krummbeiniger Trottel! Also unternimm gefälligst etwas und zieh mich raus, ehe ich ganz verschwunden bin und du nur noch um mich trauern kannst!«

»Wieso trauern?«, fragte Balbok.

»Was willst du damit sagen?«

»Nun, ich …«

»Du widerwärtiger Bruderschänder! Wahrscheinlich würdest du tatenlos zusehen, wie ich draufgehe, und dabei noch den *knomh-kur** tanzen, was? Jetzt sieh zu, dass du mich aus der *shnorsh* ziehst, ehe ich mich vergesse und … und …« Rammar verstummte, weil ihm klar wurde, dass jede Drohung ziemlich nutzlos war, solange er bis zum Hals feststeckte.

Einen Augenblick lang tat Balbok so, als müsste er sich die Sache überlegen – dann jedoch drehte er seine Axt herum, sodass er das Blatt in den Händen hielt, und streckte Rammar das Ende des Schafts entgegen. »Hier, nimm!«, rief er seinem Bruder zu, dem es mit Mühe gelang, einen Arm aus dem zähflüssigen Morast zu heben und sich an der Axt festzuklammern.

Balbok zog mit aller Kraft, und als das nichts nutzte, stemmte er sich mit dem ganzen Gewicht seines hageren Körpers gegen das seines Bruders, aber auch dies brachte nichts; Rammar regte sich keinen Fingerbreit.

»Was ist, du fauler Hund?«, schalt der Dicke seinen Bruder. »Streng dich gefälligst an!«

Balbok biss die Zähne zusammen und gab sein Bestes, aber das einzige Ergebnis war, dass Rammar noch ein Stück tiefer einsank und ein gurgelndes Geräusch von sich gab, als er eine Ladung Moorerde verschluckte.

»Oje«, entfuhr es Balbok.

---

* wörtl. »Knochenverrenker«; bei den Orks beliebter, wilder Tanz

»Was soll das heißen?«, schimpfte Rammar, als er das Maul wieder frei hatte. »*Willst* dich wohl nicht anstrengen, was? Wozu hast du all den *bru-mill* gefressen, wenn dir jetzt die Kräfte fehlen, um mich rauszuziehen?«

»Das ist lange her«, verteidigte sich Balbok, »und seitdem hab ich nichts Anständiges mehr zwischen die Zähne gekriegt.«

»Glaubst du, mir ginge es besser? Ich bin völlig abgemagert!«

»Davon merke ich nichts«, knurrte Balbok halblaut und unternahm einen weiteren Versuch, den fetten Bruder aus dem Moor zu ziehen.

Da kam Ankluas hinzu.

Als er sah, was Rammar widerfahren war, konnte er nicht anders als schallend zu lachen – was der dicke, stets auf seine Würde bedachte Ork ganz und gar nicht komisch fand.

»Wenn du fertig bist, dann hilf meinem nichtsnutzigen Bruder!«, brüllte er, und zwar doppelt so laut wie bisher, damit Ankluas, der ja nur noch ein Ohr hatte, ihn auch verstehen konnte.

»Mit bloßer Körperkraft ist da nichts zu machen«, wusste Ankluas. »Je mehr wir an dir herumzerren und du dich bewegst, desto schneller versinkst du.«

»Großartige Aussichten.« Rammar schnitt eine Grimasse. »Was also schlägst du vor?«

»Wir werden warten, bis du versunken bist, und dich *anschließend* rausziehen.«

»Was? Bist du verrückt?«

»Vertrau mir«, sagte Ankluas, ungeachtet der Tatsache, dass kein Ork einem anderen vertraute, und grinste ihn an.

Rammar beschwerte sich bitter, aber sein Lamento ging in einem erneuten Gurgeln unter, als er noch weiter in die Tiefe sank. Sein Unterkiefer verschwand in der braunen Masse, dann seine Schnauze – und dann ging es blitzschnell.

Noch ein letztes Mal blitzten die kleinen gelben Äuglein ängstlich aus dem Morast, und wenige Herzschläge später zeugten nur noch ein paar blubbernde Blasen davon, dass soeben ein dicker Ork im Hammermoor versunken war.

»U-und jetzt?«, fragte Balbok bang. »Wir werden ihn doch nicht einfach …?«

»Abwarten«, sagte Ankluas. Er ließ sich bäuchlings nieder und kroch bis an den Rand der Moorgrube, steckte seine Rechte in den Morast, rührte suchend darin herum – und packte zu, als er Rammars Schopf zu fassen bekam. Nicht ruckartig, wie Balbok es getan hatte, sondern ruhig und gleichmäßig zog er daran – und tatsächlich tauchte wenig später Rammars schlammbesudelte Fratze wieder auf.

»Das wurde auch Zeit!«, schimpfte Rammar sofort los.

Balbok ließ sich ebenfalls nieder und packte zu, und gemeinsam gelang es ihnen, Rammar Stück für Stück aus der Moorgrube zu ziehen: Sein Kopf tauchte wieder auf, dann sein kugelförmiger Wanst, der sich mit einem satten Schmatzen aus dem Morast löste, und zuletzt die Beine.

Schwer atmend blieben die drei Orks zunächst liegen, einer wie der andere so verdreckt, dass sie weder voneinander noch vom schlammigen Boden zu unterscheiden waren. Irgendwann rafften sie sich wieder auf und streiften sich, so gut es ging, den Morast von Haut und Kleidern. Dennoch waren sie natürlich noch immer über und über mit Schlamm beschmiert, dafür aber ließen die Stechmücken Rammar endlich in Ruhe.

Vorsichtig und darauf bedacht, nicht noch einmal ins Moor zu geraten, kehrten die drei dorthin zurück, wo die Reste ihrer Pferde am Boden verstreut lagen. »Seht euch diese Menscherei an!«, eiferte sich Rammar. »Was sind das nur für elende Biester? In der ganzen Modermark habe ich so was noch nicht gesehen!«

Ankluas schüttelte den Kopf. »Derartige Kreaturen hat

keiner mehr seit Tausenden von Jahren gesehen. Es heißt, die Basilisken wären längst ausgestorben, zu der Zeit, als die ersten Elfen nach Erdwelt kamen – aber offenbar haben ein paar von ihnen überlebt.«

»Offenbar.« Rammar nickte grimmig. »Fragt sich nur, was sie hier treiben – und wonach sie gesucht haben.«

»Wie meinst du das?«, fragte Ankluas und wurde auf einmal hellhörig.

»Na ja …« Rammar zuckte ein wenig hilflos mit den breiten Schultern. »Es – es könnte sein, dass …«

»Dass was?«, verlangte Ankluas zu wissen.

»Dass die Schlangenviecher hinter uns her sind«, rückte Balbok anstelle seines Bruders mit der Sprache heraus, worauf Rammar ihm einem zornig-warnenden Blick zuwarf; Rammar hatte eigentlich nicht vor, Ankluas in *alles* einzuweihen – schließlich war es für einen Ork nicht gerade schmeichelhaft, in den Diensten eines Menschen zu stehen, selbst wenn der eine Krone trug und der König von Tirgas Lan war. Und von dem Schatz sollte Ankluas schon gar nichts erfahren …

»Da ist also noch mehr an der Sache dran, nicht wahr?«, hakte Ankluas sofort nach. »Es geht nicht nur um den Zwerg, richtig?«

Der Blick, den Rammar und Balbok daraufhin tauschten, wirkte irgendwie betroffen. Beide waren sie so versessen darauf gewesen, Orthmar von Bruchstein zu erwischen, um ihm den verräterischen Hals umzudrehen, dass sie den eigentlichen Zweck ihrer Reise fast vergessen hatten …

»Wir sollten es ihm sagen, Rammar«, war Balbok überzeugt.

»Hm«, machte Rammar und schüttelte mürrisch den Kopf.

»Er könnte ein wertvoller Verbündeter sein«, fügte Balbok hinzu – und dieses Argument fiel selbst bei Rammar auf fruchtbaren Boden. Er und sein Bruder konnten wirklich jede Unterstützung gebrauchen, denn immerhin wussten sie nicht einmal, welche Gefahren außer den Basilisken sie am Ende ihrer Reise erwarteten ...

»Also schön«, erklärte er sich einverstanden und wandte sich direkt an Ankluas, »aber nichts von dem, was ich dir sage, darfst du jemals weitererzählen, hast du verstanden? Sonst reiße ich dir die Zunge raus und wische den Boden meiner Höhle damit, kapiert?«

»Natürlich«, versicherte Ankluas, und daraufhin schilderte Rammar in knappen Worten, was sich seit ihrer Abreise aus der Modermark zugetragen hatte. Nur die Sache mit dem Elfenschatz, den man ihnen als Belohnung versprochen hatte, überging er geflissentlich. Schließlich – so gut konnte auch Rammar rechnen – blieb weniger übrig, wenn man den Schatz durch drei teilte statt durch zwei ...

Ankluas hörte sich alles an. Weder unterbrach er Rammar noch zeigte er irgendeine Reaktion auf dessen Erzählung. Er schien noch nicht einmal besonders überrascht darüber, dass Rammar und Balbok zwei Orks auf geheimer Mission im Dienste eines Milchgesichts waren.

»*Korr*«, sagte er schließlich nur. »Und diese Basilisken stehen in den Diensten des Herrschers von Kal Anar?«

»Das nehmen wir an«, antwortete Rammar. »Einem der Biester haben wir den Garaus gemacht, wie wir ja schon erzählten, und das war ein verdammt hartes Stück Arbeit. Wenn die einen anschauen – ich kann dir sagen ...«

»Es ist, als würde man innerlich zu Stein werden.« Ankluas nickte wissend. »Man ist nicht mehr in der Lage, sich zu bewegen, geschweige denn sich zu verteidigen.«

»*Korr*, genauso ist es«, bestätigte Rammar. »Aber ... woher weißt du das? Bist du doch schon mal einem solchen Biest begegnet?«

»Nein«, antwortete Ankluas schnell, wobei es in seinen narbigen Zügen seltsam zuckte, »noch nie.«

»Woher weißt du dann …?«

»Ihr habt mir doch erzählt, wie ihr und eure Gefährten gegen den Basilisken gekämpft habt«, erinnerte der Einohrige und wechselte dann das Thema. »Also – ihr habt wirklich ein weit größeres Problem als nur einen verräterischen Zwerg.«

»Unsere Mission ist unwichtig geworden«, widersprach Rammar. »Von Bruchstein ist es, den ich will, dann sehen wir weiter.«

»Und der Schatz?«

Rammars Augen verengten sich zu schmalen Schlitzen. »Ich erinnere mich nicht, etwas von einem Schatz gesagt zu haben«, sagte er lauernd.

Für einen kurzen, wirklich sehr kurzen Moment – oder war es nur eine Täuschung? – verrieten Ankluas' Züge Unsicherheit, dann entgegnete der Einohrige mit fester Stimme: »Jeder weiß von dem Schatz, den die Stadt Kal Anar birgt.«

»Die Stadt Kal Anar?« Erneut blitzte es in Rammars Augen, diesmal jedoch war es unverhohlene Gier. »Ist das dein Ernst?«

»Allerdings.«

Fast hätte man hören können, wie die Gedanken in Rammars Kopf knirschend ineinandergriffen, und auf einmal glaubte er zu wissen, weshalb Corwyn so leichtherzig bereit gewesen war, sich von dem Elfenschatz von Tirgas Lan zu trennen – ganz einfach deshalb, weil er in Kal Anar einen womöglich noch viel größeren Schatz wusste, den er in seinen Besitz bringen wollte. Das hatte sich König Kopfgeldjäger ja fein ausgedacht – aber was, wenn die Orks dabei nicht mitspielten?

Um zu begreifen, dass *zwei* Schätze mehr als einer waren, auch dafür reichten Rammars Rechenkünste, und in den zugigen Windungen seines Gehirns nahm ein verwegener Plan

Gestalt an. Wieso, bei Torgas Eingeweiden, sollte er sich mit *einem* Schatz zufriedengeben, wenn er *zwei* haben konnte?

»*Korr*«, knurrte er und schaute den Einohrigen mit listigem Grinsen an, »wir machen es so: Du hilfst uns, von Bruchstein zu jagen, und im Gegenzug unterstützt du uns bei unserer Mission. Sobald wir den Herrscher von Kal Anar erledigt haben – und das wird ja wohl ein Kinderspiel sein –, schnappen wir uns seinen Schatz, und du kriegst einen Anteil davon. Einverstanden?«

»Einverstanden«, erklärte Ankluas, und zu Rammars Entzücken tat er dies, ohne nach der Größe seines Anteils zu fragen.

»Bleibt nur eine Sache, die wir klären müssten«, wandte Balbok ein.

»Nämlich?«, schnappte Rammar – sein Bruder würde doch wohl nicht so dämlich sein und Ankluas mit dem Rüssel auf sein Versäumnis stoßen?

»Wie wir ohne unsere Pferde weiterkommen«, sagte Balbok.

Rammar atmete innerlich auf.

»Zu Fuß – vorerst«, erwiderte Ankluas. »Einen Tagesmarsch nordöstlich von hier verläuft ein Fluss, der weiter südöstlich die Smaragdwälder durchquert. Wenn wir uns ein Floß bauen, können wir die verlorene Zeit rasch aufholen.«

»Ich bin dabei«, sagte Balbok, dann starrte er gierig die Kadaver der Pferde an. »Aber vorher werden wir uns die Bäuche vollschlagen.«

»Du willst die Pferde fressen?«, rief Ankluas ungläubig.

»*Korr*«, stimmte Rammar zu, »was sonst? Oder hast du was dagegen?«

»*Douk.*« Ankluas schüttelte den Kopf. »Natürlich nicht …«

2.

KUNNART'HAI UR'KOLL

Wie Ankluas angekündigt hatte, erreichten die Orks nach zwei Tagen anstrengenden Marsches tatsächlich den Fluss, der vom Ostgebirge her nach Süden verlief, das Moor durchquerte und schließlich im Dickicht der Wälder verschwand.

In Flussnähe gab es auch mehr Vegetation: Magere Birken säumten das Ufer zu beiden Seiten, sodass die Orks genug Material fanden, um sich ein Floß zu bauen. Das Fällen der Bäume besorgte Balbok, der mit der schweren Ork-Axt nur jeweils einen Streich brauchte, um den Stamm einer Birke durchzuhauen.

Rammar fiel die Aufgabe zu, die gefällten Stämme zum Ufer zu schleppen, wo Ankluas sie mit einem Seil zusammenband, das zu ihrer Ausrüstung gehörte und das sie wie die Satteltaschen ihrer toten Pferde mitgenommen hatten. Auf diese Weise entstand ein ziemlich abenteuerliches Gefährt, das sie alle drei trug, auch wenn das Wasser über die Baumstämme schwappte, nachdem Rammar das Floß bestiegen hatte.

Balbok stand am Heck und Ankluas am Bug, sodass sie das Floß mit langen Holzstangen vom Ufer abstoßen und lenken konnten; Rammar hatte die strikte Anweisung erhalten, seinen *asar* in der Mitte des Floßes zu platzieren und dort sitzen zu bleiben, damit sie nicht kenterten.

Der Strömung folgend, durchquerten die Orks die östlichen Ausläufer des Hammermoors, verfolgt von Schwärmen von Moskitos. Vor allem Rammar, der wie ein fetter Blom auf dem Floß hockte und sich kaum bewegen durfte, litt unter den fortwährenden Attacken der blutdürstigen Biester, die immer noch größer und angriffslustiger zu werden schienen, je weiter die Orks nach Osten vorstießen. Schon bald war Rammars Gesicht von Pusteln übersät und hatte mehr Ähnlichkeit mit dem eines Trolls als mit dem eines Orks, aber immerhin musste er nicht zu Fuß gehen, und wann immer Balbok und Ankluas das Floß ans Ufer lenkten, um eine Rast einzulegen, konnte Rammar die Gelegenheit nutzen, die schmerzenden Stiche mit Moorerde zu kühlen.

Anfangs behielten die Orks den grauen Himmel über ihren Köpfen misstrauisch im Auge aus Sorge darum, dass die Basilisken noch einmal auftauchen würden; keiner der drei hatte Lust, wie die unglücklichen Pferde zu enden. Je weiter sie jedoch nach Südosten gelangten, desto dichter wurde der Baumbewuchs, sodass sie aus der Luft nicht mehr so leicht zu entdecken waren.

Allerdings hatten die Orks solche Bäume noch nie zuvor gesehen, weder zu Hause im Dämmerwald noch in der grünen Wildnis von Trowna, die sie seinerzeit auf der Suche nach Tirgas Lan durchquert hatten. Riesige urtümliche Gewächse, die aussahen, als wären sie aus mehreren Bäumen zusammengewachsen, säumten den Fluss zu beiden Seiten und streckten ihr grünes Blätterdach weit über das Wasser. Teilweise steckten ihre Wurzeln nicht im Boden, sondern wuchsen darüber, sodass es aussah, als würden sie auf dürren knorrigen Beinen ruhen. Dazwischen wucherten riesige Farne und Schachtelhalme, und es gab Pilze und Morcheln, die so groß waren wie ein ausgewachsener Ork.

»Bei Kuruls Flamme!«, stieß Rammar hervor. »Was ist das für ein seltsamer Ort?«

»Dies sind die Smaragdwälder«, erklärte Ankluas. »Den Namen haben ihnen die Zwerge gegeben, die einst herkamen in dem Glauben, auf Schätze von unermesslichem Wert zu stoßen – aber alles, was sie fanden, war Schrecken und Tod.«

»Inwiefern?«, fragte Rammar, dessen kaum vorhandenen Hals ein dicker Kloß hinabwanderte.

»Hofft, dass wir das nicht herausfinden müssen«, entgegnete der Einohrige düster, und weder Rammar noch sein hagerer Bruder wollte nachfragen, wie er das meinte.

Die letzten Flecken Moor verloren sich, während der Wald immer dichter wurde. Das Blätterdach schloss sich schließlich ganz über dem Fluss und wurde so dicht, dass man den Himmel darüber nicht mehr ausmachen konnte. Seltsam grünes Dämmerlicht herrschte unterhalb der Baumkronen und ließ das von Farnen und Fels gesäumte Ufer unheimlich wirken. Selbst das Wasser des Flusses und die Gesichter der Orks schimmerten in fahlem Grün.

Plötzlich ein lang gezogener Schrei und ein Rascheln auf der linken Flussseite. Rammar wandte den Schädel und sah etwas, das unzählige Beine zu haben schien, aber keinen Kopf. Es huschte die Uferböschung hinauf und verkroch sich unter riesigen Farnblättern. Unweit davon tauchte aus dem grünen Wasser ein gezackter breiter Rücken auf, um schon im nächsten Moment wieder zu verschwinden.

»Was, bei Ludars stinkendem Vermächtnis, ist das eben gewesen?«, rief Rammar.

»Wer weiß?« Ankluas zuckte mit den Schultern. »In den Tiefen der Smaragdwälder leben Kreaturen, die so alt sind wie die Welt – und nicht wenige davon trachten arglosen Wanderern nach dem Leben.«

»Warum wurden sie nicht längst ausgerottet?«, beschwerte sich Rammar.

»In der Zeit vor dem Ersten Krieg gab es Pläne, die Territorien östlich der Hügellande zu kolonisieren und urbar zu machen«, erklärte Ankluas. »Die Zwerge gingen voraus, um das Land zu erkunden und nach Gold und Edelsteinen zu suchen, aber kaum einer von ihnen kehrte zurück. Dann erhob sich Margok, und die Elfen hatten andere Sorgen, als sich um neue Kolonien zu kümmern. Erst später wurde das Land im Osten von Menschen besiedelt.«

»Ich verstehe«, knurrte Rammar.

»Sag mal«, fragte Balbok vom Heck des Floßes her, »wie kommt es eigentlich, dass du so viel über Hutzelbärte, Schmalaugen und Milchgesichter weißt? Egal, was man dich fragt, du scheinst immer eine Antwort parat zu ha…«

Der Hagere kam nicht dazu, die Frage zu beenden, denn plötzlich traf etwas das Floß, und nur weil er sich an der langen Ruderstange festklammerte, ging Balbok nicht über Bord. »Was, bei Torgas Eingeweiden …?«

Die Antwort erfolgte, noch ehe der Ork die Frage ausgesprochen hatte: Unmittelbar neben dem Floß tauchte erneut jener breite, mit einem stacheligen Panzer versehene Rücken auf, der beinahe so lang war wie das Floß. Offenbar hatte dieses Tier – eine an die zwanzig *knum'hai* lange Echse, die sich mit heftigen Schwanzschlägen durchs Wasser bewegte – das Floß gerammt und hielt es für eine lohnenswerte Beute …

Im nächsten Moment erhob sich auch das Haupt der Bestie aus dem Wasser. Das lange, spitz zulaufende Maul klappte auf und zeigte Reihen mörderischer Zähne. Flusswasser spritzte in die Höhe und gischtete auf die Orks nieder.

»Vorsicht!«, rief Ankluas überflüssigerweise, denn dass das Tier gefährlich war, hatten Rammar und Balbok längst erkannt.

Das Maul der Riesenechse schnappte zu, schlug seitlich ins Floß, und es knackte laut, als sich die Zähne ins Holz gruben. Sofort begann sich das Floß in seine Bestandteile aufzulösen.

»Verdammtes Mistvieh, hau ab!«, empörte sich Rammar und griff nach seinem *saparak* – indem er dies jedoch tat, brachte er das ohnehin schon schlagseitige Floß vollends aus dem Gleichgewicht!

Wo die Echse ins Holz gebissen hatte und mit dem ganzen Gewicht ihres massigen Körpers daran zog, tauchte das Floß unter, und entsprechend stellte sich seine gegenüberliegende Seite auf. Balbok gab einen erschreckten Laut von sich, und diesmal half ihm die Ruderstange wenig – mit einem lauten Aufschrei wurde er ins Wasser geschleudert und versank!

Rammar und Ankluas blieb keine Zeit, sich um ihn zu kümmern, sie hatten genug mit sich selbst zu tun. Während es Ankluas allerdings gelang, sich irgendwo festzuhalten, verlor Rammar den Halt und rutschte über die glitschigen Baumstämme der Echse genau entgegen.

Die Bestie starrte ihn aus kalten Augen an und riss das Maul mit einem zischenden Laut weiter auf, um Rammar gebührend zu empfangen, während es der dicke Ork zumindest schaffte, seine Rutschpartie zu verlangsamen, indem er mit den Beinen strampelte und mit den Fersen gegen das glitsche Holz trommelte, wobei er aussah wie ein auf dem Rücken liegender Käfer.

Die Echse schnappte nach seinen Beinen, und nur weil Rammar so hektisch zappelte, entgingen seine Füße den mörderischen Kiefern.

»Verschwinde!«, rief er in seiner Bedrängnis und bediente sich dabei der Sprache der Menschen, denn die hausten ja ganz in der Nähe, also war's immerhin möglich, dass die Panzerechse deren Sprache besser verstand als das Orkische. »Hau gefälligst ab, hörst du?«

Die Echse scherte sich nicht darum, doch da erinnerte sich Rammar an den *saparak* in seiner Rechten, und als er damit nach dem Tier stocherte, machte das schon eher Eindruck. Für einen kurzen Moment ließ die Echse von ihrer sicher geglaubten Beute ab, worauf sich Rammar von dem gefräßigen Tier wegwälzte – und mit einem erstickten Schrei ins Wasser plumpste!

Nur Ankluas hielt sich noch auf dem Floß, klammerte sich mit beiden Händen fest.

Erneut griff die Echse an, katapultierte sich geradezu aus dem Wasser und landete mit der vorderen Hälfte ihres walzenförmigen Körpers auf dem Floß, worauf dieses wieder waagerecht ins Wasser klatschte. Auch diesmal schaffte es Ankluas irgendwie, sich auf dem Floß zu halten, was schon an ein Wunder grenzte. Gierig schnappte die Echse nach ihm – er wich reaktionsschnell aus und setzte sich zur Wehr, indem er sein Schwert zog und mit der Klinge nach der Echse stach. Es gelang ihm sogar, dem Tier eine Stichwunde beizubringen, die das Ungetüm allerdings noch rasender machte.

Es verfiel in heiseres Gebrüll, warf sein längliches Haupt hin und her – und gab dem Floß damit den Rest. Die Verschnürungen lösten sich, und sowohl Ankluas als auch das vor Wut rasende Reptil fanden sich auf einmal inmitten treibender Baumstämme im Fluss wieder.

Balbok und Rammar befanden sich ganz in der Nähe. Während sich der dicke Ork an ein paar lose Birkenstämme klammerte, weil er wie die meisten seiner Art nicht schwimmen konnte, schien sich Balbok mit Leichtigkeit über Wasser zu halten und glitt mit kräftigen Zügen seiner langen Arme durch die Fluten. Die Strömung war deutlich stärker geworden. Durch den Angriff der Echse waren die Orks abgelenkt gewesen und hatten nicht bemerkt, wie sich der vorhin noch so sanfte Fluss in ein reißendes Gewässer verwandelt hatte. Von fern war auch ein donnerndes Rauschen zu hören.

Noch ehe jedoch Ankluas oder einer der anderen dazu

kam, die richtigen Schlüsse zu ziehen, griff die Echse wieder an. Für einen kurzen Moment war sie untergetaucht, um dann erneut nach oben zu stoßen und wütend nach Rammar zu schnappen.

»Bleib mir bloß von der Pelle, *uchl-bhurz* …!« Rammar klammerte sich am Stamm fest und versuchte sich die Echse mit strampelnden Beinen vom Leib zu halten. Da er auf Grund seiner Leibesfülle die lohnendste Beute zu sein schien, hatte es das Tier auf ihn abgesehen und an den beiden anderen das Interesse verloren.

Die tödlichen Kiefer des Reptils schnappten nach Rammar und bissen ihm fast ein Bein ab.

Balbok sah, in welcher Bedrängnis sich sein Bruder befand, und verfiel prompt in *saobh* – nicht nur, weil er Rammar retten wollte, sondern auch, weil es ihn reizte, dieser Riesenechse den Garaus zu machen. Gegen Menschen, Trolle, Gnomen und Elfen hatte er gekämpft, aber noch nie gegen eine Panzerechse …

Trotz der reißenden Strömung und das Donnern, das inzwischen ohrenbetäubend war, ignorierend, schwamm er auf das Reptil zu. Aus dem Augenwinkel sah er, wie Ankluas an ihm vorbeitrieb und sich sein Mund bewegte, weil er ihm etwas zurief, aber Balbok konnte ihn nicht verstehen.

Stattdessen schnappte er nach Luft und tauchte unter. Mit einem Mal umgab ihn Stille. Er konnte Rammars kurze Beine sehen, die panisch das Wasser traten – und erblickte die Echse als dunklen, drohenden Schatten direkt neben seinem Bruder.

Zwischen gefletschten Zähnen stieß Balbok Luftblasen aus – und als der Schwanz der Echse an ihm vorbeiwischte, griff er zu.

Kaum hatte Balbok den Schwanz des Tiers gepackt, begann dieses sich wie irr zu gebärden und seinen Schweif hin und her zu schleudern. Balbok klammerte sich unnachgiebig

daran fest. Es war wie der Ritt auf einem tollwütigen Warg –
bis Balbok schließlich die Luft ausging. Statt jedoch von der
Echse abzulassen, zog er sich an ihrem wulstigen Körper
hoch und schaffte es auf diese Weise, den Kopf aus dem
Wasser zu heben und kurz Atem zu holen.

Er erheischte einen Blick auf Rammar, der etwas brüllte,
das sich wie *usganash* anhörte, aber Balbok war zu sehr auf
die Echse fixiert, als darauf reagieren zu können.

Wie eine Klette hing er an dem Tier, hatte sich an dessen
stacheligen Rücken geklammert, indem er Arme und Beine
um den Echsenkörper geschlungen hatte. Um ihn loszuwerden, tauchte das Biest erneut unter und begann, sich um seine Längsachse zu drehen – was das Theater sollte, war Balbok schleierhaft.

An die Axt, deren Schaft in seinem breiten Gürtel steckte,
kam er nicht heran – die schwere Waffe wäre im Wasser
auch völlig ungeeignet gewesen. Bloße Klauen mussten im
Kampf gegen das Reptil genügen. Während der Schwanz
des Tiers unaufhörlich umherpeitschte und die Kiefer auf-
und zuschnappten, zog Balbok seine Arme enger und enger
um den Hals des Reptils, um es zu erwürgen.

Es schien, als ob die Echse merkte, was ihr ungewohnter
Gegner vorhatte, und sie begann sich noch schneller zu drehen. Balbok, der sich wohl oder übel jedes Mal mitdrehen
musste, wenn das Tier eine Rolle vollführte, wurde allmählich schwindlig. Schwarze Flecken tanzten bereits vor seinen
Augen, aber er ließ nicht locker, drückte immer noch fester
zu – und tatsächlich begannen die Kräfte der Echse allmählich zu erlahmen.

Sie stieg wieder hoch und tauchte auf, und Balbok schnappte gierig nach Luft. Dabei vernahm er ein Tosen und Brausen, das er allerdings immer in den Ohren hatte, wenn er in
saobh verfallen war. Die reißende Strömung riss den Ork und
die Echse mit sich, die Balbok erst wieder loslassen wollte,

wenn er das letzte bisschen Leben aus ihr herausgequetscht hatte.

Aber es kam anders.

Die Uferböschung und die Bäume wischten an ihm vorbei, und da dämmerte es Balbok, dass das Rauschen nicht nur in seinen Ohren war – es war so wirklich wie der Wald, der Fluss und die Echse! Aber ehe der Ork noch dazu kam, sich zu fragen, was es zu bedeuten hatte, spuckte der Fluss ihn und die Echse aus!.

Jedenfalls kam es Balbok so vor, denn sie beide flogen durch die Luft und stürzten dann in gähnende Leere. In diesem Moment wurde Balbok auch klar, was das Wort bedeutet hatte, das sein Bruder ihm zugerufen hatte.

Wasserfall ...

Jäh endete der Fluss und stürzte an die zwanzig Orklängen senkrecht in den Abgrund. Die Echse überschlug sich mit Balbok auf ihrem Rücken, und trotz der Raserei, in die er verfallen war, ließ der Ork vor Schreck los. Echse und Ork trennten sich – um einen Augenblick später inmitten eines Nebels aus weißer Gischt in die tosenden Wasser einzutauchen.

Balbok sank so tief, dass er sich auf dem felsigen Grund den Schädel stieß und für einen Moment das Bewusstsein verlor. Die Strömung erfasste ihn, und er trieb reglos davon, erwachte aber schon Augenblicke später.

Benommen blinzelte er – um einen zähnestarrenden Rachen zu sehen, der durch grünblaue Schlieren heranschoss.

Nur seinem *saobh* verdankte es Balbok, dass er die Attacke unbeschadet überstand, denn während sich jede andere vernunftbegabte Kreatur instinktiv zur Flucht gewandt hätte, sodass ihr die Beine abgebissen worden wären, griff Balbok zu und bekam die beiden Kiefer des Reptils zu fassen.

Die Echse wollte zubeißen, aber mit seinen Orkkräften hinderte Balbok die Bestie daran und hielt ihr das klaffende

Maul auf. Erbittert rangen Balbok und die Echse unter Wasser miteinander, wobei seine brennenden Lungen dem Ork ebenso zusetzten wie das Untier, das erneut mit dem Schwanz um sich schlug und sich aus seinem Griff zu befreien suchte.

Wieder merkte Balbok, wie ihm die Sinne schwanden, aber er gab nicht auf und bog die Kiefer der Echse weiter auseinander. Es war klar, dass nur einer von ihnen das Wasser lebend verlassen würde.

Balboks Lungen begannen bereits zu brennen, als stünden sie in Flammen. Tapfer biss er die Zähne zusammen, wandte seine ganze verbliebene Kraft auf – und endlich schaffte er es, den Kiefer der Echse zu brechen.

Daraufhin bog der Ork den losen Unterkiefer mit Gewalt noch weiter – bis er abriss!

Blut wölkte im Wasser auf, und der Bestie gelang es endlich, sich zu befreien – doch tödlich verwundet trudelte sie davon und sank auf den Grund, während der Ork mit letzter Kraft nach oben an die Oberfläche paddelte.

Balbok sah über sich das grünliche Schimmern, das Luft und Leben versprach, aber er war so weit nach unten getaucht, dass die Oberfläche unerreichbar für ihn schien …

Wieder tanzten dunkle Flecke vor seinen Augen, und er musste an Rammar denken, der ihn sicher schelten würde für seine Dummheit. Dann verließen ihn die Kräfte, und er hörte auf, mit den Armen zu rudern. Wie die Echse wäre er sterbend dem Grund entgegengesunken – hätte ihn nicht plötzlich eine Klaue gepackt und emporgerissen!

Einen Herzschlag später durchstieß Balboks Kopf die Wasseroberfläche, und er sog mit gierigem Keuchen Luft in seine gequälten Lungen, während ihn jemand durchs Wasser zog, aufs Ufer zu.

Erst als er sich auf allen vieren an Land geschleppt hatte, froh darüber, noch am Leben zu sein, registrierte er, dass es kein anderer als Anklaus gewesen war, der ihn gerettet hatte.

Keuchend sank Balbok nieder und spuckte das Wasser aus, das er geschluckt hatte. Sein *saobh* hatte sich inzwischen gelegt – immerhin hatte er der Echse den Garaus gemacht –, und er erholte sich allmählich wieder. Obwohl – dieses eigenartige Geräusch, dieses seltsame Pfeifen und Rasseln …

Er brauchte einen Moment, um zu begreifen, dass es nicht seine Lungen waren, die solche Laute von sich gaben. Er wälzte sich herum und sah Rammar neben sich liegen – ein ächzendes, prustendes Fleischgebirge.

»Das war das zweite Mal, dass ich euch beide gerettet habe«, stellte Ankluas fest, der über ihnen stand, durchnässt wie sie, aber in ungleich besserer Verfassung. »Vergesst es nicht, verstanden?«

»*Korr*«, erwiderte Balbok und richtete sich auf den Ellbogen auf. Wie er feststellte, lagen sie am Ufer eines kleinen Sees, in den die Wassermassen herabstürzten. Als Balbok sah, wie hoch der Wasserfall war, wurde ihm im Nachhinein noch schwindlig. Nur gut, dass er in seiner Raserei davon nichts mitbekommen hatte.

Rammar allerdings war beim Absturzes über die Kante bei vollem Bewusstsein gewesen. Noch immer ging sein Atem pfeifend und schwer, als er sich halb aufrichtete, und seine verkniffene Miene zeigte deutlich, wie wütend er war.

»Alles in Ordnung?«, erkundigte sich Balbok schnell bei ihm.

»*Korr*«, brachte Rammar hervor, noch immer keuchend und schnaubend, »was ich allerdings nicht dir zu verdanken habe. Ankluas hat mich aus dem Wasser gezogen, während du mit dieser verdammten Kreatur gespielt hast. Ich hätte dabei draufgehen können, weißt du das?«

Balbok nickte schweigend.

»Dabei fällt mir ein – woher kannst du eigentlich schwimmen? Als wir das letzte Mal ins Wasser fielen, wärst du beinah ebenso jämmerlich ersoffen wie ich.«

»Ich habe zu Hause geübt«, antwortete Balbok nicht ohne Stolz.

»Du hast geübt? Wo?«

»In der Modersee.«

»Du bist in die Modersee gesprungen und hast heimlich schwimmen geübt?«

»*Korr.*«

»Sag mal, graut dir denn vor gar nichts?« Rammar schüttelte verständnislos den Kopf. Ein Ork, der freiwillig Wasser an seinen Körper ließ, war eine Schande, nicht nur für sich selbst, auch für seine Familie.

Schon wollte er zu einer wüsten Schimpftirade ansetzen, doch Ankluas entriss ihm das Wort, indem er sagte: »Wir haben jetzt andere Sorgen. Unser Floß ist verloren, und die Nacht bricht bald herein. Wenn wir nicht ein sicheres Versteck für uns finden, werden wir den nächsten Tag vermutlich nicht erleben.«

Wie um seine Worte zu bestätigen, hallte markerschütterndes Gebrüll durch den Urwald, gefolgt von einer Reihe entsetzter Schreie.

Rammar nickte. »Ich weiß, was du meinst …«

Sie waren übereingekommen, die Nacht im Geäst eines der von Moosen und Flechten bewachsenen Baumriesen zu verbringen, von denen es in den Smaragdwäldern so viele gab.

Balbok suchte einen Baum aus, an den man leicht hinaufklettern konnte, was allerdings nicht bedeutete, dass Rammar ohne fremde Hilfe nach oben gekommen wäre – seine Begleiter mussten mit Klaue anlegen, um seinen breiten *asar* hinaufzuhieven. Eine große Astgabel bot ihnen genügend Platz, und schwer atmend ließ sich Rammar nieder, innerlich noch immer aufgewühlt von den Ereignissen des Tages. Um ein Haar wäre er ertrunken, von einer Panzerechse gefressen worden und zu Tode gestürzt – das war sogar für einen Ork zu viel.

Hätte er nicht den Schwur geleistet, es Orthmar von Bruchstein heimzuzahlen und ihn für seinen Verrat zur Rechenschaft zu ziehen, Rammar hätte dieses ganze Unternehmen vielleicht vergessen und wäre in die Modermark zurückgekehrt. Aber – verdammt! – ins *bolboug* konnten sie ja auch nicht mehr, nachdem man sie so schändlich verraten hatte!

Also gab es kein Zurück.

Sie mussten weiter. Zuerst würden sie an dem Zwerg Rache üben, danach würden sie sich um den Herrscher von Kal Anar kümmern und den Schatz in ihren Besitz bringen. Schlimmer als es war konnte es ja glücklicherweise nicht mehr werden, davon war Rammar überzeugt.

Ein Irrtum, wie sich herausstellen sollte ...

Der dicke Ork entschied, dass sein Bruder die erste Wache übernahm – er selbst war viel zu erschöpft, um die Augen noch länger offen zu halten. Nicht einmal Hunger verspürte er mehr, und als er im Fluss um sein Leben gekämpft hatte, hatte er so viel Wasser geschluckt, dass auch sein Durst gelöscht war. In Gedanken an den Schatz, der ihn in Kal Anar erwartete, schlief er ein.

Im Traum sah er sich inmitten unermesslicher Reichtümer, gegen die selbst der Elfenschatz von Tirgas Lan verblasste. Goldklumpen, die so groß waren, dass er sie kaum zu heben vermochte, türmten sich zu wahren Gebirgen, dazwischen stürzten Wasserfälle aus Smaragden herab, um sich in großen Seen zu sammeln, in denen sich Goldfische tummelten. Beglückt durchschritt Rammar die glänzende Pracht und konnte nicht fassen, dass all das ihm gehören sollte – als er ein hässliches Geräusch vernahm!

Es war ein leises gefährliches Zischeln, gefolgt von einem unheimlichen Schrei, der ihm selbst im Schlaf durch Mark und Bein ging. Erschrocken fuhr Rammar herum und sah, wie aus einem smaragdenen See auf einmal Schlangen krochen. Sie waren nicht sehr groß, aber es waren viele – und sie

295

bewegten sich genau auf ihn zu. Überall schlängelte und ringelte es sich auf einmal, und es wurden immer noch mehr.

Rammar tastete nach seinem *saparak*, nur um sich daran zu erinnern, dass er ihn im reißenden Fluss verloren hatte. Unbewaffnet und wehrlos stand er da, während die Schlangen auf ihn zukrochen, und er merkte, wie ihn erneut jene Furcht befiel, die er bereits beim Anblick der Basilisken verspürt hatte.

Unfähig, sich zur Flucht zu wenden oder sich anderweitig zu bewegen, stand Rammar einfach nur da. Er konnte nichts tun, während ihn die Schlangen erreichten und an ihm nach oben krochen. In spiralförmigen Bewegungen wanden sie sich an seinen Beinen empor, glitten unter seine Kleidung. Überall an seinem Körper ringelte es sich, und Rammar glaubte, den Verstand zu verlieren.

Dann kam endlich Bewegung in ihn, und wie von Sinnen schlug er auf sich selbst ein, um die Tiere daran zu hindern, weiter an ihm hinaufzukriechen – aber schon im nächsten Moment merkte er, wie etwas seinen Rücken emporschlängelte, sich um seinen Hals legte und erbarmungslos zuzog. Nach Luft schnappend, packte Rammar die Schlange, um die tödliche Schlinge um seine Kehle zu lockern – und stellte fest, dass das Tier nicht weich war, wie er erwartet hatte, sondern hart wie Stein.

Mehr noch, es schien nicht einmal zu leben!

»Rammar! Rammar ...!«

Er hörte Balbok seinen Namen rufen, und im nächsten Moment wurde ihm bewusst, dass er nur träumte. Unendlich erleichtert schlug er die Augen auf, wollte tief Luft holen ...

Aber es ging nicht!

Noch immer lag etwas um seinen Hals und schnürte ihm die Kehle zu – und dieses Etwas war fraglos kein Traum, sondern so real wie er selbst! Entsetzt blickte Rammar an sich herab und sah, dass sich Schlinggewächse um seinen kugelförmiger Leib gelegt hatten, die mit beängstigendem Eigenleben über ihn hinwegkrochen. Von den Schlangen mochte er nur geträumt haben – die Flechten jedoch waren absolut echt!

Vergeblich nach Atem ringend, blickte sich Rammar um. Es war mitten in der Nacht, doch im spärlichen Mondlicht, das durch das dichte Blätterdach sickerte, konnte er Balbok und Ankluas sehen, die nicht weniger unglücklich dran waren als er. Einige der Schlinggewächse hatten sich nicht nur um Balboks Körper, sondern auch um seinen Kopf gewunden, sodass von dem Ork selbst kaum noch etwas zu erkennen war. Ankluas baumelte kopfüber von der Baumkrone; eine der tödlichen Flechten hatte sich um sein rechtes Bein gewickelt und ihn hochgezogen, sodass er hilflos dort hing, während von unten weitere Pflanzenarme nach ihm tasteten.

Der einohrige Ork hatte sein Schwert gezogen und hieb damit auf die mörderischen Flechten ein – aber für jeden Strang, den er durchtrennte, wuchs sofort ein anderer nach …

Rammar wollte eine wüste Verwünschung ausstoßen, aber nicht mehr als ein hohles Ächzen entwich seiner Kehle. Er spürte überdeutlich den Schlag seines eigenen Herzens und hörte das Rauschen seines Blutes, während sich sein Blick bereits eintrübte. Immer fester zogen sich die Flechten um seinen Körper, als wollten sie ihn zerquetschen.

War dies das Ende?

Wenn ja, konnte Rammar nur hoffen, dass Orthmar von Bruchstein ein ähnliches Schicksal widerfahren war. Vielleicht, tröstete sich der Ork, war es auch dem Zwerg nicht gelungen, die Smaragdwälder zu durchqueren, und seine sterblichen Überreste moderten irgendwo im Unterholz vor sich hin.

Er sandte Balbok einen letzten Blick, wollte ihm noch zurufen, dass diese Misere ganz sicher seine Schuld war, doch er

hatte dafür einfach nicht mehr die Luft. Sein breiter Brustkorb hob und senkte sich zwar in raschen Stößen, aber es
gelang ihm nicht zu atmen. Vergeblich wand sich Rammar in
den zähen Fesseln, schaffte es kaum noch, sich zu regen.

Er schloss die Augen und hatte das Gefühl, unendlich tief
zu fallen – und er war sicher, dass es Kuruls dunkle Grube
war, in die er stürzte.

3.

TULL UR'BUNAIS

Dass es nicht Kuruls dunkle Grube war, in die er gestürzt worden war, merkte Rammar, als er wieder zu sich kam – denn noch nie hatte er gehört, dass man vom Sturz in Kuruls Grube Blutergüsse bekam.

Rammar jedoch, obschon gut gepolstert, schmerzten alle Glieder, und sein feister Leib war von unzähligen Blessuren übersät – geradeso, als wäre er aus beträchtlicher Höhe zu Boden gefallen und ziemlich hart aufgeschlagen.

Die Verwunderung darüber, dass er noch lebte, wich purem Selbstmitleid, so übel hatte es ihn erwischt. Seine linke Körperhälfte war ein einziger Schmerz, und wenn Rammar den Kopf auch nur ein wenig hob, dröhnte er wie eine Hammerschmiede.

Zu seiner Überraschung befand er sich in einer Art Hütte, deren Wände aus geflochtenen Lianen und deren Decke aus großen Blättern bestand, durch die grün gefärbtes Sonnenlicht drang. Es war heiß und stickig, und die Luft war erfüllt von Schwärmen von Moskitos. Rammar fand sich am Boden liegend, halb tot und – sehr zu seinem Missfallen – an Klauen und Füßen gefesselt. Unter Schmerzen gelang es ihm, den Kopf zu drehen, und er sah, dass er nicht allein war in der seltsamen Behausung.

Ankluas lag neben ihm, gebunden wie er selbst und ebenfalls mit üblen Blessuren im Gesicht, dahinter kauerten Gurn und Nestor, die gleichfalls gefesselt waren und ziemlich dämliche Visagen zogen, was bei Menschen ja nicht weiter ungewöhnlich war und …

Einen Augenblick!

Gurn?

Nestor?

Irgendwo in Rammars malträtiertem Hirn wurde eine Stimme laut, die ihm sagte, dass die beiden eigentlich nicht in seiner Nähe hätten sein dürfen, und dieselbe Stimme war es auch, die ihn aus seinem Dämmerzustand riss und vollends zu Bewusstsein brachte. Mit einem scharfen Atemzug richtete er sich auf, ungeachtet der Hammerschläge, die sofort wieder in seinem Schädel zu dröhnen begannen.

»W-was ist passiert?«, fragte er wenig geistreich, worauf Gurn und Nestor ihn verständnislos anblickten. Ihm wurde bewusst, dass er Orkisch gesprochen hatte, und er wiederholte die Frage in der Sprache der Menschen.

»Wir sind in einen Hinterhalt geraten, das ist passiert«, erklärte Nestor achselzuckend. »Der Gnom ist tot, uns hat man gefangen genommen – genau wie euch, wie's aussieht. Seid ihr den Kopfgeldjägern also entkommen.«

»Kopfgeldjäger? Welche Kopfgeldjäger?«

»Na die, die uns überfielen, als wir den Stollen verließen«, antwortete Nestor. »Die euch geschnappt haben. Wir hatten Glück, konnten flüchten und wollten euch befreien, aber Orthmar von Bruchstein hat es uns verboten.«

»Von Bruchstein …«, echote Rammar schnaubend. »Wo ist er? Wohin hat es den feigen Hutzelbart verschlagen?«

»Sieh an, Fettsack«, ertönte eine Rammar nur zu bekannte Stimme in seinem Rücken. »Wer hätte gedacht, dass du einmal so erpicht darauf sein würdest, mich zu sehen!«

Rammar fuhr herum, was erneut eine Salve von Hammerschlägen in seinem Schädel zur Folge hatte. Gleichermaßen zu seinem Verdruss wie zu seiner hellen Freude sah er den verhassten Feind in der hintersten Ecke der Hütte kauern, gefesselt wie er selbst. In diesem Moment war es Rammar ziemlich egal, ob sein Schädel schmerzte oder nicht oder ob er sich in Gefangenschaft befand. Der Triumph darüber, den Verräter eingeholt zu haben und vor sich sitzen zu sehen, überwog jedes andere Gefühl.

»*Achgosh douk*, Zwerg«, knurrte der Ork. »So sehen wir uns also wieder.«

»Du kannst dir dein dämliches Gegrinse sparen, Unhold«, entgegnete von Bruchstein kaltschnäuzig. »An diesem Ort bist du nicht weniger übel dran als ich.«

»Abwarten«, sagte Rammar, während er sich bereits ausmalte, wie er den Zwerg Stück für Stück auseinandernehmen würde, wenn er ihn erst in den Klauen hatte. Vielleicht, sagte er sich, würde er den Bart ja behalten – als Trophäe gewissermaßen …

Ankluas, der ebenfalls zu sich gekommen war, fragte, sich misstrauisch umblickend: »Wo sind wir hier?«

»Sagen wir so«, antwortete Orthmar mit freudlosem Grinsen. »Wenn es in Erdwelt ein helles, freundliches Plätzchen gibt, an dem niemandem Gefahr droht, dann sind wir am weitesten davon entfernt.«

Von außerhalb der Hütte war dumpfer Trommelschlag zu hören, der Rammar an die Gnomen der Modermark erinnerte und der nichts Gutes verhieß. »Wieso?«, wollte er mit belegter Stimme wissen. »In wessen Gewalt befinden wir uns? Wer wagt es, Rammar den Rasenden in Fesseln zu legen?«

Orthmar von Bruchstein ließ ein verächtliches »Pfff!« vernehmen. »Das wirst du noch früh genug erfahren, Unhold«, versprach er. »Verrate mir lieber, wie ihr es hierher geschafft habt. Offen gestanden hatte ich gehofft, eure hässlichen Visagen niemals wiederzusehen.«

Rammar nickte schnaubend. »Kann ich mir vorstellen nach allem, was du getan hast, um uns loszuwerden. Aber du hast einen schweren Fehler begangen, Zwerg – denn ein Ork verzeiht keinen Verrat. Niemals!«

»Verrat?« Nestor wechselte mit Gurn einen verständnislosen Blick. »Was hat das zu bedeuten?«

»Das bedeutet, dass diese Stinkmorchel meinen Bruder und mich nach Sundaril in die Arena verkauft hat«, erklärte Rammar. »Er wollte uns loswerden, um selbst den Befehl über unseren Trupp zu übernehmen.«

»Was mir auch gelungen ist«, sagte von Bruchstein grinsend. »Während ihr euch in Sundaril amüsiert habt, habe ich den Trupp ins Land des Feindes geführt – zwar auf Umwegen, aber immerhin sicher.«

»Reden Wirrsinn!«, knurrte Gurn, der sich bislang zurückgehalten hatte. »Du unvorsichtig, Zwerg! Du haben Zwergenhirn! Wir alle in Hinterhalt geraten!«

»Das stimmt leider«, bestätigte Nestor betreten. »Im Wald lauerten sie uns auf und beschossen uns mit Pfeilen, deren Spitzen mit einem Betäubungsmittel getränkt waren. Ich bekam so ein Ding in die Schulter, und Gurn hat gleich mehrere davon abbekommen. Danach fielen wir in tiefen Schlaf – und sind erst in dieser Hütte wieder aufgewacht.«

»Was mit euch?«, erkundigte sich Gurn. »Ihr auch überrascht worden?«

»Keineswegs«, entgegnete Rammar schnell. »Wir sahen die Gefahr kommen und haben dem Feind einen hohen Blutzoll abverlangt. Nicht wahr, Ankluas?«

»*Douk.*« Der Angesprochene schüttelte den Kopf. »Fleisch fressende Pflanzen hätten uns fast mit Haut und Borsten verschlungen, und in wessen Gefangenschaft auch immer wir uns befinden – er hat uns wohl das Leben gerettet.«

»Ha!«, machte Orthmar von Bruchstein und grinste Rammar spöttisch an. »Das hört sich aber gar nicht sehr heldenhaft an, Ork!«

»Na und?«, polterte Rammar drauflos. »Dein Plan ist jedenfalls nicht aufgegangen, du widerwärtiger Halsabschneider – Balbok und ich sind wieder frei, und wir haben sogar noch Verstärkung erhalten.«

»Das sehe ich«, erwiderte der Zwerg und bedachte Ankluas mit einem abschätzigen Blick. »Aber frei bist du nicht, Ork. Und was deinen dämlichen Bruder betrifft, würde ich mir an deiner Stelle keine allzu großen Hoffnungen mehr machen.«

»Wieso? Was meinst du?« Rammar schaute sich in der Hütte um und stellte fest, dass Balbok gar nicht da war. »Wo ist der Lange? Redet schon, oder muss ich euch jedes Wort einzeln aus dem Schlund reißen?«

»Sie haben Balbok abgeholt«, wusste Nestor zu berichten. »Heute Morgen.«

»Wer?«, wollte Rammar wissen. »Wer hat ihn abgeholt? In wessen Gewalt befinden wir uns? Sprich, verdammt noch mal, oder ich werde dir beibringen, wie man …«

Der Ork unterbrach sich, weil vor der Hütte Schritte zu hören waren, das dumpfe Pochen von Stiefeln auf Holz. Im nächsten Moment wurde die grob gezimmerte Tür entriegelt und aufgezogen, und mehrere Gestalten traten ein. Ihr exotischer Anblick verschlug Rammar die Sprache.

Es waren *boun'hai*.

Menschenfrauen.

Bekleidet waren sie mit Lendenschurzen und wildledernen Stiefeln, die ihnen bis weit über die Knie reichten. Dazu trugen sie goldene Spangen um Hals und Oberarme und auf den Köpfen mit den langen Haarmähnen einen Putz aus bunten Vogelfedern. Ansonsten waren sie nackt und zeigten den Gefangenen ungeniert die unverhüllte Brust.

Es war das erste Mal, dass Rammar die Brüste von Menschinnen zu sehen bekam – und er fand spontan, dass sie nicht mit denen einer Orkin zu vergleichen waren. Was Orkweiber vor sich hertrugen, war bisweilen so üppig, dass männliche Orks hin und wieder beim Geschlechtsakt davon erschlagen wurden …

Ein überlegenes Grinsen wollte über Rammars Züge huschen, als er erkannte, dass es nur harmlose Frauen waren, in deren Gesellschaft sie sich befanden – aber dieses Grinsen verging ihm schon im nächsten Augenblick.

»Du da!«, rief eine der Frauen, eine hoch gewachsene, sehnige Kriegerin, die eine Art Anführerin zu sein schien, und funkelte ihn zornig an. »Was starrst du so? Hast du noch nie eine Amazone gesehen?«

»Äh … nein«, gestand Rammar einigermaßen eingeschüchtert. Die befehlsgewohnte Stimme der Kriegerin warnte ihn, dass mit ihr nicht zu spaßen war.

»Der Smaragdsee ist heilig«, fuhr die Kriegerin fort. »Hier war es, wo sich unsere Urmutter Amaz einst mit Bunais vereinigte, um ein Geschlecht zu gründen, wie es in ganz Erdwelt kein zweites gibt. Ihr habt das heilige Gewässer entweiht, und für diesen Frevel kennt unser Gesetz nur eine Strafe – nämlich den Tod!«

»A-ach so?«, fragte Rammar blinzelnd. »Das wussten wir aber nicht …«

»Unwissenheit schützt vor Strafe nicht«, stellte die Anführerin der Kriegerinnen klar. »Nur wer reinen Herzens ist und weiblichen Geschlechts, darf im Smaragdsee baden. Trifft auch nur eine dieser Voraussetzungen auf dich zu?«

»Eher nicht«, musste Rammar gestehen, was Orthmar von Bruchstein mit gackerndem Gelächter quittierte.

»Was ist nun, Fettsack?«, rief der Zwerg aus seiner Ecke. »Sieht ganz so aus, als würde aus deiner Rache nichts werden, was?«

Die Kriegerinnen würdigten weder von Bruchstein noch einen der anderen Gefangenen eines Blickes, dafür aber packten sie Rammar, durchschnitten seine Fesseln und zerrten ihn aus der Hütte, wobei sie ihn mit ihren Speeren malträtierten. Helles Tageslicht blendete den Ork, als er durch die Tür (die gerade breit genug für ihn war) ins Freie taumelte. Blinzelnd und mit tränenden Augen schaute er sich um und bekam zum ersten Mal einen Eindruck davon, wo er eigentlich war.

Er blickte hinunter auf eine große Lichtung, die von moosbehangenen Bäumen umgeben war. Auf der Lichtung befanden sich zahlreiche Hütten, die Dächer mit Blättern gedeckt. Das Besondere an diesen Hütten war, dass sie allesamt auf hölzernen Plattformen standen, die wiederum auf schlanken, an die fünf Orklängen hohen Pfeilern ruhten. Auf einer dieser Plattformen fand sich auch Rammar wieder. Strickleitern führten zu den Hütten hinauf, und Hängebrücken verbanden sie miteinander, was Rammar an die Höhlen in seinem *bolboug* erinnerte.

Wehmut überkam ihn für einen Moment, als er an die Modermark dachte, aber für Sentimentalität blieb keine Zeit.

»Spring!«, forderte ihn die Anführerin der Amazonen auf.

»Was?« Rammar gab sich begriffsstutzig.

»Du sollst springen!«, beharrte sie. »Es kostete uns viel Mühe, dich nach oben zu hieven – wir werden dich nicht auch noch hinablassen.«

Vorsichtig trat Rammar an den Rand der Plattform, auf der die Hütte der Gefangenen stand, und riskierte einen Blick nach unten – und er entschied, dass es viel zu hoch war, um zu springen

»Nein«, widersprach er deshalb, »ich werde nicht spri…«

Weiter kam er nicht, denn ein harter Stoß in den Rücken beförderte ihn über den Rand der Plattform.

Vergeblich versuchte er, sich irgendwo festzuhalten, doch seine Klauen griffen ins Leere, und mit einem dumpfen Aufschrei kippte er vornüber in die Tiefe, überschlug sich in der Luft – und schlug einen Lidschlag später am Boden auf.

Die Landung fiel weicher aus, als er befürchtet hatte, da der an sich schon nicht harte Waldboden mit einer knietiefen Laubschicht gepolstert war. Dennoch schimpfte Rammar über die grobe Behandlung, die ihm zuteil wurde, was bei den Kriegerinnen jedoch auf taube Ohren stieß. Geschwind kletterten sie an den Strickleitern und Lianen zu Boden, um den Ork sofort wieder zu umzingeln und mit ihren Speeren zu bedrohen, ehe er an Flucht auch nur denken konnte.

»Vorwärts!«, forderte man ihn mitleidlos auf.

»W-wohin?«

»Das wirst du schon sehen. Auf die Beine – aber sofort!«

In Anbetracht der Speerspitzen, die auf ihn zeigten, kam Rammar der Aufforderung nach, allerdings stöhnend und unter protestierendem Geknurre. Dass er sich bei dem Sturz nicht alle Knochen gebrochen hatte, grenzte in seinen Augen an ein Wunder, und zum ersten Mal in seinem Leben ertappte er sich dabei, dass er mit Menschen Mitleid empfand – nämlich mit den Männchen dieser erbarmungslosen Weiber.

Sie trieben ihn quer durch das Dorf, unter den Augen der Schaulustigen, die sich sowohl am Boden als auch oben auf den Plattformen versammelt hatten – Frauen, so weit man sah, barbusige Kriegerinnen mit wilden Mähnen und gefährlich blitzenden Augen. Einige von ihnen saßen auf bizarren Reittieren – großen blaugrau gefiederten Vögeln mit langen geschwungenen Hälsen, die auf dürren Beinen umherstaksten. Und endlich dämmerte Rammar, was das Geheimnis dieser eigenartigen Siedlung mitten im dichtesten Dschungel war.

Es gab gar keine Männer!

Die Amazonen schienen ein reiner Stamm von Kriegerinnen zu sein – wie sie es schafften, sich fortzupflanzen (oder überhaupt überleben konnten ohne männliche Hilfe) war dem dicken Ork ein Rätsel.

Von irgendwo kam ein Dreckbatzen geflogen, der ihn geradewegs im Gesicht traf. Im nächsten Moment prasselten von allen Seiten Geschosse auf Rammar ein, darunter auch einige ziemlich große rohe Eier und überreife Früchte, während die Kriegerinnen Rammar lauthals beschimpften.

Anfangs quittierte er jeden Treffer noch mit einem wüsten Fluch, aber nachdem er eine faule Furcht in den Schlund bekommen und verschluckt hatte, ließ er auch das lieber bleiben. Den Kopf zwischen die Schultern gezogen, hoffte er nur, dass dieser Spießrutenlauf bald enden würde, aber er musste die Schmach über sich ergehen lassen, bis ihn seine Bewacherinnen durch das gesamte Dorf und wirklich an jeder verdammten Pfahlhütte vorbeigetrieben hatten.

Man führte Rammar von der Lichtung weg in einen Hain aus riesigen Farnblättern. Das Schreien und Kreischen der Amazonen fiel zurück, stattdessen konnte Rammar das Rauschen des Wasserfalls hören, was bedeuten musste, dass das Dorf nicht weit vom See entfernt lag. Der Hain endete an einer Felswand, die mit Flechten und Moos bewachsen war. Vor dem Eingang zu einer Höhle standen einige weitere Kriegerinnen Wache.

»Dort hinein!«, wies die Anführerin Rammar an. »Los!«

Der Ork, der jeden Widerstand längst aufgegeben hatte, fügte sich und trat in das von Fackeln beleuchtete Halbdunkel der Höhle. Feuchte, kalte Luft schlug ihm entgegen, während er sich ängstlich fragte, was die Kriegerinnen mit ihm vorhatten. Wollten sie ihn tatsächlich umbringen? Aber warum schleppten sie ihn dann in diese Höhle?

Die Wände des Stollens, der tief in den Berg führte, zeigten Zeichnungen – Darstellungen aus der Geschichte der Amazonen, wie Rammar annahm. Aber er sah auch ein paar eigenartig verschnörkelte Schriftzeichen, die ihm nichts sagten. Die Kultur der Orks kannte keine Schrift – die Fähigkeit des Lesens und Schreibens galt unter ihnen als weibisch, was Rammar an diesem Ort bestätigt fand.

Der Stollen, an dessen Wänden in regelmäßigen Abständen Fackeln angebracht waren, beschrieb einige Windungen, ehe er in eine geräumige Höhle mündete, die gleichfalls von Fackeln beleuchtet wurde. Rammar begriff, dass er sich in einer Art Heiligtum oder Tempel befand, denn die Stirnseite der Höhle wurde von einer riesigen steinernen Statue eingenommen – nein, es waren zwei Statuen, wie Rammar bei näherem Hinschauen erkannte.

Obwohl sie ziemlich grob gehauen waren und der Zahn der Zeit wohl schon seit Jahrhunderten an ihnen nagte, war deutlich zu erkennen, dass sie einen Mann und eine Frau darstellten, mit einer Tätigkeit beschäftigt, von der Rammars Bruder Balbok bis vor einem Jahr noch nichts gewusst hatte; Rammar hatte ihn schließlich aufklären müssen, wo die »kleinen Orks« denn herkamen, aber er war sich nicht sicher, ob Balbok auch wirklich alles richtig verstanden hatte.

Beim Anblick der Statuen konnte Rammar nicht anders, als in albernes Gelächter zu verfallen.

»Mein lieber Ork!«, rief er so laut, dass es von der Höhlendecke widerhallte. »Und ich dachte immer, nur die Angehörigen meiner Rasse würden es so bunt treiben!«

»Halt dein vorlautes Maul!«, herrschte ihn die Anführerin der Amazonen an. »Du weißt nicht, was du sprichst. Die Standbilder stellen die Vereinigung von Amaz und Bunais dar und damit die Geburtsstunde unseres Volks.«

»Aha«, antwortete Rammar nur – obwohl er kein Wort verstanden hatte.

Hinter den beiden in wilder Leidenschaft verschlungenen Statuen befand sich eine Öffnung im Fels, durch die man in eine weitere Höhle gelangen konnte. Dorthin führte man Rammar.

Die angrenzende Kammer war ein länglicher Raum, der durch einen Vorhang aus frischen Farnblättern geteilt wurde. Dahinter saß auf einer Art Thron eine riesenhafte Gestalt, mit einem mächtigen Geweih auf dem Kopf. Zu sehen war die Gestalt selbst nicht, aber da der Hintergrund von zahlreichen Fackeln erleuchtet wurde, zeichnete sich ihre Furcht erregende Silhouette als Schatten auf dem Blättervorhang ab.

Rammars Bewacherinnen traten ihm brutal in die Kniekehlen, sodass er auf beiden Beinen einbrach und auf der Schnauze landete.

»Knie vor dem großen Bunais, du elender Wurm!«, zischte die Anführerin der Amazonen, dann verbeugte sie sich ehrerbietig, und ebenso taten es ihre Kriegerinnen. »Hier ist der Gefangene, den du sehen wolltest, großer Bunais«, sagte sie. »Sollen wir ihn seiner gerechten Strafe zuführen?«

Rammar hob leicht den Oberkörper, sich auf den Klauen abstützend, und riskierte einen vorsichtigen Blick. Er sah, wie die grässliche Gestalt mit dem Geweih langsam nickte.

»Das alles ist ein Irrtum!«, beeilte sich Rammar zu versichern. »Wir wollten gar nicht im See baden, und wir wollten ausnahmsweise auch gar nichts entweihen! Wir sind in geheimer Mission unterwegs und müssen dringend nach Kal Asar …«

»Anar«, verbesserte jemand.

»Wie auch immer. Weder wollten wir in euer Gebiet eindringen, noch wollten wir zur Abwechslung mal irgendetwas entweihen, schänden oder rauben. Wir sind nur harmlose Orks auf der Durchreise …« Rammars Schweinsäuglein zuckten umher, als er sich Hilfe suchend umblickte – und er entdeckte in einer Nische Balboks Axt!

Von Bruchstein hatte also recht gehabt.

Balbok hatten sie schon getötet.

Nun war er selbst an der Reihe …

»Nein!«, schrie er aus Leibeskräften. »Lasst mich leben! Ich schwöre euch, dass ich nichts Unrechtes getan habe!«

Aber die Amazonen kannten keine Gnade. Sie richteten die Spitzen ihrer Speere auf sein Genick.

»Wir warten auf deinen Befehl, großer Bunais!«, rief die Anführerin. »Nur ein Wink von dir, und wir werden ihn aufspießen, zu deinen Ehren und zu denen von Amaz, deiner Geliebten und unserer Urmutter, der wir alle unser Dasein verdanken.«

Rammar konnte die Speerspitzen in seinem Nacken spüren. Sie ritzten seine Haut, und warmes Blut sickerte hervor, um sich mit dem Schweiß zu vermischen, der ihm aus allen Poren trat.

In der festen Überzeugung, dass nun tatsächlich sein allerletztes Stündchen geschlagen hätte, schloss er die Augen, wartete darauf, dass die Kriegerinnen zustoßen und seinem ebenso heldenhaften wie ruhmreichen Leben ein viel zu frühes Ende bereiten würden …

Aber der Todesstoß blieb aus.

Eine endlos scheinende Weile verstrich, in der Rammar das Gefühl hatte, vor Anspannung zu vergehen – dann riskierte er erneut einen Blick.

Offenbar hatte Bunais – oder wie immer der Kerl sich nannte – den Todesbefehl noch nicht erteilt. Stattdessen hatte er sich von seinem Thron erhoben und sich zur vollen Größe aufgerichtet, wodurch er noch eindrucksvoller und beängstigender erschien.

»Geht!«, befahl er mit einer Stimme, die hohl und schrecklich klang. »Lasst mich mit dem Gefangenen allein!«

»Wie du befiehlst, großer Bunais«, erwiderte die Amazonenführerin beflissen und verbeugte sich abermals – und sofort zog sie sich mit ihren Kriegerinnen zurück.

Obwohl die Speerspitzen aus seinem Nacken verschwunden waren, wagte es Rammar nicht, sich zu erheben. Am ganzen Körper zitternd lag er am Boden, während er sich fragte, was der Riese mit dem Geweih von ihm wollte. Vielleicht, dachte er, war Bunais der Ansicht, dass es ein viel zu leichter Tod für Rammar gewesen wäre, hätten die wilden Weiber ihn einfach aufgespießt, und er wollte ihn noch grausamer und viel schmerzhafter sterben lassen ...

»G-großer Bunais«, startete Rammar deshalb einen letzten verzweifelten Versuch, seinen dicken Schädel aus der Schlinge zu ziehen. »G-glaub mir, ich sage die Wahrheit. Meine Gefährten und ich wollten niemanden stören und nichts entweihen ...«

»So«, sagte Bunais nur, und Rammar, der furchtsam auf den Boden gestarrt hatte, wagte wieder einen flüchtigen Blick – war der Riese nicht eben noch viel größer gewesen?

»E-es stimmt«, fuhr er stammelnd fort, »so wahr ich hier vor dir liege. Ich bin nur ein nichtswürdiger Ork, eine Brut der Modermark, nicht mehr. Ein böses Schicksal hat mich hierher verschlagen – das musst du mir glauben!«

»Und dein Bruder?«, wollte Bunais wissen.

»Was soll mit ihm sein?«

»War er schuldig oder unschuldig?«

»Unschuldig genau wie ich«, versicherte Rammar, »aber nachdem du ihn ja schon erschlagen hast, könntest du dafür ja mich am Leben lassen. Wie wär's damit?«

»Hm«, machte Bunais. »Du bist nicht sehr mutig ...«

»Mut ist etwas für Dummköpfe«, offenbarte Rammar seine ganz persönliche Philosophie, die sich in einigen wesentlichen Punkten von der eines Durchschnittsorks unterschied. »Klug ist, wer am Leben bleibt, und das habe ich in jedem Fall vor.«

»Du bist eine Made.«

»Ja, großer Bunais, ich bin eine Made«, gestand Rammar jammernd ein.

»Und ein Wurm.«

»Natürlich, was immer du sagst.«

»Und ein *umbal* obendrein«, fügte der Riese mit dem Geweih hinzu – was Rammar aufmerken ließ.

Woher, in aller Welt, kannte Bunais dieses Wort aus der Sprache der Orks?

Noch einmal spähte Rammar vorsichtig in Richtung des Blättervorhangs – und stellte verblüfft fest, dass der Riese zwar noch immer hünenhaft, aber längst nicht mehr so groß wirkte wie zuvor, als er noch weiter im Hintergrund gestanden hatte. Der Grund dafür lag auf der Klaue: Je weiter sich Bunais von den Fackeln entfernte, desto kleiner wurde sein Schatten auf dem Vorhang.

Auf einmal vernahm Rammar auch ein dämliches, nur allzu vertrautes Kichern.

»Was, zum …?«, knurrte Rammar und richtete sich halb auf, während sich der Vorhang vor ihm öffnete.

Zu Rammars unendlicher Verblüffung stand kein anderer vor ihm als …

Balbok!

Der hagere Ork war in einen Mantel aus bunten Federn gekleidet, unter seinem Arm hatte er einen rostigen Helm geklemmt, der mit einem Geweih geschmückt war – und er bog sich vor Lachen.

»Balbok! Du lebst!«

Erfreut sprang Rammar auf – aber schon im nächsten Augenblick schlug seine Erleichterung darüber, den Bruder lebend zu sehen, in blanke Wut um, dass dieser ihm so übel mitgespielt hatte.

»Du mieser, elender …« Rammar schnappte nach Luft, als ihm kein passendes Schimpfwort einfiel, weder in seiner eigenen Sprache noch in der der Menschen. Für das, was Balbok getan hatte, gab es keine passende Beschreibung. »Was fällt dir ein, mich derart zu erschrecken? Ich habe Todesängste ausgestanden!«

»Das habe ich gemerkt«, stieß Balbok prustend hervor,

während er mit der Zeigekralle auf Rammar deutete und sich vor Vergnügen schüttelte. »›Du bist eine Made!‹ – ›Ja, großer Bunais.‹«, trug er die seiner Auffassung nach witzigsten Passagen noch einmal vor, den jammernden Tonfall seines Bruders imitierend. »›Und ein Wurm!‹ – ›Was immer du sagst.‹ – ›Und ein *umbal* obendrein!‹ Hohoho ...«

Rammar erwiderte nichts mehr. Er stand nur da, mit dreckverschmiertem Gesicht, während sich seine verschwollenen Züge darunter dunkel verfärbten – einerseits vor Wut, andererseits aber auch vor Scham. Ihm war klar, dass er sich vor seinem Bruder eine Blöße gegeben hatte, die dieser nicht so rasch vergessen würde, und sein Innerstes schrie nach Rache. Scham und Wut waren ohnehin jene Empfindungen, die einem Ork am ehesten in *saobh* verfallen ließen – jenen Zustand der Raserei, aus dem man nur herausfand, wenn Blut in Strömen floss ...

»Na warte!«, knurrte Rammar, während sich dunkle Adern in seinen Augen zeigten und er im wahrsten Sinn des Wortes schwarz sah. »Das wirst du mir büßen, du verräterischer, schlangenzüngiger, widerwärtiger Bastard von einem Bruder ...!«

Mit dieser finsteren Ankündigung wollte sich der beleibte Ork auf Balbok stürzen – doch kaum hatte er einen Schritt in Richtung seines Bruders getan, stürmten die Amazonen wieder in die Kammer, die Speere zum Wurf erhoben.

»Halt!«, befahl ihre Anführerin mit harter Stimme. »Wenn du Bunais auch nur berührst, wirst du sterbend zu Boden sinken, das schwöre ich dir!«

Die Drohung verfehlte ihre Wirkung nicht – Rammars *saobh* verpuffte angesichts der Aussicht, dass es *sein* Blut sein würde, das in Strömen floss. Wie angewurzelt blieb er stehen, einen nicht eben geistreichen Ausdruck im Gesicht.

»Aber wer ...? Warum ...? Ich meine, wie kommt ihr dazu, ihn Bunais zu nennen?«, wandte er sich an die Kriege-

rinnen, während sich Balbok allmählich wieder beruhigte.
»Er heißt nicht Bunais, sondern Balbok, und er ist mein
Bruder. Jedenfalls dachte ich das immer ...«

»Schweig!«, fuhr die Amazone ihn an. »Es steht dir nicht
zu, Amaz' Gatten zu beleidigen!«

»Da hörst du's«, sagte Balbok mit breitem Grinsen. »Es
steht dir nicht zu, mich zu beleidigen!«

»Aber, verdammt noch mal«, wetterte Rammar, »habt ihr
denn keine Augen im Kopf? Ich sage euch doch, das ist Balbok, ein Ork. Von diesem Bunais haben weder er noch ich
jemals etwas gehört oder ge...«

Er verstummte, denn die Kriegerinnen waren auf ihn zuge-
treten und hielten ihm ihre Speerspitzen unter die Schnauze.
»Du führst eine lockere Zunge!«, stellte die Anführerin fest.
»Vielleicht sollten wir sie herausschneiden, dann hätten wir
Ruhe!«

»Ja«, überlegte Balbok feixend, »vielleicht sollten wir das
wirklich tun.«

»Na schön.« Rammar beugte sich der rohen Gewalt. »Ihr
habt recht, in Ordnung. Dies ist keineswegs Balbok, mein
Bruder – wie komme ich auch auf so einen abwegigen Gedanken? –, sondern der große Bunais ...«

»... ein Ausbund an Schönheit, Edelmut und Grazie«,
fuhr die Amazone fort und nickte ihm auffordernd zu.

»Ein Ausbund an Schönheit und Edelmut«, wiederholte
Rammar widerstrebend, während Balbok grinsend die Zähne bleckte.

»Und Grazie«, beharrte die Kriegerin.

»Und Grazie, wie jeder sehen kann«, brummte Rammar
verdrossen.

»Merke dir: Es steht dir nicht zu, die Erscheinungsform
zu kritisieren, die Bunais für seine Rückkehr nach Erdwelt
gewählt hat«, wies die Amazone ihn brüsk zurecht.

»Welche Erscheinungsform?«

»Die eines Orks.«

»Aber, verdammt noch mal, ich habe doch vorhin gesagt, dass er ein Ork ist, oder nicht?«

»Dennoch ist er Bunais, unser aller Ahnherr und Amaz' Gatte.«

Rammar schüttelte den Kopf. »Das verstehe, wer will.«

»Vor vielen Generationen begründete Amaz, die Urmutter unseres Stammes, ein Geschlecht von Kriegerinnen, das sich nach ihr benannte«, erklärte die Amazone mit stolzer Stimme. »Als Spender eines neuen, überlegenen Menschengeschlechts erwählte sie Bunais, einen Mann, wie es sonst keinen gab und jemals geben wird. Zugleich war er Held und Liebhaber, Kämpfer und Dichter. Er war stark, jedoch auch verletzlich, mutig und doch vorsichtig, verlangend und dennoch voller Hingabe.«

»Aber er war schon ein Kerl, oder?«, fragte Rammar verdrossen dazwischen.

»Im Wasser des Smaragdsees«, fuhr die Kriegerin unbeirrt fort, »liebten sie einander, und Amaz empfing von ihm die Gabe des Lebens, aus der sieben Töchter hervorgingen.«

»Sieh an«, sagte Rammar missmutig. »Was hat dieser Tausendsassa denn noch alles fertiggebracht?«

»Nichts weiter«, erwiderte die Amazone schlicht. »Nach vollzogenem Geschlechtsakt wurde Bunais von Amaz getötet.«

Rammar riss die Äuglein weit auf. »Sie – sie hat ihn umgebracht?«

»Gewiss – wie es seither bei meinem Volk Brauch ist. Alle sieben Jahre verlassen wir den Schutz der Wälder und mischen uns unter die Menschen, um uns zu paaren. Nur jene Männer, die wir als würdig erachten, dürfen Nachfolgerinnen für unseren Stamm zeugen – und werden anschließend getötet, auf dass ihre Gabe einzigartig bleibt.«

»Ich bin sicher, das ist ihnen ein großer Trost«, bemerkte Rammar trocken.

»Ihr Abschied von dieser Welt ist nicht von Dauer«, stellte die Kriegerin klar, »denn sie alle werden in einem neuen Körper zurückkehren, genau wie Bunais.«

Rammar nickte – allmählich begriff er, was hier vor sich ging. Diese hysterischen Weiber mit dem Hang zum Brachialsex waren der Ansicht, dass ihr Stammvater Bunais zurückgekehrt war, und zwar in der Gestalt von keinem anderen als Balbok.

Rammar konnte nicht anders, als darüber in raues Gelächter auszubrechen. »Sagt mal, glaubt ihr das wirklich?«, feixte er. »Denkt ihr tatsächlich, mein dämlicher Bruder wäre euer zurückgekehrter Bunais?«

»Er ist die Reinkarnation des großen Spenders«, war die Amazone überzeugt. »Daran gibt es nicht den geringsten Zweifel.«

»Wie kommt ihr darauf?«

»Als wir ihn holten, um ihn dafür zu bestrafen, dass er den See entweiht hätte, sprach er die magischen Worte.«

»Was für magische Worte?«

»Jene Worte, die uns von Amaz in ihren Schriften überliefert wurden. Die Bunais sprach, ehe er aus der Welt schied.«

»Ach so?« Rammar staunte nicht schlecht. »Und was waren das für Worte?«

Die Kriegerin setzte eine feierliche Miene auf, ehe sie antwortete. »Die Worte, die Bunais sprach, waren folgende«, erklärte sie: »Elendes Weibsstück, dafür wirst du büßen. Mein Bruder wird mich rächen.«

»Das hat Bunais gesagt?«, fragte Rammar ungläubig.

»In der Tat – und er sollte recht behalten. Ein Jahr später erhielt Amaz Besuch von Runais, dem Bruder ihres Geliebten, der sie zum Zweikampf forderte und sie tötete. In ihren Töchtern jedoch lebt sie fort – bis zum heutigen Tag.«

»Schön für euch«, eiferte sich Rammar, »aber das ist doch ausgemachter Blödsinn. Was Bunais gesagt hat, hätte jeder Kerl an seiner Stelle gesagt – vorausgesetzt natürlich, er hätte einen Bruder gehabt. Und Balbok hier *hat* einen Bruder, nämlich mich!«

»Willst du damit behaupten, dass wir uns irren?«

»Aber gründlich«, schnaubte Rammar. »Vielleicht ist euch ja außerdem aufgefallen, dass Balbok ein Ork ist und kein Mensch.«

»Die Art seiner Erscheinung spielt keine Rolle«, belehrte ihn die Amazone. »Bunais kann die Gestalt seiner Rückkehr frei wählen.«

»Genau das meine ich.« Rammar deutete auf seinen Bruder und schnitt eine Grimasse. »Mal ehrlich – würdet ihr euch *diese* Gestalt aussuchen, wenn ihr die freie Wahl hättet?«

»Wohl nicht«, räumte die Kriegerin ein, »aber Bunais hat eben so entschieden. Außerdem haben wir noch einen weiteren untrüglichen Beweis.«

»Und welchen?«

»Bevor Bunais damals die Kleider ablegte, um Amaz zu beglücken, rammte er sein Schwert in einen Stein – und aus diesem Stein hat dein Bruder es gezogen und damit bewiesen, dass er der wahre, der echte Bunais ist.«

Die Amazone trat zur Seite und deutete in die Kammer jenseits des Vorhangs, wo vor dem Thron, auf dem Balbok gesessen hatte, tatsächlich ein Felsbrocken lag. Darin steckte eine abgebrochene Klinge.

»Aus dem Stein gezogen hat Balbok das Schwert wohl nicht«, stellte Rammar fest. »Er hat es kaputtgemacht, was ihm übrigens ähnlich sieht.«

»Dennoch ist ihm gelungen, was zuvor keinem gelang«, beharrte die Kriegerin. »Er hielt den Schwertgriff in seinen Händen.«

»Schmarren!«, blaffte Rammar. »Jeder Ork, der einigermaßen bei Kräften ist, hätte das verdammte Ding entzweibrechen können. Das beweist doch überhaupt nichts!«

Erstmals waren, zu Rammars heller Freude, in den Zügen der Kriegerin leichte Zweifel zu erkennen. »Du bleibst also bei deiner Behauptung, dass Balbok nicht der zurückgekehrte Bunais ist?«, fragte sie.

»Darauf kannst du einen lassen!«

»Dass er nur ein gewöhnlicher Ork ist und nichts weiter?«

»Und ein ziemlich beschränkter noch dazu«, versicherte Rammar mit einem Seitenblick auf seinen Bruder, dem das Grinsen vergangen war.

»Hm …«, machte die Kriegerin. »Ich gebe zu, dass du mich nachdenklich gemacht hast. Immerhin geht es hier um eine Entscheidung von großer Tragweite …«

Rammar nickte grimmig. »Kann man wohl sagen.«

»… die über Tod und Leben der Gefangenen entscheidet«, fuhr die Amazonenführerin fort. »Sollte dieser Ork nicht Bunais sein und uns hinters Licht geführt haben, so werdet ihr alle entmannt und grausam sterben!«

Erneut verfärbte sich Rammars Gesicht – und mit einem hässlichen Ziehen in der Lendengegend ging ihm auf, dass er sich in seiner Wut und in seinem Eifer, seinem dämlichen Bruder dessen derbe Späße auszutreiben, selbst an den Rand von Kuruls dunkler Grube geredet hatte …

»S-so einfach lässt sich das nicht sagen, große Kriegerin«, sagte er schnell, um zu retten, was noch zu retten war. »Ta-tatsächlich ist Balbok schon seit frühester Jugend ein ziemlich seltsamer Ork, müsst Ihr wissen.«

»Inwiefern?«

»Nun«, erwiderte Rammar, dem Schweißperlen auf die Stirn getreten waren und der sich verzweifelt an die Worte der Amazone zu erinnern versuchte. »Er war schon immer stärker als alle anderen, dabei aber auch stets vorsichtig, wenn ich es von ihm verlangt habe, und immerhin ist er mutig ...«

»So wird es von Bunais überliefert.«

»Das kann kein Zufall sein!«, gab sich Rammar so überzeugt, wie er es nur fertigbrachte. »Und seht ihn euch an: diese Muskeln, dieser Wuchs, diese edle Visage – sieht er nicht aus wie ein geborener Held?«

»Nun ja – Amaz beschriebt Bunais als ein großes Kind ...«

»Das ist Balbok auf jeden Fall!« Rammar nickte eifrig. »Er ist die Ahnungslosigkeit in Person – noch vor nicht allzu langer Zeit wusste er nicht einmal, wie die kleinen Orks gemacht werden.«

»Wirklich?« Die Amazone staunte – und nun war es Balbok, dessen Gesicht sich verfärbte. »Amaz berichtet, dass auch Bunais damals nicht wusste, worauf er sich einließ, so glücklich und unschuldig waren damals die Zeiten.«

»Kaum zu glauben.« Rammar grinste in sich hinein. »Das ist der Beweis, nach dem wir gesucht haben.«

»In der Tat. Unser Gefühl hat uns also nicht getrogen: Balbok der Ork ist die Reinkarnation von Bunais dem Spender. Nach langer Reise hat er zurück zu seinen Töchtern gefunden – das muss gefeiert werden!«

»Und was ist mit den Gefangenen?«, erkundigte sich Balbok, auf seinen Bruder deutend.

»Laut unseren Gesetzen haben sie ihr Leben verwirkt. Du allein hast zu entscheiden, was mit ihnen geschehen soll.«

»Dann entscheide ich«, verkündete Balbok und wies mit einer Kralle auf Rammar, »dass er ...«

Er zögerte, betrachtete Rammar mit einem merkwürdigen Blick.

»Was, großer Bunais?«, fragte die Amazonenführerin.

»... dass er ...«, setzte Balbok erneut an, um wieder zu

verstummen und Rammar in die Augen zu schauen. Dem trat erneut der Schweiß auf die Stirn, und ihm kam der Gedanke, dass er vielleicht hin und wieder zu streng mit seinem Bruder umgesprungen war.

»… dass er am Leben bleibt und freigelassen wird«, vollendete Balbok schließlich.

»Willst du das wirklich?« Die Amazone streifte Rammar mit einem abschätzigen Seitenblick. »Ich bin mir nicht sicher, ob er das wirklich verdient.«

»Ich mir auch nicht …«, stimmte Balbok ihr zu.

»Was?«, begehrte Rammar auf.

»… aber ich weiß, dass er weder freiwillig noch in böser Absicht in den See gesprungen ist. Deshalb verzeihe ich ihm sein schändliches Vergehen«, vollendete der Hagere.

»Danke«, knurrte Rammar. »Wie großzügig von dir.«

»Gern geschehen«, sagte Balbok naiv und wandte sich wieder der Amazonenführerin zu. »Auch die übrigen Gefangenen sollen frei sein – nur bei einem von ihnen lasse ich keine Gnade walten.«

»Bei welchem?«, fragte die Kriegerin.

»Bei dem Zwerg«, gab Balbok zur Antwort. »Er hat mich hintergangen und verraten und die höchste Bestrafung verdient.«

»Es soll geschehen, was du verlangst«, erwiderte die Amazone, und sowohl sie als auch ihre Begleiterinnen verbeugten sich. »Heute Nacht wollen wir feiern – aber schon beim nächsten Vollmond werden wir dein Urteil an dem Zwerg vollstrecken.«

»Recht so«, meinte Rammar voller Genugtuung. »Dieser kleine *shnorsher* hat es redlich verdient.«

»Lasst die Gefangenen frei!«, befahl die Amazone ihren Untergebenen. »Der große Bunais hat ihnen das Leben geschenkt. Kein Haar soll ihnen gekrümmt werden, und sie sollen unsere Gäste sein heute Nacht.«

»Muss das sein?«, fragte Rammar, der das Dorf lieber sofort verlassen hätte, weil er fürchtete, der ganze Schwindel könnte auffliegen und die Amazonen doch noch dahinterkommen, dass sein Bruder mit dem großen Bunais ungefähr so viel zu tun hatte wie eine Kakerlake mit dem donnernden Kurul.

»Natürlich steht es euch frei zu gehen«, gestand ihnen die Anführerin der Amazonen ein, »aber ihr würdet das große Festmahl verpassen, das wir heute Abend zu Bunais' Ehren geben. Die Tafel soll sich biegen unter der Last der Spezereien, die wir auftragen werden.«

»Ein Festmahl?« Auf einmal blitzte es gierig in Rammars Augen. »Abgemacht, wir bleiben!«

»Frisch gestärkt und ausgeruht mögt ihr morgen aufbrechen«, fuhr die Amazone fort. »Wenn ihr es wünscht, werden wir euch eine Führerin mitgeben, die euch sicher durch die Smaragdwälder geleiten wird.«

»Das ist gut.« Rammar nickte. »Denn wir müssen möglichst rasch nach Kal Anar.«

»Nach Kal Anar?«, fragte die Amazone erstaunt, dann schüttelte sie vehement den Kopf. »Nein, das ist ganz und gar nicht gut.«

»Wieso?«, wollte Balbok wissen.

»Das Land jenseits der Smaragdwälder ist verbotenes Gebiet«, erklärte die Amazone mit düsterer Stimme. »Es ist schwarz und von giftigen Dämpfen verpestet, und das Böse herrscht dort.«

»D-das Böse?«, fragte Rammar, dem es mulmig wurde.

»Schon einmal befand sich Kal Anar unter dunkler Herrschaft, vor langer Zeit – bis Menschen aus dem Südreich kamen und die Stadt in Besitz nahmen. Danach herrschte Ruhe, aber sie war nicht von langer Dauer. Das Böse ist zurückgekehrt in die Stadt, und seine Kreaturen sind überall. Auf dunklen Schwingen kreisen sie durch die Lüfte. Nur in die Smaragdwälder wagen sie nicht einzudringen.«

»Zum Glück«, meinte Rammar und grinste freudlos. »Dann haben wir hier also Ruhe vor diesen Biestern, ja?«

»Ihr wisst von den geflügelten Schlangen?«, fragte die Amazonenkriegerin erstaunt.

»Und ob.« Balbok, der seine Axt aus der Nische geholt hatte, hielt sie triumphierend empor. »Hiermit habe ich einer von ihnen den Garaus gemacht.«

Die Amazonenführerin war fassungslos. »Du – du hast einen Basilisken getötet?«

Der Ork nickte. »Eigenhändig.«

»Dann gibt es nicht mehr den geringsten Zweifel«, war die Amazonenführerin überzeugt. »Du bist Bunais! Kein anderer hätte es gewagt, sich dem Ungeheuer zu stellen. Kein anderer hätte die Kraft und die Macht gehabt, es zu besiegen!«

»Och, das war doch gar nichts.« Balbok grinste ein wenig verlegen.

»So wollt ihr nach Kal Anar gehen, um dem Bösen dort die Stirn zu bieten?«, fragte die Amazone. »Um den finsteren Herrscher fort vom Thron zu stoßen?«

»Na ja, wir …«, begann Rammar und wollte eine ausweichende Antwort geben, doch sein Bruder legte sich sehr viel weniger Zurückhaltung auf.

»*Korr!*«, verkündete er entschlossen.

»Dann wissen wir nun auch, weshalb du zu uns zurückgekehrt bist, großer Balbok«, sagte die Amazone, »denn aus dem Land jenseits der Smaragdwälder droht auch uns Gefahr.«

»Inwiefern?«, erkundigte sich Rammar.

»Der neue Herrscher dort rüstet zum Krieg. Wie schon einmal geht tödliche Finsternis von Kal Anar aus und droht das ganze Land zu überziehen«, sagte die Amazone düster.

Balbok beeindruckte das wenig – etwas anderes interessierte ihn wesentlich mehr.

»Was gibt es bei eurem Festmahl denn zu futtern?«, wechselte er abrupt das Thema. Um den Herrscher von Kal Anar konnten sie sich auch morgen noch kümmern, wenn ihm der Magen nicht mehr knurrte.

»Nun, die Früchte des Waldes: Pilze, Beeren und Wurzeln.«

»Das ist alles?«, ächzte Balbok. »Kein Fleisch?«

»Natürlich beherrschen Bunais' Töchter auch die hohe Kunst der Jagd. Sie werden dafür sorgen, dass genügend Wildbret vorhanden ist.«

»Und *bru-mill*?«

»Was ist das?«

»Dort, wo ich herkomme, ist es eine berühmte Spezialität.«

Die Miene der Amazone verriet Ratlosigkeit. »Ich fürchte, diese Spezialität ist uns nicht bekannt.«

Balbok grinste. »Dann werde ich euch eben zeigen, wie sie zubereitet wird ...«

Die Amazone, deren Name Zara lautete und die, wie sich herausstellte, eine der sieben Anführerinnen des Stammes war, hatte nicht übertrieben: Bei dem Festmahl, das zu Balboks beziehungsweise Bunais' Ehren gegeben wurde, bogen sich tatsächlich die Tische unter dem Gewicht der Speisen.

Den Kriegerinnen beim Tanzen zuzuschauen war – zumindest für die anwesenden menschlichen Gäste männlichen Geschlechts – eine wahre Augenweide. Während jedoch Gurn und Nestor mit verklärten Gesichtern auf die nur spärlich bekleideten schlanken Körper starrten, die zum Klang der Flöten und Trommeln unglaubliche Verrenkungen vollführten, hielt sich Rammars Begeisterung über die Darbietung in Grenzen. Der dicke Ork verstand nicht recht, was die Menschen an ihren weiblichen Exemplaren fanden – was hatten sie schon zu bieten außer bleicher Haut und viel

323

zu kleinen Brüsten? Verglichen mit den Reizen einer Orkin war das gar nichts.

Also zog Rammar es vor, sich auf die Speisen zu konzentrieren, und dabei unterwarf er sich keinerlei Zurückhaltung. Seit Tagen hatte er nichts Anständiges mehr zwischen die Zähne bekommen, und entsprechend groß war sein Appetit. Vor allem, da die Amazonen es unter Balboks Anleitung tatsächlich fertiggebracht hatten, einen anständigen *bru-mill* zuzubereiten, der ordentlich im Rachen brannte – wie Rammar feststellte, waren Fischaugen und Schlangen ein gar nicht mal übler Ersatz für Ghulaugen und gestopfte Gnomendärme, die normalerweise hineingehörten.*

Während Balbok auf seinem Thron residierte, den man eigens aus der Tempelhöhle hergeschafft hatte, mussten Rammar und die anderen zu seinen Füßen am Boden sitzen – angesichts der Tatsache, dass sie keine Gefangenen mehr waren und ihnen von den Kriegerinnen keine Gefahr mehr drohte, nahmen sie dies ohne Murren hin. Getafelt wurde an langen, nur etwa kniehohen Tischen, die in einem weiten Kreis auf dem Dorfplatz aufgestellt waren; in der Mitte loderte ein großes Feuer, um das die schönsten Kriegerinnen des Stammes zum Klang der Musik tanzten.

Rammar und Ankluas bedienten sich nach Herzenslust von den aufgetischten Speisen – Balbok hingegen hatte mehr Gesellschaft, als ihm lieb war: Von allen Seiten drängten die Amazonen an ihn heran, um ihm als Stammvater ihres Volkes die Aufwartung zu machen. Der Ork freilich hätte sich lieber ebenfalls am *bru-mill* gütlich getan.

»Ist das zu glauben?«, wandte sich Rammar schmatzend an Ankluas, der neben ihm saß. »Kannst du mir einen Grund nennen, warum die Weiber so auf meinen Bruder stehen?«

---

* Das Originalrezept für den *bru-mill* finden Sie in dem Buch »Die Rückkehr der Orks« von Michael Peinkofer, erschienen im Piper Verlag.

»Na ja …« Ankluas warf einen längeren Blick hinüber zu Balbok. »Mal abgesehen davon, dass sie ihn für ihren edlen Spender halten, ist er einfach süß.«

»Er ist … *was?*« Rammars Blick verriet pures Unverständnis. Ankluas hatte das Wort *sutis* benutzt, das Orkinnen vorbehalten war. Die allermeisten männlichen Orks starben, ohne dass es ihnen je über die Lippen gekommen war.

Aber es gab gewisse Ausnahmen …

»Bist du ein *ochgurash*?«, fragte Rammar geradeheraus, worauf Ankluas, der ein wenig über den Durst getrunken hatte, ihm nur ein unschuldiges Lächeln schenkte – ein Lächeln, das auf Rammar ein wenig *weiblich* wirkte.

Balbok hatte also recht gehabt, als er sagte, dass etwas mit dem Einohrigen nicht stimmte! Mit vor Entsetzen weit aufgerissenen Augen und die Fleischkeule in der Klaue stand Rammar auf und verließ stolpernd seinen Platz an der Tafel. Mit dem festen Vorsatz, Ankluas gegenüber zukünftig mehr Vorsicht walten zu lassen, setzte er sich zu Nestor und Gurn. Selbst die Gesellschaft von Menschen war in Rammars Augen der eines *ochgurash* vorzuziehen – und in gewisser Hinsicht war sie auch weit ungefährlicher …

Nestor und Gurn boten einen irgendwie *bunten* Anblick: Während die Züge des Eisbarbaren gerötet waren von dem Genuss vergorenen Beerensafts, waren jene des Attentäters gelb vor Neid – er hätte alles darum gegeben, mit Balbok zu tauschen, auf dessen Schoß soeben eine langmähnige Schwarzhaarige Platz genommen hatte, die ihn zärtlich am Kinn zu kraulen begann.

»Das ist ungerecht«, maulte Nestor, »einfach ungerecht! Balbok kriegt die ganzen Mädchen und weiß es noch nicht mal zu schätzen. Höchste Zeit, dass ich in dieser Hinsicht was unternehme, schließlich habe ich einen Ruf zu verlieren!«

»Was für Ruf?«, fragte Gurn.

»Du musst wissen, mein Freund, dass man mich in jungen Jahren den ›Verführer von Taik‹ nannte …«

Und nach diesen Worten wandte sich Nestor seiner Tischnachbarin zu, einer Rothaarigen mit aufregenden Rundungen. Für menschliche Augen sah sie geradezu atemberaubend aus. Jedenfalls folgerte Rammar das aus dem Verhalten von Nestor, der sich auf einmal wie der größte *umbal* aufführte.

»Na, mein Kind?«, sprach er die Amazone an, wobei er sich ungemein zusammenreißen musste, um nicht auf ihren unverhüllten Busen zu starren. »So ganz allein an einem so schönen Abend wie diesem?«

Sie unterbrach ihre Mahlzeit – in der einen Hand hielt sie einen großen Brocken Fleisch, in der anderen einen mit Beerensaft gefüllten Becher –, und schaute ihn verständnislos an.

»Es ist eine lauschige Nacht«, fuhr Nestor fort, seine ganzen »Betörungskünste« bemühend, und setzte ein – davon war er überzeugt – unwiderstehliches Lächeln auf. »Ist es da nicht ganz normal, dass Fremde einander näherkommen?«

Wie zufällig landete seine Rechte auf ihrem nackten Schenkel, was sie mit einem weiteren verblüfften Blick quittierte.

»Wie heißt du, mein Kind?«

»Quia. Und du?«

»Nestor«, antwortete er. »In deine Sprache übersetzt bedeutet das: ›Der, dem man nicht widerstehen kann‹.«

»Was willst du von mir?«, fragte die Schöne mit herausforderndem Blick.

»Nun, ich …« Er schluckte und befeuchtete sich mit der Zunge die Lippen, weil er doch nicht mehr anders konnte, als auf ihre prächtigen Brüste zu stieren. »Ich habe mich gefragt, ob es vielleicht sein könnte, dass zwei völlig Fremde in einer wunderschönen Nacht wie dieser zusammenkommen, um gemeinsam einen süßen Moment der Leidenschaft …«

Weiter kam er nicht.

»Du willst mich begatten?«, fragte sie so unverblümt, dass es ihm für einen Moment die Sprache verschlug.

»Äh, wenn du so direkt fragst …«, brachte er irritiert hervor. »Ließe sich das denn einrichten?«

Der Blick, mit dem sie ihn musterte, war zuerst prüfend, dann abschätzig. »Nein«, erklärte sie schlicht und so endgültig, dass der *Verführer von Taik* jeden Mut verlor. »Aber wenn du mich deinem Freund vorstellen würdest …«, fügte sie mit einem begehrlichen Blick auf Gurn hinzu.

Der Eisbarbar gab ein erfreutes Grunzen von sich. Wenn ihn diese wilde Schöne unbedingt haben wollte …

»Sei vorsichtig«, raunte Rammar, der neben ihm hockte und noch immer an seiner Fleischkeule schmatzte, Gurn grinsend zu.

»Warum?«

»Das sind Amazonen, vergiss das nicht.«

»Warum?«

Rammar biss wieder von der Keule ab, nickte kauend und sagte schmatzend: »Wilde Weiber.«

»Warum?«

»Sie pflegen jeden Mann zu töten, nachdem sie mit ihm …« Rammar versuchte eine entsprechende Geste, was ihm mit der Keule in der Klaue jedoch nicht gelingen wollte.

»Was?«

»Du weißt schon.«

»Ach?« Gurn verzog das Gesicht und machte eine enttäuschte Miene.

»Kannst du mir glauben.« Rammar nickte. »Der gute Bunais war der Erste, den es erwischte. Seither sind ihm viele in Kuruls dunkle Grube gefolgt.«

»Nein.«

»Doch. Was glaubst du wohl, warum es in diesem Kaff keine Kerle gibt, eh?«

Gurn schluckte – das hatte er nicht erwartet.

»Und?«, fragte die Rothaarige keck zu ihm herüber. »Wird es etwas mit uns beiden?«

Der Eisbarbar dachte einen Augenblick lang angestrengt über seine Antwort nach. Das Angebot war einerseits verlockend, andererseits war da die Warnung des Orks, dass das Schäferstündchen mit der Amazone zugleich sein allerletztes sein könnte, und diese Aussicht dämpfte seine Erregung doch ungemein.

»Nein«, entgegnete er verdrießlich, worauf ausgerechnet Rammar, der sich noch am Morgen selbst bis auf die Knochen blamiert hatte, lauthals loswieherte.

Der dicke Ork war wieder ganz der Alte.

Schon am nächsten Morgen brachen sie auf.

Während Balbok, dem es bei den Amazonen an nichts gefehlt hatte, gern noch ein Weilchen geblieben wäre, drängte Ankluas auf eine schnelle Abreise, weil er möglichst rasch nach Kal Anar gelangen wollte – der Beute wegen, wie er sagte.

Nach allem, was sie am Vortag über Kal Anar und seinen neuen Herrscher erfahren hatten, hatte Rammar es nicht mehr ganz so eilig. Zwar reizte ihn die Aussicht, sich nicht nur einen, sondern mit etwas Glück sogar zwei Schätze unter den Nagel zu reißen – aber was hatte man von zwei Schätzen, wenn man rattentot war? Rammar fragte sich immer mehr, was Balbok und ihn geritten hatte, den *bolboug* zu verlassen und in die Fremde zu ziehen.

Hatte es ihnen dort etwa an irgendetwas gefehlt? Hatten sie hungern oder Durst leiden müssen? Hatten hinterhältige Zwerge sie verraten? Hatten Riesenechsen versucht, sie zu verschlingen? Hatten hysterische Weiber sie abmurksen wollen?

All diese Fragen ließen sich mit einem klaren *douk* beantworten, und inzwischen war Rammar ziemlich sicher, dass allein Balbok die Schuld daran trug, dass sie dem *bolboug* den Rücken gekehrt hatten. Immerhin war er es gewesen, der ständig von Langeweile gequatscht und über große Taten lamentiert hatte.

Nur zwei Dinge hinderten Rammar daran, einfach alles hinzuwerfen und zurückzukehren in die Modermark: Zum einen das Wissen, dass sie dort wenig erwünscht waren und die *faihok'hai* mit ihnen kurzen Prozess gemacht hätten, zum anderen sein angeborener Neid. Denn wenn Balbok und er aufgaben, würden Ankluas, Gurn und Nestor oder irgendjemand sonst nach Kal Anar gehen, die Sache erledigen und die Belohnung kassieren – und er selbst würde leer ausgehen. Diese Vorstellung war für Rammar noch schlimmer als die Gefahren, die noch seiner harren mochten – und vielleicht lag das Schlimmste ja schon hinter ihm.

Kurz nach Sonnenaufgang versammelten sie sich auf dem Dorfplatz. Während Nestors und Gurns Mienen ziemlich blass waren, weil sie dem vergorenen Beerensaft zu sehr zugesprochen hatten, wirkten die Orks frisch und ausgeruht. Im Dorf der Frauen gab es kein Blutbier, und den vergorenen Beerensaft konnten die Orks literweise trinken, ohne dass sich eine allzu große Wirkung zeigte.

Zara und ihre Kriegerinnen erwiesen sich als überaus zuvorkommend. Sie stellten den Gefährten nicht nur Wasser und Proviant zur Verfügung, sondern gaben ihnen, so wie sie es versprochen hatten, auch eine kundige Führerin mit, die ihnen den Weg nach Kal Anar weisen sollte. Die Wahl war auf Quia gefallen, jene Kriegerin, die Nestor am Vorabend erfolglos zu betören versucht hatte. Auch wollten die Amazonen ihren Gästen Reittiere zur Verfügung stellen, aber es zeigte sich, dass die großen Vögel, auf denen die Kriegerinnen zu reiten pflegten, nicht kräftig genug waren für Orks im Allgemeinen und für Rammar im Speziellen.

329

Also blieb den Gefährten nichts weiter übrig, als den Rest der Reise zu Fuß anzutreten.

Alle Einwohnerinnen hatten sich auf dem Dorfplatz zur Verabschiedung des großen Bunais versammelt, der einer großen Heldentat entgegenging, um sie vor einer schrecklichen Bedrohung zu beschützen. Sogar Orthmar von Bruchstein war zugegen – zu einem handlichen Bündel verschnürt und von bewaffneten Kriegerinnen bewacht.

»So, Zwerg«, knurrte Rammar voller Genugtuung, »nun wirst du bekommen, was du verdienst.«

»Freu dich nur nicht zu früh, Fettsack!«, drang es trotzig unter von Bruchsteins Bart hervor. »Das nächste Mal, wenn wir uns treffen …«

»Ein nächstes Mal wird es nicht geben«, sagte Zara überzeugt. »Der große Bunais hat deinen Tod befohlen, und beim nächsten Vollmond wird das Urteil vollstreckt!«

»Da hörst du's«, sagte Rammar und feixte. »Der große Bunais hat entschieden – wer möchte da noch widersprechen?«

»Verdammte Orkfresse!«, wetterte der Zwerg. »Du lässt Orthmar von Bruchstein in der Hand des Feindes zurück – doch das wird dich teuer zu stehen kommen, das schwöre ich dir bei meinem Bart!«

»*Umbal*, du bringst ja alles durcheinander!«, rief Balbok und lachte ihn aus. »Hier ist nur einer unser Feind, und das bist du! Du wolltest uns loswerden und hast uns verraten und verkauft. Schlimmer geht's nicht!«

»Ich habe getan, was ich tun musste!«, rechtfertigte sich Orthmar knurrend. »Dass ihr das begreift, erwarte ich nicht – aber ein Mensch müsste es verstehen!«, rief er zu Gurn und Nestor hinüber, die die Proviantsäcke und Wasserschläuche bereits geschultert hatten.

»Du denkst, dass wir uns auf deine Seite stellen?«, rief Nestor zurück. »Nachdem du uns belogen und getäuscht hast?«

»Er recht«, pflichtete Gurn, der normalerweise nur sprach, wenn er auch wirklich etwas zu sagen hatte, seinem Gefährten zu. »Du miese Ratte, du Tod verdienen. Bei uns im Norden wir dich setzen auf Eisscholle und treiben aufs Meer hinaus. Du glücklich, dürfen hier sterben.«

»Ich weiß«, brummte Orthmar mit freudlosem Grinsen, »ich bin ein echter Glückspilz.«

»Mit Glück oder Pech hat das nichts zu tun – du hast es dir selbst zuzuschreiben!«, entgegnete Ankluas, dann wandte er sich an seine Begleiter. »Jetzt lasst uns gehen. Ich kann den Anblick dieses elenden Feiglings nicht länger ertragen.«

»Geht mir genauso«, stimmte Balbok grinsend zu.

Rammar nickte grimmig »Gut, lasst uns aufbrechen.« Noch einmal schaute er von Bruchstein an. »Einen schönen Tag noch, Zwerg. Denk an uns, wenn dir die Weiber deine Manneszier abschnibbeln.«

Daraufhin brachen sowohl er als auch sein Bruder in schadenfrohes Gelächter aus, dann wandten sie dem Zwerg den Rücken zu.

»Das werdet ihr büßen!«, kreischte Orthmar von Bruchstein, völlig außer sich, doch Rammar schlug die Drohung mit einer wegwerfenden Klauenbewegung in den Wind.

Die Orks verabschiedeten sich von den Amazonen, die noch einmal vor Balbok auf die Knie sanken und sich verbeugten, um ihm ihre Ehrerbietung zu bezeugen. Dadurch zog sich der Abschied arg in die Länge, und während Balbok das alles mit einem dämlichen Grinsen in der langen Visage genoss, verdrehte Rammar genervt die Augen. Dann jedoch war es so weit: Zara und ihre Schwestern mussten Bunais' Reinkarnation wohl oder übel ziehen lassen.

»So fahr denn wohl, edler Bunais«, sagte die Anführerin der Amazonen, »und vergiss uns nicht. Sei stolz auf deine Töchter, so wie sie stolz sind auf dich. Und solltest du im fernen Kal Anar in Bedrängnis geraten, so zögere nicht, uns zu rufen!«

»Is' gut«, sagte Balbok und nickte.

»Gibt es noch etwas, das du deinen Töchtern sagen möchtest?«, fragte Zara mit erhobener Stimme. »Vielleicht werden wir uns erneut viele Generationen lang nicht sehen.«

»Ich, äh …« Balbok erkannte, dass die Blicke der versammelten Kriegerinnen erwartungsvoll auf ihn gerichtet waren, und obwohl es in seinen Augen abgrundtief hässliche Menschinnen waren, brachte er auf einmal kein Wort mehr heraus, sondern schaute verlegen zu Boden.

»Was ist?«, raunte Rammar ihm zu.

»Mir fällt nix ein«, flüsterte Balbok.

»*Umbal*, willst du, dass der ganze Schwindel auffliegt?«, zischelte Rammar. »Du musst etwas sagen, hörst du?«

»Was denn?«

»Woher soll ich das wissen? Was Freundliches, was Erbauliches, das ihnen Zuversicht für die Zukunft gibt.«

»Äh – der *bru-mill* war gut«, verkündete Balbok, und seine nachdenklich gewordene Miene hellte sich auf. Freundlicher und erbaulicher ging es seiner Meinung nach kaum.

»Wir werden das Rezept bewahren und es an unsere Töchter weitergeben«, versicherte die Amazonenführerin, »und die an ihre Töchter und so fort – von Generation zu Generation.«

»Tut das – das nächste Mal werde ich euch beibringen, wie man Blutbier keltert und einen anständigen …«

»Wir müssen jetzt gehen!«, fiel Rammar ihm ins Wort, ehe sich Balbok in seiner Begeisterung um Kopf und Kragen quatschte.

»Also lebt wohl, Fremde – und pass gut auf dich auf, Bunais!«

»Lebt wohl, Mädels!«, rief Balbok zurück und winkte, ehe er sich zum Gehen wandte – und nicht wenige der hartgesottenen Kriegerinnen hatten dabei Tränen in den Augen.

Der kleine Trupp aus Orks und Menschen verließ das Dorf der Amazonen. Noch einmal wandte sich Balbok um und winkte den Kriegerinnen zu, dann waren sowohl das Dorf als auch seine Bewohnerinnen hinter einer dichten Wand aus Baumstämmen, Farnen und Lianen verschwunden. Quia übernahm die Führung, ihr folgten die Menschen und Ankluas, dann kam Balbok und schließlich Rammar, der einen möglichst großen Abstand zu Ankluas einhalten wollte.

»Rammar?«, fragte Balbok, nachdem sie eine Weile durch das dichte Grün des Dschungels gewandert waren.

»Ja, Balbok?«

Der Hagere blickte besorgt über die Schulter zurück.

»Willst du dich eigentlicher immer noch an mir rächen?«

»Na ja.« Rammar schürzte die wulstigen Lippen. »Nachdem du uns allen den *asar* gerettet hast, zeige ich mich über die Maßen versöhnlich. Aber ich will nie wieder etwas von dieser Geschichte hören, hast du verstanden? Mein Bruder Balbok, der große Bunais – dass ich nicht lache!«

»Rammar?«

»Ja doch, was ist?«

»Findest du wirklich, dass ich der geborene Held bin?«

»Worauf du einen lassen kannst – und jetzt halt verdammt noch mal die Klappe, bevor ich meine guten Vorsätze vergesse und dich doch noch erschlage!«

333

4.

AN MUNTIR, AN GURK

Corwyn hasste sich selbst.

Er verabscheute seine Vergangenheit ebenso wie die Gegenwart. Er verachtete das, was aus ihm und der Welt geworden war.

Die Krone auf seinem Haupt, die er ohnehin nie gern getragen hatte, war ihm in den letzten Tagen zur unerträglichen Last geworden. Zum König von Tirgas Lan, zum Einiger Erdwelts hatte sie ihn bestimmt, ohne dass man ihn je gefragt hätte, ob er selbst dies wollte. Lange hatte er gebraucht, sich an den Gedanken zu gewöhnen, Herrscher zu sein – er, der ehemalige Glücksritter, der sich seinen Lebensunterhalt verdient hatte, indem er Orks jagte und sein Schwert meistbietend verkaufte. Berater und Vasallen, die an das Ideal der Krone glaubten und ihm treu zur Seite standen, hatten ihm dabei geholfen, seine neue Rolle anzunehmen und zu erfüllen, und ganz allmählich hatte er gelernt, mit der neuen Verantwortung zurechtzukommen.

Dass es ihm gelungen war, verdankte er aber vor allem Alannah, und ohne die Frau, die er liebte, an seiner Seite kam Corwyn die Krone auf seinem Kopf auf einmal wie eine Maskerade vor, ein Mummenschanz, den man früher oder später durchschauen würde. Während er auf dem Thron saß, der Sitz neben ihm verwaist, rechnete er fast damit, dass jemand kommen und ihm die Krone vom Haupt reißen, ihn des Betrugs und der Hochstapelei bezichtigen würde. Vermutlich

335

hätte Corwyn ihm nicht einmal widersprochen und still und leise abgedankt.

Aber es kam niemand, der ihn fortgejagt und ihm damit die Verantwortung abgenommen hätte. Mehr noch, die Boten, die er in alle Himmelsrichtungen ausgesandt hatte, um Unterstützung zu erbitten im Kampf gegen den neuen, unbekannten Feind im Osten, hatten mehr bewirkt als alle Verhandlungen, die Corwyn im Lauf der letzten Monate geführt hatte. Ein Geist der Einheit, wie er lange nicht mehr in Erdwelt zu spüren gewesen war, schien auf einmal die Völker und Rassen des neuen Reichs zusammenzuschmieden.

Was gute Worte und hohe Ideale nicht geschafft hatten, das bewirkte die Furcht vor einem gemeinsamen Widersacher, und es war Corwyn, der diese Entwicklung herbeigeführt hatte.

Es war die erste Entscheidung gewesen, die er ohne Alannahs Hilfe getroffen hatte. Wütend und enttäuscht war er gewesen, dass sich die Elfen von der Welt abwandten, um an fernen Ufern ihr Glück zu suchen, und so hatte er angekündigt, die Völker des Westens zu einem gemeinsamen Feldzug gegen Kal Anar zu führen, die Brutstätte jener bösen Macht, die Tirgas Lan überfallen und die Königin entführt hatte. Aber hatte er weise gehandelt, eines Herrschers würdig?

Nicht, dass Corwyn die Entscheidung an sich in Zweifel zog. Wäre es nur um ihn selbst gegangen, hätte er augenblicklich sein Schwert genommen und wäre gen Osten marschiert. Aber Alannah hatte ihn gelehrt, dass die Dinge nicht so einfach lagen. Sein rascher Entschluss zum Krieg würde viele das Leben kosten und vielleicht sogar mit einer Niederlage und dem Untergang Tirgas Lans enden.

Der unbekannte Feind schien mächtiger zu sein als jeder andere Gegner, gegen den Corwyn je gekämpft hatte – sogar mächtiger als der grausame Dunkelelf Margok, der vor einem Jahr zurückgekehrt war, um die Herrschaft über Erdwelt an sich zu reißen. Wenn der Herrscher von Kal Anar in der Lage war, die Gefallenen aus den Gräbern zu reißen und sie erneut zum Schwert greifen zu lassen, über welche Möglichkeiten und Waffen mochte er dann noch verfügen? Welche grässlichen Verbündeten hatte er auf seiner Seite? Konnten Sterbliche überhaupt gegen ihn bestehen?

Corwyn kannte die Antwort auf diese Fragen nicht, ebenso wenig, wie er wusste, was aus Alannah geworden war – und dafür hasste er sich nur noch mehr.

Wäre er ein guter König gewesen, der seine Pflichten gekannt und niemals vernachlässigt hätte, der um seine Rolle in der Geschichte gewusst und alles gegeben hätte, um sie auszufüllen, er hätte zumindest eine dieser Fragen beantworten können. Er jedoch war ein Unwissender, der Krone nicht würdig – weder wusste er, was sein Heer jenseits der Ostgrenzen des Reiches erwartete, noch hatte er eine Ahnung, wie es um Alannah bestellt war. War sie noch am Leben? Behandelten ihre Häscher sie gut? Oder war sie das erste Opfer dieses Kriegs geworden, der auf Grund seines – Corwyns – Handelns am Horizont heraufzog?

Er wusste es nicht.

Nur eines stand außer Frage: dass es noch mehr Opfer geben würde in diesem Konflikt. Blut würde in Strömen fließen, und er und kein anderer hatte die Entscheidung dazu getroffen. Ein Zurück gab es nicht mehr, das wurde Corwyn klar, als ihn ein Fanfarenstoß aus seinen trüben Gedanken riss und die erste Abordnung den Thronsaal von Tirgas Lan betrat.

Die königliche Heerschau hatte begonnen.

Den Wappen nach, das die prächtig gewandeten Kämpfer auf ihren Röcken trugen, gehörten sie den einstigen Grenzstädten an. Sie verbeugten sich tief, nachdem sie vor den Thron getreten waren, und einer von ihnen, ein breitschultriger Hüne mit leuchtend rotem Umhang, sprach: »Die Stadtväter von Sundaril und Andaril entbieten Euch ihren Gruß, König Corwyn. Zu Eurer Unterstützung im Kampf gegen den finsteren Feind schicken sie Euch zweihundert Lanzenreiter sowie einhundert Armbrustschützen. Des Weiteren werden die Städte je tausend Mann Fußvolk zur Verfügung stellen.«

Ein Raunen ging durch die Reihen des Hofstaats, als die Zahlen genannt wurden. Die Grenzstädte hatten lange Zeit als der Inbegriff der Selbstsucht der Menschen gegolten – dass ausgerechnet sie ein so großes Truppenkontingent stellen wollten, überraschte viele.

Nicht so Corwyn. Obwohl er ein Auge verloren hatte, sah er manches, das ihm früher verborgen geblieben war. Er hatte gewusst, dass es so kommen würde …

»Ich danke den Stadtvätern von Sundaril und Andaril für ihren großzügigen Beitrag, den ich gerne annehme«, erwiderte er. »Ich versichere, dass ich die mir anvertrauten Kämpfer nach bestem Wissen und Gewissen anführen werde.«

Der letzte Satz entsprach nicht dem Protokoll, was die königlichen Berater nervös aufblicken ließ. Corwyn aber hatte das Gefühl, es seinen Untertanen schuldig zu sein: Wenn sie schon in den Krieg ziehen mussten, dann sollten sie wenigstens wissen, dass er sich seiner Verantwortung bewusst war.

Die Vertreter der Grenzstädte verbeugten sich und traten beiseite. Die nächste Abordnung, die den Thronsaal betrat, gehörte unübersehbar dem Zwergenreich an – gedrungene Kämpfer mit langen Bärten und in prächtigen, mit Edelsteinen verzierten Rüstungen schritten auf den Thron zu, vor dem sie das Knie beugten.

»Mein Name ist Gunthmar von Nagelfluh, Herr«, stellte sich der Wortführer der Gruppe mit tiefer Stimme vor, »einer jener Fürsten, die sich Eurer Herrschaft unterworfen haben, weil sie an das Ideal glauben, für das Tirgas Lan einst stand und hoffentlich bald wieder stehen wird. Von jeher haben sich die Zwerge der Verantwortung nie verschlossen. In zwei langen und blutigen Kriegen haben wir uns ihr gestellt, und wir werden auch diesmal nicht zurückstehen, wenn es darum geht, unsere Welt zu verteidigen. Baut deshalb auf achtzig gepanzerte Kämpfer aus dem Zwergenreich, die sowohl ihr Herz als auch ihre Axt in Eure Dienste stellen werden, sowie auf vierhundert Bogenschützen, die ihr Ziel auch in der Hitze des Kampfes nicht verfehlen.«

Corwyn bedankte sich auch für diesen Beitrag, und die Heerschau ging weiter. Mit jeder Gruppe, die vortrat, vergrößerte sich die Armee, die er befehligen und nach Kal Anar führen würde, einem ungewissen Schicksal entgegen.

Die Hafenstädte Urquat und Suquat stellten zehn Kriegsgaleeren zur Verfügung, die sie mit je achtzig Kämpfern bemannen wollten; die Krieger der Insel Olfar, lange Zeit der Schrecken der Küstensiedlungen, gesellten sich mit zehn Drachenschiffen und weiteren fünfhundert Mann dem Bündnis hinzu.

Als Nächstes traten die Abgesandten der nördlichen Grenzstädte vor den Thron: Taik, Girnag und Suln stellten je fünfzig berittene Paladine und einhundert Armbrustschützen zur Verfügung, dazu weitere einhundertfünfzig Leichtbewaffnete.

Diejenigen Fürsten des östlichen Hügellands, die die Oberherrschaft Tirgas Lans anerkannt hatten, beteiligten sich insgesamt mit einhundert schwer bewaffneten Reitern und rund fünfhundert Vasallen, und schließlich steuerten auch noch die Clanschefs des Nordostens, die mit ihren Stämmen im Hochland am Fuß des Ostgebirges hausten, ihren Teil zur Streitmacht bei: Eine Horde von nicht weniger als vierhundert, mit Zweihändern und Steinschleudern bewaffneten Kriegern würde Corwyns Armee unterstützen.

Zusammen mit den fünfhundert Kämpfern, die in Tirgas Lan unter Waffen standen, ergab sich damit eine Armee, die schon bald das »Heer der 6000« genannt werden sollte: Knapp sechstausend Mann, deren Oberbefehl Corwyn innehatte und die er nach Osten führen würde, um die Bedrohung zu beseitigen, ehe sie alle selbst davon beseitigt wurden. Und obwohl er diese Auseinandersetzung nicht gesucht hatte und sich bereits für das Blutvergießen hasste, das der Krieg zur Folge haben würde, wusste er, dass es keine andere Möglichkeit gab. Wenn Corwyn wartete, bis die Gegenseite ein Heer aufgestellt hatte und das Land ihrerseits mit Krieg überzog, wenn die Felder erst in Flammen standen und die ersten Grenzstädte in Schutt und Asche lagen, würden die Opfer noch ungleich größer sein. Es gab keinen anderen Weg als den des Schwerts …

»Kehrt zurück in Eure Heimat«, sprach der König zu den Abgesandten seiner Vasallen und Verbündeten, die sich im weiten Rund des Thronsaals versammelt hatten. »Von heute an gerechnet in fünf Tagen wird sich das vereinigte Heer von Tirgas Lan im Nordosten der Ebene von Scaria versammeln, an der großen Furt.«

»In fünf Tagen, Herr?«, rief der Abgesandte aus Girnag erstaunt. »Das wird nicht genügen, um unsere Kämpfer zu versammeln und in Marsch zu setzen.«

Zustimmendes Gemurmel wurde laut, hier und dort wurde genickt.

»Ich fürchte, mehr Zeit haben wir nicht, meine Freunde. Die jüngsten Vorfälle haben gezeigt, dass der Feind bereits in unser Land eingedrungen ist. Jeden Augenblick kann er erneut zuschlagen. Ich werde niemanden zwingen, sich meinem Bündnis anzuschließen – aber wer teilnehmen will am Feldzug gegen Kal Anar, um für die Freiheit unserer Welt zu kämpfen, der soll sich in fünf Tagen an der Furt einfinden. Mit der Armee werden wir von Westen in das

Land unseres Feindes vorstoßen, während die Flotte von der See her angreifen wird.«

»Das sagt sich so einfach!«, rief jemand aus der Menge. »Jeder weiß, dass der Hafen von Kal Anar so gut wie uneinnehmbar ist. Tödliche Riffe und Klippen umgeben die Einfahrt. Wer nicht die genaue Route kennt, der ist des Todes.«

»Ich habe nicht behauptet, dass es einfach werden wird«, erwiderte Corwyn. »Dennoch – die Zeit drängt, und einen anderen Plan als diesen haben wir nicht. Nur wenn wir den Feind überraschen und von zwei Seiten gleichzeitig angreifen, können wir diesen Krieg rasch und siegreich beenden.«

»Ohne Vorwarnung? Ohne Kriegserklärung?«

»Ihr vergesst, dass Kal Anar uns bereits angegriffen hat«, konterte Corwyn. »Das ist meiner Ansicht nach Kriegserklärung genug. Man hat uns aus dem Hinterhalt überfallen, und wir werden zuschlagen, ehe sich dies wiederholt.«

»Ist das der einzige Grund?«, erkundigte sich jemand mit derart lauter Stimme, dass es von der hohen Kuppeldecke des Thronsaals widerhallte. Die Stimme kam Corwyn entfernt bekannt vor, aber wiederum nicht so, dass er sie gleich hätte zuordnen können.

»Wer hat das gesagt?«, fragte er deshalb in die Runde der Abgesandten und Höflinge.

Da teilten sich ihre Reihen, und ein rothaariger, untersetzter Mann trat vor, der Corwyn durchaus kein Unbekannter war. Es war Baron Yelnigg von der Insel Olfar – jenem Eiland, das Tirgas Lans Vorherrschaft erst anerkannt hatte, nachdem seine Kriegsflotte vor einigen Monaten in der Schlacht in der Möwenbucht vernichtend geschlagen worden war.

»Ich war es, der diese Worte sprach«, verkündete Yelnigg mit fester Stimme, »und ich wiederhole sie laut und deutlich, denn ich denke, ein jeder, der bereit ist, sein Blut für Tirgas Lan zu Felde zu tragen, hat eine ehrliche Antwort verdient: Ist die Bedrohung durch den unbekannten Feind der einzige Grund dafür, dass wir Kal Anar so rasch angreifen?«

Corwyn wusste nur zu gut, worauf der Baron hinauswollte, und offenbar legte es Yelnigg darauf an, Unfrieden unter Tirgas Lans Verbündeten zu stiften. Dennoch gab sich der König ahnungslos. »Welchen anderen Grund sollte es dafür geben, Freund Yelnigg?«, fragte er.

Der Baron schnitt eine Grimasse. »Mein König, spielt nicht mit mir. Wie jeder hier, der die Oberhoheit Tirgas Lans anerkannt und sich ihr unterworfen hat, bin ich bereit, mein Leben und das meiner Krieger zu wagen, um Gefahr vom Reich abzuwehren, wenn sie droht. Sollte es jedoch nur darum gehen, die Gemahlin des Königs zu befreien, die, wie wir alle wissen, entführt wurde, so …«

Corwyn hielt es nicht länger auf seinem Thron. »Glaubt Ihr das wirklich?«, fragte er und sprang auf, so unvermittelt, dass die Leibgardisten, die zu beiden Seiten des Throns standen, zusammenzuckten. »Denkt ihr wirklich, ich würde Euer aller Leben aufs Spiel setzen, nur um meine eigenen Ziele zu verfolgen?«

»Offen gestanden, weiß ich nicht, was ich denken soll, mein König«, entgegnete Yelnigg und gab sich unterwürfig, während in seinen stahlblauen Augen der Funke des Widerstands glomm. Hier und dort wurde erneut genickt, auch Worte der Zustimmung wurden geflüstert – offenbar war es um die Einheit des Reichs noch längst nicht so gut bestellt, wie Corwyn gehofft hatte. Aber anstatt nachzugeben, erwachte der Kämpfer in ihm …

»Dann will ich Euch sagen, Baron, was Ihr denken sollt«, entgegnete er, stieg die Stufen des Thronpodests hinab und trat geradewegs auf Yelnigg zu. »Es ist wahr, und ich mache kein Hehl daraus: Königin Alannah ist verschwunden, und ich vermute sie in den Klauen des Feindes – aber wir sind hier und heute nicht zusammengekommen, weil es meine Absicht ist, sie zu befreien. Ohnehin weiß ich nichts über ihr Schicksal, sie könnte längst …« Er unterbrach sich, weil ihm das Wort nicht über die Lippen wollte.

»Sie könnte längst tot sein«, fuhr er dann leise, fast flüsternd fort, »und keine Streitmacht der Welt könnte sie jemals zurückbringen. Glaubt Ihr denn, es fiele mir leicht, hier vor Euch zu stehen und von Euch zu verlangen, Eure Söhne und Enkel in den Krieg zu schicken? Ginge es um Alannah allein, so wäre ich längst aufgebrochen, um sie selbst zu befreien, denn dieses Schwert« – er berührte den Griff der Waffe an seiner Seite – »dürstet nach dem Blut derer, die sie mir genommen haben. Aber es geht um viel mehr, Baron Yelnigg. Dort im Osten lauert ein Gegner, der mächtiger und gefährlicher ist als alles, was wir kennen. Selbst die Elfen fürchten ihn – aber sie werden uns nicht beistehen. Bei der Verteidigung unseres Reiches sind wir auf uns allein gestellt, gegen einen Feind, dessen Stärke wir nicht einmal kennen. Alles, was wir haben, ist unser Mut und unsere Einheit. Deswegen sind wir heute hier, Baron Yelnigg. Nur deswegen.«

Als Corwyn verstummte, war es im Thronsaal völlig still geworden. Seine Worte hatten die Abgesandten nachdenklich gemacht, auch jene, die Yelnigg zunächst recht gegeben hatten. Nur der Baron schien noch nicht völlig überzeugt zu sein.

»Ich weiß, dass wir vor kurzem noch Gegner waren, Baron«, fuhr Corwyn fort, »aber genau darum geht es: unsere alten Feindschaften zu überwinden und zusammenzustehen, um den Gedanken, der hinter Tirgas Lan steht, gegen jeden Aggressor zu verteidigen. Weder geht es dabei um mich noch um Euch, sondern einzig um die Einheit des Reiches, die allen Bewohnern Erdwelts Frieden und Wohlstand bringen wird.«

»Hehre Worte«, sagte Yelnigg, und leiser Spott lag in diesen beiden Wörtern.

»Und jedes einzelne davon ist ernst gemeint«, versicherte Corwyn. Er zog sein Schwert und legte die Klinge so in seine Hände, dass er den Griff der Waffe dem Baron entgegenhielt. »Im Kampf gegen einen Gegner, der weder Gnade noch Skrupel kannte, habe ich ein Auge verloren«, sagte er, »und ich will auf der Stelle auch mein zweites verlieren, wenn ich in diesem Moment etwas anderes als das Wohl Tirgas Lans im Sinn habe. Nehmt die Klinge, Baron, und stecht damit zu. Niemand wird Euch deswegen belangen, und ein König ohne Augenlicht wird für niemanden mehr eine Bedrohung sein. Tirgas Lan wird wieder in Bedeutungslosigkeit versinken, und Ihr alle seid frei und ungebunden und könnt tun und lassen, was Ihr wollt – jedenfalls so lange, bis das Böse von Kal Anar über unsere Grenzen kommt.«

Yelnigg, auf den sich alle Blicke gerichtet hatten und dessen Gesicht beinahe so rot geworden war wie sein wirres Haar, wusste nicht, was er darauf erwidern sollte – mit einer solchen Reaktion hatte er nicht gerechnet.

»Stoßt zu!«, forderte Corwyn noch einmal. »Glaubt nicht, dass Ihr mir damit Schmerz zufügt, denn ohne Königin Alannah versinkt die Welt für mich ohnehin in immerwährender Dunkelheit. Also los, worauf wartet Ihr?«

Einen endlos scheinenden Augenblick standen die beiden Männer einander gegenüber, Corwyn mit bitterer Entschlossenheit in der Miene und Yelnigg die Klinge reichend, der ebenso beschämt wie ratlos schien. Der Baron machte keine Anstalten, das Schwert zu ergreifen, also ließ Corwyn es schließlich sinken.

»Verzeiht meine unbedachten Worte, mein König«, flüsterte Yelnigg. »Ich weiß nicht, was über mich kam.«

»Aber ich weiß es.« Corwyn lächelte nachsichtig. »Das,

was uns alle von Zeit zu Zeit überkommt, denn wir sind alle nur sterblich.«

Der Baron schaute ihm ins Gesicht, schien ihn zu mustern – und schließlich erwiderte er das Lächeln.

»Hier, meine Hand«, sagte Corwyn und hielt ihm statt des Schwertgriffs die Rechte hin. »Ergreift sie, mein Freund, und wir werden gemeinsam in diese Schlacht ziehen. Nicht weil wir es wollen, sondern weil wir keine andere Wahl haben.«

Yelnigg zögerte, schien einen inneren Kampf auszutragen. Rachsucht und gekränkter Stolz rangen mit Pflichtbewusstsein und der Einsicht, dass der Herrscher von Tirgas Lan nicht zu denen gehörte, die ihre Macht missbrauchten. Die Krone auf seinem Haupt betrachtete er mehr als Bürde denn als Privileg, und in dem Krieg, der bevorstand, war er bereit, die gleichen Opfer zu bringen wie jeder andere Mann in Erdwelt.

Was mehr konnte man von einem König erwarten?

Mit einem grimmigen Nicken ergriff der Baron Corwyns Rechte, und unter den Abgesandten und Höflingen, die verstanden, dass dieser Handschlag mehr bedeutete als einen beendeten Streit zwischen zwei ehemaligen Rivalen, brach Beifall aus, in den auch die Angehörigen der Leibgarde einfielen.

»Tir-gas Lan! »Tir-gas Lan! Tir-gas Lan!«, wurde allenthalben gerufen, und Corwyn wurde klar, dass all das, was er in den letzten Monaten getan und bewirkt hatte, dass all die Opfer, die er gebracht hatte, nicht vergeblich gewesen waren.

Tirgas Lan war nicht nur mehr der Name einer Stadt – er war zum Inbegriff der Hoffnung geworden, zu einem lodernden Fanal, zu dem Menschen und Zwerge aufblickten in einer Zeit, in der dunkle Wolken über Erdwelt heraufzogen.

Obwohl Corwyns Herz schwer war und traurig, fühlte er auf einmal ein wenig Zuversicht – denn nicht er hatte die

Saat ausgebracht, die in diesem Augenblick im Thronsaal aufging, sondern Alannah. Sie war es gewesen, die daran geglaubt hatte, dass sich die zersplitterten Völker Erdwelts einst unter der Krone Tirgas Lans vereinen würden, genau wie Farawyn der Seher es prophezeit hatte – und sie hatte recht gehabt.

Erstmals seit Hunderten von Jahren sprachen die Städte, Clans und Fürstentümer wieder mit einer Stimme, hatten zusammengefunden, um einem möglicherweise weit überlegenen Feind zu trotzen.

Gemeinsam würden sie siegen.

Oder untergehen.

5.

DURKASH UR'ARTUM'HAI SHUB

Nach sechs Tagesmärschen durch unwegsamen Dschungel erreichten die Orks und ihre menschlichen Begleiter die östlichen Ausläufer der Smaragdwälder.

Mehrmals hatte vor allem Rammar befürchtet, dass sie sich rettungslos verlaufen hatten. Aber Quia kannte den Weg, und sie hatte die Gruppe zuverlässig geführt – unter den bewundernden Blicken Nestors von Taik.

Als sich der dichte Vorhang aus Riesenfarnen und Lianen endlich vor ihnen lichtete, brachen Rammar und Nestor in trotzigen Jubel aus, und sogar Gurn gönnte sich ein erleichtertes Seufzen. Keine Schlinggewächse mehr, die sie erwürgen wollten, keine gefräßigen Panzerechsen und keine Moskitos – all das lag hinter ihnen.

Wenn die Gefährten jedoch glaubten, dass ihre Reise nun einfacher oder gar weniger gefährlich werden würde, dann irrten sie …

Sie kamen jedoch rascher voran, weil Balbok und Gurn ihnen nicht mehr mit Axt und Zweihänder einen Weg durchs Unterholz schlagen mussten. Stattdessen wurde das Land immer felsiger, und die letzten Ausläufer von Grün verloren sich schließlich in einem Meer aus zerklüfteten schwarzen Felsen, über die sich ein düsterer grauer Himmel mit bizarren Wolkenformationen spannte.

»*Shnorsh!*«, knurrte Balbok. »Sieht so aus, als würde es bald regnen.«

»*Umbal!*«, rügte ihn Rammar. »Hast du vergessen, wie Regenwolken aussehen? Als ob wir zu Hause in der Modermark nicht genug davon hätten.«

»Dein Bruder hat recht, Balbok«, pflichtete Ankluas dem fetten Ork bei (auch wenn Rammar seit jenen Abend im Amazonendorf keinen gesteigerten Wert mehr auf dessen Zustimmung legte). »Diese Wolken bergen kein Wasser, sondern wurden durch ewiges Feuer hervorgebracht.«

»Wie das?«, wollte Balbok wissen, der fand, dass eine der Wolken auffällige Ähnlichkeit mit einer riesigen Spinne hatte. Und jene dort sah aus wie die Fratze des finsteren Kurul …

»Die Wolken ziehen von Südosten her«, erklärte Quia, die nicht weniger sorgenvoll in den Himmel spähte als die Gefährten. »Dort befindet sich der Anar.«

»Wer ist das?«, wollte Balbok wissen.

»Ein Berg, dessen Inneres aus Feuer besteht«, antwortete die Amazone schaudernd.

»Ein Vulkan«, drückte Ankluas es anders aus, »an dessen Hängen sich die Stadt Kal Anar befindet.«

»Ist das nicht ziemlich gefährlich?«, erkundigte sich Nestor.

»Sollte man meinen«, antwortete Ankluas. »Allerdings wurde Kal Anar im Lauf seiner langen Geschichte noch nie vernichtet – weder durch Feindeshand noch durch die Naturgewalt, die in diesem Berg schlummert. Wann immer Feuer und Glut aus dem Krater quollen, haben sie einen Bogen um die Stadt gemacht, so als würde eine dunkle Macht die Stadt vor ihrer Vernichtung bewahren. Was ihr hier vor euch seht«, sagte der Ork und deutete geradeaus in die Landschaft, die sich vor ihnen erstreckte, »ist das Ergebnis des letzten Ausbruchs des Anar.«

Der Anblick war beklemmend.

Jenseits der letzten Bäume und Gräser, die die östliche

Grenze der Smaragdwälder bildeten, gab es keine Pflanzen mehr, nur noch schwarzen, zerklüfteten Fels, dessen Oberfläche das matte Tageslicht zu schlucken schien. Breite Risse durchzogen die unwegsame Landschaft, bizarre Formationen hatten sich im Gestein gebildet. An anderen Stellen war der Fels geborsten, und schwarze Trümmer übersäten den Boden, und hier und dort hatte sich der Boden aufgeworfen und schroffe Klippen gebildet, die das Land wie den Panzer einer Riesenechse aussehen ließen. Die Luft über der Ödnis flimmerte – nicht etwa, weil die Sonne die Felsen so aufgeheizt hätte, sondern weil an unzähligen Stellen zischend heißer Dampf aus den Erdspalten trat.

»Diese Hitze«, erklärte Ankluas, »kommt tief aus dem Inneren von Erdwelt. Sie ist der Grund dafür, dass die Smaragdwälder all diese Arten von Pflanzen und Tieren hervorgebracht haben, die man im Westen nicht kennt.«

»Großartig.« Rammar schnitt eine Grimasse. »Auf diese Vielfalt hätte ich gut verzichten können.«

»Es heißt, das ganze Ostgebirge stamme aus den Tiefen des Anar«, fuhr der einohrige Ork fort, der offenbar über die Länder des Ostens gut Bescheid wusste. »Vor Urzeiten hat der Vulkan es in Form glühender Lava ausgespuckt.«

»Und damit richtig große Haufen gesetzt«, vervollständigte Rammar.

»So könnte man es ausdrücken.«

Ein listiges Grinsen lag auf der Fratze des dicken Ork. »Dann hatte ich die ganze Zeit über recht«, folgerte er feixend, »und es muss doch Kal *Asar* heißen …«

Niemand lachte – außer Balbok, der die Bemerkung seines Bruders so komisch fand, dass er kaum noch Luft bekam. Ankluas, Nestor und Gurn hingegen sandten Rammar nur verständnislose Blicke, und auch Quia teilte den Humor ihres Stammvaters offenbar nicht. Im Gegenteil, die Züge der jungen Amazone waren immer betrübter geworden, je weiter die Gruppe nach Osten vorgestoßen war. Der Grund dafür war offensichtlich – der Augenblick des Abschieds war gekommen …

»Meine Aufgabe ist erfüllt«, erklärte die Kriegerin deshalb auch. »Mein Auftrag war es, euch an die Ostgrenze des Waldes zu führen. Von hier an bin ich euch keine Hilfe mehr, denn keine Tochter von Amaz hat das Land jenseits der Wälder jemals betreten.«

»Wir sind dir sehr dankbar, Quia«, versicherte Nestor, noch ehe ein anderer etwas erwidern konnte. »Ohne dich hätten wir es niemals so schnell bis hierher geschafft.«

»Ich habe nur getan, was meine Pflicht war gegenüber Bunais, unserem Stammvater.« Sie zwang sich zu einem Lächeln, aber es war ihr deutlich anzusehen, wie schwer ihr das fiel. »Darf ich dich umarmen, großer Bunais?«, fragte sie Balbok schließlich.

»Äh – *korr*«, erwiderte der verdutzte Ork, der sich an die zarte Art seiner Töchter noch immer nicht gewohnt hatte. Wenn man unter Orks körperlich intim wurde, führte das oft genug zu gebrochenen Rippen.

Quia trat auf ihn zu, und da er zu groß war, als dass sie ihre Arme um seinen Hals hätte legen können, schlang die Amazone sie kurzerhand um seine Brust, was tatsächlich aussah, als würde ein Kind seinen Vater umarmen. Balbok blickte ein wenig beschämt in die Runde und wusste nicht recht, was er tun sollte – unbeholfen tätschelte er schließlich ihren Kopf, wobei er sich vorsehen musste, ihn nicht zu zerquetschen.

»Leb wohl, Bunais«, hauchte sie, und als sie sich endlich von ihm löste, sah man eine Träne über ihre Wange rinnen. »Sei auf der Hut in dem dunklen Land, das vor dir liegt.«

»Das – äh … werde ich«, versicherte Balbok und kratzte sich verlegen am Hinterkopf, während Rammar nur dabeistand und genervt den Kopf schüttelte.

»Wenn du willst, darfst du mich auch umarmen«, ermutigte Nestor die Amazone. Die wischte sich über die Augen und lächelte, doch anstatt seiner Aufforderung nachzukommen, trat sie zu ihm und hauchte ihm einen blütenzarten Kuss auf die Wange.

»Leb wohl, mein Freund«, sagte sie.

»Leb wohl …«

Der Verführer von Taik schaute ihr wehmütig hinterher, als Quia den Rückmarsch nach Westen antrat. Die Gefährten – allen voran Balbok und Nestor – winkten ihr nach, bis sie zwischen den Bäumen verschwunden war.

»Ach«, machte Balbok.

»Ja«, pflichtete Nestor ihm bei.

»Seid ihr bald fertig, ihr elenden Weicheier?«, maulte Rammar sie an. »Ist das zu fassen? Ein Ork mit Vatergefühlen und ein liebeskranker Mörder!«

»Ich bin nicht liebeskrank«, beeilte sich Nestor zu versichern.

»Das kannst du deinem Henker erzählen, Milchgesicht. Und jetzt seht zu, dass ihr die Beine schwingt – die Zeit drängt!«

Den Rest des Tages marschierten die fünf Gefährten nach Südosten, durch eine triste Landschaft, die nur aus Hitze und schwarzem Fels zu bestehen schien. Über ihnen spannte sich ein drückend grauer, von Rauch und giftigen Dämpfen durchzogener Himmel.

Rammar hatte nie darüber nachgedacht, wie es in Kuruls Grube aussehen mochte, aber er war sicher, dass dies der Sache ziemlich nahe kam: toter Fels, wohin man auch blickte, dazu der heiße Brodem, der aus den Tiefen der Erde quoll.

Nicht nur der dicke Ork schwitzte, auch seine Gefährten, und nicht selten hatten sie das Gefühl, auf der Stelle zu treten oder im Kreis zu gehen. Mehrmals mussten sie weite

Umwege in Kauf nehmen, um breite Felsspalten zu überwinden oder an Klippen vorbeizugelangen, die sich wie Mauern vor ihnen erhoben. Dabei mussten sie sich vorsehen, denn oft war das schwarze Gestein brüchig und lose, und man konnte sich leicht alle Knochen brechen bei einem Sturz in die teils verborgenen Felsspalten.

Es war Ankluas, der den Überblick behielt und seine Gefährten anführte, weiter nach Südosten, wo sich jenseits der flimmernden Luft und der weißen Schwaden Kal Anar befinden musste.

An einem Wasserlauf hatten die Gefährten kurz vor Verlassen des Waldes die ledernen Schläuche, die sie von den Amazonen bekommen hatten, noch einmal aufgefüllt, und das war gut so, denn ohne Wasser wären sie in dieser Wüste aus schwarzem Fels verloren gewesen. Dennoch hatte Rammar das Gefühl, dass seine Zunge zu einem unförmigen Kloß angeschwollen war, und er sehnte die Dämmerung herbei.

Die Dunkelheit kam, doch zu Rammars Verdruss wurde es nicht kühler. Die Sonne, die durch die dichten Wolken ohnehin kaum zu sehen gewesen war, verschwand hinter dem Horizont, die mörderische Hitze aus der Tiefe jedoch blieb.

Unter einem Überhang aus schwarzem Fels, der so aussah, als wäre eine Woge aus flüssigem Gestein urplötzlich erstarrt, fanden die erschöpften Wanderer Unterschlupf und versuchten ein wenig zu schlafen, was allerdings gar nicht so einfach war. Denn das beständige Brodeln und Zischen, das aus der Erde drang, dauerte auch in der Nacht an und sorgte dafür, dass zumindest Rammar trotz seiner Erschöpfung kaum ein Auge zutat.

Während sein hagerer Bruder schon bald mit Gurn um die Wette schnarchte, wälzte sich Rammar ruhelos auf seinem harten Lager hin und her. Irgendwann gab er entnervt auf, setzte sich stöhnend auf und streckte sich, dass seine Knochen laut knackten.

Gegen das orangefarbene Leuchten, das mit dem Dampf aus den Tiefen von Erdwelt drang und die nächtliche Landschaft matt beleuchtete, sah er eine Gestalt auf einem Felsen sitzen und nach Südosten starren, wo sich am fernen Horizont ein feuriges Glühen abzeichnete: Der Anar, den die Wanderer bei Tag nicht zu sehen bekommen hatten, weil er sich in Dunst und Wolken hüllte, war bei Nacht weithin sichtbar.

Sie waren also in die richtige Richtung marschiert ...

Bei der Gestalt handelte es sich eindeutig um einen Ork, und da diesem ein Ohr fehlte, musste es Ankluas sein. Rammar, der keine Lust verspürte – und auch ein bisschen Angst davor hatte –, sich mit einem *ochgurash* abzugeben, wollte sich rasch wieder hinlegen, um so zu tun, als ob er schliefe – doch da sah er, dass der einohrige Ork etwas in seinen Klauen hielt, und dieses Etwas erregte Rammars Aufmerksamkeit, weil es den matten Lichtschein reflektierte ...

Ein Spiegel?

Natürlich, was sonst?

Jeder Ork wusste, wie gern sich die *ochgurash'hai* im Spiegel betrachteten, so wie die Weiber – einem echten männlichen Ork, einen aus echtem Tod und Horn, kam so etwas niemals in den Sinn!

Rammar war ehrlich enttäuscht, sich so in Ankluas getäuscht zu haben, und wollte sich wieder hinlegen – als ein entsetzliches Geräusch über die Ödnis hallte.

Es war jenes durchdringende Kreischen, das dazu angetan war, einen Sterblichen um den Verstand zu bringen ...

Rammar sprang auf. Sein Herz raste in seiner Brust, und eine innere Panik befiel ihn, die so überwältigend war, dass er am liebsten laut losgeschrien hätte.

Die anderen erwachten jäh aus ihrem Schlaf. In einer fließenden Bewegung sprang Balbok auf und hatte die Axt schon in den Klauen, und auch Gurn und Nestor griffen zu den Waffen.

Ankluas aber lief zu ihnen und erinnerte sie daran, dass sie unter dem Felsüberhang aus der Luft nicht zu sehen waren, und mahnte zur Ruhe.

»Ein Basilisk«, erklärte er, noch ehe irgendjemand fragen konnte. »Seht!«

Die anderen schauten in die Richtung, in die die Klaue des Orks deutete, und dann sahen sie am Nachthimmel die Furcht erregende Silhouette des Schlangenvogels, die sich gegen das feurige Leuchten über dem Anar abzeichnete. Mit kräftigen Schlägen seiner riesigen Schwingen hielt er auf den Vulkan zu.

»Elende Biester also auch hier«, knurrte Gurn.

»Natürlich – dies ist ihre Heimat«, erklärte Ankluas. »Dieser dort fliegt vermutlich gerade nach Kal Anar, um seinem Herrn zu berichten.«

»Berichten? Worüber?«, fragte Rammar.

»Wer weiß? Vielleicht über die jüngsten Ereignisse in den Hügellanden oder im Zwergenreich.«

»Oder über uns«, fügte Nestor schaudernd hinzu.

»Verdammt«, fuhr Rammar ihn an, obwohl er insgeheim dieselbe Befürchtung hegte, »müssen Milchgesichter immer gleich schwarzsehen?«

»Wenn der Basilisk uns gesehen hätte, hätte er uns angegriffen«, war Ankluas überzeugt. »Immerhin wissen wir jetzt, dass wir richtig lagen mit unserer Vermutung – die Basilisken kommen tatsächlich aus Kal Anar und stehen in den Diensten des dortigen Herrschers.«

»Was ist das für ein Kerl?«, fragte Balbok, mehr an sich selbst gewandt als an die anderen. »Was für ein *umbal* schafft sich solche Viecher an?«

»Kein *umbal*, sondern ein Feind, der über einen ebenso

messerscharfen wie böswilligen Verstand verfügt«, sagte Ankluas. »Wenn wir ihn aus dem Weg schaffen wollen, werden wir uns verdammt vorsehen müssen.«

»Ihn aus dem Weg schaffen?«, schnappte Rammar. »Wer hat was von aus dem Weg schaffen gesagt?«

»Du selbst«, antwortete Balbok prompt. »Oder interessieren dich die beiden Schätze nicht mehr?«

»Die *beiden* Schätze?« Nestor und Gurn machten große Augen. »Es gibt zwei davon?«

»Na großartig«, knurrte Rammar. »Vielen Dank auch, dass du alles hinausposaunt hast.«

Balbok lächelte naiv. »Gern geschehen.«

»Welche beiden Schätze?«, verlangte Nestor zu wissen.

»Das geht euch nichts an!«, blaffte Rammar. »Ihr beide seid hier, um euch eure Freiheit zu verdienen, und das war's. Ende der Vorstellung. Schicht im Schacht, wie die Hutzelbärte sagen.«

»Wegen von«, widersprach Gurn grollend. »Für Freiheit genug getan. Ich gehen nach Norden und überqueren Gebirge, um zurückkehren in mein Heimat.«

»Du hast Corwyn dein Wort gegeben, vergiss das nicht«, brachte Rammar in Erinnerung, worauf der Eisbarbar jedoch nur ein verächtliches Schnauben vernehmen ließ.

»Gurn hat recht«, pflichtete Nestor seinem menschlichen Gefährten bei. »Unser Auftrag sah lediglich vor, den Feind auszuspionieren. Wenn wir mehr tun sollen als das, wird es entsprechend teurer.«

»Du Made!«, knurrte Rammar und kniff ein Auge zu, während er den Attentäter mit den anderen drohend taxierte. »Willst du etwa Forderungen stellen? Du kannst von Glück sagen, wenn ich dich nicht einfach zerquetsche.«

»Nur zu«, sagte Nestor und bot ihm trotzig die Stirn, »aber das wäre ziemlich unklug von dir, denn in dieser Ödnis solltest du froh um jeden Verbündeten sein.«

355

Das war nicht von der Klaue zu weisen, und Rammar wusste nicht, was er darauf noch erwidern sollte. Er biss sich auf die Lippen, während er sich das Hirn mit Zahlenspielereien zermarterte – und das, obwohl er weder zählen noch rechnen konnte.

Zwei Schätze waren mehr als einer, so viel stand fest. Aber wie viel blieb für jeden übrig, wenn man die beiden Schätze teilen musste, und zwar durch eins, zwei, drei …

»Einverstanden«, sagte Ankluas plötzlich und streckte Nestor die Klaue hin. »Schlag ein, Mensch.«

»Was?«, fauchte Rammar. »Das ist ja wohl nicht dein Ernst, Einohr!«

»Wieso nicht? Sie sollen mehr leisten, als ursprünglich von ihnen verlangt wurde, und sie könnten leicht dabei draufgehen. Da ist es nur recht und billig, wenn wir ihnen etwas von unserer Beute abgeben.«

»Von *unserer* Beute?«, echote Rammar. Ankluas hatte gut reden. Dabei hatte Rammar ja nicht einmal vorgehabt, mit *ihm* zu teilen …

Dass Ankluas allerdings so schnell beigab, war typisch für einen *ochgurash*. Sie waren eben keine echten Orks aus Tod und Horn. Rammar hingegen hätte es auch ganz allein gegen den unbekannten Feind aufgenommen – wären da nicht die Basilisken gewesen!

Also beschloss er, dem Handel zuzustimmen. Im Augenblick waren Balbok und er auf die Hilfe Ankluas' und der Menschen angewiesen – übers Ohr hauen konnten sie ihre Partner ja immer noch …

»Korr«, knurrte er deshalb, »von mir aus. Wir erledigen die Sache gemeinsam, und die Beute teilen wir zwischen uns auf.«

»Zu gleichen Teilen«, betonte Nestor.

»Von mir aus auch das.« Rammar nickte – er hatte ohnehin nicht vor, sich an die Abmachung zu halten, da konnte er versprechen, was er wollte. Schweigend sah er zu, wie Nestor und Ankluas sich gegenseitig Hand und Klaue schüttelten, dann wandte er sich ab und blickte nach Südosten.

Dort, in der Ferne, glomm noch immer jenes orangerote Leuchten, wo das Ziel ihrer Reise lag.

Kal Anar …

6.

OINSOCHG UR'DOUK-KROK'HAI

»Hast du noch einen letzten Wunsch?«

Früher, als Orthmar von Bruchstein noch als Schmuggler tätig gewesen war, hatte er sich oft gefragt, wie es sein würde, wenn man ihn irgendwann erwischte und ihm diese Frage stellte. Er war immer davon ausgegangen, dass es ein mieses Gefühl sein müsste, die Frage zu hören und zu wissen, dass es die letzte sein würde, die man ihm in diesem Leben stellte ...

Und damit hatte er richtig gelegen ...

»Nein«, knurrte der Zwerg feindselig, der in der Mitte des von Pfahlhütten umgebenen Dorfplatzes stand, an Händen und Füßen gefesselt. In einem weiten Kreis hatten die Amazonenkriegerinnen um ihn herum Aufstellung genommen. Die Spitzen ihrer Speere wiesen auf Orthmar. Es war Nacht, und der Vollmond beleuchtete die Szenerie. In den Gesichtern der Amazonen waren weder Mitleid noch Erbarmen zu lesen.

»Ihr verdammten Weiber, bringt es schon endlich hinter euch!«, fuhr von Bruchstein sie an. »Ihr könnt es doch ohnehin kaum erwarten, mich aufzuspießen!«

»Du hast Angst«, stellte Zara, eine der sieben Anführerinnen des Stammes, fest.

»Aber nicht doch.« Der Zwerg rollte mit den Augen. »Wovor sollte ich wohl Angst haben, hä? Vor ein paar halb nackten Weibern, die sich für Kriegerinnen halten? Ganz sicher nicht.«

Einige der Amazonen zuckten zusammen angesichts dieser beleidigenden Worte. Schon wollte eine von ihnen vortreten, um dem Zwerg das vorlaute Maul zu stopfen, aber Zara hielt sie mit einer Handbewegung zurück.

»Nein!«, rief sie entschieden. »Merkt ihr nicht, dass er es genau darauf anlegt? Er will uns provozieren, damit wir ihm ein rasches Ende schenken – aber daraus wird nichts. Der Zwerg hat es gewagt, den großen Bunais zu hintergehen, und seine Strafe dafür soll der schrecklichste Tod sein, der sich denken lässt. Du wirst sterben«, sagte sie wieder an von Bruchstein gewandt, »aber nicht schnell und schmerzlos, sondern langsam – wenn der Morgen graut, wirst du dir wünschen, niemals geboren worden zu sein!«

Orthmar von Bruchstein brachte es fertig, die Amazonen verwegen anzugrinsen – in Wirklichkeit überdeckte er damit nur das Entsetzen, das er empfand.

»Die Spitzen unserer Speere werden dich verletzen, aber nicht töten«, kündigte Zara an. »Anschließend werden wir dich zum See bringen, wo zur Nachtzeit Blutfische nach Beute jagen. Sie werden dir ganz langsam das Fleisch von den Knochen nagen, dass du vor Schmerzen den Verstand verlierst. Aber das ist erst der Anfang, denn wenn die Blutfische mit dir fertig sind, werden wir dich an einen der Bäume hängen, wo sich die Ameisen an dir gütlich tun werden. Und danach …«

Plötzlich unterbrach sie sich und legte den Kopf schief, als würde sie angestrengt lauschen.

»Was ist, Tochter von Amaz?«, erkundigte sich eine ihrer Kriegerinnen besorgt. »Ist alles in Ordnung?«

Zara zögerte. »Ich denke schon«, sagte sie dann. »Für einen kurzen Moment glaubte ich nur, etwas zu spüren. Etwas, das ich noch nie zuvor …« Sie verstummte erneut und hielt kurz inne, ehe sie sich wieder dem Gefangenen zuwandte. »Dein Ende wird furchtbar sein, Zwerg«, sagte sie unerbittlich, »aber so ergeht es allen, die Bunais Böses wollen und ...«

»So ein Blödsinn!«, ereiferte sich Orthmar von Bruchstein, weniger aus Mut denn aus purer Verzweiflung. »Er ist nicht Bunais, sondern nur ein bescheuerter Ork! Ein Unhold, versteht ihr? Ein stinkender Nichtsnutz aus der Modermark, der in seinem ganzen verkommenen Leben noch nie etwas Gutes getan hat!«

»Im Gegensatz zu dir, willst du wohl sagen?«, fragte Zara höhnisch.

»So ist es! Ich bin eine Zier meiner Rasse und habe noch niemals jemandem etwas zu Leide getan. Das alles ist ein großes Missverständnis – aber das werdet ihr wohl erst begreifen, wenn es zu spät ist.«

»Zu spät für dich jedenfalls«, entgegnete die Anführerin der Amazonen kaltschnäuzig, dann nickte sie ihren Kriegerinnen zu, die daraufhin mit erhobenen Speeren vortraten und den waffenstarrenden Kordon um von Bruchstein enger zogen. »Fangt an, Schwestern – für Bunais und Amaz!«

»Für Bunais und Amaz!«, echote es reihum, und von Bruchstein war klar, dass er keine Gnade zu erwarten hatte.

Nach so vielen Abenteuern, bei denen es ihm immer wieder gelungen war, im letzten Moment den Kopf aus der Schlinge zu ziehen, gab es diesmal keine Rettung.

Oder?

Plötzlich glaubte auch der Zwerg etwas zu spüren – eine dunkle Präsenz, die schier überwältigend war.

Im nächsten Moment gellte ein Schrei durch die mondbeschienene Nacht, so schrill, dass er selbst die wilden Kreaturen des Waldes vor Entsetzen verstummen ließ.

Die Amazonen standen starr, dann tauschten sie verwirrte Blicke.

»Dort!«, rief eine von ihnen und deutete zum Himmel – und aus der Schwärze der Nacht stürzte ein grässlicher

Schatten. Es war ein riesiger Vogel – und doch auch nicht. Denn unterhalb der Schwingen, die der einer Fledermaus glichen, ringelte sich der Körper einer Schlange, und die Augen des unheimlichen Wesens glühten rot.

Ein Basilisk!

Zum ersten Mal in ihrem Leben sah Zara eine jener Kreaturen, die sie bislang nur aus Erzählungen kannte, und als der Basilisk in steilem Flug herabstürzte, schaute sie ihm direkt ins schreckliche Antlitz – und erstarrte.

Ihr Körper schien zu Stein zu werden, und sie war nicht mehr in der Lage, sich zu rühren. Weder konnte sie die Flucht ergreifen noch ihren Speer heben – alles, was sie tun konnte, war schreien.

Vielen der Kriegerinnen erging es ebenso. Panik brach auf dem Dorfplatz aus, während das Ungeheuer mir weit aufgerissenem Schnabel heranstürzte, als wollte es über seine wehrlos gewordenen Opfer herfallen – aber das tat es nicht.

Im letzten Moment schlug der Basilisk mit den krallenbewehrten ledrigen Schwingen, flog knapp über die Köpfe der zu Tode verängstigten Amazonen hinweg, und so plötzlich, wie er aufgetaucht war, verschwand der Schlangenvogel auch wieder. Wenn die Kriegerinnen jedoch glaubten, es damit überstanden zu haben, irrten sie – denn auf einmal öffnete sich der Boden ringsum.

Noch immer unfähig, sich zu rühren, beobachtete Zara, wie sich die feuchte Erde des Waldes an einigen Stellen zu heben begann und aufbrach, als würde etwas mit Urgewalt an die Oberfläche stoßen. Im nächsten Moment erschienen knochige Hände im Boden, schartige Säbel und Schwerter umklammernd.

»Bei Amaz und Bunais!«, brüllte jemand. »Was ist das?«

Den Knochenhänden folgten Arme, von denen ebenfalls nur noch wenig mehr als bleiche Gebeine übrig waren. Nur

362

hier und dort klebte noch vertrocknetes Fleisch an den Knochen. Schädel erschienen, aus deren leeren Augenhöhlen den Amazonen das blanke Grauen entgegenstarrte und deren Kiefer ein bizarres Grinsen zeigten. Alsdann stiegen die Knochenkrieger ganz aus ihren Löchern: Skelette, die in rostige Kettenhemden steckten und von frevlerischer Magie zu untotem Leben erweckt worden waren.

Mitleidlos fielen sie über die Amazonen her. Nur jene, die dem Basilisken nicht ins Auge geblickt hatten, vermochten ihnen noch Widerstand zu leisten – der Rest war dem Angriff wehrlos ausgeliefert.

Mit ihren rostigen Klingen stachen die untoten Krieger zu, durchbohrten halb nackte Körper, die blutüberströmt zu Boden sanken. Und selbst jene Amazonen, die in der Lage waren, sich dem Angriff der Skelettkrieger zu widersetzen, waren nicht viel besser dran: Zwar durchstießen ihre Speere die Kettenhemden der Angreifer und drangen tief in deren Leiber, aber sie richteten keinen weiteren Schaden an. Unbeeindruckt marschierten die untoten Kämpfer weiter und metzelten die tapferen Töchter Amaz' nieder.

Das entsetzte Kreischen und die Todesschreie der Kriegerinnen hallten über die Lichtung, und über allem lag das grausame, schallende Gelächter Orthmar von Bruchsteins.

Hilflose Wut überkam Zara, und alles in ihr verlangte danach, sich auf den Zwerg zu stürzen und seinem verräterischen Leben ein Ende zu setzen – aber noch immer konnte sie sich nicht rühren, hielt die Starre sie gefangen.

Plötzlich öffnete sich der Boden zu Zaras Füßen, und ein weiterer Skelettkrieger arbeitete sich empor. Klappernd richtete er sich vor Zara auf, holte mit der Klinge aus und schlug zu – und Zara spürte sengenden Schmerz, als das rostige Eisen tief in ihre linke Schulter fuhr.

Ein Gutes hatte der Schmerz immerhin – er riss die Amazone aus ihrer Starre. Ihren linken Arm konnte sie nicht mehr gebrauchen, schlaff und blutend hing er an ihrer Seite herab – in der Rechten jedoch hielt sie noch den Speer, mit dem sie den nächsten wütenden Hieb des Skelettkriegers blockte. Das Holz des Schafts barst zwar, aber Zara setzte im nächsten Moment den Fuß auf die Brust des Knochenmanns und stieß ihn nach hinten.

Klappernd taumelte der Skelettkrieger zurück und fiel dann rücklings zu Boden, während sich Zara, den abgebrochenen Speer in der Hand, hastig nach dem nächsten Gegner umschaute. Was sie sah, erfüllte sie mit Entsetzen.

Im Dorf wimmelte es von untoten Kriegern, von denen immer noch mehr der Walderde entstiegen. Irgendwie waren inzwischen auch ein paar der Pfahlhütten in Brand geraten, oder die Skelettkrieger hatten auf einen für die Lebenden unhörbaren Befehl hin Feuer gelegt. Jedenfalls brannten mehrere der Hütten lichterloh, und das Feuer griff auf die anderen Bauwerke über.

Auf dem Dorfplatz ging indes das entsetzliche Morden weiter. Hilflos musste Zara mitansehen, wie einige ihrer besten Kriegerinnen unter den Streichen der Skelettkrieger fielen, und Tränen schossen ihr in die Augen, während die trefflichen Töchter Amaz' erschlagen zu Boden sanken und in ihrem Blut liegen blieben.

Ein Geräusch unmittelbar neben ihr ließ Zara herumfahren. Der Krieger, den sie zu Boden geworfen hatte, wollte sich wieder erheben. Das Schwert hielt er noch in der Hand.

Die Amazone handelte kurz entschlossen. Töten konnte sie ihren unheimlichen Gegner nicht, denn tot war er schon. Aber sie konnte dafür sorgen, dass er keinen Schaden mehr anrichtete. Sie riss dem Untoten das Schwert aus der Knochenhand, hackte ihm Arme und Beine ab und schleuderte sie mit Fußtritten davon. Dann rammte sie dem Torso das Schwert durch die Brust, sodass die Klinge unter ihm im Erdreich stecken blieb. Vergeblich versuchte sich der Untote zu erheben, doch er konnte nur noch den Kopf hin- und herdrehen. Ein wütendes Knurren drang aus seiner Kehle.

»Verfaule!«, schrie Zara ihn an.

Doch ein Sieg war dies noch nicht, denn ein kampfunfähiger Krieger bedeutete nichts im Vergleich zu den Scharen, die über das Amazonendorf herfielen.

Inzwischen waren sie überall.

Gegen das lodernde Feuer der brennenden Hütten sah Zara ihre bizarren Gestalten. Überall waren sie, wohin Zara auch schaute. Es war für sie eine bittere Erkenntnis, doch sie konnte nichts mehr tun, um ihren Stamm zu retten.

Aber sie konnte dafür sorgen, dass ihre Schwestern gerächt wurden!

Nur einer fiel ihr ein, der dies zuwege bringen konnte, der es mit seiner Kühnheit und Stärke selbst mit Kriegern aus dem Schattenreich aufnehmen konnte.

Bunais …

Ungeachtet ihrer schmerzenden Schulter, begann Zara zu laufen. Fort von den grässlichen Gestalten und von dem Massaker, das diese unter Amaz' Töchtern anrichteten, und hinüber zur Koppel mit den Reitvögel. Es ging der Anführerin der Amazonen nicht darum, ihr Leben zu retten – dass es verwirkt war, verriet ihr das viele Blut, das unaufhörlich aus der Schulterwunde pulste. Mit jedem Augenblick, der verstrich, fühlte sie sich schwächer. Sie hoffte nur, dass ihre Kraft noch ausreichte, um Bunais zu finden, damit er Rache üben konnte an wer auch immer für dieses Massaker verantwortlich war …

Ein Skelettkrieger stellte sich ihr in den Weg, doch mit der Kraft der Verzweiflung rannte Zara ihn über den Haufen. Dann eilte sie quer über den von den brennenden Hüten erleuchteten Dorfplatz. Inzwischen gab es keine Hütte mehr, die nicht in Flammen stand – soeben gaben die Pfeiler einer der Behausungen mit hässlichem Knirschen nach, und lodernd neigte sich die Hütte und krachte schließlich zu Boden, wo sie regelrecht zerbarst.

Tränen rannen über Zaras Wangen, hervorgerufen von der Wut, der Trauer und vom beißenden Rauch, der über die Lichtung zog.

Endlich war sie bei der Koppel.

Die Schreie der Kämpfenden und die tosende Feuersbrünst hatten die Tiere in Panik versetzt. Sie liefen auf ihren dünnen Beinen wild durcheinander, schlugen mit den fürs Fliegen zu kurzen Flügeln und reckten ängstlich schnatternd die langen Hälse. Zara blieb keine Zeit, um ihr eigenes Tier aus der Menge herauszusuchen – kurzerhand erklomm sie den Koppelzaun und sprang von dort auf den nächstbesten Reitvogel.

Der war weder gesattelt noch trug er Zaumzeug, trotzdem konnte sich die Amazone mit der Hand des unverletzten Arms am Gefieder festkrallen, dann raunte sie dem Vogel einen Befehl zu.

Einen schrillen Schrei ausstoßend, fuhr er herum. Von seinem Rücken aus öffnete Zara das Koppelgatter, nicht nur für ihr eigenes Tier, sondern auch für alle anderen, die die anrückenden Knochenkrieger niederrannten und Zara so einen Fluchtweg bahnten. Kaum hatte sie das Gehege hinter sich gelassen, dirigierte sie ihr Reittier mit energischem Schenkeldruck zum Waldrand, und schon bald hatte das Dickicht sie verschlungen.

Die Schreie und das Grauen blieben hinter ihr zurück. Zara trieb ihr Tier hinein in den Dschungel und in die Finsternis, die dort herrschte.

Sie musste Bunais finden – dies war wahrscheinlich die letzte Aufgabe ihres Lebens …

7.

KAL ANAR

Zwei Tage später bekamen die Gefährten erstmals auch am Tag das Ziel ihrer Reise zu sehen.

In den Nächten war der Anar stets nur als fernes Leuchten auszumachen gewesen, das sich verstärkt hatte, je näher die drei Orks und die beiden Menschen dem Berg gekommen waren, und tagsüber hatten ihn Schleier aus Rauch und Dunst verhüllt.

Als die Gefährten jedoch am Mittag des dritten Tages auf eine Anhöhe stiegen, sahen sie den Berg zum ersten Mal in seiner wahren düsteren Pracht.

Wie ein einsamer Wächter überragte er die triste Landschaft, und aus der abgeflachten Spitze drang dunkler, fast schwarzer Rauch. Beißender Gestank tränkte die heiße Luft, als hauste im Inneren des Berges ein feuerspeiendes Ungetüm, das Schwefeldampf aus seinen Nüstern blies.

Der Anblick war ebenso beeindruckend wie niederschmetternd; weder Balbok und Rammar noch ihre menschlichen Begleiter hatten sich den Berg derart riesig vorgestellt. Keiner von ihnen sprach es aus, aber es befiel sie klamme Furcht, als sie den Anar erblickten, und trotz der wabernden Hitze, die aus den Felsspalten stieg, merkten die Orks, wie sich ihre Nackenborsten sträubten – und dies umso mehr, wenn sie daran dachten, dass dies die Heimat jener scheußlichen fliegenden Kreaturen war, deren Blick schon reichte, einen Kämpfer wehrlos zu machen ...

»Verdammt«, sprach Nestor aus, was alle dachten, »das verdammte Ding ist ja riesig.«

»Allerdings«, stimmte Ankluas zu. »Die Zwerge wollten den Vulkan einst zähmen und für ihre Zwecke nutzen – eine Esse, die niemals angefacht zu werden braucht und jedwedes Metall zum Schmelzen bringt. Aber soweit ich weiß ist auch diese Expedition niemals zurückgekehrt, und es ist gänzlich unbekannt, was ihren Teilnehmern widerfuhr.«

»*Snorsh!*«, sagte Balbok. »Ich glaube, ich weiß es …«

»Was weißt du?«, fragte Rammar erstaunt.

»Was mit den Zwergen passiert ist.«

»Ach ja?« Rammar hob eine Braue. »Und woher, beim furzenden Ludar, willst du das wissen?«

»Schau dort hin«, sagte der Hagere, und er deutete in die Senke, die sich am nordöstlichen Fuß der Anhöhe erstreckte.

Bislang hatte der Anar ihre ganze Aufmerksamkeit gefesselt. Im nächsten Moment aber sahen sie die Schädel!

Sie steckten auf spitzen steinernen Pfählen, die natürlichen Ursprungs oder von Hand gehauen sein mochten und die sich wie ein bizarrer Wald durch die Senke erstreckten. Es waren so viele, dass es die Fähigkeiten eines jeden Orks weit überstieg, sie zu zählen.

»Du hast recht«, sagte Ankluas beklommen. »Die Zwerge scheint in der Tat ein grausames Schicksal ereilt zu haben.«

Die Gefährten stiegen hinab, um die grausige Szenerie näher in Augenschein zu nehmen. Tatsächlich hatten die meisten der Schädel einst auf breiten Zwergenschultern gesessen. Sie waren mumifiziert; ledrige Haut überzog sie, langes Haar und Bärte flatterten im Wind.

»Tja«, murmelte Rammar und schnitt eine Grimasse, »sieht so aus, als hätten die Jungs den Kopf verloren.«

Niemand, nicht einmal Balbok, wollte über den Scherz lachen, mit dem Rammar ohnehin nur sein Entsetzen zu überspielen versuchte. Jedem von ihnen war klar, was sie erwartete, würde man sie entdecken ...

»Diese Schädel wurden nur aus einem einzigen Grund hier aufgestellt«, sagte Ankluas mit bebender Stimme. »Um unerwünschte Besucher abzuschrecken.«

»Und?«, fragte Nestor. »Lassen wir uns abschrecken?«

»Von wegen«, knurrte Balbok.

»Dies ist die Grenze von Kal Anar«, sagte Ankluas. »Ein dunkles Land liegt jenseits dieses Pfahlwalds. Wenn wir es erst betreten haben, gibt es kein Zurück mehr.«

»Gut so«, meinte Balbok und hob die Axt. »Wer immer hinter alldem steckt – es wird Zeit, dass auch ihm jemand den Schädel abhackt.«

»*Korr*«, stimmte jemand grimmig zu, und es war keiner der Orks, der dies sagte, sondern Gurn der Eisbarbar.

Die Gefährten setzten ihren Weg fort. Sie durchquerten den makabren Wald der Steinpfähle, wobei Rammar das Gefühl hatte, die abgehackten Köpfe würden ihm warnende Blicke zuwerfen. Entsprechend erleichtert war er, als sie die Senke hinter sich gelassen hatten. Auf der anderen Seite wandten sie sich nach Norden, wo ein steiler Pfad wieder emporführte.

Die Gefährten hielten sich nach Möglichkeit im Schutz von Felsbrocken und Vertiefungen, damit man sie nicht entdeckte. Kaum ein Wort wurde gesprochen; nicht nur, dass sie ihren Atem für den beschwerlichen Marsch benötigten – jeder von ihnen fühlte auch die Bedrückung, die von diesem öden Landstrich ausging. Wie ein Schatten lag sie auf ihren Gemütern, und sie begannen zu ahnen, was Ankluas gemeint hatte, als er vom »dunklen Land« gesprochen hatte.

Nur selten gönnten sie sich eine kurze Rast, da sie sich

nirgendwo wirklich sicher fühlten. Sie blieben lieber in Bewegung, was aber auf Grund der Hitze und des unwegsamen Geländes nicht ohne kürzere Pausen möglich war. Auch gingen ihre Vorräte rapide zur Neige. Nur jene, die sich den Inhalt ihrer Wasserschläuche streng eingeteilt hatten, hatten noch etwas zu trinken. Rammar, der freilich nicht dazugehörte, hatte das Gefühl, allmählich innerlich zu vertrocknen. Mit ausgedörrtem Hals und brennender Kehle schaute er neidisch auf die Kameraden, die weniger gierig gewesen waren als er.

Nicht nur, dass es im schwarzen Land westlich von Kal Anar kein Wasser und keine Pflanzen gab, es waren auch weit und breit keine Spuren von Zivilisation in dieser tristen, hitzeflirrenden Ödnis auszumachen – bis sich die Orks und ihre beiden menschlichen Begleiter nahe genug an den Berg herangearbeitet hatten, dass sie Einzelheiten erkennen konnten. Wie eine Geistererscheinung schälten sich die fernen Umrisse einer Stadt aus den grauen Schleiern – einer Stadt, die an den steilen Hängen des Vulkans emporzuwachsen schien.

»Kal Anar«, sagte Ankluas leise und mit einem Unterton, der Rammar nicht gefiel.

Nicht nur den Ork-Brüdern blieb vor Staunen die Luft weg, auch Nestor und Gurn hatten wohl etwas Vergleichbares nie gesehen. Jede andere Stadt, die sie je betreten hatten, war dem Erdboden nach ausgerichtet – Kal Anar jedoch erstreckte sich fast senkrecht in die Höhe.

Fremdartige Gebäude, die mehr hoch waren als breit und zur Talseite hin auf hölzernen Pfählen standen, klebten an den Hängen des Berges, bis hinauf in Schwindel erregende Höhen. Die Dächer waren an den Ecken hochgezogen, was den Gebäuden ein ungewohntes Aussehen verlieh. Straßen im herkömmlichen Sinn schien es nicht zu geben, stattdessen verliefen steile Gassen zwischen den eng beieinander stehenden Gebäuden, und nur hier und dort gab es eine künstlich geschaffene Plattform oder ein natürliches Plateau, um als Versammlungsort oder Marktplatz zu dienen.

Jenseits der spitzen, schiefen und verwinkelten Dächer war im Süden eine weite Fläche zu erkennen, vom matten Tageslicht unwirklich beleuchtet – die Ostsee, die das karge Land nach Süden hin begrenzte. Wie ein Wald aus rasiermesserscharfen Klingen erhoben sich gefährlich aussehende Klippen entlang der Küste und säumten den Hafen Kal Anars, der sich am Fuß des Südhangs befand – die »Pfeiler des Todes«.

Umgeben wurde die Stadt, die sich von der Südseite bis zur Westflanke des Anar erstreckte, von einer breiten, turmlosen Mauer, die in wildem Zickzack über den Fels verlief. Ein weißer Turm erhob sich am höchsten Punkt der Stadt und schraubte sich spiralförmig in den Himmel. Darüber lag, dunkel und drohend, der stumpfe Gipfel des Anar, aus dessen Krater unablässig dunkler Rauch stieg, der den Himmel über der Stadt verfinsterte.

»Der Schlangenturm«, erklärte Ankluas. »Er ist älter als jedes andere Gebäude in Erdwelt.«

»Dann wird es Zeit«, brummte Balbok trotzig, »dass jemand das hässliche Ding niederreißt.«

»*Korr*«, stimmten Rammar und Gurn wie aus einem Munde zu.

»Ihr sprecht leichtfertig, meine Freunde«, sagte Ankluas, »denn diesen Turm umgibt ein düsteres Geheimnis. Niemand weiß, wer ihn einst errichtet hat, denn als die ersten Elfen vor langer Zeit nach Erdwelt kamen, war er bereits da. Wir sollten uns ...«

Der einohrige Ork unterbrach sich. Rammar wollte ihn noch fragen, was er denn plötzlich hätte, als auch er sie sah.

Ein Trupp Reiter durchzog die Senke.

Eine ganze Patrouille.

Soldaten aus Kal Anar ...

»In Deckung!«, zischte Nestor, doch das wäre nicht mehr nötig gewesen, denn geistesgegenwärtig hatten sich alle – sogar Rammar – zu Boden geworfen. Hinter Felsen geduckt, warteten die Gefährten einen Augenblick ab, um sich zu vergewissern, dass sie nicht entdeckt worden waren. Als alles ruhig blieb, riskierte Balbok einen vorsichtigen Blick über das schroffe Gestein.

»Und?«, erkundigte sich Rammar von unten.

»Sie sind noch da«, erwiderte Balbok flüsternd, »aber sie haben uns nicht bemerkt. Sie reiten nach Westen.«

»Lass sehen!«

Schwerfällig setzte sich Rammar auf, um ebenfalls einen Blick über die Kante zu werfen. Balbok hatte richtig beobachtet: Die Reiter – zehn gedrungene Krieger in schwarzen Rüstungen und mit Helmen, die das ganze Gesicht bedeckten – ritten der allmählich tiefer sinkenden Sonne entgegen. Ihre Pferde waren klein und stämmig und schienen für den Einsatz in dieser unwirtlichen Umgebung wie geschaffen. Bewaffnet waren die Reiter mit Lanzen, an denen schwarze Banner mit einem roten Symbol flatterten. Rammar schauderte, als er sah, was das Zeichen darstellte: einen Basilisken ...

»Wird nicht einfach sein, in die Stadt zu gelangen«, überlegte Nestor. »Wir sollten uns etwas einfallen lassen.«

»Schön, du Schlauberger.« Rammar schnaufte laut. »Und was?«

»Wir könnten uns aufteilen«, schlug Nestor vor. »Gurn und ich könnten die Vorhut übernehmen und uns in Kal Anar ein Bild von der Lage machen. Menschen fallen bestimmt weniger auf als Orks.«

»Schmarren!«, fauchte Balbok. »Habt ihr euch die Reiter mal angeschaut? Die reichen Gurn höchstens bis zur Hüfte.

Unser wortkarger Freund wird da drinnen auffallen wie ein *dark malash*.«

»Das stimmt«, bestätigte Ankluas. »Die Bewohner von Kal Anar sind anders als die Menschen aus dem Nordwesten. Ihre Vorfahren stammen aus dem fernen Arun ...«

»Wenn schon«, wandte Rammar ein, »auf wen werden die Milchgesichter wohl feindseliger reagieren – auf einen Fremden aus dem Norden oder auf einen Ork? Ich bin dafür, dass wir Nestors Vorschlag annehmen. Er und der Barbar sollen vorausgehen, während wir hierbleiben und einen Plan schmieden.«

»Was für einen Plan?«, fragte Balbok.

»Faulhirn!«, gab Rammar ungehalten zurück. »Das sehen wir dann, wenn er fertig ist«

»Aber wenn wir die Menschen vorschicken und man kommt ihnen auf die Schliche, haben sie den ganzen Spaß für sich allein«, wandte Balbok ein, und aus seinen Zügen sprach echte Verzweiflung.

»Das Risiko müssen wir eingehen«, meinte Rammar achselzuckend – seiner Ansicht nach hielt sich der Spaß, den man hatte, wenn man enthauptet wurde und einem der Kopf auf einen Pfahl gesteckt wurde, in Grenzen. Lieber wollte er zunächst abwarten und, falls den Menschen etwas zustieß, die Flucht ergreifen ...

»Dann gehe ich mit!« Balboks Unterlippe stülpte sich trotzig über die obere.

»Nichts da, du bleibst!«, blaffte Rammar – nicht, weil er um das Leben seines Bruders fürchtete, sondern weil er unter keinen Umständen mit Ankluas allein sein wollte.

Schließlich konnte man nie wissen, wozu ein *ochgurash* die Lage nutzte ...

Nestor und Gurn warteten, bis die Dunkelheit über der schwarzen Felsenwüste hereingebrochen war und sich der

Himmel über dem Anar erneut in feuriges Orange hüllte, dann brachen sie auf.

Ankluas schärfte ihnen ein, sich möglichst unauffällig zu verhalten; auf einen Kampf sollten sie sich nur einlassen, wenn es sich nicht vermeiden ließ. Rammar fügte hinzu, dass sie, sollte man sie gefangen nehmen, den Aufenthaltsort ihrer Gefährten auf keinen Fall verraten dürften – denn damit, argumentierte der dicke Ork, würden sie sich jede Aussicht auf Befreiung nehmen. Man vereinbarte eine Frist von vier Tagen; sollten Nestor und Gurn sich innerhalb dieser Zeit nicht zurückgemeldet haben, würden die Orks nach Kal Anar aufbrechen, um nach ihnen zu suchen.

In Wirklichkeit dachte Rammar natürlich nicht daran. Wenn Nestor und Gurn tatsächlich geschnappt wurden, dann war das ein untrügliches Zeichen dafür, dass man Fremden in der Stadt nicht wohlgesonnen war, und in diesem Fall würde sich Rammar schleunigst in Richtung Westen absetzen …

Im Schutz der Dunkelheit zogen der Attentäter und der Eisbarbar den fernen Mauern der Stadt entgegen, die ebenso schwarz waren wie das Gestein der Landschaft ringsum. Das glutige Leuchten des Vulkans tauchte die Zinnen in feurigen Schein, ebenso wie die spitzen Dächer. Am hellsten jedoch leuchtete der Schlangenturm, der alle anderen Gebäude der Stadt weit überragte und von dem – obwohl im Gegensatz zum Rest der Stadt aus weißem Stein errichtet – jene dunkle Macht auszugehen schien, die Erdwelt bedrohte.

Jeden Felsen und jede Verwerfung als Deckung nutzend, pirschten sich Gurn und Nestor an die Stadtmauer heran. Wie sie feststellten, hatte die Mauer nicht nur keine Türme, sondern auch keine Tore. Stattdessen führten Tunnel, die in den schwarzen Fels des Anar geschlagen waren, unter dem wulstigen Bollwerk hindurch, das die Stadt wie eine schlafende Schlange umgab.

Die Tunneleingänge – auf der Westseite gab es zwei davon – waren gut gesichert. Nicht nur, dass jeder mit einem doppelten Fallgitter verschlossen war, sie wurden auch von jeweils fünf Soldaten bewachten. Erneut sahen Nestor und Gurn jene fremdartig aussehenden Krieger, an deren breiten Gürteln gefährlich aussehende Schwerter mit breiten gebogenen Klingen hingen. Nestor bezweifelte nicht, dass ein Hieb damit genügte, um einem Feind den Kopf von den Schultern zu schlagen, also zog er es vor, einer Konfrontation aus dem Weg zu gehen, zumal Ankluas ihnen dazu geraten hatte.

Stattdessen beschlossen die beiden, ein Stück hangaufwärts ihr Glück zu versuchen. Dort, wo das Gelände unzugänglicher war, waren die Mauer auch weniger gut bewacht – dort musste es ihnen gelingen, ungesehen in die Stadt zu gelangen.

Der Aufstieg war eine wahre Tortur, nicht nur der Hitze wegen, die auch nachts nicht nachließ, und wegen der schwefligen Dämpfe, die über den Hängen des Vulkans lagen, sondern auch deshalb, weil die beiden stets darauf achten mussten, von der Mauer aus nicht gesehen zu werden. Zwar durchdrang kein Mondlicht die dicken Wolken aus Rauch und Qualm, aber das Leuchten aus dem Schlund des Anar sorgte für ein trügerisches Zwielicht an den Hängen.

Mehrmals, wenn die Posten auf den Mauern einander etwas zuriefen, suchten die beiden schleunigst Deckung. Mit pochendem Herzen warteten sie dann ab, ob der Ruf ihnen gegolten hatte, aber sie hatten jedes Mal Glück. Dennoch blieben sie vorsichtig. Da sie die Sprache der Wächter nicht verstanden, klang jedes Wort für sie bedrohlich.

In gebückter Haltung pirschten die beiden weiter. Hinter einem Felsblock fanden sie erneut Zuflucht, nur noch zwanzig Schritte von der Mauer entfernt. Unterhalb der dreieckigen Zinnen war das Bollwerk mit großen, nach unten gebogenen Eisendornen versehen, um etwaige Angreifer abzuwehren. Errichtet war die Mauer aus großen, nur grob zurechtgehauenen Steinblöcken, deren Fugen einem geübten Kletterer ausreichend Halt bieten mochten.

»Warte hier«, raunte Nestor seinem barbarischen Begleiter zu und huschte aus der Deckung. Er eilte zur Mauer, drückte sich eng an das von der Hitze erwärmte Gestein. Ein prüfender Blick zurück zu Gurn, der ihm bedeutete, dass sich auf dem Wehrgang nichts regte – und Nestor begann zu klettern.

Sich lautlos fortbewegen und wie eine Spinne an Gebäudewänden emporkriechen zu können, gehörte zum täglichen Broterwerb eines Attentäters. Wie oft hatte sich Nestor auf diese Weise Zugang zu den Zimmern seiner Opfer verschafft, um ihnen dann ein Messer zwischen die Rippen zu stoßen.

Nie hatte er dabei Skrupel oder Reue empfunden – in den letzten Tagen allerdings hatte er sich wiederholt dabei ertappt, dass ihn der Gedanke an das, was er früher getan hatte und was einst gewesen war, mit Unbehagen erfüllte. Früher war Nestor ein Einzelgänger gewesen, der sich nie um das geschert hatte, was andere von ihm hielten. Die Erlebnisse der letzten Tage jedoch hatten dies geändert.

Er hatte am eigenen Leib zu spüren bekommen, wie es war, wenn jemand einem ans Leder wollte, und ausgerechnet zwei Orks hatten ihm aus der Patsche geholfen. Von Gemeinschaft und Kameraderie hatte Nestor nie viel gehalten – nun hatten ausgerechnet ein paar hergelaufene Unholde ihm gezeigt, dass es gut war, nicht allein zu sein. Und dass viel mehr dabei herausspringen konnte, wenn man Hand in Hand arbeitete …

Am grobporigen Gestein fanden Nestors suchende Hände problemlos Halt, und so zog und schob er sich an der

Mauer empor, deren Höhe an die vier Mannslängen betragen mochte. Nach unten schaute er dabei lieber nicht – ein einziger Fehlgriff, und er würde abstürzen und sich auf dem schroffen Gestein alle Knochen brechen.

Die eisernen Stacheln, die eigentlich der Abwehr von Eindringlingen dienen sollten (und dies bei einem Angriff mit Sturmleitern sicher auch taten), erwiesen sich als nützliche Kletterhilfen. Nur wenig später befand sich Nestor bereits auf dem Wehrgang. Er duckte sich in die Schatten und schaute sich vorsichtig um. Kein Wächter war in der Nähe. Erst ein Stück weiter aufwärts waren zwei Posten zu sehen, die sich miteinander unterhielten.

Nestor beugte sich zwischen die Zinnen hindurch und gab Gurn das verabredete Zeichen, worauf auch der Barbar zur Mauer huschte und sich an den Aufstieg machte. Aufgewachsen im klirrenden Nordland war er schon als Kind die schroffen Eisklippen seiner Heimat emporgeklettert – das gehörte zu den Mutproben der barbarischen Jugend dort. Nachdem er sich an den eisernen Stacheln emporgezogen hatte, streckte ihm Nestor helfend die Hand entgegen, und auch Gurn kam wohlbehalten und unentdeckt diesseits der Zinnen an.

»Und?«, wollte er flüsternd wissen.

»Unser Ziel ist der Turm«, entgegnete Nestor, auf das orangerot leuchtende Gebilde deutend, das sich hoch über der Stadt erhob. »Dorthin müssen wir.«

»Und?«, wiederholte Gurn knurrend.

»Dann werden wir uns einen Schlupfwinkel suchen, von dem aus wir die Lage auskundschaften können.«

»*Korr*«, bestätigte Gurn, der an diesem Wort der Ork-Sprache offenbar Gefallen gefunden hatte, und die beiden huschten über den Wehrgang davon.

Sie mieden den rötlichen Schein, der vom Gipfel des Berges herabdrang, und hielten sich in den Schatten. Unbehelligt erreichten sie auf diese Weise eine steinerne Treppe, die vom Wehrgang führte. Erneut ging Nestor voraus, während Gurn zurückblieb. Lautlos huschte der Attentäter die Stufen hinab und eilte in den Schutz der Häuser unweit der Stadtmauer. Erst als er halbwegs sicher war, dass ihn niemand beobachtet hatte, bedeutete er dem Barbaren mit hastigem Winken, ihm zu folgen.

Aus der Nähe betrachtet, wirkten die Gebäude der Stadt noch um vieles fremdartiger als aus der Ferne. Sie waren aus dunklem Holz, das noch aus alter Zeit stammen musste, bevor die flüssige Glut aus dem Inneren des Anar die Hänge des Berges überzogen, die Stadt jedoch verschont hatte. Schnitzereien, die fremdartige Götzen und Fratzen zeigten, zierten die Pfähle, auf denen die Häuser standen, und auch die Eckbalken und Giebel waren mit reichen Verzierungen versehen. An den hochgezogenen Ecken der Dächer hingen leuchtende Gebilde, die die beiden Besucher auf den ersten Blick für Lampions hielten – erst bei eingehender Betrachtung stellten sie fest, dass es Totenschädel waren, die man auf irgendeine Weise ausgehöhlt und bearbeitet hatte und in denen Talgkerzen brannten. Lodernd und grausig starrten ihre leeren Augenhöhlen in die dunstige Nacht.

Nicht nur Nestor, selbst der Eisbarbar erschauderte. Kal Anar war kein Ort, an dem man gern verweilte. Ein Gefühl ständiger Bedrohung lag über der Stadt, so wie der Geruch von Schwefel allgegenwärtig in den Gassen hing. Dennoch setzten Nestor und Gurn ihren Weg zielstrebig fort. Durch schmale Straßen und über steile Treppen gelangten sie in immer höher gelegene Bereiche der Stadt, ohne unterwegs auch nur einer Menschenseele zu begegnen.

»Verdammt, wo sind die alle?« Nestor sprach mehr zu sich selbst als zu seinem Begleiter. »Gibt es denn in dieser Stadt keine Tavernen? Keine Betrunkenen, die spät nachts noch um die Häuser ziehen …?«

Die Fenster und Türen der Häuser waren verschlossen, nirgends drang Lichtschein nach draußen. Fast hätte man meinen können, durch eine Geisterstadt zu wandern.

»Dieser Ort gefällt mir nicht«, stellte Nestor fest – und Gurn stimmte mit einem herzhaften Grunzen zu.

Nach einem nicht enden wollenden Aufstieg über eine enge Treppe, deren Stufen so ungleichmäßig waren, dass die beiden mehrmals ins Stolpern gerieten, gelangten sie endlich auf einen Platz. In der Mitte der freien Fläche waren mehrere Galgen erreichtet, an denen die leblosen Körper mehrerer Männer baumelten.

»Verdammt, was …?«, brachte Nestor nur hervor, während er fühlte, wie sich sein Herzschlag beschleunigte.

»Nicht gut«, knurrte Gurn halblaut, mit düsterem Blick auf die elenden Gestalten, die dort hingen. »Wenn Gurn das gewollt, auch in Tirgas Lan bleiben.«

Damit hatte der Barbar zweifellos recht – um am Galgen zu enden, hätten sie die weite, gefahrvolle Reise nach Osten nicht auf sich zu nehmen brauchen. Ein ungutes Gefühl beschlich Nestor, und jene innere Stimme, die ihm schon einige Male das Leben gerettet hatte, flüsterte ihm eine Warnung zu.

»Lass uns von hier verschwinden«, raunte er seinem barbarischen Begleiter zu und wollte ihn am Arm packen und wieder in den Schutz der Schatten ziehen – als er unter dem hölzernen Podest, auf dem die Galgen errichtet waren, eine Bewegung wahrnahm.

Nestors innere Stimme flüsterte nicht mehr nur, sie plärrte laut und schrie Alarm. In einer fließenden Bewegung schlug er seinen Umhang beiseite, riss eines der Messer aus dem Gürtel und schleuderte es in das Halbdunkel. Es gab ein markiges Geräusch, als sich die Klinge ins Holz des Podests bohrte – gefolgt von einem entsetzten Schrei.

»Los!«, zischte Nestor seinem Kameraden zu, und er und Gurn huschten zum Schafott, um sich den Feind zu greifen. Entsetzt stand der Fremde da und starrte auf die Klinge, die sein rechtes Ohr nur um Haaresbreite verfehlt hatte. Im nächsten Moment hatte Gurn ihn schon gepackt und zog ihn aus seinem Versteck, geradewegs ins Licht der makabren Beleuchtung, die auch um den Platz herum an den Dächern der Häuser angebracht war.

Es war ein Mann mittleren Alters.

An seiner gedrungenen Postur, der gelben Haut und den schmalen Augen erkannten Nestor und Gurn sofort, dass es sich um einen Bewohner von Kal Anar handelte, allerdings nicht um eine Wache, wie sie zunächst vermutet hatten: Der Mann war weder bewaffnet, noch trug er Rüstung, sondern lediglich weite Beinkleider und eine ebenso weit geschnittene Jacke, die mit einem Strick zusammengehalten wurde. Der Gesichtsausdruck des Fremden war auch keineswegs feindselig oder hasserfüllt, sondern völlig verängstigt, während der gehetzte Blick seiner schmalen Augen zwischen Nestor und Gurn hin und her flog.

Dazu stammelte er immer wieder geflüsterte Worte, die freilich keiner der beiden verstand. Den Tonfall allerdings kannte Nestor nur zu gut von seiner früheren Tätigkeit her: So flehten Menschen um ihr Leben …

»Keine Sorge«, versuchte er dem panisch vor sich hinmurmelnden Einheimischen klar zu machen. »Wir werden dir nichts tun, verstanden? Aber du musst uns sagen, was hier vor sich geht. Wer sind die Männer, die hier hingerichtet wurden?«

Keine Antwort – der Mann verstand die Eindringlinge genauso wenig wie umgekehrt.

»Wer waren diese Männer?«, wiederholte Nestor und deutete auf die Gehenkten.

Ein Blitzen in den schmalen Augen des Kal Anarers deutete an, dass er verstanden hatte. Mit einer Geste, die er mehrmals wiederholte, zeigte er zunächst auf die Leichen und dann auf Nestor und Gurn.

»Verstand verloren«, knurrte der Barbar und holte mit der geballten Faust aus. »Besser machen tot.«

»Nein, warte!« Nestor hielt ihn zurück. »Ich glaube, er versucht uns etwas zu sagen!«

Ein jäher Verdacht überkam Nestor, den er sofort überprüfte, indem er die Gehenkten näher in Augenschein nahm. Tatsächlich – die Toten waren keine Bewohner von Kal Anar gewesen, sondern Fremde, Menschen aus dem Westen!

»Ich glaube, wir haben gerade erfahren, was aus den Spionen geworden ist, die König Corwyn ausgesandt hat«, flüsterte er, worauf Gurn ein herzhaftes *»Shnorsh«* vernehmen ließ.

Der Einheimische winselte einige Worte und versuchte sich loszureißen – Gurn jedoch hielt seinen Arm eisern umklammert.

»Was er wollen?«, fragte der Barbar.

»Ich weiß es nicht.« Nestor zuckte mit den Schultern.

»Warum nicht sprechen wie Mensch?«, knurrte Gurn. »Besser ihm schlagen Schädel kaputt, dann keine Gefahr mehr.«

»Einen Moment noch«, bat Nestor, der im Blick des Gefangenen eine Veränderung bemerkte. Plötzlich schien seine ganze Sorge dem nächtlichen Himmel zu gelten, und Nestor wurde klar, dass der Mann nicht vor ihm und Gurn solche Angst hatte, sondern vor dem, was dort in den Rauchwolken lauern mochte.

Mit einem hässlichen Ziehen in der Magengegend blickte er hinauf – just in dem Augenblick, als ein grässlicher Schrei die Stille der Nacht zerriss!

Aus dem Krater des Vulkans stieg ein Basilisk. Gegen das

Lodern aus dem Inneren des Berges konnte man die Silhouette der Kreatur deutlich erkennen. Auf ihren ledrigen Flügeln schwang sie sich in die Lüfte. Zweimal umrundete sie den Schlangenturm, dann stieg sie hoch über die Dächer der Stadt.

»Verdammt, schnell weg hier!«, stieß Nestor hervor.

Auf dem Platz konnten die Raubvogelaugen des Basilisken sie mit Leichtigkeit ausmachen.

Gurn ließ den Einheimischen los, woraufhin der Mann den Kopf zwischen die Schultern zog und wie ein Wiesel davonlief, schnurstracks in eine der angrenzenden Gassen.

»Hinterher!«, zischte Nestor, und Gurn und er folgten dem Mann, wobei sie Mühe hatten, ihn inmitten der engen Gassen, die bald bergab, dann wieder bergauf verliefen und nur spärlich beleuchtet waren, nicht aus den Augen zu verlieren. Erneut hörten sie das Kreischen des Basilisken, und als Nestor einen Blick nach oben riskierte, sah er das Untier dicht über die Dächer der Stadt hinwegziehen. Er stieß eine Verwünschung aus und rannte weiter, dem Kal Anarer hinterher. Der war im nächsten Moment verschwunden. Die Gasse mündete auf eine breite Treppe, die zu beiden Seiten von Hauseingängen gesäumt wurde. Von dem Einheimischen war weit und breit nichts mehr zu sehen.

»Lump geflohen!«, knurrte Gurn. »Besser schlagen Schädel kaputt, ich dir gesagt.«

»Ja«, stimmte Nestor zu, »vielleicht hast du recht …«

Er hatte noch nicht zu Ende gesprochen, als sich eine der Türen einen Spalt weit öffnete. Im Dunkel, das dahinter herrschte, erschienen die Züge des Einheimischen. Argwöhnisch blickte er zum Himmel, dann winkte er Nestor und Gurn.

»Nun schau dir das an!«, flüsterte Nestor. »Wie's aussieht, haben wir einen Freund gewonnen.«

Gurn gab ein wenig begeistertes Grunzen von sich. »Besser schlagen Schädel kaputt«, beharrte er, dann folgte er seinem Gefährten ins Innere des Hauses.

Beide mussten sich bücken, um den niedrigen Türsturz zu passieren. Es war nicht wirklich ganz dunkel in dem Haus, doch es dauerte einen Moment, bis sich ihre Augen an das spärliche Licht gewöhnt hatten, das die glimmende Glut in einer steinernen Feuerstelle spendete. Dann sahen sie, dass der Mann nicht allein im Haus war. Eine Frau und eine Kinderschar waren bei ihm, allesamt ziemlich elend aussehend und in Lumpen gekleidet. Ängstlich starrten sie die Besucher an – vor allem den Eisbarbaren, der sie an Körpergröße fast um das Anderthalbfache überragte und in der Stube nicht aufrecht stehen konnte.

»Schau an«, meinte Nestor. »Wie's aussieht, haben wir gerade Familienanschluss gefunden.«

»*Korr*«, brummte Gurn – und dem war nichts hinzuzufügen.

Quia war froh, sich wieder unter dem dichten Blätterdach der Smaragdwälder zu befinden. So schwer ihr der Abschied von Bunais und den Seinen auch gefallen war, so erleichtert war sie, die karge Ödnis verlassen zu haben, die sich östlich der Wälder erstreckte.

Die Luft dort war heiß und durchsetzt von giftigen Dämpfen, und über allem lag eine allgegenwärtige Bedrohung, sodass die Amazonen jenes Land zum verbotenen Gebiet erklärt hatten. Das Böse, so hieß es, hatte seinen Ursprung in Kal Anar.

Dass Bunais ausgerechnet dorthin wollte, hatte die Amazonen einerseits betrübt, andererseits hofften sie inständig, dass ihr Stammvater der Macht des Bösen, das von dort ausging, Einhalt gebieten konnte. Und es war diese Hoffnung, die Quia auf ihrem Weg zurück zum Dorf beflügelte.

Statt zu Fuß zu gehen, wie sie es zuvor mit Rücksicht auf Bunais und seine Gefährten getan hatte, bewegte sie sich nun auf Amazonenart fort: Sie sprang hoch über dem Waldboden von Baum zu Baum und schwang sich bisweilen auch an Lianen durch die Lüfte. Auf diese Weise verkürzte sich die Reise, die zu Fuß fast sechs Tage in Anspruch genommen hatte, auf etwas mehr als die Hälfte. Bei Nacht schlief Quia in den Baumkronen, wobei sie darauf achtete, nicht auf Bäume zu steigen, die von Würgeflechten befallen waren.

Nur hin und wieder kehrte die Amazone auf den Boden zurück, etwa um Nahrung zu suchen. Geschmeidig sprang sie dann von einem hohen Ast und landete katzengleich auf dem weichen, laubübersäten Boden, den Speer halb erhoben in den Händen – man konnte nie wissen, ob sich ein Raubtier in der Nähe aufhielt, das ebenfalls auf der Suche nach Nahrung war.

Es war während einer dieser Unterbrechungen, als Quia plötzlich verdächtige Geräusche hörte – ein Knacken und Bersten im Unterholz, begleitet von sanften Erschütterungen, die ihre sensiblen Sinne wahrnahmen.

Die Amazone erkannte sofort, dass es sich um einen Reitvogel handelte – allerdings musste das Tier ziemlich erschöpft sein, vielleicht auch verwundet. Erleichtert richtete sich Quia auf, und einen Herzschlag später sah sie das Tier.

Der Anblick erschütterte sie zutiefst.

Das blaugraue Gefieder des Vogels war an vielen Stellen angesengt und geschwärzt, seine Haltung und das hin und her pendelnde, weit gesenkte Haupt verrieten völlige Erschöpfung – wahrscheinlich hatte das Tier die weite Strecke vom Dorf hierher ohne Unterbrechung zurückgelegt. Noch ungleich schlimmer war für Quia der Anblick der Kriegerin, die auf dem ungesattelten Rücken des Vogels hing und kaum noch bei Bewusstsein war. Den einen Arm hatte sie um den dünnen Hals des Vogels geschlungen, der andere war blutüberströmt ...

»Zara!«, rief Quia entsetzt, die in der verwundeten Reiterin eine der Anführerinnen ihres Stammes erkannte. Der Reitvogel gab ein heiseres Kreischen von sich und tänzelte unruhig auf seinen dürren Beinen.

Trotz ihres eigenen inneren Aufruhrs wirkte Quia beruhigend auf das Tier ein. Dann löste sie Zaras Arm vom Hals des Vogels und zog sie vom Rücken des Tiers, um die Verwundete ins weiche Laub zu betten. Dabei kam Zara zu sich.

»Quia«, hauchte sie, als sie die Waffenschwester erkannte. »Was ist mit Bunais ...?«

»Keine Sorge«, sagte Quia rasch. »Bunais und die Seinen sind wohlauf. Ich habe sie an den Waldrand gebracht und bin dann umgekehrt.«

»Da-das ist gut ...« Eine Welle von Schmerz flutete durch Zaras gepeinigten Körper. Eine tiefe Wunde klaffte in ihrer linken Schulter, die weder verbunden noch versorgt worden war. Bei all dem Blut, das Zara verloren hatte, würde sie nicht mehr lange leben. Schon war jede Farbe aus ihrem Gesicht gewichen, und ihr Blick wirkte glasig.

»Was ist geschehen?«, fragte Quia verzweifelt, während ihr Tränen in die Augen schossen.

»Ei-ein Überfall«, flüsterte Zara. Ihre Stimme hatte nichts mehr von der einstigen Autorität der Amazonenführerin, war nur noch ein heiserer Nachklang.

»Wer?«, wollte Quia wissen.

»Krieger der Dunkelheit«, kam die Antwort leise. »Kämpfer aus Knochen, längst gefallen und verfault, aber dennoch am Leben ...«

Zweifelnd schaute die junge Amazone ihre Anführerin ins bleiche Gesicht. Konnte sie ihren Worten Glauben schenken? Oder hielt der Tod sie bereits derart fest in den

Klauen, dass sie wirres Zeug sprach und nicht mehr wusste, was sie sagte?

Zara schien Quias Gedanken zu erahnen. »Es ist die Wahrheit«, brachte sie mit beschwörend klingender Stimme hervor. »Hörst du? Es ist die Wahrheit … Unser Stamm ist nicht mehr … alle bis auf mich getötet …«

»Nein«, schluchzte Quia entsetzt.

»… ist die … Wahrheit … musst handeln … finde Bunais und … berichte ihm … wird uns rächen …«

»Ich … verstehe«, stammelte Quia, während sie noch immer zu begreifen versuchte. Das alles ging viel zu schnell. Eben noch war sie auf dem Weg nach Hause gewesen, und dann sollte es dieses Zuhause auf einmal nicht mehr geben?

»… Dorf steht in Flammen«, fuhr Zara fort, während Schmerzen ihren Körper schüttelten. Blut trat über ihre Lippen und rann an den Mundwinkeln hinab. »Zwerg lachte nur … spottete über uns … ist unserer Rache entkommen …«

»Schhh«, machte Quia sanft. »Nicht sprechen. Du bist zu schwach und musst …«

Trotz ihrer Schmerzen brachte Zara ein Lächeln zustande. »Meine … Reise ist … zu Ende … du musst … Bunais finden …«

»Das werde ich«, versprach Quia, während sie die blutverschmierten Hände ihrer Anführerin hielt, die ihr gleichzeitig auch Schwester und Freundin gewesen war. »Ich werde alles tun, was du verlangst – aber bitte geh nicht. Lass mich nicht allein, hörst du?«

»Du … brauchst mich nicht …«, sagte Zara mit kaum noch verständlicher Stimme. Ihre Augen starrten bereits ins Leere, ein unstetes Flackern lag in ihrem Blick. »Du warst stets … die Tapferste und Mutigste von uns allen … nun die Letzte … sorge dafür, dass … unser Volk … nicht ungerächt bleiben …«

»Das werde ich«, versicherte Quia leise.

Daraufhin glitt ein entspanntes Lächeln über Zaras Züge, ehe sich ihr geschundener Körper ein letztes Mal unter Schmerzen aufbäumte. Sie sank zurück, ihr Kopf fiel zur Seite, und es war vorbei.

Lange Zeit starrte Quia auf die leblose Gestalt in ihren Armen. Sie ließ ihren Tränen freien Lauf. Sie hörte das Rascheln in den Baumkronen und hoffte, dass es ihre Ahninnen waren, die gekommen waren, um Zaras Geist zu holen. Eine endlos scheinende Weile kauerte sie so, den leblosen Körper ihrer Anführerin in den Armen, und gab sich ihrer Trauer hin.

Nicht nur um Zara weinte sie, sondern auch um all die anderen, die im Dorf zurückgeblieben waren. Der jähe Drang, dorthin zurückzukehren, überkam sie, aber dann erinnerte sie sich an das Versprechen, das sie Zara gegeben hatte. Der Untergang der Töchter Amaz' sollte nicht ungerächt bleiben. Sie musste Bunais über das, was geschehen war, in Kenntnis setzen.

Je eher, desto besser …

Es kostete Quia unendliche Überwindung, Zaras sterbliche Hülle einfach am Boden liegen zu lassen, wo sich Raubtiere und Aasfresser über sie hermachen würden. Aber nach der Überzeugung der Amazonen hatte der Leib keinen Wert mehr, sobald ihn der Geist verlassen hatte. Jene, die es verdienten, weil sie gut gelebt und tapfer gekämpft hatten, würden dereinst in anderer Gestalt zurückkehren.

Quia tröstete sich damit, dass sie ihrer Waffenschwester auf diese Weise vielleicht irgendwann wieder begegnen würde. In kniender Haltung verbeugte sie sich tief und nahm Abschied, dann wischte sie sich mit einer energischen Geste die Tränen aus den Augen.

Die Zeit der Trauer war – zumindest vorerst – vorbei. Quia musste handeln, damit die Mörder ihres Volkes nicht ungestraft davonkamen.

Mit einem schrillen Pfiff rief sie den Reitvogel herbei, der sich etwas abseits am Boden niedergelassen hatte, um sich ein wenig zu erholen. Das zähe Tier reagierte prompt, und als es sich erhob, wirkte es wieder frisch und ausgeruht.

Beruhigend sprach Quia auf den Vogel ein, tätschelte den langen Hals, woraufhin das Tier zutraulich den Kopf senkte und sich an sie schmiegte. Die Amazone wartete, bis es sich an ihren Geruch gewöhnt hatte – dann schwang sie sich auf den Rücken des Tiers.

Der Reitvogel wehrte sich nicht, im Gegenteil – es schien ihn zu beruhigen, dass wieder ein Mensch auf seinem Rücken saß. In Ermangelung von Zaumzeug und Zügel dirigierte die Amazone das Tier, indem sie mit ihren Oberschenkeln Druck ausübte. Der Vogel gehorchte und schlug jene Richtung ein, aus der Quia gerade zuvor gekommen war – zurück zum verbotenen Land.

Doch sie kamen nicht weit, da brach etwas durchs Unterholz des Waldes. Es war kein Raubtier, wie Quia im ersten Augenblick befürchtete, sondern Reiter auf Pferden – Krieger in schwarzen Rüstungen und mit Helmen, die ihre Gesichter gänzlich verbargen.

Bewaffnet waren sie mit Lanzen, an deren Enden das grässliche Banner Kal Anars flatterte.

Der Basilisk …

Ein dumpfer Befehl drang unter einem der Helme hervor, und die Krieger griffen Quia sofort an. Verschreckt wich der Vogel vor den Reitern zurück, die mit ihren Helmen und Eisenpanzern einen Furcht erregenden Anblick boten.

Quia hob ihren Speer und schleuderte ihn dem vordersten Angreifer entgegen – aber das feuergehärtete Holz prallte wirkungslos von der Brustplatte des Kriegers ab.

Im nächsten Moment waren die Häscher auch schon heran.

Quia schlug um sich, vermochte gegen die Panzerung ihrer Gegner jedoch nichts auszurichten.

Plötzlich zuckte der Schaft einer Lanze herab und traf sie an der Schläfe. Quia fühlte sengenden Schmerz – und verlor das Bewusstsein.

Schwärze überkam sie, und sie fiel vom Rücken des Reitvogels, landete im weichen Laub und blieb reglos liegen. Das Letzte, was sie vernahm, war höhnisches Gelächter …

8.

ANN KOMHARRASH UR'SNAGOR

Am Abend des darauf folgenden Tages kehrte die Patrouille zurück – jene zehn Lanzenreiter aus Kal Anar, die die Orks schon am Vortag beobachtet hatten. Erneut gingen Rammar, Balbok und Ankluas in Deckung, damit sie nicht entdeckt wurden, und beobachteten von ihrem Versteck aus die vorbeiziehenden Soldaten.

Und dann stockte ihnen der Atem!

Die Soldaten zerrten einen großen Reitvogel an einer Kette hinter sich her, und zwei der Reiter, die das Tier flankierten, fanden es offenbar spaßig, es mit ihren Speeren zu malträtieren und zu quälen. Dann entdeckten die Beobachter in der Mitte des Zugs eine junge Frau mit rotem Haar, die gefesselt auf einem Pferd saß, die Brust unverhüllt und das Gesicht eine steinerne Maske.

»Quia!«, entfuhr es Balbok heiser.

Den Orks sträubten sich die Nackenborsten, als sie ihre Führerin erkannten. Offenbar war Quia auf dem Heimweg ins Dorf von der Patrouille aufgegriffen und gefangen genommen worden. Aber wieso? Und wo kam der Reitvogel plötzlich her?

»Im Amazonendorf muss etwas passiert sein«, vermutete Ankluas. »Etwas Furchtbares.«

»Was bringt dich darauf?«, wollte Rammar wissen.

Der Einohrige bedachte ihn mit einem undeutbaren Blick. »Nenn es ein Gefühl.«

»Na klar.« Rammar schnitt eine Grimasse, denn mit seinen Worten hatte Ankluas soeben auch den letzten Zweifel ausgeräumt: Bekanntlich verfügten die *ochgurash'hai* nämlich über mehr Gefühl als jeder andere Ork!

»Wir müssen Quia befreien!«, sagte Balbok.

»Was?« Rammar glaubte, sich verhört zu haben.

»Wir müssen Quia befreien!«, wiederholte Balbok.

»*Umbal*, findest du, dass das ein guter Witz ist?«

»Wieso?«, fragte Balbok verständnislos.

»Weil Orks ihren *asar* nicht für eine hergelaufene Menschin riskieren!«, belehrte ihn sein fetter Bruder.

»Aber sie ist nicht *irgendeine* Menschin«, wandte Balbok ein. »Sie ist meine Tochter!«

»Was?« Rammar schnappte nach Luft, und er hatte Mühe, auch weiterhin zu flüstern. »Das ist der größte Ogermist, den du je von dir gegeben hast. Die Menschin ist nicht deine Tochter!«

»Ist sie wohl, denn ich bin Bunais.«

»Ist sie nicht! Und du bist nicht Bunais!«

»Wer sagt das?«

»Ich, verdammt noch mal!«

»Und woher weißt du das?«

»Weil du ein Ork bist, und damit Schluss!«

»Woher willst du das wissen?«

»Hä?« Rammar starrte ihn ungläubig an.

»Woher willst du das wissen?«, wiederholte Balbok seine Frage. »Vielleicht haben die Mädels ja recht, und ich bin tatsächlich ihr Stammhalter.«

»Es heißt Stammvater«, verbesserte Rammar zornig. »Dir ist das giftige Zeug, das hier aus allen Löchern quillt, zu Kopf gestiegen! Schau mich an. Was bin ich?«

»Ein Ork«, antwortete Balbok ohne Zögern.

»*Korr*. Und Ankluas hier, was ist der?«

»Auch ein Ork«, erwiderte Balbok.

»Jedenfalls mehr oder weniger«, knurrte Rammar.

»Was willst du damit sagen?«, fragte Ankluas erschrocken, und es hatte ganz den Anschein, als fühle er sich durchschaut.

»Gar nichts«, wich Rammar der Frage aus. »Nur dass mein Bruder vollständig übergeschnappt ist. Ein Ork zu sein ist dem feinen Herrn wohl nicht mehr gut genug. Man wäre auf einmal lieber ein Mensch und ...«

»Das hab ich nicht gesagt«, verteidigte sich Balbok. »Ich meine nur, dass es keinen Unterschied macht, ob ich Bunais bin oder nicht. Die Amazonen glauben, *dass* ich es bin, und sie verlassen sich auf mich.«

»Und?«

»Und deshalb werde ich Quia befreien«, kündigte Balbok an – und ehe Rammar noch einmal widersprechen konnte, sprang der hagere Ork über die Felsen, die Axt in beiden Klauen, und setzte mit riesigen Schritten den Hang hinab, unter dem die Reiter passierten.

»Neeeiiin!«, schrie Rammar verzweifelt und raufte sich sein spärliches Haar. »Was macht dieser *umbal* denn da? Beim donnernden Kurul, womit habe ich einen solchen Bruder verdient?«

»Wir müssen ihm helfen!«, entschied Ankluas und starrte den Hang hinab – Balbok hatte die Patrouille schon fast erreicht. »Andernfalls werden sie ihn in Stücke hauen!«

»Sollen sie doch!«, schnauzte Rammar eingeschnappt. »Keine Kralle werde ich rühren. Wer bin ich denn, dass ich mich von diesem *umbal* in Todesgefahr bringen lasse? Soll er sehen, wo er ohne mich bleibt, dieser missratene, minderwertige, molchgesichtige ...«

Rammars Lamento brach plötzlich ab, als er sah, wie auch Ankluas seine Waffe zückte und die Deckung verließ, um Balbok zu folgen.

Natürlich hatten die Krieger unten sie längst entdeckt

und die Pferde gezügelt. Schon hatte Balbok den vordersten Reiter erreicht. Der Ork schwang die Axt, und ein behelmtes Haupt flog durch die Luft, woraufhin die übrigen Krieger ihre Lanzen senkten und zum Gegenangriff übergingen.

»*Shnorsh!*«, schrie Rammar. »Warum muss mir das passieren? Warum muss sich mein dämlicher Bruder stets in die vorderste Reihe drängen? Warum, verdammt noch mal? Ich hasse ihn dafür! Jawohl, ich hasse ihn …!«

Mit diesem finsteren Bekenntnis packte der dicke Ork seinen *saparak*, um über die Felsen zu krabbeln und dann ebenfalls den Hang hinabzurennen.

Da geschah es – er stolperte und fiel, rutschte schreiend und kreischend auf dem Hosenboden nach unten und befand sich plötzlich mitten im Kampfgeschehen!

Klappernder Hufschlag ließ Rammar herumfahren – gerade noch rechtzeitig, um die mörderische Lanzenspitze zu sehen, die auf ihn zuraste!

Gerade noch konnte er ihr ausweichen, und im nächsten Moment holte Rammars *saparak* den Reiter aus dem Sattel.

Ankluas und Balbok kämpften verbissen gegen die Übermacht der anderen Reiter.

Balbok war so groß, dass er den Kriegern auf ihren Pferden fast ins Auge blicken konnte. Er enthauptete bereits den zweiten Gegner; der kopflose Mensch blieb im Sattel sitzen und ritt einfach weiter.

Ankluas hatte es mit zwei Gegnern auf einmal zu tun, die ihn von ihren Pferden aus attackierten. Mit ihren Lanzen drangen sie auf ihn ein, und der einohrige Ork setzte sich, heisere Kampfschreie ausstoßend, gegen die Reiter zur Wehr, die ihn auf ihren Tieren umkreisten.

Eines, dachte Rammar schnaubend, musste man Ankluas lassen – für einen *ochgurash* kämpfte er verdammt tapfer …

Er eilte Ankluas zur Hilfe, stieß mit dem *saparak* zu, und

mit durchbohrter Kehle kippte einer der Menschenkrieger vom Pferd. Sein Kumpan war dadurch für einen Augenblick verunsichert – Ankluas' Klinge durchstieß seine Brust und holte auch ihn aus dem Sattel.

»Gut gemacht!«, meinte der Einohrige und nickte Rammar zu,

»Bah!«, machte dieser verächtlich. »Zieh daraus nur keine voreiligen Schlüsse, verstanden?«

Ein heiserer Kriegsschrei Balboks ließ beide herumfahren. Bis auf jene zwei, die Quia noch in ihrer Mitte hatten, wandten sich alle Menschenkrieger gegen den großen, hageren Ork, preschten von allen Seiten auf ihn zu, und Balbok schwang die riesige Axt wild im Kreis.

Die Reiter waren heran, doch Balbok zerschlug drei Lanzen, ehe deren Spitzen ihn erreichten.

Die vierte jedoch erwischte ihn am linken Oberarm, bohrte sich durch Haut und Fleisch und drang auf der anderen Seite wieder aus.

Mit einem Schrei, der vielmehr Überraschung als Schmerz ausdrückte, starrte Balbok auf seinen durchbohrten Arm. Dann fletschte er die Zähne und knurrte laut, und in seinen gelben Augen bildeten sich dunkle Adern – ein sicheres Anzeichen dafür, dass der *saobh* von ihm Besitz ergriffen hatte …

Der Reiter hatte offenbar noch nie zuvor mit einem Ork zu tun gehabt, sonst hätte er die Flucht ergriffen. So jedoch wartete er ab, die Lanze noch unter dem Arm, während Balbok die Axt schwang. In einem weiten Bogen schnitt die mörderische Waffe durch die Luft und fiel mit Urgewalt herab, um nicht nur den Behelmten, sondern auch noch sein Pferd in zwei Hälften zu teilen.

Die übrigen Angreifer schrien entsetzt auf. Ihre Pferde wieherten unruhig und wichen zurück, und für einen Augenblick schienen die Krieger tatsächlich an Flucht zu denken. Dann jedoch fassten sie wieder Mut und attackierten Balbok erneut. Sie hatten die Rechnung jedoch ohne Rammar und Ankluas gemacht, die ihrem Gefährten beisprangen.

Den ersten Reiter traf ein schwerer schwarzer Stein, den Ankluas geworfen hatte. Es krachte blechern, als das Ding gegen den Helm prallte und der Krieger rücklings aus dem Sattel fiel. Dabei blieb er mit dem linken Fuß im Steigbügel hängen und wurde von seinem durchgehenden Pferd davongeschleift.

Die verbliebenen beiden Angreifer trieben ihre Tiere auf die Orks zu. Ihre zerborstenen Lanzen hatten sie fortgeworfen und stattdessen fremdartig aussehende Schwerter mit breiten gebogenen Klingen gezückt, die sie unter lautem Gebrüll über ihren Köpfen schwangen. Einer der beiden sprang aus dem Sattel und Ankluas wie ein Raubtier an, der andere attackierte Rammar vom Pferd aus.

So schnell wirbelte die Klinge des Reiters, dass Rammar Mühe hatte, die Hiebe zu parieren oder ihnen auszuweichen.

Dann stieß die Schwertklinge herab!

In einem Reflex brachte Rammar den *saparak* hoch und schaffte es im letzten Augenblick, den mörderischen Hieb abzufangen, nur wenige Krallenbreit vor seinem Gesicht. Mensch und Ork versuchten jeweils den anderen zurückzustoßen. Über die gekreuzten Waffen hinweg starrten sie sich dabei an – bis sich Rammar dazu entschloss, den Kampf auf andere Weise zu beenden.

Mit markerschütterndem Gebrüll warf er sich mit seiner ganzen Körpermasse nach vorn, gegen das Pferd seines Gegners. Wiehernd stürzte der Gaul und warf den Reiter ab, der über den abschüssigen Fels rollte. Rammar wollte ihm nicht hinterherlaufen, also schleuderte er kurzerhand den *saparak*, der den Körper des Krieger durchbohrte, als dieser gerade wieder hochkam.

Rammar grunzte voller Genugtuung – da dämmerte ihm, dass er nun doch würde laufen müssen, um seine Waffe zurückzuholen.

Ankluas lieferte sich mit dem Krieger, der ihn angesprungen hatte, einen nicht weniger heftigen Kampf. Ineinander verschlungen wälzten sich die beiden über den Boden (ein Anblick, der Rammar mit Abscheu erfüllt hatte), bis es dem Menschen gelang, sich einen Vorteil zu verschaffen. Mit der freien Hand bekam er einen Stein zu fassen, schlug damit zu und traf Ankluas am Kopf.

Einen Augenblick lang schien der Ork benommen, doch als der Mensch, noch immer auf ihm hockend, mit dem Schwert ausholte, zuckte Ankluas' narbiges Haupt empor und versetzte dem Gegner eine Kopfnuss gegen den Helm. Benommen ließ dieser das Schwert fallen, worauf Ankluas ihn mit einem einzigen wuchtigen Fausthieb trotz Rüstung erschlug.

Schwer atmend wandten sich die beiden Orks zu Balbok um, der sich in der Zwischenzeit um Quias Bewacher gekümmert hatte – zwei frische Skalpe hingen bereits an seinem Gürtel. Er hob die Amazone vom Rücken des Pferdes und nahm ihr die Fesseln ab.

»Bunais«, hauchte sie. Kaum war sie von den Stricken befreit, umarmte sie ihn dankbar. Und anders als bei ihrem Abschied erwiderte Balbok die Umarmung, so sanft wie er es nur vermochte.

Die Amazone weinte ungehemmt. Tränen rannen in Strömen über ihr nach menschlichen Maßstäben hübsches, jedoch leichenblasses Gesicht, das von Trauer und Schmerz gezeichnet war. Ankluas hatte richtig vermutet: Etwas Schreckliches musste vorgefallen sein …

»Quia«, sagte der Einohrige, »was ist passiert? Wer waren diese Männer?«

»Soldaten aus Kal Anar«, erhielt er flüsternd Antwort.

»Sie griffen mich auf, als … als ich …« Erneut brach sie in Tränen aus, und Balbok sprach tröstend auf sie ein. Dass er in der Ermangelung passender Worte das Rezept für *bru-mill* rezitierte, war nicht so wichtig. Allein »ihren« Bunais sprechen zu hören, schien die Amazone schon zu beruhigen.

»E-es war Zara«, erstattete sie schließlich mit bebender Stimme Bericht, während sie sich zögernd von Balbok löste. »Ich traf sie im Smaragdwald, tödlich verwundet …«

»Zara ist verwundet?«, fragte Ankluas erstaunt.

»Nein«, widersprach Quia kopfschüttelnd. »Sie ist … *tot*. Sie starb in meinen Armen.«

Balbok schnaubte. »Wer?«, wollte er nur wissen.

»Ich … ich weiß es nicht. Zara sagte etwas von Kriegern der Dunkelheit. Von Kämpfern, die nur aus Kochen bestehen und die eigentlich längst tot sein müssten …«

»Aber sie sind es nicht«, sagte Ankluas beklommen. »Es sind Untote, Kämpfer aus dem Grab, zurückgerufen in die Welt der Lebenden durch dunkle magische Macht.«

»Untote?«, wiederholte Rammar. »Was ist denn das für ein Schmarren? Entweder man ist tot, oder man ist es nicht. Man ist nicht mehr oder weniger tot.«

»Ich habe keinen Grund, an Zaras Worten zu zweifeln«, sagte Quia traurig. »Schwer verletzt entkam sie aus dem Dorf, und sie trug mir auf, Bunais zu suchen.« Erneut stiegen ihr Tränen in die Augen, doch sie wischte sie energisch fort. »Großer Bunais«, sagte sie, darum bemüht, ihrer Stimme einen festen Klang zu verleihen, »der Stamm deiner Töchter wurde ausgelöscht bis auf mich, und ich bitte dich, meine gefallenen Schwestern zu rächen.«

»Das werde ich!«, versicherte Balbok. »Ich werde denjenigen finden, der für den Tod meiner Töchter verantwortlich ist, und ich werde sie rächen – das verspreche ich dir.«

»Lange brauchen wir wohl nicht zu suchen«, meinte Ankluas.

»Was meinst du?«, fragte Rammar verständnislos.

»Was wohl? Ich bin davon überzeugt, dass wir den Schuldigen in Kal Anar finden werden!«

»Dann haben wir noch einen Grund mehr, diese verfluchte Stadt aufzusuchen«, sagte Balbok und ließ ein gefährliches Knurren hören.

»Oder diese Mission aufzugeben«, warf Rammar ein, worauf sich die Blicke aller vorwurfsvoll auf ihn richteten.

»Ist das dein Ernst?«, fragte Ankluas.

»Allerdings. Die Basilisken sind schon schlimm genug, aber wenn dieser elende Bastard, der in Kal Asar auf dem Thron sitzt ...«

»Anar«, verbesserte Balbok.

»... auch noch über untote Krieger gebietet, sieht es für drei hergelaufene Orks ziemlich übel aus, richtig?«

»Drei Orks und zwei Menschen«, verbesserte Ankluas.

»Drei Menschen«, verbesserte Quia mit bebender Stimme. »Ich werde nicht ruhen, bis mein Volk gerächt ist.«

»Da hörst du's.« Balbok nickte grimmig. »Mit vereinten Kräften werden wir es schaffen.«

»Mit vereinten Kräften ...«, blökte Rammar spöttisch. »Im letzten Krieg haben Orks und Milchgesichter ihre Kräfte schon mal vereint, und was dabei rumkam, war ein Debakel. Was ist nur in dich gefahren?«, fuhr er seinen Bruder an. »Hat Alannah dir mit ihrem ständigen Gequatsche von Frieden und Eintracht das letzte bisschen Hirn weich gekocht?«

»Wie – wie meinst du das?«, fragte Ankluas dazwischen.

»Man könnte glauben, das verdammte Elfenweib reden zu hören«, behauptete Rammar.

»Aber er hat recht«, pflichtete Ankluas dem hageren Ork bei.

»Nein, hat er nicht«, widersprach Rammar. »Weil die ganze Sache eine Angelegenheit der Milchgesichter ist und

nicht unsere. Ich habe weder vor, für Corwyn die Drecks-
arbeit zu erledigen, noch irgendjemanden zu rächen. Nur
um den Schatz geht es mir und um sonst gar nichts. Aber die
Gefahr ist zu groß, und mit einem Schatz kann ich nichts anfangen, wenn ich tot bin. Also ziehe ich die richtigen Schlüsse und gehe nach Hause!«

»Wir haben kein Zuhause mehr«, erinnerte ihn Balbok.

»Dann finden wir eben ein neues. Jedes Zuhause ist besser
als Kuruls dunkle Grube.«

»Und was ist mit von Bruchstein?«, fragte Ankluas listig.

»Was soll mit ihm sein?«, blaffte Rammar. »Die Amazonen haben ihn hingerichtet – der Hutzelbart ist Geschichte.«

»Das … ist leider nicht richtig so«, sagte Quia zögernd.

»*Was?*«, schrie Rammar.

»Offenbar erfolgte der Überfall auf das Dorf, *bevor* das
Urteil an dem Zwerg vollstreckt werden konnte«, berichtete Quia. »Vielleicht hatte er sogar damit zu tun, denn Zara
erzählte mir, er hätte gelacht, als die Krieger der Dunkelheit
angriffen.«

Rammar starrte die Amazone entgeistert an. »Soll das heißen, dieser bärtige kleine Mistkerl ist immer noch am Leben
und steckt möglicherweise mit dem Feind unter einer Decke?«

Quia nickte. »Es wäre möglich.«

»Verdammt noch mal!« Rammar holte aus und schleuderte den *saparak* zu Boden. »Das darf doch nicht wahr sein!«,
schrie er.

»Und jetzt?«, fragte Ankluas. »Willst du immer noch umkehren?«

»Und von Bruchstein davonkommen lassen?« Rammar
schüttelte den klobigen Schädel. »Auf gar keinen Fall!«

»*Korr.*« Balbok nickte zufrieden. Dann erst ließ er sich
nieder und kümmerte sich um seine Verwundung, die er bis-

lang einfach ignoriert hatte. Zuvor schon hatte er die Lanze, die ihm durch den Oberarm gerammt worden war, in zwei Hälften zerbrochen und diese aus seinen Arm gezogen, und nun befasste er sich mit der Wunde, aus der unablässig schwarzes Orkblut quoll. Er spuckte auf die Verletzung und verteilte seinen Speichel darauf, und schon kurz darauf stoppte die Blutung.

Er erhob sich gerade, als von der fernen Stadt ein dumpfes Signal herüberschallte, so tief und durchdringend, als wollte es die heiße Luft zum Zittern bringen.

»Was ist das?«, fragte Quia erschrocken.

»Finden wir's heraus«, sagte Balbok grimmig.

»Was, bei den Gründern von Taik, ist das?«

Nestor und Gurn schauten sich an. Zur Tarnung trugen sie weite Kutten mit Kapuzen, unter denen sie ihre Gesichter verbargen.

Ein dunkler Signalton hallte plötzlich über Kal Anar, ein Laut, der sich so finster und unheimlich anhörte, als würde er geradewegs aus den Tiefen des Berges dringen. Eine endlos scheinende Weile hielt er an, dann verstummte er wieder.

»Weiß nicht«, erwiderte Gurn mit grimmigem Blick. »Aber eins sicher – macht Menschen Angst.«

Damit hatte der Eisbarbar zweifellos recht, denn wohin Nestor auch schaute, überall auf den Treppen und in den engen Gassen sah er furchtsame Mienen.

Was ging hier vor?

Die letzten Tage hatten sie dazu genutzt, sich ein Bild von den Zuständen in Kal Anar zu machen. Herausgefunden hatten sie dabei bislang allerdings nicht allzu viel – die Stadt am Berg mit ihren Pfahlbauten und ihren fremdartigen Bewohnern war ihnen immer noch ein Rätsel.

Der Einheimische, auf den sie gleich nach ihrer Ankunft in der Stadt getroffen waren und dessen Name Lao war, hatte ihnen aus Dankbarkeit, dass sie ihn am Leben gelassen hatten, nicht nur Unterschlupf gewährt, sondern auch versucht, ihre Fragen zu beantworten.

Natürlich hatte sich dies einigermaßen schwierig gestaltet, weil Lao die Sprache der Westmenschen nicht beherrschte und Nestor und Gurn im Gegenzug die Abart des Arunischen nicht verstanden, die in Kal Anar gesprochen wurde. Indem sie wild gestikulierten und sich ab und zu mit kleinen Zeichnungen behalfen, hatten es Nestor und Gurn jedoch immerhin geschafft, einige grundlegende Dinge in Erfahrung zu bringen.

Demnach lebten die Menschen von Kal Anar in ständiger Furcht. Vor gut acht Monden hatte sich offenbar etwas ereignet, das die Geschichte der Stadt und ihrer Bewohner verändert hatte. Etwas schien zurückgekehrt zu sein. Etwas Dunkles, Böses, das aus grauer Vergangenheit erneut einen Weg in die Welt gefunden hatte und den Menschen Angst machte.

Es residierte oberhalb der Stadt im Schlangenturm und sorgte dafür, dass die Furcht in den Straßen herrschte und grausame Hinrichtungen an der Tagesordnung waren. Grässliche Schlangenkreaturen, die sich durch die Luft bewegten, dienten dieser unheimlichen Macht.

Nestor und Gurn war klar, dass damit die Basilisken gemeint waren, aber sie begriffen nicht, wie alles zusammenhing, und sie wollten nicht zu den Orks zurückkehren, ehe sie dies nicht herausgefunden hatten. Sie hatten zum Schlangenturm gehen wollen, um mehr in Erfahrung zu bringen, aber Lao hatte sie energisch davon abgehalten.

Wie er ihnen klarmachte, grenzte es an Selbstmord, sich dem Turm zu nähern, und er hatte sie um Geduld gebeten. Allem Anschein nach würde sich in den nächsten Tagen etwas ereignen, das ihre Fragen beantworten würde.

Also hatten sie gewartet.

Den ersten Tag über hatten sie sich in Laos Haus versteckt gehalten und sich erst bei Nacht auf die Straße gewagt. Dann jedoch waren sie mutiger geworden, und verhüllt in den Kutten, die Lao ihnen besorgt hatte, schauten sie sich auch am Tag in der Stadt um und mischten sich unters Volk.

Tagsüber herrschte reges Treiben in den Gassen von Kal Anar. Die Menschen gingen ihrer Arbeit nach wie in jeder anderen Stadt: die Handwerker in ihren Werkstätten, die zur Straße hin offen waren, sodass man ihnen bei der Fertigung neuer Gegenstände zuschauen konnte; die Händler auf Märkten und Basaren, die auf den freien Plätzen der Stadt abgehalten wurden. Doch nur auf den ersten Blick schien Kal Anar eine Stadt wie jede andere zu sein – wer genauer hinschaute, der entdeckte Unterschiede. Und je länger sich Nestor und Gurn innerhalb der Stadtmauern aufhielten, desto mehr davon fielen ihnen auf.

Da war zum einen die Menge an Soldaten, die beinahe allgegenwärtig waren. In ihren schwarzen Rüstungen und mit den Helmen, deren Visiere die Gesichter verdeckten, wirkten sie finster und bedrohlich, und wohin man auch kam, traf man Patrouillen dieser schwer gerüsteten Soldaten an. Ihre Schilde zeigten das Bannermotiv Kal Anars, den roten Basilisken. Die Einwohner der Stadt fürchteten sie, und das aus gutem Grund. Mehrere Male hatten Nestor und Gurn beobachtet, wie sich die Soldaten willkürlich Männer und Frauen aus der Menge griffen und sie fast zu Tode prügelten.

Und es gab Hinrichtungen – selbst für geringfügige Vergehen. Kaum ein Tag verging, an dem nicht irgendwo in der Stadt ein armes Schwein am Galgen endete. Was geschehen würde, wenn herauskam, dass Nestor und Gurn in ihrer Heimat gesuchte Verbrecher waren, darüber wollte der Mann aus Taik lieber nicht nachdenken.

Die Furcht war in Kal Anar allgegenwärtig. Kaum einmal war ein Lachen zu hören oder eine freundliche Miene zu sehen, und wenn doch, so war es damit schlagartig vorbei, sobald sich die Soldaten zeigten. Aber die Angst der Menschen galt nicht nur den Männern in den schwarzen Rüstungen – sie ging noch viel weiter.

Immer wieder blickten die Einwohner der Stadt argwöhnisch zum Turm hinauf, der die Stadt drohend überragte. Was auch dort oben lauern mochte, es war der eigentliche Grund für die Furcht, die in Kal Anar umging. Anfangs hatten Nestor und Gurn es nicht bemerkt, aber je länger sie in der Stadt weilten, desto mehr gerieten auch sie unter den Einfluss des grausamen Bauwerks. Als ob sich ein Schatten über sie gelegt hätte, befiel sie eine seltsame Schwermut und Trauer, gepaart mit einem unbestimmten Gefühl der Bedrohung, dessen Ursprung sie nicht zu ergründen vermochten und das sie dennoch in seinen Klauen hielt.

Trotzdem blieben die beiden in der Stadt – und als das rätselhafte Signal verklang, dämmerte ihnen, dass es genau das gewesen war, worauf sie die ganze Zeit über gewartet hatten.

Als ob zusammen mit dem geheimnisvollen Ton ein lautloser Befehl erklungen wäre, ging eine Veränderung mit den Menschen von Kal Anar vor sich. Was sie auch immer gerade getan hatten, sie ließen es stehen und liegen: Handwerker ließen ihre Werkzeuge fallen, Passanten die Waren, die sie eben erst erworben, Händler das Geld, das sie gerade kassiert hatten. Von einem Augenblick zum anderen galt ihre Aufmerksamkeit nur noch dem drohenden Bauwerk hoch über der Stadt, von dem das geheimnisvolle Signal ausgegangen sein musste.

Die Leute setzten sich in Bewegung, zwängten sich zu Dutzenden durch die schmalen Gassen und drängten die Stufen hinauf, dem Schlangenturm entgegen.

»Verdammt, was gefahren in sie?«, knurrte Gurn, dem die Sache nicht geheuer war. Als Barbar des Nordlands misstraute er allem, was allzu rätselhaft war oder gar übersinnlich erschien – eine weitere Eigenschaft, die er mit den Orks teilte. Nur mit Mühe konnten Nestor und er sich gegen die Menschenmassen behaupten, die plötzlich den Berg hinaufströmten.

»Keine Ahnung.« Nestor zuckte mit den Schultern. »Aber ich nehme an, dass das die Gelegenheit ist, von der Lao gesprochen hat.«

Der Eisbarbar ließ ein grimmiges Knurren vernehmen. »Und wo kleiner Mann?«

Das war in der Tat eine gute Frage. Lao hatte sie zum Markt begleitet, war jedoch verschwunden, als das Signal erklungen war, und seither war er nicht zurückgekehrt. Inmitten der wogenden Massen bestand auch keine Hoffnung mehr, ihn zu finden.

»Brauchen ihn nicht«, entschied Gurn kurzerhand. »Gehen allein zu Turm.«

Nestor zögerte. Lao kannte sich in der Stadt aus und beherrschte die Sprache der Einheimischen. Schon mehrmals hatte er ihnen geholfen, wenn Passanten ihre Verwunderung über Gurns Körpergröße geäußert hatten. Lao an ihrer Seite zu haben, bedeutete zusätzlichen Schutz vor Entdeckung, aber so, wie die Dinge lagen, mussten sie zunächst einmal allein zurechtkommen. Die Gelegenheit, zum Schlangenturm zu gelangen, war günstig – die wollten sie sich nicht entgehen lassen.

Sie überlegten nicht lange und mischten sich in dem Menschenstrom, der über schmale, in Stein gehauene Stufen den Berg hinauffloss. Gurn zog den Kopf zwischen die Schultern, damit er nicht weithin sichtbar aus der Menge ragte, und Nestor vermied es, den Menschen ringsum in die Gesichter zu schauen. Allerdings sah es ohnehin nicht so aus, als ob sich jemand für die beiden Fremden interessierte – seit das Signal erklungen war, zeigten die Mienen der Kal Anarer einen seltsamen, fast verklärten Ausdruck. Was, bei den steinernen Götzen von Taik, ging in dieser Stadt nur vor?

In den Gassen herrschte Schieben und Drängen. Die Bürger schienen es nicht erwarten zu können, hinaufzugelangen zum Turm. Nestor nahm nicht an, dass ihre Furcht plötzlich verflogen war. Es war eher so, dass sie nicht anders konnten, als dem Ruf zu folgen – wie Motten, die in das Licht einer Fackel flogen, um elend zu verbrennen.

Erstmals seit sie in Kal Anar weilten, gelangten Nestor und Gurn in die höher gelegenen Bereiche der Stadt. Und über eine steile, breite Treppe erreichten sie schließlich den Vorplatz des riesigen Bauwerks, das die Stadt weit überragte und zu beherrschen schien.

Aus der Nähe betrachtet, wirkte der Schlangenturm noch um vieles eindrucksvoller als aus der Ferne. Wie er sich in den grauen, von Rauchwolken durchsetzten Himmel wand, hatte er tatsächlich etwas von einer Schlange, als ob sich ein riesiges Reptil am steilen Hang aufgerichtet hätte und dann zu Stein erstarrt wäre. Anders als die Häuser der Stadt, die schwarz und grau waren vom allgegenwärtigen Ruß, schimmerte der Turm in mattem Weiß, was auch erklärte, weshalb er bei Nacht, wenn das Glühen des Vulkans über der Stadt lag, weithin zu sehen war.

Im oberen Teil, wo sich der Turm allmählich verjüngte, hatte er einige runde Fenster, doch den einzigen Eingang bildete eine hohe Pforte mit einer Plattform davor, zu der wiederum eine breite Treppe führte. Dort standen Männer in schwarzen Roben mit dem Basiliskensymbol auf der Brust. Die Gesichter unter den Kapuzen waren nicht zu sehen.

Schweigend blickten sie auf das Volk herab, das sich auf dem Vorplatz sammelte. Jeder Mann, jede Frau und jedes Kind in Kal Anar schien dem geheimnisvollen Ruf gefolgt zu sein. Eine unglaubliche Enge herrschte auf der Fläche, die sich zwischen Felsen und Pfahlbauten erstreckte. Aber es brach keine Panik aus, im Gegenteil – kaum hatten die Menschen den Vorplatz erreicht, schien der Zwang, unter dem sie standen, wieder nachzulassen. In stiller Furcht starrten sie hoch zu den Männern in den Roben, bis schließlich einer von diesen vortrat.

In einer herrischen Geste hob er beide Arme, woraufhin absolutes Schweigen einkehrte. Nestor und Gurn wechselten einen viel sagenden Blick – wer immer diese vermummten Kerle waren, sie schienen große Macht zu haben.

Der Kapuzenmann sprach nur ein Wort.

»Xargul.«

Ein Wispern ging daraufhin durch die Menge, wie ein Windstoß kurz vor einem Gewitter. Und dann begannen die Menschen von Kal Anar wie aus einem Munde jenes Wort zu wiederholen, wieder und immer wieder. »Xargul. Xargul. Xargul …«

Ein monotoner Gesang aus Tausenden von Kehlen …

Wieder tauschten Nestor und Gurn einen Blick. Sie kannten die Sprache Kal Anars nicht und hatten keine Ahnung, was das Wort bedeutete. Aber es hatte einen unheilvollen, beunruhigenden Klang, zumal wenn es aus so vielen Kehlen gleichzeitig erklang. Und erneut fragte sich Nestor, wovon sie hier Zeugen wurden …

Eine Weile lang lauschte der Kapuzenmann dem unheimlichen Singsang der Menge, dann hob er wieder die Arme, und so plötzlich, wie er aufgeklungen war, brach der fanatische Chor ab. Eine dunkle Stimme drang unter der Kapuze des Unheimlichen hervor; er sprach einige Worte, die Nestor und Gurn nicht verstanden. Was hätten sie darum gegeben, Lao bei sich zu haben. Aber der Kal Anarer war nirgends auszumachen.

Was der Vermummte sagte, blieb den beiden Spionen

verborgen – die Reaktion der anderen Menschen jedoch war eindeutig. Immer wieder ging ein Raunen durch die Menge, und Nestor konnte sehen, wie die alte Furcht auf die Gesichter ringsum zurückkehrte.

Die Turmpforte öffnete sich, und eine Abteilung Soldaten marschierte hervor, schwer gepanzert und bewaffnet. Je zwei von ihnen gesellten sich einem der Vermummten hinzu, dann stiegen sie die Treppe hinab zum Volk.

Was dann geschah, konnten Nestor und Gurn, die ganz hinten standen, nicht genau erkennen, aber sie bekamen mit, dass Tumult ausbrach. Schreie waren zu hören, und Nestor sah, dass die Soldaten ihre Schwerter zückten und damit um sich schlugen.

Gurn stieß ein verächtliches Knurren aus, denn für ihn war es ein Zeichen von Feigheit, sich an wehrlosen Frauen und Kindern zu vergreifen. Auch Nestor verspürte Empörung, was ihn selbst überraschte. Immerhin war es noch nicht lange her, da hatte er seine Messerhand meistbietend verkauft und keine Skrupel gehabt, seine Klinge Unschuldigen und Unbewaffneten zwischen die Rippen zu jagen, solange nur die Bezahlung stimmte. Was, verdammt noch mal, war los mit ihm? Diese Reise schien ihm nicht zu bekommen. Oder war es die Gesellschaft der Unholde?

Schließlich kehrten die Soldaten und die Vermummten auf die Plattform zurück – im Schlepp junge Männer, die vergeblich versuchten, den Griffen ihrer Häscher zu entkommen. Während der größte Teil der Menge nach wie vor schweigend und reglos dastand, war die Lethargie von den Gefangenen abgefallen. Wie wild gebärdeten sie sich und schrien aus Leibeskräften – aber weder zeigten die Soldaten Mitleid, noch kam ihnen jemand aus dem Volk zu Hilfe. Nur wenige hatten sich widersetzt, und die lagen erschlagen in ihrem Blut.

Der Rest wollte nur überleben.

Nebeneinander wurden die Gefangenen aufgereiht, und man zwang sie, vor dem Schlangenturm niederzuknien. Daraufhin gellte ein schneidender Befehl, und auch die Menschen auf dem Vorplatz sanken auf die Knie. Nestor begriff: Der Schlangenturm war nicht etwa der Sitz eines gewöhnlichen Herrschers, sondern der einer Gottheit – und die Kerle in den Roben waren nichts anderes als Götzenpriester …

Um nicht aufzufallen, sanken auch die beiden Spione auf die Knie, sehr zum Unbehagen Gurns; dem Barbar widerstrebte es, vor irgendwem zu knien. Er und Nestor beobachteten, was weiter geschah: Zwei der Vermummten trugen ein verschlossenes Gefäß aus Ton heran, woraufhin der Wortführer – wahrscheinlich der Hohepriester – nach einem Gegenstand griff, der wie eine lange Zange aussah. Damit griff er in das Gefäß, nachdem seine Helfer den Deckel geöffnet hatten, und beförderte etwas zu Tage, das nur etwa fingerdick war und eine Elle lang und sich im Griff der Zange ringelte.

»Eine Schlange«, entfuhr es Nestor, allerdings so leise, dass nur Gurn ihn hören konnte. »Was, in aller Welt …?«

Der Kapuzenmann trat auf den ersten Gefangenen zu, der wimmernd vor ihm am Boden kauerte. Auf ein Zeichen hin packten ihn die Soldaten, zerrten ihn halb hoch und rissen ihm grob den Mund auf – woraufhin ihm der vermeintliche Hohepriester die lebende Schlange in den Schlund stopfte!

Ein Gurgeln war zu hören, als der Gefangene laut würgte. Mit aller Kraft wehrte er sich dagegen, das Tier zu schlucken. Aber schon wenige Augenblicke später schien das Reptil dennoch den Weg durch seine Kehle gefunden zu haben. Der Mann brach zusammen und blieb reglos am Boden liegen.

»Verdammt, was soll das?«, raunte Nestor seinem Gefährten zu. »Was machen die mit denen?«

Der Eisbarbar wusste keine Antwort, und so blieb den beiden nichts, als wie alle anderen die grausige Zeremonie zu verfolgen, die sich vor ihnen abspielte. Auch die übrigen Gefangenen wurden gezwungen, Schlangen zu schlucken, und ein jeder von ihnen schrie zunächst panisch, um dann abrupt zu verstummen.

»Xargul! Xargul! Xargul!«, sang die Menge wieder, und Nestor begriff: Dies war kein Wort der Sprache Kal Anars – es war ein Name. Der Name jener Gottheit, die im Schlangenturm residierte und der die Priester gerade mehrere Menschenopfer dargebracht hatten. Und jäh wurde dem Mann aus Taik auch klar, weshalb die Furcht in den Straßen und Gassen von Kal Anar regierte: Jeder konnte der Nächste sein, der geopfert wurde!

Noch ein weiterer Gefangener wurde herangeschleppt – und Nestor und Gurn sogen scharf die Luft ein, als sie erkannten, wer es war.

Lao …

Verzweifelt wand sich der kleine Mann im Griff seiner Häscher, aber die schwarz Gerüsteten schleppten ihn unbarmherzig vor den Hohepriester, der erneut zur Zange griff.

»Nicht gut«, knurrte Gurn unruhig und zupfte Nestor am Ärmel. »Wir rasch verschwinden.«

»Du hast recht …« Nestor wollte sich schon abwenden, als Lao in entsetztes Geschrei verfiel. Er war über den ganzen Vorplatz zu hören. Die Wächter hatten ihn gepackt und rissen ihm den Mund auf, damit der Priester sein grausiges Werk verrichten konnte.

»Wir gehen!«, drängte Gurn.

Aber Nestor zögerte.

Von Grauen gepackt, sah er mit an, wie der Hohepriester auf Lao zutrat, die Zange mit dem sich ringelnden Tier in der Hand. Laos Augen weiteten sich vor Entsetzen, und seine Stimme überschlug sich, während er – so vermutete Nestor – laut um Gnade flehte.

Auch von der anderen Seite des Platzes drang auf einmal lautes Geschrei an Nestors Ohren. Es waren Laos Frau und seine Kinder, die hilflos mitansehen mussten, was ihrem Mann und Vater angetan wurde.

»Gehen!«, sagte Gurn noch einmal. Er packte Nestor am Arm und wollte ihn in die nächste Gasse ziehen – aber der ehemalige Meuchelmörder riss sich von ihm los.

Verdammt, was stimmte nicht mit ihm?

Früher hatte es ihm nichts ausgemacht, Unschuldige sterben zu sehen – mehr noch, er hatte sie eigenhändig zu ihren Göttern befördert. Das Wehklagen der Witwen und Waisen war ihm gleichgültig gewesen, solange sich die Sache für ihn gelohnt hatte – und jetzt reichte schon ein wenig Geschrei, um ihn zu erweichen?

Nein!

Entschlossen wandte sich Nestor ab, wollte zusammen mit Gurn diesen Ort des Grauens verlassen – als Laos Schreie in ein Würgen und Gurgeln übergingen. Nestor konnte nicht anders, als hinzuschauen.

Der Hohepriester stopfte Lao das lebende Tier in den Rachen, während die Einzigen, die ihm helfen konnten, sich heimlich davonstahlen.

Es war nicht richtig.

Lao hatte ihnen geholfen, als sie ihn gebraucht hatten, ungeachtet der Gefahr, ungeachtet der Gefahr, der er sich selbst und seiner Familie ausgesetzt hatte …

»Gurn …«, sagte Nestor nur.

Der Barbar blieb stehen, und sie tauschten einen Blick, der mehr verriet als tausend Worte.

»*Shnorsh!*«, knurrte Gurn.

Da er seinen Zweihänder in Laos Haus zurückgelassen hatte (das Schwert war zu groß und zu auffällig, um es unter der Kutte herumzuschleppen), waren Nestors Messer die einzigen Waffen, die sie bei sich hatten – aber das genügte.

Indem Gurn vorausging und seinem Gefährten und sich eine Schneise in die Menschenmenge bahnte, gelangten die beiden näher an die Plattform heran. Dabei öffnete Nestor seine Kutte, griff nach zweien der Klingen und zog sie aus dem Gürtel. Höchste Eile war geboten – zwar wehrte sich Lao noch immer dagegen, das Schlangentier schlucken zu müssen, aber schon in wenigen Augenblicken würde es zu spät sein …

Eiskalt holte Nestor mit einer routinierten Bewegung aus, visierte sein Ziel an – und warf die Klinge!

Indem es sich in der Luft überschlug, überwand das Messer die Distanz von dreißig, vierzig Schritten – und zuckte in das Dunkel, das in der Kapuze des Hohepriesters herrschte.

Der Vermummte zog die Zange zurück, in deren Griff sich die Schlange immer noch wand, und begann zu taumeln. Die übrigen Priester, die nicht begriffen, was geschehen war, schauten einander fragend an, und die Soldaten erschraken.

Der Hohepriester ließ die Zange fallen, sodass sie mitsamt dem darin gefangenen Tier klirrend auf dem Boden landete, und griff nach seiner Kapuze. Mit einer ungelenken Bewegung schlug er sie zurück – und enthüllte den Kopf eines älteren Mannes, aus dessen linkem Auge der Griff des Messers ragte.

Ein Aufschrei des Entsetzens ging durch die Menge, und auch die Priester verfielen in panisches Gekreische. Im nächsten Moment kippte der Alte um und blieb reglos liegen, und noch während die Priester oder die Soldaten begriffen, was vor sich ging, hatte Nestor schon zwei weitere Klingen auf Reisen geschickt und Laos Häscher niedergestreckt.

»Lauf, Lao!«, schrie er aus Leibeskräften.

Panik brach sowohl auf der Treppe als auch auf dem Vorplatz aus – Panik, die der Gefangene tatsächlich nutzte, um aufzuspringen und zu fliehen. Einer der Soldaten wollte ihm hinterher, aber ein Wurfmesser bohrte sich in seinen Hals, ehe er ihn einholen konnte. Während sich die Priester unter hellem Geschrei in den Turm flüchteten – wobei bei einigen die Kapuzen nach hinten fielen und alte, ausgemergelte Gesichter zum Vorschein kamen –, formten die Soldaten einen schützenden Kordon um sie.

Nestor hätte nicht übel Lust gehabt, noch ein paar mehr von ihnen ins Jenseits zu befördern, aber Gurn packte ihn und zog ihn fort. Es war höchste Zeit zu verschwinden.

Sie nutzten den Schutz der Menge, während die Kal Anarern in heilloser Panik vom Platz drängten. Da die Gassen jedoch schmal waren, staute sich der Menschenstrom, und es gab kein Weiterkommen.

Mit einem Blick über die Schulter stellte Nestor fest, dass die Tempelwachen Verstärkung erhielten. Eine ganze Abteilung schwer bewaffneter Krieger drängte aus dem Turm, stürmte die Stufen hinab und schwärmte auf dem Platz aus auf der Suche nach dem Mörder ihres Hohepriesters.

»Verdammt, wir müssen weg!«, zischte Nestor – und Gurn trat wieder in Aktion. Wie ein Schwimmer bewegte er sich durch die Flut der Flüchtenden, schaufelte mit groben Pranken jene zur Seite, die ihm im Weg waren. Auf diese Weise kamen die beiden schneller voran, aber sie zogen auch unerwünschte Aufmerksamkeit auf sich.

Nestor hörte, wie die Wachen einander hektische Befehle zuriefen. Plötzlich packte jemand seine Kutte und zerrte daran. Der Stoff riss ratschend und fiel an ihm herab – und jeder konnte sehen, dass Nestor ein Fremder war. Mehr noch, der breite Ledergürtel, in dem mehrere Klingen fehlten, kam einem Schuldgeständnis gleich.

»*Umbal!*«, raunte Gurn ihm zu, packte ihn und riss ihn

mit. Die Wachen hinter ihnen schrien etwas, das sie nicht verstanden – wohl, dass sie stehen bleiben und sich ergeben sollten, aber natürlich dachten sie nicht daran. Was mit ihnen geschehen würde, wenn sie gefasst wurden, war ihnen nur allzu klar.

Doch in der Enge der Gassen gab es kein Fortkommen mehr – die Menschen drängten sich so dicht, dass Gurn nicht einmal mehr wusste, wohin er sie schaufeln sollte. Also schlug er einen anderen Fluchtweg ein – geradewegs über die Dächer der Stadt.

Nestor wurde nicht lange gefragt, ob er diesem Fluchtplan zustimmte. Der Eisbarbar warf ihn kurzerhand auf eines der niederen Vordächer, ehe er selbst geschickt an einem Pfeiler emporkletterte. Von dort gelangten sie auf das Dach des Hauses und setzten ihre Flucht fort.

Sie mussten Acht geben, auf den von Staub und Ruß überzogenen Dachpfannen nicht abzurutschen. Dennoch liefen sie so schnell wie möglich über die Dächer hinweg, wobei sie mehr als einmal das Gefühl hatten, dass die Konstruktion unter ihren Tritten bedenklich nachgab. Schon hatten sie das Ende des Daches erreicht und waren gezwungen, über die Gasse zum nächsten Dach zu springen.

Die beiden zögerten nicht – keiner von ihnen hatte Lust, mit einem Strick um den Hals oder einer Schlange im Schlund zu enden. Mit einem waghalsigen Satz überwanden sie die mit Menschen vollgestopfte Gasse und landeten auf dem nächsten Dach. Nestor rutschte dabei auf den rutschigen abschüssigen Ziegeln aus. Mit den Armen rudernd, fand er das Gleichgewicht wieder, dann rannte er weiter. Von Berufs wegen hatte Nestor einige Erfahrung mit ungewöhnlichen Fluchtwegen, und Gurn war schon als Kind auf den schroffen und oftmals rutschigen Eisklippen seiner Heimat herumgeklettert.

Schon wollte Nestor seinen barbarischen Freund zu dem Einfall, die Flucht über die Dächer anzutreten, beglückwünschen – als nur eine Armlänge von ihm entfernt ein Pfeil durch die Luft zischte.

»Verdammt …!«

Ein flüchtiger Blick über die Schulter zeigte Nestor, dass sie nicht mehr allein waren auf den Dächern; mit Pfeil und Bogen bewaffnete Soldaten waren ihnen gefolgt und nahmen sie unter Beschuss. Schon zuckten weitere gefiederte Geschosse heran, die die Flüchtlinge nur knapp verfehlten.

Abrupt änderten Nestor und Gurn die Richtung und sprangen auf ein weiteres Dach, das ein Stück tiefer lag. Inzwischen war in der Ferne die Stadtmauer zu erkennen, allerdings noch unerreichbar für sie …

»Das deine Schuld!«, knurrte Gurn im Laufen.

»Nein«, widersprach Nestor atemlos, »es ist die Schuld dieser verdammten Orks. Noch vor Kurzem war ich ein Mann ohne Mitleid, und jetzt …«

»… du ein *bog-uchg*«, vervollständigte der Eisbarbar auf Orkisch.

Nestor wollte etwas erwidern, aber ein durchdringendes Kreischen, das urplötzlich in der Luft lag, riss ihm die Worte von den Lippen.

»Ein Basilisk – lauf!«, schrie Nestor, noch ehe er das Ungeheuer gesehen hatte; der grässliche Laut allein verriet ihm, womit sie es zu tun hatten.

So schnell er konnte, setzte Nestor über das abschüssige Dach, während die Menschen ringsum in den Gassen panisch zu schreien begannen. Im nächsten Moment fiel auch schon ein dunkler Schatten über sie, und ein gefährliches Rauschen erfüllte die Luft.

Zurückzuschauen wagten Gurn und Nestor nicht, aus Furcht, dem Basilisken in die Augen zu blicken und zu versteinern. Instinktiv warteten sie ab, um sich im letzten Moment bäuchlings auf das Dach zu werfen – keinen Augenblick zu früh!

Nur wenige Handbreit zog der geflügelte Schlangenkörper über sie hinweg. Sofort sprangen sie wieder auf und rannten weiter, sprangen auf das nächste wiederum ein wenig tiefer gelegene Dach und setzten ihre Flucht fort.

Der Basilisk jedoch sah keinen Grund, seine Opfer entkommen zu lassen. Mit den ledrigen Flügeln schlagend, stieg er steil in die Höhe, verharrte hoch oben am grauen Himmel und kreischte fürchterlich, um dann erneut hinabzustoßen.

»Schau ihm nicht in die Augen, hörst du?«, schärfte Nestor seinem barbarischen Gefährten ein. »Du darfst ihm nicht in die Augen schauen …!«

Gurn rief etwas zurück, das Nestor nicht verstand – und im nächsten Augenblick schien die Bedrohung durch den Basilisken hinfällig geworden zu sein. Denn so plötzlich, wie es aufgetaucht war, war das Untier auf einmal verschwunden.

»Wo ist er hin?«, fragte Nestor und blickte sich verwirrt um, die Hand an einem seiner Wurfmesser.

»Egal, wenn nur fort!«, meinte Gurn und setzte sich wieder in Bewegung.

Sie liefen weiter über die Dächer. Dass sie nicht mehr unter Beschuss lagen und die Soldaten ihnen nicht mehr folgten, führten sie auf ihr eigenes Geschick und ihre Schnelligkeit zurück – ein Irrtum, wie sich zeigen sollte.

Als sie an der Kante des Dachs anlangten, erstreckte sich vor ihnen eine der Hauptstraßen – und bildete eine auf dem ersten Blick unüberwindliche Kluft. Auf der anderen Seite befanden sich noch sechs oder sieben Dächer, dahinter erstreckte sich die Stadtmauer, jenseits derer die Freiheit lag …

»Springen!«, knurrte Gurn entschlossen und nahm Anlauf, um die beträchtliche Distanz zu überwinden.

In diesem Augenblick vernahm er das Schlagen gewaltiger

Schwingen, und das grässliche Haupt eines riesigen Vogels erhob sich über die Dachkante.

»Nein!«, schrie Nestor entsetzt – aber es war zu spät.

Gurn und er starrten den Basilisken an, schauten ihm in die Augen. Furcht und Panik ließen sie erstarren, während sie gleichzeitig das Gefühl hatten, dass ihr Innerstes erkaltete und zu hartem Stein wurde. Sie gefroren zu Reglosigkeit, während das Untier vor ihnen in die Höhe stieg, kräftig mit den Schwingen schlug und sich sein Schlangenkörper unter ihm ringelte.

Mit aller Macht wollte sich Nestor dazu zwingen, eins der Wurfmesser zu zücken und es zu schleudern. Aber so sehr er es auch versuchte, es gelang ihm nicht. Ein Laut drang aus der Kehle des Basilisken, der sich weniger wie ein Schrei als vielmehr wie höhnisches Gelächter anhörte, was das Tier nur noch bösartiger und bedrohlicher erscheinen ließ.

Im nächsten Moment bekamen Nestor und Gurn Gesellschaft: Die Soldaten, die sich lediglich zurückgezogen hatten, damit die beiden Flüchtenden dem Basilisken in die Fänge liefen, ergriffen sie und schleppten sie davon, während das Ungeheuer wieder hoch in den Himmel stieg, noch eine Weile über dem Schlangenturm kreiste und dann im Krater des Anar verschwand.

9.

SNAGOR-TUR

»Wo sie nur bleiben?« Erneut ließ Rammar seinen Blick in Richtung der fernen Stadt schweifen und maulte vor sich hin. »Auf diese Milchgesichter ist einfach kein Verlass! Wenn man nicht alles selber macht!«

»Vielleicht ist ihnen etwas zugestoßen«, gab Ankluas zu bedenken. »Möglicherweise wurden sie entdeckt oder ...«

»Dann sollten wir aufbrechen«, knurrte Balbok entschlossen.

Nur mit Mühe hatten die beiden anderen den großen, hageren Ork davon abhalten können, sich sofort nach Kal Anar zu begeben. Die Einwände, die Rammar und Ankluas vorgebracht hatten – dass es Wahnsinn wäre, sich ohne Informationen in die Höhle des Trolls zu begeben, und sie deshalb warten mussten, bis Nestor und Gurn zurückkehrten –, hatten ihn keineswegs überzeugt. Nur Quia war es zu verdanken, dass Balbok nicht längst aufgebrochen war; die junge Amazone hatte ihm klargemacht, dass es weder ihr noch ihren getöteten Schwestern etwas nützte, wenn sich »der große Bunais« opferte. Rache, so hatte sie gesagt, wollte gut überlegt und vorbereitet sein, und das hatte Balbok schließlich eingeleuchtet. Nun allerdings war die Frist, die sie Nestor und Gurn gestellt hatten, verstrichen, und die beiden waren noch immer nicht zurückgekehrt ...

»Balbok hat recht«, pflichtete Ankluas ihm bei. »Wenn unsere Gefährten tatsächlich dem Feind in die Hände gefallen sind, wird er sie grausam foltern lassen, um herauszubekommen, wer sie sind und was sie nach Kal Anar geführt hat. Wenn wir die Überraschung also weiterhin auf unserer Seite haben wollen, müssen wir rasch handeln.«

»Rasch handeln – das sagt sich so leicht!«, maulte Rammar. »Wie denn? Wir wissen nicht das Geringste über unseren Gegner. Vielleicht laufen wir blindlings in eine Falle.«

»Vielleicht.« Ankluas nickte. »Dieses Risiko werden wir eingehen müssen. Eine andere Möglichkeit haben wir nicht.«

Rammar war nicht dieser Ansicht. Natürlich hatten sie eine andere Möglichkeit. Es gab immer eine andere Möglichkeit, als sich massakrieren zu lassen. Aber er hütete sich, dies laut auszusprechen, denn das hätte womöglich den Anschein erweckt, dass er weniger Mut hätte als der *ochgurash*.

Und das wollte er auf jeden Fall vermeiden ...

»Sei's drum«, brummte er angefressen, »dann gehen wir eben.«

»*Korr*«, knurrte Balbok nur.

»Ich begleite euch ebenfalls«, stellte Quia mit eisiger Stimme klar. »Der Mörder meines Volkes sitzt in Kal Anar. Ich will dabei sein, wenn er zur Strecke gebracht wird.«

»Das wird er«, versicherte Balbok grimmig, während seine eng stehenden Augen einen stieren Blick bekamen. »Ich werde ihm Arme und Beine abhacken und ihm sagen, was für ein elender, verlauster Feigling er ist. Dann werde ich ihm das Herz aus der Brust reißen und es auffressen, solang es noch schlägt. Danach werde ich ihm die Eingeweide aus dem Leib zupfen und daraus einen *bru-mill* zubereiten, wie man ihn östlich der Modermark noch nie gegessen hat. Und danach werde ich ihm den Schädel aufschlagen, sein Hirn mit Blutbier aufgießen und in kleinen Schlucken ...«

»Balbok?«, tönte es energisch herüber.

»Ja, Rammar?«

»Wir gehen ...«

Kal Anar war weiter entfernt, als es den Anschein gehabt hatte, und der Marsch war anstrengend und gefährlich – nicht nur der mörderischen Hitze wegen, sondern auch wegen der Erdspalten und Klüfte, aus denen giftiger Schwefel drang.

Zudem durchstreiften Patrouillen das trostlose Land – Soldaten wie die, mit denen die Orks schon zu tun gehabt hatten. Rammar vermutete, dass sie nach dem längst überfälligen Spähtrupp suchten.

Mit den Waffen der besiegten Soldaten bis an die Zähne bewaffnet, näherten sich die drei Orks und die Amazone immer mehr Kal Anar. Eine Stadt wie diese, die an den Hängen eines Berges förmlich emporzuwachsen schien, hatten die beiden Ork-Brüder noch nie zuvor gesehen. Je weiter sich der Tag dem Ende neigte, desto stärker schien das Glühen zu werden, das aus dem rauchenden Vulkankrater drang und den Turm über der Stadt in unheimlichem Zwielicht leuchten ließ.

»Der Schlangenturm«, sagte Ankluas, der, zu Rammars Ärgernis, einmal mehr den Fremdenführer gab. »Weder weiß man, wer ihn errichtet hat, noch wie lange er schon steht.«

»Aber ich weiß«, knurrte Balbok, »wer ihn schon bald einreißen wird.«

»Sei dir da nicht so sicher, mein Freund. Wenn es wahr ist, was wir vermuten, dann stoßen wir auf Kräfte in diesem Turm, die die eines Orks bei weitem übersteigen. Der Herrscher von Kal Anar hat die Basilisken zurückkehren lassen und ist in der Lage, die Gefallenen vergangener Zeiten aus den Gräbern zu reißen. Das dürfen wir nicht vergessen ...«

»Das werden wir schon nicht – weil kein verdammter Augenblick vergeht, in dem du uns nicht daran erinnerst!«, blaffte Rammar. Er war wütend, und das nicht nur, weil ihm die Füße weh taten und ihm das unorkische Gequatsche des Einohrigen auf die Nerven ging. Ihm war mulmig genug zu Mute, auch ohne dass Ankluas ihn noch fortwährend daran erinnerte, mit welch fürchterlichem Gegner sie es zu tun hatten. Die triste Landschaft, die Fremdartigkeit dieses Ortes, die von giftigen Dämpfen durchsetzte Luft, die Bedrohung durch die Basilisken – all dies sorgte dafür, dass sich Rammar in seiner pickligen Haut alles andere als wohl fühlte. Dennoch – er wollte sich keine Blöße geben.

Nicht vor einem *ochgurash* ...

»Der Anblick macht mir Angst«, gab Quia zu, die weniger Probleme als Rammar damit hatte, sich und den anderen ihre Gefühle einzugestehen. »In dieser Stadt wohnt nicht nur das Böse, sie selbst scheint böse zu sein und ...«

»Unsinn!«, fuhr ihr der dicke Ork über den Mund. »Das sind nur ein paar Hütten und ein baufälliger alter Turm. Nichts, wovor du dich fürchten müsstest.«

»Dein Volk ist es auch nicht, das vom Feind ausgelöscht wurde«, entgegnete die Amazone leise, und darauf wusste nicht einmal Rammar etwas zu entgegnen.

»Wie gelangen wir hinein?«, fragte sich Balbok.

Ankluas spähte vorsichtig über die Hügelkuppe, hinter der sie Zuflucht gesucht hatten. »Die Tunneleingänge sind zu stark bewacht«, stellte er fest. »Wir müssen etwas anderes versuchen.«

»Bah!«, machte Balbok verächtlich. »Das sind nur zehn, zwölf Mann! Mit denen werden wir fertig.«

»Daran zweifle ich nicht – aber danach wäre die ganze Garnison alarmiert, und das wollen wir nicht, oder?«

Kleinlaut schüttelte Balbok den Kopf. »*Douk.*«

»Wir müssen versuchen, ungesehen an die Stadtmauer heranzukommen und sie zu überwinden.«

»Sie überwinden?« Rammar schnappte nach Luft. »Hast du nicht gesehen, wie hoch das verdammte Ding ist? Und erst diese Stacheln ...«

»Ich habe nicht behauptet, dass es einfach wird«, entgegnete Ankluas. »Was habt ihr erwartet? Dass sie euch freudig begrüßen und euch mit Pauken und Fanfaren empfangen?«

»Nein, danke«, knurrte Balbok säuerlich. »Das hatten wir schon.«

»Wenn wir uns schon ranschleichen müssen, dann sollten wir wenigstens warten, bis es ganz dunkel geworden ist«, schlug Rammar vor. »So kann man uns ja weithin sehen.«

»Das stimmt«, räumte Ankluas ein, »aber sehr viel dunkler wird es nicht mehr. Das Licht kommt nicht von der untergehenden Sonne, sondern aus dem Krater des Vulkans. Der Anar ist zu neuem Leben erwacht, wie es scheint.«

»Was du nicht sagst«, zischte Rammar. »Kannst du mir verraten, wie wir ungesehen an die verdammte Mauer rankommen sollen, wenn wir nicht einmal …«

Er unterbrach sich, als sich Quia, die schweigend neben ihm gekauert hatte, plötzlich erhob. Die Amazone sandte den drei Orks einen entschlossenen Blick, und für Balbok fügte sie noch ein Lächeln hinzu. Dann huschte sie blitzschnell durch das Halbdunkel davon.

»Verdammt, was tut das Weibsbild?«, polterte Rammar los. »Sie wird uns die ganze Überraschung vermenschen.«

»Da wär ich mir nicht so sicher«, widersprach Balbok. »Sieh mal …«

Griesgrämig warf Rammar einen Blick über die Hügelkuppe. Zunächst konnte er Quia nirgends entdecken, erst bei näherem Hinsehen machte er sie im Schatten einiger Felsen aus. Mit katzenhafter Geschmeidigkeit bewegte sich die Amazone auf die Mauer zu. Ein besorgter Blick nach den Wehrgängen – aber keiner der Soldaten, die dort Wache hielten, schaute in Quias Richtung.

Selbst Rammar musste zugeben, dass die Kriegerin ihre Sache sehr geschickt machte. Indem sie jeden Felsen und jeden Schatten als Deckung nutzte, gelang es ihr tatsächlich, sich bis auf wenige Schritte an die Mauer heranzupirschen, die sich wie eine steinerne Schlange um die Stadt wand – ein Vergleich, der sich aufdrängte und vermutlich auch beabsichtigt war. Den Schlangen schien in Kal Anar immerhin besondere Bedeutung zuzukommen …

Endlich hatte Quia die Mauer erreicht.

Sich eng an das grobporige schwarze Gestein pressend, bedeutete sie den Orks nachzukommen, und so sehr es Rammar missfiel – nun half alles nichts mehr. Nacheinander schlichen die Orks aus ihrem Versteck: zuerst Ankluas, der einmal mehr die Führung übernahm, dann Rammar und schließlich Balbok. Natürlich widerstrebte es Rammar, den *ochgurash* vorausgehen zu lassen. Andererseits – wenn sie entdeckt wurden, würde Ankluas der Erste sein, den die feindlichen Bogenschützen mit Pfeilen spickten. Und in einem solchen Fall verzichtete Rammar der Rasende gern auf seine Privilegien …

Die Orks hatten Glück – ungesehen erreichten auch sie die Mauer. Während Ankluas und Balbok der Spurt offenbar nichts ausgemacht hatte, rang Rammar nach Atem.

»Verfluchte Schinderei!«, ächzte er. »Allmählich frag ich mich, ob lächerliche zwei Schätze den ganzen Aufwand lohnen …«

»Sssch!«, machte Ankluas und winkte energisch ab, während er besorgt an der Mauer emporblickte. Mit dem einen Ohr – das allerdings hervorragend zu funktionieren schien – hatte der Ork offenbar etwas wahrgenommen, das seinen Gefährten verborgen geblieben war. Tatsächlich – der lange Schatten eines Wächters erschien über den spitzen Zinnen.

Die Orks und ihre Begleiterin pressten sich mit dem Rücken eng an die Mauer, damit sie von oben nicht gesehen werden konnten. In Rammars Fall mochte das allerdings nicht viel nutzen, denn sein kugelförmiger Bauch stand weit vor.

Quia zückte auf einmal den Dolch, den sie einem erschlagenen Reiter abgenommen hatte, klemmte ihn sich zwischen die Zähne – und kletterte dann mit unglaublichem Geschick an der Mauer empor. Dass sie dabei Rammars Wanst als Aufstiegshilfe benutzte, wollte dieser mit empörtem Protest quittieren, aber Balboks Rechte schoss vor und hielt ihm schnell das Maul zu.

Mit geradezu animalischer Gewandtheit erklomm Quia die Mauer. Sie nutzte dafür deren grobe Beschaffenheit und die breiten Fugen zwischen den rauen Steinbrocken, um sich mit den Fingern festzukrallen und Halt für die Füße zu finden. Balbok konnte nur staunen, während er zusah, wie die Amazone wie ein Insekt an der Mauer emporkrabbelte.

Quia erreichte die eisernen Stacheln, die die Mauer rings umliefen, und klammerte sich daran ein – und indem sie ihren sehnigen Leib spannte, schwang sie die Beine nach oben. Wenige Herzschläge später hatte sie die Füße auf zwei der Eisenstachel gesetzt, streckte ihren Körper so weit es ging, erreichte den Rand der Mauer mit den Fingerspitzen, und im nächsten Moment verschwand sie zwischen zwei Zinnen.

»Ich hoffe, das Weib weiß, was es tut!«, flüsterte Rammar verdrießlich, während seine beiden Artgenossen und er besorgt nach oben blickten.

Auf einmal wurde etwas über die Mauerkrone geschleudert. Ein menschlicher Körper fiel herab und schlug vor den Orks auf dem Boden auf. Der Soldat in Kettenhemd und Waffenrock, auf dessen Brust das Wappen Kal Anars prangte, war nicht gestorben, weil man ihm die Kehle durchgeschnitten hatte – das hatte nur dem Zweck gedient, ihn am Schreien zu hindern –, sondern weil er sich beim Sturz von der Mauer das Genick und ein paar Knochen mehr gebrochen hatte.

»Gründliche Arbeit«, sagte Balbok anerkennend.

»*Korr*, gar nicht mal übel«, musste auch Rammar eingestehen. »Allerdings hat sich keiner von euch Klugscheißern gefragt, wie ich es schaffen soll, an der Mauer hinaufzukl…«

In diesem Augenblick fiel noch etwas von oben herab – und landete direkt auf Rammars Kopf.

Es war ein Seil aus grobem Hanf.

»Verdammt, das Mädel erweist sich wirklich als nützlich«, murmelte Rammar.

Quia hatte das andere Ende des Seils um eine der Zinnen geschlungen und festgeknotet. Balbok und Ankluas konnten daran leicht an der Mauer emporklettern. Nur Rammar sah sich dazu außerstand. Balbok kannte das schon, und so lösten sie das Problem auf bewährte Weise: Rammar band sich das untere Ende des Seils um die Leibesmitte, und seine Gefährten mussten sich damit abmühen, den dicken Ork nach oben zu ziehen.

Stück für Stück zogen ihn seine Gefährten hinauf. Bei den Eisenstacheln, die nach unten gebogen waren, um Angreifer abzuhalten, musste Rammar seinen Wanst einziehen, um nicht aufgespießt zu werden. Aber er überwand auch diese Hürde, und als er endlich die Mauerkrone erreichte, schaute er in die Gesichter zweier völlig ausgelaugter Orks, denen der Schweiß auf der narbigen Stirn stand.

»Was denn?«, frotzelte Rammar, während er sich schwerfällig zwischen zwei Zinnen hindurchquetschte. »Ihr werdet doch nicht müde werden?«

Sie hatten es geschafft, hatten die Mauer überwunden – und befanden sich nun in der Stadt des Feindes.

Jenseits des Wehrgangs erstreckte sich ein Meer aus ineinander verwinkelten Dächern, die sich am steilen Berghang übereinanderzutürmen schienen. Dazwischen verlief ein wahres Labyrinth aus schmalen Gassen und in den Fels gehauenen Treppen, beleuchtet von aus Totenschädeln gefertigten Lampions, die an Dächern und Giebeln hingen.

»Hübsch«, stellte Balbok fest.

»*Korr*, das muss man den Leuten hier lassen«, stimmte Rammar zu. »Sie haben wenigstens Geschmack.«

»Und wo sollen wir nach euren Gefährten suchen?«, fragte Quia ratlos. »Die Stadt ist riesig. Ohne den geringsten Hinweis haben wir keine Aussicht, Gurn und Nestor zu finden.«

In diesem Moment ließ sich, fast wie eine Antwort, ein dumpfes Grollen aus den Tiefen des Berges vernehmen. Das feurige Leuchten über dem Anar verstärkte sich für einen Augenblick und ließ den Schlangenturm in düsterem Orange leuchten.

»Dort«, sagte Ankluas nur.

Die Starre hielt nur kurze Zeit an.

Noch während man Nestor und Gurn in die dunklen Katakomben des Turmes schleppte, merkten die beiden, wie ihre Bewegungsfähigkeit zurückkehrte. Wie damals, als der Basilisk sie auf freiem Feld überrascht hatte …

Nestor schalt sich einen Narren. Wie hatte er nur so dumm sein können? Was hatte ihn geritten, eines einzelnen Mannes wegen die gesamte Mission zu gefährden? Schlimmer noch, sein Leben und das seines Kameraden zu riskieren, um einen völlig Fremden zu retten?

Hätte man ihm noch vor ein paar Monaten gesagt, dass er so etwas Törichtes tun würde, der Mann aus Taik hätte nur gelacht – doch es war so gekommen, und das Lachen war ihm längst vergangen. Gurn ging es nicht viel besser; der Eisbarbar starrte dumpf vor sich hin, und nur gelegentlich ließ er ein feindseliges Knurren hören.

Je weiter sie durch den von Fackeln beleuchteten Gang geschleift wurden, desto größer wurde die Hitze. Nestor bezweifelte, dass sie sich noch im Inneren des Schlangenturms befanden. Die Gänge und Gewölbe des düsteren Bauwerks schienen sich weit in den Berg hinein zu erstrecken. Das erklärte auch die Hitze, die immer noch drückender wurde und den Gefangenen den Schweiß auf die Stirn trieb – schließlich war der Anar nicht irgendein Berg, sondern ein Vulkan, in dessen Inneren die ewigen Flammen der Vernichtung brannten.

Endlich verbreiterte sich der Gang, und man schleifte sie in ein von Säulen getragenes Gewölbe. Jede der Säulen war so behauen, dass sie aussah, als würde sich eine steinerne Schlange darum winden, und auf den Schilden der Wächter, die das Gewölbe säumten, prangte das Symbol des Basilisken.

»Schlangen, immer nur Schlangen!«, raunte Nestor den Barbaren verdrießlich zu. »Allmählich hängen mir die Biester zum Hals raus, kann ich dir sagen …«

Er bereute seine Worte augenblicklich, denn seine Bewacher, die ihn – noch immer halb bewusstlos – bisher an den Armen mitgeschleift hatten, ließen ihn los, sodass er der Länge nach hinschlug, und bevor er sich aufrappeln konnte, erwischte ihn ein böser Tritt im Gesicht.

Grobe Hände packten ihn erneut und zerrten ihn weiter, bis an den Rand einer breiten, an die vierzig Schritt durchmessenden Grube, die den hinteren Bereich des Gewölbes einnahm. Was sich darin befand, erfuhren die Gefangenen nicht – man zwang sie, niederzuknien und die Blicke zu senken.

Sodann wurde ein großer Gong geschlagen, der zwischen zwei der Säulen hing und dessen durchdringender Klang das Gewölbe erbeben ließ. »Xargul! Xargul!«, rief beschwörend einer der Priester, die den Trupp begleitet hatten – und in der Grube begann sich etwas zu regen.

Nestor hörte ein leises, schlurfendes Geräusch, wie wenn sich etwas ungeheuer Großes über sandigen Boden schleppte. Ein leises Zischeln war zu vernehmen, und aus der Grube schlug den Gefangenen bestialischer Gestank entgegen.

Moder, Fäulnis, Verwesung.

Der Geruch des Todes …

Erneut ein Zischeln und Schlurfen. Aus dem Augenwinkel sah Nestor, dass auch der Priester und die Soldaten auf dem Boden kauerten und die Köpfe gesenkt hatten. Was immer sich in der Grube befand, sie schienen es ebenso zu fürchten wie zu verehren.

Für Nestor war es die Gelegenheit, einen Blick zu riskieren und …

Nur für einen kurzen Augenblick schaute Nestor auf – ein Augenblick, in dem er an der rückwärtigen Wand der Grube einen Furcht erregenden Schatten gewahrte. Ein schlanker Körper, der sich halb aufgerichtet hatte, dazu ein Haupt mit einem Hakenschnabel, aus dem eine gespaltene Zunge zuckte.

Ein Basilisk?

Möglicherweise. Aber dann war er größer als alle, die Nestor und seine Gefährten bislang gesehen hatte …

Einmal mehr merkte der Mann aus Taik, wie ihn jene Furcht beschlich, die er früher so oft in den Augen seiner Opfer erblickt hatte. Nackte Todesangst ergriff von ihm Besitz, und trotz der Hitze, die in dem Gewölbe herrschte, begann er am ganzen Körper zu zittern.

»Dumme, ahnungslose Menschen«, sagte jemand, und überrascht stellte Nestor fest, dass er die Worte verstand – nicht in der Sprache Kal Anars waren sie gesprochen worden, sondern in der des Westens.

Nestors Verblüffung schlug allerdings in maßloses Entsetzen um, als ihm klar wurde, dass die Stimme in der Grube aufgeklungen war!

»Keine Vorstellung habt ihr, mit wem ihr euch eingelassen habt, und dennoch seid ihr aufgebrochen. Dumm und ahnungslos …«

Nestor wollte etwas erwidern, wollte fragen, wer da zu ihm sprach – aber die Angst schnürte ihm die Kehle zu, sodass er kein Wort über die Lippen brachte.

»Ich beobachte euch schon eine lange Zeit. Kaum etwas konntet ihr tun, über das ich nicht informiert war, denn meine geflügelten Spione setzten mich stets über euer Treiben in Kenntnis ...«

Geflügelte Spione? Nestor zuckte zusammen. Damit konnten nur die Basilisken gemeint sein ...

War es möglich, dass die Schlangenvögel nicht nur ihrem Instinkt nach handelten? Dass sie im Dienst einer noch mächtigeren, noch grässlicheren Kreatur standen?

Wieder ein flüchtiger Blick auf die Grubenwand – der schreckliche Schatten war noch immer zu sehen.

»Wo sind die Orks?«, scholl es unvermittelt durch das Gewölbe.

Nestor stockte der Atem, das Blut wollte ihm in den Adern gefrieren. Der geheimnisvolle Fremde wusste von Balbok, Rammar und Ankluas. Er musste also tatsächlich gut informiert sein – aber wusste er auch von ihrer Mission?

»Ich weiß alles«, versicherte die Stimme, als wäre der Sprecher in der Lage, Gedanken zu lesen. »Ich weiß von dem Auftrag, den Corwyn euch erteilt hat, dieser Betrüger, der sich den Thron von Tirgas Lan zu Unrecht angeeignet hat. Aber er wird nicht mehr lange darauf sitzen, das schwöre ich ...«

Nestor und Gurn wechselten einen gehetzten Blick. Die Stimme hörte sich so entschieden an, dass man keinen Augenblick an ihren Worten zweifeln konnte. Wie es aussah, war ihre Mission vom ersten Augenblick an zum Scheitern verurteilt gewesen, denn der geheimnisvolle Feind hatte von Anfang an davon gewusst ...

»Lange Zeit habe ich euch beobachtet und war über jeden eurer Schritte informiert«, fuhr die Stimme fort. »Aber dann sind Dinge geschehen, die ich nicht voraussehen konnte. Das Volk der Amazonen – so klein ist es und so unbedeutend, dass ich es fast vergessen hätte. Ein Staubkorn nur, und doch störte dieses Staubkorn meine Pläne ...«

Ein schadenfrohes Grinsen huschte über Nestors Züge, und im Stillen dankte er Zara und ihren Kriegerinnen.

»Wie auch immer – ich habe diesen Fehler wieder bereinigt«, tönte es aus der Grube. »Amaz' Töchter sind nicht mehr!«

»Was?«, platzte es voller Entsetzen aus Nestor heraus, ungeachtet seiner Todesangst.

»Ein Volk, das sich erdreistet, sich mir zu widersetzen, hat sein Existenzrecht verwirkt«, erklärte die Stimme mit Eiseskälte. »Das Volk der Amazonen ist vernichtet, ausgerottet bis auf die letzte Kriegerin.«

»A-aber d-d-das kann nicht sein!«, rief Nestor stammelnd. Er musste unwillkürlich an Quia denken, und er verwünschte sich selbst dafür, dass er sie hatte zu ihrem Dorf zurückgehen lassen.

»Es ist so«, sagte die Stimme unbarmherzig. »Wer sich mir widersetzt, hat keine Gnade zu erwarten.«

»Aber die Amazonen wussten nichts von Euch und Euren Plänen«, versicherte Nestor verzweifelt.

»Unwissenheit schützt nicht vor Strafe«, entgegnete die Stimme. »Die Kriegerinnen wurden nach ihren eigenen Maßstäben behandelt.«

»A-aber …« Noch immer weigerte sich Nestor zu glauben, was die Stimme sagte, und er wollte erneut widersprechen, aber sein entsetzter Verstand fand keine Worte mehr.

»Wo sind die Orks?«, fragte die unbarmherzige Stimme noch einmal. »Durch die Amazonen, deren Einmischung nicht vorauszusehen war, habe ich die Ork-Brüder aus den Augen verloren – aber ihr werdet mir verraten, wo ich sie finden kann!«

»*Douk*«, beschied Gurn der Stimme, noch ehe Nestor antworten konnte. »Das wir werden nicht!«

Die Stimme lachte schallend – es war ein hinterlistiges,

kehliges Lachen voll abgrundtiefer Bosheit. »Ihr wollt euch mir nicht fügen?«

Die Frage ließ keinen Zweifel daran, dass die Folgen schrecklich sein würden, aber obwohl Nestor vor Furcht kaum einen klaren Gedanken fassen konnte, war er davon überzeugt, dass die Entscheidung seines barbarischen Gefährten die einzig richtige war.

Indem sich der unheimliche Feind nach den Orks erkundigte, gab er zu, dass er die Kontrolle verloren hatte, und diese Tatsache mussten sich Nestor und Gurn zunutze machen. Nur aus einem einzigen Grund waren sie noch am Leben: weil der Feind Informationen von ihnen wollte. Sobald sie ihm diese gegeben hatten, würden zuerst sie und dann die Orks eines grausamen Todes sterben. Solange sie jedoch schwiegen, würden sie am Leben bleiben – und Balbok und Rammar konnten die Mission vielleicht zu Ende bringen und sie unter Umständen sogar befreien …

»Nein«, erwiderte Nestor deshalb und legte so viel Kraft wie möglich in seine zitternde Stimme.

»Törichte Menschen!«, donnerte es aus der Grube. »Es ist sinnlos, sich mir widersetzen zu wollen. Was Xargul der Grausame will, das bekommt er auch. So ist es einst gewesen, und so wird es auch wieder sein.«

»Xargul?«, fragte Gurn. »Wer das soll sein?«

»Das bin ich, Barbar«, hallte die Stimme, »und den Beinamen ›der Grausame‹ trage ich zu Recht, wie ihr schon bald erfahren werdet. Sich mir nicht zu fügen, ist nicht nur ein äußerst törichter Fehler – es ist auch euer letzter …«

10.

SLICHGE'HAI ORDASHOULASH

Rammar, der in Schwindel erregender Höhe am Seil hing und sich vorkam, als würde er zwischen Tod und Leben baumeln, war sich sicher, dies schon einmal erlebt zu haben – nur dass ihm damals nicht Gluthitze um den Rüssel geweht war, sondern beißende Kälte, denn es war der Eistempel von Shakara gewesen, an dessen Mauer sein Bruder Balbok ihn emporgezogen hatte, und nicht der Schlangenturm von Kal Anar. Ansonsten ähnelte Rammars Lage durchaus der von damals, und wieder litt der dicke Ork Todesängste, während er an dem um seinen feisten Leib geschlungenen Seil hing und Stück für Stück emporgezogen wurde.

»Was für eine elende Menscherei«, maulte er halblaut vor sich hin. »Kein Schatz der Welt ist dies alles wert ...«

Durch die nächtlichen Gassen der Stadt hatten sich die drei Orks und ihre menschliche Begleiterin an den großen Turm herangeschlichen, der Kal Anar ebenso düster wie eindrucksvoll überragte. Das helle Gestein leuchtete orangerot und ließ das Gebäude, das tatsächlich wie ein riesiges Reptil aussah, noch unheilvoller erscheinen. Dumpfe, unheimliche Geräusche waren aus dem Inneren zu hören, die nichts Gutes verheißen konnten.

Da das Haupttor verschlossen war und außerdem gut bewacht, hatten die Eindringlinge beschlossen, ihr Glück an einer der Fensteröffnungen auf der Rückseite des Turms zu

433

versuchen; die waren in großer Höhe in die Mauerrundung eingelassen.

Der Turm bestand aus einem anderen Gestein als die Stadtmauer; scheinbar fugenlos war es aneinandergefügt und bot keinen Tritt beim Klettern. Also hatte sich Balbok anders beholfen: Er hatte das erbeutete Seil an Rammars *saparak* gebunden und den Speer dann – wie sogar Rammar zugeben musste – mit einem meisterlichen Wurf durch eine der Fensteröffnungen befördert, wo er sich verkeilt hatte. Auch das kam Rammar ziemlich bekannt vor ...

Quia war als Erste nach oben geklettert. Nachdem sie das Seil gesichert hatte, waren ihr Ankluas und schließlich auch Balbok gefolgt. Rammar hatte einen erfolglosen Versuch unternommen, sich ebenfalls als Kletterer zu betätigen, und schließlich war es so gekommen, wie er befürchtet hatte: Das Seil um den Wanst, wurde er hinaufgezogen wie ein toter Troll.

Nicht nur, dass der Hanf beständig knarrte und Rammar Angst hatte, einer der eilig gebundenen Knoten könnte sich lösen – mit panisch geweiteten Augen hielt der Ork auch nach Wachtposten Ausschau. Gegen den Hintergrund des orangerot leuchtenden Gesteins war seine rundliche Silhouette deutlich auszumachen, aber da ihn die Gefährten auf der der Stadt abgewandten Seite emporzogen, entdeckte ihn niemand.

Keuchend und stöhnend und bittere Verwünschungen ausstoßend, erreichte Rammar endlich das Fenster. Die Pranken seiner Artgenossen packten ihn und zogen ihn ins Innere, wobei sie Mühe hatten, ihn durch die Öffnung zu bekommen. Wie ein Korken, der aus dem dünnen Hals einer Amphore sprang, platzte Rammar endlich durch die Öffnung und landete geradewegs auf seinem *asar*.

Lautstark wollte er seinen Unmut bekunden, aber Balboks Pranke schoss heran und versiegelte ihm den Mund.

»Psst«, machte der Hagere. »Wir dürfen uns nicht verraten.«

»Klugscheißer«, murmelte Rammar halblaut und kam ächzend auf die Beine. »Glaubst du, ich wüsste nicht, wie man ... He, was ist das?«

Er unterbrach sich, als er die Laute hörte, die aus der Tiefe des Turms drangen. Dumpfe Schreie waren darunter, aber auch der charakteristische Klang von Metall, das mit Hammer und Amboss bearbeitet wurde.

»Um das herauszufinden, sind wir hier«, flüsterte Ankluas und zog sein Schwert. Vorsichtig ging er den von Fackeln beleuchteten Gang hinab, der sich vor ihnen erstreckte und auf den zu beiden Seiten verschlossene Türen mündeten, deren eiserne Beschläge wie Schlangen geformt waren.

»Schon wieder«, maulte Rammar. »Wenn ich noch mehr von dem Viechzeug sehe, muss ich kotzen.«

»Geht mir genauso«, stimmte Quia zu, die ihren Speer zurückgelassen und sich lieber mit zwei erbeuteten Schwertern bewaffnet hatte, von denen sie sich in der Enge der Korridore größeren Nutzen versprach. Balbok nahm die große Axt von seinem Rücken, und Rammar schnappte sich seinen *saparak*.

Leise – jedenfalls so leise, wie die klobigen Füße eines Orks es vermochten – schlichen sie den Gang hinab, darauf gefasst, hinter jeder Biegung auf feindliche Krieger zu treffen. Aber noch war alles ruhig, keiner der schwarz Gerüsteten ließ sich blicken.

Obwohl Ankluas ihn ausdrücklich davor warnte, konnte es sich Rammar nicht verkneifen, hier und dort an den verschlossenen Türen zu lauschen und gelegentlich auch einen Blick durch die Schlüssellöcher zu werfen. Meist konnte er dabei nicht das Geringste erkennen, weil jenseits der massiven Holztüren mit den Schlangenbeschlägen tiefste Dunkel-

heit herrschte. Dann aber entdeckte Rammar doch etwas –
und traute seinen Augen nicht.

Hinter dem Türblatt, nur wenige Handbreit von ihm entfernt, erstreckte sich eine Schatzkammer, die so groß war, dass
sie jene von Tirgas Lan wie eine wüste Trollhöhle erscheinen
ließ.

Und sie war reichlich gefüllt.

Gold, Silber und Geschmeide funkelten darin um die
Wette und sorgten dafür, dass Rammars Orkblut in Wallung
geriet. Vielleicht, so sagte er sich, hatte sich der Abstecher
nach Kal Anar ja doch gelohnt – denn diesen Schatz wollte
er unbedingt haben!

»Hast du was gefunden?«, erkundigte sich Quia, die nach
Rammars Geschmack entschieden zu vorlaut war für eine
Menschin.

»Nein, nichts«, log er ohne Zögern. Es bestand keine
Notwendigkeit, die anderen von seiner Entdeckung zu un-
terrichten. Einzig Balbok musste er es früher oder später
sagen – schließlich brauchte er jemanden, der ihm dabei
half, den ganzen Zaster (oder zumindest einen guten Teil
davon) fortzuschleppen.

Die Amazone gab sich mit seiner Antwort zufrieden und
ging weiter. Ankluas hingegen schien das listige Funkeln in
Rammars Augen bemerkt zu haben, denn er sagte: »Sei vorsichtig, Freund. Der Schlangenturm ist älter als jedes andere Gebäude in *sochgal*. Vieles, was du zu sehen glaubst,
täuscht – und nicht jede Tür führt dorthin, wohin man
glaubt.«

»*Korr*«, erwiderte Rammar mit unterdrücktem Grinsen,
»ich werd's mir merken.« In Wirklichkeit versuchte er sich
den Zugang zur Schatzkammer einzuprägen, denn die Türen auf diesem Gang sahen alle gleich aus. Er gab einen
feuchten *shnorsh* auf das Gerede des *ochgurash*.

Allerdings musste auch Rammar zugeben, dass Ankluas

nicht ganz unrecht hatte. Irgendetwas schien mit dem Schlangenturm nicht zu stimmen, und das wurde dem dicken Ork immer klarer, je länger sie sich in dem Bauwerk aufhielten.

Von innen wirkte es nämlich sehr viel größer und weitläufiger als von außen – das Ergebnis ausgezeichneter Planung oder das eines dunklen Zaubers? Rammar wischte den Gedanken beiseite angesichts all der Schätze, die er gesehen hatte und die er für sich in Anspruch nehmen wollte – und zwar jeden einzelnen Goldklumpen und jeden verdammten Edelstein ...

Nach langem Marsch durch endlos scheinende Korridore erreichten die Gefährten endlich eine Treppe, die sich senkrecht durch den Turm wand. Vorsichtig stiegen sie in die Tiefe, aus der das Hämmern zu hallen schien und wo Ankluas die Verliese der Gefangenen vermutete. Falls Nestor und Gurn tatsächlich in Gefangenschaft geraten waren, würden sie die beiden Menschen dort finden.

Je tiefer die Orks und die Amazone nach unten gelangten, desto lauter wurde der metallische Klang, der ihnen aus der Tiefe entgegenscholl. »Als würde ein Dutzend durchgeknallter Zwerge mit einem Dutzend Eisenhämmer auf ein Dutzend Ambosse einschlagen«, kommentierte Rammar säuerlich. Er ahnte nicht, wie nahe er der Wahrheit damit kam.

Ohne auf Wächter oder sonstige Hindernisse zu stoßen, drangen die Orks weiter ins Innere des Schlangenturms vor – bis sie schließlich auf einen breiten Korridor gelangten. Vom Ende her drangen Stimmen an ihre Ohren, und Rammar vermutete, dass sie das unterste Stockwerk des Turms erreicht hatten und dies der Gang zum Haupttor war. Kurioserweise war dies jedoch nicht die Richtung, aus der das metallische Hämmern drang – das nämlich kam aus der entgegengesetzten Richtung, was bedeuten musste, dass sich der Gang tief ins Innere des Berges erstreckte.

»Dort entlang«, zischte Ankluas und wollte schon davon-
huschen, Balbok und Quia im Schlepp – aber Rammar blieb
stehen.

»Ich will nicht«, flüsterte er.

»Wieso nicht?«, wollte Balbok verwundert wissen.

»Weil einer oder zwei von uns hierbleiben und die Stellung halten sollten«, entgegnete Rammar, der freilich nur
im Sinn hatte, umzukehren, der Schatzkammer einen Besuch abzustatten und sich die Taschen vollzustopfen. »Was
tun wir, wenn feindliche Soldaten auftauchen und die Treppe besetzen? Könnt ihr mir das mal verraten?«

»Dann finden wir einen anderen Weg hinaus«, gab sich
Ankluas überzeugt. »Wir brauchen jeden einzelnen Mann,
wenn wir unsere Mission erfolgreich zu Ende bringen wollen. Vor allem, wenn er so stark und im Kampf so erfahren
ist wie …«

»Schon gut, ich hab's kapiert«, erwiderte Rammar und
umklammerte den *saparak* mit beiden Klauen. »Aber hör
gefälligst auf, mir Wargenfett um die Fresse zu schmieren,
das kann ich nicht ausstehen – und von dir schon gar nicht.
Hast du verstanden?«

»Völlig«, erwiderte Ankluas verdutzt.

Der Marsch ins Ungewisse ging weiter, begleitet vom
Hämmern und Klopfen, von dem Rammar schon bald der
Schädel dröhnte. Und endlich, nachdem sich der Gang
mehrmals geteilt hatte, fanden die vier Gefährten die Quelle der nervtötenden Geräusche.

Der Gang öffnete sich an einer Seite und führte wie eine
Galerie um eine riesige Felsenhöhle herum, sodass sie einen
guten Blick auf das hatten, was in der Höhle vor sich ging –
und wie sich zeigte, war Rammars Vermutung nicht so falsch
gewesen.

Jener metallische Klang, der im ganzen Turm zu hören
war, stammte tatsächlich von Ambossen, auf denen glühen-

des Eisen mit wuchtigen Hammerschlägen bearbeitet wurde, und es waren auch wirklich Zwerge, die diese Tätigkeit verrichteten. Nur waren diese im strengeren Sinne nicht mehr am Leben.

Die Zwerge waren tot.

Jeder einzelne von ihnen.

Die gedrungenen Gestalten, die dort an Esse und Amboss standen, bestanden aus wenig mehr als bleichen Knochengerippen – die Hämmer schwangen sie dennoch mit unheimlicher Kraft, und auch die Kenntnis darüber, wie man aus glühendem Stahl Kriegsgerät aller Art schmiedete, schien ihnen noch bekannt zu sein. Aus jedem glühenden Stück, das sie aus der Esse zogen, formten sie unter kraftvollen Schlägen elegante Schwerter, wuchtige Äxte und Spitzen für Speere und Pfeile. Feuriger Schein und Funken, die bei jedem Schlag von den Ambossen stoben, beleuchteten unheimlich die schaurige Szenerie. Strenger Metallgeruch lag in der heißen Luft, aber auch der beißende Gestank von Tod und Verwesung.

Wenn die Waffen auf dem Amboss fertig geformt waren, wurden sie in kaltes Wasser getaucht, um abzukühlen; alsdann setzten die nächsten Arbeitsschritte ein, die ebenfalls von untoten Zwergen ausgeführt wurden – das Reinigen, Schleifen und Schärfen der Waffen sowie das Versehen mit Griff oder Schaft. Ein riesiges Arsenal an fertigem Kriegswerkzeug war auf diese Weise bereits fertiggestellt worden. In Fässern und Kisten lagerte es auf der gegenüberliegenden Seite der Höhle.

»Das sieht diesen verdammten Hutzelbärten ähnlich«, maulte Rammar, der sich neben seine Gefährten geduckt hatte. »Die wissen nicht, wann man aufhören muss, und rackern sogar nach ihrem Tod noch weiter.«

»Das sind Zwergenschmiede aus der Altvorderenzeit«, stellte Ankluas fest. »Ihre Schmiedekunst stammt noch aus der Ära vor dem Ersten Krieg. Es hieß, wer ein solches Schwert sein Eigen nannte, war unbesiegbar.«

»Dann wissen wir jetzt wenigstens, woran wir sind«, meinte Rammar grimmig. »Corwyns Vermutung war richtig: Da rüstet tatsächlich jemand zum Krieg gegen ihn.«

»Woher willst du das wissen?«

»Weil mir nichts einfällt, das man mit all den Waffen sonst anfangen könnte«, entgegnete Rammar säuerlich. »Wer immer diese Hutzelbärte aus ihren Gräbern gerissen hat, wird einen verdammt guten Grund dafür gehabt haben.«

»Anzunehmen«, stimmte Ankluas zu, »aber noch kennen wir diesen Grund nicht – und wir wissen auch noch immer nicht, wer hinter all dem steckt.«

»Der Herrscher von Kal Anar, wer sonst?«, zischte Rammar, der am liebsten auf der Stelle umgekehrt wäre.

»Und wer ist dieser Herrscher?«, fragte Ankluas. »Euer Auftrag lautete, mehr über ihn herauszufinden und die Stärke seiner Truppen auszukundschaften – aber noch wissen wir nicht einmal, für wen diese Waffen bestimmt sind. In ganz Kal Anar gibt es dafür nicht genug Soldaten.«

»Na schön«, knurrte Rammar widerstrebend, der immerzu an die Schatzkammer oben im Turm denken musste. »Dann gehen wir noch ein Stück weiter. Aber sobald wir erfahren haben, was wir wissen wollen, hauen wir hier ab, verstanden?«

»Warum hast du es plötzlich so eilig?«, fragte Balbok.

»*Umbal*, das geht dich nichts an.«

»Wir wollten doch Corwyns Feind aus der Welt schaffen und dafür die Belohnung kassieren.«

»Ich weiß, aber Pläne können sich ändern«, entgegnete Rammar.

»Hast du etwa *achgal*?«

Das war ein starkes Stück! Einen Ork zu fragen, ob er

Angst hatte, war eine Beleidigung, die eigentlich nach Blut schrie.

Aber in Anbetracht der Lage hatte Rammar keine Zeit für Formalitäten – er wollte nur möglichst rasch zurück zum Schatz!

»Nein, habe ich nicht«, versicherte er deshalb nur, »und jetzt lasst uns weitergehen, damit wir herausfinden, was wir herausfinden sollen. Oder wollt ihr hier Wurzeln schlagen?«

Niemand hatte das vor, und so huschten die vier Eindringlinge leise weiter. Die Schatten nutzend, die der feurige Schein der Essen auf die Galerie warf, umrundeten sie unbemerkt die Höhle und folgten dem Verlauf des Gangs, der noch tiefer hinein in den Berg führte. Der helle Klang der Ambosse blieb hinter ihnen zurück, und sie gelangten erneut in einen von Fackeln beleuchteten Stollen. Unerträgliche Hitze staute sich zwischen den glatt gehauenen Felswänden, und aus der Ferne war ein dumpfes Zischen und Brodeln zu hören, gefolgt von einem Rumoren, das den Berg erzittern ließ.

»Der Vulkan«, vermutete Ankluas. »Er erwacht aus seinem jahrhundertelangen Schlaf.«

»Kein Wunder«, meinte Balbok. »Bei dem Lärm, den die untoten Hutzelbärte veranstalten, könnte ich auch nicht schlafen.«

»Veränderungen sind im Gang«, sagte Ankluas rätselhaft und schaute sich um. »Veränderungen, die unsere ganze Welt betreffen.« Er beschleunigte seine Schritte und ging ein Stück voraus um die Biegung, die der Stollen beschrieb.

»Wie meint er das?«, wandte sich Balbok fragend an Rammar.

»Woher soll ich das wissen?«, kam es übellaunig zurück. »Wer denkt schon über das nach, was ein *ochgurash* sagt?«

»Achtung!«, zischte Quia plötzlich. »Da kommt jemand!«

Sofort blieben Balbok und Rammar stehen. Der eine hob

abwehrend die Axt, der andere seinen *saparak* – aber es war kein anderer als Ankluas, der ihnen entgegeneilte. Schon wollte Rammar aufatmen, als er sah, dass sich hinter dem Einohrigen im flackernden Halbdunkel des Stollens noch etwas regte – und seine Nackenborsten sträubte sich, als er bleiche Knochen gewahrte, die sich einer unnatürlichen Lebendigkeit erfreuten ...

»Kämpft!«, rief Ankluas seinen Gefährten zu – und im nächsten Moment hatten die untoten Krieger ihn eingeholt.

In einer fließenden Bewegung fuhr der einohrige Ork herum und schlug dem Vordersten der Knochenmänner den Schädel vom Rumpf. Es hatte den Boden noch nicht erreicht, als das Skelett klappernd in sich zusammenfiel.

»Die Köpfe!«, rief Ankluas. »Ihr müsst ihnen die Köpfe abschlagen, nur so lassen sie sich besiegen!«

Schon waren die Knochenkrieger – es mochten rund ein Dutzend sein – heran. An den unterschiedlichen Skeletten und den rostigen Rüstungen, die sie trugen, war zu erkennen, dass es sich keinesfalls nur um Menschen handelte, auch Zwerge waren darunter und einige Elfen, und zu Rammars größtem Entsetzen erkannte er unter den Untoten auch einige Orks ...

»*Douk!*«, rief er aus, als sich einer von ihnen geradewegs auf ihn stürzte, eine klobige Keule schwingend. »Erkennst du mich nicht? Du bist einer von uns – oder wenigstens warst du's mal. Du wirst dich doch nicht an einem Artgenossen vergreifen?«

Der untote Ork war von Rammars Worten wenig beeindruckt und schlug mit der Keule zu. Rammar sprang zurück und wich dem Hieb aus, und noch ehe der Angreifer ein zweites Mal ausholen konnte, fuhr der *saparak* durch die Luft und prallte so heftig gegen den Knochenkopf, dass dieser vom Hals brach und davonflog.

»Da hast du's«, kommentierte Rammar trocken. »Sag nicht, ich hätte dich nicht gewarnt!«

Ein erbitterter Kampf entbrannte. Ein weiterer Knochenkrieger fiel unter Quias Schwerthieben – wie sich zeigte, vermochte die Amazone mit den beiden Klingen meisterlich umzugehen. Balbok, der in der Mitte des Gangs stand, schwang unter fürchterlichem Gebrüll seine Axt, die gleich mehreren Angreifern gleichzeitig die Köpfe von den Schultern trennte und ihr unheilvolles Dasein beendete.

Schon türmten sich vor den Gefährten die Knochen und bildeten eine Art Verteidigungswall, über den der nachrückende Feind nicht ohne weiteres hinweg konnte. Ein rostiger Speer zuckte vor und erwischte Rammar am Arm. Die Wunde war jedoch nicht tief, und so reagierte der Ork nur mit einem verärgerten Grunzen und revanchierte sich, indem er mit einer Pranke kurzerhand zupackte und das Haupt des untoten Elfen von den Knochenschultern riss.

Noch einige Augenblicke tobte der Kampf – dann fiel der letzte Angreifer klappernd in sich zusammen, enthauptet von einem Schwertstreich Ankluas'.

»Waren es solche Kerle, die euer Dorf überfallen haben?«, fragte Balbok die Amazone mit Blick auf die bleichen Knochen.

»Das nehme ich an.«

»Es sind nicht nur Milchgesichter«, knurrte Rammar, »auch Schmalaugen und Hutzelbärte sind darunter – und sogar Orks. Woher, bei Kuruls Zorn, kommen die alle?«

»Ich denke, ich weiß es«, antwortete Ankluas düster. »Während der ersten beiden Kriege hat es hier im Osten große Schlachten gegeben, bei denen Tausende von Kämpfern fielen. Dem Herrscher von Kal Anar scheint es mittels eines frevlerischen Zaubers gelungen zu sein, sie aus den Gräbern zurückkehren zu lassen und sie sich untertan zu machen, unabhängig davon, auf welcher Seite sie einst standen. Nicht viel mehr ist von ihnen geblieben als rostiges Eisen und bleiches Gebein – aber sie sind durchdrungen von Hass und von der Macht des Bösen.«

»Wenn schon!«, knurrte Balbok. »Wir sind mit ihnen fertig geworden, oder nicht?«

»Weil es nur wenige waren und ihre Waffen alt und rostig«, meinte Ankluas. »Aber versuch dir vorzustellen, was geschieht, wenn es Tausende und Abertausende von ihnen sind und sie Waffen aus Zwergenschmieden führen.«

»Eine schreckliche Vorstellung«, ächzte Quia entsetzt. »Kein Heer dieser Welt hätte einer solchen Streitmacht etwas entgegenzusetzen.«

»Korr«, stimmte Balbok nicht ohne Stolz zu, »an Toten besteht auf *sochgal* kein Mangel – dafür haben wir Orks gesorgt.«

»Jeder Einzelne, der in den großen Kriegen erschlagen wurde, wird zurückkehren«, prophezeite Ankluas düster. »Der Herrscher von Kal Anar hat die Toten der letzten Kriege versammelt, um mit ihrer Hilfe Erdwelt zu unterwerfen und in Dunkelheit zu stürzen …«

»Warum auch nicht?«, knurrte Rammar. »Wäre mal eine schöne Abwechslung nach all diesem ewigen Gelaber von Eintracht und Frieden. Das kann kein Ork mehr hören.«

»… und das Heer des Bösen wird auch vor der Modermark nicht Halt machen«, fuhr Ankluas unbeirrt fort.

»Da wäre ich mir nicht so sicher«, widersprach Rammar. »Unser Volk hat es stets verstanden, sich mit den bösen Jungs zu arrangieren und dabei noch einen ordentlichen Schnitt zu machen. Vielleicht sollten wir uns überlegen, die Seiten zu wechseln.«

»Vielleicht«, räumte Balbok versonnen ein. »Nur hast du dabei was vergessen.«

»So? Und was?«

»Dass kein Schwein uns glauben wird, dass wir zu den

bösen Jungs gehören. Immerhin habe ich Graishak eigen-
klauig den Schädel zerdeppert. Und wir waren dabei, als
Margok vernichtet wurde. So was spricht sich rum, weiß du.«

Rammar schnaubte laut. Wieder einmal hätte er seinen
Bruder nur zu gern einen *umbal* gescholten, aber Balbok
hatte – sei es aus purem Zufall oder aus einem plötzlichen
Anflug von Genialität heraus – völlig recht. Mit größtem
Unbehagen dachte Rammar an ihre Rückkehr nach Tirgas
Lan. Als Helden waren sie empfangen worden, als Retter
und Befreier. Ihr schlechter Ruf war dahin, und es war mög-
lich, dass er ihnen bis nach Kal Anar vorausgeeilt war …

»Bei Ludars pickligem Hintern, das ist richtig«, zischte
der dicke Ork. »Daran ist wieder einmal nur dieses elende
Elfenweib schuld. Wenn sie jetzt hier wäre, würde ich ihr den
Kopf abreißen und ihn ihr ins verlogene Gesicht schmeißen.
Uns solch eine Schmach zuzufügen!«

»Kurul soll sie holen!«, knurrte Balbok.

»Genau das«, stimmte Rammar zu.

»Also«, wollte Balbok wissen, »was werden wir nun tun?«

»Wir müssen rasch weiter«, sagte Ankluas. »Noch haben
wir die Überraschung auf unserer Seite, aber das wird sich
ändern, wenn man die toten Gebeine dieser Krieger findet.«

»Im Gegenteil«, widersprach Rammar. »Wir haben genug gesehen, um Corwyn zu erzählen, was hier vor sich
geht. Also lasst uns so schnell wie möglich verschwinden, damit wir ihm Bericht erstatten können.«

»Ist das dein Ernst?«, fragte Ankluas.

»Natürlich, was sonst?«

»Was ist mit Nestor und Gurn?«, fragte Quia.

»Was soll mit ihnen sein?«, wollte Rammar wissen. »Die
bleiben, wo sie sind. Glaubst du, wenn es andersrum wäre,
würden die auch nur einen Finger für uns krumm machen?«

»Und was ist mit dem Schatz?«, fragte Balbok verdutzt.

»Den holen wir uns, bevor wir verschwinden.«

445

»Ohne ihn uns so richtig verdient zu haben?«

»Was heißt hier verdienen? Verdient hast du dir das, was du dir unter den Nagel reißt. So ist das bei uns Orks.«

»Ich weiß nicht.« Balbok schüttelte den Kopf. »Ich bleibe.«

»Um was zu tun? Draufzugehen?«

»Vielleicht.« Der Hagere nickte, und ein schiefes Grinsen verzerrte seine Züge. »Aber vorher werde ich noch gehörig Spaß haben, das verspreche ich dir.«

»Nichts da, du wirst mit mir kommen!«, blaffte Rammar. »Wir haben unsere Mission erfüllt – und damit Schluss. Dass wir es mit Untoten zu tun bekommen, konnte keiner ahnen.«

»Und unser Schwur?«, fragte Balbok. »Wir haben unseren Feinden feierlich Rache geschworen.«

»So feierlich war's nun auch wieder nicht«, schränkte Rammar ein. »Wir haben den Schwur nicht mal mit Blut besiegelt.«

»Dennoch gilt er«, behauptete Ankluas. »Ich werde ebenfalls bleiben. Der Herrscher von Kal Anar muss unschädlich gemacht werden, oder er wird Erdwelt in einen schrecklichen Krieg stürzen.«

»Na und?« Rammar zuckte mit den breiten Schultern.

»Auch ich werde bleiben«, erklärte Quia entschlossen. »Der Herrscher von Kal Anar hat mein Volk ausgelöscht – dafür soll er büßen!«

»Nur zu, Kriegerin. Wenn du dich unbedingt umbringen lassen willst, dann lass dich nicht davon abhalten. Und für euch beide gilt dasselbe«, fuhr Rammar die beiden anderen Orks an. »Aber ich werde gehen. Das hier ist nicht unser Krieg.«

»Im Gegenteil«, widersprach Ankluas. »Was hier geschieht, geht alle Völker Erdwelts etwas an. Hier stehen nicht Orks gegen Elfen oder Menschen gegen Zwerge – in diesem Krieg kämpft das Leben gegen den Tod, Rammar. Wenn du gehen willst, dann geh. Kehr in die Modermark zurück, aber wundere dich nicht, wenn die Krieger der Finsternis irgendwann vor deinem *bolboug* stehen. Vor diesem Feind kannst du dich nicht verstecken. Er wird sich weiter ausbreiten, und mit jeder Schlacht, die er schlägt, wird er zahlreicher, denn die Toten beider Seiten werden sich von den Schlachtfeldern erheben und sich seinem Heer anschließen. Es sei denn, wir beenden es – hier und jetzt!«

»*Korr*«, bestätigte Balbok entschlossen. »Hier!«

»Und jetzt!«, fügte Quia hinzu.

Verblüfft blickte Rammar von einem zum anderen, erstaunt über so viel Entschlossenheit und Mut – und Dummheit.

»Macht, was ihr wollt«, giftete er, »ich werde mir von ein paar *umbal'hai* nicht sagen lassen, was ich zu tun habe. Ich bin ein Ork aus echtem Tod und Horn, habt ihr verstanden? Und deswegen werde ich jetzt gehen!«

Wutschnaubend wandte er sich ab und ging einige Schritte in der Hoffnung, jemand würde ihm folgen. Aber seine drei Gefährten blieben stehen, sodass Rammar gezwungen war, sich noch einmal umzudrehen.

»Balbok!«, sagte er streng. »Du hattest deinen Spaß. Komm jetzt mit!«

»*Douk*, Rammar.« Der Hagere schüttelte trotzig den Kopf.

»Du ziehst diese beiden meiner Gesellschaft vor?«

»Ich tue nur, was ich tun muss.«

»Von mir aus – aber mach's allein«, maulte Rammar. »Von diesem Augenblick an habe ich keinen Bruder mehr.«

»*Korr*«, sagte Balbok nur.

»*Korr*«, bestätigte auch Rammar. Damit drehte er sich endgültig um, watschelte den Gang entlang und verschwand um die Biegung.

Einen Augenblick stand Balbok unbewegt, starrte mit glasigem Blick auf die Biegung des Ganges, wo sein Bruder verschwunden war. Und wäre es nicht eine unleugbare Tatsache, dass Orks keine Tränendrüsen haben, hätte man Eide schwören können, es in seinen Augenwinkeln feucht blitzen zu sehen.

»Alles in Ordnung, Freund?«, erkundigte sich Ankluas sanft.

Balbok nickte lahm.

»*Korr* ...«

11.

ANN HUAM'HAI UR'NAMHAL

Rammar war wütend, und er war allein, und er wusste beim besten Willen nicht, worüber er mehr wütend war – über sich selbst, weil er seine Gefährten zurückließ, oder über Balbok, der sich als sturer erwiesen hatte, als Rammar es ihm je zugetraut hätte.

Was ritt diesen *umbal* nur, dass er sich gegen ihn stellte? Hatte Rammar ihn jemals im Stich gelassen? Hatte er ihm je den Rücken gekehrt, wenn es brenzlig geworden war und Balbok ihn gebraucht hatte?

Gut, gestand sich Rammar ein, ein oder zwei Mal vielleicht – aber das rechtfertigte noch lange nicht, ihm die Gefolgschaft zu verweigern und andere ihm vorzuziehen.

»Dieser zu groß geratene Nichtsnutz, dieser Schrumpfkopf«, schimpfte Rammar vor sich hin. »Er wird noch bereuen, mich nicht begleitet zu haben. Während ich mir den Schatz hole und anschließend verschwinde, wird er im Magen eines gefräßigen Basilisken enden, und ich werde noch in der Modermark hocken und auf meine Gesundheit trinken, wenn seine Knochen längst vermodert sind. Dämlicher Kerl, verräterischer *umbal* – ich hätte den Schatz mit dir geteilt, aber wenn du ihn nicht haben willst und lieber mit Menschen rumhängst als mit deinem Bruder, dann musst du selber sehen, was aus dir wird …«

Vielleicht, vermutete Rammar in seinem Zorn und seiner Enttäuschung, hatte Ankluas seinem jüngeren Bruder ja den

Kopf verdreht. Naiv, wie Balbok war, war er für den *ochgurash* ein leichtes Opfer, und man wusste ja, mit welchen Tricks diese Kerle arbeiteten.

Wie auch immer – es war Balboks Entscheidung, und er hatte sie getroffen, so wie Rammar seine Entscheidung getroffen hatte. Das war unwiderruflich und nicht zu ändern. Sollte das lange Elend doch selbst sehen, wie es zurechtkam.

Dem metalischen Klang von Hammer und Amboss folgend, gelangte Rammar wieder zurück auf die steinerne Galerie jener Höhle, in der sich die untoten Zwerge als Waffenschmiede betätigten. Sich erneut in die Schatten duckend, umrundete Rammar den grausigen Schauplatz und gelangte auf den Hauptgang, von dem aus die Treppe hinaufführte.

Er hatte keine Zeit zu verlieren.

Dort oben wartete ein Schatz auf ihn …

Nicht nur die Wege der beiden Brüder hatten sich getrennt – auch die verbliebenen Gefährten teilten sich auf.

Da nach dem Kampf mit den Untoten nicht zu erwarten war, dass ihre Anwesenheit noch lange unbemerkt bleiben würde, war rasches Handeln erforderlich – und das ging am besten, wenn sie getrennt marschierten, um an verschiedenen Orten gleichzeitig zuschlagen zu können.

Ankluas bestand darauf, dass er es war, der den Drahtzieher allen Übels ausfindig machen und zur Rechenschaft ziehen würde; Quia und Balbok sollten unterdessen den Kerker suchen, um Gurn und Nestor zu befreien. Falls sie überhaupt noch unter den Lebenden weilten, würden sie dort zu finden sein.

Weder der Ork noch die Amazone verschwendeten einen Gedanken an Ankluas' Beweggründe – Balbok nicht, weil er zu schlichten Gemütes war, Quia nicht, weil Trauer und Zorn ihr Denken beeinflussten. Und selbst wenn beide einen

Moment darüber nachgedacht hätten, wäre ihnen wohl kaum in den Sinn gekommen, was ihr einohriger Gefährte im Schilde führte.

Darauf vertrauend, dass Ankluas seinen Teil des Plans erfüllen würde, drangen sie immer tiefer ein in die Stollen des Anar. Dabei gelangten sie in eine Höhle, die von einem Lavastrom durchflossen wurde. Darüber spannte sich eine bizarr geformte steinerne Brücke. Ob sie künstlich errichtet oder von einer Laune der Natur geformt worden war, ließ sich nicht mehr feststellen.

Die Hitze in der Höhle war unerträglich. Giftige Dämpfe brannten in Augen und Lungen, und immer wieder gab es leichte Erschütterungen, die aus der Tiefe drangen und ahnen ließen, welch zerstörerische Urgewalten dort lauerten.

Und es gab noch einen weiteren, nicht weniger unheimlichen Laut, der durch die Stollen und Höhlen hallte – das panische Geschrei verängstigter, gequälter Kreaturen, das lauter wurde, je weiter Balbok und Quia vordrangen.

»*Korr*«, raunte der Ork seiner Begleiterin zu, »ich glaube, hier sind wir richtig …«

Durch einen langen Gang, in dessen Mitte längs ein Spalt klaffte, aus dem heißer Dampf und der orangerote Schein der Glut quollen, gelangten die beiden erneut in eine große Höhle, nicht unähnlich der, in der die untoten Zwerge Waffen schmiedeten: Wieder umlief eine Galerie das Felsengewölbe, sodass Balbok und Quia beobachten konnten, was in der Höhle vor sich ging – und einmal mehr gerann ihnen das Blut in den Adern.

Auf steinernen Tischen, die blutbesudelt waren, lagen Menschen – kleinwüchsige Männer aus Kal Anar, die mit Ketten gefesselt waren und lauthals schrien. Dabei gebärdeten sie sich wie von Sinnen und rissen an den Eisen, die jedoch nicht nachgaben. In wilder Panik warfen die Männer die Köpfe hin und her, tobten und brüllten. Rein äußerlich betrachtet waren sie unversehrt, aber es war offensichtlich, dass man ihnen Schreckliches zugefügt hatte.

»Diese armen Kerle sind dabei, den Verstand zu verlieren«, stellte Quia benommen fest. »Was hat man ihnen nur angetan?«

»Die Frage ist eher, was man ihnen noch antun wird«, erwiderte Balbok flüsternd und deutete zur anderen Seite der Höhle. »Schau!«

Im Hintergrund gab es ein steinernes Becken, in dem eine heiße bräunliche Flüssigkeit brodelte. Darüber hing das mit einem Haken versehene Ende einer Kette, die über einen langen Ausleger zu einer Winde verlief. Mehrere Gestalten waren um das Becken versammelt, die schwarze Roben mit Kapuzen trugen, die ihre Gesichter verhüllten. Das Emblem des Basilisken prangte auf der Brust der Vermummten.

Während sich Balbok und Quia noch fragten, welchem Zweck das Becken und die rätselhafte Vorrichtung dienen mochten, schwenkten die Vermummten den Ausleger herum. Die Kette wurde herabgelassen, ein Gefangener daran gehängt. Dann wurde die Winde erneut betätigt. Die Zugkette straffte sich, und der Gefangene wurde hochgehoben. Schreiend hing er am Haken, zappelte wie ein Fisch, während der lange Ausleger zurück über das Becken schwenkte – und ohne auf die verzweifelten Schreie des Gefangenen zu achten, ließen die Vermummten den Mann herab, geradewegs in den kochenden, Blasen werfenden Pfuhl.

Der Gefangene schrie entsetzlich, als er in die heiße Flüssigkeit eintauchte, dann war er darin versunken. Aber die Vermummten beließen es nicht dabei.

Einer von ihnen – der Anführer, wie Balbok vermutete – gab den Robenträgern an der Winde ein Zeichen, worauf die Kette wieder eingeholt wurde. Entsetzt vergrub Quia ihr Gesicht in Balboks Achselhöhle (ungeachtet des strengen Geruchs, der dort herrschte), in der Erwartung, dass die verbrühten Überreste des Gefangenen an der Kette hingen. Aber es kam anders.

Als der Gefangene herausgezogen wurde, umgab ihn die zähflüssige braune Flüssigkeit aus dem Pfuhl wie ein Sack. Im Inneren strampelte der Mann immer noch verzweifelt, aber es gelang ihm nicht, sich aus dem ölig schimmernden Gebilde zu befreien.

Die Vermummten ließen dieses bizarre Etwas, das am Haken hin- und herschaukelte, noch ein paar Herzschläge lang abtropfen, dann schwenkten sie den Ausleger des Krans wieder herum und ließen den seltsamen »Sack« mit dem Gefangenen herab. Durch eine Öffnung im steinernen Boden verschwand er, und als der Haken nach einer Weile wieder eingeholt wurde, war er leer.

»W-was ist das?«, fragte Quia. »Was haben die mit ihm gemacht?«

»Weiß nicht«, knurrte Balbok, »aber ich habe ein ziemlich mieses Gefühl …«

Jäh dämmerte ihm, dass Rammar vielleicht recht gehabt hatte. Vielleicht würden sie tatsächlich nicht gegen den Herrscher von Kal Anar bestehen können. Vielleicht war dies tatsächlich ein Abenteuer, von dem es keine Rückkehr gab.

Der Gedanke an seinen Bruder betrübte Balbok und machte ihn gleichzeitig wütend. Wieso nur nahm Rammar immer für sich in Anspruch, der klügere Ork zu sein und alle Entscheidungen treffen zu müssen? Diesmal hatte sich Balbok nicht einschüchtern lassen und für sich selbst entschieden – und bereute es bereits.

»Dort! Da sind sie!«

Quias unterdrückter Ruf riss Balbok aus seinen Gedanken. Von dem Felsen aus, hinter dem sie kauerten, deutete die Amazone auf den Höhleneingang, der sich ihrem Beobachtungsposten genau gegenüber befand. Tatsächlich erblickte der Ork dort zwei bekannte Gesichter. Das eine gehörte einem drahtigen Menschen, der ziemlich verdrießlich dreinblickte, das andere einem Eisbarbaren, der so aussah, als wollte er jemanden fressen.

Es waren Nestor und Gurn, die von jeweils zwei Soldaten in schwarzen Rüstungen in die Höhle gezerrt wurden.

Die beiden wehrten sich nach Kräften, versuchten sich den Griffen ihrer Bewacher zu entwinden, die sie jedoch unbarmherzig festhielten und zu den steinernen Bänken führten.

»Sie sind noch am Leben«, flüsterte Quia hoffnungsvoll.

»*Korr*«, versetzte Balbok düster. »Fragt sich nur, wie lange noch …«

»Verdammt, was soll das? Lasst uns in Ruhe, ihr verdammten Dreckskerle!«

Nestors Stimme war heiser von den Beschimpfungen, mit denen er seine Bewacher überschüttete. Aber die Soldaten zeigten keine Reaktion. Kein Laut drang unter den Visieren ihrer schwarzen Helme hervor, und unnachgiebig hielten sie die Gefangenen in ihren Griffen.

Während Gurn beharrlich schwieg, konnte Nestor nicht anders, als seine Wut, seine Enttäuschung und seine Furcht lauthals hinauszubrüllen, indem er die Soldaten beleidigte und sie verfluchte. An ihrer Lage änderte das freilich nichts – unnachgiebig wurden Gurn und er in die Höhle gezerrt und auf zwei steinerne Tische gekettet.

»Was macht ihr mit uns, ihr miesen Kerle? Verdammt, was habt ihr vor?«

Gehetzt blickte sich Nestor um. Die düsteren Drohungen Xarguls hatten nichts Gutes erwarten lassen, und der Mann aus Taik hatte damit gerechnet, dass man sie ohne großes Federlesens umbringen würde. Inzwischen glaubte er allerdings, dass ihnen noch weit Schlimmeres bevorstand …

Zwei der vermummten Priester traten auf sie zu, von denen einer eine Zange in den Händen hielt, der andere ein tönernes Gefäß. Spätestens in diesem Augenblick dämmerte den Gefangenen, was mit ihnen geschehen sollte, woraufhin auch Gurn in wüstes Gebrüll verfiel und an den Ketten zerrte, dass es nur so klirrte. Keiner von ihnen verspürte das Verlangen danach, eine lebende Schlange in den Schlund gestopft zu bekommen.

Die Priester sahen das anders.

Schon hatte der eine das Gefäß geöffnet, und der andere griff mit der Zange hinein. Mit vor Entsetzen geweiteten Augen starrte Nestor auf das Reptil, das sich zwischen den Backen der Zange wand. Zwei Soldaten traten vor, packten seinen Kopf, rissen ihm den Mund auf.

Dann war der Schlangenpriester auch schon über ihm.

Nestor starrte in das Dunkel der Kapuze. Das Gesicht darin konnte er nicht sehen, aber er ahnte, dass es voller Genugtuung grinste.

Nestor wollte den Kopf drehen, sich abwenden, aber es ging nicht. Hilflos zuckten seine Arme in den Ketten. Er konnte nichts gegen das Schreckliche unternehmen, das ihm widerfuhr.

Schon schwebte die Schlange dicht vor seinen Augen. Der Gedanke, sie jeden Augenblick in den Schlund gestopft zu bekommen, ließ Nestors Magen vor Ekel rebellieren. Die Soldaten lachten amüsiert, und ein helles Kichern drang aus der Kapuze des Priesters hervor. Im nächsten Moment wollte er die Zange geradewegs in Nestors offenen Schlund rammen …

Aber er kam nicht dazu!

Der Vermummte zuckte plötzlich zusammen. Die Zange fuhr zurück, und für einen Augenblick stand der Mann völlig reglos. Dann blickte er an sich herab und entdeckte die beiden Schwertspitzen, die unterhalb des Basiliskensymbols auf seiner Robe aus seinem Bauch ragten. Der Schlangenpriester ließ ein hohles Gurgeln vernehmen. So jäh, wie sie erschienen waren, verschwanden die beiden Schwertspitzen wieder. Ein metallisches Blitzen im Fackelschein, und die Klingen schlugen noch einmal zu, schnitten dem Vermummten die Kehle durch.

Ein Sturzbach von Blut ergoss sich aus dem Dunkel der Kapuze, während der Mann keuchend niederging.

Hinter ihm stand eine junge Frau, die nichts weiter als lange Stiefel und einen Lendenschurz trug. Bewaffnet war sie mit zwei Schwertern, und eine wilde Mähne von rotem Haar umrahmte ihre entschlossenen Züge.

»Quia!«, ächzte Nestor ungläubig.

Die Soldaten hatten ihn losgelassen und waren herumgefahren, und erst da begriffen sie, was geschehen war. Für den einen kam die Erkenntnis zu spät – die Amazone schlug erneut mit einem ihrer Schwerter zu, und die Klinge durchtrennte den rechten Arm des Soldaten knapp hinter dem Handgelenk. Blechernes Gewinsel drang unter dem Helm hervor, während der Krieger auf die Knie sank.

Der andere Krieger kam noch dazu, seine Waffe zu zücken. Zwei, drei Mal prallten seine Klinge und die der Amazone aufeinander. Es klirrte hell, und Funken stoben – dann sauste von hinten eine Axt heran und fuhr dem Soldaten zwischen die Schulterblätter. Eine Blutfontäne spritzte, als das Axtblatt wieder herausgerissen wurde. Wie ein nasser Sack kippte der Soldat um und kam nicht wieder hoch – dafür blickte Nestor in die grinsenden Züge eines Orks, die plötzlich über ihm auftauchten.

»Balbok!«, entfuhr es ihm. »D-das darf doch nicht wahr sein – oder etwa doch?«

»Spielschulden sind Ehrenschulden«, beschied ihm der Ork – und mit einem weiteren Hieb seiner klobigen Waffe durchtrennte er die Ketten. Noch einmal flogen Funken, und Nestor war frei. Benommen richtete er sich auf, konnte sein Glück nicht fassen. Er sprang von dem steinernen Tisch und griff sich eines der am Boden liegenden Schwerter.

Balbok war inzwischen schon bei Gurn. Mit wüstem Gebrüll schwang der Ork die Axt und kümmerte sich um die Soldaten, die bei dem Eisbarbaren standen – ihre Köpfe flogen in weitem Bogen davon.

Nestor und Quia unterdessen stellten sich den Angreifern entgegen, die vom Pfuhl herübergerannt kamen, wütende Schreie auf den Lippen. Die meisten waren Schlangenpriester, die gebogene Dolche unter ihren Roben hervorzogen, aber es waren auch einige Soldaten unter ihnen.

Den Vordersten der Kapuzenträger hieß Nestor mit einem Schwertstreich willkommen – der Basilisk auf der Robe schien Blut zu erbrechen. Quia hatte gleich mit zwei Gegnern zu tun – mit langen Speeren bewaffnete Krieger, die sie gemeinsam angriffen. Reaktionsschnell sprang die Amazone zurück, um der wütenden Attacke zu entgehen, und landete auf einem der steinernen Tische. Erneut stachen die Soldaten nach ihr – den Speer des einen zerschlug sie mit einem einzigen Hieb, den anderen wehrte sie mit dem zweiten Schwert ab. Dann sprang sie vom Tisch und überschlug sich in der Luft, um schon im nächsten Moment wieder sicher auf dem Boden zu stehen und zum Gegenangriff überzugehen.

Den Krieger, dessen Speer sie durchschlagen hatte, erwischte sie zwischen Brustpanzer und Helm. Die Klinge fuhr so tief in seinen Hals, dass sie im Nacken wieder austrat und die Amazone die Waffe nicht mehr freibekam. Das Schwert noch in der Kehle, brach der Soldat zusammen, und ein erbitterter Schlagabtausch zwischen Quia und dem verbliebenen Krieger setzte ein – den Nestor beendete, indem er sein Schwert warf!

Mit tödlicher Routine schickte der ehemalige Attentäter

die Klinge auf den Weg, die dem Soldaten in den unge-schützten Rücken fuhr und zu Boden schickte.

Inzwischen hatte Balbok den Eisbarbaren befreit, und zu-sammen mit ihm stürzte sich der Ork in den Kampf. Zwei Krieger streckte er mit einem einzigen Streich nieder.

Vor Entsetzen schreiend, ließen die übrig gebliebenen Priester und Soldaten ihre Waffen fallen und wandten sich zur Flucht.

Balbok schickte ihnen ein wütendes Bellen hinterher, Quia wollte ihnen folgen, um ihnen den Rest zu geben. Nes-tor jedoch hielt sie zurück.

»Lass sie laufen«, sagte er. »Besser, wir verschwinden.«

Schwer atmend stand die Amazone da, während sich ihre blutbesudelte Brust heftig hob und senkte und heiße Kamp-feslust aus ihren grünen Augen blitzte.

»Quia? Hörst du mich? Wir müssen verschwinden!«

Ein Flackern in ihren Augen, als ob sie aus tiefer Trance erwachte. »Du hast recht«, erwiderte sie dann. »Alles in Ordnung mit euch?«

Nestor und Gurn tauschten einen Blick. »Ich denke schon«, antwortete der Mann aus Taik mit erleichtertem Grinsen. »Und das verdanken wir nur euch.«

»War mir ein Vergnügen«, erwiderte Balbok mit einem Grinsen, und man war geneigt, dem großen Ork aufs Wort zu glauben.

»Wo ist Rammar?«, wollte Nestor wissen. »Und wieso bist du hier, Quia? Hat es mit deinem Volk zu tun? Wir ha-ben davon gehört, dass …«

Er verstummte, sein Blick begegnete dem der Amazone.

»Ich bin froh, dass du noch lebst«, sagte sie schließlich, den Anflug eines Lächelns auf den Lippen.

»Ich auch«, erwiderte er und lächelte ebenfalls.

»Wir jetzt verschwinden«, drängte Gurn. »Wenn Feind wiederkommen, Verstärkung mitbringen …«

Diese Annahme war nur allzu wahrscheinlich, und so wandten sich die vier Gefährten zur Flucht. Sie nahmen nicht den Gang, sondern kletterten zurück auf die Galerie, über die Balbok und Quia in die Höhle eingedrungen waren. Dort rannten sie im Laufschritt weiter – Quia, die sich den Weg genau eingeprägt hatte, voraus, dann Nestor und Gurn und in der Nachhut Balbok, der mit vor Blutdurst leuchtenden Augen und die Axt in den Klauen einen geradezu beängstigenden Anblick bot.

Über eine Reihe von Gängen und Treppen gelangten sie zurück zu der Brücke, die über den Lavastrom führte. Im Sturmlauf wollten die Gefährten hinüber – aber sie kamen nicht weit.

Denn auf dem Scheitel der Brücke stand jemand, der nur auf sie gewartet zu haben schien und dessen gedrungene Silhouette sich gegen den orangeroten Schein der Lava abzeichnete.

»Hallo, Freunde«, drang es aus dem Halbdunkel.

Es war die Stimme Orthmar von Bruchsteins.

12.  NAMHAL NOKD

Im Laufschritt huschte Ankluas durch die unterirdischen Stollen, wählte bald diese und bald jene Richtung.

Nicht, dass sich der Ork in dem düsteren, von Lavaströmen durchflossenen Labyrinth, das sich tief unter dem Anar erstreckte, ausgekannt hätte – er ließ sich von seinen Empfindungen leiten.

Er war erleichtert darüber, seine Begleiter losgeworden zu sein. Eine Zeitlang waren sie ihm nützliche Helfer gewesen, aber den Weg, der vor ihm lag, musste er ohne sie beschreiten.

Er würde sich dem Herrn dieser von Glut und Feuer durchdrungenen unterirdischen Welt stellen ...

Allein!

Wohin er sich dabei wandte, war zweitrangig – wenn er den Feind nicht fand, würde ihn dieser früher oder später finden, davon war er überzeugt. Wichtig war nur, dass er sich das Ziel seiner Mission vor Augen hielt, dass er stets daran dachte, warum er all dies auf sich genommen hatte.

Das Böse, das schon einmal von Kal Anar ausgegangen war und von dem der Dunkelelf Margok einst seine Macht erhalten hatte, war zurückgekehrt, und es gab nicht viele in Erdwelt, die in der Lage waren, ihm Einhalt zu gebieten. Ob Ankluas zu ihnen gehörte, würde sich erst dann zeigen, wenn er der Bestie gegenüberstand, Auge in Auge – und wenn die letzten Masken fielen ...

Wachsam, das Schwert in der Klaue, stieg der Ork eine schmale Felsentreppe hinauf und gelangte auf einen breiten Gang, und dieser wiederum mündete in eine riesige Höhle, von deren Decke unzählige bizarre Gebilde hingen. Zuerst hielt Ankluas sie für seltsam geformte Tropfsteine, aber dann erkannte er in ihnen menschliche Gestalten, die von einer zähen braunen Schicht umhüllt waren. Die meisten der sackartigen Gebilde hingen bewegungslos von der Decke, in ein paar wenigen jedoch regte sich etwas …

Es waren Menschen, die verzweifelt versuchten, sich zu befreien!

Ankluas widerstand der Versuchung, den Elenden helfen zu wollen – für sie war es so oder so zu spät, und Ankluas hatte keine Zeit zu verlieren. Mehr noch als Wut befiel ihn Trauer. Abgrundtiefe, entsetzliche Trauer.

»Was hast du nur getan?«, flüsterte er. »Wie konnte ich mich nur so in dir irren?«

»Hutzelbart!«, knurrte Balbok, und es klang wie eine Verwünschung.

»Schön, dass du dich an mich erinnerst«, höhnte Orthmar von Bruchstein. »Bei einem Hohlkopf wie dir ist das nicht selbstverständlich.«

»Der Hohlkopf wirst du sein, wenn ich dir erst dein stinkendes Hirn aus dem Schädel gequetscht habe«, versprach der Ork düster, worauf der Zwerg jedoch nur höhnisch lachte.

»Noch immer ganz der Alte, was? Dabei solltet ihr inzwischen eingesehen haben, dass ich nicht so einfach totzukriegen bin. Wer es bisher versuchte, dem ist es schlecht bekommen«, fügte er mit einem Seitenblick auf Quia hinzu.

»Mörder!«, fauchte die Amazone und wollte sich auf ihn stürzen – aber Nestors Rechte schnellte vor und packte sie eisern am Arm, um sie zurückzuhalten.

»Wie schade«, kommentierte Orthmar von Bruchstein spöttisch. »Es wäre meinen Kriegern ein Vergnügen, sie in Stücke zu hacken – so wie sie es mit dem Rest dieser verdammten Amazonenbrut getan haben!«

Damit gab der Zwerg ein Zeichen – und von der anderen Seite des Brückenbogens, die vom Standpunkt der Gefährten aus nicht einsehbar war, schloss eine ganze Abteilung bis an die Zähne bewaffneter Krieger zu von Bruchstein auf.

Es waren keine Soldaten aus Fleisch und Blut, sondern gefallene Krieger aus früheren Schlachten, an den Knochen zum Teil noch mumifiziertes Fleisch, am Leben gehalten von dunkler Magie. Ekel erregender Gestank eilte ihnen voraus, blankes Grauen starrte aus ihren bleichen Schädelgesichtern.

»Du – du stehst mit ihnen im Bunde!«, stellte Nestor fest.

»Klug bemerkt«, sagte der Zwerg mit geheuchelter Bewunderung. »Und nicht nur das – ich bin ihr Befehlshaber, wie ihr sehen könnt!«

»Ihr Befehlshaber? Aber wie …?«

»Wie das sein kann? Wie es möglich ist, dass ich euch einen Schritt voraus bin? Dass ihr auf der Seite der Verlierer steht und ich zu den Gewinnern zähle?« Orthmar von Bruchstein grinste. »Ich will es euch sagen, meine Freunde – weil ich mich beizeiten auf die Seite dessen geschlagen habe, dem die Zukunft in Erdwelt gehört.«

»Von wem sprichst du?«, wollte Nestor wissen.

»Wen interessiert das?«, entgegnete der Zwerg. »Mein Gebieter ist so alt, dass er schon viele Namen hatte. Snagor wird er in Kal Anar genannt – aber was ist schon ein Name angesichts seiner ungeheuren Macht? Er ist es, der die Basilisken zurückkehren ließ und die Krieger vergangener Tage aus den Gräbern holt. Mit ihrer Hilfe wird er Erdwelt unterwerfen, und ich werde auf seiner Seite stehen – auf der des Siegers!«

»Du hast für ihn gearbeitet«, stellte Nestor ernüchtert fest, »von Anfang an!«

463

»Wundert dich das?«, fragte von Bruchstein. »Habt ihr wirklich geglaubt, ich würde mich einem Menschen unterwerfen? Dass ich vor Corwyn buckle und auf das Geschwätz dieser Elfenschlampe höre? Nur aus einem Grund bin ich in Tirgas Lan gewesen – als Spion in Snagors Diensten.«

»Verräter!«, knurrte Balbok.

»Daran könnt ihr erkennen, wie verdreht die Welt geworden ist«, sagte der Zwerg mit kaltem Lächeln. »Früher waren es die Unholde, die man Verräter nannte, und wir Zwerge stritten für die vermeintlich gerechte Sache. Jetzt ist es umgekehrt …«

»Die gerechte Sache ist mir wurscht«, stellte Balbok klar. »Ich bin hier, weil ich Blut sehen will – und zwar deins. Du hast uns nicht nur verraten und verkauft, sondern auch meine Töchter getötet, und dafür wirst du büßen!«

»*Deine* Töchter?« Von Bruchstein lachte schallend. »Glaubst du diesen Unsinn tatsächlich?«

»Es ist kein Unsinn«, beharrte Quia und hob ihre beiden Schwerter. »Das wirst du merken, wenn dich Bunais' Zorn ereilt!«

»Was du nicht sagst, Weib. Statt große Töne zu spucken, solltet ihr euch lieber ergeben – andernfalls werde ich meinen treuen Kriegern befehlen, über euch herzufallen, und das wird keiner von euch überle…«

Weiter kam Orthmar von Bruchstein nicht.

Mit einem heiseren Kriegsschrei auf den Lippen sprang Balbok vor und schwang die Axt – die wie ein Blitz niederfuhr und deren schwartiges Blatt sich tief in die Brust des Zwergs grub.

»Gibst du jetzt endlich Ruhe?«, rief Balbok und riss die Axt zurück; der prächtige Zwergenbart, der über Orthmars Brust und Bauch wallte, verhinderte, dass dem Ork das Blut des Verräters ins Gesicht spritzte.

Noch einen kurzen Moment hielt sich der Zwerg auf den

Beinen und starrte Balbok fassungslos an. Dann fiel er starr hintenüber – für seine schaurigen Untergebenen das Signal zum Angriff.

Mit heiserem Keuchen sprangen sie über den Leichnam ihres Anführers hinweg, schwangen die Schwerter, Äxte und Speere in ihren knochigen Händen – und trafen auf Balbok.

Unverrückbar wie ein Fels stand der große Ork auf der Mitte der Brücke und führte die Axt in einem weiten Halbkreis – die erste Welle der Angreifer wurde förmlich hinweggefegt, stürzte in die brodelnde Lava und versanken darin.

Doch immer mehr Untote drängten nach, und es wurden so viele, dass Balbok sich zurückziehen musste. Noch einmal schlug er zu und stieß mehrere von ihnen in die verderbliche Glut, dann ging er rückwärts zu seinen Gefährten zurück, die Axt vor sich schwingend.

Schulter an Schulter standen der Ork, die Amazone, der Attentäter und der Eisbarbar, um den Knochenkriegern im Kampf auf Leben und Tod zu begegnen.

»Haut ihnen die Köpfe von den Schultern!«, gab Balbok weiter, was er von Ankluas gelernt hatte. »Wenn die Schädel nicht mehr auf ihren Hälsen sitzen, ist es mit ihnen vorbei!«

Er selbst ging mit gutem Beispiel voran und enthauptete einen Knochenmann, der sich einen Schritt zu weit vorgewagt hatte. Quia ließ ihrerseits die Klingen kreisen und schickte einen weiteren Skelettkämpfer zurück ins Totenreich, und auch Nestor und Gurn gaben ihr Bestes. Doch für jeden Angreifer, der kopflos niedersank und sich nicht wieder erhob, schienen zwei neue nachzudrängen. Auf der ganzen Breite der Brücke griffen sie an, und die Gefährten mussten höllisch Acht geben, nicht von plötzlich vorzuckenden Klingen und Speeren durchbohrt zu werden.

Plötzlich ein erstickter Schrei Gurns – die rostige Axt eines untoten Kriegers hatte ihm eine klaffende Wunde am linken Bein zugefügt.

Der Zorn des Eisbarbaren ereilte den Untoten, ehe dieser ein zweites Mal zuschlagen konnte. Gurns Pranke schoss heran, packte den Schädel des Skelettkriegers und riss daran mit roher Gewalt – es knackte hässlich, als die Halswirbel brachen.

Nestor streckte einen weiteren Untoten nieder, aber es änderte nichts daran, dass es immer noch mehr wurden. Quia befand sich in äußerster Bedrängnis, und es war nur eine Frage der Zeit, wann die untoten Kämpfer sie überrennen würden …

»Zurück!«, schrie Nestor aus Leibeskräften. »Wir müssen uns zurückziehen!«

»Nein!«, rief Quia trotzig und beförderte einen Gegner mit einem Fußtritt von der Brücke – sofort nahm der Nächste seinen Platz ein. Quia wehrte die Schwerthiebe des Knochenkriegers ab, aber sie wich nicht zurück.

Auch der Amazone war klar, dass sie dieses Gefecht nicht gewinnen konnten, aber einfach die Flucht zu ergreifen hatte keinen Sinn. Jemand musste bleiben, um die Untoten aufzuhalten, sonst würden die Gefährten nicht entkommen.

Und Quia hatte eine genaue Vorstellung davon, wer dieser Jemand sein würde.

Ihre Schwestern waren ihr bereits vorausgegangen auf dem Weg, den Amaz einst beschritten hatte, und Quia war bereit, ihnen zu folgen. Sie war die Letzte ihres Volkes und sah keinen Sinn darin, weiterzuleben. Doch sie würde möglichst viele Feinde mit ins Grab nehmen …

Gerade wollte sie ihren Entschluss ihren Gefährten mitteilen, als etwas Unerwartetes geschah. Mit Gurn ging eine Veränderung vor sich. Blutbesudelt und mit dem langen, sich in alle Richtungen sträubenden Haar war der Eisbarbar ohnehin schon eine Furcht erregende Erscheinung. Plötzlich jedoch verhärteten sich seine Züge: Sein ohnehin schon kantiges Kinn schob sich noch weiter vor, seine Stirn schien breiter zu werden, und nur noch das Weiße war in seinen Augen zu sehen. Er verfiel in markiges Gebrüll, das sich anhörte wie das eines angreifenden Wargen.

»Ein Berserker!«, rief Nestor fassungslos. »Er ist ein Berserker ...!«

Selbst die Untoten hielten für einen Augenblick inne und wussten nicht, wie sie auf die neue Situation reagieren sollten. Gurns Kleidung spannte sich über seinen Muskeln, bis sie platzte, und wie ein Wolf fletschte Gurn die Zähne.

Er riss Balbok die klobige Waffe aus den Händen, um sie im nächsten Moment nicht weniger wuchtig zu schwingen als der große Ork. Dass er damit gleich fünf Skelettkrieger auf einmal zurück ins Jenseits beförderte, schien ihn nicht im Geringsten zu besänftigen. Im Gegenteil – mit jedem Gegner, den er um seinen Schädel erleichterte, schien Gurns Wut noch zu wachsen, und die Wunde an seinem Bein und der Schmerz stachelten ihn zusätzlich an.

»Fliehen!«, rief er seinen Kameraden zu, die einfach nur dastanden und nicht wussten, was sie tun sollten. »Fliehen, verdammt! Gurn hält Krieger auf!«

Seine Worte gingen in schauriges Gebrüll über, als er sich erneut auf die Untoten stürzte, die nun ebenfalls wieder angriffen. Mit Urgewalt prallten die Skelettkrieger und der Berserker aufeinander. Rostiges Eisen schnitt durch lebendes Fleisch, orkischer Stahl zerschmetterte uralte Knochen.

Nur noch einen kurzen Augenblick standen die Gefährten unentschlossen: Quia, weil sie es gewesen war, die sich hatte opfern wollen – Nestor, weil er den wortkargen Barbaren, der ihm in den letzten Tagen ein treuer Freund geworden war, nicht zurücklassen wollte – und Balbok, weil er nicht zulassen wollte, dass ein anderer den ganzen Spaß bekam, während er selbst leer ausging.

Schon im nächsten Moment jedoch kehrte bei allen dreien die Vernunft ein.

»Fliehen!«, war es noch einmal aus Gurns wildem Gebrüll herauszuhören – und sie fuhren herum und begannen zu laufen, zurück in die Richtung, aus der sie gekommen waren. Sie würden einen anderen Weg finden müssen, der sie in Xarguls Tempel führte – dieser hier war ihnen verwehrt.

Quia stolperte über einen Stein und schlug zu Boden. Sofort kehrte Nestor um, um ihr aufzuhelfen. Weil sie dadurch wertvolle Augenblicke verloren, wusste sich Balbok nicht anders zu helfen, als die beiden zu packen und sie sich auf beiden Seiten unter die Arme zu klemmen. So rannte er aus der Höhle und hinein in den Stollen, so schnell seine langen Beine ihn trugen.

Noch einmal erheischten sie einen letzten Blick auf Gurn. Der stand inmitten einer Welle lebender Gebeine, die jeden Augenblick über ihn hinwegzubranden drohte. Das fürchterliche Geschrei des zum Berserker mutierten Barbaren hallte von der Höhlendecke wider und verfolgte die Gefährten bis tief in den Stollen, ehe es schließlich abbrach und verstummte.

Gurn hatte seinen letzten Kampf verloren.

Unvermittelt gelangte Ankluas in ein großes Gewölbe – und der Ork wusste, dass er sein Ziel erreicht hatte.

Fackeln spendeten flackernden Schein und beleuchteten riesige Säulen, die die hohe Decke trugen und aussahen, als hätten sich steinerne Schlangen darum gewunden. Dies musste das Herzstück des unterirdischen Labyrinths sein, das sich tief im Fels des Anar erstreckte.

Der Schlangentempel …

Ankluas war sicher, dass er gefunden hatte, wonach er suchte – aber er war nicht allein!

Behelmte Wächter in schwarzen Rüstungen, deren runde Schilde das Emblem des Basilisken zeigten, säumten die Halle. Mit gesenkten Speeren stellten sie sich ihm entgegen und versperrten ihm den Weg. Und sie schienen über sein Eintreffen nicht überrascht zu sein.

»Da bist du ja, Unhold!«, rief ihr Hauptmann in der Sprache des Westens. »Die Priester sagten uns, dass du kommen würdest!«

Ankluas entblößte die gelben Zähne zu einem Lächeln, das zugleich spöttisch und freundlich wirkte, und erwiderte: »Schön für euch.«

»Wo hast du deine Artgenossen gelassen? Wart ihr nicht zu mehreren?«

Ankluas' Bestürzung darüber, dass der Feind offenbar genau über sie informiert war, währte nur einen Herzschlag. »Die anderen sind tot«, gab er umgehend zur Antwort. »Ich habe ihnen das Maul gestopft. Ihr Gequatsche ging mir auf die Nerven!«

Dumpfes Gelächter drang unter dem Helmvisier des Hauptmanns hervor. »In seiner unendlichen Weisheit hat Xargul vorausgesehen, dass so etwas geschehen würde.«

»Xargul? Wer ist das?«, wollte Ankluas wissen.

»Schon deine Frage beweist, dass du eine Kreatur ohne Verstand bist. Xargul ist unser aller Gebieter und die oberste Gottheit von Kal Anar. Nach Tausenden von Jahren ist er zurückgekehrt, um ganz Erdwelt zu unterwerfen. Die Große Schlange wird ihre Feinde zermalmen und herrschen!«

»Vielleicht«, räumte Ankluas ein, und dann fügte er mit sehr ernster Miene hinzu: »Aber bevor es so weit ist, werden Ströme von Blut fließen, ein sinnloser Krieg wird Erdwelt ins Chaos stürzen und unzählige Kreaturen das Leben kosten.«

»Geschwätz!«, sagte der Hauptmann nur.

»Wo ist Xargul?«, wollte Ankluas wissen. »Ist er hier?«

»Allerdings – und er erwartet dich. Wir haben Anweisung, dich zu ihm zu bringen, sobald du hier eintriffst.«

»Dann tut, was man euch aufgetragen hat!«, entgegnete Ankluas. »Ich kann es kaum erwarten, ihm zu begegnen.«

Die Tempelwächter schienen ein wenig überrascht angesichts von so viel Kaltschnäuzigkeit, aber sie gewannen die Fassung rasch zurück. »Zuerst werden wir dich entwaffnen«, kündigte der Hauptmann feindselig an.

»Xargul wünscht mich wehrlos zu sehen? Was für eine Gottheit ist er, wenn er die Klinge eines Orks fürchtet?« Ankluas lachte höhnisch, doch dann warf er sein Schwert dem Hauptmann vor die Füße. »Er soll bekommen, wonach er verlangt.«

»Xargul bekommt ohnehin, wonach er verlangt!«, entgegnete der Hauptmann und gab seinen Leuten einen Wink, woraufhin einige der Soldaten vortraten und Ankluas nach weiteren Waffen durchsuchten – ohne Ergebnis. »Wirst du dich uns freiwillig fügen, oder müssen wir dich zwingen?«, fragte der Hauptmann.

»Ich füge mich«, erwiderte der Ork, worauf ein enttäuschtes Schnauben unter dem Helm des Hauptmanns hervordrang. Auf ein weiteres Zeichen hin setzte sich der kleine Trupp mit Ankluas in der Mitte in Bewegung und durchschritt den Tempel. Erst da gewahrte der Ork im rückwärtigen Teil des Gewölbes eine kreisrunde, an die zehn Schritt tiefe Grube, an deren Rand die Soldaten stehen blieben.

»Dort hinab musst du«, sagte der Hauptmann und deutete in die Tiefe. »Xargul erwartet dich dort!«

»Wie aufmerksam von ihm.« Auf dem Grund der Grube sah Ankluas unzählige abgenagte Knochen, die den Boden übersäten.

Menschliche Knochen …

»Wie ich sehe, hat euer Xargul Geschmack.«

»Das Spotten wird dir vergehen, wenn du ihm gegenüberstehst«, kündigte der Hauptmann an, und Ankluas war sicher, dass das Gesicht unter dem Helmvisier dabei schadenfroh grinste. »Und jetzt hinein mit dir!«

Im gleichen Moment erhielt Ankluas einen heftigen Stoß

in den Rücken, und er stürzte hinab in die Grube, schaffte es aber, auf den Füßen zu landen und sich zwischen stinkenden Exkrementen und abgenagten Knochen abzurollen, ohne sich etwas zu brechen.

»Geh nur!«, rief der Hauptmann höhnisch von oben herab. »Xargul erwartet dich!«

Ankluas raffte sich auf und schaute sich um. Es gab nur einen Ausgang – eine Öffnung in der senkrechten Grubenwand, ein von orangerotem Schein beleuchteter Stollen. Er war groß und breit.

Ankluas setzte sich in Bewegung. Vorbei an den Überresten von Menschen, die in der Grube ein grausiges Ende gefunden hatten, betrat er vorsichtig den Gang. Der Gestank, der ihm entgegenschlug, war unbeschreiblich – eine Mischung aus Fäulnis und Schwefel, für einen Menschen vermutlich tödlich. Auch war es im Stollen unerträglich heiß, und mit jedem Schritt schien sich die Hitze noch zu steigern.

Der Grund dafür wurde dem Ork schon bald klar: Er bewegte sich geradewegs auf den Kern des Berges zu, auf die flüssige Glut, die im Inneren des Anar brodelte und seit Jahrtausenden nach Ausbruch verlangte. Das Rumoren, das die heiße Luft erfüllte und mit jedem Augenblick noch zuzunehmen schien, unterstrich diesen Eindruck, ebenso wie das feurige Leuchten, das den Stollen beleuchtete und weder von Kerzen noch von Fackeln stammte, sondern von geschmolzenem, glühenden Gestein.

Schweiß auf der narbigen Stirn, folgte der Ork dem Felsengang, allein und unbewaffnet. Wenn er ehrlich gegenüber sich selbst war, musste er sich eingestehen, dass er Angst hatte – weniger um sich selbst als um die Welt und die Wesen, die in ihr lebten …

Der Stollen endete.

Glutschein und sengende Hitze trafen ihn, sodass Ankluas

unwillkürlich Gesicht und Augen schirmte. Dennoch ging er weiter.

Er erreichte das Ende des Stollens und trat hinaus, fand sich auf einer schmalen, vorn spitz zulaufenden Plattform wieder. Sie befand sich auf halber Höhe einer riesigen Höhle, die von frenetischem Brausen erfüllt war.

Über Ankluas wölbte sich eine gewaltige Felsendecke, in der dunkle Öffnungen klafften, und unter ihm erstreckte sich ein See aus glühender Lava. Die Plattform ragte weit über den Lavasee hinaus. Verzehrende Hitze stieg davon auf, es blubberte und brodelte, hier und dort schwamm schwarze Schlacke auf der flüssigen Glut, und es gab weiß leuchtende Strudel.

Schon der Anblick des Infernos, das an die Welt in ihrem Urzustand erinnerte, ließ Ankluas erschaudern – das blanke Grauen jedoch erfasste ihn, als er eine Präsenz spürte, die ihm zugleich fremd und vertraut vorkam und die von unendlicher Bosheit war.

Er hörte, wie sich hinter ihm etwas regte, wie etwas ungeheuer Großes die Felswand nach unten glitt, an der es zuvor reglos gehangen hatte. Es erreichte die Plattform, dennoch hütete sich Ankluas, sich danach umzudrehen, sondern starrte weiterhin hinab auf den Glutsee.

»So ganz allein?«, fragte eine dunkle, hässlich zischelnde Stimme.

Ankluas schloss die Augen.

Es war so weit …

13.

SUL UR'SNAGOR

»Willst du dich nicht umdrehen?«, fragte die Stimme. Ihr dunkler, kehliger Klang war Ankluas fremd – der blasierte, arrogante Tonfall hingegen kam ihm auf tragische Weise vertraut vor.

»Wozu?«, fragte er. »Um versteinert zu werden? Ich weiß genau, *was* du bist – und ich weiß auch, wozu du fähig bist. Die Blicke deiner missratenen Brut vermögen ihre Opfer nur zu lähmen – wer jedoch in das Auge des wahren Basilisken blickt, der erstarrt unwiederbringlich zu Stein, und nicht einmal Elfenzauber vermag ihn dann wiederzubeleben.«

»So steht es in den alten Schriften«, bestätigte die Stimme, und wieder hörte Ankluas, wie sich das riesige Etwas hinter ihm kriechend näherte. Aus dem Augenwinkel nahm er auch eine Bewegung wahr, aber er widerstand der Versuchung, sich umzudrehen. »Für einen Ork bist du erstaunlich gut informiert.«

Ankluas nickte grimmig. »Nicht immer sind die Dinge so, wie sie auf den ersten Blick erscheinen.«

»Was willst du damit sagen?«

»Damit will ich sagen, dass ich dich durchschaue.«

»Wie das?«

»Wie ich schon sagte – ich weiß, *was* du bist. Und ich weiß auch, *wer* du bist.«

»Ach ja?« Das Monstrum, das weder Arme noch Beine

hatte und sich schwerfällig über den Boden wälzte, lachte leise. »Und wer bin ich deiner Ansicht nach, nichtswissender Unhold?«

»Jemand, der verstoßen wurde«, antwortete Ankluas prompt. »Der alles erreichen wollte und gescheitert ist. Dem alles genommen wurde, was er sich erträumte – und der sich nun rächen will. Ist es nicht so?«

Die Stimme erwiderte nichts. Alles, was der Ork hören konnte, war ein heiseres Zischen.

»Ist es nicht so?«, fragte er deshalb noch einmal. »Oder willst du die Wahrheit leugnen … *Loreto*?«

Das Zischen aus dem Schlund der Kreatur verstärkte sich, und trotz der mörderischen Hitze war es, als würde ein eisig kalter Windhauch über die Plattform wehen.

»Dieser Name …«, tönte es leise.

»Erkennst du ihn wieder?«, fragte Ankluas.

»Ob ich ihn wiedererkenne oder nicht, spielt keine Rolle. Er hat keine Bedeutung mehr für mich.«

»Dennoch ist er ein Teil von dir«, sagte der Ork. »Loreto ist das, was dich nährt, nicht wahr? Was dein Leben rettete, als du kurz davor warst, es für immer zu verlieren, und was deine Existenz erhält. Habe ich recht?«

Die Kreatur war bis auf wenige Schritte an Ankluas herangekommen. Ihr keuchender, stinkender Atem raubte ihm fast die Besinnung.

»Du hast lange gewartet«, fuhr Ankluas fort. »Ein ganzes Zeitalter lang hast du in der Dunkelheit gelauert und darauf gelauert, dass einer kommt, der dich neu beleben würde. War es nicht so?«

»Was gewesen ist, ist unerheblich«, zischte das Monstrum. »Wichtig ist nicht, was ich *war*, sondern was ich *bin*.«

»Und was bist du?«

»Ich«, fauchte die Kreatur, während sie sich zu ihrer vollen Größe aufrichtete, »bin Xargul der Mächtige! Ich existiere

474

seit Anbeginn der Zeit, und überdauert habe ich Äonen. Nun habe ich meine alte Stärke zurückerlangt!«

»Nein«, widersprach Ankluas, der noch immer abgewandt stand, die schreckliche Ungewissheit im Rücken. »Du bist Loreto, ein Elfenfürst, der nach der Krone Tirgas Lans griff und dem sie verwehrt wurde. Verstoßen wurdest du von deinem eigenen Volk, woraufhin du geflohen bist und dich in finsteren, abscheulichen Gegenden herumgetrieben hast – bis die Kreatur dich schließlich fand. Nur durch dich ist sie wieder erstarkt. Deine Bosheit ist es, die sie nährt.«

»Loreto ist nicht mehr«, beharrte das Monstrum. »Wir sind Xargul, alles andere hat seine Bedeutung verloren. Und nun, Unhold, sag uns, woher du all dies weißt, ehe wir dich vernichten!«

»Das werde ich«, versprach Ankluas ruhig – und griff vorsichtig nach dem Gegenstand, den er an einer ledernen Schnur vor der Brust trug …

Mit ausgreifenden Schritten rannten sie durch den von Fackeln beleuchteten Gang – Nestor voraus, Quia dicht hinter ihm und schließlich Balbok.

Eine ganze Abteilung von Tempelwachen, auf die sie unversehens getroffen waren, war ihnen auf den Fersen, und dem Klappern und Stöhnen nach, das aus der Tiefe des Stollens drang, hatten auch die untoten Krieger die Verfolgung der drei Gefährten aufgenommen.

Noch lag ein gutes Stück zwischen den Flüchtenden und ihren Häschern, aber die Hitze und die stickig heiße Luft in den Gängen machten den dreien schwer zu schaffen, und so schrumpfte der Abstand zusehends. Außerdem waren die Verfolger auch auf die Distanz gefährlich …

»Die Köpfe runter!«, brüllte Balbok, als er erneut das hässliche Sirren von Pfeilen vernahm. Die Geschosse waren während des Laufens abgeschossen worden und entsprechend ungenau gezielt, aber sie kamen den Gefährten dennoch bedrohlich nahe. Balbok wedelte mit der Pranke und wischte ein paar von ihnen wie lästige Insekten aus der Luft, damit die beiden Menschen vor ihm nicht getroffen wurden, aber es war nur eine Frage der Zeit, bis der erste Pfeil sein Ziel finden würde. Zudem kamen aus einem Nebengang weitere Verfolger in schwarzen Rüstungen und schlossen sich der wilden Jagd an.

»Es werden immer mehr!«, rief Quia im Laufen. »Jemand muss zurückbleiben, um sie aufzuhalten!«

Schon verlangsamte die Amazone ihre Schritte, wollte stehen bleiben und sich den schwarz gerüsteten Kriegern stellen. Aber einmal mehr ließ Nestor das nicht zu und riss sie einfach mit sich.

»Was soll das?«, beschwerte sie sich. »Lass mich los, du Narr! Willst du nicht überleben?«

»Ich will und ich werde«, gab Nestor zurück, »aber nicht, indem du dich opferst!«

»Ich habe nichts mehr zu verlieren, begreifst du das nicht? Meine Schwestern sind alle tot! Niemand wird mich vermissen!«

»*Ich* würde dich vermissen!«, rief Nestor und zog den Kopf zwischen die Schultern, als weitere Pfeile über sie hinwegstachen. »Ich habe bereits einen Freund zurücklassen müssen – ich will dich nicht auch noch verlieren!«

»Warum nicht?«

»Weil … weil ich …«

Nestor blieb die Antwort schuldig, aber er zog Quia weiter mit sich. Im Laufschritt folgten sie dem Gang um eine weite Biegung und gelangten unvermittelt in eine Höhle mit einem schmalen Lavafluss. Zu beiden Seiten erhoben sich spitze Felsnadeln, die wie versteinerte Bäume wirkten, und nur ein schmaler Pfad führte an dem flüssigen Gestein vorbei.

»Hier entlang!«, schrie Nestor, und sie folgten dem Lava-strom, auf dessen gelb leuchtender Oberfläche Inseln aus schwarzer Schlacke schwammen. Ihre Verfolger blieben ihnen auf den Fersen und schickten ihnen erneut gefiederte Todesgrüße. Einige Pfeile trafen auf den Fels und zerbarsten daran, andere verbrannten in der Lava.

Eines der Geschosse jedoch fand sein Ziel. Plötzlich spür-te Balbok einen scharfen Stich in der linken Schulter.

Der Ork stieß ein wütendes Grunzen aus, und in einem Reflex schlug er mit dem linken Arm nach hinten und ver-suchte, den Pfeil herauszuziehen. Dabei stieß er gegen eine der Felsnadeln, die prompt abbrach. Wie ein gefällter Baum neigte sich der schlanke Stein, der den Ork um das Doppel-te überragte, und kippte schließlich um. Dabei fiel er quer über den Pfad und tauchte mit der Spitze in den Lavafluss, woraufhin das flüssige Gestein nach allen Seiten spritzte. Balbok jaulte wie ein Hund, als er einige Spritzer ins Genick bekam – der Geruch von verbranntem Horn, der ihm in die Nase stieg, gefiel ihm jedoch irgendwie, und plötzlich hatte der Ork einen Geistesblitz, wie er die Verfolger zumindest für eine Weile aufhalten konnte.

Ein Blick über die Schulter zeigte, dass sich der Lavafluss an der Stelle staute, wo die Felsnadel eingetaucht war – wenn es Balbok also gelang, noch mehr von ihnen zu fällen …

Wie es seine Art war, überlegte er nicht lange. Während er weiter hinter seinen menschlichen Gefährten herhastete, hieb er wild um sich. Da er seine Axt bei Gurn zurückgelas-sen hatte, blieb ihm nichts, als mit bloßen Fäusten zu Werke zu gehen. Wie Hämmer schlugen sie auf das Gestein und brachten die bizarren Felsformationen reihenweise zu Fall, die hinter den Flüchtenden in den Lavastrom stürzten.

Sofort stauten sich die glühenden Fluten, und ihre Farbe wechselte von leuchtendem Gelb zu dunklem Orange. Na-türlich begann die Hitze sofort an den Felsen zu nagen und sie zu schmelzen, aber die Hindernisse sorgten dafür, dass der Pegel anstieg, die Lava aus dem Flussbett schwappte und im nächsten Moment den Pfad überschwemmte.

Balbok gönnte sich ein breites Grinsen, als er das laute Gezeter der Verfolger hörte. Wenn sich die Soldaten nicht die Füße verbrennen wollten, würden sie sich entweder einen Weg durch den Steinwald suchen oder warten müssen, bis die Lava die Hindernisse verflüssigt hatte und wieder in ihr altes Bett zurückgekehrt war, und beides würde dauern.

»Gut gemacht!«, raunte Nestor ihm anerkennend zu, während sie weiterrannten, den Höhlenausgang schon vor Augen. »Ehrlich gesagt hätte ich das einem Ork nicht zugetraut.«

»Er ist kein Ork«, verbesserte Quia im Brustton der Überzeugung. »Er ist Bunais, vergiss das nicht!«

Atemlos erreichten sie den Ausgang der Höhle und wollten in den Stollen stürmen, der sich daran anschloss – als sich ihnen erneut jemand in den Weg stellte!

Diesmal war es nur ein einziger Gegner, und die Gefährten trauten ihren Augen nicht, als sie ihn erblickten.

Es war Orthmar von Bruchstein.

Mehr oder weniger.

Der verräterische Zwerg, dem Balbok das Axtblatt in den Leib gesenkt hatte, stand vor ihnen, und der Bart über seinem gespaltenen Brustkorb war rot gefärbt vom Blut. Er hatte Balboks vernichtenden Axthieb keineswegs überlebt – vielmehr war er in seiner Bosheit und seinem Hass selbst eine jener Gestalten geworden, die er vorhin noch befehligt hatte. Ein Untoter, vom Schlachtfeld zurückgekehrt, um zu rächen und zu morden …

Quia stieß einen gellenden Schrei aus, Balbok eine orkische Verwünschung. Die drei Gefährten hoben die Waffen, bereit, dem grausigen Feind entgegenzutreten, der seinerseits zwei schwere Äxte in den bleichen Totenhänden hielt.

Der untote Zwerg wollte vorspringen, um mit den Äxten auf die beiden Menschen und den Ork einzuschlagen – er kam jedoch nicht dazu.

Denn plötzlich setzte aus dem Hintergrund ein Schatten heran, und ein *saparak* durchstieß Orthmars blutbesudelten Leib!

Der Zwerg verharrte verwirrt, und Balbok nutzte die Gelegenheit, ihm eine der Äxte zu entreißen und mit aller Kraft zuzuschlagen – einen Augenblick später saß Orthmar von Bruchsteins Haupt nicht mehr auf seinen Schultern.

Der Torso hielt sich noch einen Moment auf den Beinen, dann kippte der kopflose Körper nach vorn und blieb reglos liegen.

Ein Ork hatte hinter ihm gestanden und grinste über sein ganzes feistes Gesicht, den blutverschmierten *saparak* in den Klauen.

»Dachte mir doch, dass ihr ohne mich nicht zurechtkommen würdet«, sagte er voller Genugtuung. »Aber seid unbesorgt – nun werden wir endlich Ruhe vor ihm haben.«

»Rammar!«, rief Balbok aus, hocherfreut darüber, den Bruder zu sehen, der genau im richtigen Moment aufgetaucht war. »Du bist doch nicht einfach abgehauen.«

»Ich kann einen *umbal* wie dich doch nicht allein lassen«, gab Rammar schulterzuckend zurück. »Ohne meine Hilfe schaffst du es keine zehn *knum'hai* weit.«

»Das ist wahr«, gab Balbok unumwunden zu und wollte, von spontaner Wiedersehensfreude überwältigt, seinen Bruder umarmen, so wie die Amazonen es zu tun pflegten.

»Hast du den Verstand verloren?«, herrschte Rammar ihn an. »Doch nicht vor den Menschen! Und jetzt lasst uns verschwinden, ehe hier noch mehr Untote oder Hutzelbärte oder untote Hutzelbärte aufmarschieren!«

Weder Balbok noch Quia oder Nestor widersprachen, und so folgten sie Rammar aus der Höhle. Wie selbstverständlich übernahm der dicke Ork, der so unverhofft zu ihrer Rettung erschienen war, die Führung und setzte sich an die Spitze der kleinen Gruppe.

Tatsächlich schien er den Weg nach draußen zu kennen: Zielsicher führte er seine Gefährten durch eine Reihe weiterer Stollen, in denen sie immer wieder auf die leblosen Körper von Tempelwachen stießen, denen offenbar ein *saparak* zum Verhängnis geworden war.

»Die hatten doch glatt die Frechheit, mich zu fragen, was ich hier unten wollte«, sagte Rammar beiläufig.

»Lasst uns schnell machen«, sagte Nestor, und man hörte ihm an, dass ihm mulmig zu Mute war. »Nicht, dass die sich gleich auch wieder erheben.«

Sie erreichten eine Treppe, die in steilen Windungen nach oben führte und gerade breit genug für den dicken Ork war. »Deinetwegen habe ich mich hier durchgezwängt«, raunte er Balbok giftig zu. »Diese Treppe«, berichtete er, während er sich ächzend nach oben schob, »habe ich aus purem Zufall entdeckt. Sie führt direkt ins Freie …«

Die Gefährten stiegen die schmalen, ausgetretenen Stufen empor, während hinter ihnen unheimliche Schreie gellten. Immer wieder blickten sie gehetzt zurück in der Erwartung, dass knochige Gestalten sie verfolgten. Aber dort war niemand, nur die Hitze und die stickige Luft setzten den Flüchtenden zu. Keuchend rangen sie nach Atem, während der Berg erneut von einem dumpfen Rumoren erschüttert wurde, das nichts Gutes erahnen ließ.

Dann wurde es auf einmal merklich kühler. Das Atmen fiel ihnen leichter, und eine frische Brise wehte in den Treppenschacht. »Der Ausgang!«, rief Quia, die vorn an der Spitze lief. »Ich kann ihn bereits sehen!«

Einen Augenblick später erblickten auch die übrigen Gefährten die kreisrunde Öffnung, jenseits derer dunkelgrauer Himmel lockte. Dass sie von einer Gittertür verschlossen war, erwies sich als reine Formsache – Balbok packte die Eisenstäbe, zerrte daran und riss die Tür kurzerhand aus ihren Scharnieren. Ungeduldig drängten die Gefährten nach draußen.

Die Dämmerung hatte bereits eingesetzt, dennoch herrschte feuriges Zwielicht. Das Leuchten über dem Anar hatte zugenommen.

Etwas schien im Inneren des Berges vor sich zu gehen, und die Gefährten fragten sich, ob es mit Ankluas zu tun hatte …

14.

TORMA UR'OLK

Er konnte ihn *sehen*.

Ankluas hielt sich den Kristall, der bisher an einer ledernen Schnur vor seiner Brust gehangen hatte, vors rechte Auge, und zwar so, dass sich in einer der glatt geschliffenen Oberflächen der Raum hinter ihm spiegelte. Auf diese Weise konnte Ankluas seinen Gegner sehen, ohne dabei in tödliche Starre zu verfallen.

Und was er sah, erfüllte ihn mit Entsetzen.

In alten Berichten hatte er von den Schrecken der Vorzeit gelesen, wusste, was Basilisken waren und hatte bereits gegen ihre Brut gekämpft.

Aber nichts von alldem hatte ihn auf diesen Anblick vorbereiten können.

Die Kreatur war riesig. Der Raubvogelkopf mit dem mörderischen Hackschnabel war so groß wie ein Fuhrwagen und der teils gefiederte Schlangenkörper an die zwei Klafter dick und seine Länge kaum noch abzuschätzen – ineinander verschlungen ringelte sich der Schlangenleib hinter der Kreatur, wo auch die ledrigen Schwingen zu erkennen waren, die ihren Zweck kaum noch erfüllen konnten. Ankluas bezweifelte, dass dieser Basilisk in der Lage war, sich damit in die Lüfte zu erheben, zumal die Flügel löchrig und an vielen Stellen eingerissen waren. Überhaupt schien sich der Schlangenkörper in fortgeschrittenem Verfall zu befinden – die Federn waren stumpf und grau, die Schlangenhaut von dunklen Beulen übersät, aus denen stinkender Eiter troff.

Die Jahrtausende, die das Monstrum in regloser Starre verharrt und gewartet hatte, waren nicht spurlos an ihm vorübergegangen. Nur die Augen brannten in einer vernichtenden Glut, denn die Bosheit, die den Basilisken am Leben erhielt, hatte jüngst neue Nahrung erhalten.

»Du hast schon besser ausgesehen, Loreto«, stellte Ankluas fest, das Grauen, das er empfand, überspielend.

»Wen interessiert mein Aussehen?«, zischte die Kreatur. »Ein einohriger Ork ist der Letzte, der sich darüber den Kopf zerbrechen sollte.«

»Nicht immer sind die Dinge so, wie sie scheinen, Loreto«, erwiderte Ankluas. »Du bist nicht das, wofür du dich ausgibst, und ich auch nicht.«

Der Raubvogelkopf, der hoch über dem Ork drohend hin- und herpendelte, legte sich schief. »Wer bist du dann? Verrate es mir, ehe ich dich verschlinge.«

Ankluas ließ den Kristall sinken und wandte sich um. Die Augen hielt er dabei fest geschlossen, aber eine seltsame Verwandlung ging mit ihm vor.

Unter dem verblüfften Blick des Basilisken straffte sich die grüne Haut des Orks, und die Narben und Schwielen verschwanden. Mehr noch, die Haut wurde auch immer blasser, bis sie fast weiß war. Der Rüssel wurde zu einer schmalen Nase, und das spärliche Haar, das vom Hinterkopf hing, wuchs zu einer blonden Mähne.

Die Postur des Orks veränderte sich ebenfalls, wurde kleiner und schmal. Sogar seine Kleidung verwandelte sich – aus derbem Leder wurde eine eng anliegende grüne Hose und ein Rock mit breitem Gürtel.

Der Basilisk ließ ein giftiges Schnauben vernehmen, als er sah, dass nicht länger ein hässlicher Unhold vor ihm stand, sondern eine junge Frau von geradezu blendender Schönheit, eine stolze Tochter des Elfengeschlechts. An ihre blassen, vornehmen Züge konnte sich ein Teil des Basilisken sogar gut erinnern, denn es hatte eine Zeit gegeben, da hatte dieser Teil sie geliebt …

»Alannah.« Die Stimme des Ungeheuers war wie ein eisiger Windhauch. »Wie – wie ist das möglich …?«

»Diese Frage stellst ausgerechnet du mir?«, entgegnete sie, die Augen noch immer geschlossen. »Bist nicht du derjenige, der sich verwandelt hat? Bei mir war es nur Blendwerk, ein elfischer Wechselbalg-Zauber und nicht mehr. Du hingegen hast nicht nur dein Aussehen verändert, Loreto – du hast dich selbst gewandelt. Du hast dich an die Macht des Bösen verkauft.«

»Schweig!«, fuhr er sie an, und erneut roch sie seinen Pesthauch. »Weißt du, welch einen Schmerz ich durchlitten habe, nachdem du mich verraten und im Stich gelassen hast? Nein, du weißt es nicht! *Nichts* weißt du, gar nichts!«

»Ich soll dich im Stich gelassen haben?« Alannah schüttelte mitleidig den Kopf. »Du hast die Wahrheit schon immer nach deinen Vorstellungen verdreht, Loreto. Nicht *du* warst es, sondern *ich*, die verraten und alleingelassen wurde. Wohl erinnere ich mich an den Brief, den du nach Shakara schicktest und in dem du mir mitteiltest, dass es vorbei sei. Du wolltest nach den Fernen Gestaden segeln und dort dein Glück suchen, und mich wolltest du in Shakara zurücklassen. Aber dann kam alles anders, nicht wahr?«

»Ich wurde verraten«, beharrte das Monstrum. »Zuerst von dir, dann selbst von Farawyn.«

»Du solltest dich reden hören! Du nennst den großen Seher einen Verräter, nur weil in seiner Prophezeiung kein Platz für dich war. Nach der Krone von Tirgas Lan wolltest du greifen, aber ein anderer ward auserwählt. Jemand, den die Vorsehung für würdig erachtete, den Platz einzunehmen, den einst die Elfenkönige besetzten.«

»Ein Mensch!«, zischte es verächtlich.

»Ja, ein Mensch«, bestätigte Alannah. »Den Menschen gehört die Zukunft, Loreto. Die Elfen ziehen sich mehr und mehr zurück, weil sie genug gesehen haben von der Welt. Die Menschen hingegen haben alles noch vor sich. Ihnen gebührt das Recht, von nun an über Erdwelt zu herrschen.«

»Nein!«, widersprach das Monstrum, dessen riesiges Haupt aufgebracht in die Höhe fuhr. »Nicht diesen nichtswürdigen Kreaturen kommt es zu, die Macht über Erdwelt in den Händen zu halten – sondern mir! Mir ganz allein!«

»Oh, Loreto.« In Alannahs Stimme schwang tiefes Bedauern mit. »Du hast nicht einmal mehr Hände, mit denen du etwas halten könntest. Was du warst, hast du aufgegeben, selbst deinen alten Körper – und das alles nur, um deiner Rachsucht nachzugehen. Als ich von der neuen Macht hörte, die sich im Osten erhob, da hatte ich einen Verdacht. Zunächst wollte ich es nicht wahrhaben, aber dann hatte ich diese Träume …«

»Was für Träume?«

»Ich träumte von dir, Loreto. Davon, wie du ruhelos umherstreifst auf der Suche nach Rache und wie du schließlich auf den Basilisken triffst. Er verschlingt dich, weil er in dir eine verwandte Seele erblickt, und labt sich an deiner Rachsucht und deiner Bosheit. Durch die erlangt er neue Kraft, und er kehrt nach Kal Anar zurück, um eine Herrschaft des Grauens zu errichten und Erdwelt in Tod und Verderben zu stürzen.«

»Das alles hast du geträumt?«

»Das und noch manches mehr.«

»Wie schön«, krächzte das Monstrum. »Es scheint, als verbände uns doch noch immer etwas.«

»Nein, Loreto, uns verbindet rein gar nichts mehr, seit du Teil des Anderen, des Bösen wurdest. Ich habe diesen ungewöhnlichen Weg, zu dir zu gelangen, nur aus einem einzigen Grund gewählt.«

»Weil du mich retten willst«, mutmaßte die Kreatur.

»Falsch, Loreto – weil es beendet werden muss. Du bist zur Bedrohung geworden für die ganze Welt. Zum Diener des Bösen hast du dich gemacht und beschwörst damit unser aller Untergang herauf.«

»Ich? Ein Diener?«, schrie der Schlangenvogel. »Ich bin kein Diener, törichtes Weib! Ich habe die Macht! Ich bin der Herrscher von Kal Anar!«

»Und was für ein Herrscher du bist!«, spottete Alannah. »Furcht und Schrecken regieren in deiner Stadt. Nur zur Vernichtung bist du in der Lage und zu nichts sonst.«

»Das ist nicht wahr! Hast du meine Kinder nicht gesehen?«

»Du meinst die Basilisken?« Wieder schüttelte Alannah den Kopf. »Sie sind nur Nachahmungen, Zerrbilder des Ungeheuers, zu dem du geworden bist.«

»Es war meine Macht, die sie hat zurückkehren lassen.«

»Nicht deine Macht, Loreto – sondern die von etwas, das sehr viel älter ist als du. Das Böse ist schon immer hier gewesen, und du stehst in seinen Diensten, nicht umgekehrt.«

»Aber ich kontrolliere es.«

»So hat auch Margok einst gedacht. Aber er hat sich selbst damit betrogen. Die Macht des Bösen lässt sich nicht kontrollieren, Loreto – auch nicht von dir.«

»Margok war ein Narr!«, keifte es aus dem Hakenschnabel. »Er wollte sich der Sterblichen bedienen, um sich Erdwelt zu unterwerfen. Sein Scheitern war vorhersehbar, denn die Orks sind einfältig und die Menschen wankelmütig in ihren Entscheidungen. Ich hingegen habe mir ein Heer erschaffen, wie es in Erdwelt noch keines gab.«

»Du hast nichts erschaffen, Loreto«, stellte Alannah klar, »du hast dich nur dessen bedient, was Margok übrig gelassen hat. Wie ein Aasfresser hast du dich auf die Toten seiner Kriege gestürzt und sie aus ihren Gräbern gezerrt. An allen Gesetzen des Lebens hast du dich vergangen, Loreto.«

»Du sprichst von meinen Kriegern. In der Tat sind sie nützliche Diener, denn ihre Loyalität geht weit über den Tod hinaus«, drang es aus der Kehle des Basilisken. »Aber sie sind nicht die Armee, von der ich spreche. Wenn Kal Anar gegen den Westen zieht, wird der Angriff nicht auf dem Boden erfolgen und nicht mit Lanzen, Pfeilen und Schwertern geführt werden – sondern aus der Luft!«

»Aus der Luft?« Für einen Moment glaubte Alannah, dass Loreto bei der Vereinigung mit dem Basilisken den Verstand verloren hätte und puren Unsinn redete. Aber dann begriff sie: »Diese Höhle, in der ich war … diese armen Menschen, die von der Decke hingen in diesen seltsamen Gebilden – das war eine … eine Brutstätte, nicht wahr?«

»Dein Verstand ist noch immer genauso messerscharf wie früher«, erwiderte ihr Gegenüber höhnisch. »Jeden Tag werden einige aus meinem Volk auserwählt und einem höheren Dasein zugeführt, indem man ihnen die Brut der Schlange einsetzt. Sieben Monde lang dienen sie dem heranwachsenden Basilisken als Nahrung, wobei ihr Geist und ihr Verstand auf ihn übergehen. Was schließlich aus der Hülle schlüpft, ist nicht etwa eine geistlose Kreatur, die nach ihren Instinkten handelt und unberechenbar ist, sondern ein ergebener Diener. Ein Soldat, der Befehle empfangen und ausführen kann. Dies, mein Kind, ist die wahre Armee von Kal Anar – und schon bald ist sie bereit!«

Die Flucht der Orks und ihrer menschlichen Begleiter blieb nicht lange unbemerkt.

Rammar, Balbok und ihre Gefährten waren noch nicht weit gekommen, als eine Horde von Kriegern, lebendigen wie untoten, aus der Stollenöffnung quoll, die sich ein Stück außerhalb der Mauern Kal Anars über dem Schlangenturm befand. Erneut nahmen sie die Verfolgung der Flüchtende auf.

»Rennt!«, rief Rammar seinen Gefährten zu, während er selbst so schnell lief, wie seine kurzen Beine ihn nur trugen. »Rennt um euer Leben …!«

Das brauchte den Gefährten nicht erst gesagt zu werden – die Pfeile, die durch die heiße Nachtluft zischten, beflügelten ihre Schritte. Die Stadtmauer zur Linken, stürmten die vier den steilen Hang hinab, sprangen über Felsen und Klüfte, aus denen beißender Rauch drang. Mehrmals blieben sie mit den Füßen hängen und fielen hin oder stießen sich an schroffen Felsvorsprüngen blutig, aber sofort rafften sie sich wieder auf und rannten weiter, wissend, dass ihr Leben verwirkt war, wenn der Feind sie einholte.

Das Geschrei der Wachen und das grässliche Heulen der Untoten in den Ohren, rannten die vier, so schnell sie konnten – dennoch wurde die Distanz zu ihren Verfolgern immer geringer.

Immer wieder sirrten Pfeilhagel durch die Nacht – dass keines der Geschosse sein Ziel fand, war reines Glück. Balbok, der Orthmar von Bruchsteins Äxte bei sich trug, ließ diese wirbeln, um die Pfeile abzuwehren. Auf die Dauer freilich würde diese Methode nicht erfolgreich sein; es war nur eine Frage der Zeit, bis die Gefährten mit Pfeilen gespickt am Boden liegen würden.

»Sie werden uns erwischen!«, prophezeite Nestor mit einem gehetzten Blick über die Schulter. »Wenn nicht bald etwas geschieht, werden sie uns erwischen …«

Es geschah tatsächlich etwas, allerdings ganz anders, als der Mann aus Taik es sich vorgestellt hatte. Seine Gefährten und er gerieten auf ein abschüssiges Schotterfeld, dessen schwarzer Kies sofort ins Rutschen geriet, als Rammar seinen schweren Fuß darauf setzte. Im nächsten Moment war das gesamte Feld in Bewegung, und mit dem losen Geröll rutschten die Gefährten zu Tal.

Während Nestor und Quia sogleich das Gleichgewicht

verloren und stürzten, gelang es den Orks, sich aufrecht zu halten. Balbok gefiel es sogar, mit atemberaubender Geschwindigkeit den Hang hinabzusausen, und er hatte auch einiges Geschick darin, sich dabei mit den Armen auszubalancieren. Rammar, der auf Grund seines Gewichts der Schnellste war, hatte weniger Glück – er traf auf einen Felsen, der sich einsam aus dem Schotterfeld erhob, prallte wie ein Ball davon ab und rollte, sich wild überschlagend, den Abhang hinab.

Die Schlitterpartie endete so jäh, wie sie begonnen hatte – am Fuß des Berges, wo sich der Schotter auf schwarzem Lavagestein verlor.

Balbok, der als Einziger ohne Blessuren geblieben war, eilte zu Rammar und streckte ihm die Klaue hin, um ihm auf die Beine zu helfen.

»Alles in Ordnung?«, erkundigte er sich grinsend.

»Nein, verdammt, nichts ist in Ordnung!«, maulte Rammar, während er sich mit Balboks Hilfe aufraffte. Er setzte zu einem ausufernden Lamento an, um sich lauthals darüber zu beschweren, dass das Leben ihm derart kurze, seinem Bruder hingegen so lange Beine gegeben hatte.

Er verstummte jedoch jäh, als er sah, was sich drüben an der Stadtmauer tat: Die Tore waren geöffnet worden, und diesmal setzten nicht nur ein paar Dutzend Verfolger daraus hervor, sondern unzählige.

Hunderte.

Tausende …

15.

BLAR TOSASH'DOK

Einen Augenblick lang fehlten Alannah schlichtweg die Worte. Dass sich ihr einstiger Geliebter dem Bösen verschrieben hatte und vor nichts zurückschreckte, hatte sie geahnt. Das ganze Ausmaß seines Frevels jedoch erschütterte sie zutiefst, und erstmals fragte sie sich, ob es ihr überhaupt möglich war, sich so viel Bosheit entgegenzusetzen …

»Die ersten Basilisken sind bereits geschlüpft«, fuhr er triumphierend fort. »Sie sind mir zuverlässige Spione, Augen und Ohren und haben mir auch von eurer törichten Mission berichtet. Noch sind es nur ein paar Dutzend, aber schon bald werden es Tausende sein, und dann werde ich an der Spitze meines Heeres nach Kal Anar aufbrechen und den Thronräuber Corwyn bestrafen – und jeden anderen, der mich verraten hat.«

»Dazu wird es nicht kommen«, widersprach Alannah, aber ihre Stimme hörte sich nicht mehr ganz so überzeugt an wie zuvor. »Denn auch wir sind nicht wehrlos. Du musst wissen, dass die ›törichte Mission‹, wie du sie nennst, nur ein Ablenkungsmanöver war. Glaubst du im Ernst, wir wären so dumm, den Schutz unseres Reiches einer Handvoll Unholde und Halsabschneider zu überlassen?«

»Wenn eine alte Prophezeiung dies verlangt, dann seid ihr so dumm. Ja, ich kenne dich, Alannah …«

»Du hast recht«, entgegnete die Elfin mit bebender Stimme. »Farawyns Prophezeiung besagt tatsächlich, dass ein

491

Unhold das neu gegründete Reich von Tirgas Lan vor dem Untergang bewahren wird – aber sie besagt auch, dass Elfenblut in den Adern dieses Orks fließen muss. Hast du noch Verstand genug, um zu begreifen, was das bedeutet, Loreto? *Ich* bin der Unhold aus der Prophezeiung! Und ich bin gekommen, um dich zu töten!«

»Was du nicht sagst.«

»Genauso ist es. Und während wir beide hier sprechen, ist Corwyn – im festen Glauben, dass ich entführt wurde –, an der Spitze eines großen Heeres aufgebrochen, um den Krieg nach Kal Anar zu tragen, ehe er selbst angegriffen wird. Du siehst also, wir sind vorbereitet.«

»Ein Heer?« Der Basilisk zischte spöttisch. »Was für ein Heer? Ein paar Tausend Mann, nicht mehr. Das Heer der Untoten wird sie aufhalten, bis meine Basilisken geschlüpft sind. Zu Tausenden werden sie über deinen Corwyn und seine Mannen herfallen, und niemand von ihnen wird am Leben bleiben. Dann werde ich zurückkehren nach Tirgas Lan und den Thron besteigen. Ich werde Farawyns falsche Prophezeiung korrigieren und mich zum Herrscher über ganz Erdwelt ausrufen. Wer sich mir widersetzt, wird vernichtet, und schon bald werde ich ein gewaltiges Reich mein Eigen nennen.«

»Ein Schattenreich«, sagte Alannah traurig. »Ein Reich des Bösen, nichts weiter. Was ist nur aus dir geworden, Loreto? Hast du alles vergessen, was unser Volk dir beibrachte? Du hast dich derselben Macht verschrieben, die auch Margok einst verdarb. Aber ich werde nicht abwarten, bis du so mächtig geworden bist wie er. Ich werde dich vernichten, Loreto – hier und jetzt. Es muss getan werden!«

»Ich bin gerührt«, kam es höhnisch zurück. »Wüsste ich es nicht besser, würde ich sagen, du hättest Mitleid mit mir.«

»Ich habe tatsächlich Mitleid mit dir«, erwiderte Alannah. »Nicht so sehr mit dir und dem, was aus dir geworden ist, als vielmehr mit dem, der du einmal warst.«

»Das ist lange her ...«

»Nicht zu lange, um sich zu erinnern. Weißt du noch? Die glücklichen Tage, die wir in Shakara verbrachten? Damals war dein Herz hell und rein wie das Eis und frei von ...«

»Genug!«, fiel er ihr mit wüstem Gebrüll ins Wort. »Ich will nichts mehr davon hören!«

»Warum? Weil du die Wahrheit nicht hören willst? Weil es dich an deinen Taten zweifeln lässt?«

»Nein – weil ich nicht ertrage, was für ein elender Heuchler ich war. Jetzt bin ich frei, zu tun und zu lassen, was mir gefällt. Wer sich mir in den Weg stellt, wird vernichtet, und du bildest keine Ausnahme, Alannah. Mach dich bereit zu sterben!«

»Ich bin bereit«, versicherte die Elfin gefasst – und spürte den tödlichen Luftzug, als der weit geöffnete Schnabel des Basilisken auf sie zuschoss ...

Shnorsh!«, platzte es aus Rammar hervor. »Lasst uns abhauen, aber schnell!«

Mit Kriegsgeschrei drangen die Horden aus den Tunneltoren – berittene Krieger in schwarzen Rüstungen und Untote mit klappernden Knochen. Zudem tauchten Bogenschützen auf den Wehrgängen auf und ließen Brandpfeile von ihren Sehnen schnellen, die lodernd in den Himmel stiegen und die Nacht erhellten.

Nestor und Quia hatten bereits begriffen, was die Stunde geschlagen hatte, und rannten Hals über Kopf davon – die Schrammen, die sie sich bei ihrem Sturz zugezogen hatten, spürte sie kaum mehr. Auch Rammar und Balbok nahmen die Beine in die Hand, liefen hinaus in das schwarze Hügelland, in der Hoffnung, dort einen Felsspalt oder eine Mulde zu finden, um sich verkriechen zu können.

Sehr groß war die Hoffnung allerdings nicht.

Der Boden unter ihren Füßen zitterte, als die Reiter heransprengten – behelmte Krieger, die ihre Visiere geschlossen und die Lanzen gesenkt hatten. Und der Strom der Berittenen, die aus dem Südtor drängten, wollte gar kein Ende mehr nehmen. Auch die Horde der Untoten, die sich aus dem anderen Tor ergoss, wurde größer und größer – unzählige Krieger, deren bleiche Knochengeripppe im Glutschein des Vulkans zu leuchten schienen, schwärmten aus und verteilten sich auf breiter Front, ehe sie weiter den Berg hinabstürmten: Menschen, Elfen, Zwerge und Orks, sogar ein paar Trolle waren darunter, deren Skelette die der übrigen Knochenkrieger ein Gutteil überragten.

»Mal ganz ehrlich«, stieß Balbok im Laufen hervor, »ist das nicht ein bisschen viel Aufwand für uns?«

»Wer weiß«, entgegnete Rammar unbescheiden. »Vielleicht hat sich bei denen ja rumgesprochen, dass Rammar der Rasende in die Stadt eingefallen ist. Das würde den Aufmarsch erklären …«

Ein durchdringendes Kreischen übertönte in diesem Augenblick das Geschrei der Verfolger und den donnernden Hufschlag der Pferde. Von jäher Furcht ergriffen, blickte Rammar über die Schulter nach hinten – und sah gleich mehrere Basilisken aus dem Krater des Anar steigen, mit ihren Flügeln schlagend und von Feuerschein beleuchtet. Der dicke Ork zählte einen, zwei, drei von ihnen – dann waren seine Zählkünste auch schon am Ende. Sicher war nur, dass es *iomash* waren.

Viele …

»Du hast recht, Balbok«, gab Rammar bereitwillig zu, während er sich bemühte, noch schneller zu laufen, dem flachen Grat entgegen, der sich ein Stück voraus quer durch die steinerne Landschaft zog. »Das ist nun wirklich zu viel der Ehre, selbst für Rammar den Rasenden!«

Kreischend stiegen die Basilisken hoch über den Vulkan,

um dann jäh die Flugrichtung zu ändern. Wie Raubvögel, die Beute erspäht hatten, stießen sie steil nach unten, und obwohl sie sich davor hüteten, sich nach den Basilisken umzudrehen und ihnen in die Augen zu blicken, merkten die Flüchtenden, wie sich die Ungeheuer näherten – denn die Angst, die ihre Herzen erfasst hatte und sie mit eiserner Faust zu zerquetschen drohte, nahm sprunghaft zu.

Schon hatten die Monster das Heer der Untoten überflogen und die Lanzenreiter überholt, und jagten weiterhin auf die Flüchtenden zu.

»Eigentlich hat Rammar der Rasende gar nichts gegen Kal Anar!«, rief Rammar in seiner Not, während er weiterrannte. »Balbok der Brutale hat viel mehr von euren Kriegern erschlagen als ich, müsst ihr wissen …«

Dann waren die Schlangenvögel heran, nur wenige Schritte, bevor die Flüchtenden den Grat erreicht hätten.

»Runter!«, schrie Nestor.

Alle vier warfen sie sich auf den harten felsigen Boden und warteten darauf, dass sich Schlangenkörper wie riesige Tentakel um sie wanden und sie in die Höhe rissen oder messerscharfe Hakenschnäbel sie an Ort und Stelle zerhackten. Sie hörten das klatschende Schlagen der Schwingen, rochen den beißenden Verwesungsgestank der Basilisken, und schlossen mit dem Leben ab …

… um einen Lidschlag später erstaunt festzustellen, dass sich die fliegenden Schlangen gar nicht für sie interessierten.

Nur wenige *knum'hai* über dem Boden zogen die Basilisken dahin, einmal mehr ihre grässlichen Schreie ausstoßend und die Flüchtenden mit dem Hauch des Todes streifend – aber im nächsten Moment waren die Tiere über den Grat hinweg und dahinter verschwunden. Die Gefährten brauchten einen Moment, um zu begreifen, dass sie vorerst verschont geblieben waren.

»Verdammt«, knurrte Rammar mit einer Mischung aus

Enttäuschung und Erleichterung und richtete sich halb auf.
»Was, bei Ludars morschem Donnerbalken ...?«

In diesem Moment war auch von der anderen Seite des
Grates lautes Geschrei zu hören, und unzählige Brandpfeile
stiegen steil in den dunklen Nachthimmel.

»Was, zum ...?«

Auf den Knien schleppte sich Rammar bis zum Grat, um
einen Blick auf die andere Seite zu werfen. Was er sah, erfüllte ihn mit heller Freude, auch wenn er das im Leben
nicht zugegeben hätte.

Es waren Menschen! Nicht nur ein paar von ihnen, sondern eine unüberschaubare Menge, ein ganzes Heer, das sich
über die steinernen Hügel erstreckte und sich in der dunklen
Ferne verlor. Der Ork sah Lanzenreiter und gepanzerte
Kämpen, leicht Bewaffnete und Bogenschützen, Speerwerfer und Schwertkämpfer, Zwerge mit Äxten und Pikenträger.
Und an der Spitze dieser riesigen Ansammlung von Kämpfern, deren Banner im Nachtwind flatterten und deren Rüstungen im feurigen Widerschein des Anar blitzten, erblickte
Rammar keinen anderen als Corwyn!

In diesem Moment war Rammar überglücklich, den König von Tirgas Lan und ehemaligen Kopfgeldjäger zu sehen.
Ihm und seinem Heer also galt der Angriff der Basilisken ...

»Corwyn!«, rief Balbok, dem es nicht anders erging als
seinem Bruder. »Was für ein Glück! Er kommt genau zur
rechten Zeit!«

»*Korr*«, stimmte Rammar verdrießlich zu, seine Erleichterung geschickt verbergend, »das Milchgesicht muss wohl
überall auftauchen und seinen *shnorsh* dazugeben ...«

Ein heftiger Kampf tobte. Die Basilisken attackierten das
Heer, wurden aber mit einem Pfeilhagel empfangen. Zwei
der Untiere fielen wie Steine vom Himmel, gespickt von
Pfeilen wie Nadelkissen, ein weiteres kam den Pikenträgern
zu nahe, was ihm zum Verhängnis wurde; im Todeskampf

erschlug der Basilisk mit seinem peitschenden Schweif jedoch noch mehrere Krieger.

Ein anderes Ungeheuer griff die Zwerge an, flog direkt auf sie zu, sodass einige von ihnen ihm in die Augen schauten, woraufhin sie vorübergehend in Starre verfielen. Der Basilisk fuhr mitten unter sie und hielt mit seinem Hackschnabel blutige Ernte.

Eine Anzahl weiterer Schlangenvögel fiel über die berittenen Krieger an den Flügeln der Streitmacht her. Einige Pferde gingen durch, andere erstarrten zusammen mit ihren Reitern und waren leichte Beute für die Untiere.

Corwyn jedoch ließ sich dadurch nicht beirren. Geschirmt von seinen beiden Leibwächtern und den Streitern der königlichen Garde, gab er den Befehl, weiter vorzurücken.

Rammar konnte sich nicht länger zurückhalten. Erleichtert sprang er auf und begann wie von Sinnen mit den kurzen Armen zu winken – woraufhin ein in seinem Rücken abgeschossener Pfeil sein rechtes Ohr durchbohrte. Quiekend fuhr der dicke Ork herum und riss entsetzt die Augen auf: Vor lauter Wiedersehensfreude hatte er die Reiter aus Kal Anar und das Heer der Untoten ganz vergessen!

Beängstigend nahe waren sie bereits, strebten von Osten her dem Grat zu, während sich Corwyn mit seinem Heer von der Westflanke näherte. Rammars Blicke flogen zwischen den feindlichen Heeren hin und her, die beide nur noch einen Pfeilschuss voneinander entfernt waren – es war absehbar, dass sie sich genau auf dem Grat begegnen würden. Dort, wo sich die Gefährten befanden, würde in wenigen Augenblicken eine heftige Schlacht entbrennen …

»Das war's – ich verschwinde«, gab Nestor bekannt und wollte Fersengeld geben – Quia, die er einmal mehr mitziehen wollte, hielt ihn jedoch zurück.

»Nein«, widersprach sie entschieden. »Du bleibst – und ich bleibe auch.«

497

»Aber Quia!«, schrie Nestor gegen das Kriegsgebrüll der beiden Heere an, die in Laufschritt verfielen und auf den Grat zustürmten. »Hier wird jeden Augenblick die Hölle losbrechen, und wir sind mittendrin! Wir werden sterben!«

»Wenn das unsere Bestimmung ist …«, erwiderte sie nur. Sie ließ ihre Schwerter durch die Luft wirbeln und nahm Aufstellung auf dem Felsgrat, blickte dem Feind gefasst entgegen.

»Aber ich … ich liebe dich!«, rief Nestor in seiner Not. »Ich will nicht, dass du stirbst – und ich habe es mit dem Sterben auch nicht so eilig. Wir könnten fliehen und ein schönes Leben führen …«

»Ich liebe dich ebenfalls«, erwiderte Quia, »und zu gerne würde ich mit dir fliehen. Aber vor diesem Feind gibt es keine Flucht. Die Schlacht muss hier und jetzt geschlagen werden – oder was den Amazonen widerfahren ist, wird auch das Schicksal anderer Völker sein!«

Der ehemalige Attentäter seufzte. Noch vor Kurzem hätte er über Quias naiv klingende Worte nur gelacht, aber die Dinge hatten sich geändert. *Er* hatte sich geändert. Inzwischen wusste Nestor, was Treue, Kameradschaft und Aufopferungsbereitschaft bedeuteten. Der Mensch, der er einst gewesen war, existierte nicht mehr. Ein neuer Nestor von Taik war in den letzten Tagen geboren worden – dessen Leben leider nicht mehr allzu lange dauern mochte …

»Also schön«, erklärte er sich dennoch bereit und bezog neben der Amazone Stellung. »Für Erdwelt – und für Gurn!«

»Für Gurn!«, bestätigte Balbok und stellte sich mit gefletschten Zähnen zu den beiden, die Zwergenäxte zum Kampf erhoben.

»Heißt das, du willst ebenfalls bleiben?«, fragte Rammar entsetzt.

»*Korr*«, erwiderte sein Bruder grimmig. Er hatte Blut gerochen und brannte darauf, sich in die Schlacht zu stürzen. »Außerdem kommen wir hier eh nicht mehr weg ...«

Balbok hatte recht. Corwyns Heerflügel mit der Reiterei hatten den Grat inzwischen erreicht und stürmten darüber hinweg, den feindlichen Lanzenreitern entgegen – die Orks und ihre Begleiter waren eingeschlossen.

»Verdammter *shnorsh*!«, maulte Rammar. »Was hat König Kopfgeldjäger vor?«

»Er plant einen Zangenangriff und versucht, von beiden Seiten Keile in das Heer Kal Anars zu treiben«, erklärte jemand von oben herab. »Auf diese Weise will er verhindern, dass immer noch mehr feindliche Krieger auf das Schlachtfeld drängen!«

Rammar fuhr herum und schaute auf – und erblickte Corwyn, der zusammen mit den Soldaten der königlichen Garde den Grat erreicht hatte, hoch zu Ross und in voller Rüstung, das Wappen Tirgas Lans auf der Brust.

»Hast du etwas gegen meinen Plan einzuwenden?«, fragte er den fetten Ork.

»Allerdings«, entgegnete Rammar entschieden, auf einen Gruß ebenso verzichtend wie der König. »Wenn der Vorstoß deines Fußvolks in der Mitte nicht rasch genug erfolgt, wird deine stolze Reiterei als Basiliskenfutter enden, so viel steht fest.«

»Was schlägst du vor?«

»Was wohl? Du brauchst ein paar Orks in deinen Reihen!«

»Hast du dabei an jemand bestimmten gedacht?«, fragte der König grinsend.

»Spar dir dein dämliches Geschwätz!«, maulte Rammar, während er sich neben seine Gefährten stellte. Den *saparak* stieß er vor sich mit der Spitze in den Boden und nahm eine von Balboks Zwergenäxten entgegen. Im Kampf gegen die Untoten war eine Axt die bei weitem effektivere Waffe. »Ich weiß nicht, warum mein Bruder und ich für dich immer wieder unsere *asar'hai* riskieren, König Kopfgeldjäger.«

»Vielleicht, weil wir Freunde sind?« Corwyn klappte das Helmvisier nach unten und zog sein Schwert in Erwartung der Untoten, die in Scharen die Anhöhe heraufkrochen.

»Zieh keine voreiligen Schlüsse!«, blaffte Rammar zurück. »Orks haben keine Freunde!«

In diesem Moment waren die ersten Knochenkrieger heran.

Seine ganze Frustration, dass er umgekehrt war, um seinen Bruder zu retten, statt sich den Schatz zu krallen und abzuhauen, legte Rammar in einen einzigen wuchtigen Hieb mit der Axt und enthauptete gleich zwei Skelettkämpfer auf einmal. In weitem Bogen flogen ihre Schädel davon, was wie ein Angriffssignal wirkte – denn im nächsten Augenblick begann das Hauen und Stechen zwischen den feindlichen Heeren.

Corwyns Zwergenkrieger, seine Schwertkämpfer und sein übriges Fußvolk drängten nach, während die Untoten scharenweise auf sie einstürmten. Die Bogenschützen und die Speerwerfer hielten sich zurück, ebenso wie die Pikeniere. Mit Geschossen und reinen Stichwaffen war diesem Gegner nicht beizukommen, das schienen auch Corwyns Krieger zu wissen – erst wenn ihr Kopf nicht mehr auf den Schultern saß oder die Schädel zerschmettert waren, gaben sie Ruhe.

Unter wüstem Gebrüll ließ Balbok seine Zwergenaxt kreisen und lachte dabei schallend – dies war genau das, wonach er sich im ewiggleichen Mief des *bolboug* gesehnt hatte!

Quia und Nestor fochten nicht weniger mutig und erbittert, und auch Corwyn kämpfte in vorderster Reihe. Zusammen mit seinen beiden Leibwächtern stürzte sich der König in die Schlacht. Vom Rücken seines Pferdes aus, dessen Brust mit Metallplatten gepanzert war, verteilte er wuchtige Schwerthiebe, unter denen nicht wenige Knochenkrieger zusammenbrachen.

Rammar rechnete es Corwyn hoch an, dass er auch seinen

Entschlossen hob der Baron die Hand und gab das Signal zum Angriff.

Die Drachenschiffe und Kriegsgaleeren unter seinem Kommando hielten direkt auf die tödlichen Klippen zu, die den Hafen von Kal Anar säumten. Die Einfahrt passieren konnten sie nicht, aber man konnte den Feind auch aus der Ferne bekämpfen ...

»Jetzt!«, rief Yelnigg.

Die Katapulte auf den Vordecks schossen ihre flammende Ladung hinaus in die Nacht – mit Pech gefüllte Tonkartuschen, die beim Aufprall zerplatzten und ihren verderblichen Inhalt in alle Richtungen verspritzten.

Einen Augenblick später brach loderndes Verderben über den Hafen und die Flotte des Feindes herein ...

16.

SABAL GOU BAS

Der Gestank nach Fäulnis, Verwesung und Moder von Tausenden von Jahren traf Alannah aus dem weit geöffneten Schnabel des Basilisken, mit dem das Ungeheuer sie verschlingen wollte.

Alannah riss jäh die Augen auf, starrte dem Basilisken entgegen, aber sie tat dies nicht ohne Schutz: Blitzschnell hatte sie den Kristall vors Gesicht gebracht!

Der Raubvogelkopf zuckte zurück, verharrte dann dicht über ihr. Die Augen des Basilisken starrten böse und in dunklem Rot, und Alannah merkte, wie Panik von ihr Besitz ergreifen wollte.

»Närrin!«, keifte das Ungeheuer. »Glaubst du wirklich, dich mit einem Stück Tand gegen mich verteidigen zu können? Schau in das Auge des Basilisken und verzweifle, Verräterin! Wie konnte ich mich nur so in dir irren?«

»Wir haben uns beide geirrt, Loreto«, entgegnete die Elfin gefasst, während sie gegen das Grauen ankämpfte, das sie gepackt hielt. »Nun lass es uns zu Ende bringen ...«

»Die Flotte, Sire! Sie greift an!«

Bryon, einer von Corwyns Leibwächtern, hielt inne und deutete zur Südflanke des Berges, wo sich der Hafen von Kal Anar befand. Der direkte Blick auf die See war verwehrt von den sich steil erhebenden Küstenfelsen, aber die lodernden Geschosse am Himmel waren deutlich zu sehen. Sie jagten von der Seeseite heran und schlugen mit vernichtender Wucht ins Hafenbecken. Hohe Flammen loderten empor und ließen darauf schließen, dass bereits mehrere Schiffe des Feindes in Brand geschossen worden waren. Und noch mehr würden folgen …

»Sehr gut!«, rief Corwyn. »Das wird sie daran hindern … *Bryon!*«

Ein entsetzter Schrei entfuhr dem König, als er sah, wie der Leib seines Leibwächters, der für einen Augenblick unaufmerksam gewesen war, von der Pike eines Untoten durchbohrt wurde. Die Augen schreckgeweitet, starrte der junge Kämpfer auf die rostige Eisenspitze, die aus seiner Brust ragte – dann brach er zusammen.

Corwyn sprang aus dem Sattel, stürzte sich auf den Mörder des treuen Soldaten und hackte ihn mit dem Schwert regelrecht in Stücke.

Die Kavallerie des Feindes hatte sich inzwischen aufgelöst – Corwyns Reiter hatten sie völlig aufgerieben und dann zwei tiefe Keile in das Heer der heranstürmenden Untoten getrieben. Die Skelettkämpfer hatten nicht genug Verstand, um zu begreifen, was der Feind vorhatte, sodass ihre Streitmacht in zwei Hälften geteilt worden war.

Corwyns Reiter, in der Hauptsache Streiter aus Sundaril und Andaril sowie berittene Paladine aus den Nordstädten, hatten die Hauptlast des Angriffs zu tragen, da sie sich nicht nur der nachrückenden Knochenkrieger erwehren, sondern auch gegen jene in ihrem Rücken kämpfen mussten. Ihre Reihen waren dadurch bereits arg dezimiert, und viele kämpften nicht mehr vom Pferderücken aus, sondern zu Fuß, nachdem ihre Tiere unter unzähligen Stichwunden zusammengebrochen waren. Rammar hatte recht gehabt, als er sagte, dass das nachrückende Fußheer möglichst rasch würde vorstoßen müssen, weil sonst kein Reiter mehr übrig wäre, dem man zu Hilfe kommen könnte –

aber in der Tat sah es so aus, als könnte Corwyns kühner Plan gelingen.

Schon waren die Kämpfer der Reiterei in Sichtweite. Vom nachrückenden Fußheer trennte sie nur noch ein dünner Kordon von Skelettkriegern, die jedoch erbitterten Widerstand leisteten.

»Vorwärts!«, rief Corwyn, und während seine Leute den Schlachtruf Tirgas Lans ausstießen, setzten Orks, Menschen und Zwerge zu einem Sturmlauf an, um die letzten Knochenkrieger zu überrennen – als sie erneut aus der Luft attackiert wurden.

Basilisken, diesmal ein ganzer Schwarm, stürzten aus dem nächtlichen Himmel auf Corwyns Heer hinab, und ihr Geschrei streute Furcht in die Herzen seiner Kämpfer. Jene, die in vorderster Reihe fochten und so unvorsichtig waren, den Schlangentieren ins Auge zu schauen, bezahlten dafür mit dem Leben.

Corwyns Krieger, unabhängig davon, ob es sich um gepanzerte Zwergenkämpfer, um Gardisten aus Tirgas Lan oder um Vasallen aus den Ostreichen handelte, erstarrten vor Entsetzen und fielen den Klingen der Untoten zum Opfer. Die Knochenkrieger drangen vor und fielen über die wehrlos gewordenen Gegner her. Einer nach dem anderen sank blutend und erschlagen auf den schwarzen Fels, während die Basilisken schrecklich in den Lüften kreischten und wieder und wieder herabstießen und dabei auch selbst angriffen.

Einem hünenhaften Clanskrieger aus dem Hügelland, der weithin sichtbar aus der Masse der Kämpfer ragte, wurde der Kopf abgebissen, und der Basilisk stieg mit der grausigen Trophäe in den Himmel, womit er noch mehr Furcht unter den Soldaten Tirgas Lans säte.

»Sire, unser Angriff ist ins Stocken geraten!«, meldete einer der königlichen Gardisten. »Wenn wir es nicht schaffen, uns zur Reiterei durchzuschlagen, wird in wenigen Augenblicken nichts mehr von ihr übrig sein!«

Das war nur zu wahr: Unterstützt von den Angriffen der Basilisken drängten immer noch mehr Untote aus der Stadt heran und drohten die sich immer mehr ausdünnende Linie der Reiterei zu durchbrechen. Wenn das geschah, würden die beiden Angriffsflügel auf sich gestellt und rettungslos verloren sein.

»Bogenschützen!«, gellte Corwyns Befehl, der sofort zu den Flanken weitergegeben wurde. »Holt diese verdammten Biester vom Himmel, aber sofort!«

Kurz darauf zuckten die ersten Pfeile empor. Viele der Geschosse fanden ihr Ziel, aber es änderte nichts daran, dass die Basilisken weiterhin ihre Angriffe flogen und der Druck durch das Heer der Knochenkrieger immer stärker wurde.

»Verdammt«, knurrte Rammar verbissen, »wenn nicht bald etwas geschieht, wird das hier böse für uns enden.«

In diesem Augenblick ließ sich aus dem Krater des Vulkans ein dumpfes Grollen vernehmen, aber in der Hitze des Gefechts achtete niemand darauf …

Mit rot glühenden Augen starrte der Basilisk auf Alannah, um sie zu versteinern und zu vernichten.

Die Elfin fühlte die Wucht des Angriffs, spürte die Macht des bösen Zaubers – doch der Kristall in ihren Händen schützte sie vor dem Blick des Basilisken!

Und er tat noch mehr …

Die spiegelglatten Flächen des Kristalls reflektierten den Blick und den verderblichen Zauber des Ungeheuers!

»W-was ist das …?«

Ein panischer Schrei entfuhr seiner Kehle, als es merkte, wie sich sein Innerstes verkrampfte. Ihm war, als würde eine eisige Faust in seine Eingeweide fahren, und Kälte stieg in ihm auf. Voller Entsetzen registrierte der Basilisk, wie sein

Körper schwerer wurde und das Leben aus ihm fliehen wollte.

»Das kann nicht sein!«, drang es entsetzt aus dem Hakenschnabel, und in Wortwahl und Tonfall erkannte Alannah Loretos alten Trotz. »D-das ist nicht möglich …!«

»Es *ist* möglich«, versicherte die Elfin. »Du hast dich selbst vernichtet …!«

»A-aber kein Spiegel, den Sterbliche zu schaffen vermögen, ist dazu in der Lage, den Blick des Basilisken zu reflektieren!«

»Dieser Kristall stammt nicht aus Menschenhand«, erwiderte Alannah. »Er besteht aus dem Ewigen Eis von Shakara, und Elfenzauber hat ihn erschaffen – der Zauber deines eigenen Volkes, Loreto. Dies ist die Strafe für deinen schmählichen Verrat!«

»Nein! Neeein!«, protestierte Loreto panisch, während ihm gleichzeitig die Einsicht dämmerte, dass er sich mit den falschen Mächten eingelassen hatte. Sein Innerstes erkaltete, sein Schlangenkörper wurde hart und reglos. Hilflos schlug er mit den ledernen Schwingen, doch bald war ihm auch das nicht mehr möglich, denn sie erstarrten zu Stein.

»D-dafür wirst du büßen!«, stieß er eine letzte finstere Drohung aus – und sein Kopf, der bereits halb zu Stein geworden war und auf dem sich winzige Risse zeigten, zuckte herab, um Alannah mit dem gewaltigen Schnabel zu zerhacken.

Die Elfin hatte damit gerechnet, sprang beiseite, und mit Wucht traf der Schnabel des Schlangenvogels dort auf, wo Alannah eben noch gestanden hatte – und zerbarst.

Gesteinssplitter spritzten nach allen Seiten und über die Kante der Plattform, prasselten in die Tiefe, wo sie auf flüssige Glut trafen und schmolzen.

Loreto ließ einen gequälten Schrei vernehmen, voller Wut und Entsetzen, dass Alannah Tränen in die Augen schossen. Tränen der Trauer und des Mitgefühls – aber auch der Genugtuung.

Die Organe des Basilisken versteinerten, und er fand das Ende, das er in Äonen so vielen anderen hatte zuteil werden lassen. Noch einmal warf er den Kopf in den Nacken, um ein letztes, hasserfülltes Kreischen auszustoßen – aber es verließ die Kehle des Untiers nicht mehr.

Der Basilisk war zur riesigen Statue erstarrt …

Die Elfin umrundete das steinerne Monstrum und verharrte am Ausgang des Gewölbes. Von dort aus starrte sie auf die reglose Masse, die noch immer bedrohlich und Furcht einflößend wirkte.

Alannah bebte am ganzen Körper, und in ihr tobten die widersprüchlichsten Gefühle. Sie wusste, dass sie es *ganz* zu Ende bringen musste. Nicht nur die Gestalt des Basilisken musste vernichtet werden, sondern auch die Bosheit, die ihm innewohnte.

Was die Macht des Eises nicht vermochte, würde feurige Glut bewirken …

Kurzerhand nahm die Elfin die Lederschnur ab, an der der Kristall noch immer vor ihrer Brust hing, und umfasste ihn wie einen Dolch. Mit einer uralten Beschwörungsformel auf den Lippen, die noch aus den Tagen Farawyns stammte, kniete sie nieder – und rammte das Artefakt auf die felsige Plattform.

Die Wirkung zeigte sich augenblicklich.

Während der Kristall nicht den geringsten Schaden nahm, zeigten sich Risse im Fels, die sich rasch nach beiden Seiten ausbreiteten und sich verzweigten und verästelten, während ein markiges Knacken zu hören war.

Alannah sprang auf, den Kristall noch in der Hand, und Hals über Kopf stürzte sie aus der Höhle und in den Stollen – das Zerstörungswerk war getan.

Sie hatte das riesige Gewölbe kaum verlassen, als das jahrtausendealte Gestein nachgab und sich die Plattform mit dem Basilisken darauf unter entsetzlichem Ächzen dem See aus glühender Lava entgegenneigte. Das versteinerte Monstrum kippte dadurch, die Flügel zerbarsten, und der Schlangenkörper erhielt unzählige Risse.

Dann brach die Plattform vollends ab, und das Ungeheuer, das in Erdwelt über Jahrtausende für Angst und Schrecken gesorgt hatte, stürzte mit ihr in die Tiefe, überschlug sich in der heißen Luft – und versank Augenblicke später in der Lava.

Das Gestein schmolz und löste sich auf – und mit ihm auch der böse Geist, der das Monstrum erfüllt hatte.

Eine dumpfe Erschütterung ließ daraufhin den Berg erzittern – und im nächsten Augenblick stieg der Pegel des Lavasees sprunghaft an. Immer mehr flüssige Gesteinsmassen schossen aus dem Inneren von Erdwelt in das Becken und brachten die leuchtende Glut in Wallung, die an den Felswänden emporschoss und den Stollen flutete.

Der Zauberbann des Bösen war gebrochen – und nach Jahren der Unterdrückung, in denen er sich damit begnügt hatte, dumpf zu grollen und dunkle Rauchwolken auszuspucken, brach der Anar aus …

In der Höhle, in der die Brut des Basilisken von der Decke hing, war es fast unerträglich heiß. Die Schlangenkreaturen in den Kokons benötigten diese Hitze, um zu wachsen.

Lange waren sie herangereift, und die Körper ihrer Wirte hatten ihnen als Nahrung gedient, bis davon nur noch Knochen übrig waren, die sich im unteren Teil der Kokonsäcke sammelten.

Dann war es so weit.

Die Säcke wurden von scharfen Krallen und Schnäbeln aufgerissen, und die Köpfe von Raubvögeln kamen zum Vorschein.

Die heiße, von stinkendem Schwefel durchsetzte Stille, die in der Höhle geherrscht hatte, endete abrupt, als sich die Schnäbel der frisch geschlüpften Tiere öffneten und jenes grässliche Kreischen ausstießen, das Furcht und Schrecken verbreitete.

Instinktiv den Blick untereinander meidend, arbeiteten sich die Basilisken mit den Krallen an ihren Flügeln ganz aus den schützenden Hüllen, die hoch über dem Höhlenboden hingen. Ob ein Basilisk überlebensfähig war oder nicht, entschied sich, indem er sich einfach fallen ließ: Die sich für Xarguls Armee eigneten, breiteten die Flügel aus und flatterten kreischend davon; der Rest stürzte zu Tode und wurde von denen gefressen, die stärker waren. Gnade wurde nicht gewährt.

Der erste der Schlangenvögel hatte sich so weit aus seiner Hülle befreit, dass er sich fallen lassen konnte. Unter angstvollem Kreischen blickte das Tier in die gähnende Tiefe. Dann ließ es los.

Senkrecht fiel der sich ringelnde Schlangenkörper hinab, während die Kreatur versuchte, mit den Flügeln zu schlagen. Augenblicke verstrichen, in denen es ihr nicht gelingen wollte und sich ihre Artgenossen schon auf ein Festmahl freuten – aber dann entfalteten sich die ledrigen Schwingen, und jäh ging der Sturz in einen Gleitflug über, dem Tunnelgang entgegen, der aus der Höhle führte. Ein triumphierendes Kreischen entrang sich der Kehle des Basilisken – für seine Artgenossen das Signal, sich zu Dutzenden von der Decke fallen zu lassen.

Aber der Triumph des Basilisken währte nicht lange.

Blendender Feuerschein und die enorme Hitze, die ihm aus dem Tunnel entgegenschlugen, verrieten ihm, dass etwas nicht stimmte. Sowohl seine Instinkte als auch sein menschlicher Verstand signalisierten ihm Gefahr. Er wollte umkehren – als ihm aus der Tunnelmündung glühendheiße Vernichtung entgegenschwappte, flüssiges Gestein, das durch die Felsröhre schoss und sich in einer feurigen Kaskade in die Bruthöhle ergoss.

Die gesamte Höhle wurde von flüssigem Gestein geflutet. Nicht nur jene Basilisken, die bereits geschlüpft waren, vergingen in der vernichtenden Glut; auch die Kreaturen in den Brutsäcken fanden ein feuriges Ende. Die Geister derer jedoch, die in ihnen gefangen waren, wurden von den Flammen befreit.

Dies war das Ende von Xarguls Armee.

17.

BUUNN UR'LIOSG

»Nimm das, elendes Klappergerüst, und fahr zurück in Kuruls dunkle Grube …!«

Mit der Axt enthauptete Balbok einen untoten Elfenkrieger. Das kopflose Skelett kippte klappernd und in scheppernder Rüstung nach hinten, die rostige Klinge noch in den Knochenhänden – aber sofort waren weitere Untote zur Stelle, um den Platz des Gefallenen einzunehmen. Fluchend sprang Balbok zurück und stieß dabei gegen seinen beleibten Bruder, der in der Enge des Schlachtgetümmels ohnehin schon Schwierigkeiten hatte, sich zu bewegen.

»Ungeschickter *umbal*!«, wetterte Rammar, während er sich gleichzeitig eines untoten Zwergs erwehrte, den er mit einem wuchtigen Hieb seiner Axt unschädlich machte. »Kannst du nicht aufpassen, wo du hintrittst?«

»*Douk*«, kam es lakonisch zurück, während ein halbes Dutzend mit Widerhaken versehener Piken nach Balbok stocherte.

»Wenn das noch mal passiert, werde ich dir … *shnorsh*!«

Rammars Ausruf kam aus tiefstem Herzen, sodass sich Balbok unwillkürlich umwandte – und das wuchtige Skelett des Höhlentrolls erblickte, das auf die vorderste Schlachtreihe zustampfte. Dass der untote Troll dabei ein paar seiner untoten Gefährten über den Haufen trampelte, entsprach dem Naturell, das er schon zu Lebzeiten an den Tag gelegt hatte.

Das Skelett mit dem wuchtigen, nach vorn gereckten Schädel schwang eine Keule, mit der es erbarmungslos zuschlug und gleich mehrere von Corwyns Kriegern tötete. Gleichzeitig zog ein Basilisk kreischend über die Kämpfer aus Tirgas Lan hinweg.

»Die Reihen geschlossen halten!«, ermahnte Corwyn seine Männer. Von der königlichen Garde waren nur noch wenige am Leben, und der König selbst war am Arm verwundet, aber Aufgeben kam für ihn nicht in Frage.

Unter unheimlichem Gebrüll setzte der untote Höhlentroll heran. Nestor von Taik stieß einen entsetzten Schrei aus, Quias Augen weiteten sich vor Schrecken, Rammar verfiel in wüstes Lamento – jedem war klar, mit was für einem Gegner sie es nun zu tun bekamen. Der Koloss wollte sein Mordinstrument mit vernichtender Wucht niederfahren lassen – als er plötzlich erstarrte.

»Was, zum …?«, stieß Rammar aus – während Balbok sofort handelte.

Mit der Axt zerschmetterte er die Knochenbeine des Trolls. Der reglose Torso kippte zurück, geradewegs in die Reihen seiner eigenen Mitstreiter, die weder auswichen noch sonst eine Reaktion zeigten. Sofort wollte Balbok nachsetzen, um das Haupt des Trolls von seinen Schultern zu trennen – aber der Koloss regte sich ohnehin nicht mehr.

Und er war nicht der Einzige.

Alle Skelettkrieger, die eben noch wütend herangestürmt waren, verharrten auf einmal in ihrer Bewegung – und im nächsten Moment fielen ihre Knochen auseinander. Die Schädel kippten von den Hälsen, Gliedmaßen lösten sich, und bleiche Gebeine lagen plötzlich haufenweise dort, wo noch vor Augenblicken das feindliche Heer gewesen war.

Die dunkle Kraft, die sie mit Leben erfüllt hatte, schien plötzlich erloschen zu sein …

»W-wie ist das möglich?«, fragte Rammar, der nicht weniger verblüfft war als die Krieger von Corwyns Heer. Die wenigen Menschen, die sich noch im Aufgebot Kal Anars befunden hatten, wurden rasch bezwungen, ebenso wie die letzten Basilisken, die aus dem Himmel stürzten und von den Armbrustschützen aus Andaril empfangen wurden.

Kurz darauf durchlief eine schwere Erschütterung das Land der schwarzen Steine, und aus dem Krater des Anar brach feuriges Verderben.

Eine Kaskade aus orangeroter flüssiger Glut schoss senkrecht in den Himmel, um dann nach allen Seiten zu Boden zu regnen und sich in gezackten Strömen zu sammeln, die an den Hängen des Vulkans herabflossen – Lavaströme, die sich leuchtend vom dunklen Fels abhoben. Fast schien es, als wehrte sich der Berg gegen die Macht des Bösen, die er so lange beherbergt hatte – und diesmal schien er die Stadt an seinen Hängen nicht verschonen zu wollen. Unaufhaltsam näherten sich die Lavaströme Kal Anar, und sie würden die Mauern bald erreichen.

»Alannah!«, rief Corwyn entsetzt.

Der Sieg über den Feind schien dem König nichts zu bedeuten. Achtlos warf er sein Schwert von sich und wollte loslaufen, der dem Untergang geweihten Stadt entgegen. Zwei seiner Gardisten warfen sich ihm in den Weg und hielten ihn auf.

»Nein, Sire! Ihr dürft nicht gehen!«

»Aber ich muss zu ihr! Sie ist in der Stadt! Sie wird sterben …«

Rammar und Balbok tauschten einen fragenden Blick. Alannah war in Kal Anar? Wie das? Und warum hatten sie davon nichts mitbekommen?

»Bitte, Sire! Ihr müsst vernünftig sein!«

»Ich pfeif auf alle Vernunft!«, schrie Corwyn außer sich. »Alannah, ich muss zu ihr …«

»Ihr könnt ihr nicht mehr helfen, Sire!«

»Lasst mich los, verdammt! Hört ihr nicht? Das ist ein Befehl eures Königs! Ihr sollt mich loslassen …!«

In diesem Moment erreichte einer der Lavaströme die Stadt und fraß sich brodelnd durch die Mauer. Glühende Vernichtung ergoss sich in die Gassen Kal Anars, und Feuer brach aus.

»Alannah ist in der Stadt! Ich muss hinein, um sie zu retten!«, wiederholte Corwyn – aber es klang nicht mehr wild entschlossen wie eben noch, sondern resignierend und kraftlos. »Alannah …?«

Kal Anar ging in Flammen auf.

Die einstmals stolze Stadt an den Hängen des Anar wurde ein Raub der feurigen Glut, die sich unaufhaltsam durch ihre Gassen schob und über die zahllosen Treppen abwärts kroch. Immer mehr Gebäude standen in Flammen und stürzten ein, versanken in flüssiger Lava, die sie gierig verschlang. Schon stand die halbe Stadt in Brand, und mit jedem Augenblick, der verstrich, breitete sich die Zerstörung weiter aus.

Corwyn wankte wie unter Fausthieben.

Fassungslos auf das Inferno starrend, sank er auf die Knie – und zur Bestürzung seiner Krieger begann der raubeinige König hemmungslos zu weinen.

»Alannah! Tu mir das nicht an …«

Das Heer des Feindes war bezwungen, seine Macht auf wundersame Weise erloschen. Weder Krieger aus dem Totenreich noch Ungeheuer aus grauer Vorzeit hatten die Streitmacht Tirgas Lans vernichten können – aber es gab keinen Anlass zum Triumph. Betroffen blickten die überlebenden Kämpfer auf ihren König, den Schmerz und Trauer ergriffen hatten. Die Gefahr, die von Kal Anar ausgegangen war, war gebannt – aber wie hoch war der Preis dafür gewesen …

»He!«, rief Balbok plötzlich und rammte seinem Bruder den Ellbogen in die Rippen. »Was ist das?«

»Was meinst du?«, blaffte Rammar übertrieben mürrisch, um nicht zugeben zu müssen, dass Corwyns Trauer
ihm naheging.

»Na dort!«, rief der Hagere und deutete mit der Axt in
Richtung der brennenden Stadt.

Auf den ersten Blick konnte Rammar dort nichts erkennen, aber als er seine Augen zu blinzelnden Schlitzen verengte, konnte er die Silhouette eines einzelnen Reiters ausmachen, der über das Feld der Gebeine preschte und
geradewegs auf sie zuhielt.

Eine sehr eigenwillige Silhouette, wie Rammar sich eingestehen musste. Denn der Reiter saß nicht auf einem
Pferd, sondern auf einem …

»Ein Reitvogel!«, rief Quia in diesem Moment. »E-es ist
das Tier, mit dem Zara aus dem Dorf geflohen ist …!«

Die Krieger blickten auf – und sahen tatsächlich eines
jener ungewöhnlichen Reittiere der Amazonen. Mit ausgreifenden Schritten seiner langen Beine jagte es durch die
Senke und die Anhöhe herauf, auf seinem Rücken eine Gestalt, deren langes blondes Haar im heißen Wind flatterte.

»Aber das …«, entfuhr es Rammar verwundert, »das ist …«

»Alannah!«, rief Balbok.

»Was?« Corwyn blickte auf, und wie eine Traumgestalt
löste sich die Gestalt seiner Geliebten aus den Schwaden
von Dunst und Rauch. »Alannah!«

Der König erhob sich, und als das ungewöhnliche Reittier die vordere Reihe seiner Streitmacht erreichte, wo er
stand, sprang die Elfin vom Rücken des Vogels in seine
Arme. Gleichzeitig brandete ringsum tosender Jubel auf, in
den nicht nur Nestor und Quia, sondern sogar Balbok und
Rammar einfielen – Letzterer allerdings nur, solange er sich
unbeobachtet fühlte, danach verfiel er wieder in die alte
Misslaune.

Einen endlos scheinenden Moment lagen König und

519

Königin einander in den Armen, schienen alles um sich herum zu vergessen. Sie küssten sich lang und innig, und erst nach einer ganzen Weile lösten sie sich voneinander.

»Alannah«, flüsterte Corwyn. »Ich glaubte, dich für immer verloren zu haben.«

»Verzeih, Geliebter, dass ich dir das alles antun musste«, erwiderte sie flüsternd.

»Was meinst du damit?« Das eine Auge Corwyns blickte sie prüfend an.

»Das erzähle ich dir später.« Sie lächelte. »Fürs Erste bin ich nur glücklich, dass du unversehrt bist.«

»So wie ich dankbar dafür bin, dich lebend wiederzusehen«, erwiderte er, und erneut umarmten sie einander und küssten sich.

»Mal wieder typisch«, knurrte jemand neben ihnen – es war kein anderer als Rammar, der eine verdrießliche Miene zeigte. »Habt ihr beide nichts Besseres zu tun? Immerhin wären wir um ein Haar getötet worden und …«

Der dicke Ork verstummte, als Alannah ihn anschaute und er den Kristall erblickte, der an einer ledernen Schnur vor ihrer Brust hing.

»W-woher hast du den?«, fragte er verblüfft.

»Aus dem Tempel von Shakara«, antwortete sie. »Es ist ein Kristall aus Ewigem Eis.«

»Schmarren«, raunzte Rammar aufgebracht. »Ich habe dieses Ding schon mal gesehen, aber da hing es um den Hals eines einohrigen Ork, den Balbok und ich …«

»… in Sundaril getroffen haben«, brachte die Elfin den Satz zu Ende. »Ich weiß.«

»D-du kennst ihn?«

»Sein Name ist Ankluas, und er hat euch von Sundaril bis in die Stadt des Feindes begleitet – bis eure Wege sich trennten und er loszog, um sich dem Herrscher von Kal Anar zu stellen.«

520

»Das stimmt«, murrte Rammar verblüfft. »Woher weißt du das alles? Bist du ihm begegnet?«

»Gewissermaßen ja.«

»Was soll das heißen – *gewissermaßen?*« Der dicke Ork war sichtlich verwirrt. »Bist du ihm nun begegnet oder nicht? Und was ist aus ihm geworden, verdammt noch mal?«

»Ich glaube, ich weiß es«, meldete sich Balbok leise zu Wort.

»Was weißt du?«, schnauzte ihn sein Bruder an.

»Was aus Ankluas geworden ist.«

»Ach ja?«

»Nun«, druckste Balbok herum, »es könnte doch sein, dass die … äh, die Elfin … äh, die Elfin es selbst gewesen ist. Das sie sich lediglich in einen Ork verwandelt hatte und …«

»*Was?*« Rammar schaute ihn an, als hätte er den Verstand verloren. »Willst du behaupten, dass eine Elfin in der Lage wäre, sich in einen Ork zu verwandeln, in einen Sohn der Modermark?«

»Könnte doch sein, oder?«

»Also wirklich!« Rammar wusste nicht, was er auf eine solche Dummheit erwidern sollte, und sein Gesichtsausdruck schwankte zwischen Heiterkeit und Blutrausch. »Das ist der größte Blödsinn, den du je von dir gegeben hast!«, wetterte er schließlich drauflos. »Wie soll eine Elfin in der Lage sein, sich in einen Ork zu verwandeln, noch dazu in einen, der …«

»Dein Bruder hat recht, Rammar«, sagte Alannah unvermittelt, und sie bediente sich dabei nicht nur des Orkischen, sondern verstellte auch noch ihre Stimme, sodass sie wie die eines gewissen Unholds klang. Eines Unholds mit nur einem Ohr …

Rammar hielt in seiner Schimpftirade inne und schaute sie zweifelnd an. »A-Ankluas?«, fragte er.

521

»Bisweilen«, gab sie lächelnd zurück. »Aber weil du's bist, darfst du mich auch bei meinem richtigen Namen nennen. Ich heiße Alannah.«

»Ich … äh …«

»Was hat das zu bedeuten?«, fragte Corwyn verwundert. »Gibt es da etwas, das ich wissen sollte?«

»Allerdings, Kopfgeldjäger«, stöhnte Rammar. »Deine Frau ist das raffinierteste, gerissenste und mit großem Abstand ausgebuffteste Weib, das mir je untergekommen ist!«

»Das ist hoffentlich ein Kompliment?«, fragte Alannah.

»Das kannst du nehmen, wie du willst«, erwiderte Rammar und griff sich an die faltige Stirn, als ihm so manches klar wurde. »D-dann bist du gar kein *ochgurash* …«

»Deine Orkkenntnis ist erstaunlich«, sagte Alannah mit leisem Spott. »Nur gut, dass du keine Vorurteile hast.«

»Wieso Vorurteile?« Rammar kam sich ziemlich dämlich vor. »Alles, was mir über die *ochgurash'hai* zu Ohren gekommen ist, entspricht voll und ganz der – *Aua!*«

Rammar brach mitten im Satz ab, denn Balboks Axt war mit der flachen Seite auf sein unbehelmtes Haupt niedergegangen.

»Verdammt, was soll das?«, fuhr er seinen Bruder an. »Närrischer *umbal*, wie kommst du darauf, mir eins überzubraten?«

»Du selbst hast es mir befohlen«, erwiderte Balbok schlicht.

»Wann soll das gewesen sein?«

»Weißt du nicht mehr?« Der hagere Ork grinste breit. »Du hast gesagt, dass ich dir mit der Axt eins überbraten darf, wenn Ankluas uns hintergehen sollte – und das hat er ja wohl, oder?«

Da konnte nicht einmal Rammar widersprechen. »Ja«, räumte er ein und rieb sich den schmerzenden Schädel, »das hat er.«

522

»Ich hoffe, ihr seht mir mein kleines Täuschungsmanöver nach«, sagte Alannah im versöhnlichen Tonfall. »Es war notwendig, um an unseren Feind heranzukommen.«

»D-du hast das von Anfang an geplant?«, fragte Rammar.

»Ich fürchte schon.«

»Dann war es gar nicht vorgesehen, dass Balbok und ich den Herrscher von Kal Anar erledigen sollten?«

»Nicht wirklich – ihr beide wart mehr ein Ablenkungsmanöver. Allerdings ein ziemlich gelungenes, das muss ich sagen.«

»Hast du das gehört, Balbok? Das Elfenweib hat uns gerade beleidigt. Oder war das ein Lob? Ich hab den Überblick verloren …«

»Na und?« Balbok zuckte gleichmütig mit den Schultern. »Den hab ich schon längst nicht mehr …«

Alannah wandte sich Corwyn zu und sagte: »Auch dich bitte ich um Verzeihung, Geliebter. Ich weiß, ich habe dir viel Kummer und Schmerz bereitet, aber nur so konnte ich sicher sein, dass du völlig ahnungslos warst. Ich wusste, dass sich ein Spion in unseren Reihen befand, und wie ich später erfuhr, hat unser Feind uns die ganze Zeit über beobachtet. Es war die einzige Möglichkeit, um unerkannt aus Tirgas Lan heraus- und an ihn heranzukommen und dich gleichzeitig dazu zu bringen, Kal Anar anzugreifen.«

»Alannah.« In Corwyns verbliebenem Auge spiegelte sich gleichermaßen Erleichterung wie Bestürzung. »Ich weiß nicht, was ich sagen soll …«

»Verzeihst du mir?«

»Natürlich.« Er zog sie erneut in seine Arme. »Ich bin nur glücklich, dich lebend und wohlbehalten zurückzuhaben. Aber wenn unserem Reich wieder einmal Gefahr droht, dann lass uns ihr gemeinsam entgegentreten. Geh nie wieder allein.«

»Aber ich war nicht allein«, versicherte Alannah mit

einem Lächeln in Rammars und Balboks Richtung. »Die allermeiste Zeit hatte ich treue Gefährten an meiner Seite.«

Was Rammar und Balbok darauf erwiderten, war nicht zu verstehen, denn ein lautes Donnergrollen drang vom Anar herüber – und eine weitere Fontäne aus orangerot leuchtender Glut schoss senkrecht in den grauen Nachthimmel, um als myriadenfacher Funkenregen über den Hängen des Berges niederzuregnen. Ströme von Flüchtenden ergossen sich aus den Tunneltoren der Stadtmauer und stürmten die Hänge hinab. Corwyn erteilte seinen Leuten den Befehl, alle Bewaffnung und das Marschgepäck zurückzulassen und den Menschen zu helfen.

Kal Anar war ein Flammenmeer.

Ein Gebäude nach dem anderen wurde von der feurigen Glut fortgerissen – nur der Schlangeturm ragte noch immer in den von Rauch verhangenen Himmel, stand wie ein Fels in der Brandung, während rings um ihn das Inferno tobte. Die unterirdischen Katakomben, in denen grässliche Dinge vor sich gegangen waren, waren von der Lava geflutet; wenn der Stein erst erkaltet war, würde nichts mehr an sie erinnern.

Die Stadt Kal Anar, von der so viel Schrecken ausgegangen war, wurde ein Fraß der Flammen. Nur der Turm blieb bestehen, dessen uraltes Gestein den Lavaströmen auf rätselhafte Weise widerstand und der so vom Symbol der Unterdrückung zum Zeichen der Hoffnung und des Neubeginns wurde.

Nach Jahrtausenden, in denen das Böse immer wieder zurückgekehrt war und Erdwelt in Chaos und blutige Kriege gestürzt hatte, war die Schreckensherrschaft des Basilisken unwiderruflich zu Ende. Wie den Geist des Fürsten Loreto, der das Monstrum zuletzt genährt hatte, hatte feurige Glut sie ausgelöscht.

Und fern im Osten, jenseits der dunklen Rauchschwaden, dämmerte ein neuer Tag herauf.

524

18.

RABHASH UR'ALANNAH

Es war ein seltsamer Anblick.

An den steilen, von dampfendem schwarzen Gestein übersäten Hängen des Anar ragte ein einsames Bauwerk auf – ein Turm, der sich in den blauen Himmel zu winden schien und dessen weißes Gestein im Licht der Sonne glänzte.

Nachdem er zwei Tage lang ohne Unterlass gewütet hatte, beruhigte sich der Vulkan wieder. Keine flüssige Glut kroch mehr an seinen Hängen herab, kein Rauch stieg mehr in den Himmel und verfinsterte die Sonne, und der Berg hatte aufgehört, giftige Dämpfe auszuatmen.

Die Flüchtlinge kehrten zurück, doch Kal Anar gab es nicht mehr; die Stadt war unter einer dicken Schicht Gestein begraben. Aber die Menschen von Kal Anar, unter ihnen auch Lao und seine Familie, waren zuversichtlich. Sie würden eine neue und noch viel größere Stadt an den Hängen des Berges errichten. Corwyn versprach ihnen dabei jede nur erdenkliche Hilfe, und mit dem Wenigen, das ihnen noch geblieben war, bereiteten die Kal Anarer ihren Befreiern einen begeisterten Empfang. Durch ein Spalier Tausender lachender und winkender Menschen zogen Corwyn und Alannah auf den Vorplatz des Turms, der in Zukunft Sitz des königlichen Statthalters sein würde.

Begleitet wurden sie dabei von Quia und Nestor, dem der König gemäß seines Versprechens die Freiheit geschenkt hatte, sowie von zwei Orks.

Rammar und Balbok nahmen den Rummel unterschiedlich auf. Während Balbok offenbar Gefallen daran fand, ging Rammar das Geschrei der Menschen auf die Nerven. Seiner Ansicht nach wurde es Zeit, die Milchgesichter endlich zu verlassen.

Aber vorher gab es noch etwas Wichtiges zu erledigen ...

Der König und sein Gefolge ritten bis an den Fuß der Treppe, die aus der erkalteten Lava ragte. Dort stiegen sie von ihren Pferden und erklommen unter dem Jubel der Bevölkerung die Stufen.

»Cor-wyn! Cor-wyn!«, rief die Menge begeistert, und Rammar fragte sich ein wenig neidisch, was die Leute an einem ehemaligen Kopfgeldjäger mit nur einem Auge so großartig fanden.

»Menschen von Kal Anar!«, wandte sich der König an die Menge – ein in der Sprache Aruns kundiger Berater, den er aus Tirgas Lan mitgebracht hatte, übersetzte jedes seiner Worte. »Eure Stadt wurde zerstört von der Gewalt des Berges, aber schon in Kürze wird hier eine neue Stadt entstehen, die euch allen Schutz bieten und eine Heimat sein wird. Nicht länger soll sie den Namen tragen, den dunkle Mächte ihr gaben – Tirgas Anar soll sie in Zukunft heißen und Teil des neuen Reiches sein, das sich vom Aufgang der Sonne bis zu ihrem Untergang erstreckt und ganz Erdwelt den Frieden garantieren.«

Erneut brandete Jubel auf, mit dem die Menschen begeistert ihre Zustimmung bekundeten.

»Vorbei sind die Zeiten, in denen Angst und Schrecken in dieser Stadt regierten. Glück und Wohlstand sollen einkehren und ein jeder Bürger sich frei entfalten können – wie zu jener goldenen Zeit, als die Elfenkönige regierten. Die Elfen mögen zukünftig nicht mehr in Erdwelt weilen, aber sie haben uns etwas hinterlassen, worauf wir aufbauen können und das wir nie vergessen wollen: Die tiefe Achtung vor dem

Leben und die Einsicht, dass wir nur gemeinsam eine Welt des Friedens schaffen und erhalten können – und wenn ich ›gemeinsam‹ sage, dann meine ich *alle* Völker Erdwelts.« Er wandte den Kopf und streifte Balbok und Rammar mit einem Blick.

»Zum königlichen Statthalter in Tirgas Anar werde ich Lao ernennen«, fuhr Corwyn fort, »einen Mann aus euren Reihen, der in dunkler Stunde Mut und Tapferkeit bewies und dies fast mit seinem Leben bezahlte. Als Berater wird ihm Nestor von Taik zur Seite stehen, ein Mann mit großer Erfahrung und einer bewegten Vergangenheit, von der er sich geläutert hat. Solange wir unser Ziel, ganz Erdwelt zu befrieden, noch nicht erreicht haben, werden wir auch mit Angriffen rechnen müssen – daher wird Quia die Amazone eure Schwertführerin sein!«

Wieder gab es lauten Beifall, mit dem die Menge jeden Einzelnen der Genannten hochleben ließ. Der einstmals überzeugte Einzelgänger Nestor fühlte sich dadurch nicht wenig geschmeichelt, und zum ersten Mal nach den schrecklichen Ereignissen im Dschungel erschien wieder ein Lächeln auf Quias hübschem Gesicht. Der Mann aus Taik und die Amazone umarmten einander, woraufhin der Jubel sogar noch mehr anschwoll.

»Na großartig«, raunzte Rammar. »Friede, Freude, Eierkuchen – da habt ihr Menschen ja mal wieder genau das, was ihr wollt.«

»Hast du etwas dagegen?«, fragte ihn Corwyn leise, während er der begeisterten Menge zuwinkte.

»Nun ja«, murrte Rammar, »ein bisschen mehr Chaos würde euch Milchgesichtern ganz guttun. Ihr seid so ... vorhersehbar.«

»Tatsächlich?«, fragte Alannah grinsend. »Dann verrate mir, warum du meine Maskerade nicht durchschaut hast, wenn wir so vorhersehbar sind.«

»Du bist eine Ausnahme«, entgegnete der dicke Ork. »Außerdem bist du kein echtes Milchgesicht – dafür hast du entschieden zu viele Tricks drauf.«

»Eine Ausnahme?« Sie schaute ihn prüfend an. »Sollte das schon wieder ein Kompliment gewesen sein?«

»*Douk*.« Rammar schüttelte den klobigen Schädel.

»Dann ist es gut – ich dachte schon, ich müsste mich bei dir bedanken.«

»Bah, ganz sicher nicht!«

»Weißt du, so doll sind deine Tricks auch gar nicht«, wandte sich Balbok besserwisserisch an Alannah. »Eigentlich hätten wir merken müssen, dass etwas mit dir nicht stimmte, denn dir sind ein paar Fehler unterlaufen.«

Die Elfin hob neugierig die Brauen. »Zum Beispiel?«

»Du hast behauptet, dass du Schwierigkeiten mit dem Gleichgewichtssinn hättest, seit dir ein Troll in der Arena eins auf die Mütze gab. Als die Echse unser Floß angriff, konntest du dich aber von uns allen am längsten darauf halten.«

»Stimmt.« Alannah zeigte ein säuerliches Lächeln.

»Außerdem ist mir jetzt klar, weshalb du kein fauliges Wasser trinken wolltest und warum dir das Pferd nicht schmeckte. Und ich weiß jetzt auch, warum du keinen Blutschwur leisten wolltest – weil dich die Farbe deines Blutes nämlich verraten hätte.«

»Stimmt auch.« Die Elfin lächelte erneut, diesmal ein wenig ehrlicher. »Ich muss zugeben, mein Freund, dass du klüger bist, als man es dir in deiner Einfalt zutrauen würde.«

»Unverschämtheit!«, fuhr Rammar sie an. »Was fällt dir ein, ihn deinen Freund zu nennen?«

»Nun, ich dachte, nachdem wir so viel zusammen durchgemacht haben ...«

»Deshalb sind wir noch längst keine Freunde, Elfin! Eins allerdings würde mich noch interessieren.«

»Und das wäre?«

»Wie hast du uns in Sundaril an den Torposten vorbeige-
bracht?«, wollte Rammar wissen – einen Ork nach einem
sochgor zu fragen, wäre ihm nie in den Sinn gekommen, aber
da Alannah in Wirklichkeit keine Tochter der Modermark
war …

»Das willst du nicht wissen«, war die Elfin überzeugt.

»Und wenn doch?«

»Na schön.« Alannah schürzte die Lippen. »Aber du musst
mir versprechen, nicht in *saobh* zu verfallen, wenn ich es dir
sage.«

»Ha!« Der dicke Ork lachte überlegen. »Wieso sollte ich
das tun? Unser Racheschwur ist erfüllt, unsere Feinde sind
besiegt, es gibt keinen Anlass mehr für einen *saobh*.«

»Bist du sicher?«

»Ganz sicher.« Rammar grinste breit.

»Nun, dann will ich es dir verraten … Ohne, dass ihr es
bemerkt habt, hatte ich euch beide ebenfalls mit einem
Wechselbalg-Zauber belegt.«

»Du hast *was* getan?«

»Ich habe euch ebenfalls mit einem Wechselbalg-Zauber
belegt«, wiederholte Alannah geduldig.

»S-soll das heißen, dass die Wachen am Tor uns nicht als
das gesehen haben, was wir sind?«

Die Elfin hob unschuldig die Schultern. »So könnte man
es ausdrücken.«

Rammar, obschon innerlich brodelnd, bemühte sich um
Beherrschung. »Und als was, im Namen des donnernden
Kurul, hast du uns erscheinen lassen, wenn es erlaubt ist zu
fragen?«

»Als Zwerginnen«, lautete die schlichte Antwort.

»*Zwerginnen …!*«, echote Rammar.

»Das sagte ich gerade. Es musste etwas sein, das bei den
Wächtern kein Aufsehen erregen würde und so harmlos

wirkte wie möglich. Also sorgte ich dafür, dass sie euch als Zwerginnen sahen. Ich sagte, ihr wärt berühmte Bauchtänzerinnen auf dem Weg nach Andaril. Da haben sie gelacht und uns ungehindert passieren lassen.«

Rammar, der unter jedem einzelnen Wort wie unter einem Peitschenhieb zusammengezuckt war, schnappte nach Luft. »Einen Augenblick«, bat er sich aus, »nur um sicherzugehen, dass ich alles verstanden habe: Um uns an den Milchgesichtern vorbeizuschmuggeln, hast du uns als Zwergenweiber ausgegeben? Noch dazu als welche, die das Tanzbein schwingen und mit den Hüften wackeln?«

»Entzückenderweise.« Alannah nickte und lächelte entwaffnend. »Passend, nicht?«

»Ich weiß nicht recht«, erwiderte Rammar, in dessen Augen die Adern bereits dunkel hervortraten.

Sein Bruder hingegen brach in schallendes Gelächter aus. »Bauchtänzerinnen!«, prustete er. »Hutzelbart-Frauen! Das ist gut ...«

Rammar folgte dem spontanen Drang, seine Faust zu ballen und Balbok kräftig aufs Maul zu hauen, worauf der Hagere sofort verstummte.

»Was fällt dir ein?«, fauchte Rammar ihn an. »Wie kannst du darüber nur lachen? Das ist nicht witzig, verstehst du? Überhaupt nicht witzig!«

»Reg dich ab, Kumpel«, verlangte Corwyn. »Immerhin hat euch Alannahs List davor bewahrt, in der Arena von Sundaril massakriert zu werden. Ohne ihre Hilfe würdet ihr wahrscheinlich immer noch dort sitzen.«

Das ließ sich nicht bestreiten, und so legte sich Rammars Neigung zum *saobh* wieder etwas, wenngleich er noch immer nicht ganz besänftigt war.

»Außerdem werdet ihr ja fürstlich belohnt«, fügte der König hinzu. »Der Schatz von Tirgas Lan gehört euch.«

»Im Ernst?«, fragte Balbok mit großen Augen. »Aber wir

haben unsere Mission doch gar nicht erfüllt! Es war ausgemacht, dass wir den Herrscher von Tirgas Lan unschädlich machen, um den ganzen Schatz zu kr...«

Er verstummte, als ihm sein Bruder erneut eins aufs Maul haute.

»Hör gar nicht auf das, was mein einfältiger Bruder sagt, König Kopfgeldjäger«, sagte Rammar schnell. »Natürlich nehmen wir die Belohnung an.«

»Dass solltet ihr, denn ihr habt sie euch redlich verdient«, versicherte Alannah.

»Das stimmt«, sagte Rammar, »so wie ihr euch den Schatz von Kal Anar verdient habt, nicht wahr?«

»Was meinst du damit?«, fragte Corwyn, der von den Reichtümern im Schlangeturm nichts zu wissen schien.

»Frag die Elfin«, entgegnete Rammar. »Sie hat sich diese ganze Sache ausgedacht, und sie weiß nur zu gut, dass es im Schlangenturm einen Schatz gibt, gegen den sich der von Tirgas Lan wie ein Almosen ausnimmt.«

Corwyn wandte sich verblüfft an Alannah. »I-ist das wahr?«

»Nun – ich schätze schon.«

»Warum hast du mir nichts davon erzählt?«

»Weil du dann das Gefühl gehabt hättest, die Orks zu hintergehen – und ich kenne dich gut genug, um zu wissen, dass du das nicht fertiggebracht hättest. Also habe ich nachgedacht und eine Entscheidung getroffen, die allen gerecht wird.«

»Von wegen«, knurrte Rammar. »Übers Ohr gehauen hast du uns.«

»Sei nicht so gierig, Rammar.« Die Elfin lächelte ihn wieder an. »Ich weiß, dass du vorhattest, dir *beide* Schätze anzueignen, aber daraus wird nichts werden. Der Schatz von Tirgas Lan gehört euch. Mit ihm könnt ihr machen, was ihr wollt, aber hütet euch, eure Klauen nach dem Schatz im Turm auszustrecken.«

»Wieso?«, fragte Balbok einfältig.

»Weil ein Fluch darauf lastet, der zuerst entschärft werden muss. Und weil längst nicht alle Türen im Schlangenturm das sind, was sie zu sein vorgeben.«

»Das verstehe ich nicht.« Balbok kratzte sich am Hinterkopf.

»Musst du auch nicht. Haltet euch nur an meine Anweisungen, dann wird nichts passieren. Andernfalls wären die Folgen unabsehbar. Habt ihr das verstanden?«

Die beiden Brüder schauten sich an und zwinkerten einander in stillem Einverständnis zu.

»Klar haben wir verstanden«, versicherte Balbok grinsend, und Rammar ließ ein markiges »*Korr*« vernehmen.

Sich an Abmachungen zu halten, war eine orkische Spezialität ...

EPILOG

»Und du bist sicher, dass es hier war?«

»Ganz sicher ...«

Obwohl er nur flüsterte, schwang so viel Selbstvertrauen in Rammars Stimme mit, dass Balbok nicht mehr zu nachzufragen wagte.

Er folgte seinem Bruder durch den langen, von Fackeln beleuchteten Gang, auf den zu beiden Seiten Türen mündeten – hölzerne Türen mit eisernen Beschlägen in der Form von Schlangen.

»Hätte nicht gedacht, dass wir noch mal hierher zurückkehren würden«, sagte Balbok leise. »Schließlich hat es uns die Elfin verboten.«

»Seit wann interessiert uns, was das Elfenweib sagt?«, fragte Rammar. »Der geht es doch nur darum, selbst einen guten Schnitt zu machen, während wir Orks annähernd leer ausgehen sollen. Aber da hat sie sich geschnitten. So leicht lassen wir uns nicht abspeisen.«

»*Korr*«, stimmte Balbok grimmig zu. »Wir sind zwei Orks aus echtem Tod und Horn.«

»Genau das. Wären wir das nicht, wäre der Kampf ganz anders ausgegangen. Die Milchgesichter hatten riesiges Glück, dass wir dabei waren – und nun sollen wir uns mit Almosen begnügen, während sie selbst in Reichtümern schwelgen, die so riesig sind, dass es selbst mir die Schamröte ins Gesicht treibt – und das will schon was heißen.«

»Und diese Reichtümer befinden sich hier oben?«, fragte Balbok noch immer verwundert.

»So ist es. Als wir das erste Mal hier vorbeikamen, hab ich einen Blick durchs Schlüsselloch geworfen und wurde vom Glanz des Goldes fast geblendet. Geschmeide, Juwelen, Edelsteine – das alles und noch mehr lagert in dieser Kammer. So viel, dass man hineinspringen und wie ein Moderolm darin herumwühlen könnte. Und diesen Schatz, Balbok, werden wir uns jetzt holen.«

»Du willst ihn dir wirklich unter den Nagel reißen?« Balbok blieb stehen. »Aber Alannah hat gesagt …«

»Ich weiß, was die Elfin gesagt hat. Aber zum einen glaube ich ihr nicht, und zum anderen haben wir mit ihr noch eine Rechnung zu begleichen – diese Unverschämtheit mit den Zwergenweibern wird sie teuer zu stehen kommen.«

»Korr«, sagte Balbok grimmig, und sie gingen weiter, bis Rammar schließlich vor einer Tür stehen blieb, die sich von den anderen in nichts unterschied.

»Hier«, sagte er voller Überzeugung. »Unter Tausenden würde ich diese Tür erkennen. Dahinter befindet sich der Schatz, den die Elfin uns vorenthalten will.«

»Korr«, wiederholte Balbok und rieb sich die Klauen in freudiger Erwartung all der funkelnden und glitzernden Kostbarkeiten, die auf der anderen Seite der Tür auf sie warteten.

»Worauf wartest du, Bruder? Los doch, holen wir uns, was uns zusteht.«

Das ließ sich Balbok nicht zweimal sagen. Er probierte gar nicht erst aus, ob die Tür verschlossen war oder nicht, sondern trat mit aller Wucht gegen das Blatt, das knirschend aus den Angeln brach und nach innen fiel.

Eine Staubwolke stieg auf, sodass die Brüder husten mussten. Dann griff Rammar nach einer der Fackeln, die den Gang erhellten, zog sie aus der Wandhalterung und leuchtete damit ins Innere der Kammer.

Der Anblick verschlug den Orks die Sprache.

Gold und Silber, wohin sie auch schauten, kunstvoll verzierte Gefäße und goldene Waffen, die aus einem Meer glänzender Münzen ragten, dazwischen herrliche Perlenketten und Edelsteine, die im Licht der Fackel funkelten: Diamanten, Rubine, Smaragde und noch mehr …

Die Orks fühlten sich an die Schatzkammer von Tirgas Lan erinnert, mit dem Unterschied, dass diese hier noch um vieles größer schien: Der flackernde Lichtschein erfasste keine Wände, der See und die Gebirge aus purem Gold und Silber schienen sich unendlich weit zu erstrecken.

Und erregten die Gier der Orks!

So sehr, dass Rammar gar nicht auf die Idee kam, sich zu fragen, weshalb er beim Blick durch das Schlüsselloch überhaupt etwas hatte erkennen können, obwohl es in der Kammer keine Beleuchtung gab, warum die Schatzkammer völlig unbewacht war oder wie es möglich war, dass eine Kammer von derartigen Ausmaßen in einer der obersten Etagen eines Turmes untergebracht war. Das alles waren Fragen, die den beiden Brüder erst gar nicht in den Sinn kamen. Für sie war nur wichtig, was sie sahen – und das war üppig genug.

»Bereit, Balbok?«, fragte Rammar seinen Bruder mit feistem Grinsen.

»*Korr*, Rammar.«

»Dann – los!«

Beide traten gleichzeitig über die Schwelle in der Erwartung, im nächsten Moment inmitten unermesslicher Reichtümer schier zu versinken. An Alannahs Warnung dachten die Orks nicht mehr – und das rächte sich!

Denn kaum hatten Balbok und Rammar die Schwelle überschritten, traf sie ein Blitz.

Woher die gleißende Entladung kam, war nicht festzustellen, aber sie erfasste die Orks und hüllte sie ein, gab ihnen für einen Augenblick das Gefühl, gleichzeitig zu erstarren und sich mit atemberaubender Geschwindigkeit fortzubewegen.

Wälder, Seen, Flüsse, Berge – all das wischte unter ihnen hinweg, während der lodernde Blitz sie umflackerte und dann plötzlich wieder verlosch!

Stöhnend und mit brummendem Schädel sanken die Orks nieder. Beide brauchten einen Augenblick, um wieder vollends zu sich zu kommen und ihre Gedanken zu ordnen.

Was, bei Kuruls Flamme, war geschehen?

Balbok schaute sich um, stellte mit langem Gesicht fest, dass das Gold und die Edelsteine verschwunden waren. Auch die Tür, über deren Schwelle sie soeben getreten waren, war nicht mehr da. Stattdessen fanden sich die Brüder in einer Höhle wieder, mit Schimmel an den Wänden und fauligen Moosfetzen, die von der Decke hingen. Sie hatte etwas Anheimelndes.

Waren sie wieder zu Hause in der Modermark?

Hatten sie am Ende alles nur geträumt?

Waren die Reise nach Kal Anar und all die Kämpfe, die die Orks seit ihrem Aufbruch aus dem *bolboug* bestanden hatten, vielleicht nur die Folge von zu viel Blutbier und *bru-mill* gewesen?

Ein wenig verzweifelt schaute sich Balbok nach einem Hinweis um, mit dem sich dieser hässliche Verdacht entkräften ließ – und fand sie in Gestalt feindseliger Augen, die den Orks aus dem Halbdunkel entgegenstarrten.

»Rammar?«, fragte er leise, während er seinen Bruder am Ärmel zupfte.

»Ja doch, was ist?«

»Ich weiß nicht, wo wir hier gelandet sind«, entgegnete Balbok leise, »aber ich fürchte, wir sind nicht in der Modermark …«

APPENDIX A

DIE SPRACHE DER ORKS

EINFÜHRUNG

Die Sprache der Orks ist denkbar einfach strukturiert. Ihre grammatikalischen Prinzipien können von jedem Interessierten mühelos erlernt werden, Schwierigkeiten bereitet allenfalls die Aussprache. So werden Menschen auch dann, wenn sie sich zur Unkenntlichkeit verkleiden, unter Orks in der Regel an ihrem Akzent erkannt und müssen mit dramatischen Folgen für Leib und Leben rechnen.

Die kriegerische Ork-Kultur kennt weder den Beruf des Schreibers noch den des Schriftgelehrten und hat folglich weder geschichtliche Dokumente noch literarische Werke hervorgebracht. Selbst die wenigen Ork-Gelehrten haben ihre Erkenntnisse niemals schriftlich fixiert. Entsprechend wurde die ursprünglich vom Elfischen abstammende Sprache der Orks lediglich mündlich tradiert und hat sich auf diese Weise im Lauf der Jahrhunderte beständig vereinfacht.

So kennt das Idiom der Orks weder Deklinationen noch Konjugationen, unterschiedliche Casus und Tempora werden lediglich durch den Zusammenhang erschlossen bzw. durch die orkische Eigenheit des *tougasg* (siehe unten). Einzige Ausnahme ist der Genitiv, der durch Voranstellung der Silbe *ur'*- ausgedrückt wird. Häufig werden Wörtern Anhängsel beigefügt, die ihre Bedeutung sinnstiftend verändern, so z. B. das Suffix -'*hai*, das den Plural ausdrückt (*umbal* – der Idiot; *umbal'hai* – die Idioten).

Da Orks Wert auf die genaue Bestimmung ihrer Besitzstände legen, werden auch derlei Zugehörigkeiten durch angehängte Silben ausgedrückt, z. B. -'*mo*, was »mein« bedeutet, oder -'*nur*, was »dein« heißt. Eine Unterscheidung zwischen Adjektiv und Adverb, wie sie in höher entwickelten Menschensprachen gebräuchlich ist, kennt die Ork-Sprache (zur hellen Freude der jungen Orks) grundsätzlich nicht.

Zum Formen eines Satzes werden die entsprechenden Worte lediglich aneinandergereiht, wobei die Reihenfolge Subjekt – Prädikat – Objekt sich eingebürgert hat, aber nicht zwingend eingehalten werden muss, zumal sie von Stamm zu Stamm variiert. Verben werden – bis auf wenige Ausnahmen – durch die Verbindung eines Substantivs mit der Endung -'*dok* (tun, machen) gebildet, z. B. *koum'dok*, was übersetzt »jemanden enthaupten« bedeutet. Die Bedeutung der so entstehenden Verben ist von unterschiedlicher Klarheit – mal ist sie auf den ersten Blick ersichtlich, wie bei *gore'dok* (lachen), dann wieder bedarf sie einiger Interpretation, wie bei *lus'dok*, was man wörtlich etwa mit »sich wie Gemüse benehmen« übersetzen kann, aufgrund der allgemeinen Abneigung der Orks gegen vegetarische Ernährung jedoch als »feige sein« verstanden werden muss.

Zahlen entstehen, indem die Zahlwörter von null bis neun aneinander gereiht werden:

null	*oulla*
eins	*an*
zwei	*da*
drei	*ri*
vier	*kur*
fünf	*kichg*
sechs	*sai*

sieben	*souk*
acht	*okd*
neun	*nou*

Auch hier ist die Reihenfolge beliebig, sodass etwa bei *okd-an* grundsätzliche Unklarheit darüber besteht, ob nun die Zahl 18 oder 81 gemeint ist. Da jedoch die wenigsten Orks zählen geschweige denn rechnen können, fiel dieser Faktor in ihrer Geschichte weniger ins Gewicht, als man annehmen sollte. Im Sprachgebrauch der Orks werden Mengen meist lediglich als *iomash* (viele) oder *bougum* (wenige) angegeben.

Die Etymologie einzelner Wörter und Begriffe ist bei den Orks mehr als bei anderen Völkern in Abhängigkeit von der (nur ansatzweise vorhandenen) kulturellen Entwicklung zu sehen. So ist es sicher kein Zufall, dass das Allerweltswort *dok*, das Wort für trinken *deok* und das eine starke Abneigung oder Verneinung ausdrückende *douk* ganz offensichtlich dem selben Wortstamm entwachsen sind. Einige Wörter des Orkischen wurden – auch wenn die Orks selbst das niemals zugeben würden – den Menschensprachen entlehnt, so z. B. *mochgstir* (Meister), *smok* (Rauch), *birr* (Bier) oder *tounga* (Zunge), was vor allem auf das Bündnis der Orks mit den Menschen während des Zweiten Krieges zurückzuführen ist. Zu denken sollte uns geben, dass das orkische Wort für »Mord« ebenfalls von den Menschen übernommen wurde: *murt*.

Eine letzte Anmerkung sei zum nur im Orkischen anzutreffenden Ritual des *tougasg* gestattet, was übersetzt »Lehre« bedeutet: Im Gespräch pflegen Orks ihren Worten oft gestenreich und nicht zuletzt auch mit gezielten Fausthieben Nachdruck zu verleihen, was das Verstehen noch einmal erheblich erleichtert. Menschen, die sich dem Erlernen des Orkischen verschrieben haben, muss im Hinblick auf die unterschiedliche Physis von Menschen und Orks allerdings dringend abgeraten werden, *tougasg* im Gespräch mit einem Ork anzuwenden. Erhebliche Schädigungen der Gesundheit können die Folge sein. Für etwaige Nichtbeachtung dieser Regel lehnen sowohl der Autor als auch der Verlag jede Verantwortung ab.

Nachfolgend eine erweiterte Auflistung wichtiger Ork-Wörter und -Begriffe:

abhaim	Fluss
achgal	Angst
achgor	behaupten
Achgosh douk!	Hallo! (wörtl. »Ich mag deine Visage nicht«)
achgosh	Gesicht
achgosh'hai-bonn	Menschen (eigtl. »Milchgesichter«)
airun	Eisen
akras	Hunger
akras'dok	hungrig sein
alhark	Horn
an	eins
ann	in
anmosh	spät
anochg	gegen
anois	aufwärts
anuash	herunter, hinunter
anur	einmal
aochg	Gast, Passagier
aog	Tod (Alter)
argol	Westen
artum	Stein
artum-tudok	Steinschlag
asar	Hintern, A****
baish	Proviant

balbok	dumm
barkos	Stirn
barrantas	Macht
barrashd	mehr
bas	Tod (im Kampf)
bhull	Ball
birr	Bier
birr-ful	Blutbier (orkisches Nationalgetränk)
blar	Schlacht(feld)
blark	warm
blos	Akzent
bloshmu	Jahr
bochga	Bogen
bodash	Greis
bog	weich
bogash	Sumpf
bogash-chgul	Sumpfgeist
bog-uchg	Weichei
bokum	Geist
bol	Stadt
bolboug	Dorf (Heimat)
bonn	Milch
borb	roh, grausam, brutal
bosh	Schwur
boub	Weib
bougum	wenig(e)
boun	Frau
bourtas	Reichtum
bouthash	Bestie
brarkor	Bruder
bratash	Fahne
bru	Magen
bruchg	Betrug
bruchgor	Betrüger

bru-mill	Magenverstimmer (orkisches National-gericht)
brunirk	Gnom
bruuchg	Lüge
bruuchgor	Lügner
bruurk	Urteil, Gericht
buchg	Hieb, Stoß
bunta	Kartoffel
buol	Schlag
buon	Ernte
buunn	Berg
carrog	Klippe, Kluft
chgul	Ghul
chl	mit
courd'dok	handeln
courd	Handel
cudach	Spinne
daorash	Vergiftung
darash	Eiche
dark	Farbe, farbig
darr	blind
deok	Trank, trinken
dhruurz	Zauberer
diaomoun	Diamant
diloub	Erbe, Vermächtnis
diloub'dok	vermachen
dirk	Niederlage
dlurk	nahe
dok	tun
doll	Wiese
domhor	Geheimnis, geheim
dorash	Dunkelheit, dunkel
douk	nein, auch: Ich mag nicht…
dourg	rot

dous	Süden
duliash	Teil
dunn	Mann
durkash	Land
duuchg	Eis
eh	er, es
eugash	ohne
eukior	Unrecht
fachg	Blatt
faihoc	wild
faklor	Wortschatz
famhor	Riese
faramh	leer
fasash	Wüste
feusachg	Bart
feusachg'hai-shrouk	Zwerge (eigtl. »Hutzelbärte«)
fhada	lang
fhuun	selbst
foisrashash	Information
fouk	sehen
fouksinnash douk	unsichtbar
fouksinnash	sichtbar
fu	unter
ful	Blut
gaork	Wind
gloikas	Weisheit
gobcha	Schmied
gore	Gelächter
gore'dok	lachen
gorm	grün
gosgosh	Held
goshda	Falle
gou	bis
goulash	Mond

goull	Versprechen
goultor	Feigling
granda	hässlich
gron	Hass
gruagash	Jungfrau
gubhirk	fast
gurk	Stimme
gurk'dok	schreien
huam	Höhle
ih	sie
iodashu	Nacht
iomash	viel(e)
irk	fressen
isoun	Huhn
kagar	Flüstern
kalash	Hafen
kamhanochg	Dämmerung
kaol	eng, schmal
karal	Freund, Gefährte
karsok?	warum?
kas	Bein
kas	Fuß
kaslar	Landkarte
keol	Musik
khumne	Gedächtnis
khumne'dok	nachdenken
kiod	Diebstahl, Raub
kiodok	stehlen, rauben
kionnoul	Kerze
kionoum	Treffen
kluas	Ohr (eines Ork)
knam	kauen, verdauen
knomh	Knochen
knum	Wurm, auch orkisches Längenmaß (ca. 30 cm)

kointash douk	unschuldig
kointash	schuldig
ko, k'	wer
koll	Wald
komanash	Jäger
kombal	immer
kombarrash	Zeichen
komborra	Rat (der Ältesten)
korr	Einverstanden, allg. Bejahung
korr	ja
korrachg	Finger
korzoul	Burg
koum	Kopf
koun-kinish	Häuptling (eines Ork-Stammes)
kourt	gerecht
kourtas	Gerechtigkeit
kriok	Ende
Kriok!	Genug damit!
kro	Tod (gewaltsam)
kro-buchg	Todesstoß
kroiash	Grenze
krok	tot
kro-truuark	Todeskommando
krutor	Kreatur
kudashd	auch
kul	Rückseite, Rücken
kulach	Fliegen, Flug-
kulach-knum	Lindwurm
kulish	Versteck
kum	behalten
kungash	Medizin, Heilmittel
kunnart	Gefahr
kur	Drehung, auch: Verrenkung
kur'dok	drehen, auch: verrenken

kuroush	Einladung
kursosh	Vergangenheit
kuun	Fremder, fremd
laochg	Krieger
lark	schnell
larka	Tag
lashar	Flamme
liosg	Feuer
lorchg	Fährte
lorg	Fund
luchga	klein
lum	Sprung
lus	Gemüse
lus'dok	feige sein, sich (vor Feinden) fürchten
lus-irk	Vegetarier (wortl. »Gemüsefresser«)
lut	Wunde
luusg	Faulheit
madash-arralsh	Wolf
madon	Morgen
mainn	Absicht
malash	Hund
mashlu	Schande
mathum	Bär
mill	verderben
miot	Stolz
mochgstir	Meister
moi	ich
moror	Herrscher
mu	wenn
mu … ra	wenn … nicht
muk	Schwein
muk'dok	kleckern
muntir	Volk
mur	Meer

murruchg	Made
murt	Mord, Mörder
nabosh	Nachbar
namhal	Feind
nokd	erscheinen, sich zeigen
noud	Nest
nuarranash	heulen
'nur	dein
ochdral	Geschichte, Historie
ochgan	Zweig
ochgurash	Schwuler, schwul
oignash	Überraschung
oinsochg	Angriff
oir	Gold
oirkir	Küste
oisal	niedrig
ol	Luft
ol'dok	verschwinden
olk	böse
omhruut	Zwietracht
or	auf
orchgoid	Silber
ord	Hammer
ordashoulash	verschieden, unterschiedlich
ord-sochgash	Kriegshammer (Waffe)
orgoid	Geld, Bezahlung
ork	Ork
ork-boun	Orkin
oruun	Arena
ouash	Pferd
ounchon	Gehirn
our	Osten
pochga	Furz
pol	Schlamm

rabhash	Warnung
rammash	dick
rark	Festung
rochgon	Wahl
roub	reißen
ruchg	Tal, Schlucht
rushoum	Glaube
ruuk	Verkauf
ruuk'dok	verkaufen
's	und
sabal	Kampf
salash	Dreck, dreckig
samashor	Schweigen
saobh	Raserei, verrückt (vor Wut)
saparak	Speer
sgark	Schild
sgarkan	Spiegel
sgimilour	Eindringling
sgol	Schatten
sgorn	Kehle
sgudar'hai	Eingeweide
shnorsh	Sch****
shnorshor	Sch****r
shron	Nase
shron'dok	atmen
shrouk'dok	schrumpfen
shrouk-koum	Schrumpfkopf
shub	schwarz
sioll	Blitz
slaish	Schwert
slichge	Weg
slok	Grube
slug	Schluck
smarkod	vielleicht

smok	Rauch
snagor	Schlange, Reptil
snoushda	Schnee
sochgal	Welt
sochgash	Krieg
sochgor	Staatsgeheimnis
sochgoud	Pfeil
sochgoud's bochga	Pfeil und Bogen
soubhag	Falke
soukod	Jacke, Rock
soulbh	Glück
spoikash	gemein
sturk	Stoff, Material
sul	Auge
sul'hai-coul	Elfen (eigtl. »Schmalaugen«)
sul'hai-coul-boun	Elfenweib (abwertend)
sutis	süß
tog	Graben
togol	Gebäude, Haus
torma	Armee, Heer
tornoumuch	Donner
tosash	Anfang, Beginn
tougasg	Lehrer, Lehre
tounga	Zunge
trurk	Verrat
trurkor	Verräter
truuark	unternehmen
tuachg	Axt
tuark	Norden
tuash	Flucht
tudok	Fall, fallen
tul	Loch
tull	Rückkehr
tur	Turm

tur'dok	flüchten
turus	Reise
tutoum	Sturz
uchg	Ei
uchl-bhuurz	Ungeheuer
umbal	Idiot
unnog	Fenster
unur	Ehre
ur'kurul-lashar	Kuruls Flamme
ur'kurul-slok	Kuruls Grube
urku	du
usga	Wasser
usganash	Wasserfall
ush	Interesse
uule	anders, andere

APPENDIX B

BLUTBIER

Nachdem in den beiden vorliegenden Ork-Abenteuern wiederholt vom Blutbier die Rede war, dem traditionellen Getränk, mit dem Orks sich nach mehr oder minder überstandenem Kampf zu berauschen pflegen, präsentieren wir hier die Rezeptur des berühmt-berüchtigten Gesöffs, freilich mit dem Hinweis auf die entsprechenden Paragraphen des Jugendschutzgesetzes, die den Erwerb bzw. Konsum alkohol- und branntweinhaltiger Getränke durch Jugendliche regeln.

Ähnlich wie »Bier« im Sprachgebrauch der Menschen als Sammelbegriff für teils sehr unterschiedlich schmeckenden Gerstensaft verwendet wird, bezeichnet auch der orkische Begriff des *birr-ful* eine Vielzahl verschiedener Rezepturen, die in der Modermark gebräuchlich sind und von *bolboug* zu *bolboug* variieren. Farbe und Alkoholgehalt obliegen dabei zu einem guten Teil der verwendeten Blutsorte, nicht selten wird auch Blut verschiedener Rassen gemischt. Einzig Orkblut eignet sich angeblich nicht zur Herstellung von Blutbier – ob dies der Wahrheit entspricht oder es sich dabei lediglich um eine Schutzbehauptung handelt, konnte nie abschließend geklärt werden.

Allen Blutbier-Rezepturen gemein ist jedoch das Mischungsverhältnis, in dem Blut und Bier angesetzt werden, gewöhnlich

in modrigen Holzfässern. Als Faustregel gilt dabei: Je älter
das Bier und je frischer das Blut, desto süffiger das *birr-ful*.
»Bier« ist hier allerdings nicht wörtlich zu verstehen, sondern bezeichnet einen speziellen Gärsud, der aus Schlangen-
gift und dem Extrakt in der Modermark heimischer Wurzeln gewonnen wird.

DIE KLASSISCHEN ZUTATEN DES BLUTBIERS SIND DEMNACH:

- *4 Teile Gärsud (alt)*
- *5 Teile Blut (frisch)*
- *1 Teil* gurk

Der *gurk*, was übersetzt »Stimme« bedeutet, ist es, der dem
Blutbier seine Farbe und geschmackliche Prägung gibt. In
den alten Tagen handelte es sich dabei gewöhnlich um eine
Kelle wertvollen Drachenbluts, häufig wird auch auf den
Lebenssaft eines besonders gefährlichen und mächtigen
Gegners zurückgegriffen, dem der *kro-buchg* versetzt wurde.
Frisch gepresstes Gnomenblut gilt als klassischer Durst-
löscher, Ghulextrakt als besonders schmackhafter *gurk*. Am
liebsten saufen Orks ihr *birr-ful* übrigens zu scharf gewürz-
tem *bru-mill* (Rezept siehe »Die Rückkehr der Orks«), gemäß der alten Regel:

> »Brennt dein Durst mehr als der *bru-mill*,
> hast du zu wenig *birr-ful* getrunken.«

HINWEIS:

Auch experimentierfreudigen *achgosh'hai-bonn* ist das Aus-
probieren des Originalrezeptes nicht zu empfehlen – nicht
wenige, die es dennoch taten, haben aus dem Blutbierrausch
nicht mehr herausgefunden. Wir haben deshalb versucht,
die Zutaten des Blutbiers so zu ersetzen, dass sie möglichst

treffend das Geschmackserlebnis simulieren, das ein Ork-Gaumen beim Hinunterstürzen von *birr-ful* empfindet.
Demnach mische man

– *4 Teile Dunkelbier*
– *5 Teile Blutorangensaft*
– *1 Teil Kirschlikör als* gurk

Minderjährigen Ork-Fans oder solchen, die am nächsten Morgen nicht mit dröhnendem Blutbier-Schädel erwachen wollen, legen wir folgende Variante ans Herz:

– *4 Teile Malzbier*
– *5 Teile Blutorangensaft*
– *1 Teil Kirschsaft als* gurk

Michael Peinkofer
Unter dem Erlmond
Land der Mythen 1. 496 Seiten.
Piper Taschenbuch

Einst war die Welt von Eis überzogen. Nach furchtbaren Schlachten besiegten die magisch begabten Sylfen die Zyklopen und Eisdrachen. Es gelang ihnen, sie in die Höhlen von Urgulroth zurückzudrängen. Das Eis des Bösen schmolz, und riesige Berge türmten sich dort auf, wo das Heer der Feinde versunken war. Ein ganzes Zeitalter lang lebten die Völker in Frieden. Doch nun mehren sich die Anzeichen, dass das Böse zurückkehrt: Von immer neuen Angriffen der Erlen, monströser Geschöpfe von übermenschlicher Kraft, wird berichtet. Der Jäger Alphart sucht Rat bei dem Druiden Yvolar. Doch um die Welt zu retten, muss Alphart ins verfeindete Zwergenreich reisen und einen drohenden Krieg verhindern ... Mit »Die Rückkehr der Orks« und »Der Schwur der Orks« feiert Michael Peinkofer sensationelle Erfolge. Nun führt er mit dem »Land der Mythen« in ein faszinierendes Reich der Elfen, Zwerge, Drachen und Magier, das alle High Fantasy-Fans begeistern wird.

05/2159/02/L

Michael Peinkofer
Die Rückkehr der Orks
Roman. 512 Seiten.
Piper Taschenbuch

Sie sind die berüchtigtsten Ungeheuer aller magischen Welten: die Orks. Doch diese gefräßigen Ungeheuer sind nicht bloß grausam, einfältig und hinterlistig. Manche Orks sind dazu berufen, die Welt zu retten. In geheimer Mission brechen Balbok und Rammar, zwei ungleiche Ork-Brüder, zum sagenumwobenen Eistempel von Shakara auf und setzen Ereignisse in Gang, die ihre Welt bis in den letzten Schlupfwinkel erschüttert. Spannung, Wortwitz und kompromisslose Action sind in diesem Abenteuer garantiert!

»Bestsellerautor Michael Peinkofer liefert beste Fantasy-Unterhaltung.«
Bild am Sonntag

05/2242/02/R

Noch viel mehr Fantasy
NAUTILUS - Abenteuer & Phantastik

Seit 15 Jahren das erste Magazin für alle Fans von Fantasy & SF.

Jeden Monat neu mit aktuellen Infos zu Fantasy & SF-Literatur, Mystery, Science & History, Kino und DVD, Online- & PC-Adventures, Werkstatt-Berichten von Autoren, Filmemachern und Spieleerfindern - und dazu die offizielle Piper Fantasy-Kolumne.

NAUTILUS - monatlich neu im Zeitschriftenhandel
Probeheft unter www.abenteuermedien.de/piper